DELIUS KLASING

Jörg A. Herber

Albatrosse morden nicht

Roman

Delius Klasing Verlag

Was ist Wahrheit? Was ist Recht?
Und wem würde Recht gesprochen? Der Autor hat seine in
zahlreichen Fahrten auf großen und kleinen Schiffen gesammelten
Erlebnisse und Erfahrungen in den vorliegenden Roman »Albatrosse
morden nicht« einfließen lassen. Dennoch sei ausdrücklich erwähnt,
dass es sich um eine fiktive Geschichte handelt und die hierin
genannten Personen und Handlungen frei erfunden sind.
Ähnlichkeiten mit lebenden oder verstorbenen Personen
sind rein zufällig und daher keineswegs beabsichtigt.

Die Deutsche Bibliothek – CIP-Einheitsaufnahme

Herber, Jörg A.:
Albatrosse morden nicht: Roman / Jörg A. Herber.
- 1. Aufl. - Bielefeld : Delius Klasing, 2002
ISBN 3-7688-1394-0

1. Auflage
ISBN 3-7688-1394-0
© by Delius, Klasing & Co. KG, Bielefeld

Schutzumschlaggestaltung:
Buchholz / Hinsch / Hensinger, Hamburg
Druck und Einband: GGP Media, Pößneck
Printed in Germany 2002

Delius Klasing Verlag
Siekerwall 21, D-33602 Bielefeld
Tel. (05 21) 559-0, Fax (05 21) 559-115
E-mail: info@delius-klasing.de
www.delius-klasing.de

Inhalt

Für A. & W.

∾ᴄᴏ

Nur der Schwache wappnet sich mit Härte.
Wahre Stärke kann sich Toleranz, Verständnis
und Güte leisten.

Tilly Boesche-Zacharowski

Genesis

Der Wind dreht weiter, ist nun böig, die Front demnach sehr nah. Die Luft ist feucht, geradezu nass. Wolken und deren Geschwindigkeit sind in der dichten Decke nur schwer zu bestimmen. Die Gipfel der kleinen Berge rings um die brasilianische Bucht von Porto Belo schlummern tief eingehüllt. Der Druck fällt nach wie vor. Wasser schwappt immer wieder ins völlig überladene Schlauchboot. Für maximal drei Personen ist es ausgelegt. Wir sind nur zu zweit. Dazu allerdings zwei riesige Segelsäcke – voll gepackt mit meinem gesamten Hab und Gut.

Auf den Knien schütze ich die digitale Fernsehkamera. Auch jetzt, wo sämtliche Pläne für einen einzigartigen Dokumentarfilm endgültig gescheitert sind. Bislang hatte ich den Kamerakoffer stets mit mehreren Plastiksäcken gegen Spritzer gesichert. Sogar, wenn er auf großen, komfortablen Beibooten wie denen des noblen Yacht-Clubs von Montevideo transportiert wurde. Doch für Vorsichtsmaßnahmen ist mir diesmal keine Zeit gelassen worden. Schließlich bin ich heute auch nicht – wie zwei Wochen zuvor – auf dem Weg zum offiziellen Empfang des deutschen Handelsgesandten in Uruguay, der mit mir einen Segelweltrekord feiern will. Sondern ich bin auf der Flucht.

»Ich gebe dir genau eine halbe Stunde. Dann bist du von Bord verschwunden«, hatte der neue Skipper gekeift. Auch wenn ich ihn keineswegs einzuschätzen vermochte, hätte ich mir seine Reaktion ausmalen können. Ich wusste, dass er auf die Bitte, das Schiff endlich verlassen zu dürfen, ungehobelt und aggressiv reagieren würde. Zumindest hatte er nicht wieder zugeschlagen, nicht wieder meinen Hals gewürgt, hatte seine Waffen, die er in letzter Zeit immer häufiger herausholte, nicht wieder mahnend geladen.

Endlich von Bord, denke ich nur. Doch sogleich frage ich mich auch, ob ich nun wirklich in Sicherheit bin. Die Kriminalität an diesem Küstenstreifen Südamerikas trumpft mit haarsträubenden Quoten auf. Portugiesisch verstehe ich nicht ein einziges Wort. Nur wenige brasilianische Dollar stecken gepresst in meinem Brustbeutel. Banken kennen in Porto Belo keine Master-Card. Doch ich bin von Bord! Endlich kann ich mein Schicksal wieder selbst bestimmen.

Der kleine Drei-PS-Außenborder stottert. Der Mann am Gashebel schaut traurig.

»Ich verstehe dich gut«, spricht er mir Mut zu. Immer wieder sagt er diese vier Worte. »Ich verstehe dich gut.«

Geschickt kreuzt er gegen die Windrichtung auf, um Spritzer zu vermeiden. Dennoch spüre ich die salzigen Tropfen auf meiner Haut, lächele aber.

Der rettende Strand ist nicht weit. Aus der Ferne sehen wir lachende Pärchen, kreischende Kinder, sich erholende brasilianische Schönheiten in viel zu engen Bikinis. Das triste Grau am Himmel kann ihnen den Spaß am Karneval nicht verderben. Aus der Bar ertönt Samba. Die tiefen Bässe beherrschen die Bucht, gestört nur durch das grelle Geheul der Jetski-Motoren. Gleich drei notdürftig aufgestellte Verleih-Baracken bieten das schnelle Wasservergnügen an. Ich fühle mich elend angesichts dieser überschäumenden, lauten Lebensfreude.

Das Wasser der Bucht zeigt dünne, schmale Schaumkrönchen auf sehr kleinen, aber zügig einander folgenden Wellen. Streng genommen sind es mehr Riefen, die sich gleichmäßig, geradezu harmonisch bewegen. Der Rhythmus wird von den Böen bestimmt. Der Wind ist der Dirigent, beweist wieder und wieder, dass natürliches Gefühl unberechenbar ist. Mein Blick bleibt auf den winzigen Kronen haften. Mein Gedanke widmet sich ihrer verborgenen Macht.

Die Riefen im Wasser werden länger, verlieren an Tiefe. Gut zehn Schritte trennen das Schlauchboot vom Sand. Mein Chauffeur zieht den Außenborder hoch, jedoch zu spät. Wir setzen auf.

Als Erstes bringe ich den Aluminiumkoffer mit der Kamera hoch, trage anschließend die schweren Segelsäcke auf den Strand. Mein Fahrer verabschiedet sich sofort, sehr kurz, aber mit einem Augenzwinkern: »Ich muss zurück. Du weißt. Wir sehen uns. Versprochen. Auf jeden Fall.«

Ich sage nur: »Bitte, bitte versuche meinen Reisepass zu bekommen!« Und schreie noch: »Sonst …« Aber mir fehlen die weiteren Worte. Ich glaube, er weiß, was ich sagen wollte.

Lange schaue ich dem Dinghi nach, sehe dann auf mein Mobiliar, das einsam im feinkörnigen Beige wartet. Zwei Säcke, eine Kamera, ein Stativ. Alles zusammen rund 90 Kilo. Ich allein. Barfuß. Ohne Wörterbuch. Ohne Geld. Ohne Pass. Dafür setzt nun der schon lang drohende Regen leicht ein. Den Zeitpunkt meiner Flucht hätte ich nicht besser wählen können.

Eine halbe Stunde laufe ich im Sand desorientiert auf und ab. Mein Schritt ist sicher, wenn auch noch etwas schleppend – nicht gerade graziös, aber auch nicht mehr breitbeinig und vorsichtig. Ich bewege mich, ohne den Anschein zu vermitteln, meinen Körper jederzeit mit einer Hand abstützen zu wollen.

Langsam verschwinden die Schiffe der Bucht in dem jetzt kräftiger einsetzenden Niederschlag. Die tiefdunklen Säulen zwischen Wolkendecke und Horizont werden breiter, verbinden sich, bilden Wände, die mich einzuschließen drohen. Mehr instinktiv steuere ich auf eines der drei Jetski-Zelte zu. Ich zeige auf den sich unaufhaltbar nähernden Guss, anschließend auf mich, auf die Säcke, auf den Kamerakoffer. Ein Brasilianer – recht hellhäutig mit Strohhut – nickt, winkt, signalisiert, dass ich Schutz finde. Ich hebe den ersten Sack leicht an, da sind er und zwei seiner Freunde schon neben mir. Gemeinsam tragen wir meinen gesamten Besitz unter die kräftig flatternde Plastikabdeckung des mobilen Vercharter-Büros.

Dann bin ich wieder allein.

Meine drei Gastgeber nutzen den Schauer, um schnell die Motoren der Jetskis neu einzustellen. Ich blicke mich um. Niemand nimmt Notiz von mir. Kleine Mädchen kichern größeren Jungs hinterher. Die hechten grinsend ihren Fußbällen nach. Jeder versucht am weitesten zu springen. Die elegantesten Fallrückzieher werden von den Mädchen mit einem Lächeln honoriert. Und ich sitze – wie bestellt und nicht abgeholt – im hintersten Eck einer Plastikbehausung auf feuchtem Sand.

Zunächst will ich ordnen. Meine Gedanken. Meine Sachen. Letztere kann ich ohnehin nicht allein schleppen. Das Notwendigste und das Teuerste muss zusammen, das Wichtigste nach oben. Ich öffne den roten Sack, der einst unserem gewaltigen Großsegel Schutz gewährte. Obenauf liegt ein dicker Aktenordner. Altes, deutsches Amtsstuben-Modell. Ich ziehe ihn heraus. Sofort packt die Feuchtigkeit zu. Trotz seiner gefleckten Mattheit glänzt der Deckel. Eine dünne, feuchte Schicht schafft gewaltige Illusionen. Vehement weigere ich mich, es als Hoffnungsschimmer zu deuten. Ich will zurück zur Realität. Raus aus der Träumerei über Heldentum! In dieser Akte liegt die bittere Wahrheit. Und die klingt, weiß Gott, anders, als die grandiosen Berichte in den Medien es bislang verlauteten.

* * *

SEHR GEEHRTE HERREN KAPITÄNE, *ich sehne mich danach, persönlich vor Sie treten zu dürfen und bitte schon zugleich um Ihre geschätzte Geduld, da ich mit zittriger Hand schreibe. Es sind Zeichen der Erschöpfung, der Angst und der Ziellosigkeit. Aber auch der pure Zweifel an dem Sinn meiner jetzigen Niederschrift. Weiß ich doch nicht, ob diese Zeilen Sie jemals erreichen werden. Dennoch habe ich nun einen ersten Zettel ergriffen, um alles, aber auch wirklich alles zu notieren. Denn nur die Details ergeben ein Bild, die vielen, dünnen Fäden erst das Geflecht, über dessen Wertigkeit Sie letztendlich entscheiden müssen. Für mich sind die Fakten zwar eindeutig, doch ich gestehe, dass die Beschreibungen dieser Fakten tendenziös meine Verteidigung skizzieren. Nicht, dass sie verfälscht sind. Keineswegs! Sie entsprechen der reinen Wahrheit … und nichts als der Wahrheit. So wahr mir Gott helfe. Und er hat mir in den letzten Wochen verdammt viel geholfen.*

Helfen kann er mir allerdings nicht mit Erklärungen. Auch meine Schmerzen kann er im Moment nicht lindern. So bin ich gezwungen, mich Ihrem Urteilsvermögen zu stellen. Denn wer könnte mich besser mit Stolz rehabilitieren oder mich schmählich verurteilen?

Sehr geehrte Herren Kapitäne, ich gestehe, dass ich – von Erinnerungen gequält – auch jetzt wieder deutlich den Druck meiner Tränendrüsen verspüre. Ich will ihn mindern, den Tränen freien Lauf gewähren und mich ihrer endlich nicht mehr schämen.

Es sind nicht die gleichen Tränen, die Anfang November über meine Wangen rollten. Damals heimlich.

* * *

Susan und meine Tochter Alina hatte ich schon zwei Tage zuvor verlassen. Wir kannten das Abschiednehmen. Schließlich startete ich nicht zu meiner ersten langen Reise, zu meinem ersten gefährlichen Abenteuer. Doch diesmal war es anders.

Überall hatte ich mich verabschiedet – das erste Mal in meinem Leben mit dem mulmigen Gefühl in Kopf und Magen: Das war es nun. Das könnte wirklich der allerletzte Kontakt zu Freunden und Familie gewesen sein. Zudem hatte ich jegliche Verbindungen beendet, war aus Vereinen, Gewerkschaft und Partei ausgetreten. Selbst den ADAC hatte ich verlassen, obgleich mich in nur anderthalb Monaten endlich die Aufkleber-Plakette für zehnjährige Mitgliedschaft erwartet hätte. Im Falle eines Falles wollte ich Susan Übersichtliches hinterlassen. Die wenigen Papiere – Testament, Verträge und Kontoübersichten – waren in einer dünnen Mappe ordentlich zusammengeheftet. Alles war gekündigt. Einzig und allein meine Mitgliedschaft im Verein zur Förderung des Hochseesegelns blieb aufgrund der damit verbundenen, vorteilhaften Auslandskrankenversicherung bestehen. Und: Kurzfristig hatte ich noch eine Risikolebensversicherung zugunsten meiner Tochter aufgestockt. Während der Signatur unter der 600 000-Mark-Police hatte meine Hand die einzelnen Buchstaben nur malen können.

Es waren die intensiven Vorbereitungen, die endlos langen Lektüren, die detaillierten Ausführungen vor allem der alten Kap Horniers, die mir zu diesen Schritten geraten hatten. Mir war bewusst, dass es lebensgefährlich wird, auch dass ich mich an die Grenze des Wahnsinns begeben würde, wenn ich mit dem kleinsten Frachtrahsegler bei nur vierköpfiger Besatzung um das berüchtigte Kap Hoorn segele. Mindestens 7100 Seemeilen, über

13 100 Kilometer, non-stop, von Australien aus, durch den wilden Südpazifik, am Rande der Antarktis, und das mit drei Menschen, von denen ich nur einen Einzigen sehr gut kannte.

Auf einen mir fast unbekannten Segelkameraden wartete ich nun.

Ungeduldig.

Ein einziges Mal hatte ich ihn erst gesehen. Das war vor vielen Monaten. Er war zu mir an die Elbe gekommen, hatte sich als Crewmitglied für den Kap Hoorn-Törn vorstellen, bewerben, empfehlen wollen. Mit einer sofortigen Entscheidung hatte er damals nie und nimmer gerechnet. Seine Augen hatten am Tresen meiner Stammkneipe zwischen dem neunzehnten und zwanzigsten Bier geglänzt, als ich mit kurzen Worten – völlig unerwartet – nur noch gelallt hatte: »Na, dann mach dich mal fit! Du bist dabei. Du darfst mit uns in die Hölle.« Wie sollte er auch geahnt haben, dass mich der Skipper noch in den Morgenstunden mehrfach aus Sydney angerufen und mit Nachdruck darauf hingewiesen hatte, dass dieser Bewerber aus Rostock »unsere letzte Rettung« verkörpere.

»Wann hast du ihn denn das letzte Mal gesprochen?«, fragte Andreas plötzlich.

Mit Peter hatte er mich zum Amsterdamer Flughafen gefahren. Beide Freunde grinsten skeptisch.

»Wenn er nicht kommt, kannst du ja gleich wieder mit zurückfahren. Dann hat wenigstens dieses idiotische Vorhaben endlich ein Ende.«

»Quatsch, der kommt garantiert.«

Ich streckte mich erneut, suchte. Wie sah er noch gleich aus?

»Nicht gerade zuverlässig«, störte auch Peter, der nun drei kleine Flaschen Bier zu Wahnsinnspreisen anschleppte.

»Ach, halts Maul!«, fuhr ich ihn an und dachte sofort, verdammt noch mal, Recht hat er.

Nur fünf-, vielleicht siebenmal hatten wir seit dem Treffen in der Hamburger Stammkneipe miteinander telefoniert. Öfter hatte ich seine Freundin an der Strippe gehabt. In den immer nur kurzen Gesprächen mit ihr hatte ich den Mann, mit dem ich nun einen Weltrekord segeln wollte, eigentlich erst etwas näher kennen gelernt. Und das, was ich erfahren hatte, war nicht nur Erfreuliches gewesen.

Ich schaute auf die Uhr.

Die Schlange vor den drei geöffneten Airline-Schaltern verlängerte sich stetig. Mein Blick streifte die zwei Gepäckwagen. Auf einen hatte ich nicht alles stapeln können. Dann die Ziffern über der Abflug-Anzeigetafel. 14 Uhr 30 – nach Jakarta. Der erste von zwei Umsteigestopps bis Sydney. Start in anderthalb Stunden und von dem Mitsegler aus Rostock nichts zu sehen.

»Okay, ich check mich schon mal ein.«

Genervt griff ich zur Aktentasche. Der Brief lag zweifach geknickt in einer Schutzkartonage. Mit ihm und mit vier großen Taschen, zwei Koffern, zwei Rucksäcken sowie einem hüfthohen Karton machte ich mich langsam auf den Weg. Zögernd passierte ich die drei Schlangen, wusste ich doch nicht, welche Vorteile das Schreiben in meinen Händen nun bringen würde. Die Dame im dunkelblauen Stewardess-Dress lächelte hinterm Schalter mehr fragend als charmant. Wortlos reichte ich ihr den sauber gefalteten Zettel.

In nicht einmal acht gefüllten Zeilen stand geschrieben, was ich in anderthalbjähriger Vorbereitung erreicht hatte. In Englisch. Eine Bescheinigung, dass die Ticketbesitzer zwei Journalisten seien, Crewmitglieder des *expeditioncruiseship Albatros*, das ungefähr 13 Monate auf See sein wird. Fernsehen, Radio und verschiedene Zeitungen in Deutschland und Australien würden über die Tour berichten und die Airline als Hauptsponsor erwähnen.

Den immer noch lächelnden, weiblichen Kopf über dem dunkelblauen Kostüm interessierte diese Information kein bisschen. Ihr Augenmerk konzentrierte sich vielmehr auf die zweiten vier Zeilen: die Genehmigung für 80 Kilo Übergepäck.

55 lagen auf den zwei Wagen, und die nun in die Computertastatur hämmernde Check-in-Kraft lächelte weiter.

»Bleiben Sie direkt hier«, sagte sie, ohne aufzublicken. ›13 Monate auf See‹ und ›Hauptsponsor‹ schienen sie zu keiner Anmerkung bewegen zu können. Für sie stellte ich nichts Besonderes dar.

Verdammt! Für mich war dieser Moment der Start meines Segler-Höhepunktes. Monate hatte ich für diesen Augenblick geackert, gebüffelt, Sport getrieben. Täglich 40 Kilometer Fahrradfahren. Konditionstraining, Zirkellauf auf Kinderspielplätzen. Klettergerüste rauf und runter. Balancieren auf Wippen und Sprünge von Reifenkarussells. Immer mit einer Stoppuhr am Band um den Hals. Dazu Schwimmen in der eiskalten Alster, Sauna, Muskulaturaufbau in der Mucki-Bude. Und dem blauen Damenkostüm entsprang nichts als ein Dauerlächeln.

Ich erleichterte die Wagen, füllte das Gepäckband. Zuerst die Tasche mit den Suppenpasten, den Beuteln mit Spätzle und den in Dosen versiegelten Rindsrouladen für das Weihnachtsessen auf hoher See. Dann der Koffer mit Ersatzhauptsicherungen für den Drehstromgenerator, Klebebändern, nautischem Jahrbuch. Der Karton mit Rundfunkaufnahmegerät, Unterwasserkameragehäuse und Blasenkatheder folgte. Zuletzt die zwei Rucksäcke mit dem persönlichen Gut. Darunter ein dicker Balaclava – von besorgter Schwiegermutter geschenkt, Gummistiefeln, in denen alte, stinkige Socken zum Schutz der verbotenen Morphium-Ampullen und Rohypnol-Schlaftabletten steckten. Alles, was wir dringend benötigen werden, Australien aber nicht bietet oder erlaubt, war verstaut, nun mit Vignetten versehen und verschwand langsam hinter dem Counter. Nur noch der Kamerakoffer und die Aktentasche mit Törnkonzept, Sponsoren- und Medienverträgen sowie einem zweiten Flugticket standen parat. Doch der, für den das zweite Ticket bestimmt war, ließ weiterhin auf sich warten.

Durch Andreas' und Peters Kehlen flossen bereits die Inhalte der dritten Flasche Gerstensaft. Auch ich griff nun zu meiner zweiten Pulle, leerte sie ohne abzusetzen. 0,33 Liter für sechs Mark. Ich fluchte, stockte, schrie plötzlich durch die Flughafenhalle.

»Erik!«

Weit hinter der dritten und längsten Schlange stand er. Ohne sich umzuschauen, gelassen, ruhig, ohne zu suchen. Dreimal musste ich schreien, bis er sein dunkles, gelocktes Haupt endlich drehte.

Seine Begrüßung, im schon schmerzhaft ostdeutschen Dialekt gehalten, fiel trocken aus. Ein Kopfnicken. Ein Händedruck. Nicht fest. Nicht gespannt. Nicht fröhlich. Eher locker, lässig, nur pflichtbewusst.

Ich reagierte nicht, blieb stumm.

Nach Sekunden dackelte dann auch Erik auf die dunkelblaue Kostümdame zu: mit der Sponsorenbescheinigung und noch mal 35 Kilo Gepäck. Ich griff nach der dritten Flasche und nach meinem Handy, drückte die ersten Ziffern.

»Komm, lass es sein. Irgendwann ist Schluss mit Abschiednehmen. Gib schon her«, unterbrach Andreas forsch. Ich wusste, dass der Rat meines Freundes nur gut war. Susans Stimme würde ohnehin nur weinend und daher schwer verständlich durch die Ohrmuschel zu vernehmen sein. Und meine?

4. November – 14 Uhr und 40 Minuten. Die Maschine startete pünktlich. Was für ein Gefühl! Erstmals wurde mein Rücken in eine breite, komfortable First-Class-Lehne gedrückt. Die begrüßende Stewardess hatte uns beim Einstieg auf die obere Etage verwiesen. Ich hatte nur entgeistert den Kopf geschüttelt. Doch die uniformierte Flugbegleiterin hatte klare Anweisungen gehabt, uns in die First-Class zu begleiten. Das Ticket war aber genauso eindeutig mit *economy* beschriftet.

Fasziniert maß ich die Länge, Breite und Höhe der erstklassigen Beinfreiheit aus, bestellte den ersten Cocktail und katapultierte den kleinen Fernseher aus der Armlehne heraus. Und Erik? Der Mann, der in den kommenden Monaten über mein Schicksal mit entscheiden sollte? Der fiel wortlos in den ersten Tiefschlaf. Kein Dank für meine Vorbereitungen, für an die 100 Sponsorenanfragen, für die ersten Begünstigungen war über seine Lippen gekommen. Nur in kurzen Sätzen hatte er erklärt, dass er gestern gefeiert hatte, jetzt sehr müde sei. Und ganz nebenbei noch, dass er sich von seiner Freundin getrennt hatte.

Ich blickte auf meinen ruhigen Nachbarn. Die Stewardess brachte Dosenbier und das Glas mit einer zünftigen Mischung Wodka-Lemon prompt. Ich schluckte und blätterte in den Unterlagen. ›Wenn wir bis zum Sommer keine geeigneten Männer gefunden haben, müssen wir das Abenteuer Kap Hoorn verschieben‹, las ich. Es waren die Worte meines Freundes aus Sydney. Geschrieben vor über anderthalb Jahren. Ganz am Anfang unserer Planungen.

Ich blätterte vor: ›Auf diesem Törn ist die Crew der wichtigste Knoten. Was wir brauchen, sind drei sportliche Crewmitglieder, zwischen 25 und 40 Jahre alt, die schon lange Ozeanstrecken gemeistert haben. Gesund müssen sie sein und absolut unempfindlich gegen eisige Kälte, Nässe, Schlafmangel. Segler ohne Erfahrung mit Radsteuerung und Windfahnensteuerung kommen erst gar nicht infrage. Achte unbedingt darauf, dass sie Geld haben.‹

Der Brief endete mit den Sätzen: ›Diese Reise ist der seglerische Mount Everest. Was uns erwartet, ist das entsetzlichste Grauen, das die See zu bieten hat. Nur ganze Kerle werden Ruhm und Ehre erwarten dürfen. Denk an die Albatrosse!‹

Ich schreckte hoch, blickte auf meinen sportlich und leise schnarchenden Nebenmann. Mein gestreckter Arm signalisierte der Stewardess, dass meine Kehle schon wieder unter Trockenheit litt. Die Erinnerungen an meine letzte lange Reise mit der *Albatros* kamen hoch. Ich verspürte einen leichten Würgereiz. Und noch mehr Durst.

Sechs Monate waren wir damals von Galapagos über die Osterinsel nach Polynesien gesegelt. Kein Sturm. Nicht einmal Starkwind. Nur durch die Sonne aufgewärmte Sandstrände, frisch geschlagene Palmherzen, eiskaltes Bier. Und dennoch hatte über diesem Törn ein erbärmlicher Fluch gelegen. Mehrmals hatte die Crew gewechselt. Ein absolut sicherer Steuermann – sehr liebenswert – hatte nie Geld für Landabenteuer. Zuvor war schon der Koch von Bord gegangen, hatte sich nicht mehr den Gesetzmäßigkeiten eines Schiffes unterwerfen wollen, hatte gemeint, einem Skipper müsse man nicht nur gehorchen, sondern ihn auch lieben. Dazu war er nicht bereit.

Die Stewardess brachte die nächste Lage flüssigen Stoffs, den ich nun dringend brauchte. Denn ich hatte Angst. Was für ein Mensch war Erik? Der Skipper der *Albatros* und ich waren uns darin ähnlich. Wir glaubten an uns, an unsere seglerischen Fähigkeiten, an unser Durchhaltevermögen, an unsere Kompetenz. Wir glaubten, die vielen Gefahren der stürmischen Südmeere meistern zu können, hatten nur Angst, psychische Spannungen an Bord könnten den Tod bedeuten. Der Skipper war ein gebrandmarktes Kind, war schon von zu vielen Crewmitgliedern enttäuscht worden, hatte zu viele schon verloren. Und auch ich hatte auf der sechsmonatigen *Albatros*-Pazifikreise Täuschungen, Intrigen, Paranoia und psychische Ausbrüche erlebt. Doch diesmal war ich nicht auf dem Weg zu einsamen Palmenstränden an blauen Buchten unter ewigem Sonnenschein. Ich wollte mich in die Hölle begeben. Bewusst. Und ohne Kenntnisse über meine Crewmitglieder. Während ich den nunmehr fast leblosen Rostocker neben mir wenigstens schon mal zu Gesicht bekommen hatte, kannte ich das vierte Crewmitglied gar nicht. Nur seinen Namen, sein Alter; das war alles.

Der zweite Wodka-Lemon glitt runter wie Öl. Ich bestellte Jack Daniels. Mir war danach und der gesponserte, geschenkte First-Class-Airline-Service erlaubte es. Ich nahm die gehefteten Seiten, schloss das Bündel, sah auf den Titel »SPONSORENANFRAGE DER SY ALBATROS – Rahsegler auf der Weizenroute« und dachte an die Strapazen, die hinter mir lagen. 20 noble Segelvereine hatte ich angeschrieben, hatte ihnen unser Törnkonzept detailliert erklärt, hatte um Vermittlung von möglichen Crewmitgliedern gebeten. Drei Anzeigen in großen Segler-Zeitschriften waren geschaltet worden. Und Meldungen folgten reichlich. Ein Baggerführer, der das Ijsselmeer kannte und bescheinigte, jeden Dieselmotor blind auseinander bauen zu können. Ein älteres Ehepaar, das von Kap Hoorn träumte, da es als das Ende der Welt galt. Gar ein Schwulenpärchen, das die Sinnlosigkeit ihres Daseins ändern und auch mal richtig ›was erleben‹ wollte. Und Erik, der nun neben mir ratzte, daran glaubte, er sei von vielen Bewerbern der letztendlich Auserwählte. Dabei war er der Einzige, der überhaupt infrage gekommen war. Spontan beschloss ich, an ihn zu glauben, ihm zu vertrauen und einen weiteren Jack Daniels zu bestellen.

Neun weitere folgten. Dazwischen ein Wodka-Tomate für den Vitaminhaushalt. Dann schnarchte auch ich.

Sämtliche motorenangetriebene Boote dieses Erdballs schienen zwischen den Ohren zusammenzustoßen, auseinander zu driften, ihre Runden zu drehen, um anschließend erneut fröhlich mit Vollgas, laut tönender Sirene und Jubelgeschrei den nächsten Aufprall zu planen. Ergänzt wurde dieser schmerzende Kampf der Hubraum-Teutonen durch Maschinengewehrschüsse, die die Hirnrinde zu durchsieben versuchten. Und nur ein menschliches Wesen schien auserkoren, gegen diesen Terror anzukämpfen.

Geschlagene zehn Minuten drückte ich kraftvoll mit beiden Händen das übergroße, unbezogene Kopfkissen gegen die Lauscher und überlegte mit dem Rest der noch nicht versoffenen Gehirnzellen, welches wohl die schmerzloseste Art sei, Selbstmord zu begehen, ohne dabei aufstehen zu müssen.

Es war wieder einmal der Zeitpunkt gekommen, an dem ich mich geschlagen geben musste. Wie so oft setzte nun eine Prozedur ein, die in der Regel zwischen fünf und acht Minuten dauerte. Mit langsam steigerndem Willen mussten zunächst die Augenlider überzeugt werden, wenigstens etwas Tageslicht durchzulassen.

Der erste blinzelnde Blick durch das rechte, geschwollene Auge brachte mir die grauenvolle Gewissheit: Ich lebe.

Zumindest lebte Rocky.

Der Pudel schlich am Bettgestell auf und ab, als wittere er die Chance, mir erstmals überlegen zu sein. Vermutlich war er es jetzt auch. Ich hob den schmerzenden Kopf, sah den Admiral im Türrahmen stehen und ließ mein Haupt wieder seufzend fallen. Was ich gesehen hatte, reichte. Mit seinen dürren Beinchen, herunterfallenden Schultern und einem arroganten Grinsen lauerte er in der Öffnung zum Wohnraum, eine Hand in die rechte Tasche einer kurzen, ausgebleichten Hose gesteckt. Seine Lieblingsstellung.

Ich stöhnte, drehte mich um und lächelte.

Langsam öffnete ich nun auch mein zweites Auge. Der Anblick der Naturbucht wirkte wie eine positiv stimulierende Droge. Ich musste den Kopf – trotz Schmerzen – weiter heben. Da war sie. Die Opera. Das bekannteste Musikhaus der Welt.

Der Touristenmagnet Nummer 1 von Sydney. Daneben Circular Quay. Daneben The Rocks mit der gewaltigen Harbour Bridge. Und ich … ich durfte mich in voller Pracht von einem gegenüberliegenden Hügel aus daran ergötzen. Eine fantastische Empfindung, die ich schon oft hier verspürt hatte.

Zum fünften Mal war ich in diesem kleinen Cottage auf der Landzunge von Mosman untergebracht. Eine Einfamilien-Hütte, die Platz für vier bot und als Gästehaus oder Ferienpension diente. Durch einen schmalen Weg, der gerade durch einen Garten, schließlich über Serpentinen durch riesige Farnsträucher führte, war das Cottage mit dem Haupthaus verbunden. In dieses waren der Skipper samt Hund und Ehefrau vor Jahren aus Deutschland geflüchtet. Mit knapp über 40 hatten sie begonnen, gemeinsam den Lebensabend mit Gartenarbeit und durchorganisiertem Nichtstun einzuläuten.

»Wir müssen reden«, sagte der Admiral kurz und bestimmt. Seinen bürgerlichen Namen, Karl-Maria Kleinjohann, kannten nur ganz wenige. Die Anrede ›Admiral‹ liebte er. ›Skipper‹ war ihm recht, ›Karl‹ duldete er soeben. Das ›Maria‹ hatte sich noch keiner getraut auszusprechen.

»Reden? Jetzt? Was meint denn deine Frau, wenn wir morgens schon saufen?«

Karls Aufforderung zum Gespräch war bislang immer die wichtige Umschreibung, doch endlich mit Bier und guter Laune dumm und dreist nur zu sitzen und über Gott und die Welt zu lästern. Wir liebten es beide, hatten in der Vergangenheit die Backskisten in der *Albatros*-Plicht gar zur ›Lästerbank‹ umgetauft. Nicht, dass ich mich jetzt weigerte, meinen noch bestehenden Restalkoholgehalt aufzufrischen. Doch ich dachte an unseren engen Zeitplan und an *Albatros*, die in einer nahe gelegenen Werft aufgebockt wartete.

»Nein, mein Junge, ernsthaft. Wir müssen ernsthaft miteinander reden«, sagte der Admiral nun mit besorgter Stimme und schloss hinter sich leise die Tür.

»Es geht um Erik.«

Ich ließ mich zurückfallen, schloss kurz die Augen. Tausend Fakten und Vermutungen schossen mir blitzartig durch den

Kopf. Keine 24 Stunden waren wir in Australien. Und schon sollten größere Probleme aufgetreten sein. Ich marterte mein schmerzendes Gehirn. Mir war nichts Dramatisches aufgefallen. Vielleicht die Wortkargheit des ostdeutschen Kollegen. Aber – mal ehrlich – wir hatten ihm auch nicht großartig eine Chance gelassen, sich mit angemessenen, also unsinnigen Meldungen in unser schwachsinniges Gelaber einzumischen.

Seitdem der Skipper und ich im Sydney Airport aufeinander gestoßen waren, hatten wir nur in Erinnerungen geschwelgt, hatten die lustigsten Geschichten aus untersten Schubladen herausgekramt. Selbst als der australische Zoll fünf Gläser konservierter Suppenpaste aus meinem Gepäck beschlagnahmt und anschließend der Admiral – in seiner ihm eigenen Art – mit Beschwerden beim Ministerium gedroht hatte, hatten wir Tränen gelacht. Nein, Erik hatten wir nicht die größten Chancen gegeben. Er war gezwungen, die Geschichten unserer gemeinsamen Vergangenheit über sich ergehen zu lassen. Nur kurz hatte ich zwischen zwei Lachanfällen versucht, mich in die Gestalt des Rostocker Neulings zu versetzen. Was musste er bloß denken? Stolz hatte Karl nach dem 17. Wodka-Zitronenbrause berichtet, wie wir einst eine ganze Horde gutgläubiger, älterer Hobbysegler auf einen 1000-Seemeilen-Umweg schickten. Stark alkoholisiert hatten wir an einer polynesischen Theke die Lüge verbreitet, südlich einer benachbarten Inselgruppe drohe ein Seebeben. Die Nachricht hatte sich wie ein Lauffeuer verbreitet. Schon am nächsten Morgen hatten dann einige Segel-Laien überstürzt die Anker gelichtet. Zu acht waren sie im Konvoi gestartet, um lieber schnell im Norden die Inselgruppe zu umrunden. Der Umweg hatte sie 14 Tage gekostet.

»Erich«, hatte der Admiral nach dem 21. Getränk gestottert. Das war das erste Mal, dass er ihn gestern Abend direkt angesprochen hatte. »Erich, ich will dir noch eine Geschichte erzählen.«

Erik hatte höflich gelächelt, nur kurz »Erik« gesagt, »nicht Erich«.

Den Skipper hatte das wenig interessiert. Wie ein professioneller Rezitator hatte er schon mit ruckartigen Gesten die nächste Geschichte begonnen: »In Puerto Ayora hat so ein Belgier fünfmal seine Schiffsposition an die *Harbour Control* durchgefunkt. Weißt du, was wir gemacht haben? Weißt du das? Wir haben ihn über UKW zum Einklarieren in den größten Puff von Galapagos geschickt.«

Jetzt war der Skipper nicht mehr zu halten gewesen. Ausgelassen hatte er mit seinen vernarbten Händen wild auf der Tischplatte getrommelt. Er hatte gejubelt, gegrölt, gejault. Erik war blitzschnell mit seinem Stuhl ein Stück zurückgewichen. Denn plötzlich hatte der Admiral – wieder ganz still – seinen Kopf ruckartig nach vorne geworfen.

Sekundenlang hatte dann sein Silberblick Eriks Augen durchbohrt.

»Erik, erheiternd sind diese Geschichten, nicht wahr? Makaber sind sie. Makaber und erheiternd. Aber, mein lieber neuer Freund, all diese Geschichten und Erfahrungen haben uns dazu bewegt, die jetzige Mammut-Reise in dieser Form durchzuführen. Weißt du eigentlich, wie viele Segler sich ohne Kenntnis – geradezu desorientiert – um den Globus bewegen. Im blinden Vertrauen auf Radar und GPS, also Satellitennavigation. Die bringen oft nicht nur sich, sondern auch andere in höchste Gefahr. Gerade während des Pazifiktörns haben wir Massen dieser Exemplare kennen gelernt.«

Jetzt erst hatte der Skipper seinen Blick von Erik gelassen. Ruhig hatte er sich zurückgelehnt und einen tiefen Schluck genommen, hatte dann die Augen geschlossen, war in Erinnerungen tief versunken gewesen.

»Da war beispielsweise dieser Supersegler Willi. Ich erinnere mich ganz genau an diesen Wichser. Stolz erzählte der, dass er in eine der schlimmsten Situationen seines langen Seglerlebens gekommen war. Über Stunden meinte er, er sei mit seinem mickrigen 35-Fuß-Schiff in einer so starken Meeresströmung gewesen, dass er ›rückwärts segelte‹. Weißt du, wo dieser Trottel war? Der ist über den 180. Längengrad ... und da zählt das Gerät die Längengrade ja dann wieder rückwärts.«

Auch ich kannte die Geschichte. Willi hatte sie erzählt, als sei es das normalste Missverständnis der Welt gewesen, als habe er ein Abenteuer der besonderen Art erlebt. Damals in Apia hieß einer seiner aufmerksamen Zuhörer Oskar, der von Cuxhaven bis Tahiti mit der falschen Lichterführung gesegelt war, was ihn – nach Belehrung – recht wenig interessiert hatte:»Ich schlafe mit meiner Frau jede Nacht acht Stunden sehr ruhig. Wir haben nämlich ein Radargerät, das sich alle 20 Minuten einschaltet und piept, wenn da etwas im Weg sein sollte.«

Nur kurz unterbrach der Admiral, dann brüllte er plötzlich, während sein Blick wieder Eriks Augen durchbohrte:»Denen, mein Lieber, denen wollen wir jetzt einen Denkzettel verpassen. Wir werden deren Lehrmeister sein.«

Während des gemütlichen Abends im Haupthaus hatte die Thematik nie gewechselt. Nur als ich des Skippers Frau meine vielen mitgebrachten Geschenke präsentiert hatte, war Karl mit Erik kurz allein gewesen.

»Sag mir nicht, es gibt Probleme«, stöhnte ich, schmiss das unbezogene Kopfkissen Richtung Tür und rollte mich mehr hoch, als dass ich aufstand.

»Doch. Und zwar gewaltige.«

»Er ist ruhig, vielleicht etwas zu ruhig. Aber er ist schon ganz in Ordnung.«

»Das meine ich nicht. Den biegen wir uns schon zurecht.«

»Was dann? Ist er latent schwul oder insgeheim Baggerfahrer, der deinen Diesel auseinander nehmen möchte? Oder vielleicht beides? Ein schwuler Baggerfahrer?«

»Charly, ernsthaft! Erik kann maximal 20 Wörter Englisch. Als ich mit ihm damals telefoniert habe, hat er mir versprochen, Englisch zu lernen. Der kann nicht mal ein Bier bestellen.«

Ich wusste, dass es übertrieben war. Erik sprach Englisch, ähnlich wie Arafat, wenn er zu viel Palästinenser-Schnaps getrunken hatte. Das Sprachproblem war mir aufgefallen, als die First-Class-Stewardess zum vierten Mal geduldig ihre ›chicken or beef‹-Frage wiederholen musste. Und auch während des zehnstündigen Aufenthalts auf Bali hatte der Rostocker nur auf die entsprechende Zeile der Cocktailkarte gezeigt.

»Und was heißt das jetzt?«, wollte ich wissen.

»Ich hatte allen gesagt, dass bis Uruguay die Bordsprache

Englisch sein wird. William ist Australier, und ein Aussie ist gar nicht in der Lage, eine andere Sprache auch nur bruchstückhaft zu lernen. Der hat's jetzt mit Spanisch versucht. Wegen Südamerika. Das hat der drei Monate gelernt und kann nicht mal *Auf Wiedersehen* sagen.«

Der Admiral lachte. Ich lachte mit, wusste jedoch nicht so recht, warum. Gestern Abend hatte ich mit dem vierten Crewmitglied zum allerersten Mal gesprochen. William hatte mir ein freundliches ›G'day, mate‹ durch den Telefonhörer geträllert, hatte mich auf Australisch willkommen geheißen.

Abrupt stoppte ich das Lachen. Nicht nur, weil dabei der Kopf mehr schmerzte.

»Okay, und was heißt das jetzt?«, wiederholte ich meine Frage.

»Ich will, dass du den Jungen unter Druck setzt. Aber richtig unter Druck setzt. Nicht bitten oder vorschlagen oder hinweisen. Du musst ihn richtig unter Druck setzen. Bis wir starten, haben wir noch gut drei Wochen. Der soll arbeiten, das Schiff fertig machen und büffeln. Englisch büffeln, bis dass er seine Muttersprache vergisst. Das ist deine Aufgabe.«

Zeit für eine Reaktion bestand nicht. Der Admiral drehte auf dem Absatz um, öffnete die Tür, machte im Rahmen noch einmal kehrt: »Übrigens, du hast mir auch versprochen, deutlich abzunehmen.«

»Zwölf Kilo sind runter«, schmetterte ich ihm hinterher. Doch die Tür war schon zugeschlagen.

Zwei Toast mit Käse und eine schnelle Tasse Kaffee später saßen wir auch schon im Auto. Auf dem Weg nach Middle Harbour. Der Admiral schoss sich während der Fahrt einmal mehr auf die Australier ein, die seiner Meinung nach außer Rugby und Fischen nichts im Kopf haben. Für ihn waren sie hohl und gemeingefährlich, verlogen und allesamt Betrüger. Seine Lieblingstheorie war: »Das ist genetisch bedingt. Das waren ja alles nur Strauchdiebe und Mörder, die hierhin verfrachtet wurden. Und wer damals die Schiffsreise überstanden hat, musste schon eine besonders dicke Sau gewesen sein.«

Für mich war es nunmehr der achte Australienbesuch.

Insgesamt zweieinhalb Jahre hatte ich in Sydney unter Australiern gelebt. Im Gegensatz zum Admiral genoss ich die *Downunder*-Mentalität. Genauso wie wir beide es genossen, über unsere krass unterschiedlichen Auffassungen stets zu streiten. Und zu lachen. Mein Freund mit selbst ernanntem Admiralsstatus beschimpfte mich als rote Socke, war der Auffassung, dass alle Journalisten linke Lügner seien. Obwohl er wusste, dass ich aus theologischem Hause stamme, erzählte er bei jeder Gelegenheit, dass Kirchenmänner Mördern, Geizkragen und Parasiten gleichkämen. Ich bescheinigte ihm dafür permanent, den Menschenhasser par excellence zu verkörpern und irre zu sein. Denn wer seinem Hund zu Weihnachten teuerste Jungbullen-Filetspitzen serviert und ihn danach auch noch mit der Hand sexuell befriedigt, kann sie nun mal nicht alle stramm haben. Bei allen Auseinandersetzungen scherzten wir zwar derweil, doch Karl hatte einen klaren Vorteil. Aufgrund seines Altersvorsprungs von immerhin fast 15 Jahren und seines allein für ihn wichtigen Dienstgrades bei einer Söldnertruppe durfte er Start und Ende eines Streits vorgeben. Zudem konnte ihn mit der Anklage ›Menschenhasser‹ wirklich keiner beleidigen. Er stand dazu.

Mit einem kleinen Ruck stoppte der Skipper den Ford Stationwagon vor den Mülltonnen des *Middle Harbour Skiff Clubs*. Noch wenige Schritte, dann war sie zu sehen. Mein zweites Zuhause. Des Admirals ganzer Stolz. Aufgebockt glänzte der blaue Rumpf in drei Metern Höhe. Auch ohne angeschlagene Segel wirkte sie mächtig. Die Rahen waren stark angebrasst, verliehen dem Rigg schon von weitem eine imposante Erscheinung. Dank des starren, langen Bugspriets konnte die zwölf Jahre alte Schonerbrigg gar durch eine gewisse Schlankheit beeindrucken, was der bauchige Langkieler aber keineswegs war.

Erik blieb stehen. Geradezu andächtig begutachtete sein Blick die polierten Holzmasten. Langsam bewegte sich sein Kopf vom Bug zum Heck. Die Schäkel des Klüvernetzes spiegelten die Sonne. Plastiktüten an Dirk, Wanten und Stagen flatterten laut in der leichten Brise. Eventuell auf das Deck scheißende Möwen sollten so abgehalten werden.

»Nicht schlecht, was?«, fragte der Skipper lapidar. »Da ist jede einzelne Schweißnaht, jede Verbindung doppelt. Die meisten Schrauben sind mit der Hand gedreht. Ich habe jeden Griff auf der Werft kontrolliert. Hat die Arbeiter ganz schön ins Schwitzen gebracht. Manchmal sogar zur Verzweiflung getrieben. Aber das Ergebnis zählt. Darauf kommt es an. Nicht auf das *Wie*.«

Aus Eriks Mund kamen nur noch nicht zu identifizierende Ausdrücke der Begeisterung. Vorsichtig nahm er jede Stufe. Die Leiter stand unsicher an der Fußreling gelehnt. Doch sie bewegte sich keinen Millimeter. Geschickt glich der Rostocker das Gewicht aus. Sanft setzte er einen ersten Fuß auf das schmucke Teakdeck der aufgebockten Brigantine in vier Meter Höhe.

»Zieh gefälligst die Schuhe aus«, brüllte der Admiral vorsorglich. Er war auf der anderen Rumpfseite und konnte daher nicht sehen, dass Erik schon auf Socken in die Plicht gestiegen war. Behutsam tastete er sich an den hölzernen Backskisten entlang. Seine Finger berührten das Steuerrad. Für einen Moment hielt er sie dort. Dann sah er mich an. Ich glaubte, seine Gedanken zu kennen. ›Die Zeit wird kommen, in der wir beide dieses Steuerrad verfluchen werden.‹

* * *

Sehr geehrte Herren Kapitäne, *ich bitte erneut um Geduld und Aufmerksamkeit beim Studieren der vielleicht im Moment viel zu detailliert beschriebenen Handlungen während der Vorbereitungsphase. Doch ein sicheres Urteil kann nur erfolgen, wenn auch Sie Verständnis für den einzelnen Menschen in seiner Geschichte aufbringen. Es ist doch die Vergangenheit, es sind doch die Erfahrungen, die uns zu Tätern oder Opfern machen. Es sind die vielen kleinen Eindrücke, die lebendigen Randerscheinungen, die unser Handeln prägen. Sie bauen aufeinander auf. Schon schnell werden Sie, sehr geehrte Herren Kapitäne, die verschiedenen Entwicklungen erkennen, die letztendlich zu einem Desaster führen mussten. Und die Ursache des menschlichen Versagens liegt – sicherlich wie bei allen von Ihnen bislang behandelten See-Fällen – in den gegensätzlichen Charakteren, in den unterschiedlichen Motivationen, in den konträren Voraussetzungen. All das hätte ich wissen müssen. Ich hätte abbrechen müssen. Und ich gestehe hier erstmals schriftlich, dass ich gar nicht blind war. Ich habe ja all das kommen sehen. Nein, sicherlich nicht in dieser Intensität. Nicht in dieser Härte. Nicht in dieser Brutalität. Aber ich war nicht imstande, die Hand zu erheben. Ich dachte an meine geleistete Vorarbeit, an meinen Film. Sollte denn wirklich alles vergeblich gewesen sein? Die Mühe? Die Kosten? Es war an dieser Stelle der Mut, der mich packte, schier Unmögliches dennoch zu schaffen. Und ich griff an. So bitte ich Sie, sehr geehrte Herren Kapitäne, mein abwartendes, lediglich reagierendes Verhalten nicht überzubewerten. Erst das genaue Verfolgen wird Ihnen schließlich eine objektive Interpretation ermöglichen.*

* * *

So mag es auf den ersten Blick als recht unwesentlich erscheinen, was Erik nach 35-stündigem Flug am ersten Morgen unseres Aufenthaltes in Australien machte. Seine Haupttätigkeit lag darin, in vorderste Schränke des spitzen Bugs zu klettern, um kaum erkennbare Flecken vom Holz zu entfernen. Zehn Stunden reinigte der Rostocker ruhig und ohne Protest Matratzen, die er nie gedrückt hatte, polierte mit einem speziellen Öl Schranktüren, die er nie zuvor geöffnet hatte, saugte einen befleckten, alten Teppich, der bei unserer Ankunft im argentinischen Porto Deseado von Bord fliegen sollte. Nur einmal grummelte er leise: »Wunderschön, dieses Australien.«

Ich reagierte nicht. Ich verstand seinen Unmut nur zu gut, denn auch ich musste die letzte Drecksarbeit an Bord verrichten. Die Grätings vor dem Vakuumpumpklo und das, was sich wohl seit Monaten darunter gesammelt hatte, mussten entfernt werden. Es glich einem australischen Mini-Biotop, angereichert mit verkrusteten Schamhaaren und Pissspritzern, dazu selbst mit größter Fantasie undefinierbare Rudimente vergangener Bordgelage. Danach durfte ich noch einigen Messingteilen neue Pracht verleihen. Nein, ich verstand Erik nur zu gut, zumal die Schmerzen des Kopfs bei jeder Beugung unter die Gürtellinie stechender wurden. Aber ich verstand auch den Admiral, der in ruhigem, aber militärischem Unterton seine Liste der Anweisungen preisgegeben hatte. Ich hatte ihn gar zu diesem Schritt ermutigt. Denn existiert eine bessere Möglichkeit ein neues Schiff kennen zu lernen, als jeden Winkel andächtig zu säubern? Könnte es eine bessere Garantie dafür geben, dass ein neues Crewmitglied auch im heftigsten Sturm, bei größten Strapazen und problematischster Übermüdung noch Obacht gibt auf Ordnung und Sauberkeit?

Der Zeitplan drückte. Der Kalender zeigte den 7. November. Im letzten Monatsdrittel sollte Auslauf sein. Bis dahin musste jeder Handgriff sitzen. Und auch jeder Manöverbefehl in Englisch verstanden werden. Das bedeutete viel Arbeit. Für jeden. Aber auch Verzicht. Gerne hätte ich meine speziell für dieses Abenteuer gekaufte Digitalkamera bereits am ersten Tag zur Hand genommen, hätte die Säuberungssituation festgehalten, die Schonerbrigg zwischen vier Stahlträgern auf Schienen aufgenommen. Gerne hätte ich dokumentiert, wie Erik aus dem Ankerkettenkasten einen sauberen Stauraum für Brot machte. Aber der Skipper hatte mich zuvor zur Seite genommen und gemahnt, tatkräftig mit anzupacken: »Als First Mate, als Erster Offizier, musst du drauf achten, dass du noch dreckigere Arbeit verrichtest, als du bei deiner Crew in Auftrag gibst.«

Ich hasste seine stets mit militärischen, hierarchischen Erfahrungen begründeten Hinweise, bewunderte sie allerdings ebenso. Dieser nunmehr 56-jährige Söldner a. D., der durch pfiffige Finanzspekulationen – wie er mir einst erzählte – oder durch glückliche Erbschaft – wie mir einst einer seiner Bekannten berichtete – zu Reichtum gekommen war, hatte es wahrlich nicht nötig, mit schmierigen Fettkartuschen in öligen Tüchern zu sitzen, um Steuerketten zu warten. Er hätte wie viele andere reiche Schiffseigner mit Champagnerglas und prüfendem Blick übers Deck wandeln können. Aber der Admiral gehörte in keiner Weise zu denen, die mit Ringfingern über Niedergangsansätze strichen. Zu denen, die vor der Reinheitskontrolle der V4A-Relingstützen erst den Winkel zur dann spiegelnden Sonne testeten. Auch Karl-Maria Kleinjohann hätte es gekonnt. Doch statt mit skeptischem Blick Resultate zu begutachten, prägte der Admiral immer den Vorzeige-Matrosen. Er zwängte sich in engste Bilgen, ließ sich in den Masttopp ziehen, tauchte mit harter Bürste zum Unterwasserschiff. Er ölte einfache Werkzeugschlüssel und machte nie Feierabend, ohne auch seine Crewmitglieder zu entlassen.

Ihn als Vorbild hatte ich die First-Mate-Tätigkeit auf der *Albatros* übernommen und stöhnte jetzt auch beim Anblick der Fäkalienreste nicht, die mir zur Entsorgung oblagen.

»Wie heißen die Dinger eigentlich«, fragte Erik und zeigte auf eines der von ihm mit aller Sorgfalt gesäuberten Schapps, in das der mit Fett und Öl verdreckte Stoffbeutel mit Ersatzschäkeln gehörte.

»Ich glaube *cabby hole*. Ja, wir nennen es *cabby hole*. Vielleicht ist es nicht so ganz richtig, aber wir nennen es *cabby hole*«, antwortete der Skipper.

»Die auf der Backbordseite sind schon fertig. Die hier muss ich noch mit dem Öl … dann sind die auch okay.«

»Prima. Aber Erik, das mit dem Englisch … das ist ein Problem.«

Erik reagierte nicht, kreiste weiter den Lappen über schon gesäubertes Terrain.

»Das meine ich ernst. Erik, du hast mir damals versprochen, Englisch zu lernen.«

Eriks Hand samt ölgetränktem Lappen kreiste weiter. Wortlos.

»Du weißt, dass William kein Wort Deutsch versteht. Du musst dich verdammt anstrengen, sonst kriegen wir Ärger.«

Des Admirals Stimme wurde mahnender. Sichtlich hatte er Mühe, das deutlich erkennbare Desinteresse des ostdeutschen Crewmitglieds zu akzeptieren. Er wurde lauter.

»Ich meine es wirklich ernst. Erik! Du musst Englisch lernen. Setz dich hin! Du hast noch genug Zeit.«

Der recht einseitige Wortaustausch endete abrupt. Der Skipper schaute mich an, machte eine fast unbemerkbare, dafür umso ruckartigere Bewegung mit dem Kopf. Ich verstand den Wink. Und begab mich Richtung Plicht.

»Ein Bier?«, fragte er.

»Na ja, angesichts der Uhrzeit würde ich sagen …« Zu weiteren Ausführungen kam ich nicht, da standen schon zwei Dosen Bitter im Cockpit.

»Charly, das ist verdammt ernst«, begann der Skipper, während er die erste Dose öffnete. »William ist schon ein Problem, aber wenn Erik jetzt auch noch ...«

Ich unterbrach. Meine Hände waren blitzschnell in die Höhe geschossen.

»Wieso ist William ein Problem?«

Das, was ich bislang über den mitsegelnden Aussie wusste, war eigentlich nur angenehm, positiv, viel versprechend. Gestern Abend der Small Talk am Telefon war nett, freundlich, geradezu unterhaltsam. Es stand zwar unter dem Zeichen des typischen Sich-Antastens, aber war dennoch nicht typisch. Der Mann, dessen kratzende Stimme ich nur kannte, hatte sich höflich nach dem Flug erkundigt. Ich hatte sofort meine Überdosis an Jack Daniels zwischen Frankfurt und Jakarta, dann von den Baileys, Southern Comfort, Jim Beam, mal mit Tomate, Orange, Cola berichtet. Williams Reaktion war weder abweisend noch anerkennend gewesen. Sie war einfach charmant gewesen. Mit wenigen Worten hatte er erklärt: »Auch ich habe gestern tief ins Glas geguckt. Drei, vielleicht vier Gläser Wein. Beim einen geht's schneller, der andere braucht mehr.«

Ich schaute fragend. Ich verstand den Skipper nicht. Seine Schreiben, seine gesendeten Fax-Seiten hatten bis zuletzt äußerst viel versprechend geklungen. Gut, er hatte mir schon frühzeitig äußerst ausgeschmückt von den misslungenen, verbalen Spanisch-Versuchen des Sydneysiders berichtet. Aber alles andere? Ich sah noch den Brief vor Augen, in dem der Admiral handschriftlich seine Eindrücke von Williams erster Segeltour auf *Albatros* im Januar beschrieben hatte: »... nach Hawks Nest. Bei NO 6–7, fast exakt gegenan. Erste Nacht durchgemacht. In Port Stevens lange Wanderung entlang des Myall River bei tierischer Hitze. Abends Wein und acht Pints Thooheys Draught im Tea Gardens Fishing Club. William ist über schmutzige Witze nicht empört. William springt morgens über Bord, um den Kater zu bekämpfen. Seekrankheit kennt William nicht. Zum Segelbergen klettert William flink auf die Rah. Ich wette, unsere Lästerbank im Cockpit hat einen herzerfrischenden Zuwachs bekommen. Ich glaube, wir werden mit William keine Probleme bekommen.« Dazu hatte ich die Fakten erhalten, dass William Douglas 59 Jahre zählt, körperlich und geistig einen fitten Eindruck macht, ein eigenes Boot hat und zweimal von Australien nach Tonga gesegelt war.

»Wieso ein Problem? Wieso ist er ein Problem?«, wiederholte ich die Frage.

»Beate hat da so Vermutungen.«

»Skipper, ich kenne dich nicht seit gestern. Wer? Wer hat die Probleme? Du oder deine Frau?

»Wir.«

»Was heißt wir?«

»Na, eben wir.«

»Und könntest du das Problem auch beschreiben?«

»Er hat Angst vor dir.«

»Wer?«

»William.«

»Karl, spinnst du völlig? Ich kenne den Mann nicht einmal!«

Immer noch hatte ich diesen stechenden Schmerz im Kopf. Doch ich schüttelte ihn kräftig. Irgendwie musste ich meiner absoluten Verständnislosigkeit Ausdruck verleihen. Wie sollte jemand Angst vor mir haben, mit dem ich gerade einmal einen Small-Talk über Alkohol und lange, aber durchaus bequeme Flugreisen geführt hatte.

»Spinnst du völlig?!«, schnauzte ich den Admiral nun an. Denn bislang blieb eine Reaktion aus.

»Ich habe von dir erzählt«, sagte er leise.

»Was? Was hast du erzählt.«

»Na, von unserer letzten Reise. Dass du Prinzipien hast … an Bord … strikte Prinzipien … und dass du dabei über Leichen gehst, um diese zu verteidigen und durchzusetzen.«

»Karl, das sind deine Prinzipien. Das Theater, das wir mit den Jungs in der Südsee hatten …das waren deine Prinzipien. Nicht meine. Ich habe deine Prinzipien akzeptiert. Das ist alles.«

»Aber jetzt sind es deine.«

Mein guter, alter Freund war sich seiner Sache sicher. Zurückgelehnt saß er auf der Backbord-Backskiste, schaute mich mit einer Grimasse an, die verriet: So ist es nun mal!

Ich kniff die Augen zusammen.

»Was heißt das?«, wollte ich genauer wissen.

»Du hast sie akzeptiert. Ich habe sie für dich ausgesprochen. Ich stehe also außen vor.«

Heftig, geradezu wild schüttelte ich wieder den Kopf, wollte widersprechen. Der Admiral kam mir zuvor.

»Charly, hör auf, das war abgesprochen.«

»Was? Was war abgesprochen?«

Ich wurde laut, mäßigte aber augenblicklich wieder die Stimmlage. Ich musste unter allen Umständen verhindern, dass Erik etwas von einem Streit zwischen uns erfuhr.

»Was war abgesprochen«, fragte ich nun leise.

»Dass du meine Rolle übernimmst. Du führst die Crew wie ich es will. Ich habe nichts mit alledem zu tun. Ich kümmere mich um Navigation, um Besegelung, um Wetter … und sonst nichts. Du führst die Crew. Machst alles, was unter Deck erforderlich ist. Das war unsere Absprache.«

»Skipper, was hast du erzählt?«

»Nur das, was ich von einer Crew verlange.«

»Und warum hat dann der Australier Angst vor mir, obwohl ich ihn noch nicht mal kenne?«

»Weil ich ihm gesagt habe, dass du ganz schön zum Tier wirst, wenn deine Befehle nicht eingehalten werden.«

»Befehle?«

»Ja, Befehle.«

Ich glaubte ihm. Der Admiral bluffte nicht. Er wollte mich nicht nur mahnen, dass ich auch wirklich die für ihn fest geschriebene First-Mate-Rolle nach seinen Vorstellungen durchziehe. Er wusste genau, dass ich an Bord einen anderen Stil verfolgen würde. Einen Stil, der auf Verständnis basiert. Auf Kameradschaft. Auf Vertrauen. Und er hatte Vorsichtsmaßnahmen getroffen, hatte seine Vorstellungen über Rollen, Hierarchie, Pflichtbewusstsein und Befehlsfolge an Bord in meinen Mund gelegt.

»Warum?«, fragte ich ihn nüchtern.

»Weil ich dir vertraue.«

»Admiral, hör auf! Du vertraust keinem.«

»Weil ich will, dass diese Reise ein Erfolg wird. Ich will heil, und … wenn es geht, mit heilem Schiff ankommen. Du weißt, wie ich ein Schiff geführt haben will. Nur, dass es diesmal deine Aufgabe ist. Ich habe keine Lust mehr, mich mit Kreaturen zu plagen, die meinen, *Albatros* sei ein Ausflugsdampfer. Es ist nun deine Aufgabe. Und das wusstest du.«

»Aber nach meiner Methode.«

»Meine Methode ist auch deine. Hast du verstanden?«

Jetzt musste ich laut werden. Tief, sehr tief schnappte ich nach Luft. Doch das leise Geräusch im Salon zwang mich plötzlich, ganz ruhig zu bleiben. Erik hatte gerade die Messe passiert. Deutlich konnte ich es am Klang der knarrenden, zweiten Stufe zwischen Salon und Navi-Raum vernehmen. Ich atmete klanglos aus, nippte an meiner Bierdose und starrte überraschend Erik an, der für mich doch so völlig unerwartet im Niedergang auftauchte.

»Warum«, fragte ich, als er wieder mit seinem Putzlappen verschwunden war und ich das Geräusch der Stufe ein zweites Mal vernommen hatte.

»Weil du meine Regeln der Schiffsführung akzeptierst hast, mein Erster Offizier, sprich: First Mate …«

»Hör auf mit First Mate! Ein First Mate regelt seine Sachen selbst. Wenn du schon mit deinem militärischen Scheiß anfängst, dann sag mir, was du willst! Mach mich zur Sau, wenn irgendetwas nicht klappt … aber überlass es mir, wie ich es umsetze.«

»Charly, das ist mein Schiff.«

»Und unser Plan. Ich wollte den Film drehen. Ohne den Film wären wir alle nicht hier. Ich habe das Konzept gemacht. Ich habe das Drehbuch geschrieben. Ich habe die Spielregeln für den Törn aufgestellt.«

»Für den Törn. Okay. Aber ich gebe die Spielregeln an Bord vor.«

»Karl, es ist unser, verstehst du, es ist unser Törn. Es ist unsere Idee.«

»Aber mein Schiff … und ich bin der Skipper.«

Verdammt! Wie viele Eingeständnisse musste ich eigentlich heute noch machen? Wieder einmal hatte er Recht. Alles, was er mir vor Augen gehalten hatte, war absolut nichts Neues. Tagelang hatten wir über die Verteilung der Führungsaufgaben debattiert, hatten Kompetenzen und Verpflichtungen abgesprochen. Ich kannte seine Ordnung, seinen Anspruch, seine Organisation, wusste, was ihn als Skipper an Bord befriedigte, und hatte ihm mehrfach bescheinigt, hundertprozentig seinem Anspruch gerecht zu werden. Auch wenn es meiner persönlichen, mehr auf den Alltag abgestimmten Meinung widersprach, war seine Art der Schiffsführung auch für mich die richtige, die einzig akzeptable, die notwendige. Nicht, weil er in Südostasien bei irgendeiner drittklassigen Marine-Söldnertruppe gedient hatte. Nicht, weil er einmal um die Welt gesegelt war. Zwar auf der läppischen Barfußroute im permanenten Sonnenschein, aber immerhin. Nein! Weil er das personifizierte, was mit ein Anliegen an diesem Törn war. Er entsprach dem, was ich in dem Bereich »Seemannschaft« lehren wollte, was ich in unser Konzept gestrickt hatte.

Also, ich wusste genau, worauf ich mich eingelassen hatte. Und unsere klare Aufteilung der Führungsaufgaben war die einzige Lösung gewesen. Schon beim Schreiben der ersten Filmkonzeptseiten hatte ich mit Sorge an die grobe Art meines Freundes gedacht, mit der viele an Bord nicht klar kamen. Allein mir waren an die 20 Personen bekannt, die vorzeitig, geradezu überstürzt *Albatros* verlassen hatten. Oft Hals über Kopf in Nacht- und Nebelaktionen. Ich erinnerte mich an einen Zahnarzt, der einst auf seine komplette Kameraausrüstung samt teurem, zahnmedizinischem Equipment verzichtet hatte. Ein Theologe war gar fluchend geflohen. Ein geiziger Großkaufmann hatte sich kurzfristig in ein teures Hotel eingebucht. Es war vor allem die überzeugende Unfehlbarkeit, die der Skipper stets proklamierte, mit denen die Crew Schwierigkeiten hatte. Doch diese Eigenart schätzte ich, akzeptierte ich, bewunderte ich gar ein wenig. Auch der Admiral war sich dieser Problematik bewusst gewesen, hatte daher selbst den Vorschlag gemacht, ich möge künftig das Bordleben organisieren, bestimmen, gestalten.

»Mensch, Charly, ich wollte dir nur vorab mal ein bisschen Respekt verleihen«, bat er nun um Verständnis, während sein kleiner Finger der rechten Hand im linken Ohr pulte. »Der Aussie ist 59 und einer der größten Versicherungsmakler von Mosman. Das ist ein ganz Abgezockter, der nur ganz wenige Freunde hat. Ich wollte ihm doch nur klarmachen, dass da kein 38-jähriger Hampelmann sein Vorgesetzter ist.«

»Skipper, Vorgesetzter ist …«

»Du bist Vorgesetzter. Du bist First Mate.«

»Du bist derjenige, der mir immer predigte, ein Vorgesetzter müsse durch Kompetenz überzeugen.«

»Er ist sportlicher als du.«

»Ich habe trainiert, bin fit und …«

»Er springt ins eiskalte Wasser.«

»Brauche ich nicht! Ich will segeln!«

Kein Wort musste mehr fallen. Keine Geste oder Mimik musste den Abschluss der Diskussion signalisieren. Es war einfach gegeben. Durch unsere alte, lange Freundschaft. Durch monatelanges Zusammenleben auf 17,48 Meter Rumpflänge. Durch gemeinsame Hand-in-Hand-Arbeit auf 22,60 Meter Länge über alles, von Beginn des *Albatros*-Heckauslegers bis zur Spitze Klüverbaum. Wir grinsten beide. Wir stießen mit einem Augenzwinkern die Bierdosen zusammen. Wir tranken aus und sprachen gleichzeitig: »Na, dann wollen wir mal!«

* * *

Plötzlich kneife ich die Augen erneut zusammen. Ein Sonnenstrahl hat den Kampf gegen die dichte Wolkendecke gewonnen. Im Süden reißt sie gar zunehmend auf. Der Horizont öffnet sich. Er hat wohl Mitleid, dies durch genügend Tränen bereits kundgetan, will nun Möglichkeiten zum Handeln gewähren.

Mit einem Mal ist der Strand wieder belebt. Nicht, dass er während des Schauers vereinsamt ruhte. Doch jetzt sind auch die Kinder mit Bällen und Geschrei wieder da. Die dunkelhäutigen, schwarzhaarigen Schönheiten entledigen sich ihrer vom Regen durchtränkten T-Shirts. Die Bässe im Sambatakt gewinnen an Lautstärke, als wolle sich der Wirt der brüchigen Baracke an der Ausfahrt zur Hauptstraße nach Porto Belo für das nasse Intermezzo entschuldigen.

»Caca, you English?«, fragt ein stämmiger Typ mit Schraubenschlüsseln in Händen. Während des Gusses hatte er tapfer mit seinen Kollegen an zwei Jetskis geschraubt. »I Caca«, reagiert er auf meine zögernde, unverständliche Grimasse.

»No, German, but nice to meet you. Do you speak English?«, frage ich und hoffe auf eine positive Antwort. Der Kerl könnte mir weiterhelfen, zumindest Fragen beantworten, Auskünfte erteilen, wo ich beispielsweise ein Telefon, eine Bank, ein billiges Hotel auf Kredit, ein Taxi oder eine Post finden würde. Irgendetwas, was mich weiterbringt.

»Yes, I English. You English«, stammelt Caca und meine Hoffnung platzt wie eine Seifenblase. Ich blicke auf den roten Segelsack, auf den blauen Segelsack, auf den Kamerakoffer, das Stativ, auf meine Füße und erschrecke. Bei meiner Flucht hatte ich die Schuhe vergessen. In Sichtweite lag *Albatros* vor Anker. Taucherbleigewichte, voll geschissene, lange Unterhosen, Balaclava und massenweise gesammelte Prospekte und Broschüren aus Uruguay hatte ich aus gewichtigen Gründen liegen lassen. Doch mein Schuhwerk hatte ich schlicht vergessen. Ich schaue Caca hilflos an, sehe einen Jetski genau über seiner Schulter warten. Dessen Gashebel einmal kräftig umgelegt, könnte ich mir die Latschen innerhalb von zwei Minuten holen. Doch der neue Schiffsführer ist garantiert an Bord, würde mich wahrscheinlich mit Waffen daran hindern, das Deck nur zu berühren. Ich verspüre wieder Tränen, sehne mich mehr denn je nach meinem alten Freund Karl, nach meinem treuen Weggefährten, dem Admiral. Ich frage mich, was aus ihm geworden ist. Ich konnte ihm nicht mehr helfen.

Genauso wenig wie mir nun Caca helfen kann.

Ich warte und suche. Es muss einen Weg geben. Diesem kleinen, stämmigen Brasilianer muss ich doch irgendwie meine Situation erklären können. Nein, jetzt bloß nicht verzweifeln. Keine Kurzschlusshandlung. Auch nicht wieder mit Gefühl entscheiden. Das war auch in den vergangenen Wochen falsch. Jetzt muss ich meine Vernunft einsetzen.

Ich zeige auf mein Gepäck, ziehe gleichzeitig die leeren Taschen meiner Shorts nach außen, lege eine Gesichtshälfte schräg und mit geschlossenen Augen auf eine Handfläche. Dann hole ich die goldene Master-Card aus der Brusttasche, halte sie mit gestreckten Armen und fühle mich ausgeliefert. Noch nie zuvor habe ich so schnell einem Fremden meine gnadenlose Hilflosigkeit, Einsamkeit, Hoffnungslosigkeit gepaart mit Armut und Müdigkeit gestanden. Und das im kriminellen Südamerika. Es war praktisch eine Einladung, mir eins auf die Fresse zu hauen. Ich erschrecke vor mir selbst. Ich hätte es einfacher haben können, vielleicht schmerzfreier. Genauso gut hätte ich dem Brasilianer meine Kreditkarte in seinen Strohhut legen können. Schnell zog ich die Karte wieder an mich.

»No problem«, meint Caca schlicht, »no problem.«

Ich atme erleichtert durch.

30 Sekunden später steht er wieder vor mir. Diesmal mit zwei braun gebrannten, halb nackten Hänflingen, die übers gesamte Gesicht strahlen.

Der Erste sagt: »Jorge.«

Der Zweite: »Eduardo.«

Caca sagt: »Caca.«

Ich stelle mich vor, füge hinzu »from Germany«, zeige anschließend auf die *Albatros*, haue mit der rechten Faust in die linken Innenhand, stehe auf, tu so, als ob ich verstört rennen würde. Verdammt, wenn die drei Brasilianer jetzt meine Situation nicht verstehen, weiß ich auch nicht mehr weiter.

Caca lacht, holt aus einer Kühltasche eine Flasche Caipirinha und reicht sie mir.

»No problem, we …«, stottert er, »we help you … you give me english.«

»Yes«, nicke ich überzeugend und trinke einen tiefen, zu tiefen Schluck aus der Plastikflasche. Das selbstgemixte Zeug aus Cachaca, Limonen, Zucker und Eis haut mich glatt um. Die Boys lachen. Ich kann nicht, muss erst meinen verkrampften Gesichtsausdruck entzerren.

Yes, der erste Schritt ist getätigt.

Was bleibt mir auch anderes übrig, als diesen drei Burschen blind zu vertrauen? Was habe ich noch groß zu verlieren? Mein Blick streift den roten Segelsack. Ich springe auf. Entsetzt weichen Jorge, Eduardo und Caca zurück. Halb liege ich in der Öffnung des riesigen Beutels und krame. Natürlich habe ich noch etwas groß zu verlieren. Natürlich. Wo ist mein zielstrebiges Denken geblieben? Wo mein logisches Kalkül? Wie konnte ich nur das wichtigste Beweisstück meiner Unschuld so dermaßen lieblos in den Sack werfen? Ich krame weiter.

Verknotete Damenstrumpfhosen. Ein Lifebelt. Ein leeres Schnapsfläschchen. Ein Umschlag. Endlich. Mit den Fingerspitzen ziehe ich ihn heraus. Mit den Fingerspitzen öffne ich ihn. Acht kleine Digital-Filmkassetten. Alle beschriftet. Ich suche, lese, lege sie einzeln zurück in das Kuvert. Da ist sie. Nummer Sieben. Mit beiden Händen liebkose ich die Mini-Kassette. Für Sekunden halte ich so inne. Die drei neuen brasilianischen Freunde starren fassungslos. Auf mich. Auf die Kassette. Wieder auf mich. Ich bleibe regungslos. Auf diesem Band liegt meine Versicherung. Und vielleicht können diese Aufzeichnungen gar den neuen Skipper vernichten. So wie dieser den Rest der Crew auch zu vernichten versuchte.

Hass, purer Hass strömt durch meine Adern. Und Trauer zugleich. Ich weiß: Den alten Admiral werden auch diese Filmdokumente mir nie wieder zurückbringen.

Vorsichtig führe ich die Filmkassette in meinen Brustbeutel, beginne zu lachen, zu jubeln und greife nach einem ordentlichen Schluck Caipirinha.

Die Uhr zeigt kurz nach fünf. In zwei Stunden werden Strandmiezen, Kinder und auch der Wirt verschwunden sein. Mir bleibt nichts anderes übrig als stillschweigend zu beobachten, wie Caca plötzlich meine beiden Säcke in ein Auto verlädt. Im Fond des Fiat kichern zwei junge, äußerst attraktive Brasilianerinnen. Nur der rote Sack passt in den Kofferraum. Der blaue wird auf die Rückbank gedrückt. Ohne Rücksicht auf die nun kreischenden Mädels.

»Hello, *boa noite*«, rufen die Hübschen und winken. Ich beschließe, die halb nackten Schönheiten mit ihren leuchtenden Bikini-Oberteilen keine Sekunde mehr aus den Augen zu lassen. Denn nun landet gar mein Kamerakoffer zwischen zwei unbedeckten, braunhäutigen Schenkeln.

Zwei Stunden und acht Flaschen Caipirinha später – der Anteil an Zuckerrohrschnaps gewann stets deutlich an Quantität – versuche auch ich mich noch in den Fond des Fiat zu quetschen. In der Strandkneipe hatte ich meinen letzten brasilianischen Dollar gegen Alkohol getauscht. Schließlich wollte ich mir nicht nur einen nach dem anderen ausgeben lassen. Jorge und Eduardo plapperten permanent auf portugiesisch. Die Ausnahme bildete bislang allein Caca, der mich 120 Minuten mit einem beängstigenden Englisch malträtierte, geduldig jeden Satz notfalls auch achtmal wiederholte, bis ich antwortete.

Ich hatte geholfen, die Jetski auf die Trailer zu verladen und lächel nun die immer noch kichernd-kreischenden Mädels im Fiat-Fond an. Zu dritt sitzen wir auf der Hinterbank des Kleinwagens. Gelehnt an den blauen Seesack, dient mein rechter Schenkel als Stütze für die jüngere der beiden. Mein linkes Bein liegt geknickt über dem Schoß der Älteren. Das Knie berührt leicht ihre verschwitzten Brüste. Mein Gefühl konzentriert sich aber auf meinen rechten Fuß. Der ruht nämlich auf dem Kamerakoffer. Eine beruhigende Empfindung.

»Home«, sagt Caca und tritt aufs Gaspedal. »Home«.

Ich schaue durch die Heckscheibe Richtung Atlantik.

Das Licht der untergehenden Sonne erfasst nur noch die halbe Bucht. Der blaue Rumpf *meines* Schiffes, die zwei Masten mit den Rahen, die angeschlagenen Segel auf Baum und Bugspriet strahlen aus für mich nie mehr zu erreichender Ferne. Ich schaue *Albatros* so lange nach wie nur möglich.

»Home«, sage auch ich.

Doch mein Zuhause verschwindet abrupt hinter der ersten Abbiegung.

* * *

Gläser bildeten mit den Tischen eine Einheit. Deutlich verlief glibberiger Schmier über die Platten. Die Stühle waren aus simpelstem Metall, die Bezüge bemalt, zerrissen, durchlöchert. Auf dem Teppich warteten wohl schon länger ausgetretene Zigarettenkippen auf endgültige Entsorgung. An den Wänden hingen einige Plakate. Bierwerbung, ein paar Segelschiffe, eine Seekarte.

Wie in allen guten australischen Segelclubs herrschte auch im *Skiff Club* eine Kleidervorschrift, die sich auf das Tragen von Schuhwerk und Oberteil beschränkte. Da Badelatschen und durchlöcherte, verdreckte T-Shirts ohne weiteres die auferlegte Dress-Verpflichtung erfüllten, war es auch für uns nach einem harten Arbeitstag kein Problem, den Club in Middle Harbour zu besuchen. Acht Stunden hatten wir gewienert, poliert, geölt und Listen gefertigt. Im Vorschiff, das auf der Backbordseite mit einer Werkbank versehen ist, die jeden Hobbyhandwerker in Staunen versetzt, war weitestgehend alles eingerichtet. Auf losen Blättern hatten Erik und ich jedes Teil notiert, das in Schränken, Schapps und kaum zugänglichen Löchern versteckt worden war. *Albatros* besaß sämtliches Reparaturequipement an Bord: Schläuche, Drähte, Leinen in jeglicher Form, Stärke und Länge. Hunderte von Schäkeln waren ordentlich an mehreren dreikardeeligen Leinen aus Manilahanf befestigt. Die Enden waren sauber durch einen Kurzspleiß verbunden. Die Liste sollte zum Ende der Vorbereitungsphase in ein jungfräuliches Buch eingetragen werden. Es war sicherzustellen, dass auch im stürmischsten Chaos jedes Werkzeug, jedes Reparatur- und Ersatzteil auf Anhieb zu finden war. Nur Kartuschen für einen kleinen Flammenwerfer zum Löten fehlten noch. Sonst war alles komplett. Gar Ersatzkolben für den 130 PS starken Diesel waren verstaut.

Während der Admiral wieder in deutscher Sprache über die Australier herzog, ich mit einem Schluck das vierte Glas leerte, bestellte Erik an der Theke den nächsten *jug* – eine größere Plastikkaraffe, die vom Wirt gewissenhaft bis zum Rand mit Bier gefüllt wurde. Ohne Schaum.

»Hello, Skipper«, schallte es aus Richtung Terrassentür.

Ein schmächtiger, älterer Mann, in Vergleich zu allen anderen Gästen viel zu adrett gekleidet, winkte aufgeregt. Das eingefallene Gesicht des Mannes grinste. Der Kranz um seine Glatze war wie der Vollbart kurz geschnitten und in Grau gehalten.

»Was will der denn hier?«, flüsterte der Admiral abfällig über die glibberige Tischplatte.

Doch plötzlich schnellten seine fleischigen Wangen empor. Strahlend bis zu den Ohrläppchen winkte er und rief auf

Englisch gen Terrassentür: »William, was für eine nette Überraschung. Komm zu uns.«

Wir stellten uns vor. Mit drei weiteren *jugs*. Von der angekündigten Angst des Australiers keine Spur. Gegenseitiger Respekt sowie ausgefallene Witze prägten das Kennenlernen. Wir schwärmten von jungen, argentinischen Damen, die wir splitternackt in der Bilge gefangen halten wollten. Ab Porto Deseado sollten sie für den Rest der Reise unser Bordleben versüßen. Wir malten unsere abartigsten sexuellen Phantasien aus und sponnen so richtig derbes Seemannsgarn. Wir waren die vier, die die alten Geschichten der P-Liner-Matrosen neu entdecken wollten. Ich war nur überrascht von dem 59-Jährigen, der Berge bestieg, stundenlang wanderte, morgens ins eiskalte Wasser sprang und sich nun recht viel Mühe gab, auch mit Erik zu konferieren. Langsam und für Australier ungewöhnlich deutlich warf er dem Rostocker immer wieder einfachste englische Worte vor. Ich blickte meinem alten Admiral in die Augen und erkannte sofort, dass ihm Eriks permanente *Yes*-Antworten große Sorgen bereiteten.

Nach vier gemütlichen Stunden opferte ich mich, den letzten *jug* schnellstens allein auszutrinken. Im Auto stellte ich den Skipper dann zur Rede.

»Warum hat sich William bei mir für die Koje bedankt?«

»Tschuldigung, das habe ich dir vergessen zu sagen. Ich habe ihm die Doppelkoje versprochen.«

»Was? Das ist doch …«

Albatros besitzt sechs Kojen. Zwei sind im Vorschiff auf der Steuerbordseite übereinander. Eine weitere ist im Salon. Um die Salonkoje zu erreichen, muss über die Bank des Esstisches gestiegen werden. Die Skipperkoje liegt in der Pantry, gegenüber dem kardanisch aufgehängten Petroleumherd. Gleich neben dem Kühlschrank beginnt der Navitisch mit allen Instrumenten. Nur Funkgeräte und GPS sind hinter dem Schrank für Schwerwetterzeug am Ende der Skipper-Matratze versteckt. Diese Position ermöglicht dem schlafenden Kapitän jederzeit, mit wenigen Schritten sowohl eine Ortsbestimmung durchzuführen, einen Funkspruch abzusetzen oder auf Deck zu gelangen. Und dann ist da noch die ›Suite‹. Eine Doppelkoje zwischen Messe und Vorschiff, gegenüber Toilette und Waschraum, mit eigener Schiebetür, die allein mir versprochen war.

»Er hat mich darum gebeten«, stotterte der Admiral seine Erklärung runter, »er hat gesagt, im Vorschiff kriegt er Platzangst … und … er hat ja auch verdammt viel bei den Vorbereitungen mitgeholfen.«

»Was?«

»Na, beispielsweise den Holzkasten für das Gemüse unterm Niedergang der Achterluke.«

»Karl, das war abgemacht, dass ich in die …«

»Charly, er ist 59 Jahre alt. Außerdem wollte ich dir nur einen Gefallen tun.«

»Nett von dir.«

»Ich sag dir jetzt mal was.« Die Admirals-Stimme wurde resoluter. Keine Verteidigung mehr. »Erstens bist du ganz allein im Vorschiff. Die obere Koje wird hochgeklappt. Da hast du deine *privacy*. Zweitens, bis Argentinien wird das so wackelig, dass du mir noch auf Knien danken wirst, in einer Einzelkoje zu liegen. Der alte Sack wird in der Doppelkoje noch richtig Schwierigkeiten bekommen. Der wird bei schwerem Seegang dermaßen hin- und hergeschmissen. Der kriegt nicht mal sein Leesegel hoch. Und …«

»Du hast mir doch gesagt, wie sportlich er ist.«

»Lass mich ausreden! Und drittens: Ab Porto Deseado, wenn der schöne Teil der Reise beginnt, wird ohnehin alles anders. William hat nämlich nur die Zusage von mir, bis Argentinien mitzusegeln.«

Ich beruhigte mich. Das mit dem Kojenkomfort in stürmischer See hatte Hand und Fuß. Im Vorschiff würde ich wahrlich besser ein- und aussteigen können, hätte bei starker Krängung mehr Möglichkeiten mich abzustützen. Das Leesegel der Koje – zum Schutz vor Herausrollen – wäre wahrlich viel schneller einzuhaken. Doch irgendwie wollte ich mich nicht zufrieden geben.

»William hat mir erzählt, dass neben Kap Hoorn die Karibik sein größter Traum sei.«

»Na, dann lass ihn doch träumen! Und noch etwas. Er musste mir versprechen, dafür die Toilette sauber zu halten. Kannst dir ja vorstellen, was das für 'ne Sauerei geben wird. Der hat sich dafür sogar schon so Gummihandschuhe besorgt. Gelbe. Bis zu den Ellbogen. Der sieht aus wie ein frisch gevögeltes Post-Eichhörnchen.«

Das war's wieder! Die Lachmuskulatur war augenblicklich nicht mehr zu bändigen. Beim Toilettenthema angelangt, ließen wir uns gar noch über meine Konstruktion des Außen-Sturmklos aus. Vor anderthalb Jahren hatte ich das Gestell für die Plicht in ersten Skizzen entworfen: ein schlichter Eimer, gehalten von zwei massiven Holzbrettern zwischen den Backskisten. An Griffen des Doghouses seitlich des Niedergangs sollte sich ›der sich seiner harten Notdurft Entledigende‹ festhalten – zwangsläufig den nackten Hintern Richtung Steuermann gestreckt.

In gleicher Stellung – nur bekleidet – erblickte ich eine Stunde später Erik auf dem Balkon des Cottage. Er machte Entspannungs- oder Dehnübungen. Zur sportlichen Ertüchtigung. Oder weil er einfach müde war. Ich fragte ihn nicht, sondern ermahnte ihn, wie mir aufgetragen war.

»Das mit dem Englisch ist wirklich ein Problem. Du hattest es dem Skipper versprochen.«

»Hör auf, ist gut, ja.«

»Erik, das ist Scheiße. Du hast doch kaum etwas von dem verstanden, was William erzählt hat.«

»Ist gut, okay, ich habe ja noch sieben Wochen Zeit.«

Ich stockte. Was hatte er gerade gesagt? Entweder ich oder mein neuer Rostocker Segelkamerad hatten zu tief ins Bitter-Glas geguckt.

»Wir starten in drei Wochen«, bemerkte ich knapp.

»Ja, ich weiß. Aber bis zu den Chathams habe ich ja noch Zeit. Wo liegen die eigentlich?«

»Die was?«

»Chathams. Inseln. Irgendwo auf dem Weg zum Hoorn.«

»Wieso?«

»Der Skipper hat mir ein Ultimatum gesetzt. Bis zu den Chathams. Falls ich bis dahin kein Englisch kann, steuert er die

Insel an und ich kann aussteigen. Er hat mir auch gleichzeitig noch gesagt, dass man da verdammt schlecht wegkommt. Kein Flugzeug. Nur Versorgungsschiffe. Und so weiter.«

»Ach so, ich habe Erik gedroht ... aber nur geblufft«, hatte mir der Admiral vorhin zum Abschied noch gesteckt. Ich hatte nicht nachgefragt. Jetzt wusste ich, was er gemeint hatte.

Ich überlegte kurz, suchte in meinem Gedächtnis nach den Chathams. Sie lagen keineswegs auf unserem Kurs. Wir müssten hinter dem Nordkap Neuseelands viel zu weit südlich steuern, wären viel zu früh und unnötigerweise inmitten der *roaring fourties*. Sicherlich, die Möglichkeit bestand, aber ... Ich schaute zu Erik. Glaubte der Kerl wirklich, der Skipper wäre dazu fähig? Das wäre doch absolut schwachsinnig. Das musste doch auch Erik einschätzen. Andererseits ... Ich kannte den Admiral zu gut. Ein Bluff? Ich hätte meine Hand dafür nicht ins Feuer legen wollen.

* * *

SEHR GEEHRTE HERREN KAPITÄNE, *wie Sie aus bislang ausführlichen Schilderungen erfahren konnten, bin ich es durchaus gewohnt, mit einem schmerzenden Stechen im hinteren Kopf- und mittleren Stirnbereich morgens zu erwachen. Dennoch gestehe ich: Es gibt bestimmte Situationen, die auch mich immer noch schocken können. So wie diese jetzt.*

* * *

Mein Kopf liegt auf kaltem, marmoriertem Fußboden. Direkt in Augenhöhe sehe ich meine rechte Hand. Sie schlummert inmitten einer Schar umgekippter Gläser, Zigarettenkippen und Kartoffelchips. Etwas dahinter liegen vier Spaghetti in cremiger Kräutersoße. Vage erinnere ich mich an den letzten Abend, stutze jedoch. Den weiblichen, nackten Schenkel zwischen meinen Beinen kann ich nun wirklich nicht zuordnen.

Kaum traue ich mich umzudrehen. Ich will den nackten Frauenschenkel nicht bewegen, bloß nicht wecken. Doch irgendwie reizt mich das schlanke, dunkelbraunhäutige Gliedmaß. Ein kurzer Kopfschwenk. Ich erkenne ein schwarz gelocktes, junges Geschöpf neben mir. Mit blanken Brüsten – wohlgeformt –

schnarcht sie leise neben meinem rechten Ohr. Beim Ausatmen bewegen sich ihre wulstigen, ebenfalls dunklen Lippen. Ich muss mich orientieren. Ich weiß nicht einmal ihren Namen.

Beim Blick auf die Couch fällt es mir ein. Sie ist das Mädchen, das wir letzte Nacht aus der Disco abschleppten. Eine typische brasilianische Disco-Maus, die sich die ganze Nacht aushalten ließ und uns dafür charmant nach Hause begleitete. Für mich hieß sie schlicht »du«, da ich kein Portugiesisch spreche und sie weder Englisch noch Deutsch versteht. Nun erinnere ich mich. Sie wollte mich verführen. Zumindest nachdem Caca mich an die Theke geführt hatte und ich den Barkeeper überzeugen konnte, mir auf meine Master-Card Bargeld zu geben. Ich erinnere mich an meinen Jubel. Ich hatte wieder Geld. Bargeld. Zwar immer noch keinen Pass, konnte nicht ausreisen, konnte kein Ticket kaufen, konnte mich bei keiner Behörde melden. Aber ich hatte Bargeld. Ich konnte planen, konnte ein Taxi bezahlen, konnte mich zu Menschen bringen lassen, die mir helfen. Doch hier, auf dem Marmorboden liegend, kommt die eiskalte Ernüchterung: Ich habe keinen, der mir helfen kann. Außer Jorge und Eduardo, mit denen ich gestern in die 30 Kilometer entfernte Disco gefahren war, ohne dass ich überhaupt wusste, wohin es ging. Und natürlich Caca, der auf einem Sofa schräg über mir im Schlaf wimmert. Aus seinem Schoß muss wohl auch das liebliche, brasilianische Geschöpf gefallen sein. Denn Caca hatte sich nach meiner deutlichen Abfuhr tröstend um sie gekümmert.

Ich warte. Und warte.

Ich will sie nicht wecken. Ohnehin kann ich mich nicht mit ihr unterhalten. Das Ruhen mit offenen Augen fällt mir nicht schwer, auch wenn die vier Spaghetti reichlich stören.

Ich bete. Das ›Vater Unser‹. Gekonnt. Ich hatte es ja wieder gelernt. Ich bete es, seit mein Freund, mein Helfer, mein Beschützer, mein Skipper, mein Admiral Karl-M. Kleinjohann von mir gegangen ist. Seit er mich so unverhofft und plötzlich verlassen hat. Fast anderthalb Monate sind seitdem vergangen. Und während ich auf das nackte Bein zwischen den meinigen blicke, verfluche ich ihn, dass er mich allein gelassen hat. Jetzt brauche ich ihn mehr denn je. Ich brauche seine Selbstsicherheit, seine

Disziplin, seine Zielstrebigkeit, die durch nichts zu erschüttern ist. Ich brauche seinen eisernen Willen und seine Denkart. Das ist es, was mich jetzt weiterbringen würde. Aber sein Geist, wie ich ihn schätzte, ist lange fort. Nur sein Körper ist noch da. Ich weiß, wo.

Langsam drehe ich mich, versuche, das mich stimulierende Bein nicht aus dem Schlaf zu reißen. Plötzlich schlägt die Schönheit ihre Augen auf, lächelt mich an, küsst meine Wange. Ich sage nichts, weiß nichts zu sagen und kann auch nichts sagen. Langsam erhebt sie sich. Nackt. Die prallen Brüste zucken über mir. Dann entfernen sie sich, begeben sich zurück auf die Couch, von der sie gefallen waren. Die strahlenden braunen Augen scheinen sich entschuldigen zu wollen. Caca stöhnt. Ich greife sofort zu meinem Brustbeutel. Alles noch da. Auch die Filmkassette Nummer Sieben.

75 Minuten später: Das Frühstück verläuft wie der gestrige Abend.

Am Strand, im Wohnhaus, in der Disco hatten wir das Notwendigste gewechselt. Sprich: »How are you« und »all right«. Meine drei Freunde aus Brasilien hatten versucht, mir drei Frauen zu vermitteln. Jeder eine. Aber mein Sinn stand nach weit anderem. Jorge war als Erster mit einer 17-Jährigen gekommen. Er hatte es nicht verstanden, als ich ihm meine goldene Euro-Card, dann die Dame hinter der Kasse zeigte. Gleichwie! Zumindest besorgten er und Caca mir später an derselben Theke Bargeld, das ich auch schnell in meinem Brustbeutel verbarg. Aus Dank schaute ich mich brav nach brasilianischen Nutten um, die en masse die Tanzfläche strapazierten. Meine Gedanken waren jedoch bei Susan, bei meiner Tochter Alina, die mich hierhin geführt hatten. Und bei meinem Bargeld, das ich nun besitze.

Das Mädchen war wieder eingenickt. Dafür war Caca aufgewacht. Jetzt sitzen wir im Halbkreis an der Theke, schaufeln uns getoastetes Weißbrot mit nicht gewaschenen Salatblättern, einer für mich nicht zu beschreibenden Sauce und Käsescheibchen rein. Jorge und Eduardo streiten unaufhörlich. *Jetski* ist das Einzige, was ich verstehe. Mein roter und blauer Segelsack stehen unter dem Tresen. Daneben der Kamerakoffer. Was jetzt?

»Mecanic?«, fragt Jorge plötzlich.

»Si, hombre«, platziere ich mein fast komplettes spanisches Vokabular in einer Antwort, obwohl wir eindeutig auf portugiesisch-sprachigem Terrain frühstücken. »Mecanic«, sage ich, zeige auf mich und mache zugleich eine Bewegung, die einem mit Schraubenschlüsseln hantierenden Epileptiker ähnelt. Meine Kfz-Mechanikerlehre ist zwar seit über 18 Jahren vergessen, doch das weiß ja keiner, und so übe ich mich weiter fleißig in der Kunst der Pantomime.

»You ... beach«, sagt Caca, zeigt auf vier vor dem Frühstück vorbereitete Plastikflaschen mit Caipirinha.

Damit war der Tag verplant. Und ich kein Stückchen weiter.

Ich zögere. Einen kleinen, zumindest einen ganz kleinen Schritt Richtung Heimat muss ich doch heute tun. Auf dem Weg zum Strand sehe ich einen Supermarkt. Mit Händen und Füßen überzeuge ich die drei zu stoppen. Ich muss die Chance nutzen, will Kartons organisieren. Wenigstens einen Teil meines mobilen Vermögens kann ich damit zur Post schaffen. Für eine schnelle spontane Abreise muss ich mein Gepäckgewicht drastisch reduzieren.

Ich habe Glück. Der Begriff *Karton* ist im Supermarkt auch mit relativ sparsamen Gesten zu erklären, stehen doch zig zerfetzte Pappformationen herum. Ein kleiner Junge führt mich hinten ins Lager. Ich habe Pech: Alle Kartons sind zerrissen. Was soll's! Was hätte ich damit jetzt machen sollen. Denn meine neuen Freunde verstehen nicht einmal den Begriff *Post*. Ich hatte angenommen, mit kleinen Veränderungen oder Zusätzen sei er international. Ich sage: »Posto, Posta, Poste.« Ich rufe: »La Post, Il Post, El Posta.« Ich schreie: »Post, Post, Post.« Ich beschließe, mein erstes umgetauschtes Bargeld in ein Portugiesisch-Wörterbuch zu investieren.

* * *

Langsam stieg sie empor. Ganz langsam. Als ob sie sich weigere, die gesamte Bucht zu erhellen.

Immer wieder justierte ich die Blende, gab dann das Signal.

William Douglas lief mit der schweren Kiste den Hügel hinab, als täte er dies jeden Tag. Ohne in die Kamera zu schauen, bog er auf die Terrasse. Das Bild war grandios, geradezu perfekt. Aus Sicherheitsgründen wollte ich eine zweite Aufnahme. Der Australier musste samt schwerer Holzkiste zurück, den gleichen Gang noch einmal bewältigen.

Ich wollte mit der Aufnahme kein Risiko eingehen. War sie doch meine erste. Bislang hatte ich noch keine Zeit gehabt, die Kamera überhaupt aus dem Koffer zu heben. Sechs Tage waren wir bereits in Sydney, hatten nur an Bord geputzt, gebunkert, geschuftet und getrunken. *Albatros* lag seit drei Tagen an ihrer Muring in der Neutral Bay. William war – bis auf den ersten Tag – immer mit dabei, hatte kräftig zugepackt, war morgens immer als Erster am Strand gewesen, von wo aus wir das Dinghi überzusetzen pflegten. Er hatte als Einziger stets an *lunch* gedacht, auch wenn es stets nur grauenvolle Auberginen-Sandwiches waren. Erik hatte mich Abend für Abend mit Englisch-Vokabeln malträtiert, die ich beileibe nicht kannte. So nahmen die Vorbereitungen fast perfekt ihren Lauf. Jegliche Aussagen, jegliche Handlungen zeugten von bester Motivation.

So schleppte William – im Blick der Kamera – auch zum dritten Mal geduldig und souverän die Kisten mit bestem australischem Sherry. Schließlich war das Gesöff mit das Wichtigste, das unsere Tour ausmachte. Die zwölf Flaschen von einem *vineyard* aus dem südaustralischen Barossa-Valley bildeten schließlich die Frachtladung, die uns zum Weltrekord verhelfen sollte.

Doubling the horn on a cargo-carrying square-rigger. Das sind die Aufnahmebedingungen der großen, traditionellen St. Malo-Bruderschaft, der *Association Amicale Internationale des Capitaines au long cours Cap Hornier.* Und diese Bedingungen wollten wir erfüllen: wieder mit einem rahgetakelten Frachtschiff von 50 Grad südlicher Breite im Pazifik das berüchtigtste Kap der Welt umrunden. Bis 50 Grad südlicher Breite im Atlantik. *Albatros* sollte das kleine Enkelkind der legendären *Priwall* werden. Sie war 1939 als letzter Windjammer-Handelssegler unter deutscher Flagge ums Kap gesegelt. Zwar hatten die stolze *Passat* und die schnelle *Pamir* das Hoorn noch 1949 in einem Wettrennen von Australien nach Europa ein letztes Mal umrundet, jedoch nicht mehr als deutsche Weizenfrachtschiffe, sondern unter der

Flagge der Åland-Inseln. Die *Pamir* war damals schneller, somit galt die *Passat* als der letzte Hoorn-Frachtsegler der Welt.

William stellte die Holzkiste auf den Tisch der Cottage-Veranda. Gleich neben die fein geschnittenen Bretter. Auf jedes Holzstück war ein Albatros gezeichnet. Im argentinischen Porto Deseado, spätestens in Montevideo sollten aus diesen Brettern kleine Kisten für je eine Sherry-Flasche gezimmert werden. Ich blickte durch das Objektiv. William hatte die ideale Position bezogen, zählte nun demonstrativ die Flaschen ab. Über seine Schulter konnte ich unsere Schonerbrigg nah heranzoomen. Abwartend schaukelte sie im leichten Schwell der Bucht. Dann schwenkte ich zurück auf William, der mittlerweile Platz genommen hatte und interessiert im Reisekonzept blätterte.

Über 60 Kopien hatte ich verschickt, hatte versucht, Sponsoren und Medien für das Abenteuer zu gewinnen. Das Logo, speziell von einem Grafiker entwickelt, deckte die gesamte Front. Aus zwölf Entwürfen hatten der Admiral und ich den Albatros gewählt, der mit einer Flügelspitze das Wasser berührte. Der Hintergrund symbolisierte Welle und Kap.

Das Konzept war aufgebaut, wie ein Pennäler es im Deutschunterricht lernte. Es war klar strukturiert. Vergangenheit, Präsens, Futur. Und dennoch war es nicht das pure Aneinanderreihen von Fakten. Der Spannungsbogen reichte über mehrere Seiten, erfuhr immer wieder einen überraschenden Höhepunkt. Das Konzept sollte potentielle Geldgeber überzeugen. Es sollte ihnen das Gefühl geben, Besonderes zu finanzieren, Einmaliges zu fördern. Wir waren Wahnsinnige, die als solche nicht erkannt werden durften. Gott sei Dank hatten wir Vorgänger, die Schlimmeres absolvierten. Und die wurden auch im Konzept vorangestellt.

So gaben die ersten Seiten einen kurzen geschichtlichen Überblick: angefangen 1590, als der *Unity*-Kapitän Wilhelm van Schouten das Kap nach einem holländischen Städtchen nannte. Nur mit zwei Sätzen war die Eröffnung des Panamakanals im Jahre 1914 erwähnt, ausführlicher dafür die letzte Hoorn-Umsegelung der *Passat*. Den Abschluss des historischen Kapitels bildete jedoch eine Ehrung. Eine Ehrung für Menschen und Schiffe, die in weiter Vergangenheit oft schier Unmögliches möglich gewagt hatten. Lange hatte ich an diesen Formulierungen feilen müssen. Ich hatte gewusst, dass ich weder Kapitänen noch Matrosen gerecht werden konnte. So hatte ich versucht, sachlich zu bleiben: ›Es steht doch außer Frage: Die Drake-Passage südlich des Hoorns war und ist das gefährlichste Seegebiet der Welt. Über Jahrhunderte mussten die Rahsegler in kräftigsten Stürmen und in bitterster Kälte durch die *roaring fourties, furious fifties*, teils gar durch die *screaming sixties* gesteuert werden. Die Navigationshilfen waren einzig und allein Sextant, Kompass und Logscheit. Wellen bis zu 25 Meter Höhe und schnell driftende Eiskontinente der Antarktis erhöhten die Gefahr. Unter kaum vorstellbaren Anstrengungen riskierten Tausende Seeleute jedes Jahr ihr Leben, vollbrachten unglaubliche Leistungen. Über 800 Schiffe segelten in die Klippen und sanken, über 10 000 ertranken vor Kap Hoorn. Der Legende nach leben ihre Seelen in den Albatrossen weiter.‹

Wie oft war mir beim Lesen dieser Zeilen ein Schauer über den Rücken gelaufen? Wie lange hatte ich Susan diese Seiten verheimlicht? Sicherlich, unsere Reise würde nur an die Tradition der großen Salpeter- und Weizenfrachter anknüpfen können. Sie würde keineswegs die Geschichte der gigantischen P-Liner der Hamburger Reederei Laeisz fortschreiben. Nein, unsere Fahrt würde sicherlich mit keiner der *Priwall, Pamir, Passat* oder *Peking* zu vergleichen sein. Dennoch: *Albatros* sollte immerhin mit ihren knapp über 17 Meter Rumpflänge das kleinste rahgetakelte Frachtschiff aller Zeiten werden, das das stürmischste Kap umrundet hat. Und dazu wollten der Admiral und ich segeln wie zu P-Liners Zeiten, wollten auf das elektronische Satellitennavigationssystem GPS und Motoreinsatz völlig verzichten. Wir wollten lediglich mithilfe von Kompass, Sextant und Schlepplog Navigation betreiben. Wir wollten uns nach den Sternen richten und die erdmagnetischen Feldströmungen nutzen. Wir wollten unter Aspekten traditioneller Seemannschaft segeln. Und ich … ich wollte jeden Schritt dokumentieren.

Ich hielt die Kamera weiterhin auf William, versuchte seine Augen deutlich in den Mittelpunkt des Bildes zu setzen. Plötzlich schnellte sein Kopf herum. Er schaute direkt ins Objektiv. Fragend.

»Was ist das?«

Erst jetzt bemerkte ich, dass er die englische Übersetzung meines Konzeptes entdeckt hatte.

Ich stutzte.

»Na, das Konzept. Warum wir das hier alles veranstalten. Dafür hast du doch die Kisten gebastelt.«

Ich schaute auf die geöffnete Seite. Geschrieben stand: ›Die Fracht muss formell anerkannt sein. Mehr als dankbar sind wir daher, dass wir auf dieser Reise unter dem Stander einer großen Traditionsreederei fahren dürfen. Ebenso glücklich und dankbar sind wir für eine schriftliche Bestellung über Kisten exklusiven australischen Sherrys von der Deutschen Industrie- und Handelskammer in Südamerika. Ein vom Kammer-Präsidenten überwiesener symbolischer Dollar ist bereits auf unserem Konto vermerkt. Mit dieser bestellten und bereits bezahlten Fracht sowie der Reedereiflagge sind alle Formalitäten erfüllt.‹

William schüttelte leicht den Kopf und zeigte auf den vierten Teil des Konzeptes. In ihm waren nochmals detailliert die Gründe unseres Unternehmens aufgeführt. Die Erfüllung der drei wesentlichen Aufnahmebedingungen der St. Malo-Bruderschaft, um die große Tradition der Kap Horniers nicht sterben zu lassen. Aber auch: ›Es ist notwendig, an gute, traditionelle Seemannschaft zu erinnern. Fakten belegen immer häufiger, dass durch den Einsatz modernster Technik und deren Preisentwicklung die traditionelle Seemannschaft einfach vernachlässigt wird. Kaum ein Tag erwacht, an dem nicht von Seenotfällen zu sehen, zu hören, zu lesen ist. Oft sind es haarsträubende Geschichten, in denen sich Skipper und Mannschaft lediglich auf elektronische Hilfsmittel verlassen haben, diese zum Teil nicht einmal richtig bedienen konnten. Die Dokumentation der *Albatros*-Reise um Kap Hoorn soll anspornen, sich der Notwendigkeit guter Seemannschaft immer wieder erneut bewusst zu werden. Die Konstruktion der *Albatros* ist für dieses Vorhaben geradezu ideal. Jede Leine an Bord muss aus der Hand geführt, jedes Segel von Hand gesetzt, geborgen, getrimmt oder gerefft werden.

Allein zum Setzen und Bergen des oberen Rahsegels müssen neben der Steuerung des Rades 14 Leinen möglichst gleichzeitig bedient werden. Das Rigg erinnert demnach an die großen Traditionsschiffe und bietet kaum Erleichterung.‹

Meine Blicke durchbohrten Williams fassungslose Visage. Ich verstand seine Frage nicht. Das Konzept war mehrfach durchgesprochen, abgestimmt. Die Akzeptanz, auf traditionelle Art zu segeln, war Voraussetzung für die Teilnahme. Lediglich den Wetterbericht wollte der Admiral über Kurzwelle abhören, aufnehmen und auswerten.

William las still mehrere Abschnitte, sagte dann ehrlich: »Das kann ich nicht.«

»Was kannst du nicht?«

»Na, Sextant, Astronavigation … und so.«

Ich staunte. Was war das für ein Problem? Auch Erik beherrschte den Umgang mit dem Sextanten nicht. Nein, das war es nicht.

»Sag mal, William, was weißt du eigentlich über diese Reise? Außer das mit dem Rekord … kleinster rahgetakelter Frachtsegler … den Kisten und so.«

Williams Blicke wechselten von mir zum Konzept. Vom Konzept zu mir. Das war es also. Der Admiral hatte ihm von alledem nichts erzählt. William kannte nicht die Geschichte unserer Planung, die Anfänge, den Lehrauftrag, den Karl-Maria Kleinjohann sich selbst gesetzt hatte. Und dem ich mich gern und bereitwillig angeschlossen hatte.

Nun, es bedeutete kein Problem, da in erster Linie der Skipper für die Einhaltung der Bedienung traditioneller Navigationstechniken verantwortlich war. Notfalls stand ich als »Zweiter« ihm zur Seite. Auch wenn ich zum Ausrechnen der Position sicherlich doppelt, vielleicht dreimal so lange benötigen würde. Doch Williams Unmut blieb sichtbar, äußerte sich in Nervosität.

Ich hielt an meiner Inszenierung fest, bat den nun unsicher wirkenden Australier um höchste Konzentration, wollte zumindest die Geschichte mit den Sherrykisten sauber im Kasten haben. Ich kontrollierte erneut die Blende der Kamera. Die Do-

kumentation in Wort und Bild hatte nach der sicheren Schiffsführung zweithöchste Priorität. Buchverlagen hatte ich bereits
Angebote geschickt. Von einem Fernsehsender hielt ich für
einen kleinen Doku-Film gar schon eine geringe Vorauszahlung
in Händen. Und mit einer Radiostation war vereinbart, zweimal
wöchentlich über eine Weltfunkvermittlung im schweizerischen
Bern eine Aufschaltung zu machen.

* * *

MICH INTERESSIERTE ES REICHLICH WENIG, SO GESTEHE ICH
JETZT EBENFALLS EHRLICH, SEHR GEEHRTE HERREN KAPITÄNE,
*dass Mister William weder Ahnung vom Konzept noch traditio-
nelles Seglerbewusstsein besaß. Erik hatte zwar Kenntnisse vom
Konzept, hatte auch Freude dieses umzusetzen. Doch er wertete
es als Begleiterscheinung. Das war in Ordnung. Für mich war nur
wichtig, dass der Admiral und meine Person den Mount Everest
des Segelns bezwingen. Ohne Haken und Ösen. Lediglich mit der
Rettungsinsel und einem hinter des Skippers Koje verstecktem GPS-
Gerät, sozusagen als Navigations-Sauerstoffmaske für den Notfall.
Ich konnte den Start nicht mehr erwarten, wollte endlich los. Wie
glücklich war ich, als ich endlich die Mooring-Leine loswerfen
konnte. Gewöhnlich rutschte das schwere, glitschige Tauwerk
durch meine Hände. Diesmal aber hielt ich das Auge fest, warf es
in hohem Bogen ins Wasser. Auch wenn es nur der Start zu unserem zweiten Probetörn war. Auf ihm sollten wir alle noch einmal
geschliffen werden. Und getestet. Auch ich.*

* * *

Drei Tage setzten wir für die Generalprobe an. Ohne Stopp.
Die Voraussetzungen waren bestens. Neben einer zünftigen
Brise aus Nordwest herrschte beste Stimmung an Bord. Erstmals
sollte alles so organisiert und durchgeführt werden, wie wir es
auf dem Sprung nach Südamerika beabsichtigten. Die Aufgaben
waren klar verteilt. Der Skipper beschäftigte sich gewissenhaft
mit den letzten Überarbeitungen seiner Karten, komplettierte
die Liste der Frequenzen der Wetterstationen. Erik bewies nicht
nur größtes Talent auf dem Vorschiff, sondern auch Perfektion

am Vormast. Selbst den Eigner hatte ich noch nie so sauber und klein das Topprahsegel zusammenfalten sehen. Der Rostocker kletterte wie ein Artist auf der oberen Rah. Das bei voller Fahrt, Wind und Welle von querab, in neun Meter Höhe, ohne Lifebelt. Und auch William gab sich größte Mühe, die noch unsicheren Leinenkenntnisse zu vertiefen. Meine Aufgabe war eindeutig. Ich sollte das Leben regeln, die seemännische Arbeit führen und kontrollieren, und dem Admiral alles vom Hals halten, was nicht mit Navigation und Kochen zu tun hatte.

Die große Abschlussprüfung erfolgte in der dritten Nacht. Der Skipper ließ nicht mit sich diskutieren, bestand vehement darauf. Den ganzen Tag hatte er über die Feinheiten des Tests referiert. Allein vor mir, unter vier Augen.

William hatte seine Doppelkoje bereits bezogen, hatte zu unserem Erstaunen – nicht einmal klammheimlich – Tabletten gegen Seekrankheit geschluckt. Seit einer Stunde schlummerte er tief. Zweimal war ich schon in seine ›Suite‹ geschlichen, hatte leise, dann etwas lauter geflüstert. Doch der Australier hatte nicht gezuckt, war weit im Land der Traumpfade geblieben.

Jetzt war es so weit.

Der Zeiger zuckte kurz vor der 30er-Markierung. Es war halb zwei morgens. Ich stürmte los. Lediglich mit einer Taschenlampe gewappnet.

Ich rief nicht, ich schrie nicht. Ich kreischte.

»Aufwachen, William, schnell, aufwachen!«

Den gebündelten Strahl der schweren Taschenlampe hielt ich ihm direkt in die Augen. »Es ist ein Test, mein Freund, ein Test, schnell, rauf an Deck, aufs Vorschiff!«

William lief nicht. William stolperte durch den Salon, durch den Navi-Raum. Beinahe wäre er mit mir in die Skipper-Koje gestürzt. Im letzten Moment konnte ich ihn noch abfangen. Hart schlug sein Kopf dafür an der Kante des Niedergangs auf. Ich entschuldigte mich nur kurz, hielt aber den Strahl der Lampe weiterhin in seine Augen.

Konnten sich die Pupillen zu dieser Zeit an Deck nach etwa 20 Sekunden an die Dunkelheit gewöhnen, war die Orientierung im immer noch blendenden Strahl der Taschenlampe ein schier hoffnungsloses Unterfangen. Ich wusste es. Aber das war schließlich der Zweck der Übung. Es war die Situation, die uns erwarten würde. Nur mit dem Unterschied: In wenigen Tagen wird es nicht die Taschenlampe sein, die uns an Deck Orientierungslosigkeit bescheren wird. Es wird die Müdigkeit, der Wind, die See sein.

William war im Cockpit. Hektisch, viel zu hektisch waren seine Bewegungen. Verdammt, warum beruhigte er sich nicht zuerst. Drei Windstärken mehr, zwei Stärken Seegang mehr, und der alte Knabe würde uns über Bord gehen.

Immer wieder justierte ich den Lichtstrahl neu. Jetzt plärrte ich William laut die englischen Worte für Breitfocktoppnant Steuerbord und Toppsegelgeitau Backbord ins Ohr. Dann schrie der Admiral von achtern: »Mehr in die Augen, mehr in die Augen!« Und nach einem weiteren Sturz Williams – diesmal aufs Teakdeck: »Verdammt, pass doch auf, du Idiot!«

William taumelte Richtung Vormast. Schritt für Schritt. Mit der rechten Hand versuchte er nach irgendetwas zu greifen. Eine Leine, eine Want. Hauptsache etwas, das ihm Halt bot. Zwei Wellen gaben *Albatros* eine Breitseite. William packte den Bullenstander des Großbaums. Der gab sofort nach. Ich schmiss die Taschenlampe über Bord, schnappte im letzten Moment noch die Hose des Australiers. Mit der Rückkrängung des Schiffes flog William zurück an Deck.

»Komm, William, jetzt zeig mir die beiden Leinen.«

Der Aussie lehnte am Vormast und suchte.

»Breitfocktoppnant Steuerbord und Toppsegelgeitau Backbord«, wiederholte ich. William suchte weiter. Fragend zeigte er auf eine Leine.

»Nein, das ist der Toppsegelrahniederholer«, sagte ich fast flüsternd, schüttelte den Kopf. Dann endlich griff er nach dem Geitau. Jedoch auf Steuerbord. Mit dem Toppnant hatte er weniger Probleme. Mit dem zweiten Versuch war der Test abgeschlossen.

Exakt gleiches Übungs-Szenario spielte sich zwei Stunden später nochmals ab. Mit einer Ersatztaschenlampe. Erik glänzte trotz entnommener Kontaktlinsen mit Bravour. Jede Bezeichnung des Riggs und der Takelage beherrschte er in englischer Sprache. Ich reizte ihn aus, bat ihn, allein das Toppsegel zu hissen.

Erik hüpfte leichtfüßig zum Vormast. Um ihn herum sind in Hüfthöhe vierzehn Belegnägel angeordnet, an denen 18 Leinen auf Einsatz warten. Zum Hissen der oberen Rah müssen zudem noch die Toppsegelschoten bedient werden, die über die Nock der unteren Rah zu Belegnägeln zwischen den Vormastwanten geführt werden. Und dann sind selbstverständlich noch die Brassen da, deren Enden im Cockpit aufgeschossen liegen.

Nur zwei Leinen verwechselte Erik. Ich hielt es schlicht für bewundernswert.

»Und?«, fragte der Skipper, als William und Erik wieder schliefen.

»Erik hat gelernt. Einfach super. Ich weiß gar nicht, wie der das geschafft hat. Tja, und William ... er hat noch so seine kleineren Probleme.«

»Probleme«, hakte der Admiral nach. Die Stimmlage verriet seine Verzweiflung. »Der Junge ist zu nichts zu gebrauchen. Zu gar nichts. Ich habe es doch gesehen. Jeden Handgriff musstest du ihm erklären. Er macht nichts selbstständig. Der ist eine Katastrophe. Der wäre ja fast über Bord gegangen, dieser Idiot. Und noch etwas ... Du kannst mal dafür sorgen, dass er seine Matratzen richtig bezieht, sonst kann er auf dem Boden schlafen. Ich will keinen stinkigen Aussie-Schweiß in meinen Matratzen haben.«

»Er hat seine Probleme«, setzte ich erneut an, »aber keine gravierenden. Er muss einfach nur ...«

»Nein, Charly, das ist Quatsch, du musst ihn mehr treten. Hast du verstanden?«

»Und was soll ich machen?«

»Du bist First Mate. Es ist deine Aufgabe. Ich halte mich da raus.«

»Du bist Skipper und machst dir das verdammt einfach. Du säuselst ihm den ganzen Tag um die Ohren, wie toll Australien, wie toll Sydney ist. Du stellst ihm sogar Fragen übers Fischen und Rugby, was dich überhaupt nicht interessiert. Karl, hör auf!

Sei ehrlich! Auch das war abgesprochen. Keine Einschleimereien und dann Wut anstauen. Du weißt, dass du irgendwann explodierst. Und, mein lieber Freund, du bist schon mehrfach mit ihm allein auf *Albatros* gesegelt. Und du hast gesagt, dass es klappt, dass er gut ist.«

Der Admiral sagte nichts, griff zu seinem Fünfliter-Kanister Rotwein. Eine praktische, australische Verpackung. Ein Alubeutel steckt in einem handlichen Karton. Mit zwei Griffen ist ein Zapfhahn platziert. Diesen drückte der Skipper nun voller Wut kräftig ein.

Ich kannte ihn. Er war wirklich besorgt. Auch ich hatte die letzten zwei Tage beobachtet, dass William oft unschlüssig und halbherzig an Leinen zog, andere nicht fierte, obgleich er strikte und auch laute Anweisungen erhalten hatte. Doch ich hatte auch erkannt, dass nicht Unkenntnis der Grund seines Handelns war. Vielmehr Unsicherheit. Und je forscher William kritisiert wurde, je stärker spross diese. Ich wollte ihm Selbstsicherheit vermitteln. Der Admiral erkannte meine Gedanken.

»Wir sind hier nicht auf einem holländischen Plattschiff für Drogenkranke und ...«

»Das heißt Plattbodenschiff«, verbesserte ich.

»Das ist doch scheißegal. Und wir machen hier keine Psychotherapie. Der wusste, auf was er sich einlässt. Wenn der jetzt schon unsicher ist, was machen wir dann mit ihm, wenn's richtig zur Sache geht. Was? Der hat Tabletten genommen. Gegen Seekrankheit. Weißt du, was er mich gefragt hat? Er hat gefragt, wann wir endlich reffen. Zweimal. Da hatten wir sechs Windstärken. Da sind gerade mal ein paar Spritzer über Deck gekommen.«

Der Admiral wusste wie ich, dass die Beschreibung untertrieben war. Wir hatten am Nachmittag Groß, Großstagsegel, Vorstagsegel und ersten Klüver stramm gehisst. Auf Halbwind- bis Amwindkurs. Die Backbordfußreling war regelmäßig unter Wasser, was sicherlich keineswegs bedrohlich war. Doch ich kannte *Albatros*.

»Wenn ich das Schiff nicht kennen würde, hätte ich vielleicht auch gefragt.«

»Es reicht.« Der Skipper befahl das Ende der Diskussion.

Seine schlappen, herunterhängenden Schultern waren für einen kurzen Moment nach oben geschnellt. »Du weißt, was ich verlange. Also tu es! Und tu es schnell!«

Er reichte mir einen Becher mit rotem Wein, kniff die Augen zusammen, lächelte. Nach Unstimmigkeiten sprachen wir immer über Vergangenes, meist Lustiges. Wir zogen dann immer über ehemalige Crewmitglieder her, die in unseren Augen versagt hatten. Jetzt lachte ich am lautesten, übertrieb in meinen Erzählungen maßlos, hetzte vor allem über einen ehemaligen Mitsegler und verdrängte für einen Moment, dass dieser mich einst – vor unserem Galapagos-Törn – gewarnt hatte. Schon am zweiten Abend hatte er mich, den damals neuen Grünschnabel auf *Albatros*, zur Seite genommen und geflüstert: »Wahrscheinlich weißt du nicht, auf was du dich da einlässt. Ich kann dir nur raten: Ertrage seine Launen und mach ihm alles recht. Und denke immer daran, dass du einen billigen Törn zu Plätzen auf diesem Globus erhältst, die du sonst nie sehen würdest.« Jetzt erinnerte ich mich, dass er sich gar entschuldigt hatte für das, was auch er mir in Zukunft antun müsste. Zum Abschluss hatte er gesagt: »Aber ich stehe hinter dir.«

Nur einen Moment überlegte ich, ob ich William und Erik Gleiches sagen sollte. Ich erschrak. Nein, was dachte ich nur. Ich stand doch voll hinter meinem Freund, meinem Skipper, akzeptierte seine Ansprüche und unterstützte diese. Ich bewunderte seine Führungsqualitäten, seine Prinzipien, seine Kompromisslosigkeit. Er besaß alle Rechte dieser Welt, auf seinem Schiff Maßstäbe zu setzen und mit allen Mitteln dafür Sorge zu tragen, dass diese auch eingehalten wurden. Und ich wollte ihm zur Seite stehen. Mit aller Kraft. Mit bestem Gewissen. Niemals hätte ich auf einem anderen Schiff, mit einem anderen Skipper diese Kap Hoorn-Umrundung angetreten. Gerade weil er so pingelig, so penibel auf kleinste Details in seemännischer Ordnung und Disziplin Wert legte, vertraute ich ihm. Er beherrschte sein Schiff, machte keine Fehler, war vorausschauend. Strikt wechselte er stets verschlissene Teile aus, die die Sicherheit verringerten. Mit Habichtsaugen wandelte er übers Deck, erkannte sofort, ob Leinen schamfilten oder Blöcke nicht mehr frei rollten. Von ihm hatte ich viel gelernt, auch die strenge Anforderung an meine Mitsegler, auf Gleiches zu achten und stets gewissenhaft auszuführen.

Schon am folgenden Morgen, die Sonne hatte gerade in vollem Umfang den Horizont passiert, setzte ich mich auf die Kante von Williams Doppelkoje. Erik war im Cockpit am Steuer. Der Admiral schlief erstmals seit anderthalb Tagen tief, was deutlich durchs Schiff vibrierte.

»William, wir müssen mal kurz reden«, begann ich vorsichtig, wobei ich mahnend die Räucherstäbchen in Händen hielt. War der Aussie doch auf die glorreiche Idee gekommen, diese stinkenden Dinger auf der Toilette zu positionieren. Seinen Vorschlag, während der körperlichen Erleichterung stets ein Stäbchen anzuzünden, stieß bei Erik und mir auf Schmunzeln. Der Skipper dagegen hatte getobt, sah er doch seine Anrichte schon mit Brandflecken verziert.

»Also, das mit den Räucherstäbchen ist 'ne super Idee, aber das können wir nicht machen. Das ist viel zu gefährlich und viel zu umständlich. Bei der Krängung kannst du darauf auch nicht aufpassen. William, steck sie ein … bis Porto Deseado. Im Hafen ist das okay. Einverstanden?«

Ich wartete auf keine Antwort. Ich startete sofort einen weiteren Monolog. Ich erzählte, dass ich Angst habe, mit ihm zu segeln, wenn er nicht bald die Leinenführung beherrsche. »William, das ist das A und das O auf einem Schiff. Wenn du die Leinen nicht kennst, nicht weißt, welche du wann wie weit fieren musst, wenn du die falsche Leine löst, wenn du … verdammt … das ist lebensgefährlich.« Ich redete auf ihn ein. Ich sprach von Verantwortung gegenüber dem Schiff, den mitsegelnden Kameraden und von der Verpflichtung eines jeden, alles für die Sicherheit zu tun. Zum Schluss bat ich ihn noch freundlich – mehr scherzhaft –, doch sein Laken über die gesamte Matratze zu decken: »Tu mir einfach den Gefallen.«

William sagte immer noch nichts. Mit seinen großen, treuen Augen schaute er mich nur an. Dann huschte plötzlich ein dankendes Lächeln über seine Mundwinkel. Ich drückte seine dürre Hand und stand auf.

Ich war schon raus aus der ›Suite‹, als ich noch einmal umdrehte, zurückging. Jetzt fasste ich freundschaftlich seine Schulter: »William, falls es irgendwelche Probleme gibt, gleich welcher Art … ob mit Schiff oder Personen … komm bitte zu mir. Jederzeit. Das ist ein ehrliches Angebot. Ich hoffe, du nutzt es.«

Erst als ich die Kajüte verließ, bemerkte ich, dass ich die letzten Sätze geflüstert hatte. Und nur die letzten.

Die nächsten Tage vergingen rasant. Mein Herz, mein Verstand waren hin- und hergerissen. Es war eine gefährliche Berg- und Talfahrt der Gefühle. Freude auf die Fahrt zum südlichsten und stürmischsten Kap der Welt folgte Angst angesichts der zwischenmenschlichen Entwicklung. Erik erwies sich immer mehr als Glücksgriff, strahlte angesichts der Spannung zwischen Karl und William eine Mischung von Ruhe und Gleichgültigkeit aus. Ich dagegen puschte meinen Freund von Tag zu Tag mehr, doch endlich ein klärendes Gespräch mit dem Australier zu führen. In trauter Zweisamkeit hatte er mir immer wieder über seine Sorgen berichtet, hatte William in explodierenden Anfällen gar Falschheit, Verlogenheit und Dummheit vorgeworfen. Er erzählte von einer Nähmaschine, an der der Australier seine Segeltuchnähte üben sollte: »Die hat der mir dann kaputt vor die Tür gestellt.« Er hetzte über die Machenschaften des Versicherungsmaklers, der in Mosman, in Sydney, ja, in ganz Australien angeblich keine Freunde besaß. Und er forderte, dass ich mich stärker positioniere, meine Machtstellung deutlicher verkörpere und endlich auch mit Sanktionen drohen solle.

»Können wir noch zurück?«, fragte ich ihn am 13. Tag unserer Vorbereitungen.

»Was meinst du?«

»Admiral, ich habe Angst. Nicht vor der See. Ich habe …«

»Charly, Schluss jetzt. Kein Wort mehr. Kein einziges Wort mehr.«

Es war die allerletzte verbale Eskalation vor Beginn der Reise gewesen. Die harte Arbeit an Bord, die Vorbereitungen und die gemütlichen Abende bei viel Bier und Barbecue hinderten jeden zunehmend, den anderen als Problem zu empfinden. Je mehr wir uns dem Tag des Starts näherten, umso deutlicher wuchs in jedem die Einsicht, dass Schwächen existierten und dass das Beste eines jeden genutzt und gefördert werden musste. Die Einzigen, die keine Schwächen haben durften, waren der Admiral und ich. Eine Tatsache, die zu meiner Überraschung knallhart bestimmt worden war.

Es war einer der traumhaftesten Spätoktobertage, die Sydney in diesem Jahrhundert erlebte. Die Frühlingssonne strapazierte die Haut, obgleich eine leichte, südliche Brise erfrischend wirkte. William hatte in schier unendlich wirkender Kleinstarbeit acht Tausendfüßler aus Manilahanf gefertigt, die nun an den Wanten zum Schutz der Segel befestigt wurden. Die alten waren zwar noch durchaus in Ordnung, doch der Admiral wollte kein Risiko eingehen. Die Tausendfüßler waren sozusagen das i-Tüpfelchen unserer korrekten Vorbereitungen. Jeder Splint war mehrfach überprüft, zudem mit speziellem Klebeband nochmals gesichert worden. Jedes Stag, jedes Want war mit nackten Fingern und geschulten Augen gecheckt, das laufende Gut Zentimeter für Zentimeter kontrolliert worden. Die Schwanenhälse zur Belüftung der Wasser- und Dieseltanks besaßen spezielle Abdeckungen, die mit gleich zwei zusätzlichen Bändseln stramm verknotet waren. Der Pflugscharanker lag bereits auf Deck, musste nur noch mit den drei Ersatzankern unterm Alu-Dinghi zwischen Haupt- und Vormast verzurrt werden. Das Rohr für die Ankerkette war dagegen schon dicht. Mit einem Spezialschaum aus dem Hobbyhandwerkermarkt war es gefüllt worden. Und auch der *jury-mast* lag bereits an Bord. Karl hatte das Stück Aluminiumrohr von der Werft geklaut. Vom Bug bis zum Deckaufbau lag die Stange auf der Steuerbordseite. Falls beide Holzmasten brechen sollten, war beabsichtigt, diese Stange als Notmast zu nutzen, um noch unter Segeltuch manövrierfähig zu sein.

William half beim Anbringen des letzten Tausendfüßlers. Erik saß am Schreibtisch in der Messe und trug die letzten Lebensmittel in eine speziell dafür geheftete Mappe ein. Neben einem Positionsplan, in dem jegliches Ersatzteil und Werkzeug einem bestimmten Schapp, Schrank oder Netz zugeordnet war, existierte eine Proviantliste, die Erik als Proviantmeister hegen und pflegen musste. Über 900 Dosen waren bereits verstaut. 239-mal Fleisch, 91-mal Corned Beef, 80 Dosen Suppen aller Art. Dazu 154 Fischkonserven und 276 Fertiggerichte. Über den Ankerketten-kasten hatte Erik ein selbst konstruiertes Netzsystem gespannt, auf dem 50 Pumpernickel Platz fanden. »Sechs Monate sind die allemal haltbar«, hatte der Bäcker versprochen. Die Laibe waren nicht einmal eingeschweißt, sondern nur in eine Folie gehüllt. Keiner von uns hatte nachgefragt, wie viel Konservierungsmittel in jeden Laib reingepumpt worden war.

Während Erik die Listen sorgfältig überprüfte, Eintragungen strich oder ergänzte, bereitete ich im Cockpit den Schleppanker vor. Ein mit einer Kette beschwerter Autoreifen sollte bei Sturm hinterhergezogen werden. Auf diese Weise würde das Heck der *Albatros* stabil bleiben. Zwei mal 120 Meter Ankertrossen lagen aufgeschossen bereit. An ihren Enden fehlten nur noch die Aug-spleiße, die dann mit der Kette verbunden werden mussten.

Ohne genau hinzuschauen, öffnete ich mit einem scharfen Messer ein Trossenende, nahm dann den Marlspieker, drückte dessen Spitze drei Schläge vom Ende durch den Tampen und legte die drei Kardeele frei. Das alles lief fast wie automatisiert ab, hatte ich doch an diesem Tag schon endlose Rück-, Kurz- und Langspleiße gesteckt. Doch plötzlich bildeten sich auf meiner Stirn Falten. Die ersten zwei Kardeele waren bereits durch die ersten zwei Öffnungen des Tampens gesteckt. Doch mit dem dritten Kardeel wusste ich nicht so recht, wohin. Ich stutzte. Hunderte von Augspleißen hatte ich in meinem Leben gefertigt. Die letzten fast blind. Vor Jahren hatte ich Wetten gewonnen, mit den Händen hinterm Rücken zu spleißen. Und nun? Nun stand ich vor dem Kardeelen-Wirrwarr und musste überlegen. Und je länger ich überlegte, desto komplizierter stellte sich der Augspleiß dar.

Ich musste lachen. Ich hatte einen Blackout, dachte einen kurzen Moment, wie es wohl sei, alles Gelernte plötzlich zu vergessen. Karl und William schauten angesichts meines erhei-terten Gesichtsausdrucks nur fragend. »Sag mal, Skipper, ganz ernsthaft«, grinste ich ihn an, »der Dritte hier …von unten hier rein … sieht doch ganz schön doof aus … irgendwie.«

»Komm, mach fertig«, war des Admirals einziger Kommentar.

»Nein, ernsthaft, schau doch mal!«

Mit einem Sprung war Karl im Cockpit, riss mir das Trossenende aus der Hand, bat William sogleich, den Bootsmannsstuhl im Vorschiff zu verstauen. Der Aussie war nicht ganz im Niedergang verschwunden, da polterte der Admiral auch schon los. Auf Deutsch.

»Ich glaube, du spinnst. Du spinnst völlig. Das kann doch wohl nicht wahr sein.«

Ich wollte gerade mit dem Marlspieker eine erste Öffnung in der zweiten Trosse herstellen, stoppte die Handlung jedoch abrupt und schaute den Skipper absolut verständnislos an.

»Was meinst du?«

»Na, das gerade.«

»Was?«

»Na, du kannst mich doch nicht vor William fragen, wie ein Augspleiß geht.«

»Mann, du weißt, dass ich davon schon zig gemacht habe. Sogar hier an Bord. Also …«

»Nichts also! Darauf wartet der doch nur. Du kannst doch keine Schwäche zugeben. Bist du verrückt? Wie willst du dir denn da Respekt verschaffen? Der lacht doch über dich. Wenn du es nicht kannst, frage mich. Aber leise. Dass es keiner hört. Der alte Sack lacht sich jetzt ins Fäustchen. Und wird größenwahnsinnig. Charly, du bist First Mate. Du hast keine Fehler, keine Schwächen. Nie und nimmer.«

Damit zischte er schnaufend ab.

Wieder an Land nahm er mich noch einmal zur Seite und boxte mir freundschaftlich in die Rippen:

»Wegen vorhin … ich will es dir doch nur leicht machen. Glaube mir, ich kenne das aus meiner Zeit beim Militär. Glaube mir …ich weiß, was ich da sage. Und jetzt lass uns endlich ein Bier trinken.«

»Okay, aber erst muss ich noch mit Susan telefonieren.«

* * *

Wie schön wäre es jetzt: den Telefonhörer abnehmen, die Nummer wählen und den Klängen der vertrauten, lieblichen Stimme aus der fernen Heimat lauschen. Doch die gemeine Technik dieses Landes scheint diese angenehme Kommunikationsaufnahme noch nicht zu kennen.

Vier Kabinen mit jeweils zwei Telefonen ohne Tastatur stehen im hinteren Eck der Videothek. An der Kasse muss ich zwischen drittklassigen Pappfiguren von Sean Connery und Leonardo diCaprio ein zweiseitiges Formular ausfüllen. Mit meinem Namen, Adresse und der Telefonnummer, die ich gerne wählen möchte. ›Charly Brackmann‹ schreibe ich ehrlich. Meine Adresse kenne ich nicht. Ich habe keine Adresse. Dann darf ich zehn Minuten auf einem sperrigen Holzschemel warten.

Ein Laut erreicht mich vom Tresen. Der Kassierer signalisiert mit drei gehobenen Fingern die Kabinennummer. Ich renne los, reiße fast den Hörer samt Apparatur von der Wand. Das Einzige, was ich vernehme, ist ein melodisches Rauschen. Gepaart mit einem unterbrochenem Dauerton im Hintergrund.

Ich knalle wütend den Hörer auf die Gabel und verlasse die schummrige Videothek. Draußen haut mich die schwüle Hitze fast um. Schnell springe ich in den kleinen, roten Fiat, in dem Jorge geduldig wartet. Was für eine Abkühlung! Die sonnenhungrigen Brasilianer lassen auch in ihren Kleinwagen die Klimaanlagen immer auf Hochtouren arbeiten.

»Susan«, fragt Jorge und fügt ein paar unverständliche Brocken portugiesisch hinten an. Ich schüttele nur den Kopf, male jetzt flehend mit beiden Händen einen großen Karton in die Luft. Jorge versteht es sofort.

Wie gerne hätte ich Susan jetzt mitgeteilt, dass ich lebe, dass es mir den Umständen entsprechend gut geht. Den gesamten Vormittag habe ich am Strand verbracht, unter der Plastikplane viel Caipirinha getrunken sowie einen Jetski-Vergaser auseinander genommen. Das Schwimmernadelventil war verdreckt gewesen und hatte gehakt. Nach meiner feinen Säuberungsaktion stotterte der Motor zwar, aber immerhin lief er. Zum Dank hat Caca mir einen neuen Drink, Jorge mir die Fahrt mit seinem Auto für Besorgungen angeboten.

Nach der ersten misslungenen Suchaktion heute Morgen nehmen wir jetzt einen weiteren Anlauf. Im ersten Supermarkt werden die Kartons allerdings schon in den frühen Morgenstunden zerrissen. Im zweiten sind die uns offerierten Pappkonstruktionen zu klein oder zu feucht. In einem Mini-Obstladen gegenüber werden wir endlich fündig. Fünf Kisten kann ich ergattern. Auf dem Rückweg halten wir am einzigen Buchladen in Porto Belo. Portugiesisch-Spanisch. Portugiesisch-Italienisch. Portugiesisch-Französisch. Aber kein Portugiesisch-Deutsch. Nicht einmal Portugiesisch-Englisch.

Wir fahren zurück zum Strand.

In der Caipirinha-Flasche schwimmen die letzten Eissplitter obenauf. Ich setze die Flasche an meine Lippen und sauge das Zeug in mich rein. Bei den ersten Schlucken spüre ich den Schweißausbruch auf der Stirn. Langsam ziehen die salzigen Tropfen ihre Bahnen über meine geschlossenen Augen. Ich schlucke und schlucke.

»Das hilft auch nicht weiter.«

Ich verschlucke mich, spucke die letzten Tropfen aus. Die Worte fielen in unmittelbarer Nähe. In Deutsch. Der ostdeutsche Dialekt war nicht zu überhören.

»Erik«, flüstere ich dem Freund entgegen. Auf dem Boden sitzt er zwischen zwei Kühlboxen und schaut mich an. Keine Freude ist in seinem Gesicht zu erkennen. Ich dagegen strahle unsicher.

»Das hilft auch nicht weiter«, wiederholt der Rostocker. »Ich meine, es sieht so aus, als hättest du dich an dem Jetski-Geschäft beteiligt.«

»Unsinn, ohne die Jungs hier wäre ich wahrscheinlich schon geviertelt. Ich helfe denen einfach ein bisschen.«

»Unser Chef an Bord ist da anderer Meinung.«

Meine Freude verfliegt sofort. Ich verstehe nicht.

»Wieso?«, kommt nur entsetzt über meine Lippen.

»Er hat dich den ganzen Vormittag mit einem Fernglas beobachtet. Aus der Pantry. Und er hat sich Notizen gemacht.«

»Notizen? Was für Notizen?«

»Ich weiß es nicht. Aber ich wäre an deiner Stelle verdammt

vorsichtig. Charly, verschwinde hier. Verschwinde so schnell du kannst!«

Die letzte Silbe war noch nicht ganz ausgesprochen, da flogen meine Latschen durch das Plastikzelt. Erik hatte sie mitgebracht. Ich versuche eine zu schnappen, greife aber daneben. Sekunden später jubele ich und schlage mit der Faust Löcher in die Luft.

In seiner rechten Hand winkt Erik mit einem Pass. Er ist dunkelrot. Im EU-Format. Es kann nur meiner sein. Ist es dem Teufelskerl doch wahrlich gelungen, ihn aus den Fängen des Mannes zu stehlen, der nun *Albatros* befehligt. Hat er dazu die Privatkassette gewaltsam öffnen müssen? Ist auch er nun geflohen? Fragen über Fragen sammeln sich auf meiner Zunge. Plötzlich stocke ich. Das dickste, schwerste Fragezeichen schnürt meine Kehle zu. Als ich von Bord gegangen war, hatte der neue Schiffsführer sich nicht nur geweigert, meinen Pass herauszurücken. Er hatte auch großmaulig angekündigt, mich bei der Einklarierung sofort wieder auszuklarieren. Mit dem zweiten Stempel wäre ich illegal im Land. »Ich verspreche dir, die brasilianischen Behörden sind die Hölle«, hatte er mir hinterher geschrien, als Erik mich vor nicht einmal 24 Stunden mit dem kleinen Schlauchboot zu diesem Strand gesteuert hat. Trotz des lauten Zweitakters habe ich es deutlich vernommen.

Ich blicke zum Strand, suche nach dem Dinghi, das der gute, alte Admiral immer so sorgsam gepflegt hatte. Ich kann es nicht finden. Auch keine mir bekannten Segelsäcke. Keine Kartons. Erik ist also nicht geflohen, will also wieder zurück aufs Schiff.

»Ist der Stempel drin?«, frage ich vorsichtig.

»Ja.«

»Beide? Rein und Raus?«

Erik schüttelt den Kopf. Ich drücke mich an ihn und umarme ihn. Gleich viermal. Dann erkenne ich erstmals deutlich das besorgte Gesicht meines zuletzt übrig gebliebenen Freundes.

»Du bekommst Ärger, nicht wahr?«

»Wir waren zum Einklarieren. Und er wollte noch ein Bier trinken. Ich habe gesagt, ich gehe schon mal zum Schiff. Da hat er mir seine Tasche gegeben. Na ja, und da war eben dein Pass drin.«

»Verdammt, Junge, wie kann ich das wieder gutmachen?«, stottere ich, schaue Erik zugleich flehend in die Augen. Er versteht meine Bitte, doch er schüttelt den Kopf.

»Nein, ich kann noch nicht von Bord. Ich muss durchhalten. Du musst mich auch verstehen.«

»Warum? Du wolltest doch schon viel früher abhauen als ich. Warum nicht jetzt? Du weißt, dass du allein sein wirst.«

»Ja, ich weiß.«

Lange sprechen wir noch über die letzten Monate, über unsere Träume, über unsere Erfahrungen, über unsere Verbindung, die in schlimmsten Stürmen und unmenschlichsten Bedingungen gewachsen war. Wir sprechen über die Situationen, in denen wir uns gegenseitig das Leben retteten. Und wir sprechen über unseren perfekten alten Skipper Karl, der sich so ruhmlos verabschiedet hatte. Wir blicken gemeinsam Richtung Norden. Wir beide werden diesen Kurs nehmen, jedoch auf unterschiedliche Weise. Auch wenn wir es nicht aussprechen, wissen wir doch, dass es für keinen von uns leicht wird.

Ich nehme den Pass und öffne meinen Brustbeutel. Der Pass will nicht hinein. Eine kleine Filmkassette hindert ihn. Ich nehme die Mini-Schatulle heraus und zeige sie Erik.

»Ich muss«, verabschiedet sich der Rostocker plötzlich mit einem leichten Augenzwinkern. »Morgen Abend treffe ich aber ein Mädchen. In der ersten Kneipe rechts an der Plaza. Wenn du noch nicht weg bist, sehen wir uns dann. Ich hoffe sehr …«, er schaut noch einmal besorgt auf meinen Pass, » … na, du weißt schon.«

Vorsichtig steht er auf, öffnet langsam die Plane und schiebt ein ganz klein wenig seinen Kopf durch den Schlitz. Dann läuft er schnell zur Straße.

Ich greife sofort zur Feder. Und schreibe wieder.

* * *

SEHR GEEHRTE HERREN KAPITÄNE, *ich weiß nicht, ob Erik mir das Leben gerettet hat. Er hat es mir zumindest drastisch vereinfacht. Ich besitze nunmehr Geld, einen Pass und fünf leere Kartons. Ich habe brasilianische Freunde, die mich zwar nicht verstehen können, mir dennoch ein Dach über dem Kopf bieten. Caca hat mir am Morgen in gebrochenem Englisch versprochen, zwei weitere Tage in dem kleinen Haus übernachten zu dürfen. Ich fühle mich erstmals wieder sicher und weigere mich, mich zu bewegen. Ich möchte liebend gern noch Wochen hier verbringen, möchte Jetskis reparieren, möchte mich mit Caipirinha betäuben. Nein, ich will mich nicht bewegen. Monate besaß ich nicht mehr das Gefühl der Geborgenheit. Ich will sie nicht verlassen. Ich wehre mich, Risiken einzugehen. Sehr geehrte Herren Kapitäne des Deutschen Seeamtsgerichts, all diese Seiten schreibe ich Ihnen in Tagen, an denen mich Erinnerungen schwer quälen. Schmerzen bereiten mir die vielen Feigheiten, die ich in der Vergangenheit an den Tag legte. Sie beherrschen mich und ich bitte Sie aufrecht, sie ihrer Position entsprechend einzuordnen. Aber: Während ich diese Zeilen schreibe, sehe ich nun auch auf die Bucht, sehe ›Albatros‹ im leichten Schwell und erinnere mich an Zeiten auf ihr, die grandios und erhebend waren.*

* * *

Es war der Tag unserer Abreise. Es war der 26. November. Der erste Tag.

Ich war mit Erik bereits gestern Nachmittag an Bord gegangen. Wir hatten noch einmal alles kontrolliert, noch einmal klar Schiff gemacht, hatten dem Admiral die Möglichkeit gegeben, sich von seinem Pudel in aller Form der Liebe zu verabschieden. Ich hatte am Vormittag noch einmal mit Susan telefoniert und reichlich Tränen vergossen. Bevor ich zum Übersetzen auf die *Albatros* das Dinghi bestiegen hatte, hatte ich noch einmal kräftig meinen Fuß in den feuchten Morast des Küstenstreifens gestampft, wollte symbolisch von Land Abschied nehmen. Schließlich sollte es für mehrere Wochen der letzte Kontakt mit festem Untergrund gewesen sein. Den nächsten Fuß auf ruhiges Terrain würde ich in Argentinien setzen. Wenn überhaupt.

Meine Koje war hergerichtet. Immer noch ging ich etwas scheel blickend an der Doppelkabine vorbei ins Vorschiff, obwohl ich mir mein Plätzchen praktisch und gemütlich eingerichtet hatte. Auf der Backbordseite war die aufklappbare Werkbank. Über ihr an der Decke hingen drei Netze, in denen

Weißkohl lagerte. Erik hatte die Stämme sauber ausgehöhlt und in die Löcher feuchte Watte gestopft. Alle drei Tage sollte er die Watte erneut nässen. In günstigen Fällen hielten die Kohlköpfe so über mehrere Wochen.

Meine Koje lag auf der Steuerbordseite. Ein Laken deckte sorgfältig die gesamte Matratze. Die Koje über mir war entgegen aller Versprechen doch heruntergeklappt. Der Skipper hatte es mir irgendwann gebeichtet, dass er gelogen hatte. »Schließlich müssen da das Raffee, das Fischermannsegel, das Try und das zweite Groß samt Segellatten hin. Und du kannst sowieso dein Leesegel nicht einhaken, wenn die obere Koje hochgeklappt ist«, hatte er gesagt. Und ich hatte verstanden, zugestimmt. Nicht, weil mir nichts anderes übrig geblieben, sondern weil es notwendig war, keine Alternative existierte.

Die letzten Tage mit dem Admiral waren ohnehin sehr merkwürdig gewesen. Wir waren schon durch viele kritische Situationen gegangen, hatte schon viele Desaster abwenden können, hatten uns oft gefetzt, aber umso mehr wieder vertragen, umso mehr unsere Freundschaft bekräftigt. In den letzten Tagen allerdings war es anders gewesen. Noch nie hatte ich so sehr meine Gedanken offenbart. Noch nie zuvor hatte auch der Admiral mir so ehrlich und offen seine Gefühle präsentiert. Wir beide hatten in uns große Sorgen geweckt. Doch keiner hatte je das Wort ›Angst‹ ausgesprochen. Wir hatten es umschrieben, aber nie konkret gesagt. Wir hatten unsere Freundschaft immer neu besiegelt, hatten uns ›bis dass der Tod uns scheidet‹ Treue geschworen. Wir hatten ein Gelübde abgelegt. Und zuletzt hatten wir uns auferlegt, die anderen Crewmitglieder mehr zu integrieren.

Am Kopfende meiner Koje hatte ich einen einzigen Haken. An ihm hingen ein roter Spitzen-BH und Strapse von Susan. Ich wollte kein Bild von ihr um mich haben. Wozu auch? Ich brauchte nur meine Augen zu schließen, um sie in voller Pracht genießen zu können. Neben den Haken klebte mit Isolierband ein gezeichnetes Selbstbildnis meiner fünfjährigen Tochter. Es war ein rundes Mondgesicht mit zwei Punkten, einem Strich und einem Bogen. Die Enden des Bogens waren nach oben gerichtet. Die Strichfüßchen der Figur trugen Stiefel. Die dicken

Arme endeten am oberen Bildrand, waren gerade ausgestreckt. Die Szene drückte zugleich Jubelschrei und Entsetzen aus.

Zu meinen Füßen war die Nähmaschine, die William angeblich demoliert hatte, fest am Fuße des Vormastes verzurrt. Es war eine alte Singer, die zur Reparatur der Segel bedient werden sollte. Zwei Lifebelts samt Geschirr lagen neben dem Kopfkissen. Eine Einliterflasche aus einem Chemielabor mit Drehverschluss und großer Öffnung hatte ich zwischen Sturmklüver und Trysegel geklemmt. Die Flasche war der pure Luxus, bot die Möglichkeit, jederzeit zu pinkeln, ohne an Deck zu müssen. So ein Laborgefäß hatte jeder bekommen. Wie auch eine Trillerpfeife.

Bis auf das Rundfunkaufnahmegerät, die Ersatzakkus für die Digitalkamera, Leuchte und private Sachen war alles in einer Schrankleiste über Williams Doppelkoje verstaut. Auch das Unterwassergehäuse für die Kamera, das mir ein Sponsor für Aufnahmen auf stürmischem Deck zur Verfügung gestellt hatte.

In dem kleinen Schapp neben Susans rotem Spezial-Negligé bewahrte ich mein Tagebuch auf, das ich trotz aller möglichen Strapazen gewillt war, gewissenhaft mit Details zu füllen. An diesem 26. November schrieb ich:

›Ich liege auf meiner Koje und blicke um mich. Alles ist festgezurrt. Alles gesichert. Aus jedem Schapp schauen Schaumstoff und Bändsel heraus. Nichts, aber auch gar nichts kann im Falle eines Durchkenterns herausfallen. Nichts kann knarren, klappern, klimpern oder knirschen. Gestern – nach meinem Anruf bei Susan – habe ich noch gezweifelt. Immer wieder sah ich die pure Angst in Karls Augen. Doch er ist besessen. Er will dieses verdammte Kap umrunden. Er will ein lebendiges Denkmal, ein Mahnmal werden. Er weiß, dass es seine letzte Chance ist. Tritt er diese Reise nicht an, wird er sie nie mehr machen. Aber da ist noch etwas anderes. Etwas, das ich nicht weiß. Ich muss erkennen, dass unser Vertrauen Grenzen hat. Auch ich habe ihm Fakten verheimlicht. Ich konnte nicht in sein Gesicht sehen, ihm offen und ehrlich sagen, dass ich zu feige bin, um auszusteigen. Wo, fragte ich noch gestern, ist mein Mut, im letzten Moment alle Vorbereitungen über Bord zu schmeißen.

Doch jetzt ist bereits alles anders. Keine Fragen mehr »Warum« und »Wieso«.

We are off.

Die Wettervorhersage lautet 35 Knoten aus Südwest. Die Front soll übermorgen durchgehen.

Neben mir stehen die Nähmaschine und zwei Kanister mit Wasser für die Rettungsinsel. Jeder hat seine Aufgabe für den Notfall. Ich glaube, wir haben ihn viel zu selten geprobt. Ich weiß nur, dass ich die Wasserkanister und die Kanister mit Lebensmitteln, Notsignalen und Notwerkzeug hochbringen muss. Das steht auf meiner Karte. Jeder hat eine mit konkreten Anweisungen erhalten, damit im Notfall nicht alle nach den Wasserkanistern greifen. Dreimal habe ich mir auch die Karten von Erik und William angeschaut. Aber ehrlich, ich habe vergessen, was auf ihnen stand. Ich werde morgen noch einen Test für den Notfall starten.

Letzter Blick zurück. Keine Tränen mehr.

We are off.

Die letzten Tage hatten wir nur stechende Sonne. Es war ruhig, locker, angenehm, erholsam, gemütlich. Viel haben wir getrunken. Wann wird es das nächste Mal so sein? Noch ist die Luke zum Vordeck über mir offen. Wann werde ich sie schließen müssen? Ich schaue nach achtern. Ein schweres Metallschott trennt das Vorschiff vom Mittelgang. Der Admiral hat angewiesen, dass, falls wir einen Eisberg rammen und Wasser ins Vorschiff strömt, ich keinesfalls Luke oder Schott öffnen darf. »Vielleicht kann uns die Luftblase den Bug noch ein wenig oben halten«, hatte er gelacht.

20 Tage waren wir nun in Sydney. Jeden Tag hart an Bord gearbeitet. Ich denke an die vielen Vorbereitungen in Hamburg. Morphium, Blasenkatheder, Siemens-Sicherungen. Pressekontakte und Sport. Sehr viel Sport. Ich fühle mich deutlich fitter und deutlich sicherer.

Um mich herum zähle ich 40 Kilo Kartoffeln, 20 Kilo Zwiebeln, 60 Brote. Dazu Massen an Tomaten, Gurken, Bananen und Ananas. Allein die fettigen Salamiwürste stinken. Sie hängen an der Treppe zur Vorluke. Keine Armlänge von meiner Koje entfernt. Sauber und akkurat an einem Haken. Sauber und super vorbereitet, wie alles auf diesem Schiff. Einschließlich Sturmklo und Reifen. Was soll da schief gehen?

Nun sind die Zweifel fort. Nun will ich nur noch los. Und so schnell wie möglich kein Land mehr sehen.

Williams Freunde – er hat also doch einige – begleiteten uns heute Morgen bis zum Ausgang des Sydney Harbours. Wir verließen die Bucht von Mosman unter Segel. Wieder erlitt ich als Kameramann einen derben Rückschlag. Kein Zentimeter Band ist über die Aufnahmespule gelaufen.

Nach den gigantischen Steilklippen der Sydney Heads, die den Naturhafen von der Tasmansee trennen, waren wir dann allein. Der erste Schritt. Die erste Etappe. Allein. Jetzt. Das Wetter verspricht angenehmes Traumsegeln. Für wie lange?

1130 Uhr Ortszeit: Der Admiral und ich haben die Frequenzen für Bern Radio eingegeben. Für morgen ist meine erste Übertragung zu meiner Hamburger Rundfunkstation vorgesehen. Immer wieder habe ich darauf gedrängt, doch die Frequenzen einmal zu testen, doch Karl kennt sein Schiff und seine Empfänger und Sender. Auch ich habe meine Erfahrung mit ihnen. So sehe ich kein Problem und freue mich auf morgen. Dann werde ich meinen kleinen Lokalsender anfunken. Susan wird gespannt zuhören. Ich werde ihr zum Ende meines Berichts eine Liebeserklärung machen.

1414 Uhr Ortszeit: Wir haben auf Australian-Standardzeit zurückgestellt. Für uns existiert keine Sommerzeit mehr. Was ist schon Zeit? Ich habe für die ersten drei Tage den Wachplan aufgestellt, ihn direkt neben den Speiseplan (der so oder so nie und nimmer eingehalten wird) in der Pantry – auch Navi-Zentrale und Skipperkoje – aufgehängt. Drei Stunden William, drei Stunden ich, drei Stunden Erik. Das rund um die Uhr. So ändert sich für jeden die Wache täglich. Jeder muss mal nachts zur beschissensten Zeit ran. Was ist schon Zeit?

Der Wind: Nordwest 2, später Westsüdwest 1.

Das kennen wir, das lieben wir: die australische Wettervorhersage. Nach stundenlanger Ansage von Starkwinden und Stürmen folgt nur glatte See. Umgekehrt ist es aber auch möglich.

Doesn't matter.

We are off.

Barometer pendelt zwischen 1016 und 1018.

Kurs Ost.

Beim Setzen des Klüvers erkenne ich, dass William immer noch nicht weiß, wie die *jibsheets*, die Klüverschoten, geführt werden. Vorne ganz außen, mittschiffs durch die Rolle, belegt an der vorderen Winsch im Cockpit. Auch die Anzeige des Logs, das wir nun schleppen, liest er falsch ab. Der Admiral sieht's, sagt nichts. Auch ich schweige. Wir verstehen uns.

Susans Strapse pendeln gleichmäßig über meinem Kopf, langsam, beruhigend. Ich sehe an dem BH das Schild *75 B* und erinnere mich, dass er etwas zu eng saß. Wie schön! Wie schade, dass ich sie jetzt nicht fühlen kann.

Mittagessen: Kartoffelsalat mit Frikadellen. Vorbereitet.

Dinner: Steak.‹

* * *

JETZT, SEHR GEEHRTE HERREN KAPITÄNE DES SEEAMTSGE-RICHTS, *wo ich an diesem traumhaften Strand von Porto Belo meinen Caipirinha sinnlos in mich hineinkippe, ist mir bewusst, dass ich damals die Abfahrt als geradezu normal, den ersten Tag als geradezu alltäglich geschildert habe. Doch ich möchte Ihnen nichts verheimlichen. So berichte ich Ihnen von weiteren Vorgängen an diesem ersten Tag, die ich damals nur in knappen Stichwörtern notiert habe. Für Sie allein formuliere ich nun aus. Denn dieser Zusatz könnte Sie zu dem Vorurteil führen, dass es doch ein eindeutiger Fehler von mir war, in diesem Moment die Reise nicht sofort abgebrochen zu haben. Ich habe Ihnen meine Feigheit bereits gestanden. Diese Schuld nehme ich auf mich. So bin ich zumindest mitverantwortlich für den Verlust meines Freundes.*

* * *

Es war so gegen 2000 Uhr. Nein, es musste genau 2000 Uhr gewesen sein. Denn es war der Beginn meiner ersten Wache dieser Reise. Nach dem Abwasch hatte ich noch die letzten Zeilen in mein Tagebuch geschrieben. Nun stand ich in Ölzeug im Cockpit. William strahlte mich an.

»Der Wind ist sehr schwach und dreht des öfteren«, sagte er und stand auf. Sofort schnellte meine Hand vor und drückte ihn an seiner Schulter wieder sanft hinunter. Entgeistert blickte der Aussie mich an.

»William, ich will …, 'tschuldigung, ich möchte, dass du noch hier bleibst.«

»Moment, ich habe drei Stunden hinter mir.«

»Ich weiß, ich weiß. Sieh es nicht als Strafe oder als Nachsitzen an, aber wir müssen ein bisschen üben.«

»Charly, ich will mich ausruhen.«

»Dafür ist keine Zeit, mein Freund. Ich habe dich jetzt lange beobachtet. Du kommst vorne und hinten mit der Windfahnensteuerung nicht zurecht.«

Ich sprach ruhig, freundschaftlich, signalisierte mit jeder Tonlage Hilfsbereitschaft. Doch meine Stimmbänder waren gespannt. Noch ein ablehnendes Wort des Versicherungs-Heinis, und ich hätte getobt. Lange hatte ich aus der Pantry beobachtet, wie William mit der Sailomat kämpfte. Die Fahne, ein hölzernes Brett, muss, nachdem der Kurs angelegt ist, in den Wind gestellt werden. Da die Besegelung meist nicht allzu exakt getrimmt ist, kann durch Auffrischen oder Schralen des Windes das Schiff luv- oder leegierig reagieren. In diesem Fall muss der Zahnkranz am Steuerrad um wenige Speichen verstellt werden, um der Gier entgegenzuwirken.

William hatte sich in seinen drei Wachstunden größte Mühe gegeben, doch je öfter der Admiral mit grimmigen Blicken und unsympathischen Kommentaren das Cockpit betreten hatte, desto mehr hatten sich Williams Fehler gehäuft. Sobald Karl aufgetaucht oder von unten – am Kompass stehend – provokant nach dem Kurs gefragt hatte, hatte William schlapp gemacht. Es war ein Teufelskreis, aus dem ich den Aussie nun herausholen wollte.

»Warum macht er das?«, fragte er plötzlich.

»Weil er wie ich besorgt ist.«

»Aber die Art … es ist die Art wie …«

»William, das spielt jetzt keine Rolle«, unterbrach ich. Bloß jetzt nicht dieses Thema. Achtern war der Loom der olympi-

schen Millionenstadt noch zu erkennen. »Es geht um die Windfahnensteuerung.«

Für eine Reaktion ließ ich ihm keine Zeit mehr. Ich erklärte
detailliert jeden Einstellungsschritt. Ich ließ ihn ein- und aus-
kuppeln, das Holzbrett Zahn für Zahn an die richtige Position
bringen.

Der Wind kam nun fast genau von hinten. William starrte auf
das Holzbrett. Die Sailomat war ausgekuppelt. William starrte
immer noch, drehte leicht am Rad.

Plötzlich zitterte das gesamte Rigg.

Mit einem Sprung war der Admiral im Cockpit.

William hatte seine erste Patenthalse gefahren. Der Wind hatte die Leeseite des Großsegels erfasst. Nur der schwache Einser
aus West und der montierte Bullenstander verhinderten, dass
das Groß umschlug, nichts Schlimmeres passierte.

Kerzengerade zog die Nadel des Barographen seine Linie übers
Papier. Exakt auf der 1018er-Markierung. Meine Wache verlief
ruhig. Charmant segelte *Albatros* unter Groß und den beiden
Rahsegeln mit mir allein im Copckpit. Auch ich fuhr lange per
Handsteuerung. Der Wind war für die Fahnensteuerung einfach
zu schwach.

Gegen Mitternacht drehte der Wind von Westsüdwest auf
Westnordwest. Eine Viertelstunde später wurde ich mit vielen
freundlichen Worten geweckt. Gerade eine halbe Stunde hatte
ich im allerersten Tiefschlaf an Bord geruht.

»Komm, mein Freund, steh auf! Wir müssen halsen«, flüsterte der Admiral.

»Es war doch abgemacht, dass der, der gerade in der Koje ist,
schlafen kann«, bemerkte ich schlaftrunken.

»Ich will es nicht mit William und Erik allein machen. Also
los!«

Ich sprang auf, irrte an Deck. Nur in Unterhose und T-Shirt.
Karl ging ans Steuer. Bei Manövern tat er es immer. Sonst weigerte er sich, das Rad auch nur zu berühren. William löste den
Bullenstander, während Erik und ich die Rahen des Toppsegels
und der Breitfock *abeam* brassten. In diesem Moment knallte

der schwere Schäkel des Bullenstanders aufs Teakdeck. Ich erstarrte, wartete. Doch das Donnerwetter blieb aus. Ich zwinkerte dem Skipper anerkennend, gar dankbar zu. Wie bei Williams Patenthalse war er auch jetzt ruhig geblieben. Ich wusste, dass er innerlich kochte.

So besorgniserregend sich die ersten Stunden unserer Fahrt entwickelten, so beruhigend wirkte die Selbstdisziplin meines Freundes auf mich. Ich bewunderte ihn. Er registrierte jede Kleinigkeit, ließ mich jedoch entscheiden. Als wir die Muring in der Neutral Bay verlassen hatten, waren die Motorengeräusche des Diesels schnell verstummt. Noch bevor wir das erste Leuchtfeuer querab hatten, waren Topprahsegel, Groß, Großstagsegel und Klüver II gesetzt. William hatte allerdings zunächst die Klüverschoten innerhalb der Reling verlegt. Ruhig war ich auf ihn zugegangen und hatte ihn darauf hingewiesen, dass bei Starkwind die Reling nun achteraus gezogen würde. Und diese ruhige Form der Belehrung, ergänzt mit einer kleinen, aber netten Mahnung, wollte ich auch fortführen. Ich gestehe, dass auch ich mich zügeln musste, als William wiederholt die Anzeige des Logs falsch ablas, doch als ich versuchte nach Ursachen zu fahnden, erkannte ich schnell, dass allein die Angst vor Karls Reaktionen seine Hektik bestimmte.

So flüsterte er mir am Morgen des zweiten Tages leise den Logstand zu, bat mich anschließend um Kontrolle. Ich schüttelte nur den Kopf, erklärte ihm genauso leise noch einmal das simple System der Loganzeige und ließ ihn die Eintragung im Logbuch machen: ›MgK 89°; Log 143,5 Seemeilen; WNW 1–2; 1018 hPa.‹ Die sichtbare Bewölkung zeichnete er in Form eines Kreises. Dieser war in acht Segmente unterteilt, die je nach Bewölkungsdichte gefüllt wurden. Die Wolkenart wurde ebenso aufgeschrieben. So war der letzte Eintrag an diesem Morgen, an dem ich zur Wache kam, ein ›Sc‹ für Stratocumulus.

Meine Wache begann um 0500 Uhr bei Windstärke 2 unter Groß, Toppsegel und Breitfock und endete nach drei Stunden genauso. Land konnte ich bei Wachwechsel keines mehr erkennen. Nur mühsam konnte ich begreifen, dass ab jetzt mindestens 60 Tage nur noch Wasser vor mir lagen. Abgesehen von dem kleinen Zipfel Neuseelands, den wir eventuell zu Gesicht bekommen würden.

Ich starrte aufs Wasser. In die Endlosigkeit. Meine längste Fahrt ohne Landsicht waren 21 Tage. Meist in Sonnenschein und nie mit mehr als neun Windstärken. Nun erwarteten mich Kälte, Sturm und Müdigkeit. Und eine Crew, die … Ich weigerte mich abrupt, diese Gedanken zu vertiefen.

»Und? Willst du die Sailomat nicht einkuppeln?«

Der Admiral hatte abgewartet, bis William sich niedergelegt hatte, stand nun mit herunterhängenden Schultern und einer Hand in der Hosentasche im Niedergang.

»Irgendetwas stimmt da nicht mit.«

»Quatsch, da stimmt alles mit. Ich habe sie doch selbst vorhin eingestellt, habe dem Trottel gezeigt, wie das geht. Der hat wieder Dinger gebracht.«

»Skipper, kann es nicht sein, dass …«

»Nein.«

Ich verstand, blieb für einen Moment ruhig. Der Admiral verweigerte den Gedanken, dass die Sailomat einen Knacks bekommen hat. Die Wirklichkeit war aber, dass wir schon in Sydney vor dem Auslaufen festgestellt hatten, dass sowohl Aufhängung wie die Hülse des unteren Ruderblatts der Sailomat beschädigt waren. Karl hatte sofort das Hirngespinst erfunden, ein australischer Angler wäre mit seinem Boot dagegen gefahren. Wir ließen ihm den Glauben an das Märchen, konnte er doch für sich auf diese Weise ein ihm beliebtes Feindbild schüren und seinen Frust herausschreien.

Dennoch wollte ich nun das Thema nicht wechseln.

»Skipper, du bist doch nie länger als vier Minuten am Ruder. Du stellst die Sailomat ein … und sie funktioniert. Bei mir auch. Für den Moment. Aber irgendwann tillt die dann. Plötzlich steuert sie nicht mehr.«

»Dann musst du sie richtig einstellen. Dann gib ihr noch eine Speiche!«

»Das bringt nichts. Alles schon ausprobiert. *Albatros* tendiert plötzlich, nach fünf, manchmal zehn Minuten, zu weit nach Luv oder Lee. Bei Raumschotkurs ist das zu gefährlich. Entweder machen wir noch eine Patenthalse oder die Rahsegel stehen plötzlich back.«

Der Admiral schüttelte wirr den Kopf, suchte nach seiner Pfeife. Wir beide hatten bewusst auf Zigaretten verzichtet, hatten jeder 13 Pakete Pfeifentabak gebunkert. Nur Erik hatte eine Stange gekauft, worüber wir uns köstlich amüsierten. Denn unter Deck galt Rauchverbot.

»Komm, Charly, versuch das Beste, okay«, blubberte der Admiral, da er sich die Pfeife anzündete. Dann folgte: »Du machst das verdammt gut. Ich meine ... das mit William und Erik.«

»Und du machst das auch verdammt gut. Ich meine ... das mit deiner Selbstbeherrschung.«

Wir lachten. Nur für einen kurzen Moment gemeinsam. Dann brach es aus ihm heraus. Mir war es nur recht. Vor mir konnte er sich entladen, konnte seine Verzweiflung rausschreien. Hemmungslos durfte er hetzen, schimpfen, übertreiben. Er wusste es und genoss es. Seinen Anspruch an Perfektionismus wollte er stets neu formulieren. Seine Enttäuschung über Missstände verbal kompensieren. Und ich ließ ihn. Denn anschließend war er die Ruhe selbst. Die Besonnenheit. Und besaß neue Energien, die auch mich zum Optimismus beflügelten.

»Die Schoten ...«, begann er, »das Log ... das kann der nicht mal ablesen. Das kann ein behindertes Baby. Dann zerstört er mir das Teakdeck. Und zu doof, die Sailomat einzustellen. Und sein Laken liegt wieder nur halb auf der Matratze.«

Er machte eine Pause, paffte und starrte ins Leere.

»Charly, du weißt, dass ich nie und nimmer den Teufel an die Wand male. Aber wir haben da einen Problemfall. Du musst ihm klarmachen, was wir hier tun. Das ist kein Barfußsegeln. Wenn der so weiter macht, kann das uns alle das Leben kosten. Glaube es mir! Der bringt uns um. Und wir haben nicht mehr lange Zeit, ihm das beizubringen.«

Anderthalb Stunden war ich noch allein an Deck, genoss die Brise aus WNW. Ich steuerte per Hand. Mehr aus Langeweile. Und da nunmehr nur noch alle drei Stunden bei Wachwechsel der Kurs eingetragen werden musste, da wir fernab des Landes waren, schaute ich kaum auf die Uhr. Ich dachte an meine Tochter, der ich zum Abschied einen Globus geschenkt hatte. Eine schwarze Linie zog sich auf ihm durch die Südmeere, setzte sich an der südamerikanischen Ostküste fort, zeigte, wo der Kanal Panama trennt, und führte über die Galapagos, Marquesas und Tonga zurück nach Australien. Mit kleinen Strichen hatte ich ihr Anlaufhäfen speziell gekennzeichnet. Ich war stolz auf sie. Und auf ihre Mutter, die mich für dieses Abenteuer hasste, aber es dennoch zugelassen hatte.

Um 0800 Uhr lokale Zeit waren meine Wache und ich geschafft. Das dürftige Frühstück gab keine Stärkung. Jeden Morgen wollte der Admiral zur gleichen Zeit für die Portionierung sorgen. Er brauchte keine großartigen Pläne, schnitt die fettige Salami nur so weit, dass William, Erik und ich schon beim ersten Frühstück den Eindruck teilten: Wir sind bereits im Rettungsfloß und jede Scheibe, die nicht verzehrt wird, wird auch unser aller Leben retten.

Erik stand am Steuer. William saß ruhig in der Plicht. Ich hatte frei, doch keine Zeit für Erholung. Ich musste arbeiten.

Denn jetzt sollte endlich unser Konzept, unsere Idee, unser Anliegen umgesetzt werden.

Karl las das Log und rechnete das Etmal aus. 80 Seemeilen in 24 Stunden. Bis Kap Hoorn lagen mindestens noch 6420 Seemeilen vor uns. Ebenso griff er – wie besprochen – zum Sextanten, rechnete und schrieb für die St. Malo-Bruderschaft zum Beweis ins Logbuch: »0843 Uhr – 33°51,0´S; 152°45,0´E.«

Ich dagegen holte meine Kamera hervor und drückte *Record*. Einige wenige Details des Bordlebens hatte ich bereits festgehalten. William, der im Cockpit kniend das Geschirr mit Salzwasser abgewaschen hatte. Erik, der seine Pissflasche über Bord ausgeleert hatte. Und den Admiral, der an der Pfeife saugend den gestrigen Sonnenuntergang genossen hatte. Und dennoch wollte ich jetzt viel, viel mehr aufnehmen. Diese besondere Atmosphäre einfangen. Ich musste. Jetzt. Ich glaubte, so irgendwie den verpassten Start ausgleichen zu können.

Wie gerne hätte ich auch ihn auf Band verewigt. Diese einmalige, nie wiederkehrende Situation. So wichtig war er für einen

Dokumentarfilm, den ich drehen wollte. Vier Boote mit Horn-signalen und Menschen, die uns unaufhörlich winkten, hatten uns bis zu den Sydney Heads begleitet. Begeistert. Fasziniert von unserem Vorhaben. Williams Freunde. Aber der Admiral hatte schon in der Neutral Bay alle Segel hissen wollen. Jeder war beauftragt, seine Aufgabe zu erfüllen. Da war für mich keine Hand frei gewesen. Keine Kamera. Nur Leinen. Aber auch ich war von der Idee begeistert gewesen. Vom ersten Moment an unter Segel. So wenig Motor wie nötig. So musste es sein. Nur kurz hatte ich mich gewehrt, hatte den Skipper an unser Kon-zept, an unseren Plan erinnert. Doch der Admiral hatte nur ein schlichtes »Nein, jetzt nicht« befohlen. Von den Hügeln der Bay aus hatte er sich beobachtet gefühlt. »Da sitzen garantiert die Geier aus dem Club und achten, wie ich das hinkriege«, hatte er leise genuschelt. »Fass jetzt bloß keine Kamera an. Hoch mit den Segeln, First Mate«, hatte er gesagt. Eine Wahl hatte ich nicht ge-habt. Verdammt, was wäre passiert, hätte ich in diesem Moment dennoch die Kamera zur Hand genommen.

Vielleicht das Beste?

Ich suchte nach Motiven. Nicht die üblichen Segelbilder. Ich wollte weiter die Stimmung an Bord festhalten. Die ausgelasse-ne Vorfreude. Aber auch die abwartende Spannung. Die Sonne stach und der Schwell war gleichmäßig. Ich schaltete die Auto-matik aus, wechselte die Blende, um die deutlichen Isobaren-linien des gerade aus dem Ticker genommenen Wetterfaxes zu schärfen. 35 Knoten aus NW, rechnete der Admiral aus.

»Komm, Skipper, erklär mir das mal«, forderte ich.

»Wieso, das kennst du doch.«

»Mensch, Skipper, für den Film.«

Doch statt mir und meinem jetzt auf ihn gerichteten Mikro-fon dies nur einmal mit seriöser Gebärde zu erzählen, scherzte der Skipper, zog Grimassen und spielte den desorientierten, leicht behinderten Kapitän. Immer wieder schlug er sich das Faxpapier ins Gesicht, hielt es dann verkehrt. Schließlich mal-te er kleine Männchen mit riesigen Geschlechtsteilen in die Tiefdruckgebiete. Meiner nachdrücklichen Bitte um sachliche Analyse des Wetterfaxes wollte er nicht entsprechen. Ich legte die Kamera ab, da nun auch die anderen ihre Späße lauthals präsentierten.

Und ich genoss es einzustimmen. Für einen Moment. Denn im Schutz der Bugkoje musste der erste Radioaufsager vorbereitet werden. 20 Minuten brauchte ich, um die wichtigsten Stichwörter auf mehrere Karteikarten zu malen. Kurz vor Mittag zog ich mit den kleinen Pappblättern Richtung Funkgerät. Kurz nach Mittag zitterte ich vor Wut. Ich wollte nur noch schreien, flehte stattdessen jedoch und erhielt nur Spott.

»Keine Schwäche zeigen«, hatte er befohlen. Ich zeigte keine, ging nur in »meine« enge Koje und schrieb verzweifelt einige Zeilen:

›Geliebte Susan, soll ich jetzt am zweiten Tag dir schon einen Brief schreiben? Oder soll ich wie ein Erstklässler mit *Mein geliebtes Tagebuch …* beginnen? Ich weiß nur, dass ich schreiben muss. Ich muss es rauslassen und nutze das geduldige Papier. Wem sonst kann ich die verheerende Lage mitteilen? Diese Erpressung, diese Demütigung, diese Entwürdigung. Es war doch versprochen, jetzt über die Funkstelle Bern Kontakt mit Hamburg aufzunehmen. Ich wollte einen klassischen Aufsager im Mittagsmagazin bringen. Spannend formuliert. Mit viel Gefühl. Mit einer Liebeserklärung an dich. Doch jetzt, wo ich diese Worte schreibe, sitzt du vorm Rundfunkgerät und wirst vergeblich warten. Und ich kann dich nicht erreichen, dir nichts erklären, muss dich in Ungewissheit lassen.

Ich bin zu Karl gegangen. Pünktlich.

»Was willst du? Du solltest dich ausruhen«, sagte er nur.

»Showtime«, lachte ich ihn fröhlich an und winkte mit meinen Karteikarten. »Wir wollten Bern Radio anfunken, du erinnerst dich?«

Der Admiral grinste nur, griff gut gelaunt und voller Erwartung auf eine Schweizer Stimme zum Mikrofon. Drei Schalter, ein Drehknopf, und er lallte los: »Bern Radio, Bern Radio, Delta Echo *Albatros*.«

Fünf, vielleicht sechs Sekunden wartete er. Dann wiederholte er noch undeutlicher: »Bern Radio, Bern Radio, Delta Echo *Albatros*.«

Ich starrte ihn nur entgeistert an.

Vier Sekunden später hängte er das Mikrofon in die Gabel zurück: »Pech, mein lieber First Mate, keine Verbindung.«

»Karl, bitte …«, stammelte ich nur. Wir waren am anderen Ende der Welt. Ich hatte gehofft nach vielleicht zehn, fünfzehn Minuten eine Stimme aus Bern zu vernehmen. »Karl, bitte …«

»Charly, du hörst doch, dass wir keine Verbindung bekommen. Ist doch nicht so schlimm, oder? Du hast doch genug anderes zu tun. Du könntest beispielsweise mal deine Truppe in Griff kriegen. Vielleicht klappt es dann ja auch irgendwann einmal mit der Verbindung.«

Susan, ich hör hier auf zu schreiben. Ich kann einfach nicht mehr.‹

Schon in den folgenden Tagen herrschte an Bord eine gewisse Ruhe, die zuvor nie aufgekommen war. Keine Gespanntheit, keine Aufregung mehr. Jeder wartete und genoss. Genoss die Ruhe, den leichten Wind und wartete auf den ersten Sturm, die erste Kälte, die erste Strapaze. Mit unterschiedlichsten Gefühlen. Angst vor dem Versagen der anderen, Angst, den anderen ausgeliefert, auf deren Leistungen angewiesen zu sein, aber auch Angst, selber zu versagen.

Der einzige, der diese Gefühle nicht besaß, zumindest nicht offenbarte, war Erik. Der Rostocker erledigte seine Wachen wie normalste Arbeitszeit. Er war ruhig, gelassen und vollbrachte es, diese Ruhe und Gelassenheit auf andere zu übertragen. Ich hielt ihn angesichts unserer bevorstehenden Route, angesichts der spürbaren, zwischenmenschlichen Problematik für irre, sog aber seine Art, seine Lebensphilosophie förmlich in mich auf. Nie und nimmer hätte ich jetzt, am ersten Sonntag auf See, in Erwägung gezogen, dass William das schwächste und zugleich das stärkste Glied unserer Gemeinschaft hätte sein können. Auch wenn sich seine Fehler im Laufe der nächsten Tage und Wochen häufen sollten: Er bewies Stärke, die keiner besaß. Und dazu einen Glauben, der für alle Zukunft mehr als bewundernswert ist.

Es war gegen 0930 Uhr lokale Zeit, als wir zu unserem ersten

Gottesdienst läuteten. Es war das »Ding-Dong« aus drei Kehlen, die das Startsignal setzten. William, Erik und der Skipper warteten im Cockpit, als ich am Niedergang erschien. Wir hatten in überschwänglicher Laune beschlossen, jeden Sonntag eine Messe zu halten. Und ich war bestimmt, den Anfang zu machen.

Mein überaus betontes *in nomini patres* versprach denn dann auch den erwünschten Spaß. Doch ich enttäuschte meine Kameraden.

Nur kurz machte ich auf die weltlichen Gefahren in Südamerika aufmerksam. Nur in wenigen Sätzen beschrieb ich detailliert die auf uns zukommenden Bedrohungen weiblichen Fleisches in unserem ersten argentinischen Hafen. Nur skizzenhaft malte ich den allein auf uns wartenden, ersten Bierzapfhahn wie einen Teufel an die Wand.

Dann schlug meine Stimme um.

Ich nutzte die Gelegenheit, um ernste Worte zu verkünden. Ich sprach von Verständnis, was den Admiral zornig machte. Ich sprach von der Verpflichtung, auch für andere lernen zu müssen. Was wiederum den Admiral begeisterte, William allerdings nachdenklich stimmte. Und ich sprach von Freude auf Kap Hoorn und was danach folgt, was alle bis auf Erik erfreute.

Nach einem kleinen Choral, währenddessen sich sogar die ersten Skuas vom Schiff entfernten, begann die *Grumbling Corner*. Der Admiral hatte sie von einem neuseeländischen Windjammer-Kapitän gelernt. Ich bewertete sie als geradezu genialen Einfall. Jeder sollte im Anschluss an den Gottesdienst sagen dürfen, was immer er will. So wie an *Speakers Corner* im Londoner *Hyde Park*. Mit Verbesserungsvorschlägen. Mit Vorwürfen. Mit persönlichen Beleidigungen. Ohne, dass es ihm übel genommen werden darf.

Die erste *Grumbling Corner* dauerte exakt eine Minute und zehn Sekunden. Belebt wurde sie lediglich durch das Meeresrauschen und den Sound einer Skipper-Pfeife, die ungeduldig ausgeklopft wurde. Keiner sagte nur einen Ton. Verständlich! Es war der sechste Tag auf See. Wir machten zwar gute Etmale, waren aber immer noch auf der Tasmansee, hatten noch nicht einmal das Nordkap von Neuseeland erreicht. Wer wollte sich da schon erklären, sich als Rebell präsentieren. Auch ich schwieg, obgleich ich schreien wollte. Erstmals in meinem Erwachsenenleben hatte ich mich in eine allumfassende Abhängigkeit begeben. Ich konnte nichts mehr ändern, konnte nicht mehr aussteigen, war auf andere angewiesen, musste meine Bedürfnisse massiv einschränken, musste eine Rolle übernehmen, die ich hätte gerne anders wahrnehmen wollen. Stattdessen nahm ich die mir aufgetragene Position an und ermahnte William nach der Ausspracheminute in scharfen Worten, doch endlich seine Matratze mit dem Laken komplett zu decken. Dabei war am Morgen auch meine Kojenunterlage zerwühlt gewesen.

* * *

SEHR GEEHRTE HERREN KAPITÄNE, *gewinnen Sie bitte nicht den Eindruck, als sei die erste Woche dieses Törns bereits der Anfang eines Desasters gewesen. Nein! Eher das Gegenteil ist der Fall. Wir lachten, waren glücklich. Alles klappte plötzlich. Es gab Stunden, gar ganze Nächte, in denen kein grimmiges Wort an Bord zu hören war. Wir lachten oft. Lachten laut, geradezu ohrenbetäubend. Wer sollte uns hören? Wir waren am Anfang der Einsamkeit. Und wir genossen es. Ich wusste nur:*
Wir waren auf See. We are off.

* * *

Schlagartig änderte sich bei mir die Stimmung (an diesen Wechsel der Launen kann man sich wahrlich gewöhnen), als ich am 4. Dezember, dem neunten Tag auf See, um 23 Uhr das Deck betrat. Das Log zeigte 985 Seemeilen an. Das jüngste Positionskreuz auf der Seekarte lag nur noch Millimeter vom Nordkap Neuseelands entfernt.

William stand am Rad, wartete auf den Wachwechsel. Die Sailomat war ausgekuppelt. Mit glänzenden Augen lächelte er mich erleichtert an. Die drei Wachstunden mussten für ihn wieder einmal die reinste Qual gewesen sein, obwohl der Wind nur mäßig bis frisch blies.

Ich dagegen lächelte nicht, kniff nur meine Lider eng zusammen und schnappte nach Luft.

Der letzte Wetterbericht hatte Sturmwarnung für die Südinsel prophezeit. Über der Bass-Strait tobte ein Tief, das auf freien Gewässern bis zu 60 Knoten bringen sollte. Da es mit 40 Knoten nordöstlich zog, konnten wir mit 35 bis 40 Knoten über Nacht rechnen. Bereits vor sechs Stunden hatten wir das erste Reff ins Groß geknüpft. Ein Vorgang, der bei den zu dieser Zeit noch herrschenden Windverhältnissen mit einem lockeren Liedchen auf den Lippen hätte geschehen müssen. Doch abgelaufen war das Reffmanöver bei gerade einmal vier Beaufort wie in der zweiten Anfängerstunde eines A-Schein-Binnen-Unterrichts auf der Alster.

Um das Groß zu reffen, muss die Dirk angezogen werden. Bei *Albatros* muss dieses laufende Gut zunächst aus einer Klampe an der unteren Großmastsaling befreit werden. Was William schlicht vergessen hatte. Damit war sozusagen die Serie mehrerer Missgeschicke eingeläutet gewesen.

Karl, der seine Klampe schon im Pazifik wähnte, hatte nur noch geschrieen. Wie versteinert hatte er minutenlang vor dem Steuer gestanden, eine Hand nach hinten aufs Rad gelegt, und hatte beobachtet, wie die Fehler zunahmen. Nur seine Lippen hatten sich bewegt. Sein »Pass auf!« und »Nein!« und »Schneller, das gibt's doch gar nicht« waren gar noch am Vormast angekommen. Plötzlich hatten Erik und ich nach oben geschaut. Gleichzeitig. Mit einem schmetternden Schlag waren die Rahsegel backgeschlagen. Karl hatte zu weit angeluvt. Immer mehr war der Wind vom Bug her in die viereckigen Segel geschossen. Und Karl? Der hatte William weiter angeraunzt. Ich hatte geschrien: »Das Topp! Das Topp!« Nur den Bruchteil einer Sekunde hatte mich der Admiral dann fassungslos angeguckt, hatte dann mit einem kräftigen Ruck das Rad gedreht. Gott sei dank war *Albatros* noch dermaßen in Fahrt gewesen, dass sie problemlos nach Lee ziehen konnte. Anschließend hatte William auch noch das erste Smeerreep mit dem zweiten verwechselt. Dennoch: Nachdem alle Reffbändsel ihren Kreuzknoten erhalten hatten, waren wir still auseinander gegangen. Dieser Stille wollte ich jetzt beim Wachwechsel ein abruptes Ende setzen.

»William, jetzt will ich dir was sagen«, setzte ich mich provokativ auf die hölzerne Backskiste im Cockpit, obwohl meine Wache bereits zwei Minuten andauerte und der Aussie nur noch in seine Suite zum Ruhen wollte. Während sich meine Stimmstärke erhöhte, achtete ich kein bisschen auf die Feinheiten der englischen Grammatik. Das, was ich jetzt zu vermelden hatte, konnte auch aus Bruchstücken problemlos herausgehört werden.

»William, ich will, dass du verdammt noch mal diese scheiß Leinen lernst. Und ich will, dass du morgen bei Tageslicht jede Leine verfolgst und weißt, wo sie endet, wo sie hinführt, über welche Klampe sie gelegt wird. In welche Richtung, vor und zurück. Es ist unter anderem deine gottverdammte Aufgabe hier an Bord, die Leinen täglich auf Verletzungen zu kontrollieren. Und du weißt nicht einmal, wie sie verlaufen. Und das, mein Freund, ist ein Befehl. Und jetzt kannst du in deine Suite gehen und dein scheiß Laken rüberziehen. Ist das klar?«

Der Australier sagte keinen Ton, wollte erst reagieren, schaute dann ins Leere. Bevor ich ihm signalisierte, das Steuer nun übernehmen zu wollen – es lief bereits die achte Minute meiner Wache, stopfte ich mir noch in aller Ruhe eine Pfeife. Ich sagte ihm nicht *Gute Nacht*. Kein *Schlaf gut*. Ich entließ ihn und kam mir dabei überhaupt nicht schäbig vor.

Der Admiral hatte mich eine halbe Stunde vor Wachbeginn geweckt, gut zehn Minuten vor dem Zeitpunkt, auf den ich meinen Wecker gestellt hatte.

»Ich weiß, dass ich gleich Wache habe. Hättest mich nicht wecken brauchen«, hatte ich ein weiteres Gespräch abwehren wollen, nachdem ich mich angezogen hatte und in den Salon gegangen war.

»Hast du das gesehen, beim Reffen?«

»Skipper, er ist nervös.«

»Er ist geschickt ... nein, warte, er ist wirklich geschickt. Hast du bemerkt, wie er immer so tut, als wolle er anderes zuerst machen. Wichtigeres. Bloß keine Verantwortung übernehmen. Für nichts. Das ist geschickt. Das ist gerissen. Aber nicht bei uns, oder?«

»Karl, er ist nervös. Verdammt, das sind wir doch alle. Dir sind beim Reffen die Rahsegel backgeschlagen ...«

»Pass auf, mein Freund, dazu will ich dir auch noch etwas sagen.« Der Admiral hatte nur noch gezischt, um Erik nicht zu wecken. »Das habe ich selber gesehen, ja, da brauchst du das nicht auch noch laut mitzuteilen.«

»Was ist, wenn du es nicht gesehen hättest? Wenn ich es nicht gesagt hätte, wenn du dann nicht schnell genug reagiert hättest?«

»Ich habe es aber gesehen. Ich hatte dir schon einmal gesagt: Ich mache keine Fehler. Hast du das verstanden? Und du auch nicht. Ich allein sage dir deine Fehler. Du sagst sie den anderen. Aber mir sagt das keiner. Auch du nicht.«

»Karl, du hast die Rahsegel backschlagen lassen. Das war ein Fehler. Ein Fehler, verstehst du.«

»Charly, ich warne dich, treibe es nicht auf die Spitze.«

»Karl …«

»Nein, jetzt sag ich dir was. Weißt du, was die Folge ist? Respektlosigkeit. Meuterei. Wie soll das denn funktionieren? Bald wird wohl noch an Bord geheim über gutes und schlechtes Verhalten abgestimmt. Charly, er ist zu mir gekommen. Vor seiner Wache, und hat mich gefragt, ob du für den First-Mate-Job wirklich der Richtige bist. Er hat es nicht ausgesprochen, aber er hat mir so klar zu verstehen gegeben, dass er Null Respekt vor dir hat. Und ich sehe es doch. Geh und schau dir seine Koje an. Das Laken liegt fast halb daneben. Wieder. Obwohl du es ihm tausendfach gesagt hast.«

Der Admiral hatte sich hingelegt und auch William war jetzt gegangen.

Vier Windstärken hauchten mir jetzt bei südöstlichem Kurs in den Nacken. Es war bewölkt, aber bei einer Position um die 34°10′ Süd keineswegs kalt. Ich öffnete den Sturmanzug – einer dieser Überlebensanzüge, dessen Arme und Beine man bei Bedarf per Klettverschluss zuschnüren konnte – bis zum Bauchnabel und atmete die Seeluft ein. Nein, ich sog sie förmlich in mich auf. Ich brauchte die Zeit allein.

Die Windfahnensteuerung funktionierte perfekt. Gemütlich setzte ich mich auf die Luvseite, dachte an die gleichmäßige Welle, die ersten Südmeervögel, an die Albatrosse, die wir mit viel Glück schon in wenigen Tagen sichten werden. Ich dachte an Susan, Alina und an meine roten Shorts, deren Gesäßnaht seit drei Tagen in voller Länge gerissen war. Und immer noch nicht genäht. Nicht einmal gedacht habe ich daran. Wen sollte es hier auch schon stören? Aber ich dachte auch an meine Freunde in Hamburg. Viele waren besorgt um mich, hatten nie meinen Entschluss zu diesem Abenteuer verstehen können, ihn aber dennoch akzeptiert und respektiert. Mich wunderten ihre Sorgen nicht. Ich fragte mich, ob sie mich hätten wirklich fahren lassen, wenn sie diese Realität gekannt hätten.

Doch nun war ich hier. Die Spitze Neuseelands querab. Das letzte Leuchtfeuer vor Kap Hoorn vor Augen. Das blinkende Licht des Turms von Cape Reinga ließ mein Herz augenblicklich höher schlagen. Ich zählte die Sekunden, bis es wieder strahlte. Gleichmäßig zog der Schein seine Bahn. Nur für einen kurzen Moment stach er in meine Augen. Dann verschwand er, um wieder zu kommen. Jetzt spürte ich die Faszination, die von Leuchttürmen ausging. Sie bedeuteten nicht nur Orientierung. Sie bedeuteten auch Ankommen. Aber nicht für mich. Nicht jetzt. Dennoch konnte ich mich nicht wehren. Ich wusste, da ist Land. Da ist Gewissheit. Da sind viele nette, freundliche, verständnisvolle Menschen. Da sind Telefone und Reisebüros, Flughäfen und sichere Kneipen.

War ich denn wirklich der Einzige an Bord, der immer noch zweifelte? Neun Tage hatte mich jetzt schon der Kampf zwischen Gefühl und Vernunft gequält. Die Ratio appellierte, endlich das Unmögliche aufzugeben, rechnete mir zugleich meinen finanziellen Verlust vor. Der Instinkt dagegen warnte lautstark vor der Lebensgefahr, mahnte zugleich aber auch vor einer zu schnellen Aufgabe. Wie sollte ich die Südmeere bezwingen, wenn ich nicht einmal auf zwischenmenschlicher Ebene Durchhaltevermögen beweisen kann.

Was hatte der Skipper gesagt? Versuchen allein reicht nicht?

Okay, fasste ich den Entschluss, ich bin kein Feigling.

Und begann zu schmieden. Den Plan. Meinen Plan. Für meinen Rest dieser Reise.

* * *

»Correio!« Caca haut mir mehr fest denn freundschaftlich auf die Schulter und plärrt mir ins rechte Ohr:»Correio!« Mir endlos erscheinende zweieinhalb Stunden war ich durch den tiefen Sand des Strandes gewatet, um nur eine einzige Person zu finden, die mir das portugiesische Wort für *Post* nennen konnte.

Von drei alten Männern war ich eingeladen worden, Boule zu spielen. Mit vier Senhoritas hatte ich Light-Bier gesüppelt. Fünf Kerle hatten eine Schulung über Techniken von Völler, Matthäus und Beckenbauer gewollt. Aber die Übersetzung von *Post* konnte mir nur ein Achtjähriger geben, der mit einem schlichten Plastikförmchen Ausdauer zeigte. Erst als ich ihm den Graben um seine Sandburg tief genug gezogen hatte, flüsterte er mir das Wort ins Ohr.

»Correio!«, schreie ich zurück und blicke auf meine vier Kisten, die bis zur Fiatdecke im Fond gestapelt stehen. Ich greife zur Plastikflasche mit mittlerweile lauwarmer Caipirinha, nehme jedoch – entgegen meiner sonstigen Art – nur einen kleinen Schluck. Ich will einen klaren Kopf behalten. Nicht aus Sorge um meine Kisten, in denen nun unter anderem Schwimmflossen, Lifebelt, Neoprenanzug und ein altmodisch-grüner Jogginganzug auf Kontinentalverfrachtung warten. Gleich zweimal habe ich vom Strand sehen können, dass ein Boot der brasilianischen Polizei längsseits von *Albatros* festgemacht hat. Einmal waren die Beamten gar für mehr als 20 Minuten an Bord gewesen. Ich habe Angst, erinnere mich an Eriks mahnende Worte, so schnell wie möglich Porto Belo zu verlassen. Ich traue dem neuen Skipper zurzeit alles zu. Mein alter Skipper Karl hätte Beamte – außer zwecks Einklarierung – nie an Bord gelassen. Er hasste Zoll- und Quarantäne-Beamte. Ich erinnere mich an das Bild, als er gar Hafenpolizisten zwang, an Bord ihr Schuhwerk auszuziehen und nehme nun doch noch einen Schluck Caipirinha. Einen ordentlichen Schluck. Ich muss heute Abend unbedingt Erik treffen.

Wir steigen in den Wagen. Der Fiat quält sich durch die steinigen Seitenstraßen. Immer wieder schlägt Jorge das Lenkrad blitzschnell ein, erkennt im letzten Moment größere Hindernisse auf der staubigen Trasse. Er steuert geschickt. Und lässig. Er ist es gewohnt.

Fechado steht auf dem Schild geschrieben und »fechado« sagt nun auch Jorge. Ich verstehe nichts, sehe nur eine entschuldigende Geste meines Freundes und das Postamt auf der Steuerbordseite vorbeiziehen.

»Correio, Correio!«, rufe ich laut, verzweifelt, fragend.

»Fechado«, antwortet Caca, drückt den Türknopf herunter und stottert *closed*. Ich verstehe und greife zur Plastikflasche.

Das nächste englische Wort, was Caca von sich gibt, ist *beach*, auch wenn es sich mehr wie *bitch* anhört. Der Fiat rollt vorbei an Einkaufsläden, an kleinen Kneipen, an Restaurants. Trotz der geschlossenen Türen spürt das Zwerchfell die Karnevalsstimmung. Die Samba-Bässe machen vor keiner Scheibe Halt. Caca winkt jeder knapp bekleideten Schönheit zu, fordert immer wieder spontan zum Anhalten auf.

»Stopp, Stopp!«, schreie nun auch ich. Nur wenige Meter ist der Fiat erst auf den Strand gerollt. »Stopp«, schreie ich wieder und Jorge bremst scharf.

Mit laufendem Motor steht der Wagen halb in der Einfahrt. Jorge und Caca drehen sich um, schauen mich an. Sie fragen nicht, warten nur. Ich schaue zwischen beiden hindurch. Meine Hände zittern. Ich will sprechen. Doch wie soll ich es erklären. Ich zeige auf die Zeltbaracken. An dem Jetski-Verleih meiner Freunde steht ein Polizeifahrzeug. Und gleich zwei Beamte diskutieren wild gestikulierend mit Eduardo. Immer wieder zeigen die Uniformierten aufs Wasser, auf die Bucht, in der *Albatros* schlummert. Ich fasse meinen Freunden auf die Schulter, presse meine Finger in ihr Fleisch. Ich schüttele den Kopf. Irgendwie muss ich ihnen mitteilen, dass ich Zeit zum Nachdenken brauche. Meine rechte Hand verlässt Cacas Schulter, greift zum Türöffner. Raus. Ich muss raus. Doch was ist mit den Kisten? Wieder greife ich nach Cacas Schulter, schaue zur Baracke. Hinter den beiden Polizisten taucht plötzlich eine weitere Figur auf.

Es ist der neue Skipper der *Albatros*.

Und der hebt jetzt die Hand, streckt den Arm, zeigt mit dem Finger auf den Fiat. Auf mich.

* * *

Immer wieder bricht die Welle übers Heck. Bevor sie bricht, wird sie größer und größer, zögert es heraus, als wolle sie mit uns spielen. Sie wächst und wächst. Wächst und wächst. Aber sie bricht nicht. Dann Schaumkronen. Gigantische. Die Welle wölbt sich. Doch sie bricht immer noch nicht. Ich greife nach etwas. Ich weiß nicht, was es ist. Aber ich versuche Halt zu finden. Die massive Kraft vor Augen. Der Halt ist nicht ausreichend. Jetzt kommt die Wahl. Loslassen und etwas Neues suchen? Oder festhalten. Die Welle ist da. Lasse ich los, kann sie brechen. Ich weigere mich und weiß dennoch, dass mir keine Wahl bleibt. Ich lasse los und der Wellengipfel lehnt sich über mich. Aber er bricht einfach nicht. Jetzt, jetzt habe ich neuen Halt. Nicht besser als der alte. Aber nun fehlt die Kraft, der Mut, nach Neuem zu suchen.

Ich wusste nicht, ob es über Minuten oder Stunden ging. Ich wusste nur, dass es grauenvoll war … und so schrieb ich es direkt auf, nachdem ich wach geworden war.

Noch nie in meinem Leben hatte ich Erfahrungen mit dem Thema Albtraum gemacht. Nun kannte ich es. Nun wusste ich, was Menschen zu leiden hatten. Ich bin intelligent genug, um sofort zu hinterfragen: Warum jetzt? Warum zu diesem Zeitpunkt? Monate war ich auf See gewesen, hatte schwerste Stürme erlebt. Aber Albträume hatte ich bislang nie.

Schweißgebadet schaltete ich das Licht über meiner Koje ein. Nur kurz, um auf die Uhr zu schauen. Es galt, Strom zu sparen. Es war 0500. Meine nächste Wache war passend zum Frühstück. Um 0800. Ich hatte mich für das Drei-Stunden-Drei-Mann-Wachsystem entschieden, damit jeder mit dem Genuss des Frühstücks sowie mit den Schrecken des Nachmittages konfrontiert wurde. Denn da alle drei Tage jeder um 1700 Uhr Wachende hatte, musste auch jeder alle drei Tage den leidvollen Abwasch machen. Zwar besaß der Admiral die phantastische Fähigkeit, für ein wirklich exzellentes Mahl nur einen, maximal zwei Töpfe zu nutzen, doch ebenso schaffte er es bei jedem Mahl, zumindest in einem Topf das Gekochte dermaßen anbrennen zu lassen, dass selbst ein Putzutensil aus Stahlwolle seine Grenzen erfahren musste.

Wie die drei ersten Stunden meiner mir zugestandenen nächtlichen Ruhe wurde auch meine erste Wache des zehnten Tages, des 5. Dezembers, zum Albtraum. Noch während des Frühstücks drängte mich Karl in die Ecke zwischen Herd und Navitisch. So weit, dass ich mich fast auf den wenigen, hauchdünn geschnittenen Salamischeiben im Eck abstützen musste.

»Ich muss nach oben«, sagte ich ohne Betonung. Doch der Skipper versperrte den Weg.

»Wir haben ein Problem«, flüsterte er.

»Ich habe keine Lust auf Probleme. Ich habe Wache.«

»Das ist ernst, Charly, wir müssen wahrscheinlich unsere Reise abbrechen.«

»Gut«, lächelte ich ihn an, »gut, kann ich jetzt durch?«

»Mein lieber Freund«, der Admiral schnaufte jetzt nur noch, »diese Reise bricht keiner ab. Ihr seid doch alle zusammen die letzten Memmen. Was ist das, Sabotage? Meuterei? Komm, sag schon!«

Ich blieb still, stand ruhig in der Ecke, doch jede Muskelfaser war gespannt.

»Wir sind zehn Tage unterwegs und haben bereits 270 Liter Trinkwasser verbraucht«, flüsterte er jetzt wieder. Sein Kopf war weit nach vorne gestreckt. Seine Hände zitterten gestikulierend vor seinem Kinn.

»Woher weißt du das?«, fragte ich laut.

»Das ist ungefähr die Menge, die ich aus dem Schmutzwassertank gepumpt habe«, flüsterte er noch leiser. Ich musste schon genau hinhören, um jedes Wort zu verstehen.

»Karl, das kann nicht sein.«

»Ich habe ihn beobachtet. Immer. Nie habe ich den aus den Augen gelassen. Du erinnerst dich? Ich habe Katzenwäsche angeordnet. Der hat ein privates Badevergnügen daraus gemacht. Morgens. Und abends.«

»Gut, Karl, ich habe die Schnauze voll. Wir steuern Neuseeland an und schmeißen William von Bord. Ich habe genug von ihm. Das reicht jetzt.«

Die Augenlider schlugen fast gegen die Brauen. »Nein«, fispelte der Skipper lang gezogen, »nein, ich spreche von Erik.«

Auch mir war es aufgefallen, dass dieser gemütliche, so viel Ruhe ausstrahlende Kamerad äußerst lang auf der Toilette verweilte. Oft verging über eine Viertelstunde, bis die Schiebetür sich wieder öffnete. Dann erinnerte ich mich aber an die Augenprobleme des Rostockers. Jeden Tag musste Erik neue Kontaktlinsen einsetzen, zuvor die Augen odentlich wässern. Ich überlegte, rechnete, zweifelte. 270 Liter in 10 Tagen? Unmöglich!

»Das haut vorne und hinten nicht hin. Da muss ein Defekt an den Ventilen sein«, war die einzige plausible Erklärung. Und die Konsequenz: »Lass uns Whangarei anlaufen! Das sind nur ein paar Seemeilen. Ein Tag. Dann sind wir im Hafen. Karl, unser Törn steht. Aber wir sollten bei einem neuseeländischen Bierchen mal in Ruhe ein paar Sachen klären. Verdammt, ob von Australien oder Neuseeland aus. Was spielt das schon für eine Rolle.«

Der Admiral drehte sich um, blickte noch einmal zurück: »Ab sofort portionierst du das Trinkwasser. Ist mir egal, wie du das machst. Und wenn du es in Suppenlöffeln verteilst. Das Gleiche gilt auch für Klopapier. Da ist bereits die zweite Rolle fast leer.«

Damit ließ er mich stehen.

Von oben rief William: »Charly, Wachwechsel!«

Meine drei Stunden musste ich per Hand steuern. Bei rauer See. Zwar waren gerade einmal sechs Windstärken aus WNW–NNW zu messen, doch bei Raumschotwelle und gerefftem Großsegel luvte die Schonerbrigg dermaßen stark an, dass drei kraftraubende Stunden für die komplette Armmuskulatur angesagt waren. Zweimal bat ich den Admiral um Änderung der Segelführung, doch mein alter Freund zog es vor, über die Australier zu schimpfen, die immerhin eine super intakte Sailomat beschädigt hatten. Dann legte er sich hin. Bislang hatte er sich weder bei Williams noch bei Eriks Wache getraut, die Augen zu schließen.

Ich segelte.

Und ich fluchte.

Müde und dennoch mit einem Lächeln in den Wangen krauchte Erik um fünf nach elf den Niedergang hoch. Das Barometer war wieder auf 1015 gestiegen. Das Log zeigte 1076,5

Seemeilen an. Der Wind blies unvermindert aus WNW mit sechs Beaufort.

»Ich mache mir noch einen Tee. Willst du auch noch einen?«, fragte ich während der Übergabe.

»Ja«, fiel die Antwort im ostdeutschen Dialekt kurz aus. Und dann: »95 Grad hier oben.«

»Nein, Erik, 115 Grad. Kannst du aber nur ganz schwer halten. Wenn der Skipper wach ist, frag mal, ob wir ...«

»Der Skipper ist wach. Und der hat mir gerade gesagt: 95 Grad. Aber doch schon die ganze Zeit.«

Ich vergaß den Tee. Ich vergaß die gewohnte Zeremonie der Steuerradübergabe an Erik. Ich ließ einfach los und stürmte Richtung Niedergang. Und ich erfuhr: William hatte mir bei Wachwechsel schlicht den falschen Kompasskurs genannt.

* * *

Instinkt entscheidet über Erfolg oder Verlust. Glück gehört immer dazu. Wenn dich nachts ganz unverhofft die sich überschlagende Welle genau trifft, musst du reagieren. Da ist keine Zeit zum Nachdenken, kein Raum für Spekulationen. Es ist nur der geschulte Reflex, der dich dann noch rettet. Halte ich still und werde zum Spielball der tobenden See? Luv ich an und riskiere, dass das Schiff querschlägt? Oder steuere ich nach Lee und opfere somit eventuell das Rigg? Ich war noch nie ein Meister der spontanen Entscheidungen.

Jetzt bleibt mir jedoch nur eine Wahl. Ich muss handeln oder warten. Und beides ist mit Sicherheit die falsche Reaktion. Was ist zu tun?

Die Polizisten setzen sich nun in Bewegung. Hinter ihnen plärrt ein Mann, der immer noch mit seinem Finger auf unser Auto zeigt. Plötzlich schießt auch seine zweite Hand hoch, schubst den rechten Beamten nach vorne. Dem plärrenden Kläger geht der Polizeieinsatz wohl nicht schnell genug. Abrupt bleiben die Uniformierten stehen. Der Geschubste dreht sich wütend um. Der Mann zeigt aber nur wild schüttelnd weiter auf unseren Fiat.

200 Meter trennen mich von der Jetski-Baracke, auf die nun

alle Augen gerichtet sind. 200 Meter Strand. Das heißt: 200 Meter tiefer Sand. Ich blicke nur kurz aus dem Seitenfenster. Die Hinterreifen stehen noch auf Asphalt. Das könnte einen beachtlichen Vorsprung geben.

Jetzt ist es doch ein Reflex. Jetzt ist es doch der Instinkt, der die treibende Kraft ist. Mit beiden Händen gleichzeitig reiße ich an zwei Kartons die Etiketten ab. Auf ihnen steht meine Hamburger Adresse geschrieben. Sekunden später sind auch die Zettel des dritten und vierten Kartons runter. Blitzschnell zerreiße ich sie, knülle die Fetzen zusammen. Während dieser Aktion weicht mein Blick keinen Moment vom Geschehnis an der Zelt-Baracke ab.

Jorge und Caca sagen keinen Ton. Immer wieder rauschen ihre Köpfe hin und her. Doch jetzt fliegt auch Cacas Arm durch den Fiat-Innenraum. Mit einer Hand versucht er mich zu packen. Ich nehme es ihm nicht übel. Bin ich doch für den hilfsbereiten Brasilianer ein Unbekannter, der nun eindeutig von der Polizei verfolgt wird. Hätte ich ihm nur zwischenzeitlich alles erklären können!

Mit einem kraftvollen Schlag wehre ich seine Hand ab. Jetzt schnellt auch Jorge herum. Ich werfe unschuldig beide Arme in die Höhe. Caca und Jorge halten inne. Ich reiche ihnen langsam meine zerknüllten Etikett-Fetzen.

Was ich jetzt tue, werde ich auch später nie verstehen. Vielleicht ist das ebenfalls vom Instinkt gesteuert, von dieser besonderen Ecke des Gehirns eingegeben. Doch wieso vertraue ich so darauf? Hat er doch in den letzten Monaten komplett versagt. Gleichwie! Ich lasse die Fetzen fallen, greife zu meinem Brustbeutel, reiße ihn runter. Die Schnur schneidet meinen Nacken. Ich halte meinen wertvollsten Schatz in Händen, reiche ihn vorsichtig Caca. Der greift nur völlig perplex zu. Ich zeige auf die Kartons, falte flehend die Hände zusammen, blicke durch die Windschutzscheibe. Dann ziehe ich nur noch am Türgriff und lass mich aus dem Fiat fallen.

Und laufe, so schnell ich kann.

* * *

»Was, verdammt noch mal, ist mit dir los? Du bist mein Freund. Du bist mein Vertrauter. Ich habe in dich alle Hoffnungen gesetzt. Ich vertraue dir sozusagen mein Leben an. Und du? Was machst du? Wir haben gerade einmal den elften Tag. Den Elften! Verdammt, ich erkenne dich nicht wieder. Das bist nicht du. Und wir haben erst elf Tage hinter uns.«

Ich nahm einen tiefen Schluck Tee mit Rum, mein erster alkoholischer Drink seit dem Start. Vier Flaschen hatte ich zollfrei gekauft. Sie sollten bis Porto Deseado reichen. Nur für den *sundowner* wollte ich den Drehverschluss öffnen. Ich wippte mit dem Becher und sah den Admiral an.

»Also, verdammt, was ist los mit dir. Hast du Angst? Ist es das?«

»Du spinnst. Ich habe keine Angst!«

»Was ist es dann?«

»William.«

»Hör auf mit William. Meinst du, ich sehe nicht, wie du ihn fertig machst?«

»Ich mache ihn nicht fertig. Ich norde ihn ein.«

»Du machst ihn fertig.«

»Er hat es verdient. Der taugt doch nichts. Ich mache mir ganz andere Sorgen.«

»Und welche?«, fragte ich. Meine Augen signalisierten dem Admiral deutlich, dass ich jetzt nicht über William, sondern über ihn sprechen wollte.

»Hast du nicht bemerkt, wie er zittert?«

»Was meinst du? Dass er Angst hat? Klar hat der Angst. Zu versagen. Vor deinem Gebrülle.«

»Charly, bei aller Freundschaft, hör auf! Ich brülle und ich schreie nicht.«

Ich blieb stumm.

»Ich meine sein Wesen. Der dreht bald durch. Der hat Angst vorm Wasser, vorm Wind, vorm Schiff. Wir müssen da höllisch vorsichtig sein. Der dreht bald durch.«

»Karl, du …«

»Nein, ich habe den heute den ganzen Tag beobachtet. Der dreht bald durch. Glaube mir, ich kenne solche Fälle von der

Armee. Wir haben da so eine Ausbildung gehabt. Genau für solche Fälle. Ich erkenne Menschen, die Extremsituationen nicht meistern können. Und, Charly, bislang haben wir noch keine Extremsituation gehabt. Ich will, dass du aufpasst. Auf dich und auf mich. Solche Menschen können jederzeit durchknallen.«

»Was soll der denn machen?«

»Der wird uns nichts machen können. Wir sind zu zweit. Und ich haue dem jede Waffe weg, wenn er vor mir steht. Dann kann der sich warm anziehen.«

Mein Rum zeigte erste Wirkung. Ein Becher. Ein Fingerhut gefüllt mit Rum. Gestreckt mit Tee. Ich spürte ihn. Wieder hatte ich nur drei Stunden geschlafen, hatte nach meiner Wache trotz spürbarer Schwere meiner Lider nicht einschlafen können, mich ruhelos hin und her gewälzt. Ich hatte daran gedacht, Susans Strapse und BH von der Wand am Kopfkojenende abzuhängen. Es störte mich, stets an sie denken zu müssen. Die vergangenen Tage, die misslungenen Manöver, die plötzliche Fremdheit meines Freundes bereiteten mir immer mehr Sorge. Ich hatte Angst, sie nicht wieder zu sehen.

»Da ist noch etwas anderes.« Nun wechselte ich das Thema. »Ich habe ins Logbuch geschaut.«

»Das erwarte ich auch von dir. Außerdem schreibst du ja …«

»Warte«, unterbrach ich, »du hast bereits sechs Positionseintragungen gemacht, wo ›GPS‹ dahinter steht.«

»Und?«

»Das war nicht abgesprochen.«

»Was? Ich werde doch wohl meine Eintragungen machen können, wie ich es meine, oder?«

»Nein, Skipper, es war vereinbart, ohne GPS-Einsatz, ohne Satellitennavigation zu segeln. Das war abgesprochen.«

»Ich habe bislang jeden Tag gekoppelt oder den Sextanten genommen. Das steht auch im Logbuch.«

»Ich weiß, aber das war nicht abgesprochen. Ohne GPS haben wir gesagt. Ohne GPS. Traditionelle Navigation. Ohne die scheiß Satelliten.«

Schon gestern hatten mich die Logbucheintragungen massiv gestört. Hatte ich bislang kaum eine verwertbare Aufnahme in

Wort und Bild für meine Dokumentation erhalten, wollte ich doch zumindest das Vorhaben gesichert sehen. Für viele Details, für viele Aktionen bestand die Möglichkeit nachzudrehen. Auch was Vorbereitungen betraf. Ohnehin hatten wir noch die stürmischsten Szenen, die attraktivsten Bilder vor uns. Doch dem Konzept musste entsprochen werden. So war es besprochen. So war es geplant.

Ich traute meinen Ohren nicht, wollte nicht wahrhaben, was mein Freund da von sich gab. Souverän wie eh und je.

»Das ist doch so egal. Uns kann keiner kontrollieren. Hier. Wer? Und ihr Journalisten lügt doch sowieso. Ich werde doch einen Teufel tun und auf GPS verzichten, wenn ich es habe. Ist doch sowieso nur Kontrolle. Ich hole doch jeden Tag den Sextanten zweimal raus. Was willst du denn?«

»Es ist ein Grundsatz.«

»Der Grundsatz lautet: Wir kommen sicher an. Und nichts anderes. Wir ziehen unser Ding durch. Ich bestimme die Position mit Sextant, aber kontrolliere. Charly, ich verspreche dir: bis zum 50. Südgrad. *Doubling the horn* sagt ab dem 50. bis zum 50., okay? Ab dem 50. Breitengrad nur noch mit Sextant und Log. Versprochen! Okay? Und mal ehrlich, du hast mir so oft erzählt, dass ihr Journalisten dazudichtet und weglasst, wo es euch gefällt, wenn es passt.«

»Karl, das sind Füllwörter. Schreibe ich ›Scheiße‹ oder ›verdammt viel Scheiße‹. Na? Scheißegal. Scheiße ist Scheiße. Aber hier geht's um Prinzipien. Wo sind sie, deine Prinzipien?«

»Wo sind denn deine?« Ganz, ganz leise sprach der Admiral die Frage aus. Jedes einzelne Wort betont. »Wo ist denn deine Ehre? Dein Gewissen? Was ist mit deinem Versprechen, mich mit allen Mitteln zu unterstützen? Was will ich denn? Dieses Schiff sicher nach Argentinien bringen. Sicher. Verstehst du, sicher. Du hast einmal Ja gesagt. Charly, gib es auf! Ein für alle Mal! Mein Kurs ist Südost. Mein Kurs ist Kap Hoorn. Ich lege nicht bei den Kiwi-Affen an. Nur über meine Leiche.«

Ich schluckte. Ich schüttelte den Kopf.

»Warum nicht?«, fragte ich vorsichtig.

»Weil ich weiß, dass du dann von Bord gehst.«

»Ach, bin ich hier gefangen?«

»Ja, du bist Gefangener. Ein kleiner scheiß Gefangener mit Privilegien. Denn du, mein lieber Freund, kannst dir das Leben noch versüßen. Du kannst schon bald ordentlich deinen Film machen. Unter einer Bedingung. Einer einzigen Bedingung.«

Ich lauschte.

Und ich stimmte zu.

Weil ich nur eine Wahl hatte. Eine einzige.

Kurs Südost. Kurs Kap Hoorn.

* * *

Die gesamte Innenfläche meiner rechten Hand ist mit einem verschmierten Rot überzogen. Am Ende der längsten Linie zum kleinen Finger tropft es langsam ab. Ich reibe die Hände, als könne ich es damit abwaschen. Nun schimmern beide Hände rötlich. Erneut greife ich mir in den schmerzenden Nacken. Und wieder ist die gesamte Innenfläche tief rot.

Es ist eindeutig Blut.

Während meines Laufes hatte ich die Schmerzen nicht bemerkt. Erst als ich den schützenden Graben auf der anderen Seite der Hauptstraße erreicht hatte, störte mich dieses stechende Gefühl im Nacken. Mit dem Abreißen des Brustbeutels hatte sich die Schnur noch blitzschnell sauber ins Fleisch geschnitten.

Die Füße schlummern im tiefen Morast. Der Oberkörper liegt erschöpft auf einer kleinen Böschung. Nur die Augenpartie ragt über sie, hat somit freie Sicht auf die Straße nach Porto Belo. Und aus dem Nacken rinnt es weiter.

Meine Kleidung ist mit drei Worten vollständig beschrieben: Shorts, T-Shirt, Latschen. Alles verdreckt. Ich schließe die Augen, will jetzt nur eines: die Tränen aufhalten. Doch so kraftvoll können Lider nicht schließen. Die Tropfen strömen. In Massen. Ich möchte laut schreien. Vor Schmerz. Vor Leid. Vor Trauer. Vor allem vor Verzweiflung. Es war doch meine einzige Chance gewesen. Mein Brustbeutel mit Eurocard und Pass war der größte Vertrauensbeweis, den ich Jorge und Caca offenbaren konnte. Sie wollten mich doch festhalten, hätten mich ausgeliefert. Ich kann es ihnen nicht einmal verübeln. Verdammt, ich weiß nicht einmal die Anklage. Was wird mir eigentlich vorgeworfen? Fahnenflucht? Oder Mordversuch? Ich hatte doch wirklich keine andere Wahl, als wieder zu fliehen. Ich hatte doch keine andere Möglichkeit, als den beiden neuen Freunden zu zeigen, ich habe nichts verbrochen, ich brauche Hilfe, eure Hilfe. Ihr habt jetzt – wie in den letzten Tagen – wieder mein Schicksal in der Hand.

Ich presse mein Gesicht ins harte Gras. Ich muss denken. Nicht weinen. Ich habe diesen Weg gewählt. Nun gehe ihn weiter! Oder doch zurück?

Ja, ich will zurück an den Strand. Mit erhobenen Händen wie ein geflüchteter Gefangener will ich mich in die Hände der südamerikanischen Justiz begeben. Ich werde einen Übersetzer fordern, einen deutschsprachigen Konsul oder Diplomaten ordern. Ich werde alles erklären, werde die Filmkassette aus meinem Brustbeutel präsentieren. Ich habe nichts verbrochen. Zumindest nicht hier auf brasilianischem Territorium. Ich kann meine Unschuld beweisen.

Augenblicklich fließen wieder die Tränen.

Ich habe Angst. Ich habe keine Kraft mehr. Ich will nur noch Ruhe.

Ich stehe auf und laufe durch den morastigen Graben weiter. Nein, nicht zurück. Die Beine tragen mich vom Strand weg. Es geht immer weiter. Immer.

Jetzt renne ich in Trance. Die erste sandige Seitenstraße bietet den mit dickem Schlamm überzogenen Latschen besseren Halt. Menschen schauen sich um. Doch kein Einziger versperrt den Weg. Aus einer Kneipe schallen Rufe. Von einer Hausterrasse strömt Gelächter. Nach zwei Abbiegungen bin ich allein. Die Sackgasse führt zum Berg. Auf ihm will ich wohnen, mein Haus aus gefällten Bäumen errichten. Wasser gibt es sicherlich. Natürlich auch Früchte und Wildtiere. In Ruhe werde ich leben, mich stärken, dann irgendwann heimlich ein kleines Schiff zimmern, um unter Palmensegeln erneut zu fliehen.

Nur noch mit einem Hauch von Kraft klettere ich hinter der letzten Hütte über einen niedrigen Weidezaun und lasse mich ins tiefe Gras fallen. Beide Hände schützen meinen Nacken. Ich schaue in den blauen Himmel, will später mit einem gestohlenen Messer einen ersten Eintrag in die Baumrinde schnitzen: ›erster Tag, zwei Achtel Segmente bewölkt, Cs für Cirrostratus, nordwestliche Winde, vielleicht zwei bis drei Beaufort‹.

Ich weiß nicht, wie lange ich so gelegen habe. Ich kann nicht einmal sagen, ob zwischenzeitlich meine Augen zugefallen waren. Ich kann nur sagen, dass ich plötzlich aus dem Wahnsinn gerissen wurde.

»Hast du Geld?«, hatte die Stimme in fast akzentfreiem Englisch gefragt.

Ich versuche vorsichtig die verklebten Augen zu öffnen. Zu oft war ich mit den blutbedeckten Händen übers Gesicht gefahren. Langsam hebe ich den Kopf. Nur die Umrisse einer großen Figur sind erkennbar. Ihr Haupt steht genau vor der grellen Sonne. Sie trägt eine mächtige Mähne, ist eher eine zierliche Gestalt.

Ich antworte: »Yes.«

* * *

Die angekündigten neun bis zehn Windstärken bliesen in sechs bis sieben. Das waren die positiven Beobachtungen des 16. Tages. Die negativen konzentrierten sich auf die erste heftige Auseinandersetzung zwischen Karl und Erik. Es war die Auseinandersetzung von Welten, von Lebenseinstellungen. Ich dazwischen, deshalb zunächst wortlos. Doch Pflicht ist Pflicht.

Meine Wache endete um 0200 Uhr am Morgen des elften Dezembertages. Die Nacht war schwarz. Nur schwarz. Kein Stern. Kein Mond. Nur schwarz. Fast konnte ich den kleinen Wimpel unter der Backbord-Saling des Großmastes nicht erkennen. Allein an ihm konnte ich die herrschende Windrichtung ablesen. Normalerweise besaß ich das Gespür, dieses auch über sensible Nackenhaare diagnostizieren zu können. Doch ein Schwerwetteranzug mit hohem Kragen bedeutet Einschränkungen. So verfluchte ich Dunkelheit, Welle, Wind, Schiff und mich. Dazu den Ort, an dem ich war. Und insbesondere Erik, den ich mittlerweile so schätzte, dessen Philosophie mich so faszinierte, den ich so bewunderte.

Viele hatte ich auf *Albatros* kommen, segeln und gehen sehen. Viele hatten ihre Schwierigkeiten mit der traditionellen Führung sowohl der Leinen wie auch des Skippers gehabt. Erik, ruhig, immer lächelnd, immer genießend, beeindruckte das Gekreische des Skippers, sein unbedingtes Verlangen nach Gehorsam und Perfektion zu keinem Zeitpunkt. Zumindest konnte ich aus seinem Verhalten nichts dahingehend schließen.

In meinen Augen machte er seine Arbeit perfekt. Er tanzte auf der unteren Rah wie ein Zirkusaffe, faltete das Toppsegel von Tag zu Tag kleiner, hatte zwar auch noch kleinere Probleme beim Belegen der doppelt geführten Aus- und Einholer bei Toppsegel und Breitfock, aber es gab keinen Grund zur Klage. Eine Beschwerde über schwieriges Steuerverhalten oder aggressive Töne an Bord waren noch nie über seine Lippen gekommen.

Mit einem freundschaftlichen Augenzwinkern hatte er mir einmal zu verstehen gegeben, dass auch ich mich zu sehr an den Gepflogenheiten des Kapitäns orientieren würde. Ich hatte sofort seinen netten Wink verstanden, wollte die Anweisungen auf dem Vorschiff weniger laut geben.

Karl dagegen hatte mich mehrfach aufgefordert, meine Obacht nicht zu sehr auf William zu konzentrieren. »Vergiss Erik nicht«, hatte er gesagt, »dieser Bengel ist gut. Aber er ist in vielen Dingen zu lässig. Den interessiert das alles nicht. Der will nur seine Ruhe und segeln.« Auch wenn ich diese Einschätzung nicht mit ihm teilen konnte, wusste ich, dass des Admirals Sorge ein wenig berechtigt war. Ein ganz klein wenig. Doch ich sah keine Gefahr.

Bei der Übergabe hatte ich Erik noch gesagt, dass es vielleicht besser wäre, noch eine Steuerradspeiche mehr Luv-Ruder zu geben. Er hatte genickt, nur kurz auf die eingekuppelte Sailomat geblickt und sich dann zurückgelehnt. Ich war froh, nun aus meinem Anzug steigen zu können. Mit einer heißen Tasse Tee setzte ich mich in die Messe, stieß mit Karl an.

»Es wird besser. William beherrscht jetzt die Sailomat und heute möchte ich ganz gerne ein paar Übungen machen.«

Der Skipper hörte aufmerksam zu. Ich musste ihn um diese Übungen bitten, da er während dieser Übungen schließlich ans Rad musste. Und dieses störte ihn oft. Während der Manöver – ja. Aber ansonsten hasste er es, am Steuer zu stehen. Ihm war es schlicht zu langweilig und eines Kapitäns in seiner Stellung nicht würdig. Oft hatte er mir schon die Geschichte von dem Marinekapitän erzählt, der mit weißem Hemd und einer sauberen Porzellantasse auf der Brücke eines Kreuzers erschienen war, frischen Kaffee orderte, während alle unteren Dienstränge »zum Teil auf den Knien rutschend« das Schiff säubern mussten. »Über 30 Grad war es und sie alle trugen dicke Overalls«, pflegte der Admiral dann stets die Beschreibung der Situation auszuschmücken. Die Formulierungen wechselten nie. Es schien ein einmal geschriebenes Stück zu sein, das dramaturgisch perfekt durchdacht war. Und immer endete es mit der These: »Aber glaube mir, keiner von denen, die schufteten, die schweißgebadet malochten, die stöhnten und Schmerzen hatten … keiner von denen hätte gerne mit dem Kapitän getauscht. Denn sie alle wussten, welche riesige Verantwortung auf seinen Schultern lastet.«

Ich dagegen blieb bei meinem Vorhaben zu üben. Der Wind sollte im Laufe des Tages abflauen. Das bot die Chance, noch einmal mit jedem einzeln und gemeinsam jedes Manöver durchzugehen, noch einmal die verschiedenen Handgriffe zu koordinieren. Es bot die Möglichkeit, William Selbstbewusstsein zu geben. Mit Ruhe und Freundlichkeit. Ich wollte kein Zirkeltraining, kein an der Navy orientiertes Spießrutenlaufen. Wenn in unserem Konzept gedruckt war, dass sich auch das Bordleben an traditionelle Verhaltensweisen lehnen würde, wollte ich dennoch keine Exempel statuieren. Ich wollte Schritt für Schritt durchgehen, wollte auf Fehler aufmerksam machen, wollte vor allem die Kameraden auch zu mehr verbaler Kommunikation auffordern. Ich zähle zu den Seglern, die sich nicht lächerlich vorkommen, wenn sie erhaltene Anweisungen nochmals laut wiederholen oder Erledigtes genauso laut mitteilen. Ich gestehe, dass ich oft dabei schreie. Getreu dem Motto: Lieber zu laut als zu leise. Zu oft hatte ich erlebt, welche verheerenden Folgen missverständliche Befehle auslösen konnten. Der Nachteil liegt allerdings auf der Hand: Lautstärke wirkt schnell mahnend und kritisierend. Bislang hatte ich immer auf diese Tatsache vor Ablegen jedes Schiffes hingewiesen. Auch auf *Albatros*.

SEHR GEEHRTE HERREN KAPITÄNE, *ich sehe Ihr verschmitztes Grinsen, Ihr auf Verständnislosigkeit basierendes Kopfschütteln. Auch ich schrieb in der Nacht vom 15. auf den 16. Tag in mein Tagebuch: ›Es wirkt geradezu lächerlich, dass ich plane, die bald einsetzende Windruhe für Übungen von Manövern zu nutzen, die eigentlich selbstverständlichste Voraussetzung sein müssten. Wir wollen mit einem Rahsegler um Kap Hoorn, zudem mit dem kleinsten aller Zeiten, wollen auf traditionelle Art und Weise segeln, wollen in die Fußstapfen der St. Malo-Brüder treten und an die Helden der Flying P-Liner erinnern. Und ich plane, das Reffen des Großsegels zu trainieren. Bei geringer Windstärke. Dazu das Setzen und Bergen des Klüvers. Dazu das Reffen der Breitfock. Dazu das Halsen. Verdammt, es klappte bislang kaum etwas perfekt. Und auch ich kann die in mir aufkommende Nervosität nicht mehr bremsen. Die Anordnung der Breitfock-Reffleinen ist katastrophal und der Admiral sieht es nicht ein. »Ihr müsst euch einfach auch mal anstrengen«, hat er nur gesagt. Ich erkenne, dass er Angst hat und es nicht zugeben will. Er hat mehr Angst als William. Und je länger wir auf See sind, desto mehr nimmt seine Angst zu. Ich kenne ihn. Er tut kaum noch etwas. Außer kochen. Und nervös auf jeden kleinen Fehler zu reagieren. Er schimpft. Auch mit mir. Und ich verstehe ihn nicht mehr. Ja, aber morgen will ich mit William und Erik üben. Eigentlich dürfte ich angesichts dieses Planes nur eines üben: nämlich Karl weiterhin dazu zwingen, den Kap Hoorn-Törn abzubrechen.‹*

* * *

»Es wird besser, Skipper, es wird besser«, wiederholte ich mich.

In dem Moment krachte es erbärmlich. Ein Schlag vibrierte wieder einmal über die gesamte Länge des Rumpfes. Dem bis ins Mark stechenden Knall folgten weitere ungesunde Geräusche.

Wir sprangen gemeinsam auf und stürzten ins Cockpit.

»Ich habe nur … da war plötzlich … also, in Richtung Luv. Und ich wollte …«, stammelte Erik. Wir blickten uns um. Auf Erklärungen des Rostockers zu warten, würde nur noch mehr Schäden bedeuten. Beide Rahsegel standen back. Der Admiral griff ins Steuer. Das Groß killte. Ich löste die Brassen auf der Steuerbordseite, nahm die Großschot gleichzeitig, wartete auf Anweisungen. Innerhalb von Sekunden war die Situation unter Kontrolle, innerhalb von zwei Minuten *Albatros* wieder auf Kurs.

Karl tobte.

Erik schwieg. Allerdings nicht lange.

Nach Karls Beleidigungen und verbalen Demütigungen aus der untersten Schublade stand der Ostdeutsche auf, stellte sich dem Skipper nah gegenüber und zeigte auf die Windfahnensteuerung. Der Schaft war gebrochen. Der Admiral brüllte aber weiter. Ich blieb ruhig.

»Das eine hat mit dem anderen nichts zu tun!«, schrie er. »Ihr sollt auf der Wache nicht pennen. Was macht ihr eigentlich hier oben? Ihr wollt Segler sein? Wisst ihr, was die mit euch bei der Legion gemacht hätten? Selbst wenn die ganze Sailomat auseinander bricht, dürfen die Segel nicht backschlagen. Dafür seid ihr hier oben. Sonst kann ich auch allein ums Hoorn segeln. Dafür brauche ich keinen von euch Arschlöchern.«

Ich blieb weiter ruhig.

»Das ist deine Schuld!«, brüllte der Skipper.

Augenblicklich trat ich zurück. Erik war aufgestanden, stellte sich nun ganz nah vor den Admiral.

»Weißt du«, sagte er sicheren Tons, »ihr seid so charakterschwach. Ihr sucht doch immer nur einen Sündenbock.«

Hastig schleuderte der Admiral seinen Blick zu mir. Ermahnend.

Jetzt durfte ich nicht schweigen:

»Erik, er hat doch Recht. Du musst jederzeit konzentriert Obacht geben. Dafür segeln wir. Dafür haben wir unsere Wachen. Sonst können wir auch alle zwei Stunden mal an Deck gehen und nachsehen.«

Ich kam mir so schäbig vor. Auch wenn er mit ›Charakterschwäche‹ selbst mich angegriffen hatte.

Wie Recht hatte er.

Fortan liebte ich ihn.

Tagebucheintrag – 10. Dezember – 15. Tag (plus 11.12. – 16. Tag)
›Wir machen gute Etmale. Haben heute 161 Seemeilen geschafft. Segelten ab 0200 Uhr nur noch unter Toppsegel und gereffter Breitfock. Nach dem Schaftbruch heute Morgen haben der Skipper und ich wieder eine Zusatzschicht eingelegt. Während der Fahrt haben wir am Heck die komplette Anlage zerlegt. Mussten dabei feststellen, dass auch die Schrauben der Halterung lose waren. Nun halten noch dickere Schäkel die Steuerleinen. Eine neue Leine verbindet den Schaft mit dem Rumpf. Sie soll das gebrochene Teil in vertikaler Position halten. Alle Schrauben nachgezogen. Sind nun fest. Wie lange noch? – Habe wieder nur wenig, aber dafür schlecht geschlafen. Alles tut weh. Rücken, Schultern, Arme, Beine. Kann nicht aufs Klo. See hat sich nach NW 7 erstaunlich schnell beruhigt. Vormittags erstmals Regen, da Front durchzog. Werden in Kürze Datumsgrenze bei 173,5° W überqueren. Ebenso bald in die südlichen Vierziger eintreten. Stimmung sehr wechselhaft.‹

Zusatzeintrag:
›Es war mir vergönnt, diesen elften Tag des Dezembers zweimal zu erleben. Da wir – leider auch laut GPS-Anzeige – die *date line* überquert hatten, wurden die Uhren um eine Stunde vorgestellt. Was erneut zu einer, diesmal jedoch charmanten Auseinandersetzung führte.‹

Der Skipper trug nach 24 Stunden zum zweiten Mal den 11. Dezember im Logbuch ein. Gewissenhaft mit dem Vermerk: »11.12. neu, d.h. Greenwich-Zeit *Grwh* 12am am 11.12. entspricht ZZ 0000 h am 11.12. Dann Uhren 1 h vorgestellt.«

Daran war zunächst nichts auszusetzen. Doch auch bei der zweiten Eintragung des 11. Dezembers schrieb der gute Karl »16. Tag« ins Logbuch. Ich dagegen bestand darauf, dass dieser zweite 11. Dezember bereits den 17. Tag unserer Reise dokumentierte. Der Admiral vertrat vehement die Auffassung, dass wir somit – zumindest auf dem Papier – letztendlich eine schnellere Kap-Hoorn-Umsegelung würden nachweisen können. Die Entscheidung fiel gemäß des Seehoheitsrechtes, das da generell lautet: Der Skipper hat immer Recht. Ich notierte brav die Logbucheintragungen, setzte fortan aber meinen Tagebuchausführungen immer eine Tageszahl hinzu. So schrieb ich unter der Überschrift 11.12. – 17. Tag:

›Wind flaute gestern dermaßen ab, dass der Schwell die Segel nur noch knallen ließ. Alle Segel sofort geborgen. Auf Anweisung meine geplanten Übungen abgesagt. Der Skipper befürchtete, das Tuch könnte zu sehr leiden. Chance vertan. – Wir sind in den Vierzigern und genießen noch einmal die Sonne. Es ist warm und wir notieren SSE 0 – 1. Meine Stimmung ist weiterhin sehr wechselhaft. Mit fällt es schwer zu genießen. Und mir fällt es immer schwerer, nicht spontan auszurasten. Es sind meine Ängste mit dieser Crew, es ist meine Wut auf meinen Freund. Eine Stunde hatte ich gerade fest geschlafen, als ich um 2200 Uhr (gestern) wieder einmal durch ein grauenvolles Geräusch, ein erbärmliches Vibrieren, ein grässliches Dröhnen geweckt worden war. Doch diesmal war es nicht ein kurzes Schlagen. Es war vielmehr ein anhaltendes Klappern, Scheppern, Rasseln, Surren. Fast im Takt.

Ich öffnete nicht die Haken meines Leesegels. Ich rollte über das Tuch hinweg.‹

»Was machst du!«, schrie ich. »Verdammt, was machst du?«

Der Admiral verstand bei dem lauten Getöse kein Wort, grinste nur.

Ich schrie noch lauter, schob ihn in den höher gelegenen Navi-Raum, ließ mich dann völlig erschöpft auf seine Koje fallen, riss ihn mit.

»Was machst du da?«

»Was soll ich machen? Ich habe den Jockel angeschmissen.«

»Wir wollten nicht motoren.« Ich blickte raus und sah, dass Erik wieder gemütlich zurückgelehnt auf der Backskiste hockte. Der hydraulische Arm des Autopiloten bildete mittels einer Flügelschraube bereits mit der Steuersäule unterm Steuerradkasten eine Einheit. Ich fluchte innerlich. Ich verkrampfte meine Hände. Ich zitterte. Ich holte tief Luft. Lange. Sehr lange.

»Wir wollten auf GPS verzichten«, fuhr ich jetzt relativ gefasst fort, griff zum Logbuch und schmiss es aufgeschlagen auf den Navitisch. Liebend gern hätte ich nun die kurzen, fettigen, krusseligen Haare des Skippers gefasst, seinen Kopf auf die geöffnete Seite gedrückt, ihn gezwungen, die Eintragungen laut vorzulesen. Nach jeder Zeile sollte er unterbrechen und aus dem Reise-Konzept zitieren. Drei GPS-Eintragungen heute, dafür nicht eine Astro-Bestimmung. Gestern zwei GPS-Eintragungen und eine Positionsbestimmung durch Sextanten.

»Wir wollten auf GPS verzichten, auf den Motor verzichten.«

»Wir sind noch nicht in den 50ern. Wir haben doch darüber gesprochen.«

»Richtig, Karl, was rege ich mich eigentlich auf? Das war alles vereinbart. Alles. Genauso wie abgesprochen war, dass wir vier erfahrene Segler sind. Vier erfahrene. Ich habe gestern deine Briefe noch mal gelesen. Erinnerst du dich? Außer uns, Karl, zwei weitere Segler mit großer Segelerfahrung, zwischen 25 und 40 Jahre alt. Erfahrung mit Windfahnensteuerung war deine Bedingung. Down-Wind. Gespür für Welle und Wind. Ich habe die Schnauze so voll. Du bist mit William gesegelt. Du wusstest, wie er ist. Und dir war das scheißegal. Hauptsache wir segeln. Du hast mich belogen und betrogen. Du wusstest ganz genau, dass ich nie nach Sydney gekommen wäre, wenn ich das alles gewusst hätte. Und dann? Selbst als wir in Mosman waren, selbst da hast du noch gelogen. Gut, okay, du hast Recht«, ich hob schnell beide Hände, hatte sofort erkannt, welche Einwände nun auf des Skippers Lippen lauernd warteten, »okay, William ist nicht der geschickteste, ist nervös, macht Fehler. Aber nein, mein Freund muss ja nicht nur ihn fertig machen, sondern auch noch mich. Ich wollte ...«

»Du hättest von Anfang an durchgreifen müssen«, unterbrach der Admiral in aller Seelenruhe. Er hasste Kritik, konnte damit in seinem Unfehlbarkeitsdenken nicht klarkommen. »Ich will dir mal was sagen, mein lieber Charly, ich bin zutiefst enttäuscht. Und zwar von dir. Ich habe dir immer gesagt, trete denen in den Arsch. Was machst du? Du geilst dich bei William an unbezogenen Matratzen auf.«

»Das war doch deine Anordnung. Du hast doch ...«

»Ich habe dich darauf hingewiesen. Und das darf ich doch wohl noch. Auf meinem Schiff, oder?«

Damit war wieder einmal alles klargestellt. Ich stand auf, ließ den Admiral wie ein kleines, dummes Kind stehen und schlich mich mit einer Mischung aus beleidigter Leberwurst, wütendem Untertan und enttäuschtem Freund zurück in »mein« Vorschiff. Zugleich beschloss ich, meine Rolle gegenüber Karl komplett neu zu definieren. Seine Methode war nicht meine. Permanent stand ich unter Druck. Warum? Um alles perfekt zu machen. Wie er es will? Nein, wie auch ich es will. Aber immer deutlicher wird für mich, dass ich unter diesen Voraussetzungen nie die Neutral Bay hätte verlassen dürfen. Zumindest nicht mit dieser Crew. Mit diesem Ziel.

Selbst der Admiral hatte in den letzten Tagen immer wieder laut und abfällig übers gesamte Deck gelacht: »Kap Hoorn? Mit der Crew?«

Er schien zu ahnen, dass … nein, anders: Er war sich sicher, dass Gefahr bestand. In erster Linie für ihn und sein Schiff. Dann eventuell auch noch für mich. Er hatte sich und uns in eine Situation manövriert, der auch ein Absolutist nur schlecht entkommen konnte. Und in dieser prekären Situation griff er auf ihm Bekanntes zurück, auf die unbedingte Gehorsamkeitsverpflichtung gegenüber einem Vorgesetzten. Er handelte nach seinen Erfahrungen und bewies sich als Lehrmeister, der seine eigenen Vorstellungen von Didaktik und Pädagogik umzusetzen verstand. Er lobte alle und tadelte seinen von ihm ernannten First Mate. Oft kam er nach Hymnen auf die Crew und öffentlichen Demütigungen seines »Ersten« zu mir und sagte: »Du weißt, wie ich das meine.« Ich wusste es, auch wenn er jegliche Auslegungen offen ließ. Er verlangte die strikte Einhaltung der Hierarchien, wie sie ihm einst anerzogen wurden.

Und er verlangte, dass ich den Druck weitergebe.

Ich hörte noch lange dem gleichmäßigen Takt des Dieselmotors zu, verfluchte jede einzelne Umdrehung, träumte von Meuterei und entschied, mich nicht auf das Spiel einzulassen. Warum sollte ich den Druck weitergeben? Ich war stark. Ich wusste es. Je länger wir auf See waren und die Schwächen, die Ängste meines Freundes offensichtlicher wurden, je öfter sich seine jähzornigen Ausbrüche häuften, desto stärker wurde ich. Das war es, was von mir verlangt wurde, was letztendlich auch Karl von mir verlangt hatte. Zu oft hatten wir die Grenzen besprochen. Zu oft hatten wir an Fallbeispielen experimentiert. Noch vor der Fahrt hatte mein alter Admiral offen gestanden, dass auch er nicht wisse, wie er sich entwickeln, wie er sich in Stresssituationen verhalten werde. Ich glaubte, er hatte seine Entwicklung befürchtet. Denn er kannte die Unwägbarkeiten, die er an Bord geordert hatte. Ich musste ihm zur Seite stehen. Das war meine Pflicht. Diese musste ich erfüllen. Innerhalb der von ihm vorgegebenen Spielregeln.

Doch eine Frage blieb unbeantwortet: Warum eigentlich sollte ich Pufferzone spielen? War ich denn in einer anderen Situation als der Admiral? Hatte ich denn nicht nun auch Angst, in dieser Konstellation ums Hoorn zu segeln? Gut, ich hatte meine Vorbereitungen gewissenhaft geführt. Aber ich hatte mich auch blind auf alle Vorbereitungen in Australien verlassen. Ein Fehler?

* * *

Entschuldigen Sie die Zwischenfrage, sehr geehrte Herren Kapitäne, *aber hätten Sie den vorzeitigen Ausstieg gewagt, nach all den Mühen und Investitionen? Hätten Sie die Fahrt nicht angetreten oder nun versucht, sie mit Nachdruck zu unterbrechen? Was sollte ich denn noch alles tun?*

Die Fakten zählten. Und sie schon während der Fahrt im Tagebuch zu notieren, fiel mir von Tag zu Tag, von Stunde zu Stunde deutlich schwerer:

›Ist die Grenze zum Wahnsinn schon deutlich überschritten, wenn ich diesem kleinen, dünnen Heftchen, das ich schlicht Tagebuch nenne, die ersten Liebeserklärungen mache? Bin ich noch zu retten, wenn ich erstmals überlege, ob die Meuterei eine sinnvolle Lösung meiner Probleme darstellen könnte? Jede Minute, die wir Richtung Ost steuern, treibt Albatros weiter in gefährliche Gefilde. Jede Minute, die wir uns – wie jetzt – in westlichen Winden befinden, kostet uns drei Minuten: Denn Zurück bedeutet mühevolles Aufkreuzen. Also, geliebtes, geduldiges Papier, muss ich nicht jetzt handeln? Ist es nicht das, was der Admiral von mir erwartet hat? Wird er mir nicht dankbar sein, wenn wir in einem sicheren neu-

seeländischen Hafen in Ruhe reflektieren können? Und während ich schreibe, streichen wieder Minuten vorüber: kostbarste Zeit, in der ich mit Erik oder William sprechen könnte. Ich schäme mich. Ich würde mein Wort brechen. Ich bin den Deal mit dem Admiral eingegangen. Ich habe seine Bedingung doch akzeptiert. Vorhin noch hat er hämisch mit dem Mikrofon des Funkgerätes gewinkt. Er hat mit den Augen gezwinkert und gegrinst. Seine Lippen haben sich bewegt, ohne dass ein Ton zwischen ihnen entwichen war. Aber die Lippenbildung war eindeutig. »Bern Radio« wäre herausgekommen. Susan, ich hasse dich.‹

* * *

Wir hatten unseren Schach-Wettbewerb begonnen. Mehrere Spielideen hatte ich aufgegriffen, um täglich neuen Reiz außerhalb des Segelns zu schaffen. William beherrschte zwar nicht das Spiel der Könige, aber dafür wartete er mit Freude auf den Start der bereits angekündigten *backgammon competition*. In drei Tagen – nach der Ehrung des Schachkönigs – sollte dieser Wettbewerb beginnen. Heute durfte ich zu meiner großen Überraschung notieren: Erik schlägt Karl. Eine kleine Sensation. Der Skipper hatte sofort die Erklärung für seine derbe Niederlage parat: »Ich musste das Spiel für das ankommende Wetterfax unterbrechen.«

Seit Tagen quälten uns die ruhigen Winde. Doch jeder saugte die Ruhe auf. Über 70 Stunden blies nun ein sanfter Luftzug zwischen dem 40. und 41. Breitengrad der südlichen Hemisphäre. Nie stärker als drei Windstärken. Meist unter einem Beaufort. In der letzten Nacht hatte nach einem schwachen ›Ostsüdoster‹ sogar für einige Stunden Stille eingesetzt. *Albatros* war nur getrieben. Das Schlepplog hatte keine Umdrehung geschafft. Der Zeiger war bei 2372 Seemeilen eingeschlafen. Deutlich war zu spüren: Je weniger unsere schöne Schonerbrigg Fahrt durchs Wasser machte, je sympathischer war die Stimmung an Bord.

Es gab schlicht keinen Anlass für Schreie, Demütigungen, Hektik.

Manöver fanden entweder keine statt oder nur bei angenehmster Ruhe. Der Skipper war gar zu Scherzen bereit gewesen,

hatte sogar einmal freundlich gebeten, die Kamera herauszu-
holen. Eine Wette wollte er dokumentiert haben: Wie lange
brauchen wir bis Argentinien? Bis Porto Deseado, dem ersten
ordentlichen Hafen nördlich des 50. Breitengrades im Atlantik?
Zur Orientierung hatten wir uns der Daten bekannter Segler
bedient. Von Neuseeland bis zum Hoorn. Bob Nance hatte 1964
einhand mit seiner *Cardinal Vertue* 30 Tage, Francis Chichester
mit *Gipsy Moth* 36 Tage benötigt. Wir hatten die Daten von
Bernard Moitessier zur Hand gehabt, der 1968 mit *Joshua* 38 Tage
gebraucht hatte. Aber auch von Naomi James, die mit *Crusader*
50, und Alec Rose, der mit *Lively Lady* gar 53 Tage allein bis zum
Hoorn gesegelt war. Und wir ... wir wollten von Kap Hoorn
noch bis Porto Deseado. Falls wir es durch die Le Maire-Straße
schaffen würden – Gott helfe uns, dass der Wind entsprechend
wehen wird, wären es noch einmal 600 Seemeilen zudem.

Albatros ist zwar ein behäbiger Rahsegler, bekommt aber
auf Amwind-Kurs auch einigermaßen was zustande. So hatte
Erik bis zum Hoorn optimistische 48 Tage gewettet, William 52
Tage, der Admiral realistische 56 Tage und ich ... ich hatte getippt, dass wir in 60 Tagen den Anker in Porto Deseado werfen
würden. Es war eigentlich nicht das, was ich hoffte. Ich schätzte
eigentlich nichts.

Ich wartete nur. Und beobachtete.

Ich machte einige Aufnahmen, nutzte dann die Möglichkeit,
Susan einen weiteren Brief zu schreiben. Es war der achte in
20 Tagen:

»Geliebte, fast drei Wochen blicke ich nun aufs Wasser, sehe
kein Land. Und verharren die Windverhältnisse, wie ich sie nun
erlebe, werde ich auch lange keinen Grund mehr sehen. Wir
steuern immer tiefer in die *roaring fourties*, oft mit Diesel und
Großstagsegel zur Stabilisierung. An Bord herrscht ausgelassene
Freude. Wir planten, in Argentinien eine braun gebrannte, stets
nackte Köchin für die Fahrt nach Brasilien an Bord zu holen.
»Die kann dann Williams Koje haben«, scherzte der Admiral in
deutscher Sprache, obwohl die Abmachung weiterhin Gültigkeit
besaß, stets in Williams Anwesenheit Englisch zu sprechen. Wir

stopften unsere Pfeifen und klauten uns mehr unbewusst gegenseitig die Stopfer. Wir lachten ausgelassen über die Fehler der vergangenen Wochen. Höchst feierlich versprach der Admiral, dass jeder in Porto Deseado 500 Dollar erhalte, solange er keine Patenthalse mehr fahre, solange er die Rahsegel nicht back- oder das Schiff querschlagen lasse. Das Finale bildete eine ›Witze-Gala‹, die vier Bauchmuskulaturen kräftigst strapazierte. Sie endete mit acht geerdeten Mundwinkeln um 1130 Uhr. Windstille! Und genauso still holten wir bis auf das Großstagsegel wieder alle Tücher ein.

Ich spüre die versteckte, lauernde Spannung. Es ist eine abwartende Spannung. In wenigen Minuten, um 1255 Uhr, empfangen wir den nächsten Wetterbericht. William zeigte mir heute Morgen den *Rime of the Ancient Mariner* von Samuel Taylor Coleridge: Ein sehr alter Seemann berichtet auf einer Hochzeit über seine Erlebnisse an Bord. In den Südmeeren von einem gewaltigen Sturm in die Antarktis getrieben, hat das Schiff nur einen Begleiter. Einen Albatros. Für die Mannschaft bedeutet er Liebe, Hoffnung, eine Christenseele. Doch der alte Seemann greift zur Armbrust und tötet den Albatros und lädt damit furchtbare Schuld auf sich. Denn er hat das Gesetz der Liebe verletzt. Mit dem Tod des Vogels schläft der Wind ein und die Sonne brennt. Die Fässer mit Trinkwasser sind schnell leer. Der alte Seefahrer wird für die Situation verantwortlich gemacht. Die Mannschaft hängt ihm den toten Albatros um den Hals. Und stirbt. Einer nach dem anderen. Nur der alte Seemann ›lebt im Tod‹ weiter. Allein.

Alone, alone, all, all alone
Alone on a wide wide sea
And never a saint took pity on
My soul in agony

Doch plötzlich kommt mit dem aufsteigenden Mond die Hoffnung zurück. Und in dem alten Seemann keimt die Liebe zur Schöpfung. Wasserschlangen, die er zuvor hasste, bereiten ihm mit einem Mal Freude. Der Fluch scheint von ihm genommen.

Es regnet. Die tote Mannschaft erwacht. Die Heimreise kann angetreten werden. Doch im Traum erfährt der alte Seemann, dass er lange noch nicht genug gebüßt hat. Schiff und Mannschaft sinken und der alte Seemann kennt sein Urteil: Fortan muss er rastlos von Land zu Land ziehen und stets von seiner Tat berichten und sich dadurch immer wieder dem Schmerz der Erinnerung aussetzen.

Alone, alone, all, all alone. Gerne würde ich dir ...«

* * *

Die Sonne greift an, sticht in den schmalen Spalt unter den Lidern. Ich hebe langsam meine Hand, halte sie schützend vor den grellen Schein. Die Silhouette der schlanken Person hatte sich zur Seite bewegt. Nun kann mein Auge sie erfassen. Ich will aufspringen, doch mir fehlt die Kraft. Sämtliche Muskeln sind angespannt, kämpfen jetzt kraftvoll, um zumindest den Oberkörper zu heben. Mein Blick haftet auf einem Engel, der mit glänzender Haut den Abstand wahrt. Seine Haltung ist abwartend, zeigt größte Vorsicht. Ich lächele nur. Die Lippen meines Gegenübers reagieren.

»Hast du Geld?«, höre ich wieder die Stimme.

Es ist ein Reflex, der mich regelrecht in aufrechte Position katapultieren lässt. Weit hinter der himmlischen Gestalt steht ein kleines Mädchen. Nur ein Teil ihres Kopfes ist zu erkennen. Der Rest des Leibes versteckt sich schützend hinter einem Pfahl, der einem niedrigen Weidenzaun Halt bietet.

Panikartig weicht das Kind einen Schritt zurück. Ich blicke beidseitig an ihm vorbei. Hinter dem kleinen Mädchen liegt die Bucht. Auch vom unteren Saum dieses Berges ist deutlich ein stattlicher Zweimaster mit blauem Rumpf zu erkennen. Mehrere Jetskis scheinen sich ein rasantes Rennen um die Schonerbrigg zu liefern. Direkt unter der Wasserlinie der *Albatros* beginnen die Dächer. Immer noch halte ich die Hand schützend gegen die Sonne. Getrocknetes Blut ziert auch die Knöchel.

Meine Sicht wechselt wieder auf die Engelsgestalt. Sie trägt einen bunten Wickelrock aus einfachem Stoff. Die Farben leuchten auch auf der Schattenseite, heben sich deutlich von der eher blassen, beigefarbenen Bluse ab, die nur in Brusthöhe zweimal geknöpft ist.

»Sprechen Sie auch meine Sprache?«, frage ich auf Englisch.

Die braunhäutige Schönheit schüttelt ihre gewaltige Mähne.

»Aber Sie verstehen mich?«, frage ich.

Die lockigen Haare fliegen erneut über ihre sehr weiblichen Schultern.

Ich lasse mich wieder fallen, spüre sogleich ein heftiges Stechen im Nacken. Was habe ich erhofft? Dass eine brasilianische Engelsgestalt in buntem Wickelrock mir die Hand reicht und in fließendem Englisch grenzenlose Hilfe anbietet? Ich schließe die Augen und bin dankbar, dass sie nicht sofort schreiend die Nachbarschaft alarmiert hatte. Die nächste Hütte liegt keine hundert Meter entfernt.

»Willst du nicht wissen, warum ich dich nach Geld gefragt habe?«

Die Wunde im Nacken reißt auf, als mein Schädel rasant nach oben schnellt.

»Sie kennt dich aus der Diskothek in Tijucas. Da hast du dir mit einer Kreditkarte viel Geld abgehoben. Sie ist doch so hübsch. Warum kannst du dich nicht an sie erinnern?«

Ich glotze auf das kleine Mädchen. Mutig hatte sie den Schutz des Zaunpfahls verlassen, steht nun mit gefalteten Händen hinterm Draht und blickt etwas zornig.

»Bitte«, stammele ich vorsichtig, weiß ganz genau, dass dies die einzige Chance ist, die mir nun noch bleibt. »Bitte«, wiederhole ich, hebe unschuldig eine Hand. Ich darf das Kind nicht erschrecken, darf es nicht vergraulen. Es versteht mich. Alles kann es verstehen. Ich brauche nur Zeit. Und es wird nicht nur meine Worte, sondern auch meine Situation verstehen. »Bitte«, sage ich das dritte Mal, »ich habe nichts getan. Ja, ich habe Geld. Nicht hier. Aber ich habe Geld. Viel Geld.« Meine Bewegungen offenbaren pure Verzweiflung. Meine Hände gleiten offen nach vorne, ringen nach einem kleinen Funken Verständnis in dem Kindergesicht.

Ich muss reden. Ich darf jetzt nicht warten. Verdammt, schon wieder keine Zeit zum Denken.

»Wie kann ich dein Vertrauen gewinnen, wenn ich hier verdreckt, mit Blut überströmt im Rasen hänge?«

Ich stocke. So ein Schwachsinn, schießt es durch meinen Kopf, das war doch viel zu schwer für das Kind. Suche nach einfachen Wörtern, nach simplen Formulierungen, nach einleuchtenden Erklärungen. Fang doch nicht mit Appellen an. Du bist doch Journalist. Du kannst es doch: Das Wichtigste in einem Satz nach vorne. Spannung erzeugen, sodass dir weiter gelauscht wird. Ich hole Luft.

Das Mädchen kommt mir zuvor.

»Vielleicht wäschst du dich einfach erst einmal.«

»Wo?«, frage ich sofort. Schon mit dem Aussprechen dieser kleinen Silbe tut mir die Frage Leid.

Das Kind schaut nun zum ersten Mal zu der Frau in Engelsgestalt. Bislang hatte die nur stumm abwechselnd auf mich, auf das Mädchen, wieder auf mich gestarrt. Das Mädchen hingegen blickt jetzt fröhlich, öffnet gemächlich die gefalteten Hände und winkt die schlanke Himmelsbotin zu sich.

»Meine liebe Mutter«, sagt sie zu mir gerichtet und beginnt mit ihr zu flüstern. Einige wenige portugiesische Wortfetzen schnappe ich auf. Das Kind redet unaufhörlich. Die mütterliche Mähne wird mehrfach geschüttelt. Die Alte greift nach dem Arm des Kindes. Das Mädchen reißt sich aber los. Weitere Worte fallen. Jetzt klettert die Kleine über den Zaun, bleibt Zentimeter vor meinen Füßen stehen.

»Was ist dir passiert?«, fragt sie.

Ich sabber augenblicklich los. Ich erzähle vom Schiff, vom neuen Kapitän, von meiner Flucht. Ich erzähle von äußerst liebenswerten Brasilianern, die mir in größter Not einen Schlafplatz geboten haben, von meinem ersten Geldtausch in der Diskothek, und von Polizisten, die aus nicht nachvollziehbaren Gründen wie Hyänen auf mich gehetzt worden sind. Ich zeige auf meinen Nacken, erwähne den Brustbeutel und blicke in entsetzte Kinderaugen. Ich aber spreche weiter, immer schneller. Ich nenne die einzigen Wörter in portugiesischer Sprache, die ich kenne: *correio* und *fechado*. Zum Schluss sage ich: »Jetzt bin ich hier und habe schon wieder Glück. Gott hat dich geschickt.«

Flugs greift sich das Mädchen an den Brustansatz, kneift gleichzeitig misstrauisch die Lider zusammen.

»Du meinst, weil ich ein Kreuz trage, bin ich gläubig. Aber das hat nicht unbedingt etwas zu bedeuten. Alle Brasilianer tragen ein Kreuz.«

Die Kleine ist nie und nimmer älter als acht, vielleicht neun Jahre. Doch sofort hat sie mich durchschaut. Zu lange hatten wohl meine Blicke auf dem goldenen Kruzifix unter ihrem kindlichen Kinn gehaftet. Verdammt, ist die clever. Ich beschließe, nur ehrlich zu sein. Taktische Raffinessen, spitzfindige Psycho-Spielchen, ausgeklügelte Finten haben mir auch in der Vergangenheit nicht geholfen. Jetzt ist die Zeit für Wahrheiten. Jetzt wird meiner Offenheit mit Sicherheit gedankt.

Ich trage kein Kreuz. Und dennoch bete ich jetzt ganz kurz, ganz still, dass dieses kleine Mädchen mir Verlorenes zurückbringen wird.

* * *

›Es ist endgültig der Alltag eingekehrt. Jede Tat ist gewöhnlich. Mit Leben hat es nichts mehr zu tun. Es ist mehr Darben, kein pulsierendes Treiben, nur Vegetieren. Worte fallen wenige. Immer nur das Notwendigste. Ich habe lange nicht geschrieben, da ich müde bin. Jetzt will ich versuchen, nachzuholen. Nur Wichtiges. Entsetzliches. Schönes. In der letzten Flaute haben wir Albatrosse gefüttert. Unsere *Albatros* hatte über Stunden getrieben. Gerne hätte der Skipper wieder Dieselabgase geschnuppert, doch wir müssen mit Kraftstoff sparsam umgehen.

Es war erst einer, schließlich acht Albatrosse, die sich um unser Heck scharten. In sicherer Entfernung landeten sie – meist recht unbeholfen – auf dem Kamm der leichten Dünung. Wir opferten zunächst einige Stücke Käse. Die fetten Vögel ließen sich nicht lange bitten, schnappten gierig zu. Immer näher warf Erik gefühlvoll die Häppchen, lockte sie fast an die Bordwand. Ich machte wunderschöne Aufnahmen. Durch das Objektiv erkannte ich, wie nun auch Salami flog. Ein dick geschnittenes Stück. Der Admiral hatte sich weit hinausgelehnt, um die fette Wurst gut zu platzieren. Erik und William sagten keinen Ton. Auch ich blieb still.

Unsere Salami-Ration zum Frühstück ist in den letzten Tagen immer dürftiger ausgefallen. Hauchdünn sind die Scheibchen geschnitten. Wie immer hatte ich schließlich nur im Vier-Augen-Gespräch protestiert. Dabei hatte ich bewusst vergessen zu erwähnen, dass ich bereits dreimal meine Crewkameraden beim Lebensmitteldiebstahl außerhalb der gewohnten Esszeiten beobachtet habe. Der Admiral hatte schnell eine schlichte Erklärung für seine Lebensmittelaufteilung parat: »Man muss sich Frühstück verdienen.«

Resultat dieser Portionierungs-Finesse ist bislang aber einzig und allein, dass wir fortan uns alle die Scheiben mehrfach auf die stark konservierten Brotscheiben legen. Nicht, weil wir dem anderen nichts gönnen, sondern weil wir angesichts der Leere um uns keinem die wenigen Freuden des Tages minimieren wollen. Und der Freuden sind wenige.

Doch sie bestehen.

Freuden mussten nur schlicht neu definiert werden. Jetzt kann es ein einfacher Skua sein, einer dieser schwarzen Südmeervögel, der über Stunden das Achterstag anfliegt. Es kann in der Zwei-bis-Fünf-Uhr-Wache ein schöner Sonnenaufgang sein. Das Herz jubiliert, wenn nach lang anhaltender schwacher Brise der Wind endlich auffrischt. Ebenso schlagen die Gefühle hoch, wenn der Wind wieder ruhiger bläst, die Wache ohne Stress und Geschrei, ohne fehlerhafte Manöver verläuft. Und täglich besteht die Vorfreude auf den *sundowner* mit Rum. Zudem bei mir persönlich die Freude darauf, dass der Admiral sich zum Schlaf hinlegt.

Nun will ich doch noch in mein geliebtes Ritual verfallen und zumindest drei Worte an Susan schreiben: Die bis jetzt dir geschriebenen Briefe warten in einer kleinen Plastiktüte, die ich zum Schutz des Papiers sicher verknotet habe. Nein, mein Schatz, ich hasse dich nicht. Ich hasse schlicht die Gedanken an dich und Alina. Es ist eine pure Sehnsucht, die mich packt, die mich zu erdrücken scheint, die ich noch nie verspürt habe. Jetzt, hier im Niemandsland, schreit mein Verlangen nach Familie, nach einem sicheren Zuhause. Musste ich erst diese Tortur über mich ergehen lassen, um das zu erkennen? Ich schreibe diese Zeilen bewusst, denn mir ist klar, dass ich, sobald meine Füße wieder sicheren Boden spüren, diese Gefühle wieder schnell vergessen werde. Und dennoch bin ich so ehrlich, dieser Einsicht meinen Hass zu erklären. Ja, Susan, du bist meine Deckung. Denn in dir und Alina habe ich ein Ziel, das mich zum Durchhalten zwingt. Aber auch die Qual. Denn ohne dich und Alina in meinem Herzen würde ich nicht so leiden.‹

Ich legte den Stift zur Seite, schloss das Heft und hielt es noch für Sekunden fest in beiden Händen.

»Wieder Liebeshymnen geschrieben?«, fragte der Admiral grinsend, als ich in der Pantry erschien.

Ich antwortete nicht, nahm nur das Logbuch, hielt es in den schmalen Schein der 12-Volt-Lampe. Es war kurz nach Mitternacht des 24. Reisetages. Im Logbuch stand ›17. Dezember – 23. Tag‹. Die letzte ausführliche Eintragung stammte vom 23-Uhr-Wachwechsel des Vortages. Der Logstand betrug 2885,5 Seemeilen. Eriks Schriftbild war ziemlich deutlich zu erkennen. ›85° Kompasskurs; Missweisung plus 23°; Beschickung Wind / Strom plus 2°; Wind NNE 5; Luftdruck 1017 hPa, Wolkenbild Ac = Altocumulus.‹

Die letzte Spalte war frei. Einige Zeilen darüber stand geschrieben: ›2000 Uhr – 43°46,12′ Süd; 156°33,49′ West‹. Die schrägen Letter und Ziffern waren eindeutig Karls Handschrift zuzuordnen, zumal wieder deutlich ›GPS‹ dahinter vermerkt war.

Ich sagte nichts, blickte nur auf die Linie des Barographen.

»In drei Stunden um drei Hektopascal gefallen.«

»Und er wird weiter fallen«, sagte der Admiral. »Gut, dass du da bist. Mach dich fertig. Ich will, dass du auf dem Sprung bist.«

Ich ging wieder ins Vorschiff, zog mein dünnes Ölzeug über. Es war Gott sei Dank trocken. Mit einer riesigen Abfalltüte legte ich mich in die Koje. Ich spürte Tränen und hasste mich. 38 Jahre zählte mein Leben. Hundertfach war es auf die Probe gestellt worden. In Burma als Berichterstatter zwischen den Fronten. In der Bass-Strait als Schiffbrüchiger im gekenterten Rumpf. Im Golden Triangle als Katastrophenopfer am sintflutartigen Mekong. Immer hatte ich meine Gefühle im Griff gehabt. Doch jetzt, wo ich nur dieses verdammte Piepsen aus der Pantry hörte, musste ich der Verzweiflung freien Lauf lassen. Zu deutlich strömte der Schall in den Bug. Die Geräumigkeit der Messe wirkte zudem wie ein Resonanzkörper, verstärkte auch noch die Laute. Der Admiral hockte auf seiner Koje und suchte den Funkkontakt nach Australien. Das Wechseln der Höhen und Tiefen während der Frequenzsuche war wie das Stechen von Tausenden Nadeln in meinen Ohren. Wie oft hatte er mir in den letzten Tagen gesagt, ich könne vielleicht morgen Bern Radio erreichen. Nie hatte die Zeit gestimmt. Nie hatte er die Muße dafür gehabt. Nie hatte er erlaubt, dass ich selbst Hand an das Mikrofon legte. Und jetzt hörte ich, wie er deutlich den Namen seiner Frau rief, nach der ersten Rückmeldung sofort nach Pudel Rocky fragte. Ich drückte mit beiden Händen das Kissen über die Ohren und träumte, den Köter umzubringen.

Um 1005 Uhr war Schluss mit brutalen Träumereien. Wir mussten handeln. Blitzschnell. Das Barometer war um weitere sechs Striche gefallen. Die Markierung passierte soeben die 1010er-Linie. *Albatros* rollte bei durchschnittlich sieben Windstärken aus Nord über die überholenden Kämme. Immer noch waren Toppsegel, Breitfock, Groß und Klüver gehisst. Der Admiral griff zum Rad.

Mit Lifebelts stürmten wir zum Großfall. William zog kräftig die Dirk an, während Erik die Lazy-Jacks löste. Die Matrosen der *Parma*, *Viking* und *Herzogin Cecilie* hätten wahrscheinlich gerne ihr Bein dafür gegeben, wenn sie solche Hilfsleinen beim Bergen ihrer viel schwereren Besansegel gehabt hätten. Wir hatten sie und nutzten sie. Erstmals ohne Probleme. Innerhalb von vier Minuten war das Groß geborgen, der Baum gesichert, Fallen und Schoten aufgeschossen. Keine laute Anweisung war bis dahin erfolgt. Wir hatten vorausschauend Hand in Hand gearbeitet. Jeder hatte jeden gestützt. Zweimal hatte gar William mir einen kräftigen Schubs in letzter Sekunde gegeben. So hatte ich mich auf den Beinen halten können. Denn immer wieder krängte *Albatros* sehr stark in der aufgewühlten See.

Die Breitfock stellte ebenfalls kein Problem dar. Mit gehobenen Daumen signalisierte ich dem Skipper, dass das untere Rahsegel ordentlich verzurrt war. Der schrie: »Schlaft nicht ein!«

Das Topprahsegel sollte stehen bleiben. Zufrieden gab ich Erik und William einen Klaps, zeigte nun auf den Klüver. Beide lächelten mich an. In diesem Moment tauchte die Spitze des Bugspriets ins Wasser ein.

Ich brüllte.

Der Skipper winkte ab.

»Verdammte Scheiße, dieses Arschloch«, schrie ich. Die Kameraden schauten mich entsetzt an. »Ist doch wahr, der muss abfallen, der Idiot. Der luvt ja immer weiter an.«

Ich sprang auf. Die nächste Welle saß. Auf allen Vieren kroch ich zurück ins Cockpit.

»Karl, du musst abfallen, so schaffen wir das nicht«, schrie ich.

»Mach sofort, dass du nach vorne kommst. Aber ganz schnell!«

»Du musst abfallen, du bist ja fast halbwind.«

»Sag mir nie wieder, was ich zu tun habe. Hörst du? Nie wieder! Los jetzt, ihr Schlappschwänze, oder muss ich das alles allein machen?«

Ich kroch zurück. Meine Beine bewegten sich fast im Spagat. Auf beiden Seiten musste ich nach Stützen suchen. Rechts die Püttings, links der Mastfuß, dann wieder rechts der Poller. Die aufs Deck strömende See zog schnell durch Ärmel und Beine. Ich spürte das eiskalte Wasser am Rücken. Zentimeter um Zentimeter kroch ich nach vorn. Erst an der Ankerwinsch hakte ich den Schäkel meines Lifebelts ein.

Wir hatten ein Problem.

Der Fuß des Klüvers war an einem Ring befestigt, der an der Spitze des Klüverbaums lag. Normalerweise wäre es kein Problem gewesen, den Ring über zwei Leinen zurückzuziehen. Doch das Metallteil war zwischen Baum und Wasserstag eingeklemmt. Die Spitze des Baums lag über drei Meter vor dem Rumpf. Und der Bug stampfte auf dem hohen Raumschotkurs weiter hart in die Wellen.

»Sagt nichts«, rief ich nur kurz, »wir bleiben auf dem Kurs.«

Dann schickte ich Erik ins Netz.

Der Rostocker kletterte vorsichtig über Bord. Sein Körper lag auf dem Baum. Seine Hände krallten sich unten am Netz fest. Von hinten sicherte ich seine Beine.

Wieder tauchte das Wasserstag tief ein.

Nun galt es den richtigen Moment zu finden. William musste am Vormast Fall und Niederholer gleichzeitig bedienen. Erik sollte dann nach dem Schothorn greifen, es nach hinten ziehen. Das Segel durfte auf keinen Fall in die See fallen.

Und wieder verschwanden Wasserstag und Netz für Sekunden im Wasser.

Samt Erik.

Der schnappte nun nach Luft und bekam sofort einen kräftigen Schlag in die Seite.

Plötzlich schoss das Schothorn aus.

Ich schrie.

Ohne Erfolg.

Die Klüverschot wurde weiter und weiter gelöst. Das Ende lag im Cockpit. Ich wusste sofort, dass es dem Admiral zu langsam gegangen war. Er hatte aber nicht eingreifen können. So hatte er schlicht die Leine zum Klüver gelöst.

Wild schoss diese nun ganz niedrig über den Klüverbaum. Hin und her. Erik tat das einzig Richtige. Er ließ sich ins Netz fallen. Vorher hatte er kräftig mit seinen Beinen ausgetreten. So musste ich ihn loslassen, konnte auch ein Stück zurück. Sonst wäre ich ebenfalls von der Schot erschlagen worden.

Ich schrie. Ich brüllte. Ich tickte aus.

William hatte in der Hektik bereits das Fall gelöst, zog nun kräftig am Niederholer. Mit einer Rolle war ich am Vormast. »Zieh das Fall an, du Idiot, du bringst uns ja alle um.«

Wieder tauchte das Klüvernetz ins Wasser. Wieder hatte *Albatros* eine volle Breitseite erwischt. Mit dem Kopf auf das Teakdeck gepresst, rutschte ich zurück zum Bug. Ich schaute nach Erik. Der Rostocker lag nur noch halb im Netz. Mit den Fußspitzen versuchte er noch Halt am Wasserstag zu finden. Verdammt, ich hatte ihm doch ausführlich erzählt, dass unter Rahsegeln ein schnelles Umkehren nicht möglich ist. Doch dieser Wahnsinnige wollte nun wirklich das wild schlagende Schothorn fangen. Immer wieder griff er danach. Wieder tauchte das

Netz ein. Langsam kam es nun hoch. Und Erik? Der hielt das Schothorn fest. Mit einem Sprung war ich an seiner Seite, fasste ihn, nicht das Segelliek, zog beide in die Mitte des Netzes zurück. Nun umarmte ich ihn von hinten, während meine Finger die Netzleinen umkrallten. Erik zog wie ein Besessener den Klüver an sich. Stück für Stück. Immer mehr Tuch landete in seinen Armen. Dann stoppte er plötzlich.

»William, runter mit dem Ding. Gib mehr Fall«, schrie ich.

»*Not possible*«, hörte ich.

Wir blickten nach oben. Bis zur Hälfte war das Segel heruntergezogen. Keinen Millimeter ließ es sich weiter bergen. Die Ursache lag in nicht erreichbarer Ferne. Mindestens zweimal hatte sich das doppelte Fall – es lief durch eine Talje – ums Klüverstag gewickelt. Ich blickte zu Erik. Er hatte die Leine gestern an den Kopf des Segels geschäkelt. Es war also eindeutig sein Fehler vom Vortag, der uns jetzt weitere Probleme bescherte.

»Wir müssen beide noch mal kräftig ziehen, dann klappt das schon«, rief Erik, als das Netz wieder aufgetaucht war. Immer noch umarmte ich ihn, sorgte dafür, dass er beim Untertauchen nicht aufschwamm.

Ich nickte. Ganz, ganz vorsichtig bewegten wir uns weiter Richtung Baumspitze. Erst ein Arm von mir, dann ein Bein von Erik. Vorne angekommen, schrien wir beide abwechselnd William zu: »Zieh, zieh, halt, jetzt fieren, fieren, verdammt, fieren, nein, jetzt wieder ziehen.«

Minutenlang rissen wir am Vorliek. Auf dem Segel erkannte ich rote Flecken. Und noch ein Ruck. Ich schaute auf die Finger meiner rechten Hand. Bis auf den Daumen bluteten alle. Endlich war der Klüverkopf in unserem Schoß. Mit Tuch und Ring und einem Lächeln nahmen wir den Rückweg in Angriff. Wieder erst nur mein Bein. Dann wieder nur Eriks Arm. Dann nur festhalten, weil das Netz eintauchte.

Im Cockpit erwartete mich nur ein Kommentar: »Trete bitte nächstens nicht mehr ins Klüvernetz. Das kann bei deinem Gewicht kaputtgehen.«

Ich reagierte nicht, stieg den Niedergang hinunter, suchte nach Pflastern. Je zwei klebte ich um einen Finger. Doch die

Haut war zu aufgeweicht. Ich wickelte noch starkes Isolierband zwei-, dreimal herum. So ging ich wieder hoch in die Plicht.

»William, du kannst dich trocknen, ich übernehme«, sagte ich klatschnass.

Der Australier lächelte, war augenblicklich vom Rad verschwunden.

»Du hast keine Wache«, giftete der Admiral, der es sich schon mit einer Pfeife auf der Backskiste gemütlich gemacht hatte.

»Ich bin First Mate und übernehme«, erwiderte ich, ohne ihn eines Blickes zu würdigen.

»Charly, du hast das alles gesehen. Was machen wir?«

»Was wir machen«, wiederholte ich, »was wir machen? Du hättest uns fast umgebracht. Du kannst doch nicht einfach die Schot lösen. Weißt du, was wir da vorne gekämpft haben?«

»Ich hab's gesehen. Du kannst jetzt übrigens abfallen. Geh mal auf zehn, fünfzehn Grad mehr Süd.«

»Ach«, wirkte ich überrascht, »jetzt auf einmal? Jetzt, wo wir fertig sind?«

Ich gab *Albatros* etwas Leeruder und rutschte dabei vor Schreck fast aus. Mit einem Satz war der Skipper aufgesprungen, hielt mir drohend die Pfeife vor Augen und sprach ganz leise: »Ich habe ein Exempel statuiert. Und das war auch gut so. Sehr gut. Denn jetzt weiß ich, was wir zu tun haben. Wir werden ihn endgültig kaltstellen. Der soll für uns kochen, putzen, aufräumen. Und notfalls soll der uns allen mit seinen gelben Gummihandschuhen einen runterholen. Aber an Deck wird der nie mehr gehen.«

»Karl, du spinnst. Du bist wahnsinnig.«

»Ach ja, hast du nicht vorhin selbst geschrien ›William, du Idiot, willst du uns umbringen‹. Ich habe es deutlich gehört.«

Es stimmte. Ich hatte es gebrüllt. Und mir tat es Leid. Ich hatte noch keine Gelegenheit gehabt, mich bei William dafür zu entschuldigen. Natürlich war es ein Fehler gewesen. Ein Missgeschick, das mir bei der wild hin- und herschießenden Schot auch hätte passieren können. Jeder hätte das Fall gelöst. So hätte es ja auch eigentlich getan werden müssen: Lösen des Falls zeitgleich mit dem Fieren der Schot.

»Er hat seine Sache verdammt gut gemacht«, sagte ich bewusst sehr laut.

Der Skipper zischte nur: »Wir werden den kleinen Pisser jetzt in seine Suite sperren. Zumindest für ein paar Tage. Dann hat er mal Zeit zum Nachdenken. Das ist ein Befehl.«

»Admiral, du bist ja völlig übergeschnappt, das ist doch kein kleiner Bengel, den man ins Kinderzimmer einsperrt, bis er brav ist!«

»Dann mach ich es eben allein. Mit dem Arsch werde ich schon fertig.«

»Karl-Maria Kleinjohann, das wirst du nicht tun.«

»Du linke Bazille, du willst mich daran hindern?«

»Ja.«

»Charly«, der Admiral wirkte völlig fassungslos, »das ist Meuterei. Das ist Meuterei.«

* * *

»Ich glaube an Gott, den Vater, den Allmächtigen, den Schöpfer des Himmels und der Erde. Und ich glaube an das Gute im Menschen. Immer noch. Ich weiß nicht, wo ich die Kräfte dafür hernehme. Aber es sind Menschen wie du, die sie mir geben. Ich weiß nicht, wie ich dir je danken kann. Du hast nicht nur meinen Körper gerettet. Auch meine Seele.«

»Gut siehst du aus«, sagt Magdalena und drückt fest meine Hand. Die Finger sind wieder sauber. Der Bart ist gestutzt. Nur die tiefen Ringe unter den Augen sind noch Rudimente der letzten Qualen.

Ich trage ein türkisfarbenes Hemd mit schwarzer Knopfleiste. Der Unterleib ist mit einer dunkelblauen Navy-Hose bedeckt, deren Beine über die Fersen hinausreichen. Ein geknüpftes Lederbändchen ziert das rechte Handgelenk. In den Farben Grün, Weiß, Blau. Es ist das i-Tüpfelchen meiner Auferstehung. Ein Geschenk von Magdalena.

»Willst du schlafen?«, lächelt sie mich an.

Ich schüttel den Kopf. »Nein, mein Engel, vielleicht sollte ich wirklich etwas schlafen, aber ich habe keine Ruhe.«

»Mutter wird noch nicht so schnell zurück sein. Leg dich so lange einfach hin. Du bist dumm. Du kannst doch nichts tun.«

Ich lasse mich zurückfallen. Die Pupillen folgen den ruhig kreisenden Ventilatorflügeln. Das blanke Mittelteil spiegelt wie ein Fischauge. Die Augen erfassen über das schwingende Konvex das geräumige Zimmer. Das Bett ist mit einem frischen Laken bezogen. Es duftet ein wenig nach Lavendel. Auf der Fensterbank hocken drei Porzellanpuppen. Sie tragen weite Kostüme, könnten jederzeit einen der gigantischen Karnevalswagen in Rio de Janeiro besteigen. Alles in diesem Zimmer ist farbenfroh, leuchtet hell, kämpft für Positives.

Schreckhaft springe ich plötzlich auf. Ich hatte etwas gehört. Von draußen. In wenigen Schritten bin ich am Fenster, ziehe vorsichtig den mit Sommerblumen bestickten Vorhang zur Seite. Argwöhnisch spähe ich durch den schmalen Spalt. Die Sandstraße ist verlassen. Voller Skepsis schiebe ich den Kopf weiter nach vorne. Halb im Graben parken zwei Autos 50 Meter entfernt mit dem Heck zu unserer Hütte. Es ist das letzte Haus der Sackgasse, kurz vorm Absatz des Berges.

Auf einmal fasst mich eine Kinderhand von hinten, zieht mich sanft vom Fenster weg.

»Was hat man bloß mit dir gemacht?«, fragt Magdalena kaum hörbar. Und ich sehe in ihren klaren braunen Augen kleine glänzende Tropfen.

* * *

Sechs Stunden hatte der ›Achter‹ aus Nord geblasen. Das Barometer war noch bis auf 1007 Hektopascal gefallen. Gegen 1700 *local time* hatte der Wind schlagartig auf Südwest 4 gedreht. Jetzt konnten wir wieder einen rechtweisenden Kurs von 104° steuern. Die Kompassrose oben am Steuerrad zeigte in Bugrichtung 79°. Von unten schrie der Admiral: »Jetzt, jetzt, jetzt.«

Das Hissen des Klüvers und des Großsegels hatte perfekt geklappt. Erik und ich hatten schnell und ohne Wortwechsel gearbeitet. William hatte im Cockpit die Schoten bedient. Ich hatte beim Aufschießen des Falls gesehen, wie Karl ihn einmal kräftig in die Nierengegend geschlagen hatte. Noch während der Australier nach vorne fiel, hatte mich der Skipper angeschaut und angegrinst. Ich hatte nichts gesagt. Nur innerlich geflucht. Er wollte mit dem Leid des alten Mannes allein mich provozieren.

Nach unserer Auseinandersetzung am Vormittag war der Skipper nur still gegangen, hatte später William gedroht, künftig nur noch kochen zu dürfen. Von ›Einsperren‹ hatte er nicht gesprochen.

Ich zog mich zurück, wickelte mich mit einem nicht mehr klammen, sondern schon feuchten Schlafsack in meinen grünen Jogginganzug ein und stieg in die Koje. Ich spürte Hartes und suchte danach. Es war ein aufgeschlagenes Buch, das nur halb unter der Bettdecke verdeckt wartete. Ich nahm es. Plötzlich stand der Skipper vor der Werkbank.

Ich schaute auf die geöffnete Seite. Die obere rechte Ecke war geknickt.

Die fette Überschrift lautete ›Militärstrafgesetz – MilStG‹. Darunter stand etwas dünner geschrieben ›344. Bundesgesetz vom 30. Oktober 1970 über besondere strafrechtliche Bestimmungen für Soldaten‹.

»Paragraph 12, Absatz 1«, sagte der Skipper.

Ich schaltete das kleine Lämpchen am Kopfende der Koje an.

›Ungehorsam, § 12 (1), Wer einen Befehl nicht befolgt, indem er sich gegen den Befehl durch Tätlichkeiten oder mit beleidigenden Worten oder solchen Gebärden auflehnt oder trotz Abmahnung im Ungehorsam verharrt, ist mit Freiheitsstrafe bis zu zwei Jahren zu bestrafen.‹

Nur kurz streifte mein Blick die Werkbank. Dann las ich weiter.

Der Admiral sagte nichts. Er wartete. Ich wusste, dass da noch was folgen wird. Ich kam ihm zuvor.

»Paragraph 17, eins und fünf«, sagte ich schnell und warf ihm das Buch zu. Karl fing und ging drei Schritte in die hellere Messe.

Geschrieben stand in dieser Passage:

›Eine Handlung nach den §§ 12 bis 16 bleibt straflos, wenn der Befehl die Menschenwürde verletzt, in keiner Beziehung zum militärischen Dienst steht.‹

Fast lautlos kam er zurück in die Bugkajüte. Fast lautlos klappte er das Buch zu. Fast lautlos sagte er: »Ich bin das Gesetz. Und du erhältst hiermit die erste Abmahnung. Du hast nur drei.

Und, Charly, vergiss deinen Film, vergiss deine Radioaufschaltung, vergiss am besten alles.«

* * *

Sie hört aufmerksam zu. Sie stellt einfühlsame Fragen, wo ich zweifelnde Kommentare erwarte. Sie lächelt charmant, wenn ich auf zögernde Mimik hoffe. Und sie spricht nie und nimmer wie eine Zehnjährige.

Magdalena ist schlicht ein Wunderkind. Mit ihrer Mutter hat sie vor sechs Tagen die Ferienwohnung ihres Onkels bezogen. Beide stammen aus Porto Alegre, dem größten Seehafen im Süden des Landes. Der Onkel muss von stattlicher Statur sein. Ich wiege immerhin an die 100 Kilogramm. Des Oheims Hosen und Hemden sind mir deutlich zu weit.

Ihr Vater ist ein reicher Wissenschaftler an der Universität in Sao Paulo, hatte sie erzählt. Ausführlich hatte sie über seine Erfolge und Entdeckungen auf dem Gebiet der Molekularbiologie berichtet. Neben der Dozententätigkeit leite er im Auftrag der Regierung mehrere soziale Stiftungen, die das Elend in der brasilianischen Bevölkerung bekämpfen sollen. Auch hier, hatte sie gesagt, seien ihm viele Siege gelungen. Vor allem in der Kriminalitätsbekämpfung.

Ich hatte mir größte Mühe gegeben, ebenfalls aufmerksam zuzuhören, hatte oft gedacht, wie schön es doch sei, wenn meine Tochter später auch einmal über mich so schwärmen würde. Doch völlig unerwartet hatte Magdalena mich dann auf den Boden der Tatsachen zurückgeworfen. Es war wie ein harter Schlag ins Gesicht gewesen. Sie hatte gestanden, eigentlich gar nicht zu wissen, wer ihr Vater ist. Vielleicht ein Mörder oder Dealer. Vielleicht aber auch so einer wie ich, der sich in Diskotheken herumtreibt und auf den Weltmeeren Meuterer spielt. »Aber das ist auch egal«, hatte sie gesagt, »manchmal muss man Träume Realität werden lassen. Manchmal muss man sich in Hirngespinste verlieben und Schlösser von Unwahrheiten aufbauen. Hauptsache ist doch, dass es hilft, das Ziel zu erreichen. Wenn man eins hat.«

Das Sandwich, das sie mir nun reicht, erinnert mich an Caca,

Jorge und Eduardo. Nur dass die ungewaschenen Salatblätter jetzt viel liebevoller die Käsescheibe zieren. Ich beiße kräftig zu. Zwischen den Zähnen knirscht es.

»Den feinen Sand wirst du nie ganz herausbekommen«, sagt meine kleine Freundin.

»Warum hast du gefragt, ob ich das Geld aus der Diskothek noch habe?«, will ich wissen.

»Weil ich Angst vor dir hatte.«

»Warum hast du mich dann nicht einfach liegen lassen?«

»Meine Mutter hat dich wiedererkannt. Als du voller Blut an unserem Haus vorbeigelaufen bist. Sie hat mir erzählt, dass du ihr in Tijucas einen Drink spendiert hast. Sie wollte dich zum Dank küssen. Aber du hast es nicht gewollt. Sie hat gesagt, du hättest nur gelächelt. Das hat ihr imponiert.«

»Küsst deine Mutter immer fremde Männer für einen Drink?«

Nur ganz kurz stockte ich. Seit einigen Stunden ist mir klar, dass dieses Kind keine Zehnjährige ist, dass ich ihm jede Frage stellen kann. Ich brauche kein Blatt vor den Mund zu nehmen. Ich kann ihm alles sagen, offen und ehrlich. Mir wird zugehört. Und mir wird geantwortet. Offen und ehrlich. Magdalena lächelt.

»Nein, sie ist keine Hure. Für einen Drink macht sie nicht die Beine breit. Auch wenn hier viele Männer das erwarten. Sie ist einfach nur einsam und freut sich riesig, wenn sie beachtet wird. Wenn du mit ihr schlafen willst, habe ich nichts dagegen. Es würde euch beiden gut tun.«

Jetzt schlucke ich doch. Hatte dieses kleine Balg wohl doch gesehen, dass ich vorhin lange auf die Brüste ihrer Mutter gestarrt hatte. Ich hatte mich nicht wehren können. Sie hatten wie Magnete gewirkt. Ich hatte ausgiebig geduscht. Als ich abgetrocknet war, hatte mir Catarina ein frisches türkisfarbenes Hemd mit schwarzer Knopfleiste zugeworfen. Dabei war ein Knopf ihrer Bluse aufgesprungen. Ich weiß nicht, wie lange ich auf ihren prallen Busen geguckt hatte. Ich erinnere mich nur, dass ich sie am liebsten fassen wollte. Nicht aus sexueller Gier. Nicht aufgrund des lange nicht ausgelebten Triebes. Es war vielmehr das unendliche Verlangen nach Liebe, nach Schutz, nach Heimat.

»Ich muss in die Stadt«, wechsele ich schnell das Thema. In Gedanken hatte mein Blick die Uhr über der Küchenzeile gestreift. Es ist kurz vor sieben Uhr.

»Ich habe dir von Erik erzählt. Er trifft sich irgendwann heute Abend mit irgendeinem Mädchen. An der Plaza. Irgendwo links. Oder rechts.«

»Du scheinst ja ganz genau zu wissen, was du machst.«

»Magdalena, du kleiner Klugscheißer«, lächele ich sie an, »ich muss dahin. Ich muss wissen, was der Schiffsführer vorhat. Ich muss wissen, was er der Polizei gesagt hat. Ich muss wissen, was mir vorgeworfen wird.«

»Und vorher musst du wissen, was Erik im Sinn hat«, lächelt die Kleine zurück.

Die Falten meiner hohen Stirn zeigen plötzlich tiefe Furchen. Nachdenklich greife ich in den Nacken, fühle sogleich das breite Pflaster, das dort vor Stunden mit größter Sorgfalt von zwei zierlichen Kinderhänden platziert worden war.

»Was meinst du?«

»Nun, hast du schon einmal daran gedacht, dass sie Komplizen sind? Erinnere dich doch mal daran, wie sich Erik an Bord verhalten hat. Warum ist er noch an Bord? Er hat dir zu problemlos den Pass besorgt. Und hast du ihm nicht von der Filmkassette erzählt?«

Ich überlege. Magdalena ist so einfach in ihrem Denken, so unvorbelastet. Vielleicht hat ihr kindliches Gemüt gerade das, was uns Erwachsenen schon lange abhanden gekommen ist. Ist das grenzenlose Vertrauen in einen Menschen nicht schon von vornherein zum Scheitern verurteilt? Doch ich wehre mich allein gegen die Vorstellung. Ich darf die Geschehnisse der letzten Monate als Bereicherung mitnehmen, darf aber doch nicht jetzt alle fundamentalen Wertschätzungen über Bord werfen. Ist grenzenloses Misstrauen nicht der Beginn, menschenverachtend zu handeln? Aber wie viele Enttäuschungen kann ein lebendiges Wesen verkraften?

»Ich gehe«, sage ich.

»Ich komme mit«, sagt Magdalena. »*Tens uns olhos maravilhosos. Queria passar a noite contigo.*«

»Was hast du gesagt?«

»Dass ich mitkomme.«

»Nein, ich meine das portugiesische.«

»Ich habe gesagt, dass du wunderschöne Augen hast, und dass ich gerne mit dir die Nacht verbringen möchte.«

Ich schlucke. Magdalena lacht.

»Nein, Charly, keine Angst. Ich werde gerade fünfzehn. So reif bin ich noch nicht. Aber verstehst du, du brauchst mich. Du kapierst kein einziges Wort. Du weißt ja nicht einmal, was Post heißt.«

»Deine Mutter wird mich umbringen.«

»*Provavelmente.* Vielleicht.«

* * *

Sehr geehrte Herren des Seeamtsgerichts! *Erinnern Sie sich? Seine Stimmung, seine Launen waren das Gesetz. Für den Kapitän stand fest:* »Wenn hier einer fordert, dann bin ich es.« *Es war der letzte Hauch von Menschlichkeit, den der Berichterstatter verspürte. Und der Skipper trieb ihn weiter, wollte nur seine Entwicklung sehen.* »Deine Veränderung wird mich interessieren. Es wird eine Veränderung geben«, *versprach er. Der Schreiber allerdings versicherte:* »Es gibt keine.« *Und zu Papier brachte er:* »Ich habe noch nie jemanden mit so gravierenden Ungereimtheiten erlebt. Alles läuft darauf hinaus, dass Macht alles ist und Schwäche falsch.«

* * *

Ich öffnete die Augen und sah über einer Werkbank Kohlköpfe, deren Stämme mit feuchter Watte gefüllt waren. Zu Füßen stand eine Nähmaschine und im Hintergrund hörte ich das Piepsen eines Faxgerätes, das den jüngsten Wetterbericht empfangen hatte. Es war die *Albatros*, in der ich schaukelte. Nicht die *Ghost*, auf der Wolf Larsen dem Schriftsteller Humphrey van Weyden die Ideale raubte.

Für Sekunden schloss ich noch einmal die Augen. Ich lebte in der Szene, die Jack London in seinem Roman *Seewolf* so genial beschrieben hatte, und die schließlich mit Charles Bronson verfilmt worden war. Van Weyden hielt die Entwürdigungen nicht mehr aus, stand nun vor Larsen. Ich stand auf der Seite des Schreibers, hielt mit ihm vereinigt das Mordinstrument. Gemeinsam blickten wir in die brutal lächelnden Augen des Kapitäns, der nur sagte: »Tötet mich! Tötet mich!« Unsere Hände zitterten. Das Verlangen zur Rettung unserer Seelen existierte. Doch da waren unsere Werte, unsere Achtung, unser Weltbild, unsere Erziehung. Wir konnten es nicht. Und der Skipper lachte: »Ihr seid immer noch Versager!«

Meine zweite Identität war nicht allein.

Die von William lebte in einem Buch, das er sorgfältig füllte. »Es sind meine Freunde, die mir helfen«, hatte er offen darüber gesprochen.

Der Skipper dagegen suchte seine Stütze in bekannten Figuren der Seefahrtsgeschichte. Immer brutaler schikanierte er seine Crew. Immer penibler waren seine Ansprüche. Immer aggressiver reagierte er auf Fehler, die weiterhin täglich die Manöver begleiteten.

In der Pantry stand der Admiral und schaute aus der Steuerbord-Luke des Doghouse, über Stunden, den Blick auf die Wellen, in die Unendlichkeit gerichtet.

Es gab nur einen, der noch nicht suchte, der noch nicht geflohen war. Erik machte seinen Dienst gewissenhaft wie eh und je, zeigte wenig Interesse an Differenzen, lebte mit einem Lächeln vor sich hin, weigerte sich schlicht, Veränderungen zuzulassen. Er blieb standhaft, genoss die Einsamkeit der Wachen und besaß die unglaublich beeindruckende Gabe, Geschrei und Gebrüll zwar zu hören, aber nicht aufzunehmen. Meine Bewunderung für den jungen Ostdeutschen wuchs von Manöver zu Manöver.

»Welches Recht existiert hier?«, fragte ich in einer stillen Stunde den Admiral.

»Meins«, antwortete er schnell. Nur ganz kurz hatten seine Wangen gezuckt. Sein Blick ruhte aber weiterhin auf den Wellen.

»Gab's in eurer Legion Gesetze?«

Jetzt schnellte der Kopf doch herum. Zorn war in seiner fahlen Visage zu erkennen. Die sonst eher spitzen Wangenknochen waren mit aufgedunsenem Fleisch bedeckt. Die Brauen bildeten mittig eine Pfeilspitze gen Boden. Er fühlte die Provokation, arbeitete an der Gegenoffensive. Er hasste den Begriff *Legion*. Und ich nutzte es.

»Es war nun mal nur eine Legion«, stach ich tiefer in die Wunde. Karl-Maria Kleinjohann hatte es bei der deutschen Marine nicht einmal bis zum Unteroffizier gebracht. Diesen Werdegang kannte ich. Die Gründe für sein frühzeitiges Ausscheiden waren mir bislang aber verheimlicht worden. Nur einmal hatte der Admiral volltrunken erwähnt, dass die Marine-Ordnung nicht gestimmt hatte. Doch seine Erfahrungen und seine Zielstrebigkeit wären an anderer Stelle äußerst dankbar aufgegriffen worden. Irgendwo in Südostasien war er dann für eine kurze Zeit gewesen. Söldner-Geschichten über Ehre, Pflicht und Tod kannte ich daher genügend. Mehr nicht.

»Gleich welches Gesetz es auch ist, es erlaubt mir, dich jederzeit als First Mate abzusetzen. Ich denke darüber nach.«

»Bitte, nichts lieber als das, Herr Admiral. Wem willst du denn dann dein großes Vertrauen schenken? William, der immer noch nicht weiß, wo welche Leine verläuft? Oder dem sympathischen Erik, dem es so scheißegal ist, was du für Ansprüche hast? Entscheiden Sie sich bitte jetzt!«

Langsam setzte sich der Skipper auf die Koje. Zweimal schlug er sanft mit der Hand auf den freien Matratzenplatz neben sich. Ich nahm die Einladung an.

»Du hasst mich, nicht wahr?«, fragte er ruhig.

»Es ist mittlerweile schon ein wenig Hass dabei, aber mehr ist es die Verzweiflung. Ich weiß nicht, wie es weitergehen soll. Ich kenne dich kaum noch. Ich kann nur ahnen, wozu du noch fähig bist. Du hast mein Vertrauen missbraucht. Du hast dich an Absprachen nicht gehalten. Du denkst, dass ich dir auf dem Schiff ausgeliefert bin ...«

»Du bist mir ausgeliefert«, unterbrach der Skipper. »Und du hast es von vornherein gewusst. Du bist dieses Risiko sehr bewusst eingegangen.«

»Darum geht es nicht. Es geht darum, dass du mich von Anfang an belogen hast. Und statt mich jetzt auf der Reise zu unterstützen, statt das Beste daraus zu machen, machst du mich fertig.

Ich habe kaum brauchbares Filmmaterial. Wir haben noch keine Aufschaltung beim Radiosender gehabt. Du motorst. Du hast seit Tagen nicht mehr den Sextanten rausgeholt. Du beleidigst und erpresst mich. Und dann fragst du mich ganz ernsthaft, ob ich dich hasse.«

»Hattest du mal Hunde, Charly?«

Ich setzte mich ein paar Zentimeter weiter zur Bordwand hin, konnte so besser in seine Augen schauen.

»Hunde, Charly, müssen gebrochen werden. Erst dann sind sie dienlich. Erst dann kann man sie nutzen. Man muss ihren eigenen Willen komplett zerstören. Aber langsam und vorsichtig. Sonst fehlt ihnen das Rückgrat, uneingeschränkt zu gehorchen. Sie dürfen sich nicht völlig selbst aufgeben. Sie brauchen schließlich noch Biss und Mut. Sie brauchen noch Stärke und Durchhaltevermögen. Sie brauchen noch die Intelligenz und auf jeden Fall auch das Verlangen, weiterleben zu wollen. Und Menschen, Charly, sind nicht anders als Hunde. Höchstens etwas schwieriger. Es ist eine Herausforderung. Ich, Charly, ich breche dich, ganz langsam, ganz vorsichtig. Und du kannst dich nicht wehren. Weil du zu schwach bist. Weil du wie der Rest hier für Selbstständigkeit zu feige bist. Aber ihr alle werdet, noch bevor wir in die Fünfziger kommen, dienlich sein. Ihr werdet zu was nutze sein. Und ich verspreche dir, du wirst mir noch auf Knien danken. Ich rette dich. Ich behüte dich davor, dich selbst aufzugeben.«

Ich sagte nichts, stand auf und setzte den ersten Schritt Richtung Niedergang. Ich sah, wie William, in der Ecke kauernd, die Hände am Rad verkrampft, versuchte, jede Welle auszusteuern. Draußen blies der dritte Achter in Folge. Im Wellental türmten sich riesige Wassermassen hinterm Heck auf. Dann verschwanden sie kurz. Und erschienen wieder neu. Mit jeder Schiffsbewegung fasste William kraftvoll in die Speichen, um das Rad nur ein wenig drehen zu können. In den letzten Tagen war es immer schwieriger geworden, *Albatros* zu dirigieren. Die Windfahnensteuerung war schon lange ausgefallen. Wie behauptet wurde, hatte die Crew sie kaputtgemacht. Und australische Fischer in Sydney Harbour.

»Ich bin noch nicht fertig, First Mate«, hörte ich hinter mir.

»Was ist?«, fuhr ich herum.

»Ich habe in Williams Tagebuch gelesen«, blieb der Skipper leise.

»Du hast was?«

»Meinst du wirklich, es gibt an Bord auch nur ein einziges Geheimnis vor mir?«

Ich wendete mein Gesicht ab von ihm. Er hätte ohne weiteres jetzt aus meinen Augen lesen können. Tausend Wörter und Sätze schossen mir binnen Sekunden durch den Kopf. Was hatte ich alles zu Papier gebracht? Wie viele Hilferufe, flehende Gebete hatte ich niedergeschrieben? Und dann war da doch noch der Plan mit … Ich musste mich konzentrieren. Hatte ich wirklich alles notiert?

»Er schreibt Liebeserklärungen an seine Frau. Er schreibt, dass er bald zu allem bereit sein wird, diese Fahrt zu beenden. Er denkt an Mord. Und, Charly, er schreibt nicht über mich. Er schreibt über uns.«

* * *

Exakt 52 Kilometer nördlich der ins Meer hinausragenden Landspitze von Porto Belo pulsiert die Großstadt Itajai. Über 150 Jahre ist es her, als von hier erstmals deutsche Siedlertrupps die Täler nordostwärts stürmten. Fruchtbarste Landschaften wurden binnen kürzester Zeit mit spitzgiebeligen Fachwerkhäusern und balkenverstrebten Fassaden verschandelt. Nachkommen deutscher Siedler stellen heute etwa 15 Prozent der Bevölkerung des brasilianischen Bundesstaates Santa Catarina.

Zentrale der geretteten preußischen Pingeligkeit ist das 215 000-Seelen-Städtchen Blumenau. Der größte Förderer der hiesigen Kolonisierung, Hermann Otto Blumenau, hatte das Tal des Itajai gewählt, da die Landschaft immerhin rheinischer Art war. Heute zählt das Kammerorchester Blumenaus zu den berühmtesten Südamerikas. Nach dem *Carnaval* in Rio ist das Oktoberfest das zweitgrößte Volksfest in Brasilien.

So spannend die Historie Santa Catarinas durch einen vierzehnjährigen Kindermund auch vorgetragen wurde, die wichtige Information war einzig und allein, dass in 70 bis 80 Kilometer Entfernung ein Zentrum existiert, deren Bäcker, Frisöre, Bankangestellte und Polizisten deutsch sprechen. Ich beginne, Magdalena zu lieben. Ohne Punkt und Komma erzählt sie mir seit fast einer halben Stunde Wichtiges und Unwichtiges, lässt mich für Sekunden gar vergessen, in welcher Situation ich mich gerade befinde.

Sie berichtete über afrobrasilianische Kulte, über ihre ersten Versuche mit der *Cuica*. In der Mitte dieser kleinen, unten offenen Trommel ist ein Holzstäbchen befestigt. »Man muss mit einem feuchten Tuch daran reiben, dann schnarcht sie fast so wie du. Aber nur fast«, hatte Magdalena den Ton beschrieben. Auch jetzt, wo wir nach vielen kleinen, dunklen Seitenwegen den ersten Fuß auf eine belebte Hauptstraße setzen, referiert sie über *Candomble*, *Macumba* und *Umbanda*. Dabei hält sie fest meine Hand, zieht mich ein wenig von Laterne zu Laterne. Ich versuche sie abzudrängen, um nicht voll dem grellen Lichtkegel ausgesetzt zu sein. Doch das Mädchen schreitet zielstrebig. Ich kann ihren Weg nicht schneiden.

Die Palmenblätter auf dem Grünstreifen der Plaza glänzen im Kegel kleiner Grundscheinwerfer, die die Grasnarbe kaum verletzen. Leicht flattern die Blätter in sanftem Hauch. Eine herrschende Richtung des schwachen Windes ist nicht zu bestimmen. Wie ein ruhiges Feriendorf wirkt Porto Belo am Abend. Bestimmt wird es von Gemütlichkeit und Frieden. Vorbei ist das hektische Alltagstreiben. Aus kleinen Cafés, Restaurants und Kneipen strömen die rhythmischen Laute. Mitten im Herz der Plaza vermischen sich die Titel von über acht Interpreten. Doch der Takt der Samba verbindet sie harmonisch.

Ich sitze im Schatten einer der wenigen unbeleuchteten Pflanzen. Das Gras ist hart, aber bequem. Eine niedrige Hecke bietet zusätzlichen Schutz. Ich sehe, wie ein zierliches Mädchen über die südliche Plaza-Promenade flaniert. Sie macht kleine, fast springende Schritte. Die schwarzen, mit Sand verstaubten Schuhe tanzen ein wenig im Rhythmus der Bässe. Ihr wunderschönes, langes blondes Haar kommt kaum mit, hebt ab und fällt ebenfalls im Takt. Nur an den Terrassen stoppt das Mädchen kurz, lugt bedacht in die Räumlichkeiten, um flink weiter zu hüpfen.

Fast am Ende des südlichen Alleeteils nimmt sie schließlich auf einer schmalen Bank Platz, lächelt einem gelockten, sehr maskulinen Schopf zu, der gerade mit Bier gefüllt wird. Der Mann trägt ein dunkelblaues Polohemd. Auf seiner rechten Brust haftet ein weißer Druck. Die größeren Lettern sind *Albatros*, die kleineren tragen den Schriftzug ›*Australia – Cabo de Hornos*‹.

Der Mann sitzt allein. Auch die Nebentische sind frei. Minuten vergehen. Plötzlich steht das Mädchen auf und schreitet gezielt auf den Mann zu. Ein Wortwechsel folgt. Er gibt ihr etwas. Das Mädchen lässt sich nun auf dem Bürgersteig nieder. Direkt vor der Terrasse.

Ich stehe auf, winke von weitem. Erik hebt nur zögernd die Hand.

»Du bist noch da?«, fragt er, als ich seine Schulter fasse.

»Was wollte die kleine Göre?«, kommt spontan die Gegenfrage.

»Geld. Was sonst? Ich habe ihr einen Dollar gegeben. Sie hat gesagt, sie kenne *Albatros*, hätte das Schiff in der Bucht gesehen. Dann hat sie noch irgendetwas von ›neidisch‹ gelabert. Hab ich aber nicht so richtig verstanden. So gut ist mein Englisch nun auch noch nicht. Sag mal, hast du neue Klamotten? Bisschen weit, was?«

Erik lacht. Ich stimme ein.

Wir bestellen Bier und sprechen über die Vergangenheit. Wir wetten scherzhaft, ob William überlebt hat. Und wir amüsieren uns über Karl, der auf allen Vieren in Damenstrumpfhose übers Deck gekrochen war. Über den jetzigen Befehlshaber der deutschen Schonerbrigg gibt der Rostocker nur ein Urteil ab: »Die Salamischeiben sind morgens wieder dicker geschnitten.«

Ich beobachte, wie das kleine Mädchen sich erhebt. Kurz lächelt sie zu uns herüber, ruft: »*Obrigada*«. Nach nur vier Schritten verschwinden ihre blonden Haare hinter einer der braunen Holz-Balustraden, die die einzelnen Gastronomien voneinander trennen. Ich will ihr nachschauen, lehne mich weit vor.

»Ein bisschen sehr jung für dich«, meint Erik.

»Wo ist denn dein Mädel, mit dem du dich hier treffen wolltest?«

Der Freund hebt nur die Schultern, trinkt, als interessiere es ihn nicht gerade wirklich.

Wir bleiben stumm, schauen über die Plaza. Ab und zu wird das Glas gehoben. Ich warte auf eine Bemerkung zu dem breiten Pflaster in meinem Nacken, auf eine Frage über Telefonate oder Reisebürobesuche, auf einen sachdienlichen Hinweis. Doch ich vernehme nur das Geräusch einer schluckenden Kehle.

»Er ist viel ruhiger geworden, entspannter. Ich sehe ihn kaum noch. Ich bin eigentlich jetzt allein an Bord«, sagt er plötzlich. »Ich werde auf jeden Fall mit ihm weiterfahren. Jetzt kommt doch erst der schöne Teil der Reise. Rio, Salvador, Trinidad, Panama, die Südsee. Dafür habe ich doch Monate im Südpazifik gekämpft. Da kann ich doch jetzt nicht …« Die Stimme verriet Entschuldigendes. »Charly, auch du kannst noch zurück.«

»Hat er dich beauftragt, mir das zu sagen?«, will ich wissen.

»Er ist ein anderer Mensch. Er ist witzig. Wir trinken viel und wollen Ausflüge machen. Er hat schon einige Leute kennen gelernt. Kannst du dich an Montevideo erinnern? So kann es wieder sein.«

Ich schüttel den Kopf.

»Es ist doch immer nur Zuckerbrot und Peitsche. Klar, er ist jetzt die Liebenswürdigkeit in Person. Fast so wie unser alter Admiral in Sydney. Was glaubst du, warum der so nett ist? Weil er eigentlich von Herzen eine prima Seele ist? Oder weil er sich plötzlich damit abgefunden hat, dass er als Einziger Kap Hoorn nicht geschafft hat? Nein, Erik, es gibt nur einen Grund. Einen einzigen Grund. Und der ist, dass er *Albatros* nicht allein segeln kann. Ich sag dir was! Ich gratuliere dir. Du bist jetzt First Mate. Und ich bete für dich, dass du nicht die gleiche Scheiße machst wie ich.«

Wieder sind wir stumm.

Ich nutze die Zeit, um zu arbeiten. Im Verborgenen breite ich den Schlachtplan aus, ziehe Linien, die ich bereit bin zu opfern. Ich definiere meine Ziele, stärke die Flanken, die von meiner echten Absicht ablenken sollen. Ich formuliere die Fragen vor und spiele mit feinsten rhetorischen Finessen. Das erneute Schluckgeräusch weckt mich gnadenlos. Ich schaue dem trinkenden Nachbarn direkt in die Augen und verwerfe sofort sämtliche Pläne. Neben einem kleinen Mädchen ist Erik doch die einzige Person, der ich in den letzten Monaten offen und ehrlich gegenübergetreten bin. Ich reiß mich zusammen, will ihn nicht verhören, will nicht herauslocken, was des neuen Skippers Absichten sind.

»Was macht er zurzeit außer Saufen und Rumhuren?«, frage ich erst vorsichtig, dann kann mich nicht mehr bremsen: »Was wollte er von der Polizei? Weiß er von der Kassette? Kannst du mir Geld leihen? Ich habe wieder alles verloren. Die Polizei war an Bord, ich habe es gesehen. Hat er meinen Pass wieder?«

Erik lässt das Glas mehr fallen, denn dass er es absetzt. Schaum benetzt noch seine Lippen. Mit riesigen Augen gafft er mich an. Plötzlich ändert sich abrupt seine Miene. Jetzt erkenne ich, dass er an mir vorbeischaut. Ich drehe mich um, sehe, wie auf der nördlichen Promenade der Schiffsführer der *Albatros* marschiert. Er trägt das gleiche Shirt wie Erik. Nur passt es ihm nicht richtig. Am Ende der Allee angekommen, wendet er sich unserem südlichen Teil zu. Ich blicke auf das alte Gemäuer halb links. An durch die Witterung zernagten Säulen lehnen zwei Uniformierte. Der eine raucht. Der andere spielt an seinem Halfter. Ich schaue wieder zu Erik.

»Ich weiß von nichts«, stammelt er. »Er wollte in die Stadt, aber ich habe ihm nicht gesagt, dass wir uns eventuell treffen. Glaub mir!«

Der Skipper hat fast die Ecke der südlichen Promenade erreicht. An jedem Geschäft hält er nur kurz an. Ich zähle die Meter, die uns trennen. Der eine Polizist tritt seine Zigarette aus. Sie setzen sich in Bewegung. Ich schiebe den Stuhl etwas zurück. Die rustikale Kneipe im Rücken wäre eine Falle. An der Pforte steht eine dürre Brasilianerin mit freiem Bauchnabel. Sie ist Kellnerin und meint, in meinem Verhalten eine weitere Order zu erkennen. Ich springe kurz nach vorn, schiebe den Kopf vorsichtig über die Brüstung. Sechs Lokale weiter rechts steht ein schlankes Männlein mit Pfeife, blickt suchend über die Terrasse. Keine 50 Meter links schlendern schmunzelnd zwei Polizisten. Beide tragen weiße Schärpen auf blauer Uniform.

Ich trete zurück, trete die knapp bekleidete Bedienung, trete wieder vor.

»Wovor hast du eigentlich Angst?«, fragt Erik, »du hast doch gar nichts verbrochen.«

In diesem Moment bremst ein Fahrzeug – äußerst scharf – direkt vor dem Eingang. Energisch wird von innen die Beifahrertür aufgestoßen.

Erik hält mich fest.

* * *

Wie verzweifelt muss ein menschliches Wesen sein, dass es Briefe schreibt, um sie nach Beendigung zu vernichten? Welche Angst muss in einer Seele wuchern, wenn selbst der Geist krampfhaft Gedanken verhindern will? Wie viel Druck lastet auf einem Körper, wenn er am achten Tag in Folge nach stets nur anderthalb Stunden Schlaf schon wieder aufspringt, bloß um Schlimmeres zu verhindern? Wann ist ein Mensch gebrochen?

Vergangenen Sonntag war die Messe ausgefallen. Wir hatten schlicht vergessen, den Pfarrer zu benennen. Die *Grumbling Corner* dagegen war wieder nur ein Spießrutenlauf für William. Ich hatte sämtliches negative Vokabular genutzt, das ich in englischer Sprache beherrsche, und ihn damit beschossen. Die *Corner* hatte wie immer geendet: mit einem zufriedenen Kapitän, einem zermürbten Australier, einem sprachlosen Rostocker. Kurz darauf hatte ich den Ex-Versicherungsmakler dann übers Deck gescheucht. Ich hatte ihn zu den Leinen geschubst, ich hatte ihn mit dem Kopf auf die Nagelbank gedrückt. Seine Augen waren nur Millimeter von den Belegnägeln entfernt gewesen. Er hatte mir die Leinen nennen müssen. War die Antwort falsch gewesen, hatte ich augenblicklich fester zugefasst. Ich hatte einfach keine andere Chance mehr gesehen, als ihn wie ein kleines, störrisches Kind zu behandeln. Ich hatte ihn zu oft gebeten, die Leinen zu lernen. Ich hatte ihn zu oft angefleht, die Belegnägel zu studieren. Ich hatte ihm zu oft befohlen, die Führung der Falle und Schoten zu begreifen. Nichts hatte bislang gefruchtet. Jetzt hatte ich es auf die Admirals-Art versucht. Ich war auf das Ergebnis gespannt.

Als ich zurück in die Plicht gekommen war, hatte ich unerwartet eine erste Belohnung erhalten. »Wir versuchen heute Abend eine Verbindung zu Bern Radio, First Mate. Ich bin stolz auf dich«, hatte der Skipper gesagt.

»Hey, schlaf nicht ein«, riss mich Erik jetzt aus den Träumen. »Wachwechsel und Super-Frühstück«, grinste er. Mit seinem blauen Ölzeug stand er kerzengerade vor dem sich immer schwerer drehenden Steuerrad. Keine Falte war in seiner Gummijacke. Plötzlich schleuderte er die rechte Hand hoch, setzte sie mit geschlossenen Fingern an die Stirn und schrie: »Zur Übernahme bereit, First Mate.«

Ich schreckte nur kurz hoch. Ich hatte die letzten Minuten an Vergangenes gedacht, hatte die Gefahren der hohen See um mich herum völlig verdrängt. Ich hatte überlegt, was ich dem Hamburger Radiosender mitteilen sollte. Oder musste. Oder durfte. Ich blickte auf die Uhr und lächelte. Doch schon schnell sanken die Mundwinkel wieder. Ich hatte seinen Appell verstanden.

»Du glaubst, ich ziehe jetzt die andere Variante durch, nicht wahr?«

Erik sagte nichts. Aber ich erkannte, dass er verstand.

Im Salon entledigte ich mich erschöpft meines Lifebelts, dann meines Schwerwetteranzugs. Das An- und Ausziehen fiel von Tag zu Tag schwerer. Die Füße steckten in Mülltüten, die die Nässe in den hohen Gummistiefeln abzuhalten versuchten. Für die Krängung des Schiffes, oft hintereinander über 45, manchmal gar 55 Grad zu beiden Seiten, hatte der Körper Sensoren entwickelt. Mittlerweile saß jeder Handgriff in der ersten Nasszelle, die zugleich Naviraum und Pantry war, um sich auch einigermaßen sicher der Hosenbeine zu entledigen. Die Enge ermöglichte, sich jederzeit irgendwo irgendwie einzuklemmen oder abzustützen. Das Gefühl für die hohe See war unter Deck ausgereift. Das Gehirn überlegte nicht mehr, wann der Moment wohl der günstigste sei, das Bein zu heben. Das Bein hob sich von allein, wenn der Moment der günstigste war.

Auf dem Brettchen über dem Kühlschrank lagen noch vier Scheiben Salami, drei Scheiben Pumpernickel, einige Fetzen, die einst wohl Käsehäppchen gewesen sein mussten. Ich schnappte mir den Wurst- und Käserest, stapelte alles unsortiert auf eine

Schnitte und stopfte sie in mich hinein. Ich musste leicht würgen. William fand es lustig.

»Da hast du Spaß, was, William? Ich habe auch gleich meinen Spaß. Ich will, dass du vor deiner Wache eine komplette Schamfilkontrolle des laufenden Gutes durchführst. Das heißt, wirklich jede Leine. Da bist du gut beschäftigt.«

Ich ließ den nun nicht mehr grinsenden Australier allein, ging ins Vorschiff. In der Messe saß der Admiral und studierte ein ›Handbuch der praktischen Seemannschaft‹. Nur kurz schaute er auf, nickte einmal und las weiter.

Ich taumelte in mein Vorschiff, setzte mich auf die Koje und horchte. Es klimperte, knarrte und klirrte an allen Ecken. Aber aus der Messe kam kein Laut.

Ich presste meinen Kopf gegen den Türrahmen meines kleinen Schrankes. Langsam tastete ich den geschlossenen Spalt ab. Von oben bis unten. Dann noch einmal von unten bis oben. In der Mitte hielt ich inne. Die Finger spürten ein dünnes Bändsel. Ich hatte es vor meiner Wache leicht eingeklemmt. Seit zwei Tagen übte ich mich in dieser Prozedur, um sicherzugehen, dass mein Tagebuch ein geheimer Schatz blieb. Doch trotz aller Vorsichtsmaßnahmen waren die letzten Seiten nur mit Sachlichem gefüllt worden.

Obwohl ganz allein im Vorschiff, öffnete ich eher in klammheimlicher Art das Türchen, ließ das Bändsel fallen und zog mein persönliches Logbuch heraus. Die letzten Seiten bewiesen:

›Wieder einmal nur dreißig Minuten geschlafen. Dann wieder raus. Das Toppsegel musste runter. Ich kann nicht mehr. Ich bin am Ende. Ich weiß, was ich zu tun habe und werde es auch tun. Ob William seinem Tagebuch nun anvertraut hat, uns ermorden zu wollen oder nicht: Ich habe und ich werde ihn auch nicht darauf ansprechen. Ich weiß nur, dass ab sofort die allerletzte Chance ergriffen wird, um ihm die Leinen einzutrichten. Die Angst vor seinen Fehlern nimmt zu wie die Stürme, die kaum noch Pause machen. Wieder zwölf Stunden acht bis neun Windstärken gehabt. Wieder nicht geschlafen. Ich bin nicht mehr in der Lage, Karl etwas vorzuwerfen. Vielleicht hatte er Recht, dass die menschlichen Schwächen zuerst besiegt werden müssen.

Doch jetzt sind ohnehin Gedanken über eine Einteilung von Schwächen und Stärken müßig. Ist Geduld ein Unvermögen? Sind entwürdigende Befehle ein Beweis für Festigkeit?

Gestern blitzschnell das Groß und die gereffte Breitfock geborgen. William funktioniert auf einmal. Er spürt den brutalen Druck nun auch von mir und reagiert mit Übersicht, Sorgfalt und Hilfsbereitschaft. Ich bin der Judas, der Pharisäer. Doch ich genieße die Silberlinge, die der Koch mir in Form von Nachschlag gibt. Schon zweimal habe ich ein zweites Schüsselchen mit warmem Essen bekommen. Als Einziger.

In Böen hatten wir 10 Beaufort. Dann wieder ruhiger, dann wieder Squalls, die Schauer und sieben, acht, neun Windstärken brachten. Der Hagel schmerzte die Haut. Die Hände frieren schon nach einer Stunde, aber ich will nicht wieder die Handschuhe nass machen. Noch nicht …«

Ich schloss das Tagebuch. Ich wollte nicht weiterschreiben. Ich wollte nur schlafen. Langsam schob ich mich in die Koje. Schnell hakte ich das Leesegel ein. Vorsichtig suchte ich nach der richtigen Stellung.

Mit dem heftigen Schiffschaukeln dauerte alles viel länger. Auch das Einschlafen. Die See kam nun von Steuerbord. Ich winkelte erst ein Bein an, ließ das andere gestreckt. Dann versuchte ich, mit beiden Beinen angewickelt den Hintern ins Leesegel zu pressen. Ebenfalls ohne großen Erfolg. Nach zehn Minuten schlug mein Kopf hart gegen die Holzkonsole. Jetzt versuchte ich es mit quer einrollen.

Kurz nach zehn wachte ich schlagartig auf. Neben mir schepperte es gewaltig. Es folgte ein dumpfer Hieb. Dann schepperte es erneut. Blitzschnell öffnete ich die Haken des Leesegels. Durch das Vorschiff flogen Maulschlüssel und Schraubendreher. Eine Zange hing oben im Netz, wo die letzten zwei Kohlköpfe auf Schlachtung warteten. Vom Niedergang bis zum Schott glänzten metallische Werkzeuge. Gleich drei Türscharniere waren aus ihren Schließsystemen gerissen. Die Welle musste gewaltig gewesen sein. Die aufgeflogenen Schapps befanden sich in Kniehöhe. Die Zange hing auf Augenniveau.

Ich sprang auf, rollte mich auf den Boden, schloss zwei Türchen. Das dritte wurde von einer alten Hand zugeschlagen, die plötzlich hinter mir aufgetaucht war. William lächelte mich wieder ohne Grund an.

In seiner dunklen Fleeceunterwäsche hockte er an der Nähmaschine, die Füße zum Halt zwischen die Wasserkanister geklemmt. In diesem Moment erwischte uns die nächste Welle hart. Die Zange wirbelte aus dem Netz, schoss direkt auf mich zu. Mit einem Reflex schnappte der Australier sie kurz vor meinen Augen. Das übrige Werkzeug war aber nicht mehr zu halten.

»Was ist das für ein Gestank?«, fragte ich, ohne die Zangenaktion zu erwähnen.

»Was meinst du?«, fragte William.

Wir lagen eng umschlungen auf dem Boden. Die letzte Welle hatte auch uns im tiefen Rumpf kräftig durcheinander geschüttelt. Meine rechte Kniekehle lag auf dem Schoß des alten Kameraden. Mein linker Arm stützte sich hinter seinem Nacken am Mastfuß ab. Ich hätte nur die Lippen spitzen müssen, um einen dicken Kuss in sein durch Salz ausgetrocknetes Gesicht setzen zu können.

»Schämst du dich gar nicht?«, fragte ich und schnupperte an seinem Hals. William lachte. Vor vier Wochen hatten wir die letzte Körperwäsche gehabt. Seit einer Woche klebte die Thermo-Unterwäsche auch auf meiner Haut. Zweimal hatte ich sie nach der Wache ausgezogen und über die Reling der oberen Koje zum Trocknen aufgehängt. Doch seit über 20 Tagen waren sämtliche Luken und Oberlichter fest geschlossen. Das Schwitzwasser schwebte in so hoher Konzentration im Vorschiff, dass der Stoff die Feuchtigkeit sofort ansog. Schnell hatte ich herausgefunden, dass die Unterwäsche, einst weiß, jetzt grau-bräunlich, besser am Körper trocknete. Furunkel im Brust-, Achsel-, Schenkel- oder Schambereich hatten sich noch nicht gebildet.

»Französisches Parfum. Dior«, sagte William und rückte seinen Hals näher an meine Nase. Ich wich zurück, zog Grimassen, die abscheulichen Ekel ausdrückten.

»Man gönnt sich ja sonst nichts«, brummte ich. William nickte.

Hand in Hand sammelten wir das Werkzeug ein. Auf den Brustwarzen krochen wir durch den Bug. Immer mit so gespreizten Beinen wie möglich, um Stabilität zu behalten. Dann warteten wir, bis die Backbordseite sich senkte. In diesem Moment kniete William sich hin und öffnete schnell das Schapp. Das war meine Chance. Ich konnte die Schlüssel, Zangen und Dreher einzeln in die Halterungen stecken. Jedes Mal, wenn die Steuerbordkoje ihren Höhepunkt erreichte, zog ich blitzartig die Hand zurück, damit der Australier das Schapp wieder schließen konnte.

»Und, wie geht es dir?«, wollte ich plötzlich wissen. Es war keine ungewöhnliche Frage an Bord der *Albatros*. Täglich wurde sie mehrfach gestellt. Von jedem.

»Den Umständen entsprechend«, kam die zögerliche Antwort.

»Du weißt, dass ich dich weiter schikanieren werde.«

»Ja, ich weiß. Wenn es dir dabei besser geht.«

»Mir geht es dabei viel besser, William, denn ich sehe es als einzige noch verbleibende Chance. Ich habe Angst vor dir und deinen Fehlern.«

»Nur vor mir und meinen Fehlern?«, fragte er leise.

Ich blickte durch den Durchgang nach achtern. Nichts war zu sehen. Doch ich war mir sicher, dass in diesem Schiff überall Augen und Ohren lauerten. Ich hatte den Skipper-Ausspruch in meinem Gedächtnis fest verankert: »Ich weiß alles hier an Bord. Und ich bin euch immer einen weiten Schritt voraus.«

»Was willst du von mir hören? Ich habe dir am Anfang der Reise gesagt, dass ich für dich da bin. Dreimal habe ich mein Angebot wiederholt. Immer bin ich auf dich zugegangen. Und du? Du bist nie gekommen, hast mir nie etwas erzählt.«

»Glaubst du wirklich, dass ich einen Beichtvater brauche?«

»Braucht den nicht jeder?«

»Was ist mit dir, Charly, wer ist dein Beichtvater?«

»Zumindest sind es nicht irgendwelche imaginären Freunde, die hier im Schiff um mich herumschweben.«

William schmunzelte. Nur für einen kleinen Moment. Dann zogen sich seine Gesichtszüge straff.

»Sie schweben nicht. Aber ich gebe zu, sie sind hier.«

»Wo, William, wo sind sie? Stell sie mir doch vor! Mein Freund, ich glaube, du bist irre. Ja, du bist irre geworden.«

»Du bist zu intelligent, First Mate, um nicht zu kapieren, was für Freunde es sind.« Seine Stimme wurde ernst. »Es ist nichts anderes als der Geist von Liebgewonnenem. Es sind positive Erinnerungen. Es ist die positive Aura von Menschen, die an mich jetzt denken. Ich spüre sie, Gott sei Dank.«

Ich wartete nur noch auf den Satz ›Oder meinst du, sonst würde ich das hier alles ertragen‹. Aber er sprach ihn nicht aus. Stattdessen folgte die nächste Frage.

»Ich habe gehört, wie oft du mit dem Skipper über Susan und Alina gesprochen hast. Ich sehe, dass du von ihnen träumst, dass du dich nach ihnen sehnst. Und ich weiß, dass du von einer gemeinsamen Zukunft träumst. Die beiden Menschen in Hamburg sind auch hier. Sie geben dir den Halt. Spürst du sie nicht auch?«

Ich antwortete nicht. Ich griff nach den letzten zwei Schraubenziehern, wartete auf das Öffnen des Türchens und warf sie gegen die Halterung.

»Kann ich mit dir offen und ehrlich sprechen?«, fragte William.

Ich schaute in sein blasses, leicht mit weißen Rändern verkrustetes Gesicht. An den Nasenflügeln verliefen wild blaue Äderchen. Die Wangen waren gerötet. Flecken zierten seine kahle Stirn. Ich drückte seine Hand und war ehrlich.

»Nein, das kannst du leider nicht.«

Eine Dreiviertelstunde später saß er wieder tief gebeugt hinterm Steuer. Der Skipper schrie mit Blick auf den unteren Hauptkompass fünfmal hintereinander: »Jetzt!« Der Wind blies nur noch mit einer Stärke von vier Beaufort aus Süd. Die Restwelle kannte für den Australier dennoch keine Gnade. Nach vierzig Minuten war er völlig erschöpft. Vor der Wache war er, wie ihm befohlen, über Deck gekrochen, hatte jede Leine geprüft. Klatschnass hatte er seine Schicht begonnen. Salzwasser hatte aus seinen Ärmeln und Beinen getropft. Ich hatte ihm nicht erlaubt, sich auch nur kurz aufzuwärmen.

Meine Wache war nicht angenehmer. Die Kreuzsee forderte höchste Konzentration. Immer wieder musste ich Träume und Phantastereien unterbrechen. Konnte wieder längere Zeit der Kurs problemlos gehalten werden, überlegte ich, welche Nachricht über Funk Hamburg erreichen sollte. Ich entschied mich kurzerhand für die Wahrheit. Meine Wahrheit heute. Sie wechselte schließlich täglich.

Ich probte, was sollte ich auch sonst allein tun. Drei Hörfunk-Minuten musste ich füllen. Hoffentlich wird die Verbindung halten.

»Ein Sturmtief jagt das nächste. Alles an Bord ist nass. Auch die dicken Schutzanzüge haben keinen trockenen Flecken mehr. Die klirrende Kälte ist aber nur ein kleiner Vorgeschmack auf das, was uns noch erwartet. Wir schreiben den 29. Tag einer wirklich einmaligen Reise in der Geschichte der Seefahrt. Zurzeit segelt die *Albatros*, der kleinste Frachtrahsegler aller Zeiten, bei 43° Grad südlicher Breite und 137° westlicher Länge. Das ist in der Mitte von Nichts. Absolut Nichts. Neuseeland liegt zirka 4250 Kilometer achteraus. Bis zur stürmischsten Landspitze der Welt, Kap Hoorn, sind es noch über 5300 Kilometer. Wir haben zwei Tage nach Sommeranfang. Im Süden kalbt stark die Antarktis. Der Südpolarkreis ist keine 2800 Kilometer entfernt. Das nächstgelegene Land ist exakt 2400 Kilometer im Norden. Es ist Mangareva, direkt neben dem Mururoa-Atoll, das die Franzosen für Atomwaffenversuche missbrauchten. Sie müssen sich vorstellen, liebe Hörer in Hamburg, dass *Albatros* gerade einmal sieben Knoten läuft. Das sind nicht einmal 13 Stundenkilometer. Die Stimmung an Bord ist bestens. Natürlich sind die ersten Spuren der Anstrengung, der Kälte, der aufgewühlten See erkennbar. In den letzten Tagen habe ich nie länger als anderthalb Stunden durchgeschlafen. Aber so geht es jedem an Bord. Immer wieder heißt es: Schnell in die kalten, nassen Klamotten steigen. Da muss ein Segel gehisst oder geborgen werden. *Albatros* muss den Kurs Kap Hoorn halten. Wenden und Halsen wird immer schwieriger. Schon dreimal stieg eine See von achtern ein. Doch das Ziel ist klar: Unsere Fracht, bester australischer Sherry, muss nach Argentinien. Zuletzt, das gestatten Sie mir, will ich noch eine allererste Botschaft an meine Familie richten. Liebe Susan, liebe Alina, ich verspreche euch nach Hause zu kommen. Und dann werdet ihr beide mein nächstes, größtes und letztes Abenteuer sein. Das war Charly Brackmann aus dem Südpazifik.«

Immer wieder ging ich die Fakten durch. Ich hatte in den Aufsager eindeutig zu viele Zahlen gesteckt. Irgendwie musste unsere Position besser beschrieben werden. Kurz überlegte ich, ob auch Gedanken zur Entstehung der christlichen Seefahrt mit einfließen sollten. Gestern hatte ich zum ersten Mal daran gedacht, habe begriffen, warum Kapitäne und Matrosen oft so gottesfürchtig waren. Dann wieder kam die Entscheidung, doch nur schlicht die momentane Situation zu präsentieren: »Ich trage zwei lange Unterhosen, drei Sweatshirts, darüber den Kälteschutzanzug plus Balaclava. Doch all das hilft nicht viel. Mit der Zeit frisst sich die Kälte durch. Von den Beinen, durch die Ärmel, vorbei am Kragen. Selbst meine Socken, die in Plastiktüten in Gummistiefeln stecken, sind nass. Und laut Wetterfax besteht für die nächsten 24 Stunden keine Chance auf Trocknung.«

Absoluter Unsinn! Wieso nur für die nächsten 24 Stunden? Der nächste Anlauf. »29. Tag, 5300 Kilometer bis Kap Hoorn. Noch sind wir nicht einmal in die Fünfziger hinabgetaucht, die viel, viel schlimmer sind. Ich blicke auf das Wetterfax. Ein Tief jagt südlich von uns das nächste. Da, wo wir durch müssen. Haushohe Wellen, in den Augen brennender Wind, der Kampf gegen die Natur …«

»Muss ich mir ernsthafte Sorgen machen?«

Mit einem dicken, marineblauen Troyer bekleidet, hockte der Admiral plötzlich am Niedergang. Zweimal zog er tief an seiner Pfeife. Nur ein schmaler Streifen von ihm war zu erkennen. Eine Armlänge hatte er die Schutzabdeckung des Niedergangs geöffnet. Weit genug, um im Hintergrund auch noch William zu erkennen.

»Ich übe gerade meinen Aufsager. Für heute Abend. Vielleicht sollte ich erwähnen, dass nur noch deine Sachen trocken sind, weil …«

Abrupt unterbrach ich, sagte schnell: »Karl, das war ein Scherz.«

Es folgte ein Monolog. Über Pflichten und Arbeiten eines Kapitäns. Über die mühevolle Auswertung des Wetterfaxes. Über die ständige Obacht, über die Konzentration, wenn andere ruhen. Und über das Geschenk für die Crew. Denn es sei wahrlich nicht üblich, dass der Kapitän auch noch koche.

»Verstehst du gar keinen Spaß mehr?«, fragte ich lächelnd.

* * *

SEHR GEEHRTE HERREN KAPITÄNE, *zu gerne würde ich Ihnen von brisanten Dialogen zwischen Erik und Karl, Karl und William, zwischen William und Erik berichten, die das monotone Bordleben erfrischten oder die Ihnen zumindest die Persönlichkeiten meiner Kameraden noch etwas näher bringen würden. Doch sie fanden bis zu diesem 23. Dezember schlichtweg nicht statt. Es fielen praktisch überhaupt nur noch äußerst selten Worte. Das Schweigen nahm bedenkliche Formen an. William füllte fast nur noch sein Heftchen, der Admiral schaute stundenlang durch die Luke aufs Wasser oder starrte unaufhörlich wie leblos auf die Fotos seines Pudels Rocky, die er fein säuberlich in Reih und Glied über die Skipperkoje geheftet hatte. Und Erik? Der beschränkte sich auf das, was wir alle sonst noch in immer langsamer werdenden Bewegungen unternahmen: Wache-Essen-Schlafen.*

Zu gerne würde ich Ihnen auch Anekdoten schildern, Erlebnisse meiner Mitsegler aus vergangenen Zeiten, damit sie deren Verhalten verstehen. Ich hatte bislang wirklich alles Erdenkliche versucht, ihre Werdegänge, ihre Epochen zu erfahren. Ich hatte mit ihnen experimentiert, sie provoziert, sie aufeinander zulaufen lassen. Doch persönliche Anmerkungen blieben eine Rarität. Umso überraschter war ich am Abend dieses 29. Tages ohne Landkontakt, auf engen 17,48 Meter Rumpflänge, als Erik kurz erwähnte, liebender Vater einer dreijährigen Tochter zu sein, und William mehr in Nebensätzen andeutete, ebenfalls jahrelange Militärerfahrungen zu haben. Sofort hatte ich nachgehakt. Er hatte sich mehrfach bitten lassen, schließlich ganz kleinlaut, geradezu scheu berichtet. Vier Dienstgrade höher als der Admiral war er gewesen. Ich hatte mir sofort eine Hand auf mein Schandmaul geschlagen, hatte gewusst, was folgen würde. Und so war es auch erfolgt. Der Australier hatte die Information über seine Kriegsdienst-Karriere noch nicht ganz über die Lippen gebracht, da schossen giftige Pfeile der Demütigung auf ihn.

»Australien, mickrige 18 Millionen Einwohner, bei jedem Krieg vorwitzig dabei. Nichts, aber absolut gar nichts haben die auf die Reihe gekriegt«, lachte der Admiral laut los. »Ich erinnere an Vietnam. Der erste australische Soldat ist abgekratzt, weil er besoffen aus einem Lkw gerutscht ist. Oder der Golfkrieg. Da wollte man euch doch zuerst nach Hause schicken, weil ihr mehr gestört habt als geholfen. Da hat man deinen Superkameraden von der Navy dann liebenswürdig erlaubt, so ein bisschen vor der Küste rumzuschippern. Nur weil man sie nicht beleidigen wollte. Und was ist mit Gallipoli? Da ist die halbe australische Armee abgeschlachtet worden.« Der Admiral lachte immer lauter. »Die haben gerade mal einen Fuß aufs Land gesetzt, da sind sie umgefallen. Wie die Fliegen.«

»Mein Vater war in Gallipoli.«

Für einige Sekunden konnten wir gar das leichte Knarren der achteren Toggle vernehmen. Das fingergroße Gelenkstück zwischen Pütting und Achterstagspanner gab bei jeder Heckhebung einen kurzen Laut von sich. Für das ruhige Halten brauchte es den Druck des Großsegels. Das war jetzt geborgen. Immer noch waren nur Vorstag- und Großstagsegel gehisst. Obwohl der Wind nur noch mit Stärke 4 aus Südost blies.

Der Admiral stand auf, schritt erhobenen Hauptes den Niedergang hinunter, drehte sich noch einmal um und sagte, gottlob in deutscher Sprache: »Also ist sein Versagen genetisch bedingt.«

* * *

Mit drei Karteikarten, auf denen stichwortartig Notizen geschrieben waren, saß ich auf der Skipperkoje und lauschte dem Admiral bei der Frequenzsuche. Das Barometer war in den letzten drei Stunden um ganze drei Hektopascal gestiegen. Die Cumulus- und Cumulonimbus-Wolken am Himmel waren Stratus- und Nimbostratus-Gebilden gewichen. Der Wind war sehr böig, wehte im Durchschnitt mit einem sehr satten Sechser aus Südost.

»Bern Radio, Bern Radio, Bern Radio, Delta Echo *Albatros*.«
Kraftvoll und deutlich brüllte der Skipper das kleine, schwarze Kunststoffmikrofon an. Konsequent ließ er viele Sekunden vergehen. Dann schallte es erneut durch den Rumpf: »Bern Radio, Bern Radio, Bern Radio, Delta Echo *Albatros*.«

Aus dem Lautsprecher tönte nur ein Piepsen, dann ein Rauschen, plötzlich eine Stimme in nicht identifizierbarer Sprache. Die Uhr über dem Morsedekoder zeigte 2238 LT. Mit den Fingerspitzen drehte Karl an dem flachen Frequenzknopf. Ich begann, Eselsohren in die Karteikarten zu knicken. Erst oben rechts. Dann unten rechts. Schließlich rollte ich langsam die Kanten ein. Ich mischte die Karteikarten. Wie ein Kartenspiel. Ich musste die Informationen noch einmal ordnen. Meine Liebesbekundungen an Susan und Alina konnte ich getrost ans Ende setzen. Ich kannte die Hamburger Redakteure und wusste, dass sie diesen Schluss nie und nimmer schneiden würden. Kein Programmmacher der Welt würde sich die Chance entgehen lassen, eine solch herzzerreißende Hymne zu senden.

»Bern Radio, Bern Radio, Bern Radio, Delta Echo *Albatros*.«
Die Entscheidung war gefallen, die genaue Positionsbeschreibung völlig rauszulassen. Irgendwo in der Mitte zwischen Neuseeland und Kap Hoorn, zwischen sonniger Südsee und eisiger Antarktis, wollte ich sagen. Dann sollte eine kurze Beschreibung von Kälte, Nässe, Müdigkeit und Erschöpfung folgen. Und der Hinweis, dass alle an Bord wohlauf sind, die Stimmung prächtig ist, jeder als erster Kap Hoorn sichten will. In vielleicht zweieinhalb bis drei Wochen, wenn alles gut geht.

»Bern Radio, Bern Radio, Bern Radio, Delta Echo *Albatros*.«
Vielleicht sollte die Botschaft an meine Familie doch den Anfang bilden. Die Gefahr war groß, dass die Verbindung nicht bestehen bleibt. Minuten konnten verdammt lang werden. Ich wusste es. Und ich wusste um die Angst meiner Geliebten zu Hause.

Um 2315 Uhr *local time* betrat ich das Cockpit. Kein Dank erreichte William, dass er ohne Murren 15 Minuten meiner Wache übernommen hatte. Wortlos übernahm ich das Steuer, schüttelte nur den Kopf, als er ansetzte, mir die Gradzahl des

Kurses zu nennen. Ich hakte meinen Lifebelt ein und kroch bei sehr böigen sieben Windstärken dicht ans Rad. Wild drehte ich die Speichen, um die Wellen auszusteuern. Die beiden Stagsegel erlaubten grobe Kursabweichungen. Die See krachte brutal über das Mittelschiff. Immer wieder spritzte Gischt in die Plicht. Ich riss die Kapuze des Schwerwetteranzugs runter, stand auf. Die nächsten Wassermassen rollten an. Deutlich störte der schäumende Kamm die Dunkelheit. Die Welle brach in Sichtweite. Ich verlor den Halt.

»Reiß dich gefälligst zusammen«, brüllte es von vorne.

Ich stand wieder auf, ging wieder auf Kurs. Selbstdisziplin war gefragt. Der Ausdruck von Enttäuschung, das Zeigen von Trauer, die Darbietung von Gefühlsausbrüchen sind die Stander menschlicher Schwächen. Bern Radio hatte nicht geantwortet. So sollte es nun einmal sein. Wir hatten alles gegeben. Erfolg hat auch viel mit Gunst des Schicksals zu tun.

In dieser Nacht sollte ich noch einen der größten Glücksfälle meines Lebens erfahren.

* * *

SEHR GEEHRTE HERREN KAPITÄNE DES SEEAMTSGERICHTS, *wenn Sie jetzt sofort einen spannenden Krimi erwarten, in dem der Protagonist phantastische Heldentaten vollbringt, in kraftvoller Manier eines Spitzenagenten agiert, oder endlich ganz derbe in die tiefste Scheiße gerät, dann muss ich Sie zunächst noch bitter enttäuschen. Ich hatte Ihnen anfangs die Wahrheit versprochen und nichts als die Wahrheit. Glauben Sie mir, gerne würde ich jetzt in dieser Phase kleine Gegebenheiten erfinden, sie fesselnd verpackt in die Chronik einbinden, allein um weiterhin Ihre größte Aufmerksamkeit zu erreichen. Mir ist bewusst, dass der Bericht für Sie, die Sie jetzt verpflichtet sein werden, ihn vollständig zu studieren, vielleicht ein wenig zu romantisch erscheint. Doch so ist die Wahrheit.*

* * *

Sie ist eines der wundervollsten Wesen, das mir je begegnet ist. Sie ist jung, hübsch und lebenslustig. Sie kennt keine Furcht, handelt oft unbedarft, besitzt Charisma und kann Männer verführen. Sie lebt in den Tag, tut Gutes und infiziert die Umgebung direkt mit ihrer positiven Aura. Frech ist sie, spontan, aber nie zickig. Klug und besonnen reagiert sie auf Unverhofftes. Ihr Nachteil ist allein das Alter. Vierzehn Jahre zählt ihr Engelsleben. Ich will zu ihr. Doch zunächst muss ich mich losreißen.

»Wie, du hast alles verloren? Was ist mit der Polizei?«, fragt Erik. Seine Finger haben sich am Oberarm festgekrallt. Ich blicke nach links, nach rechts, zu der geöffneten Wagentür, dann in Eriks entsetzte Augen.

Ich ziehe kräftig, sehr ruckartig. Doch Erik lässt nicht locker.

»Was ist passiert?«, wird er nun laut.

Aus der offenen Wagentür höre ich: »Come on! Get in!«

»Lass mich sofort los«, zische ich, »sofort!«

Augenblicklich lässt der Druck am Oberarm leicht nach. Ich reiße mich los. Mit einem Sprung ist der Treppenabsatz erreicht. Die Polizisten, nur noch 30 Meter entfernt, flirten mit mehreren Passantinnen. Ihre Gesichter wenden sich ab, sind auf die im Westen liegende Hauptstraße gerichtet. Das Männlein mit der Pfeife lehnt sich zwei Kneipen weiter rechts weit über die hölzerne Terrassenbalustrade. Im Fond des weißen Renault Clio winkt wild ein kleines Mädchen. Erik sagt: »Das ist doch …« Entschlossen springe ich die fünf, sechs Meter bis zur Bordsteinkante. Die Clio-Beifahrertür schon in einer Hand, drehe ich mich noch einmal nach rechts. Jetzt schaut mir der neue Führer der *Albatros* direkt in die Augen. Sein Mund ist weit geöffnet. Ich lasse mich auf den Soziussitz fallen. Die Fahrerin gibt Vollgas, lässt die Kupplung gefühlvoll schleifen, sodass die Reifen nicht quietschen. Mit der Beschleunigung schließt die Tür wie automatisch. Wir passieren einen starr stehenden Mann mit immer noch weit geöffnetem Mund. Nur sein Oberkörper hebt sich gewaltig. Noch durch die geschlossene Heckscheibe ist nun deutlich Geschrei zu hören. Ob die Polizisten darauf reagieren, kann ich nicht erkennen. Zu viele Fußgänger stören die Sicht.

»Es war nicht einfach, sie dazu zu überreden«, beginnt Magdalena nach der dritten Abbiegung in grammatikalisch einwandfreiem Englisch. »Es ist gut, dass wir heute Nachmittag viel Zeit für uns hatten, sonst hätte ich dich auch sitzen lassen.«

Mit nackten Füßen hockt sie auf der Rücksitzbank und lächelt mich an. Ich verstehe gar nichts mehr, schiele auf die Fahrerin. Bislang hat sie mich keines Blickes gewürdigt. Ihre wulstigen Lippen sind spitz geformt. Sie zucken leicht. Sie können die Nervosität nicht verbergen.

Ich glaube an Glück und Schicksalsschläge. Positive wie negative. Auch habe ich mittlerweile wieder gelernt, an Gott zu glauben. Doch so viel Zufall kann einfach nicht existieren, dass ein Auto mit geöffneter Beifahrertür mich exakt in dem Moment einlädt, wo ich, wieder einmal in die Enge gedrängt, nicht weiter weiß. Das gibt es nicht.

Was soll ich als Erstes sagen?

»*Obrigado, thank you*«, sage ich an die Fahrerin gerichtet. Sekunden später folgt eine Vollbremsung. Mit dem letzten Schwung kommt der Wagen auf dem markierten Seitenstreifen einer dunklen, leblosen Seitenstraße zum Stillstand. Es ist eine wahre Springflut portugiesischer Sätze, die mich nun überfällt. Obwohl ich nicht imstande bin, auch nur ein einziges Wort zu übersetzen, lässt der Tenor keinen Zweifel über Gehalt und Ziel der Redeflut. Die Verzweiflung der jungen Mutter ist fühlbar, auch ohne Gekreische. Das bedeutet nicht, dass die lauten Vorwürfe sachlich formuliert sind. Die Beschreibung ›brasilianisch temperamentvoll‹ wäre angebracht, wenn ich nicht gleichzeitig ihr Leid und ihre Angst so deutlich spüren würde.

Catarina Amarado lässt sich nicht aufhalten. Sie tadelt mich weiter, klagt mich an. Sie weiß, dass ich der portugiesischen Sprache nicht mächtig bin. Doch sie haut mir ihre Beleidigungen, Vorwürfe, Appelle nur so um die Ohren. Ich zucke mit den Schultern, schaue mehr Hilfe suchend denn fragend Magdalena an. Die zwinkert ganz leicht mit einem Auge und lächelt.

Catarina spricht immer stockender, immer leiser. Dann ist es ruhig.

»Du musst sie verstehen. Sie hat einfach Angst und ist stinksauer, weil ich meinen Willen wieder durchgesetzt habe. Sie hat sich umgehört und weiß, was du getan hast.«

»Ich? Getan? Was habe ich getan?«

»Mama war auf der *esquadra da policia*. Sie sagt, du hast Geld gestohlen. Viel Geld.«

Wie vom Schock befallen, starre ich Mutter und Kind an. Abwechselnd. Dann lasse ich mich zurück in den Sitz fallen, fixiere die von Rauch vergilbte Decke, schließe schließlich die Augen. Das darf alles nicht wahr sein, denke ich. Zwick dich, hau dich, es kann nur ein Albtraum sein. Was will der Kerl von mir? Reicht es denn nicht, dass ich barfüßig mit Segelsäcken im Regen stand, allein, ohne Pass, ohne Geld. Hatte er denn nicht schon auf der ganzen Linie gesiegt? Der Krieg ist doch vorbei. Ich habe kapituliert. Meine Schwächen haben gesiegt. Was will er denn noch?

Ich blicke zurück, sehe nur ein leicht kopfschüttelndes Kind. Ganz genau kennt sie meine Fragen, ohne dass ich sie gestellt habe. Durch die Windschutzscheibe erkenne ich einen kleinen Spalt zwischen den Häusern. Es ist eine schmale Gasse, die frei zum Atlantik führt. Durch sie höre ich noch die Worte meines alten Freundes: »Die menschlichen Schwächen musst du skrupellos und selbstsüchtig zuerst besiegen, dann hast du auch eine Chance gegen die See.« Jetzt weiß ich, was ›der Neue‹ vorhat. Es ist nicht die Demütigung, weil ich erhobenen Hauptes das Boot verlassen hatte. Es ist der Kampf gegen sein Gewissen, gegen seine Nachsicht, seine Geduld, sein Verständnis, der mich vernichten muss.

Blitzartig fuhr ich herum.

»Magdalena, du …«

»Du musst mir nichts sagen. Ich glaube dir.«

»Magdalena, ich will nichts mehr von euch. Ihr habt genug getan für mich. Ich werde es sowieso nie wieder gutmachen können. Ich habe nur noch eine einzige Bitte, dann seid ihr mich für immer los. Versprochen! Ich habe kein Geld, keinen Pass, ich habe nichts. Nur eine einzige Bitte. Bringt mich nach Blumenau! Direkt zur Polizei, aber nach Blumenau.«

»Weil sie dort deine Sprache sprechen.«

»Genau. Bitte!«

Ein Dialog beginnt, der wieder jenseits meines Verständnisses liegt. Es ist das Gefecht mit harten Worten einer Tochter und ihrer Mutter. Nur einmal blicken beide mich zornig an. Meine Gestik war wohl zu übertrieben gewesen. Sprach Magdalena, nickte automatisch mein Kopf. War die Mutter dran, schüttelte ich ihn nur kräftig. Nun sitze ich steif, verstehe aber das wiederholte ›Por favor‹ von der Rücksitzbank. Plötzlich schlägt die Fahrerin wütend aufs Armaturenbrett, giftet mich mit mehreren Sätzen an. Im ersten Gang beschleunigt der Clio noch schneller als vor wenigen Minuten.

»Sie kann sich einfach nicht durchsetzen«, lacht Magdalena und gibt mir einen leichten Klaps, den die Mutter nicht sehen kann.

»Blumenau?«, frage ich.

»Morgen, ganz früh«, antwortet Magdalena. Dann erzählt sie, wie sie Erik und mich von der Bank aus beobachtet hat, wie sie plötzlich Catarinas Auto auf der nördlichen Plaza-Seite gesichtet hat. Auf dem Weg zu ihr habe sie den Mann gesehen, der das gleiche Hemd trug wie der, der den Dollar gegeben hatte. »Das konnte doch nur der sein, der dich und deinen Freund umbringen wollte«, sagt sie, »es hat so lange gedauert, weil Mama … du kannst es dir denken.«

Ich höre zu, zeige größtes Interesse an ihrer Geschichte. »Obrigado«, unterbreche ich sie zweimal, hoffe, dass ihre Erzählung bald beendet ist. Ich will lieber Informationen aus der Polizeiwache.

»Was hat die Polizei gesagt?«

»Du … Räuber … von Schiff … stehlen Geld«, antwortet plötzlich Catarina. Die wenigen Wortfetzen sind in englischer Sprache astrein ausgesprochen. Mit der letzten Silbe streicht sie sich durch die wilde Mähne. Auf ihrem Handrücken klafft eine breite Narbe.

»Sie ist sehr gebildet. Sie versteht deine Sprache ein wenig. Sie kann sie nur nicht richtig sprechen. Glaube ich. Kannst du ein wenig *español* oder *français*? Das kann sie perfekt.«

Ich lehne mich weit nach vorn. Mit der Schulter stütze ich den Oberkörper an der Handschuhablage ab. Fast berühren meine wenigen Haare die Windschutzscheibe. Ich spreche ganz langsam, ganz betont, leise, sanft und ruhig: »Ich bin kein Dieb. Kein Dieb. Glaube mir. Ich brauche Hilfe.«

Dreieinhalb Stunden später hat der Mond seinen Zenit für

diese Nacht überschritten. Fast blendet er ein wenig, obwohl er seine Fülle noch lange nicht erreicht hat. Die Lage der breiten, beleuchteten Sichel beweist, dass ich ihn von irgendwo zwischen dem 20. und 30. Breitengrad bewundere. Ich kann mich an die letzten Positionsbestimmungen auf der *Albatros* nicht erinnern. In Sorge über eine negative Berichterstattung der Fernsehteams hatte der Schiffsführer in den vergangenen Wochen das Logbuch eingeschlossen. Wir hatten die Eckdaten für Kurs, Logstand, Windstärke und -richtung nur noch auf einem kleinen Zettel notieren dürfen. Einmal am Tag waren dann diese Daten übertragen worden.

Ich kann von dem Erdtrabanten nicht ablassen. In vielen einsamen Nächten war er mein einziger Begleiter gewesen. Ich hatte immer auf ihn gewartet, hatte Tag für Tag seine Vervollkommnung bewundert, später seine Nachlässigkeit gehasst. Aber man hatte sich auf ihn verlassen können. Er war pünktlich gewesen. Nie schien er im gleichen Sonnenlicht. Nie hatte er mich enttäuscht.

»*A lua.*«

»*A lua. The moon*«, sage ich und lächele Catarina zu. *A lua* waren ihre ersten zwei Worte, nur an mich gerichtet, seitdem wir dieses Haus am Ende der Sackgasse betreten hatten. Die Tür war noch nicht ganz geschlossen, da hatte sie mich auch schon mit Magdalena allein gelassen. Ich hatte sie zwischenzeitlich im Nebenraum mit ihrer Tochter zwar laut sprechen gehört. Zweimal war sie auch durchs Wohnzimmer spaziert. Gesagt hatte sie da aber nichts.

Ich kenne sie gut. Magdalena hat mir ihre Geschichte mit Begeisterung erzählt. Aufgewachsen als achtes Kind von mulattischen Eltern in den Favelas von Vitoria im Bundesstaat Espirito Santo, war die Zukunft der kleinen Catarina als *menina de rua* eigentlich vorbestimmt. Doch kurz bevor sie gänzlich in den Kreis der ›verlassenen Kinder‹ abgesackt war, hatten die Eltern Herz gezeigt und die zweitjüngste Tochter an Tuchfabrikanten in Vilha-Velha verkauft. Sieben Tage die Woche, immer 14 Stunden hatte sie hart arbeiten müssen. Doch ihr Schicksal akzeptierte das unschuldige Mädchen nie. Dem brasilianischen Fatum ›*seja o que Deus quiser*‹, ›Gott, dein Wille geschehe‹ wollte sie sich widersetzen. Mit 15 nutzte Catarina ihre körperliche Formvollendung und erlangte in noblen Privatclubs von Rio de Janeiro schnell Ruhm und Ehre. Viele einflussreiche Menschen fanden sich, die die schönen Talente der Catarina Amarado förderten. Schon drei Jahre später durfte sie mit einer Freundin die Filiale einer bekannten Club-Kette in Florianopolis eröffnen. Das exklusive Studio florierte auch weiter, als sie, recht unverhofft, ihr erstes und einziges Kind austrug. Mittlerweile zählt das Studio zu den ersten Adressen zwischen Porto Alegre und São Paulo. Den größten Anteil ihres Lohns investiert die junge Mutter heute noch in ein katholisches Internat am schönen Lagos dos Pathos, das sich der Erziehung der Tochter angenommen hat.

»*A lua*«, sage ich wieder. Was soll ich sonst auch sagen?

Sie hat wunderschöne, grün-blaue Augen. Für eine Mulattin in Brasilien keine Seltenheit. Nirgendwo auf der Erde ist der Natur eine solch vollendete Vermischung der Rassen gelungen. Nirgendwo auf der Erde habe ich Menschen mit so wohl geformten, weißen Zähnen gesehen. Körperkultur ist ein Charakteristikum zwischen Amazonas und Rio Grande.

»Frau und Kind?«, höre ich fragend die englischen Worte.

»Frau und Kind«, antworte ich. »Alina ist fünf. Ein Engel wie Magdalena.«

»Foto?«, fragt Catarina. Immer noch steht sie mit dem Rücken zu mir. Ihre Hände liegen auf der Brüstung. Ihr Blick ruht in der Weite, die nur durch den Kegel des Mondlichtes geschnitten wirkt.

Ich habe kein Foto. Weder von Alina, noch von Susan. Rote Strapse und ein *bra* mit Spitzen verrotten jetzt wahrscheinlich in der Reservatenkammer der hiesigen *esquadra da policia*. Ich hatte sie in den dritten Karton zwischen Schwerwetteranzug und grünem Jogginganzug gelegt. Das künstlerisch wertvolle Selbstbildnis meiner Tochter wartet eventuell noch drei, vier Straßen weiter in der oberen Ablage eines Kamerakoffers. Wahrscheinlich liegt mein mittlerweile durchsuchter Brustbeutel dicht daneben. Mit einem deutsch, englisch und portugiesisch sprechenden Menschen aus Blumenau will ich spätestens übermorgen meine Sachen dort sammeln. Vorher werde ich unter diplomatischer Obhut in absoluter Lässigkeit mehrere klärende Telefonate führen. Ich liebe Susan und Alina. Ich liebe Catarina und Magdalena.

»Nein, kein Foto«, spreche ich langsam und betont. »Ein Bild, das sie für mich gemalt hat. Ich werde es dir zeigen. In zwei Tagen, wenn ich Hilfe aus Blumenau habe.«

»Lena ist ein gutes Kind. Sie hilft nur. Sie kennt nur Gutes. Manchmal habe ich Angst davor«, wird sie wohl gemeint haben. Sie hat nur einzelne Wörter gesagt. Blitzschnell habe ich sie zu einer Aussage verarbeitet, um reagieren zu können.

»Magdalena kennt auch Schlechtes. Sehr Schlechtes«, beginne ich wieder langsam, noch betonter. »Sie erfährt das Schlechte durch die Erlebnisse anderer. Ich habe ihr von den liederlichsten menschlichen Veranlagungen erzählt.« Spätestens jetzt ist mir klar, dass sie nicht verstehen wird, doch ich spreche einfach weiter. »Ich habe ihr über die brutalen Auswüchse menschlicher Paranoia berichtet. Ich habe ihr die andere Seite der Realität gezeigt. Sie hat mir übrigens erzählt, dass du oft einsam bist.«

Jetzt bin ich doch unsicher. Für einen Moment sind alle Muskeln verkrampft. Nur für einen Moment ahne ich, dass sie die letzten Worte doch verstanden haben könnte. Jetzt entspanne ich mich wieder. Catarina steht weiter regungslos am Geländer. Ihre langen lockigen Haare heben sich nur leicht an den Seiten. Die meisten bedecken ihre linke Schulter, enden auf ihrer linken Brust.

»Der Mond«, sage ich jetzt wieder verständlicher, »ist auch gut und schlecht. Eine Seite ist hell, eine ist dunkel. Er kommt und geht. Ich gehe morgen nach Blumenau.«

»Schwör nicht beim Mond, beim unbeständigen Mond, der seine Rundung jeden Monat wandelt. Sonst könnte sich deine Liebe auch so ändern.«

Ich erstarre. In fließendem Englisch hat sie gesprochen, sehr sinnlich, sehr weiblich, sehr begehrlich. Ich kann es nicht fassen. Hört dieser Traum nicht auf? Jetzt kommt sie rüber. Dicht neben mir wendet sie sich ab, schaut wieder hinüber zu *a lua*. Ich spüre ihren Atem, sehe, wie sich ihre Lippen bewegen, und höre nur fassungslos zu: »Das hat Julia ihrem Romeo zugeflüstert. Sie wollte ihm sagen, dass der Mond romantische Liebesabenteuer entfacht, dass Beständigkeit aber nicht seine Stärke ist. Lena ist 14 und ich erschrecke vor ihrer erwachsenen Natur. Ich weiß, dass sie gesagt hat, es täte uns beiden gut, wenn wir miteinander schlafen würden.«

Ich springe zurück, will sie jetzt bloß nicht berühren. Natürlich schreit in mir die Wollust und Gier nach Brüsten und Geborgenheit. Ich setze einen weiteren Schritt zurück. Nur einen winzigen. Hauptsache sie merkt, dass der Abstand sich vergrößert. Bedrängnis ist das letzte, was sie jetzt erfahren soll. Doch sie kommt mir nach. Und lacht.

»Sie hat mir schon verraten, dass auch du sehr gebildet bist«, starte ich eine erste Annäherung.

»Sie hat dir auch erzählt, dass ich eine Edelhure bin«, korrigiert sie lächelnd.

»Eine sehr gebildete Edelhure«, sage ich, »die oft einsam ist.«

»Das verbindet eben die Huren mit den Seemännern.«

»Ich bin kein Seemann. Ich bin Journalist und brauche keine Bordelle.« Der zweite Teil ist glatt gelogen. Noch keine drei Wochen ist es her, dass ich mir in einem uruguayischen Hinterhof die Seele aus dem Leib gefickt habe. Zehn Minuten zuvor hatte ich noch sehr, sehr lange mit Susan telefoniert. Wir hatten kaum gesprochen, hatten nur unseren Tränen gelauscht. Umgerechnet fast einhundert Mark hatte mich das Gespräch gekostet. Das Mädchen, dessen Name ich nicht einmal verstanden hatte, hatte nur fünfzig Mark verlangt. Ich hatte nur in ihren Armen liegen wollen, hatte nur nach Bier geschrien und sie aufgefordert, mich ein bisschen zu liebkosen, ein wenig zu streicheln. Irgendwann hatte dann die Erkenntnis gesiegt, dass ich doch ohnehin vor meinen menschlichen Schwächen kapituliert hatte.

»Ich werde nicht mit dir schlafen«, sagt Catarina, »ich werde dich nicht trösten. Ich werde dich nur nach Blumenau fahren.« Dann rückt sie ganz nah an mich und setzt einen zärtlichen Kuss auf meine Wange.

Allein stehe ich wieder auf der Veranda. Lange. So lange, bis ich diesen entsetzlichen Aufschrei höre.

Er kommt aus dem Inneren *unseres* Hauses. Drei Riesensätze reichen völlig, dass ich auf der Schwelle zum Wohnzimmer lande. Hernach sehe ich nur noch einen schweren Gewehrkolben vor meinen Augen. Ich springe erneut. Es ist ein Reflex, der ein Ausweichen zumindest versuchen will. Der harte Schlag trifft mich unglücklich an der Kehle. Ich sacke zusammen und röchle stark. Ich will den Schmerz aus dem Rachen herausbrüllen, aber kein Ton kann sich bilden. Der nächste Schlag trifft den Hinterkopf. Gekrümmt am Boden liegend, kann ein Auge halb den Schuhabsatz erkennen, der mein Gesicht jetzt brutal auf den Teppich presst. Ich höre Magdalenas Stimme. Hoch und heilig hatte sie mir versprochen, in diesem Haus sicher zu sein. Geradezu witzig hatte sie erwähnt, dass brasilianische *policia* für einen Diebstahl in der Größenordnung, wie er mir vorgeworfen wird, nur ein einziges Mal den Kopf bewegen würden. »Und zwar um wegzuschauen«, hatte sie gelacht. Jetzt kreischt sie. In einem bunten Nachthemd steht sie zitternd im Türrahmen zu ihrem Schlafzimmer. Die Hände reißen an ihren blonden Haaren. Ich schreie:»Nein!« Doch zu spät. In diesem Moment trifft auch sie ein harter Schlag. Ihr zierlicher Körper fällt nach hinten. Ich konzentriere sämtliche Kraft, greife an. Der Absatz schneidet das Ohr. Der nächste Hieb bringt das endgültige Aus. Nur mein Unterbewusstsein registriert noch das Zuschnappen der Handschellen auf dem Rücken.

* * *

›Der Drang, auszubrechen, wird zur Besessenheit. Der Gedanke an Flucht ist eine Sucht. Die Droge zur Befriedigung hat bereits jeder ganz speziell gewählt. Die Schizophrenie ist nicht mehr aufzuhalten.

Während William nur noch mit seinen Freunden lebt, ich die Zukunft mit spießigem, konservativem Familienleben in der Heimat bis ins Detail plane, wechselt der Admiral konkret die Figuren, die er schon immer darzustellen liebte. Er hält es nicht einmal geheim, sondern fügt jeder Geste, jeder Anweisung, jedem Kommentar hinzu, welches seiner ausgewählten Idole, dies wohl gesagt haben könnte. Wenn denn einer von den vergangenen Helden in einer solchen Situation gewesen wäre! Aber das hatte ja niemand erlebt. Denn das, was wir gerade erfahren, ist einmalig.

So steckten in ihm schon James Cook und Francis Drake. Er war Captain William Bligh und Wilhelm Schouten. Fernando Magellan und Garcia Jofre de Loaysa kennt er bestens. Nur mit Christoph Kolumbus will er bislang nichts zu tun haben. Auch wenn der Name für Ausdauer und Beharrlichkeit steht. Der genuesische Seefahrer in spanischen Diensten ist in seinen Augen einer der miserabelsten Navigatoren gewesen. Seit Tagen zieren die Buchstaben GPS jede Positionseintragung im Logbuch der *Albatros*.‹

Ich hatte jeden Buchstaben dieser Zeilen in einem wahnsinnigen Schiffsgeschaukel langsam gemalt, obwohl ich zuvor mit mir selbst geschworen hatte, keine weiteren Notizen über Entwicklungen einzelner Personen an Bord zu machen. Kurz nach meiner Nachtwache, die mit einem kleinen Neuner aus Südwest geendet hatte, hatte ich lange den Spalt zwischen Schrankrahmen und Tür abgesucht. Meinen kleinen Sicherungsfaden hatte ich nicht finden können. Verzweifelt war ich auf dem Boden zwischen Nähmaschine, nassen Klamotten und Trinkwasserbehältern gekrochen. Vielleicht war er ja nur durch den Druck der rauen See hinuntergefallen. Ich hatte gehofft, mir aufgrund der Lage des Fadens eine angenehme Erklärung schaffen zu können, doch das dünne Bändsel war verschwunden.

Ich rollte mich am Kopfende der Koje ein. Die Knie waren gegen die Bordwand, der Rücken gegen das Leesegel gedrückt. Es war jetzt beim Neuner aus Südwest und einem anliegenden, rechtweisenden Kurs von 90° die einzige Position, die etwas Stabilität ermöglichte. Meine Augen ruhten direkt unter den wild pendelnden roten Strapsen. Sie blieben streng im Lot, bewiesen eindrucksvoll, dass *Albatros* und somit auch wir für die aufgebrachte See nur ein winziger Spielball waren. Immer wieder prallten die Verschlüsse der Strumpfhalter gegen die Unterseite der oberen Koje. 60 Grad Krängung, schätzte ich. Dann waren irgendwann die schweren Augenlider nicht mehr zu halten. Schnell gelangte ich in ein imposantes Gefilde, das Sehnsüchte prompt zu befriedigen verstand. Es war mir gestattet, überwältigende, märchenhafte Illusionen fast 90 Minuten ohne Unterbrechung zu genießen. Dann riss mich ein harter Schlag, es konnte auch ein Tritt gegen das Leesegel gewesen sein, aus dem friedvollen Fantasiegespinst. »Komplettmontur«, vernahm ich noch, »und das Ganze ein bisschen plötzlich!«

Ich verzichtete auf ein zweites Sweat-Shirt, schlüpfte überstürzt in den nassen Schwerwetteranzug, schmiss das Geschirr für den Lifebelt über die Schultern und stürmte Richtung Pantry. Die Schiebeluke am achteren Niedergang war geschlossen. Vorsichtig öffnete ich sie mit den Fingerspitzen, schrie durch einen kleinen Spalt hinaus. In diesem Moment stürzte das Wasser hinein. Es war, als hätte jemand C-Rohre mit stärkstem Druck nur auf die Luke gehalten. Blitzschnell schob ich die obere Einstiegsöffnung wieder zu. Hinter mir hockte William auf der Gräting und zwängte seine Füße in Plastiksäcke.

»Es wird schon alles gut. Es wird schon alles gut«, sagte er.

Mein Blick streifte den Barographen neben dem Sichtfenster zum Hauptkompass. Wenige Millimeter hinter der Nadel lag ein fast senkrechter Strich. In den vergangenen drei Stunden war der Luftdruck um ganze vier Hektopascal gefallen. Ich griff nach dem jüngsten Wetterfax. Schön breit lagen die gezeichneten Isobaren an der 43. Südbreite und 136. Westlänge auseinander. Laut dieser meteorologischen Skizze dürften wir gerade einmal sechs Windstärken haben. Doch draußen kämpfte ein satter Elfer gegen das zitternde Rigg der *Albatros*, drinnen kämpfte ein erschöpfter Australier gegen die zerknitterten Mülltüten in seinen Gummistiefeln.

Um einige Zentimeter wurde das Schiebeluk von außen geöffnet.

»Ich rufe, wenn ihr rauskönnt. Und jetzt macht mal hin!«

»Ich geh als Erster«, sagte ich William, klemmte meinen Körper, so gut es ging, am Niedergang ein. Eine Hand hielt die Luke, die andere den Schäkel des Lifebelts.

Ich wartete.

Es folgte der nächste Knall. Durch die Ritzen quoll Wasser. Dann ertönte das Kommando.

Mit einem gewaltigen Schwung riss ich die Luke auf, lehnte mich weit über das hoch geschlossene Steckschott, piekte mich an einer dicken Öse unterhalb der Backskiste ein und ließ mich kopfüber ins Cockpit fallen. Die anschließende Rolle vorwärts missglückte total. Hart schlug ich auf die Bretter, sprang aber sofort wieder hoch, konnte soeben noch die Luke zuziehen. Da kam schon der nächste Brecher.

»Das Barometer fällt weiter«, gab ich Meldung.

»Alle Segel runter«, schrie der Admiral und bequemte sich ans Steuer.

»Und macht euch fest, habt ihr verstanden?«

In zehn Minuten waren Großstagsegel und Vorstagsegel fest verzurrt. Eine Glanzleistung angesichts der tobenden See. Entkräftet kauerten Erik und ich am Großmast.

»Jetzt den Sturmklüver und dann den Reifen raus«, schrie der Skipper. »Das ist schon fast ein Zwölfer.«

Erik wartete nicht eine Sekunde. Erik kroch sofort los. Ich heftete mich direkt an seine Stiefel. Flach liegend robbten wir Planke für Planke vor. Immer wieder nahm das Schiff tonnenweise Wasser über. Der Druck riss uns immer wieder mit. Es dauerte Minuten, bis wir den Sack mit dem Sturmklüver am Bugspriet hatten.

Doch zunächst musste der Klüver 2 abgeschlagen werden. Erik machte es allein. Mit beiden Händen zog er kräftig am Einholer. Der Ausholer lag frei. Ich presste mein gesamtes Körpergewicht auf den Rücken des Rostockers, hatte alle Viere von mir gestreckt, sie unter Fußreling und Strecktaue, in Speigatten und Lippklampen verhakt. Kurz bevor die nächste Wasserwand *Albatros* überrollte, schrie ich auf. Es war das Zeichen für Erik, sich auch kurz zu sichern. Allein konnte ich ihn nicht mehr halten.

Das Segel war abgeschlagen, im Sack verstaut. Der Sturmklüver war angeschlagen, doch es bestand absolut keine Chance, ihn auch nur wenige Zentimeter nach vorne zu ziehen. Fast eine Stunde arbeiteten wir nun an der Front. Der Bugspriet tauchte regelmäßig unter. Unsere Köpfe lagen dicht beieinander, doch wir mussten schreien. Die Haut der Finger war völlig aufgeweicht, an den dritten Gliedern hingen nur noch Fetzen. Jede

Faser der Kleidung war durchtränkt mit eisigem Salzwasser. Wir wollten nicht aufgeben.

»William«, schrie ich nach hinten. »Wo ist William?«

Uns fehlte eine Hand. Ich hatte die Klüverschoten über zwei Rollen nach vorne gelegt. Mich beherrschte die große Angst, der Skipper könnte wieder in seiner Ungeduld überhastet agieren. Ich schrie wieder nach dem Australier. Ich wollte eine Hand, die mir gehorchte. Ich wollte lieber auf fünf nervöse Finger setzen, die eventuell Fehler fahrlässig begingen, als auf eine Hand, die mit Vorsatz lebensbedrohlich handelte.

Jegliche Maßangaben bei zwölf Windstärken können nur eine grobe Schätzung sein. So glaubte ich, es hatte weit über vier Minuten gedauert, bis ich mit der Steuerbordschot die knapp dreizehn Meter von der Ankerwinsch bis zum Cockpit zurückgelegt hatte.

Erik lag nun halb unterm Bugspriet, halb auf dem Sturmklüver. Sein Gesicht war in den schmalen Graben zwischen Teakdeck und Schanzkleid gepresst. Mit jeder Welle, die übers Vorschiff schoss, schwamm sein Körper leicht auf. Immer wieder rissen die Wassermassen auch ein kleines Stück des Segels mit. Doch Erik war aufmerksam, fasste sofort beharrlich nach.

»Wo ist William, wir kriegen den Sturmklüver nicht nach vorne«, schrie ich den Admiral an. Ganz dicht war ich vor ihn getreten. Kopfschüttelnd hatte er meinen Rückzug in die Plicht beobachtet. Kopfschüttelnd schaute er mir nun in die tränenden Augen. Kleine Krusten hatten sich in den Winkeln gebildet. Ich war völlig außer Atem, wollte mich nur kurz setzen. Doch wie lange konnte ich Erik noch allein vorne lassen?

Die Wellen hatten mittlerweile eine Höhe von gut zwölf, dreizehn Metern erreicht, sicher die Größe eines vierstöckigen Wohnhauses überschritten. Die Morgendämmerung erlaubte erstmals einen Blick in die Weite. Die See war eine graue, brodelnde Suppe, mit riesigen weißen, schäumenden Flecken überzogen. Die gigantischen Berge rollten von hinten an. Mal sackten die Spitzen kurz vorm Bruch plötzlich ab, mal überschlugen sich die Gipfel in höllischem Getöse. Mehrere haushohe, gewölbte Wände stürzten über. Gerade noch an Steuerbord, jetzt an Backbord, oft hinter *Albatros*. Würde auch nur eine direkt hinterm Heck fallen, hätte wir wohl kaum noch eine Chance.

»Das Heck muss stabilisiert werden. Lass uns erst den Reifen ausbringen«, schrie ich. »Wo ist William?«

Der Admiral reagierte nicht. Er saß einfach nur da, kopfschüttelnd, die Hände am drehenden Rad verkrampft.

Ich beobachtete die Wellen. Rollte eine exakt unterm Rumpf, ritt *Albatros* auf dem Wellenkamm, war die Sicht bestens. Jede Welle hatte ihren eigenen Charakter. Schon früh war erkennbar, ob sie sich neu aufbaute oder kurz vorm Überschlag stand. Waren die kleineren oft aggressiv, überzeugten die größeren meist mit Behäbigkeit. Doch sie wussten zu täuschen, änderten schnell ihre Form, präsentierten zu deutlich ihre Macht. *Albatros* war ihnen vollkommen ausgeliefert.

Ich zerrte das Schiebeluk auf und drückte den Kopf durch den schmalen Spalt. William saß da, wo ich ihn vor über einer Stunde verlassen hatte. Er kämpfte mit seiner Mülltüte, die aus dem Schaft des Stiefels ragte. »Alles okay«, sagte er. »Ich bin *stand by*.«

»Dann komm hoch«, brüllte ich, spürte den Schwall von oben, konnte nicht mehr reagieren. Das Wasser stürzte durch den Schlitz in die Tiefe. William rutschte zurück und sagte: »Alles okay.«

Ich machte dicht, was dicht zu machen war, und verlangte endlich eine konkrete Anweisung. Sie folgte erst nach der bisherigen Beurteilung.

»Ihr seid die letzten Penner, alle drei! Macht jetzt das Segel fest! Und dann zum Reifen! Und schlaft nicht wieder dabei ein! Was meint ihr denn, wie lange ich das Schiff noch halten kann?«

Der Admiral hatte nur gezischt. Unverkennbar war die Aussage zwischen den Sätzen, dass er mit dem Ruder am härtesten von allen zu kämpfen hatte. Ich wollte nicht auch noch auf die Erkenntnis warten, dass Erik und ich bislang auf dem Vorschiff nur geruht hatten. Ich kroch nach vorne. Auf allen Vieren. Nicht liegend. Das Heck tauchte innerhalb von zwei Sekunden steil ab. Das Grollen war ohrenbetäubend. Die Wassermassen griffen zu.

Mit voller Wucht prallte mein Rücken gegen die Stahlrohre. Die Belegnagelhalterung am Vormast hatte mich nach gut vier Metern brutal aufgefangen. Die Hände griffen lange ins Leere. Die Augen waren verklebt. Ich wollte nie wieder das Einpicken des Lifebelts vergessen.

Das schwere Segeltuch ließ sich nur widerwillig mit Leinen zähmen. Auf Knoten und Schläge, wie sie gelehrt werden, musste schon von Beginn des Klüver-Unternehmens an verzichtet werden. Es fehlten einfach die Bodenfestigkeit und die Kraft für sorgfältiges Arbeiten. Das Ergebnis war schließlich ein unübersichtliches Geflecht am Vorstag, das aber immerhin zu unserer größten Überraschung den Sturmklüver perfekt sicherte.

Ich streckte einen Daumen weit nach oben und hob ein wenig den Kopf. Achtern, hoch überm Steuerstand, entfalteten sich immer riesiger steigende Berggipfel. Sie wuchsen und wuchsen, zerstörten mit ihrer gewaltigen Macht den Horizont. Und ganz mickrig klein, an ihrem unteren Saum, wirbelten die Arme eines schmächtigen Mannes, der mit lautem Gebrüll zornig auf etwas einschlug. Erst als der nächste Wellenhang das Schiffsheck stark hob, war das Opfer klar sichtbar. William kauerte in seinem dick gepolsterten Schwerwetteranzug stark gekrümmt im Zentrum der Plicht. Ein Ellbogen war schützend vors Gesicht gehalten. Er nutzte die wenigen Sekunden, die der Skipper brauchte, um die nächste rollende Wasserwand auszusteuern. Dann wirbelte William herum und suchte aussichtslos nach einem Fluchtweg. Doch schon war er wieder am Kragen gepackt und bezog die nächste Prügel.

Ich stieß Erik von mir und rollte über Deck. Der Lifebelt war am Strecktau eingehakt. Nur zweimal drückte mich eine überkommende Welle stark zurück. Dann hing ich halb über der Backskiste im Cockpit.

»Hast du gesehen? Hast du es gesehen? Ich habe ihn geschlagen. Richtig geschlagen. Das wird ihm eine Lehre sein«, freute sich der Admiral. Dabei hüpfte er von einem Bein auf das andere und grinste in heroischer Siegerpose. Seine Finger spielten derweil auf dem glattpolierten Steuerrad eine wilde Partitur. Dann packte er plötzlich nach den Speichen.

»Der Reifen«, schrie er auf einmal, ziellos in die Leere schauend. »Der Reifen.«

Ich blickte zurück auf die blauen Trossen, die in einem der gläsernen, graublauen Berge verschwanden. Irgendwo hinter uns, in 110 Meter Entfernung, schwebte ein mit schweren Ketten versehener Autoreifen, der dem Heck Stabilität verleihen sollte. Wichtig war gewesen, die Trossenlänge so zu wählen, dass der Reifen möglichst das zweite Wellental passierte, wenn *Albatros* über die erste Wellenspitze rollte. Nur so konnte das Heck wirksam gebremst und die Gefahr des Querschlagens durch einen herabstürzenden Brecher minimiert werden.

Meine Gedanken konzentrierten sich aber einzig und allein auf die Verbindung zum Reifen, auf das Trossenende, auf den Augspleiß, den ich in Sydney nicht ordnungsgemäß gesteckt hatte. Der Fehler war so angenehm in Vergessenheit geraten. Jetzt holte er uns alle wieder ein, erinnerte erbarmungslos an die Angst, Makel zuzugeben. Jetzt war es definitiv zu spät. Dennoch hoffte ich, dass die Verbindung halten möge. Der Admiral hockte auf der einst so Freude spendenden Lästerbank, biss minutenlang ungeniert auf seine Unterlippe, um dann plötzlich hochzuschnellen, als ob er geweckt worden sei. Erik steuerte *Albatros* mit größter Gewalt. Sein Blick haftete konsequent auf den kleinen Wimpeln unter der Saling. Die schon ausgerissenen Enden der Fähnchen mussten exakt nach vorne gerichtet sein. Vor ihm stand ich breitbeinig, schaute weit über ihn hinweg, gab mit deutlichen Handzeichen an, wo der nächste Brecher ansetzte. In diesen Momenten musste Erik sehr schnell vom Kurs abweichen. Nun galt es, die Welle exakt mit dem Heck zu erwischen. Der Rostocker kämpfte und gewann immer.

Wir wechselten uns ab. Eine Stunde steuern, eine Stunde die Welle anzeigen, eine Stunde Pause. Der Admiral hatte sich mehrfach bitten lassen, an diesem Wachsystem teilzunehmen. Die Zustimmung war erst nach einem kurzen Blick ins Schiffsinnere erfolgt. William hatte wieder auf dem Boden der Pantry gesessen und laut bestätigt: »Alles okay. Falls ihr mich braucht, ich bin *stand by*.«

Das Ruder ließ sich kaum noch bewegen. Die Kräfte schöpften aus der Reserve. Das Barometer fiel und fiel. Die Nadel hatte die 1000er-Markierung unterschritten. Die Luft war gesättigt durch Schaum und Gischt. Die See war jetzt vollständig weiß. Die Augen, nach Südwest gerichtet, erlaubten nur noch ein ganz kurzes Blinzeln. Kleinste Salzpartikel sprengten sofort schmerzhaft die Hornhaut. Den Fingern fehlte schon lange das Gefühl. Die Handschuhe hatten nur noch die eine Pflicht, die aufgeweichte, zerrissene Pelle einigermaßen zu halten. Dem Schmerz in Armen und Beinen folgte allmählich Taubheit. Der Orkan nahm immer noch deutlich zu.

Doch der Augspleiß hielt.

Den ersten Höhepunkt der erbarmungslosen Brutalität bewies das Inferno in der achten Stunde. Es war meine dritte Steuerschicht. Karl hob nur noch schleppend seine Hand, signalisierte kaum noch eine Richtung. Während der gesamten Wache hatte er nur zögernd gelächelt, als er sich das eine Mal in die Hose gemacht hatte. Auch ich hatte schon zweimal gepinkelt. Es bestand keine Möglichkeit, auch nur ansatzweise den Anzug zu öffnen. Irgendwann hatte der Blasendruck die ertragbare Schmerzgrenze weit überschritten, dass ich es nur noch hatte laufen lassen. Das warme Urin hatte auf den ausgekühlten Schenkeln zunächst feurig gebrannt. An Waden und Schienbein kam dann Wohlbefinden auf. In den Gummistiefeln besaß nur noch die Sohle im Bereich des Mittelfußes ein schwaches Gefühl.

Gleichzeitig blickten wir jetzt nach achtern, weit, sehr weit nach oben. Innerhalb von Sekunden war der Wind einfach ausgeblieben. Kaum noch ein Brise war spürbar. Das war keine Welle. Das war eine Wand, eine steile hohe Fassade, mit Millionen von wild emporsteigenden, strahlenden Schaumbläschen. Unaufhörlich türmten sie sich weiter auf. Allein der Wirbel erzeugte einen dermaßen starken Sog, dass das Schiffsheck unweigerlich an die Fassade gezogen wurde. Ich riss den Mund so weit wie möglich auf, pumpte die Lungen voll und ließ mich fallen. Die Wassermassen stürzten nieder. Im Fall noch schnappte ich nach Karls Gurten, schmiss ihn mit hinunter auf die Grätings. Der enorme Druck raubte jegliche Orientierung. Erst schleuderte er uns mitleidslos gegen das Steckschott und katapultierte mich schließlich hart über die Backskisten hinweg aufs Laufdeck. Ich griff nach der achteren Stütze des Heckkorbes. Ich hatte den Kontakt zum Skipper verloren. Ich tastete die Flächen ab, suchte nach meinem Admiral, konnte ihn nirgends sehen. Überall war nur noch Wasser, brodelndes, weißes Wasser. Allein die Masten schauten schief heraus. Ich schnappte wieder nach Luft. *Albatros* wollte einfach nicht hoch. Immer noch strömten Tonnen nach vorne, drückten den Rumpf immer tiefer unter den Meeresspiegel. Und vom Skipper war weit und breit nichts zu sehen.

Es war der erste von drei zerstörerischen Brechern in dieser achten Orkan-Stunde. Dreimal war der Rumpf komplett verschwunden. Dreimal hielt allein der Lifebelt mich an Bord. Dreimal tauchte *Albatros* langsam wieder auf. Dreimal blieb das Heck stabil. Dreimal hielt ein falsch gesteckter Augspleiß den rettenden Schleppanker.

Und ich ...

Ich begann in dieser achten Stunde zu beten.

Die ersten Worte ließen sich sehr, sehr zögerlich formulieren. Doch die kolossale, allgewaltige See half, mein erstes Gebet seit vielen Jahren schnell zu veredeln. Es war keineswegs die Wiederentdeckung des Glaubens. Vielmehr war es jetzt die sichere Erkenntnis, dass es einen Gott geben muss. Wer sonst könnte mit solcher Strenge diese erbarmungswürdigen Gewalten bilden und sie zugleich züchtigen? An wen sonst sollte ich mich jetzt wenden, sollte um Hilfe bitten? Wer konnte denn jetzt noch eine Rettung verkörpern? Selbst der erfahrenste Seemann hätte in diesen Momenten nicht besser steuern können, wäre Welle und Wind schlichtweg ausgeliefert gewesen. Wenn es wahrhaftig ein Schicksal gab, konnte es nur noch durch einen einzigen bestimmt werden. Gottvertrauen erhielt eine neue Wertigkeit. Und mein erstes Gebet viele Worte.

Ich sprach sie nicht laut aus. Nur ein wenig murmelte ich. Ich hielt mich für keinen Sünder, der nun um Vergebung bat, der noch schnell seiner gerechten, von Gott gegebenen Strafe entfliehen wollte. Vielmehr nahm ich den allmächtigen Vater in die Pflicht. Der nächste Brecher stürzte auf Backbord, keine 100 Yards entfernt.

»So einfach ist das nicht mit der Stillung des Sturmes.«

Fragend blickte ich Erik an. Der wortkarge, immer ausgeglichene Kamerad lächelte auch jetzt. Seine Finger wirkten am Rad wie festgefroren. Seine Lider waren dick geschwollen, die Lippen aufgeplatzt. Nach dem zweiten Tauchgang der *Albatros* war er hoch an Deck gekommen, hatte seitdem nur einmal das Steuer verlassen müssen. Auch er hatte dem Druck der Wassermassen nicht standhalten können, obgleich er doppelt gesichert war.

»Die Stillung des Sturms?«

»Und es erhob sich ein großer Wirbelwind, und die Wellen schlugen in das Schiff, sodass das Schiff schon voll ward. Und sie weckten ihn auf und sprachen zu ihm: Meister, fragst du nicht danach, dass wir verderben? Und er stand auf und bedrohte den Wind und sprach zu dem Meer: Schweig und verstumme! Und der Wind legte sich und es ward eine große Stille.«

Ich musste nach achtern blicken, um ihn zu beobachten. Obwohl auch meine Augen schmerzten, öffnete ich sie, so weit es ging.

Erik hob jetzt doch eine Hand, ließ für wenige Sekunden das Steuer ruhen. Er war noch nicht fertig.

»Und er sprach zu ihnen: Was seid ihr so furchtsam? Habt ihr denn keinen Glauben?«

Der Sturm dauerte einen Tag und zwei Nächte. Erst als die hohe See wieder mit nur neun Windstärken gehalten wurde, hatte das Wetterfax den Herd angezeigt. In einem Trog hatte sich plötzlich ein neues Tief mit nur 985 Hektopascal gebildet. Das Zentrum hatte in nicht einmal 120 Seemeilen Entfernung gelegen. Durch das Lenzen vor Topp und Takel waren wir gut 300 Kilometer vom geplanten Kurs abgekommen.

William war über 32 Stunden *stand by* gewesen. Wenn ich mich in immer kürzeren Abständen für immer kürzere Zeit, später immer nur für ein paar Minuten, in die Pantry fallen gelassen hatte, hatte der Australier geholfen, so gut er konnte. Er hatte geduldig mit einem Kessel gekämpft, hatte im heftig rollenden

Rumpf heißes Wasser aufgesetzt. Wer hinuntergerutscht war und auf den Grätings ausgestreckt jede Sekunde genossen hatte, hatte vor dem erneuten Aufstieg in den eisigen Sturm eine Tasse wärmenden Tee erhalten. In den letzten Stunden hatte William auf Anweisung des Admirals gar Löcher in das schwere, hölzerne Fenderbrett geschlagen. Es hatte notfalls als Ersatz-Schleppanker dienen sollen. Mit Stechbeitel und Hammer hatte William auf der Werkbank im Vorschiff begonnen. Stück für Stück, Splitter für Splitter. Das Vorschiff glich einem Schlachtfeld. Der Admiral musste ihn noch mehrmals geschlagen haben.

Dieser Sturm hatte uns verändert.

»Glück ist dort, wo man Glück schenkt.« Der ungarische Schriftsteller Ladislaus Boros hatte zwar nie durch abenteuerliche Entdeckungen auf stürmischen Seen Berühmtheit gewonnen, doch der Admiral hatte seine Worte gebraucht, um unsere Situation besonders schmückend zu beschreiben. Es war ihm wohl nicht bekannt, dass Boros auch anerkannter Theologe war.

Dass wir alle überlebt hatten, verdankte der Skipper allein dem soliden Schiff und sich selbst. Zwar hatte er nach dem ersten starken Brecher, der ihn weit über das Waschbord des Cockpits gespült hatte, nur noch brüllend seine Crew für die Schrecken der See verantwortlich gemacht. Aber überstanden hätten wir das Inferno letztendlich doch nur, weil er wie einst Fernando Magellan das Steuer in den brenzligsten Situationen selbst übernommen hatte. »Allein dadurch zeigt sich die Stärke eines Kapitäns«, hatte er philosophiert. Nicht umsonst würde er schon bald in die höchste Riege der Kap Hoorn-Umsegler aufgenommen werden. »Das könnt auch ihr jetzt nicht mehr verhindern«, hatte er versprochen.

Der Luftdruck war erneut auf 998 Hektopascal gefallen. Doch die 45 Knoten aus West wurden nur mit einem leichten Lächeln quittiert. Ich hockte im Vorschiff und sortierte meine Opfer des Orkans. Drei Stunden hatte ich tief zwischen Holzsplittern und Werkzeug geschlafen. Mein Kopf hatte neben der Pinkelflasche geruht. Am Fußende lagen Salamiwürste und Segellatten. Die Zehen waren auch nach der kurzen Erholung noch taub gewesen. Jetzt kam das Gefühl so langsam zurück, während ich das Chaos ordnete, das William im Vorschiff hinterlassen hatte.

»Das ist nicht deine Aufgabe.« Der Skipper stand in Fleece-unterwäsche mit vor der Brust verschränkten Armen am Schott und blickte böse hinunter. Zwischenzeitlich biss er immer heftiger auf seine Unterlippe. Die Lider zitterten. Die Wangen bebten. »Du solltest dich auf Wichtigeres konzentrieren. Ich schicke gleich das Arschloch runter. Der kann das machen.«

»Willst du ihn vorher schlagen? Oder nachher«, ätzte ich, ohne mit meiner Arbeit innezuhalten.

»Das ist doch keine Bestrafung, First Mate. Das ist Rache, pure Rache. Ein ganz menschlicher Reflex. Und übrigens ganz im Sinne deines Gottes. Dafür müsstest du doch jetzt allergrößtes Verständnis haben. Heißt es nicht, es lebt ein Gott, zu strafen und zu rächen?«

»Ja, es heißt aber auch, dass die beste Rache das Verzeihen ist. Und, Karl, mal ehrlich, wofür willst du dich eigentlich rächen? Karl, du? Vielleicht dafür, dass dieser alte Australier sich nicht zurechtbiegen lässt. Der ist viel stärker als du. Und das hast du kapiert. Je mehr du den schlägst, desto stärker wird der.«

»Meinst du«, lachte der Skipper und verschwand. Mit den Fingerspitzen sammelte ich weiter die Splitter von der Koje auf. Jeder Griff bedeutete eine leicht stechende Qual, da die Haut zerrissen war. Sorgfältig legte ich die scharfen Späne in eine kleine Schale. Zwischen die Schenkel hatte ich sie geklemmt, da die See den Rumpf noch stark traktierte.

»First Mate«, hörte ich den Skipper plötzlich brüllen. Die giftige Stimme schallte aus der Messe. Ganz ruhig stellte ich die Schale nieder, klemmte sie zwischen das klamme Kissen und den nassen Schlafsack, schob ein wenig einen fast schon tropfenden Zipfel der Daunendecke über die Öffnung und taumelte los. Im Salon saß William grinsend vor einem aufgeschlagenen Heft. Die linke Seite war vollständig mit Handschriftlichem gefüllt. Der Skipper stand breitbeinig daneben, grinste ebenfalls.

Dann schlug seine Faust, ohne weit auszuholen, dem Australier kräftig in die Rippen. William krümmte sich sofort. Der nächste Schlag traf den Hinterkopf.

Ich setzte an, wollte einen Sprung nach vorne wagen. Blitzschnell hob der Admiral abweisend die linke Hand. Die Finger waren weit gespreizt. Kurz trat er zurück. Die rechte Hand legte sich nun auf Williams Schulter. Dann ging der Admiral langsam in die Hocke, umarmte den Hals. Schließlich würgte er ihn. Die andere Hand war immer noch zur Vorsicht mahnend gehoben. William röchelte leise. Seine Visage war schmerzverzerrt.

»Nun, First Mate, das ist doch, was du wolltest. Er wird doch jetzt wieder ein kleines bisschen stärker, oder nicht? Und vielleicht hast du sogar Recht. Es schadet ja nicht. Erinnerst du dich an die Hunde? Die werden auch stärker, je mehr sie gezüchtigt werden. Aber sie werden nie ihren Meister beißen.«

Karl sprach in Deutsch. William wusste nicht, was ihm geschah.

Meine Finger bildeten nun auch eine Faust. Langsam holte ich aus, trat näher an die Bank. Williams Kopf war nun weit nach hinten gedreht. Er konnte mich nicht mehr sehen. Laut hechelte er nach Luft.

»Nur zu, First Mate, was ist?«

Ich ließ die Faust fallen. Ganz allmählich öffnete sich die Hand. Vorsichtig drehte ich mich um, ging schleichend zurück ins Vorschiff, hörte noch zwei leisere Aufschreie aus einer röchelnden, australischen Kehle und sammelte weiter Splitter auf. Die Matratze war übersät von Spänen. In den letzten Stunden hatten sie fast eine Einheit mit dem feuchten Stoff gebildet. Teilweise steckten sie tief in den Fasern. Die Fingerspitzen zitterten jetzt ein bisschen heftiger. Ich suchte ein Schema, nach dem ich vorgehen wollte. Die Großen ließen sich besser packen. Doch die kleinen waren es, die am meisten schmerzten. Ich entschied mich dafür, zwei Mülltüten übers Laken zu ziehen. Die verletzenden Splitter waren damit beseitigt.

38 eng beschriebene Tagebuchseiten, sieben Liebesbriefe an Susan, achtzehn Zeilen für Alina und exakt eine Stunde und sechzehn Minuten Filmmaterial waren die armselige Ausbeute von 32 Tagen auf See. Für die visuelle Dokumentation konnten, wenn die verantwortlichen Redakteure beide Augen fest

zukneifen würden, maximal viereinhalb Minuten als Füllstoff genutzt werden. Das Justieren des Sextanten hatte ich zwar sehr eindrucksvoll auf Digitalband gespeichert, doch wollte ich auf wahrheitsgemäße Berichterstattung setzen, blieb mir nichts anderes übrig, als damit lediglich einen Ausnahmezustand zu zeigen. Fakt war, dass von bislang 151 Positionsbestimmungen gerade 41 über Gestirnsmessung erfolgt waren. Fünfmal war der Schiffsort gekoppelt worden. 105 Eintragungen waren allerdings vom Satellitennavigationsgerät schlicht abgeschrieben worden. Fakt war auch, dass ich bislang nicht eine einzige Arbeitssequenz, kein Manöver, keine Aktion an Bord filmen konnte, da meine Hände immer an den Leinen waren. Und um das Zwischenresümee in seiner ganzen Misere zu vervollständigen: Es konnte nicht einmal eine einzige Radioaufschaltung auf der Haben-Seite verbucht werden. Nicht einmal der Versuch einer Aufschaltung! Mit spitzer Zunge hatte der Skipper nach einer weiteren Auseinandersetzung triumphiert: »Du glaubst doch nicht ernsthaft, dass ich dir einen Kontakt nach Hamburg erlaubt hätte.«

Die Hände hinter den Kopf gefaltet, die Ellbogen genüsslich in die Höhe gestreckt, hatte er geradezu spannend erzählt, wie er immer wieder ein wenig die Frequenz geändert hatte, wie er immer wieder – auf einer völlig falschen Welle – sinnlos in das Mikrofon gebrüllt hatte, und wie ein wartender Journalist voller Hoffnung neben ihm gezittert hatte. Fesselnd hatte er dann berichtet, wie die Zeit vergangen war, ohne dass eine Stimme von Bern Radio sich gemeldet hatte. Den Höhepunkt in seiner Dramaturgie hatte das Abschalten des Funkgerätes gebildet, mit dem Abgang eines frustrierten Menschen, der Karteikarten wütend zerrissen hatte. »Die Moral von der Geschichte«, hatte er quietschvergnügt seine Chronik abgeschlossen, »ist, dass Vertrauen gut, Kontrolle besser ist.«

Jetzt, am 32. Tag, nach 773,5 Stunden ohne Landkontakt, herrschte ausgelassene Fröhlichkeit an Bord. Die Kassette spielte Marschmusik. »Der Badenweiler war sein liebster«, sagte der Admiral. Vergessen war der Sturm, der noch vor 36 Stunden gewütet hatte. Die Finger konnten wieder packen, die Hände wieder greifen. Nur das taube Gefühl an den Kuppen der Finger und der starke Schwell erinnerten noch an leidvolle, kräfteraubende Aktionen. *Albatros* zog aber schnurstracks in schwacher Brise stabil gen Osten, angetrieben von einem starken Dieselmotor, gesteuert von einem stählernen Autopiloten. Vergessen waren Schläge und Geschimpfe, Provokationen und Drohungen. Kleine bunte Lampions zierten die Messe. Luftschlangen flatterten leicht über Petroleumlampen, Deckennetzen und Schapphaken. Auf Luftballons stand dick ›*Happy X-mas*‹. Auf den Tellern dampften gefüllte Rouladen mit Spätzle und Rotkohl. William lachte am lautesten, als das erste Knallbonbon aufgerissen wurde. Auf seinem winzig gefalteten Zettel stand ein englisches Sprichwort: »*Barmherzigkeit fängt Zuhause an.*«

Wir schaufelten uns nicht gefüllte Rouladen mit Spätzle und Rotkohl rein. Wir aßen auch keine gefüllten Rouladen mit Spätzle und Rotkohl. Wir dinierten. Gefüllte Rouladen mit Spätzle und Rotkohl bedeuteten in den hohen südlichen Breitengraden ein Bankett, ein Festschmaus, das wir in ein fideles Gelage verwandeln wollten. Für den Tisch hatte William schon in Sydney einen Rahmen gezimmert. Hohe Hölzer bildeten eine Art offenen Setzkasten, der exakt auf den Tisch passte. Die Öffnungen entsprachen der Tellergröße. So konnte die leicht gewölbte Schale auch bei stärkster Krängung nicht rutschen. Der Skipper hatte gnädigst erlaubt, das gute Porzellangeschirr zu benutzen. Die Crew dankte mit übertriebener Freundlichkeit, die er nicht als solche einzuschätzen wusste. Die Schwierigkeit bestand allerdings darin, die gefüllten Rouladen mit Spätzle und Rotkohl auf dem Teller zu halten. Auch wenn jeder Biss so oft wie möglich über die Zunge balanciert wurde, die Gabel musste blitzschnell wieder über den Rahmen des Tellers kreisen, um den wertvollen Schmaus nicht zu verlieren.

»Eure Hoorn-Taufe habt ihr ja eigentlich schon hinter euch«, sagte der Admiral plötzlich mit vollem Mund. Er war der einzige, der den Rotkohl ohne zu kauen runterschlang. »Wir haben es geschafft, wir haben gesiegt. Und ich sage ganz bewusst ›wir alle‹.« Dann schaute er kurz auf William. »Jede Ankerkette hat ein schwächstes Glied. Jede Armee hat eine Schwachstelle, aber wichtig ist das Team, die Mannschaft, die Truppe. Und wichtig ist, dass auch das schwächste Glied sein Bestes gibt. Das wusste auch schon William Bligh.«

Weder Erik noch William schauten auf. Sie genossen ganz still gefüllte Rouladen mit Spätzle und Rotkohl.

»Ich weiß, dass Einige von euch ein wenig unzufrieden mit dem bisherigen Verlauf der Reise sind. Vor allem die, die Liebeskummer haben.«

Immer noch blickten Erik und William nicht hoch. Sie genossen in aller Ruhe gefüllte Rouladen mit Spätzle und Rotkohl. Ich verlor dagegen nur ganz kurz den Halt meiner Gabel.

»Isabella Curwen hieß so ein stinkreiches Mädchen in England. Das war Ende des 18. Jahrhunderts«, schmatzte der Skipper, »sie hatte Fletcher Christian einen Korb gegeben. Der First Mate hatte Liebeskummer. Er hatte mit gebrochenem Herzen auf der Bounty angeheuert.«

Ohne einen Blick nach Steuerbord zu verlieren, wo ich nun mit den Spätzle zu spielen begann, fuhr er fort.

»Es war nicht die sadistische Haltung des Kapitäns, die zu der Meuterei führte. Nein, der Grund war allein diese Tussi bei den Inselaffen. Bligh, dieser gigantische Schiffsführer, für den Moral noch eine Bedeutung hatte, er allein musste das ausbaden. Dieses Genie hat es doch wirklich geschafft, ohne eine einzige Seekarte mit nur ganz wenig Proviant in nur sieben Wochen 6400 Kilometer zu segeln. Mit einer Schaluppe.«

Ich stand auf. Zwischen der 14. und 17. Stunde des zweiten Weihnachtstages hatte ich die Wache. Zumindest alle 15 Minuten musste ich einen Rundblick wagen. Draußen holte ich tief Luft. Nicht nur den Angriff hatte ich verstanden, sondern auch die Spielregeln. Der Admiral verteilte Zuckerbrot an die Kameraden, signalisierte mir die Peitsche. Zu oft hatte ich in den letzten Wochen von Susan erzählt, hatte die unendliche Geschichte von Liebe und Trauer, von Einigkeit und Trennung in allen Details geschildert. Ich hatte ihn bislang nur einmal ganz kurz bedroht, aber er ahnte meine Gedanken, meine Pläne, wusste ganz genau, dass ich allein nie gegen ihn den Aufstand wagen würde. Erik hatte ich schon vorsichtig angetestet. Seitdem der stille Rostocker mir so korrekt aus der Bibel zitiert hatte, konnte ich ein wenig sein Gefühlsleben einordnen. Auch er hatte ›Freunde‹ gefunden. Es waren nicht, wie William sie besaß, die liebenden Menschen in seiner heimatlichen Umgebung. Es waren weitaus höhere Freunde.

Der rhythmische Takt des Vierzylinders wirkte beruhigend. Es bestand kein Grund zur Hast. Die Dünung war hoch und steil, doch bedeutete sie auch während der schwachen Brise keine Gefahr. Die steilen Hänge dienten jetzt allein den Albatrossen. Endlos nutzten sie den Wind und die hohe See, um kraftlos zu schweben. Sie kannten die Unendlichkeit seit Jahren, verfolgten nur das eine Ziel: Überleben in der Weite, nicht das Landen! Das beherrschten sie ohnehin nicht.

»Es begann eigentlich alles damit, dass ein Teil des Käsevorrats fehlte.«

Ich war mir nicht sicher, konnte mich aber des Eindrucks nicht erwehren, als hätte der Admiral auf meine Rückkehr gewartet. Die Teller brauchten keine Spülung mehr. Bis auf einen, auf dem noch einige Spätzle mit wenigen Fasern Rotkohl warteten, waren sie rein. Erik und William horchten nun artig den Ausführungen. Ich machte mich über den Rest her.

»Zumindest ordnete Bligh sofort eine Reduzierung der Verpflegungsrationen an, um den Verlust auszugleichen. Das ist fast wie bei unseren Klopapierrollen. Und …«, jetzt hob er, um die Aufmerksamkeit zu erhöhen, den steifen Zeigefinger, »… da ging es nicht um wertvolles Trinkwasser.«

Der Admiral lehnte sich weit zurück, griff nach Tüten, die weit im Schappinneren lagen. Einzeln zog er sie heraus, verteilte sie wie ein liebevoller Vater. Drei Augenpaare strahlten, sagten brav Dank und machten sich über die ausgefallenen Weihnachtsgeschenke her. Jede Tüte beinhaltete ein älteres *Playboy*-Magazin sowie eine Flasche billigen Rum. Artig blätterten wir die Zeitschrift bis zum *Playmate* des Monats durch. Es war Liebe auf den ersten Blick. Julee Denise hieß meine Auserwählte, die leider auf einer Saloon-Veranda in Williams Heft wartete. Sie hatte lange, zerzauste, platinblonde Haare, die seitlich ihrer spitzen, birnenförmigen Brüste lagen. Gleich drei Schnallen hielten den breiten Ledergürtel. In ihm knapp eingeklemmt war ein herunterhängender weißer Petticoat mit Spitzen. Die Schnürsenkel der braunen Boots waren offen. Wie Spitzendeckchen wirkten auch die zarten Söckchen. Ihre einladende Schambehaarung glich einem schmal gehaltenen Läufer, der nur zu einem Ziel führte. Der Blick schrie nach Verlangen. William wollte nicht tauschen. »Allerhöchstens einmal ausleihen«, versprach er.

Captain Bligh hatte gewonnen. Nur jetzt waren es nicht die schrillen Klänge des halb blinden Michael Byrne, der einst als einziger Geiger die Crew der *Bounty* zu beglücken wusste. Jetzt waren es Hochglanzbilder von halb nackten, rasierten Modells, die der Mannschaft der *Albatros* die Strapazen und Demütigungen für einen Moment vergessen ließen. Wie hatte Bligh sich doch immer gebrüstet: »Alles in allem könnte es keiner Besatzung besser gehen.«

William schenkte dem Admiral wertvolle Sherrygläser fürs Schiff. Er hatte sie, dick in Styropor verpackt, unter seiner Koje versteckt gehalten. Zudem überreichte er jedem ein dunkelblaues Polo-Shirt, dessen linker Brustteil die Aufschrift ›*Albatros – Australia – Cabo de Hornos*‹ zierte. Dann knallten weitere Bonbons mit klugen und weniger klugen Sprüchen. Schließlich floss Sekt und die Kehlen johlten ›*I wish you a merry christmas*‹. Die Gläser waren leer. Mit einem Mal sprang der Skipper auf, riss innerhalb einer Minute alle Lampions, alle Luftballons und alle Luftschlangen ab, und schmiss sie über Bord. Sechs Augen schauten dem bunten Partyschmuck noch lange hinterher.

Es herrschte wieder Alltag auf der *Albatros*. Es war nur die Frage von Minuten, wann Schläge und Schreie erwachten.

* * *

Schmerzasymbolie ist das Unvermögen, Schmerzen zu empfinden, wenngleich Abwehrbewegungen gemacht werden und die Mimik schmerzhaft verzerrt ist.

Fatalerweise leidet mein Körper nicht unter dieser Schwäche. Eher das Gegenteil scheint der Fall zu sein. Die Tritte ins Kreuz und in die Magengrube empfindet er als reinste Höllenqual. Die Folter lasse ich aber über mich ergehen. Die Kraft ist schlichtweg versiegt, um auch nur irgendwelche Abwehrbewegungen im

Ansatz zu starten. Die schmerzhaft verzerrte Mimik hat sich in ein Husten und Spucken von Schleim und Blut gewandelt. Die einzige Wahrnehmung ist die brutale Wucht, ausgehend von mit Stahlkappen bestückten Stiefeln. Wieder liegt der Kopf auf den Boden gepresst. Diesmal ist es aber kein weicher, wenigstens etwas dämmender Veloursteppich, sondern ein steinharter Betongrund. Die Rillen sind mit klebrigem Modder ausgeglichen. Die obere Schicht ist quallig. Ein ekelhaft stechender Geruch geht von ihr aus.

Plötzlich wird der Oberkörper hochgezogen. Schwungvoll landet er auf dem dreibeinigen Holzschemel, der mitten im Raum steht. Fast vier Meter sind es bis zum Schreibtisch, der eine ähnliche Schicht wie der Boden aufweist. Nur nicht ganz so klebrig.

Ich spucke und schaue mich um. Die Männer waren plötzlich zurückgewichen, stehen nun ähnlich wie ich mit den Händen auf dem Rücken an der untapezierten Wand gelehnt. Sie stehen so aus freien Stücken. Ihre Handgelenke sind nicht gefesselt. Aus beiden Gesichtern grinst ein breites Maul. Die Zähne sind eher gelblich. Einer trägt einen tiefschwarzen Schnäuzer, der an den Enden weit gehoben ist. Die Körper nehmen abrupt eine steife Haltung an, als die Tür krachend auffliegt. Im Rahmen steht nur für wenige Sekunden ein kleiner, dicker Mann im Nadelstreifenanzug. Dann bewegt er sich Richtung Schreibtisch, knipst die Lampe an und nimmt Platz. Er nickt zu dem Schnauzbart, der mich wiederum schnell versucht in eine sitzende Haltung zu bringen. Doch ich kippe zur Seite weg. Jetzt packt der Zweite mit an. Es folgt ein kurzer aber heftiger Schlag in die Gegend der Nieren. Jetzt lächelt auch der kleine Dicke. Eine Hand drückt meine Kopfhaut, dreht mein Gesicht in Richtung Schreibtisch.

»Sie sollten etwas kooperativer sein, Herr Brackmann«, sagt der Dicke in gebrochenem Deutsch.

Ich versuche mit aller Gewalt die Augen aufzuhalten. Ich sehe den Mann nur noch schemenhaft.

»Deutsche Botschaft«, stammele ich und spucke wieder. Am Kinn spüre ich die rinnende Schleimspur. Die deutschsprachigen Wörter verhallen im Hintergrund. Auch der Dicke verschwindet in einer aufgedunsenen Suppe. Ich spüre den Aufschlag am Boden.

Nun ist es ein Glatzkopf, den ich als erstes wieder sehe. Die polierte Rübe glänzt auch noch hinter den Gitterstäben. Sehr langsam bekommt der rasierte Schädel ein Gesicht. Endlich mal eine Visage, die kein breites Grinsen von sich gibt.

Ein Sonnenstrahl bildet durch das schmale, hoch gelegene Fenster einen hellen Fleck auf der grau verputzten Decke. Genau unter dem leuchtenden Streifen steht eine mit braunen Flecken verschmierte Porzellanschüssel. Das Klo besitzt weder Deckel noch Brille. Dicht daneben ist eine Art Waschbecken. Der Wasserhahn tropft unregelmäßig in das Metallbecken. Die Perlen sind von geringer Größe, doch ihr Aufprall ist ohrenbetäubend.

Ich blicke auf die Glatze, will etwas sagen. Der Mund lässt sich nur schmerzend öffnen. Die Winkel sind verklebt, verkrustet. Mit der Zunge versuche ich von innen nachzuhelfen. Langsam schiebt sie sich durch die Zähne. Dann reißen endlich die Lippen weit auseinander.

»Waschen Sie sich. Ich hol Sie gleich ab.«

Auch der Kahlkopf sprach in gebrochenem Deutsch.

»Wie«, rufe ich ihm hinterher. Schon die Tür erreicht, dreht er wieder um, kommt jetzt zurück ans Gitter. Er geht nicht, er schlurft. Vor allem den rechten Stiefel zieht er ständig nach. Ein Schlüssel klimpert im Schloss. Die Scharniere müssten unbedingt mal wieder geölt werden.

»Machen Sie kein Theater«, warnt er. Ich drehe ihm den Rücken zu. Das befreiende Gefühl an den Handgelenken ist angenehm, die erste Bewegung der Arme sehr schmerzhaft. Vorsichtig nehme ich sie nach vorne, versuche sie zu strecken. Dann springe ich blitzschnell um. Der Glatzkopf macht einen Satz zurück, holt weit aus.

»Nein«, schreie ich, »nein, nein, ich will nur reden. Ich will Sie nur was fragen.«

Der Mann lässt augenblicklich locker. »Ich kann Ihnen nichts sagen.«

»Sie sprechen deutsch. Was wird mir vorgeworfen? Dass ich gestohlen habe?«

»Ich kann Ihnen nichts sagen.«

»Was passiert jetzt mit mir? Kann ich jemanden anrufen? Ich will einen aus der deutschen Botschaft. Es gibt doch hier in Blumenau sicherlich einen Diplomaten.«

»Ich kann nichts sagen«, kommt zum dritten Mal derselbe Satz. Dann wird die quietschende Gitterpforte auch schon wieder geschlossen. »Ich komme Sie gleich abholen.«

Langsam öffne ich die schwarze Leiste meines türkisfarbenen Hemdes. Die oberen Knöpfe fehlen. Der Kragen ist auf der rechten Seite zerfetzt. Ein großer Riss klafft unter der linken Brusttasche. Das Öffnen der kleinen Knöpfe klappt nur mühsam. Der Unterste fällt von alleine ab.

Das Wasser aus dem Hahn ist klar, keine braune Brühe, wie ich sie erwartet habe. Sofort halte ich den ganzen Kopf unter den Strahl. Erst jetzt sehe ich Wunden an den Händen, Armen, auch auf der Brust. Zitternd taste ich das Gesicht ab. Krusten lassen sich auf der Stirn und unterhalb des linken Auges fühlen. Der Schnitt im Nacken muss wieder aufgerissen sein. Das Pflaster fehlt. Ich wasche mich, so gut es geht. Ein Handtuch fehlt. Ich nutze das klamme Wolllaken, das zerzaust auf der Pritsche liegt. Als das Hemd mich wieder halb zugeknöpft kleidet, versuche ich, es mit dem Handrücken ein wenig zu glätten. Ich will gut aussehen. Ich muss warten.

Der helle Fleck an der Decke hat schon fast die vorderen Gitterstäbe erreicht, als der glatzköpfige Polizist endlich wiederkommt. Diesmal ist er nicht allein. Ein kleiner, fettleibiger Kerl ist an seiner Seite. Ich erinnere mich, ihn schon einmal gesehen zu haben. Es musste heute Nacht gewesen sein. Sicher bin ich mir aber nicht.

Der Raum, in den ich wortlos geführt werde, erkenne ich aber sofort wieder. Nur dass diesmal der Holzschemel viel dichter am Schreibtisch platziert ist.

»*Comissario Martinez, esquadra da policia Porto Belo*«, stellt der Beamte sich in hart abgehacktem Jargon vor. Seine grauen Haare sind mit Pomade glatt zurückgekämmt. Buschige Koteletten ragen bis weit unter die Ohrläppchen. Was ihnen folgt, ist ein ungepflegter Dreitagebart.

»*Como e o seu nome*«, fragt er und lässt sich auf den Stuhl hinterm Schreibtisch fallen.

Ich starre ihn an, schüttel verständnislos den Kopf. Hatte nicht dieser Mann noch vor wenigen Stunden deutsch gesprochen?

»Ich verstehe Sie nicht.«

»Sie sprechen kein Wort portugiesisch?«, fragt er nun in gebrochenem Deutsch. Ich atme auf.

»Nein, *correio* und *fechado* kann ich mittlerweile. Ach ja, und noch *faz favor* und *obrigado*.«

»Aber nur wenn Sie mit Männern sprechen. Bei Frauen sagen Sie *obrigada*.«

Er lächelt, kratzt sich dann lang an den Koteletten, beugt sich nun weit über die schmierige Tischplatte.

»Warum machen Sie uns Schwierigkeiten? Das lohnt sich doch gar nicht.« Dabei hebt er einen Arm und gestikuliert, als rezitiere er gerade die sensibelste Stelle einer bitteren Tragödie.

»Ich habe nichts gestohlen. Ich bin kein Dieb.« Jetzt hebe auch ich die Hand, wirbele sie fordernd durch die Luft. Die Gelenke an Ellbogen und Schulter tun weh. Das Handgelenk gibt gar knackende Geräusche von sich. »Ich verlange ein Telefonat mit einem deutschen Botschafter. Mit einem Honorarkonsul. Irgendjemanden wird es ja wohl in Blumenau geben, der …«

»Wir sind nicht in Blumenau. Wir sind in Porto Belo. Und hier gibt es keine deutsche Botschaft.«

Mit einem Mal schlägt der kleine Dicke auf die Tischplatte, schnaubt wütend, holt ein Papier aus einer beigen Papphülle. Mehrere Abkürzungen zieren den Deckel. Dann schlägt er auf die Seite, hebt sie, und lehnt sich weit zurück.

»Charly Brackmann, geboren am 3. November 1962 in Kiel, Deutschland, wohnhaft in Hamburg, Deutschland, eingereist nach Brasilien mit dem deutschen Segelschiff *Albatros* am 24. Februar. Ist das richtig?«

»Ja, aber …«

»Ja oder Nein?«

»Ja.«

»Was machen Sie, wenn Sie nicht gerade alte, gutmütige Kapitäne bestehlen?«

»Ich habe nichts gestohlen. Ich bin von *Albatros* …«

»Ich habe Sie gefragt, was Sie machen, beruflich.«

»Journalist. Ich bin Journalist.«

Für einen kurzen Moment schaut er mich mit seinen kleinen Schweinsaugen an. Auf seinen fetten Wangen haben sich kleine Schweißperlen gebildet. Wenn er sie leicht hebt, fangen automatisch die Lider an zu zwinkern.

»Woher kennen Sie Catarina Amarado?«

»Ich habe ein Recht darauf, meine Botschaft anzurufen.«

»Woher kennen Sie Catarina Amarado?«

»Ich brauche Ihnen nichts zu sagen. Ich habe ein Recht, meine Botschaft anzurufen.«

Ganz sacht legt Comissario Martinez das Papier nieder, streicht einmal behutsam darüber, seine gefalteten Hände führt er zum Gesicht. Mit den Daumen reibt er die Augenlider.

»Welche Botschaft?«, fragt er plötzlich.

Ich lache leise: »Die deutsche natürlich.«

»Sehr gerne, Herr Brackmann, selbstverständlich. Dürfte ich dann zunächst Ihren Pass sehen. Sie haben doch sicherlich einen Pass, oder nicht?«

»Was soll dieser Mist denn jetzt wieder?«

»Herr Brackmann, wir werden doch die deutsche Botschaft nicht bemühen, wenn wir nicht sicher sind, dass Sie auch wirklich deutscher Staatsbürger sind.«

»Sie haben mir doch gerade stolz meine Geburtsdaten vorgetragen.«

»Was habe ich? Ich?« Ganz erstaunt blickt der Comissario auch fragend zum Glatzkopf hinüber. Der zeigt keine Reaktion, steht ausdruckslos an der Wand und starrt bewusst ins Leere. Nicht einmal eine Wimper zuckt, als der Chef nun aufsteht, langsam um den Tisch schleicht und sich schließlich auf die schmierige Platte setzt. Mit den Fingernägeln kratzt er an der oberen Schicht, fährt sich anschließend mit der flachen Hand mehrfach über die pomadigen Haare. Zuletzt spielt er wieder mit den buschigen Koteletten.

»Ich will offen zu Ihnen sein, Herr Brackmann.« Seine Stimme ist nun leise und verständlich. Sein Deutsch ist gebrochen, aber an den wichtigen Stellen betont. »Ehrlich gesagt, mir ist es scheißegal, wenn sich irgendwelche ausländischen Touristen gegenseitig Geld klauen oder abschlachten wollen. Das ist nicht unser Problem. Wissen Sie, Porto Belo gehört noch zu den sichersten Flecken in Brasilien. Die Menschen erholen sich hier von Mord und Totschlag in den Großstädten.«

Wieder streicht er sich über die Pomade. Dann beugt er sich so weit vor, dass ich seinen Atem spüre. Unverkennbar duftet er nach Caipirinha.

»Nein, mein Problem ist ein ganz anderes. Ihr Kapitän hat ganz Porto Belo verrückt gemacht. Ich habe jetzt irgendeine einflussreiche Luxusdirne am Hals, die wegen ihres verzogenen Kindes Amok läuft. Ich habe Anfragen aus dem Präsidium in Florianopolis. Und das alles wegen Ihnen.«

Sie hatte mir die Hand gestreichelt und mir einen Korb gegeben. Sie war nicht bereit gewesen, mich zu trösten. Aber sie hatte mich zur *esquadra da policia* nach Blumenau fahren wollen, weil dort mit Gewissheit jemand meine Sprache beherrscht. Jetzt sitze ich endlich einem sprachbegabten Beamten gegenüber, sogar in Porto Belo, und muss mich fragen, was ich eigentlich vorhatte. Ich wollte die Wache stürmen und mein Schicksal erklären. Ich wollte die Gegenüberstellung und mit Eskorte meine Sachen von Jorge, Caca und Eduardo holen. Ich wollte Catarina und Magdalena danken, wollte zur Botschaft, zum Reisebüro, zum nächsten Flughafen, wollte Susan heiraten und Alina ein guter Vater sein.

»Was ist mit dem Kind?«, frage ich überstürzt.

»Leichte Prellungen. Ein Unfall. Wo ist Ihr Pass?«

Kombinieren muss ich jetzt, ganz mathematisch vorgehen. Bloß nicht anfangen, mit Gefühlen zu jonglieren, auf Mitleid zu setzen, und auch nicht das zu Unrecht geschlagene Opfer präsentieren. Jetzt ist Kalkül verlangt. Keine Spekulation, sondern knallharte Berechnung der Fakten.

Comissario Martinez fehlt ein Pass. Er hat also absolut keine Ahnung vom Verbleib des Brustbeutels. Die Jetski-Verleiher sind ihm aber mit Sicherheit bekannt. Der rote Fiat war auf den Strand gerollt. Die für die Post bestimmten Pakete hatten keine

Etiketten mehr, waren aber zu gut verschnürt gewesen. Die Polizei hatte Catarinas Haus gestürmt. Der Comissario sagte: »Ihr Kapitän hat ganz Porto Belo verrückt gemacht.« Die Polizei war also sicher auch bei Jorge, Caca und Eduardo gewesen.

Comissario Martinez will den Pass. Denn der Pass fehlt. Und dort, wo der Pass ist, vermutet er das angeblich gestohlene Geld. Und das braucht er, um mich mit aller Härte anzuklagen. Denn erst dann kann er den überfallartigen, übertriebenen Einsatz seiner *esquadra* im Haus am Ende der Sackgasse, im Haus einer einflussreichen Dame begründen.

Das ist es. Das ist der Status quo. Das ist der Anstoß für die Fragen nach Pass und Beziehung zur Catarina Amarado.

Meine Chance hat leider wieder nur einen einzigen Namen. Ich muss schon wieder auf Magdalena setzen. Sie glaubt an mich. So wird jetzt nur eine einzige Aussage erste Vorteile bringen. Ich werde enthüllen, dass der Pass im Haus der Amarados ist. Durchsuchen werden sie die Hütte nicht so ohne weiteres. Es birgt die Gefahr, dass da doch eine engere Beziehung besteht. Ich muss jetzt sprechen. Sofort. Doch ich zögere. Der kleine, fette Comissario kommt mir zuvor.

»Und dann ist da noch etwas, was wir gerne hätten«, sagt er. »Eine kleine, digitale Filmkassette.«

* * *

Drei Tage später passierte es. Zum ersten Mal hatten wir vier ernsthaft diskutiert. Hatten das Thema Bligh und die Meuterei wieder aufgenommen, wobei ich in die Rolle des Fletcher Christian geschlüpft war und die Fehler von Bligh – und damit auch indirekt von unserem Admiral – aufzählte. Da rastete Karl-Maria aus.

»Ich will euch jetzt mal zeigen, wer hier der Ekel an Bord ist. Und ich zeige euch, welcher infamen Sabotagen und heimtückischen Taktiken sich ein dummer Rädelsführer bedient.«

Mein Körper erstarrte erst zur Salzsäure, dann sprang ich hoch. Die Hände nahmen eine Stellung ein, die jederzeit zupacken und würgen konnten. Der Skipper hielt plötzlich feixend mein Tagebuch hoch, wedelte seiner fiesen Visage Luft zu. Ich hielt inne, verkrampfte die Muskulatur an den Sprunggelenken. Im Flug zogen mich William und Erik zurück.

»Zu feige, deinen Kameraden reinen Wein einzuschenken«, lachte der Admiral.

Die Mannschaft hatte mich eingeklemmt. William war sichtlich überfordert, Rad und Handgelenk gleichzeitig zu halten. Genüsslich blätterte der Skipper derweil die Seiten, hob immer wieder mit einem Jauchzen die Brauen. Er kannte den Inhalt jeder Zeile.

Dann stellte er sich plötzlich steif, hielt das Heftchen seitlich und begann konsequent: »Ich lese einen Eintrag vom 17. Tag. Das war immerhin vor elf Tagen. Da heißt es: Ist die Grenze zum Wahnsinn schon deutlich überschritten, wenn ich diesem kleinen, dünnen Heftchen, was ich schlicht Tagebuch nenne, die ersten Liebeserklärungen mache? Bin ich noch zu retten, wenn ich erstmals überlege, ob die Meuterei eine sinnvolle Lösung meiner Probleme darstellen könnte? Und während ich schreibe, streichen wieder Minuten vorüber: kostbarste Zeit, in der ich mit Erik oder William sprechen könnte. Ich schäme mich.«

Ich wollte reagieren, doch ich sollte erst noch tiefer fallen.

Schnell hatte der Admiral eine Hand gehoben, mit der anderen das Heft weggelegt. Nun nutzte er das untere Steckschott wie die Bühne eines Kasperletheaters. Langsam, ganz langsam tauchte ein Zettel auf. Ich sah nur die Rückseite, erkannte aber sofort das Papier. Es war einer der vielen Briefe, die ich in größter Verzweiflung an Susan geschrieben hatte. Auch diese Seite hielt der Admiral nun seitlich und fuhr fort: »Ein Brief an die Geliebte zu Hause. Dieser stammt übrigens vom zehnten Tag unserer Reise. Also noch eine Woche vorher. Und in dem heißt es, ich nehme jetzt nur mal so wahllos einige Sätze: Noch nie warst du mir so nah. Im Schatten der neuseeländischen Ostküste schlagen meine Gefühle Kapriolen. Die Angst zu versagen wächst von Minute zu Minute. Selbstdisziplin war noch nie meine Stärke. So gefordert wie nun, war sie noch nie. Und ich verfluche dich, weil du mich hast gehen lassen. Aber ich verspreche, schneller wiederzukommen.«

Er zerknüllte das Papier und schmiss es hinter sich.

»Habt ihr das verstanden? Am zehnten Tag verspricht er, schneller wiederzukommen. Schneller wiederzukommen. Das sagt doch wohl alles.«

Der Druck zweier Hände auf meine Unterarme, die mich somit zwangen, ruhig zu bleiben, sagte ebenfalls viel aus.

Ich hatte zwei neue Freunde.

* * *

SEHR GEEHRTE HERREN DES SEEAMTSGERICHTS, *seitenweise noch könnte ich die Grausamkeiten des Skippers aufzählen, doch lieber ist es mir, ihn hiermit offiziell anzuklagen. Begangen hat er in meinen sicherlich laienhaft juristischen Augen Diebstahl und Erpressung, schwere Körperverletzung und Betrug, Misshandlung von Abhängigen und Anstiftung zur Mithilfe zum Totschlag. Er hat ohne Rechtfertigungsgrund den persönlichen Lebensbereich seiner Mitmenschen grob verletzt, beleidigt und sogar durch seine Schiffsführung gemeingefährliche Straftaten begangen. Er hat den ersten Paragraphen unseres Grundgesetzes mit Füßen getreten. Er hat versucht, einen Menschen umzubringen. Ich habe es gesehen.*

Und ich wollte nicht länger Gehilfe und menschliches Werkzeug für ihn sein. Doch oft war ich zu schwach. Dennoch habe ich mir geschworen, nicht nur meine Menschenwürde und mein Recht auf Leben und körperliche Unversehrtheit zu verteidigen, sondern auch das meiner Kameraden, besonders dessen, der aufgrund seines körperlichen Gebrechens zum Selbstschutz nicht mehr dazu in der Lage war. Und damit der neue Skipper dies wusste, hatte ich es auf einen Zettel geschrieben und diesen auf meiner Koje deponiert, meinen einstigen Freund dieses eine Mal bewusst zum Lesen meiner innersten Gefühle aufgefordert. Ich hatte geschrieben: »Karl, seit dem Moment, wo du versucht hast, William über Bord gehen zu lassen, kehre auch ich dir nie wieder den Rücken zu. Aber wende auch du dich nie wieder ab. Jetzt bist du allein.«

Exodus

Sie zu achten und zu schützen
ist Verpflichtung aller staatlichen Gewalt.

GG ART. 1, ABS. 1, S. 2

Nur ein verrosteter Stockanker und ein alter Autoreifen, in den die Metall-Plakette einer örtlichen Brauerei geklemmt war, gaben einen kleinen Hinweis auf das, was sich allabendlich hinter der Tür an männlichen Unsittlichkeiten verbarg. An der Fassade klafften nur noch an wenigen Stellen Spuren eines Schriftzuges. Der Name der Kneipe war mit dem Putz schon lange abgeblättert. Den Wirt hatte es nie interessiert. Hier, in diese schmale Gasse am Ende des vierten Docks, verlief sich ohnehin niemand. Und Unbekannte waren auch nicht willkommen.

Vor wenigen Jahren hatte ein Touristenführer ohne Erlaubnis auf diesen letzten Winkel maritimen Urgesteins hingewiesen, doch schon sehr schnell waren die gaffenden Stadtbesucher vergrault worden. Der Wirt, dessen Name *Moses* an seine Vergangenheit als Schiffsjunge erinnerte, hatte nicht viel dazu beitragen müssen. Die Gäste hatten spontan eine Initiative gebildet und schnell mit Beleidigungen und kleineren Handgreiflichkeiten die Ruhe wiederhergestellt. Schon die darauf folgende Ausgabe des Touristen-Ratgebers hatte auf einen weiteren Hinweis verzichtet.

Die Einrichtung des schummerigen Lokals bestand eigentlich nur aus Tauwerk, Messing und massivem, dunklem Holz in allen Variationen. Gehobelte, mehrfach lackierte Flächen bildeten eine breite Theke. In unterschiedlichen Abständen waren tiefe Rillen eingefräst, um übergeschwappte Bierlachen abfließen zu lassen. Die Dekoration erinnerte an die gute, alte Zeit. Die hintere Wand zierten Originalzeichnungen aus den 20er-Jahren. Es waren schemenhaft skizzierte Anweisungen über das richtige Aufbringen einer Untermarsrah, das Aufriggen einer Spiere als

Notmast und das Aussetzen eines Bootes mit Rahtakel. Auf der gegenüberliegenden Seite war im Laufe der Jahre eine wohl einmalige Platting-Galerie entstanden. Die aus einem oder mehreren Garnen geflochtene Platting dienten einst zum Schutz gegen das Schamfilen oder zum Nähen von Matten. Hinter einer vierfach geschorenen Talje und einem lieblos darüber geworfenen Fischernetz zeigte eine Uhr in mattem Messinggehäuse leichte Zuckungen. Der Sekundenzeiger versuchte verzweifelt über die Neuner-Markierung zu schießen. Immer wieder nahm er von unten geduldig einen Anlauf, doch kurz bevor der Zeiger die horizontale Stellung erreichte, sackte er auf die Sechs zurück. Zu späterer Stunde nutzten Lotsen, Kapitäne und Matrosen das 15-Sekunden-Maß für lustige Bierspielchen. Allabendlich trafen sie sich bis zur Besinnungslosigkeit. Es war ein illustrer Kreis der besten Geschichtenerzähler. Auch wenn meist die gleichen übertriebenen Halbwahrheiten ertönten, wurden sie Abend für Abend ausgeschmückter vorgetragen.

Ole Harder setzte zum dritten Gedeck an. Zwei Korn und zwei Bier hatte er schon geschluckt. Mit seinem rechten Mittelfinger, dem das Endglied fehlte, wischte er sich gemächlich den Schaum aus dem hellgrauen Vollbart. Vor wenigen Sekunden waren fünf Glasen durch die Kneipe geschallt. Moses hatte das pünktliche Glockenschlagen eingeführt, um die seemännische Tradition nicht sterben zu lassen. Er war der letzte wachhabende Rudergänger, auch wenn er diese Position nie bekleidet hatte. Fast auf die Sekunde genau schlug er immer die Glocke. Hinterm Tresen hing eine Kopie der Original-Wachtafel von der *Priwall*. Für jede volle Stunde der Wache wurde die Glocke zweimal geschlagen, immer zwei auf zwei. Für jede halbe Stunde ertönte ein zusätzlicher Schlag am Ende. Bei acht Glasen war die Vier-Stunden-Wache zu Ende.

Da das erste Gedeck an diesem überraschend warmen Septembertag in der Zeit der ersten Abendwache serviert worden war, musste es kurz nach halb drei sein. Harder setzte das große Glas erneut an. Das Öffnen der Eingangstür, das plötzlich einen breiten Lichtstrahl ins Dunkle stieß, störte ihn nicht. Fünf Schlucke benötigte er für das Bier. Einen kleinen für den Korn.

Der schlanke Mann, der die *Freiwache* betrat, erzeugte ein kurzes Aufraunen. Er war schlank, trug ein blaues Jackett, ein blasses, beigefarbenes Hemd mit roter Krawatte. Die graue Hose machte das kunterbunte Kostüm perfekt. Viele große, rote Flecken garnierten sein Gesicht. Hastig ließ er sich auf den Hocker neben Harder fallen.

»Das Ambiente passt ja bestens«, sagte er ironisch und winkte Moses zu. Der Wirt schaute schnell weg.

Harder guckte nur kurz auf, starrte dann weiter auf sein leeres Bierglas, verfolgte, wie der letzte Schaum in Streifen hinunter rann. Dann zuckte er mit dem verkürzten Mittelfinger, nickte dabei, und Moses holte die Kornflasche aus dem Kühler.

»Es ist eine Entscheidung getroffen worden«, sprach das gefleckte Gesicht aufgeregt. »Was heißt Entscheidung, wir haben keine andere Wahl. Die Akte hat schon viel zu weite Kreise gezogen. Gibt's hier eigentlich auch Kaffee?«

Moses brachte Korn, Bier, und ging.

»Akte«, fragte Harder und rempelte seinen Nachbarn leicht an. »Was für eine Akte? Dieses Pamphlet nennst du Akte? Das ist ein Haufen geistesgestörter Paranoiker. Da braucht ihr keinen Kriminologen. Da braucht ihr einen Psychiater. Was willst du?«

»Kaffee. Was ist das hier?«, wurde der Hagere nun laut.

Moses schlich an, lehnte sich mit seinem 72-jährigen Körper auf den Tresen gestützt weit hinüber und lächelte breit.

»Was wünschen der Herr denn?«

»Kaffee«, kam der Wunsch gehässig, um fortzufahren: »Harder, ich weiß nicht, was du hast. Du solltest mir dankbar sein, dass du mal wieder hier rauskommst.«

»Es ist trotzdem kein Fall.«

»Jetzt schon. Das Seeamt hat uns jetzt ganz offiziell um Hilfe gebeten. Das Schiff ist hier im Seeschiffsregister gemeldet, es fährt unter Bundesflagge, der Inhaber hat ein deutsches Patent. Und es sind drei Menschen verschollen.«

Blitzschnell sprang er mit dem Barhocker zurück. Der greise Wirt hatte die Tasse nicht abgestellt, sondern vielmehr fallen lassen. Der Kaffee füllte den Untersetzer. Einige Tropfen säumten den Thekenrand.

»Das war doch Absicht«, murrte es zwischen den Gesichtsflecken.

»Komm, Harder«, beruhigte er sich aber schnell, schlug dem Nachbarn nun freundschaftlich auf die Schulter, »wir sind zuständig.«

»Warum, es liegt kein Unfall vor. Von einer Straftat wissen wir nichts. Es liegt nicht einmal eine Anzeige vor.«

»Doch, liegt sie. Die Hamburger haben uns mitgeteilt, dass Susan Karnath, die Ex von Brackmann, eine Vermisstenanzeige gestellt hat. Das BKA hat aus Brasilien erfahren ...«

»Wieso BKA?«, unterbrach Harder.

»Nun, das Seeamt hat, vielleicht ein bisschen überstürzt, auch Wiesbaden um Auskunft gebeten. Auf jeden Fall gab es schon eine Rückmeldung. Die *Albatros* liegt seit acht Wochen in Natal vor Anker. Der Skipper ist allein an Bord. Auch Erik Schlaback ist nicht mehr dabei. Die Papiere sind alle in Ordnung. Ein Anruf bei Schlabacks Mutter in Rostock hat ergeben, dass sie seit drei Monaten nichts mehr von ihm gehört hat. Aber sie sagt, so kennt sie ihn.«

»Na, bitte, dann ist doch alles in Ordnung. Und wenn nicht, dann ist Wiesbaden oder Hamburg zuständig.«

»Die Staatsanwaltschaft hat uns den Fall schon übertragen.«

»Warum?«

»Weil dein Freund Mertens sich daran erinnert hat, dass du ein passionierter Windjammer-Experte und Schifffahrt-Historiker bist, dass du perfekt portugiesisch und englisch sprichst, weil das Schiff bei uns ..., ja, das weißt du ja schon, und weil ...«

Er zögerte.

»Weil was?«, setzte Harder nach.

»Weil der Staatsanwaltschaft Hamburg nicht genug Anhaltspunkte vorliegen, um ein Ermittlungsverfahren zu eröffnen.«

»Na, prima, und da haben wir uns wieder vorgepfuscht, als Erste den Finger gehoben«, dabei streckte Harder nun symbolisch sein verkürztes Glied in die Höhe, »und fröhlich gerufen, wir machen es aber. Das ist doch absoluter Humbug.«

Wieder störte ein Lichtstrahl plötzlich die Dunkelheit. Doch diesmal gewann er nur langsam an Breite. Ganz vorsichtig wurde die Eingangstür geöffnet. Absolute Ruhe herrschte in der *Freiwache*. Ein zierlicher Schopf lugte allmählich durch den Türspalt. Ein erstes Grölen war aus der hinteren Ecke schnell zu vernehmen.

»Tu mir einen Gefallen, reiß dich jetzt zusammen«, bat der Hagere schnell, schaute auf seine goldene Armbanduhr, winkte dann Richtung Tür.

Eine junge Frau mit äußerst weiblichen Rundungen strahlte über das ganze Gesicht. Ihre blonden Haare hatte sie zu einem Dutt gesteckt. Der oberste Knopf ihrer rosafarbenen Bluse war geschlossen. Der Kragen saß daher etwas zu eng. Dafür schlackerten die Jeans in den Hüften. Zielstrebig schoss sie auf Ole Harder zu.

»Du solltest dein Büro öfter hierhin verlegen«, flüsterte Moses.

»Draußen steht nirgendwo *Freiwache* dran. Ich bin etwas zu früh. Ich hoffe, das macht nichts, Herr Siegberg. Ich kann mich auch noch etwas hier an den Tisch setzen. Das ist ja eine sehr urige Pinte.«

Harder widmete sich zügig seinem Bier. Er schämte sich für diese laute Vorstellung ein wenig vor den anderen, obwohl er das Mädchen nicht einmal kannte. Er hatte Siegberg in die *Freiwache* bestellt. Der Chef hatte auf ein Treffen außerhalb der Behörde Wert gelegt. Im Bremer Büro hätten sie keine zehn Minuten ohne Störung reden können. Denn Heiner Siegberg war als Leiter der Wasserschutzpolizei völlig überlastet. Die bunte Zusammenstellung seiner Kleidungsstücke war Zeichen seines Stresses. Kenner konnten an der Farbenvielfalt seine Verfassung erkennen. Je schriller Hemd, Jackett und Hose gegeneinander stachen, je unstillbarer waren seine Strapazen.

Vor zwei Wochen hatte der steife Bürokrat ihm die Akte einfach hingeworfen. 250 Seiten war sie dick. Der Psychothriller war ohne Abschluss gewesen, hatte viele offene Fragen aufgeworfen.

Der ellenlange Brief an die ›Herren Kapitäne des Seeamtsgerichts‹ war aber auch in Kopie dem Polizeipräsidenten zugesteckt worden. Wilhelm Mertens war ein politischer Beamter. Und politisch war auch diese Entscheidung. Ole Harder ahnte es.

Das Seeamt Bremerhaven musste sich profilieren. Zwar waren die Überlegungen des Bundesverkehrsministeriums, das Seeamt in die Hamburger Zentralstelle für Seeunfälle zu integrieren, längst vom Tisch. Doch den Fall *Albatros* wollte man ordentlich ausschlachten. Er drängte sich geradezu auf, um die perfekte Zusammenarbeit zwischen der neu strukturierten Polizei Bremen und dem Bremerhavener Seeamt zu dokumentieren.

»*Bom dia, Senhor Harder! Como está?*«

Mit Schwung streckte Pia Brandt ihre Hand aus. Der alte Mann mit dem dichten, hellgrauen Haar und dem gepflegten, hellgrauen Bart konnte nur Ole Harder sein. Sie hatte sich gefreut, diesen Kapitän endlich kennen zu lernen. Heiner Siegberg hatte ihr schon am frühen Morgen im Polizeipräsidium viel von dem Kollegen verraten, der in Bremerhaven eine prominente Charaktergestalt war. Harder konnte sich seit Jahren rühmen, dienstältester Wasserschutzpolizist zu sein. Sie hatte gehört, dass er als strenger Inspektor galt, dass er aber auch so seine uncharmanten Eigenarten besaß. Pia Brandt erfuhr nun eine davon. Mit glasigen Augen schaute der Erste Hauptkommissar sie an, ohne auf die Begrüßung zu reagieren.

»Sie ist etwas früh«, stammelte Siegberg plötzlich und sprang vom Hocker. »Darf ich vorstellen. Ole Harder. Pia Brandt …«, Siegberg machte eine längere Pause, fügte dann ganz leise hinzu, »vom BKA.«

»Was ist das denn jetzt wieder für eine Scheiße?«

»Harder, ich habe dich um was gebeten.«

Pia Brandt trat einen Schritt zurück, schaute sich verlegen um. »Vielleicht sollte ich Sie wirklich noch für einen Moment allein lassen«, sagte sie ruhig, aber bestimmt. Es hatte den Anschein, als sei der Kollege auf sie nicht vorbereitet worden. Sie wies auf einen Tisch, der versteckt hinter einem riesigen Steuerrad stand. Doch Siegberg hielt plötzlich ihren Unterarm.

»Nein, Frau Brandt, bleiben Sie ruhig hier.«

Der Greis hinter der Theke brachte eine zweite Tasse Kaffee, die er diesmal behutsam abstellte. Den Mann in der Mitte würdigte er dabei keines Blickes. Für Moses hatte der schlaksige Kerl seinen Stammgast um verdienten Ruhm und angemessene Ehre gebracht. Harder hatte zwar immer wieder beteuert, dass er um kein Geld der Welt die Leitung der Wasserschutzpolizei übernommen hätte, doch für den Wirt sollte Siegberg für alle Zeiten ein verräterischer Judas bleiben.

»Pia Brandt ist uns vom BKA zugeteilt worden. Sie hat bereits eine Woche an dem Fall gearbeitet. Harder, hör dir das wenigstens an! Dann kannst du immer noch ablehnen. Aber hör es dir an!«

»Wie alt sind Sie?«

»Harder, das ist hier nicht das Thema.«

»Wie alt sind Sie?«

»29 Jahre, Herr Harder«, kam sie Siegberg zuvor, »erst 29, nicht 61. Ich bin seit einem Jahr Polizeirätin, habe Psychologie und Kriminologie an der Ruhruniversität in Bochum studiert, und ich werde mit Ihnen oder ohne Sie nach Brasilien fliegen.«

Der Wirt riss als Erster seine alten Augen auf. Siegberg schüttelte nur krampfhaft den Kopf. Es war Zeichen seiner puren Verlegenheit. Als Akademikerin und Quereinsteigerin hatte sie mit einem Dienstjahr einen höheren Rang, als Harder ihn jemals kriegen würde. Was zunächst einmal nichts bedeutete. Doch hier knallten zwei Wesen aufeinander, die nichts gemein hatten. Sie war jung, hatte hinter ihrem Dienstgrad ein dickes ›z.A.‹ stehen, was ›zur Anstellung‹ bedeutete. Sie musste sich profilieren, war wahrscheinlich zum ersten Mal vom Schreibtisch weg. ›Sich mal den Wind um die Nase wehen lassen‹, nannten das die alten Hasen, zu denen ohne Zweifel der erfahrene Harder zählte.

Der lächelte sie jetzt nur an.

Pia Brandt griff nach einer mattschwarzen Aktentasche, nahm den Kaffee mit zwei Fingern und deutete auf einen Platz hinter dem gewaltigen Steuerrad.

»Wir sollten uns setzen«, sprach sie charmant.

»Eine sehr gute Idee«, zischte Siegberg Harder zu. Der hob nur die Schultern, schaute verzweifelt Moses an und folgte.

»Ich nehme an, dass Sie sich auch mehrfach durch das Werk arbeiten mussten. Beim ersten Mal liest man es ja wie einen spannenden Roman. Aber erst beim zweiten oder dritten Mal erkennt man die feinen, für uns wichtigen Hinweise«, begann sie und hob ihren Kopf, als Harder verneinen wollte. »Wenn Charly Brackmann es als Anklageschrift aufgesetzt haben sollte, ich betone hier bewusst ›sollte‹, dann hätte er eine ganze Menge deutlicher hervorheben müssen.«

Fasziniert lauschte Heiner Siegberg der jungen Wiesbadener Kollegin. Nur kurz unterbrach er sein Dauerlächeln, um Harder zur Aufmerksamkeit zu mahnen. Er hatte beobachtet, wie Ole sich an dem dicken Tampen zu schaffen machte, der um den runden Tisch wie eine Art Rumpfschutzleiste angebracht war.

»Herr Harder, ich beginne einfach mal mit der Tatsache, dass das BKA dankbar ist, dass Ihre Staatsanwaltschaft ein Ermittlungsverfahren eröffnet hat. Ich hatte Herrn Siegberg das schon heute Morgen gesagt. Die *Albatros* liegt seit zwei Monaten im Rio Potengi. Karl-Maria Kleinjohann ist allein an Bord, wartet wohl auf irgendein Ersatzteil. Sowohl von Charly Brackmann, Erik Schlaback als auch von dem Australier fehlt jede Spur. Die Polizeidirektion Florianopolis hat ein kurzes Antwortfax geschickt, dass ein Charly Brackmann in der *esquadra* Porto Belo nicht bekannt ist. Ansonsten haben wir nur noch eine Mitteilung aus Montevideo erhalten. Der Geschäfts … Herr Kollege, ich wäre Ihnen sehr dankbar, wenn Sie jetzt nicht rauchen würden.«

Harder wusste nicht, worüber er mehr entsetzt sein sollte. Über die Bitte, auf die Pfeife zu verzichten, oder diese Unverschämtheit, so salopp als Kollege bezichtigt zu werden. Und was bildete sich dieses Mädchen überhaupt ein, im Namen des BKA zu sprechen? Er schaute auf den verschmitzt grinsenden Chef, der wie ein Kind verlegen an der Spitze seiner hässlichen Krawatte spielte. Harder hob provokant die Pfeife.

»Ole, ich bitte dich.«

Pia wartete steif, bis die Pfeife wieder ruhte.

»Der Geschäftsführer der deutschen Industrie- und Handelskammer in Uruguay konnte sich sehr gut an die *Albatros* erinnern. Eine Sherry-Flasche steht sogar in einer Vitrine im Foyer. Und er weiß ganz genau, dass sie nur zu dritt waren. Einschließlich Skipper.«

Harder beobachtete Pia Brandt nun genau. Er verfolgte jeden Ausdruck ihres Gesichtes, kontrollierte jede Bewegung der Lippen. Sie formten sich bestimmt, viel zu selbstsicher, mit einer guten Portion Arroganz. Der Dutt verriet die konservative Weltanschauung, die unlackierten Fingernägel zeugten von einem Schuss demonstrativer Emanzipationsgier. Sie sollte zumindest einen Knopf aufmachen, dachte er. Atmete sie ein, presste sich die doch sehr straffe Haut des Halses über den Kragen.

»Was soll das alles?«, fragte er nun und winkte Moses zu. »Was soll das alles? Da sind vier Möchtegern-Abenteurer, die meinten, mal so eben Kap Hoorn umsegeln zu müssen. Ich will Ihnen mal was sagen, Sie Landratte. Die haben nichts anderes als ihre gerechte Strafe bekommen. Jedes Jahr fischen wir Hunderte von Hobbyseglern aus der Nordsee, die sich überschätzt haben. Wir, und vor allem die Freunde von der Deutschen Gesellschaft, sind diejenigen, die Tag für Tag ihr Leben riskieren und diese Idioten wieder rausfischen. Und die absolut unvorstellbare Farce an dieser Geschichte ist auch noch, dass dieser Brackmann und dieser Kleinjohann daherkommen und mit dieser Schwachsinnsreise auch noch dokumentieren wollen, wie notwendig das Bewusstsein für traditionelle Seemannschaft ist. Das ist doch lächerlich. Absolut lächerlich.«

Harder griff nun zu Pfeife und Streichhölzern, reagierte sofort auf das kurze Aufbäumen gegenüber: »Das ist eine Kneipe und hier wird geraucht.«

Dann zündelte er das Hölzchen, paffte fünfmal, ohne aufzublicken, legte den Stopfer behutsam neben das gefüllte Bierglas, das Moses mit einem kleinen Korn schleppend gebracht hatte, und wischte sich schließlich mit dem Ärmel seines klassischen Takelhemdes über die Stirn.

»Keiner von denen hat eine Entschuldigung. Keiner. Der Skipper ist ein Wahnsinniger. Da brauche ich ja wohl kein Wort mehr drüber verlieren. Der Brackmann hatte drei Wochen Zeit zu erkennen, dass er von vorne bis hinten verarscht wird. Ja, natürlich, er hat es geahnt, hat gezweifelt, hat sich ja auch seitenlang über seine Sorgen und Ängste ausgelassen. Aber am Ende ist der Idiot doch an Bord gegangen. Und die anderen beiden? Der Australier würde wahrscheinlich nicht mal die Weser heil runterkommen. Der könnte vielleicht bei wenig Wind auf der Außenalster segeln. Und der Schlaback, der ist für mich der absolute Hit. Wie kann man nur auf einem Schiff anheuern, auf dem ich nicht einen Einzigen kenne? Das ist für mich absolut unverständlich. Und wir fangen jetzt auch noch an, die zu suchen. Das könnt ihr allein machen. Ohne mich.«

Ein Tiefdruckgebiet mit einem Kern von 965 Hektopascal über dem Golf von St. Malo beherrschte auch das Wetter der Wesermündung. Die Isobaren auf der Wetterkarte waren eng gezeichnet. Die Okkulsionsfront zog einen schlanken Bogen von London über Paris bis Montpellier. Der ›Olle‹ Harder wusste, dass die Verbindung zur anschließenden Kaltfront bald brechen würde. Ebenso war er sicher, dass die Meteorologen sich mit einer Vorhersage von sechs Windstärken aus ostsüdöstlicher Richtung verschätzt hatten. Die kurzen, steilen Riefen auf der unteren Weser kündigten an, dass er Recht bekommen sollte.

Seit Stunden stand er am Fenster und blickte aufs Wasser. Nur ganz wenige Kümos passierten das alte, frei stehende Haus am Dedesdorfer Ufer. Die großen Containerschiffe waren in den letzten Jahren ohnehin rarer geworden. Die Bremerhavener Überseehäfen lagen im Norden. Ein modernes Umschlage-Konzept hatte Farge, Blumenthal und Vegesack viel Kundschaft geraubt. Zurzeit führte das Flussbett ablaufendes Wasser. Das rote Positionslicht eines Binnenschiffes quälte sich mühsam Meter für Meter in der Dunkelheit vor. Harder kannte das Gefühl, nicht vorwärts zu kommen.

Der Fernseher war auf Nord 3 geschaltet. Seemannslieder füllten auch die letzten Winkel des kleinen Dachappartements taktvoll. Der Erste Hauptkommissar der Bremerhavener Wasserschutzpolizei liebte die Stimme der Moderatorin, doch sehen mochte er sie nicht. Sie war ihm viel zu dürr, hatte kaum Busen und auch die nordisch blonden Haare empfand er zu strähnig.

Es war fast halb neun. Bald würde man ein Glas der ersten Wache schlagen. Da klopfte es an der Wohnungstür.

Harder schlürfte durch die Diele, schob unbewusst die Vorhängekette ins Scharnier, öffnete die Pforte nur einen kleinen Spalt.

»Die Tür unten war offen. Ihre Klingel ist kaputt.«

»Verschwinden Sie«, schrie er durch den Spalt.

Mit einem Schlag rastete die Tür ins Schloss.

Harder wartete in halb gebückter Stellung, wie ein Raubtier vor dem entscheidenden Sprung. Ganz bedacht atmete er ein und aus. Er kniff die Augenlider zu, um sich vollkommen auf das Gehör zu konzentrieren. Er glaubte, das Knarren der Holzdielen im Treppenhaus zu erkennen. Doch er war sich nicht sicher. Es blieb jetzt still. Verstohlen rückte er auf Zehenspitzen, so gut es ging, an die Tür, presste nun stark sein rechtes, sein besseres Ohr an die Furniere. Schließlich öffnete er neugierig wieder die Tür.

Sie saß mit dem Rücken zu ihm auf dem obersten Treppenabsatz. Ein mit roten Platting geflochtener, durch polierte Messingstangen gehaltener Läufer deckte die Stufen bis zur nächsten Empore. Das Treppenhaus war kalt. Einzig und allein zwei kleine Leuchttürme aus Ton, die lieblos an die Wand genagelt worden waren, durchbrachen die Öde. Ihr war das zweite Öffnen der Tür nicht entgangen, doch sie drehte sich nicht um. Sie wollte ihn nur zu einer Frage zwingen. Die Antwort würde sie näher bringen.

»Verschwinden Sie! Was wollen Sie eigentlich hier?«

Das war die Einladung des störrischen, alten Knaben zum Gespräch, gegen das er sich von nun an nicht mehr wird wehren können. Insgeheim triumphierte sie, dass er jetzt verloren hatte. Es gab ihr Genugtuung.

»Wissen Sie, Harder, Ihr Ruf eilt Ihnen voraus. Immerhin bis nach Wiesbaden. Ich habe immer gedacht, das kann nicht sein, aber Sie verstehen es, einen sehr schnell zu überzeugen. Ich bin eigentlich auch nur gekommen, um mich zu entschuldigen. Und ich dachte, Sie könnten mir noch eine Frage beantworten.«

Immer noch kehrte sie ihm den schlanken Rücken zu. Er sah jedoch nur ein dickes, kleines Mädchen. Der Saum der viel zu langen Daunenjacke lag auf dem Läufer, ließ sie richtig fett wirken. Ihre Haare waren nun zu einem Pferdeschwanz geformt, dessen oberer Bereich aufwändig wie streng geflochten war. Die beiden Teile waren durch eine breite Emaillespange getrennt.

»Hat Sie Siegberg geschickt?«

»Nein.«

Ein Schmunzeln in der einsilbigen Antwort war nicht zu übersehen.

»Herr Siegberg hat mir schon ihren Kollegen Schröder vorgestellt. Ich bin mir sicher, wir werden ein gutes Team sein.«

»Ihr glaubt doch nicht, dass ich auf so einen miesen Trick reinfalle«, schallte sein Lachen durch den Treppenflur. Das hohe Gewölbe des Altbaus verlieh dem Ausbruch einen fast sakralen Hall, »Schröder ist ein Schleimscheißer.«

»Wir nennen es galant.«

»Er spricht kein Wort portugiesisch.«

»Aber er ist jung und durchtrainiert.«

»Sagen Sie mal, Sie kleines Biest, was soll das hier? Entschuldigen Sie sich, stellen Sie Ihre Frage und dann verschwinden Sie.«

Jetzt stand sie auf. Die dünne rosafarbene Bluse war einem blau-weißen Jacquardpullover mit fein eingestrickten Ankermotiven gewichen. Darunter trug sie ein weißes Hemd, dessen Kragen, obwohl wieder geschlossen, genug Platz zum Atmen erlaubte. Ihr Gesicht war makellos rein, nur die rötlichen Wangen ließen vermuten, dass sie längere Zeit der Kälte ausgesetzt gewesen war.

Mit der linken Hand hielt sie sich am Rahmen fest, wobei der haltende Daumen schon mit der Spitze in der Wohnung war. Die andere streckte sie ihm nun lächelnd entgegen, nicht mit so überschäumender Hast, so fordernd wie noch am Nachmittag. Eher mit angemessener Bedachtsamkeit.

»Kommen Sie, Harder, ich darf Sie doch jetzt auch Harder nennen, oder? Kommen Sie, schlagen Sie ein. Wir müssen uns ja nicht lieb haben.«

Nun harrte ihre Hand kurz vorm Türspalt in einer einzigartigen Lauerstellung. Sie war nicht zu weit nach vorne gestreckt. Sie verletzte daher keineswegs wie der Daumen arglistig die Privatsphäre. Sie war aber auch noch in einer beachtlichen Entfernung, sodass Harder sie nicht greifen konnte.

Doch die Falle schnappte nicht zu.

»Lassen Sie nur gut sein«, sagte Harder lediglich. Pia Brandt reagierte sofort, ließ die ausgestreckte Hand langsam sinken.

»Und was ist die Frage?«

»Nun, es sind eigentlich zwei«, schaute sie entschuldigend ganz kurz nach unten, formte dann schnell ihre Brauen. Auch die kleinen Furchen auf der Stirn signalisierten nun Ernsthaftigkeit. »Was sind die *furious fifties*? Was ist Kap Hoorn?«

Harders Gesichtszüge folgten ihrer Mimik augenblicklich. Dann ließ er die Muskulatur zusammenbrechen.

»Bitte was?«

»Harder«, gab sie ihm keine Chance, »ich frage ganz aufrichtig. Was sind die *furious fifties*? Was ist Kap Hoorn? Wissen Sie, ich bin in Ihren Augen vielleicht eine kleine, unbedarfte Psycho-Tante. Und ich gehe das Thema sicherlich auch ganz anders an, als Sie es tun würden. Aber geben Sie mir eine Chance. Ich muss verstehen, was *furious fifties* und Kap Hoorn sind, was sie bedeuten.«

Im letzten Moment konnte sie noch den Daumen wegziehen. Rücksichtslos hatte Harder die Tür zugeknallt. Es vergingen einige Sekunden, bis sie das Geräusch der Sicherungskette vernahm, die Tür schließlich langsam, aber dafür erstmals weit geöffnet wurde.

»Kommen Sie rein«, sagte Harder forsch, »aber ziehen Sie vorher die Schuhe aus.«

Akkurat stellte sie die blauen Nubuk-Mokassins unter einen altmodischen Garderobenständer. Die Daunenjacke behielt sie an. Sie wollte die Einladung nicht strapazieren.

Die Wohnung war eine miserabel gestaltete Mischung aus sterilem Schifffahrtsmuseum und rustikaler *Freiwache*. Die Möbel waren wild zusammengestellt. Anrichten, Ablagen und Schränke schmückten hölzerne Reliquien. Meist waren es Blöcke verschiedener Größe und Form. Der mächtigste, ein dreischeibiger Gienblock mit Eisenbeschlag, war fest auf einem klar lackierten Dreieckstisch verankert. Ein Messingschild mit der Aufschrift ›Parma‹ klebte seitlich daneben. Alles war in bräunlichen Tönen gehalten. Die einzigen Farbflecken bildeten die kleinen Buddelschiffchen, die penibel aufgereiht eine billige Regalkombination aus furniertem Sperrholz zierten. Bücher sah sie keine, Pflanzen ebenfalls nicht. Lebendig war hier allein eine schwarze Katze, die eingerollt auf einem Kissen in der Ecke schlummerte. Die Ohren waren gespitzt, die Augen blieben aber geschlossen. Auch als Pia unaufgefordert auf dem Ecksofa neben dem Gienblock Platz nahm und fast darin versank. Es hatte dringend eine Aufpolsterung nötig.

»*Parma*, ein Viermaster der früheren *Flying P-Liner*. Dieser Block war dabei, als Ruben de Cloux 1933 den Rekord im Weizenrennen aufgestellt hat. Er ist nie geschlagen worden. Gerade einmal 83 Tage brauchte die *Parma* von Port Victoria bis Falmouth. Alan Villiers hat die Reise eindrucksvoll dokumentiert. Damals gab es in Öl oder Wachs getränkte Mäntel. Keine Schwerwetteranzüge und wasserdichten Goretex-Handschuhe.«

Harder stellte sich wieder ans Fenster und blickte über die Weser. Neben ihm ruhte auf einem Dreifuß ein Teleskop. An der Wand hingen in simplen Einwegrahmen verschiedene Wetterkarten. An den Ecken hafteten Aufkleber, auf denen verschiedene Daten notiert waren.

»Sie sind ganz schön aufdringlich«, sagte er plötzlich.

»Sie sind ganz schön abweisend.«

»Ich glaube, Fräulein Brandt, ich habe …«

»Bitte, wenn schon, dann Frau Brandt.«

»Sind Sie verheiratet?«

»Nein, aber …«

»Also, Fräulein Brandt, ich glaube ich habe jedes Recht dieser Welt, so zu sein.«

»Nennen Sie mich dann lieber Pia.«

Das Schweigen hielt nur für wenige Sekunden. Dann schnellte der Erste Hauptkommissar herum. Die BKA-Polizeirätin zog blitzschnell die Hand zurück. Ihre Fingerspitzen hatten leicht den Block der *Parma* berührt.

»Pia, erste Regel, pack hier nichts an.«

»Haben Sie Augen auf dem Rücken?«

»Zweite Regel, keine dummen Fragen.«

Es folgte ein gegenseitiges Abtasten, das durch sensible Behutsamkeit der Brandt und kompromisslose Striktheit von Harder bestimmt war. Sie schenkten sich wenig. Das Resultat war zumindest ein wenig gewonnene Achtung vor dem anderen.

Harder hatte ihr schließlich einen Stapel in Klarsichtfolie eingeschweißte Zeitungs- und Magazinberichte zugeworfen, die er aus einer tiefen Kommodenschublade herausgezogen hatte. Dann war er für über 20 Minuten in einem Nebenraum verschwunden gewesen. Pia hatte schnell alle Seiten überflogen, bevor sie eine Auswahl intensiver studierte. Immer noch trug sie die Daunenjacke. Ihr waren weder eine Garderobe noch ein Getränk angeboten worden. Harder hatte sich eine Dose Bier aufgemacht. Mit der stand er nun im Türrahmen und wartete.

»Ist es das, was Brackmann mit Mount Everest beschrieb?«, fragte sie andächtig.

»Nein«, schüttelte Harder den Kopf, »der Bergsteiger sieht den Weg zur Spitze. Er weiß, welche Wand er nehmen muss. Er würde nie und nimmer einen Überhang wählen, wenn er 100 Meter weiter einen angenehmeren Vorsprung sieht.«

»Kleinjohann hat den Überhang gewählt, nicht wahr?«

»Kleinjohann ist ein Geisteskranker. Mir ist absolut schleierhaft, was er erreichen wollte.«

»Einen Weltrekord. Er wollte mit dem kleinsten Rahsegler und einer Fracht ...«

»Das ist doch absoluter Schwachsinn. Ich habe inzwischen mit der *Association Amicale Internationale des Capitaines au long cours Cap Hornier* gesprochen. Kleinjohann hat dort seinen Wahnsinn großkotzig angekündigt. Die AAIC hat ihm sofort geantwortet, dass für eine Aufnahme gar keine Chance besteht. Kleinjohann hat zurückgeschrieben und die Kapitäne aufs Übelste beleidigt.«

»Was ist mit Brackmann?«

»Keine Ahnung. Der ist nicht bekannt. Zumindest nicht bei der AAIC. Bei verschiedenen Wassersport-Redaktionen schon.«

Pia legte die Klarsichtfolien zur Seite. Langsam rieb sie mit zwei Fingern ihre müden Augen. Dann untersuchte sie grundlos die Maschen ihres Pullovers. Sie hatte ihn kurz vor Ladenschluss in einer kleinen Boutique in Blexen gekauft. Die teure Fährüberfahrt zum Westufer sollte sich zumindest gelohnt haben.

»Harder«, sagte sie nun fast liebevoll, sodass der 61-Jährige erschrak, »Harder, warum? Das ergibt alles keinen Sinn.«

Harder ließ sich Zeit. Über die Weser fegte mittlerweile ein strammer Achter aus Ostsüdost. Bäume bogen sich, Zweige brachen ab, Passanten hatten Schwierigkeiten beim Gehen.

»Kleinjohann ist ein klarer Fall für dich.«

»Seit dem Moment, wo du versucht hast, William über Bord gehen zu lassen, kehre auch ich dir nie wieder den Rücken zu. Aber wende auch du dich nie wieder ab«, sagte sie.

»Was soll das?«

»Harder, Sie haben sich bei der AIAC erkundigt …«

»AAIC.«

»Meinetwegen, AAIC. Sie haben bei verschiedenen Redaktionen angerufen. Ich habe vorhin auf Ihrem Schreibtisch eine Seekarte vom Südpazifik gesehen …«

»Du bist hier in der Wohnung rumgeschlichen?«

»Ich habe mir die Beine vertreten. Mir wurde in der Daunenjacke langsam zu warm. Ich habe die Positionsmarkierungen gesehen. Sie haben die Fahrt der *Albatros* ganz genau nachvollzogen. Was ist, Harder, warum hat der Skipper als Einziger nicht Kap Hoorn geschafft? Er ist doch rum. Was ist da zwischenzeitlich passiert? Brackmann und Schlaback fragen sich gemeinsam in Porto Belo, ob William überlebt hat. Warum? Hat Kleinjohann ihn doch über Bord gehen lassen? Ist er so irre geworden, dass selbst Brackmann ihn nur noch als neuen Skipper bezeichnet, weil er mit dem alten nichts mehr zu tun haben will? Was ist auf dieser Filmkassette? Harder, hören Sie mir überhaupt zu?«

Der Kapitän war zurück ans Fenster gegangen. Vom Kissen hatte er sich die aufgewachte, schwarze Katze geschnappt. Sein Blick ruhte wieder auf dem Strom. Pia Brandt stand auf, ging in den Flur und schnappte sich ihre Mokassins. Die Schuhe aus weichem Nubukleder in der Hand haltend, kehrte sie noch einmal zurück ins Wohnzimmer.

»Wissen Sie, Harder, ob jemand stundenlang wortlos aus einer Luke auf die brodelnde See schaut oder jemand stundenlang wortlos aus einer mickrigen Dachgeschosswohnung auf einen Fluss starrt … was macht das schon für einen Unterschied? Lassen Sie die Katze zufrieden und streicheln Sie lieber weiterhin Ihre Blöcke und was sonst noch hier so an Wrackteilen herumliegt. Ich weiß nur eines: Ich bin dankbar. Der Fall *Albatros* ist mit Abstand der spannendste, von dem ich je gehört habe. Sie sind selbst Schuld, wenn … Ach, was soll's.«

Er hörte nur noch die Tür ins Schloss fallen. Als sie die Straße betrat, drehte er sich um und beobachtete das Interview, das eine dürre Moderatorin ohne Busen mit einem Akkordeonspieler in Marine-Caban führte.

Es sind die endlos weiten Dünen, die als Erstes erkennbar waren. Zunächst war es nur ein schmales, weißes Band, das die Landmasse einfasste. Es wirkte, als sei der Kontinent in einen hellen Saum gebettet. Erst als die zweimotorige Maschine Höhe verlor, konnten sich die stärksten Konturen des Küstenstreifens durchsetzen. Später erhielten die hellen Sandberge dunkle Flecken. Sie erinnerten Pia Brandt ein wenig an das Gesicht von Heiner Siegberg. Der ›Olle‹ Harder hätte sicherlich Freude an dem Vergleich gehabt.

Der kleine Jet schwenkte noch einmal kurz auf den Atlantik ab. Aus den Backbord-Fenstern sichtbar lag der Grund für den Umweg. Zu deutlich markierte die knallrote Dünenfärbung die *Barreira do Inferno*. Der Name ›Höllenschranke‹ für die brasilianische Raketenabschussbasis, 20 Kilometer südlich von Natal, erhielt somit doppelte Bedeutung.

Dreimal war der Flug innerhalb einer Woche verschoben worden, einmal gar storniert. Es hatte massive Unstimmigkeiten über die Vorgehensweise gegeben. Während die BKA-Rätin dort beginnen wollte, wo die Geschichte Charly Brackmanns endete, hatte der Partner zunächst auf einen Besuch in Natal gedrängt. Ein Gespräch in der Geschäftsstelle des Bremerhavener Seeamtes hatte schließlich für komplette Verwirrung gesorgt. Ein Jurist, ein Nautiker und ein Ingenieur hatten sich mehr mit einer intern ausgearbeiteten Prioritätenliste beschäftigt. Dass Brandt, Harder, Siegberg und Schröder kein Interesse an Einstufungsdiskussionen gezeigt hatten, hatte die alten Männer wenig gekümmert.

Das Problem des Amtes lag in der akribischen Vorbereitung von Brackmann. Aufgrund der Standerführung einer bekannten Reederei, die vorsichtshalber noch nicht über das Desaster informiert worden war, hätte *Albatros* als Kauffahrteischiff eingestuft werden müssen. Damit hätte die Schonerbrigg aber wiederum die Aufnahmebedingungen der St. Malo-Bruderschaft weitestgehend erfüllt. Ebenso hätten dem Skipper mehr Rechte eingeräumt werden müssen. Beides musste unter allen Umständen verhindert werden. Harder war derjenige gewesen, der der Seeamts-Diskussion nach 20 Minuten ein jähes Ende bereitet hatte. »Ihr könnt den Gestörten und seinen Hobby-Kahn auseinander nehmen, wenn er hier ist«, hatte er grob gesprochen. Dann hatte er die Fakten auf den Tisch geknallt. Pia Brandt hatte lediglich vier Sätze vortragen dürfen, war den Rest der Sitzung mehr als Sekretärin für das Protokoll missbraucht worden. Hatte sie nach ihrem abendlichen Spontanbesuch zu diesem Zeitpunkt bei Harder schon schlechteste Karten gehabt, war sie von den drei Seeamtsvertretern eigentlich gar nicht beachtet worden. Ihre Stippvisite beim Ersten Hauptkommissar der Bremerhavener Wasserschutzpolizei hatte sich rätselhafterweise schnell herumgesprochen. Sie vermutete, dass Schröder getratscht hatte. Ihm hatte sie von Alan Villiers und der *Parma* erzählt, und wie sie zur eigenen Überraschung allein so ein riesiger Gienblock des Viermasters beeindrucken konnte. Schröder musste sich seinen Reim darauf gemacht haben.

Es waren ihre ersten Erfahrungen mit der Arbeit eines Seeamtes gewesen. Zwar hatte sie sich noch in Wiesbaden schnell einen Überblick über das Seeunfalluntersuchungsgesetz verschaffen können, doch so richtig hatte sie die Zuständigkeit nicht begriffen. Die Seeamtsverhandlungen waren keine Gerichte. Über Schuld entscheiden sie nicht. Ihre Entscheidungen konnten auch Straf- oder Zivilgerichte nicht binden. Doch ihre besondere Sachverständigenkompetenz war allgemein hoch geachtet. Die einzigen Sanktionen, die sie verhängen können, ist die Entziehung der Befähigungszeugnisse zum Führen eines Schiffes. Für diesen nicht gerade wesentlichen Einfluss besaßen die Seeamts-Mitglieder jedoch ein enormes Ansehen. Pia hatte sich klug zurückgehalten, hatte nur gestaunt, dass gar Harder nicht allzu selbstherrlich aufgetreten war.

Der Jet setzte zur Landung an. Zweimal verloren die Räder noch den Bodenkontakt, bis die Landung als gelungen bewertet werden konnte. Die Hauptstadt des Bundesstaates Rio Grande do Norte hat nur einen kleinen Flughafen. Die Abfertigung funktionierte zügig. Die Einreiseformalitäten waren schon in São Paulo mehr als übergenau erledigt worden. Es war nötig gewesen, die *autoridades* auf oberster *aeroporto*-Ebene über eine glückliche Ankunft zu unterrichten. Ein junger Kommissarsanwärter des BKA hatte die Behörden-Tortur verursacht. Statt über das nationale IKPO-Zentralbüro Brasiliens zu gehen, hatte er im Übereifer einen Faxverteiler aufgebaut, der selbst den Flughafen in São Paulo mit offiziellen Anfragen bedacht hatte. Seine Entschuldigung hatte folgende Formulierung: »Ich dachte, es sollte über den kleinen Dienstweg gehen.« Den wohl nicht vollständig erklärten Auftrag hatte er von einer BKA-Kollegin entgegengenommen, die sehr kurzfristig aus Bremen angerufen hatte. Heiner Siegberg hatte Pia versprechen müssen, davon keinen Ton gegenüber Harder fallen zu lassen.

Das Hotel im Stadtteil Ribeira trug den verheißungsvollen Namen *Sossego*, was so viel heißt wie ›Zufriedenheit des Gemütes‹. Die aus splitterigen Holzteilen gezimmerte Eingangstür war so eng, dass Koffer einzeln hineingetragen werden mussten. Ein dunkelhäutiger Junge lächelte Pia mit großen, leuchtenden Augen an. Er erfreute sich sichtlich an dem Schauspiel, das die Kriminalistin mit ihren schweren Taschen aus dem Stegreif aufführte. Auf ihrem hellen Teint flossen nun die ersten Schweißperlen. Die Stadt am Rio Potengi konnte zur Mittagszeit mit 35 Grad dienen. Die Schwüle unterstützte die Ausdünstungen. Als Pia endlich die Enge bezwungen hatte, lief der Junge schreiend davon.

»Senhor, Senhor, das Mädchen ist da.«

Jetzt stand sie allein auf braunen, verstaubten Dielenböden. Die Rezeption stellte ein ovaler Stehbiertisch mit aufgenageltem Teppichboden dar. Er grenzte eine kleine Nische ab. Auf dem Boden stapelten sich Papiere und Zeitungen. Obenauf lagen

Bierdosen und Cola-Flaschen. Ein kleines Glöckchen mit einem Faden, der bis zum Grund reichte, dekorierte einsam die Wand.

»Hast du ihm gesagt, dass er nach einem Mädchen Ausschau halten soll?«, fragte Pia, wobei die Betonung klar auf ›Mädchen‹ lag.

Harder stand mit einem breiten Grinsen am schmalen Treppenaufgang. In der einen Hand hielt er seine Pfeife, die andere umfasste eine gläserne Flasche. Als festgelegt worden war, dass er die dreiköpfige Sonderkommission leiten wird, hatte er ihr gesagt, dass nur Arschlöcher ihn siezen würden. Er hatte ihr das ›du‹ nicht konkret angeboten. Doch seitdem sprach sie ihn nur noch mit der vertrauteren Anrede an.

»Danke, dass du mich abgeholt hast. Wäre wirklich nicht nötig gewesen«, sagte sie sarkastisch, als keine Antwort kam. Sie hockte auf einem der Koffer und suchte nach einem Papiertaschentuch. Sie hatte ihre Augen ganz dezent mit Wimperntusche hervorgehoben. Jetzt spürte sie, dass diese gediegene Verschönerung das Gesicht für einen enttäuschten Ausdruck unvorteilhaft machte. Vorsichtig rieb sie den tiefschwarzen Staub ab. Harder passierte die Koffer und trat ins Freie.

Vor dem *Sossego* standen braune Klappstühle aus billigstem Plastik. Der Norddeutsche pflanzte sich nieder und nahm einen tiefen Schluck aus der Flasche.

»Caipirinha«, grinste er, als die Kollegin wütend neben ihm auftauchte, »der Brackmann hatte Recht. Ein wirklich edles Getränk, sehr süffig, sehr erfrischend. Gibt's hier übrigens nur hausgemacht und abgefüllt in alten Flaschen. Keine Ahnung, ob die vorher gesäubert werden.«

»Dir scheint es gut zu gehen.«

»Die *Nossa Senhora da Apresentacao* ist nicht weit von hier. Eine wunderschöne alte Kathedrale. Solltest du dir bei Gelegenheit mal anschauen.«

»Ich wusste nicht, dass du gläubig bist.«

»Ich wusste nicht, dass derjenige, der ins Museum geht, auch malen können muss.«

Wieder nahm er einen tiefen Schluck. Pia fiel auf, dass sein gepflegter Bart leicht gestutzt war. Seine grauen Haare lagen eng auf der Kopfhaut. Die Seiten waren nach hinten gekämmt. Trotz seiner 61 Jahre trug er einen tiefen Seitenscheitel. Viele, tiefe Falten traten aus den Augenwinkeln hervor. Die Wangen wirkten gegerbt. Ole Harder hätte bei einem Berufe-Ratespiel null Chance gehabt. Selbst ohne den Elbsegler, der stets sein Haupt schmückte, hätte kein Kandidat eine erste Frage formuliert, ohne zuvor als allererstes den ›Seemann‹ zu wagen. Harder war der lebendige Abklatsch des immer fluchenden Käpt'n Haddock aus der Comic-Serie *Tim und Struppi*. Genauso schnell erinnerte er an die *IGLO*-Werbung und *Fisherman's Friend*. Er verkörperte das dümmste Klischee eines klassischen Seemanns schlechthin.

»Und was sagt die hiesige *alfandega*?«, wollte sie nun wissen.

»Nichts.«

»Wie, nichts? Die müssen doch die Einklarierungspapiere haben. Warst du überhaupt beim Zollamt?«

»Nein.«

Seine Antworten kamen kurz und bündig.

»Harder, was hast du eigentlich in den letzten zwei Tagen gemacht?«

»Auf dich gewartet.«

»Wie, du willst mir jetzt sagen, dass du nicht beim Zoll, nicht bei der Polizei … Liegt die *Albatros* überhaupt noch hier?«

»Keine Ahnung.«

Er schaute sie nicht an, spielte vielmehr mit der Flasche. Seit Beginn der einseitigen Quizrunde versuchte er das Etikett vom Glas zu knibbeln. Von der Schrift war nur noch ›*de macas*‹ übrig geblieben. Von den darunter gezeichneten Äpfeln fehlten bereits zwei.

»Wir hatten …«, begann sie und wurde jäh unterbrochen.

»Wir hatten gar nichts. Absolut gar nichts. Wir haben lediglich eine Vereinbarung getroffen. Und die halten wir jetzt auch schön ein.«

Pia kam sich vor wie ein kleines Mädchen, das vom Papa getadelt und ermahnt worden war. Harder sprach in aller Überheblichkeit. Sie wusste, dass er sie nie schädigen würde, dass er ihr aber auch nicht vertraute. Sie konnte ihn nur um Zusammenarbeit bitten, aber nie und nimmer zwingen. Die Aufgaben waren von ihm klar verteilt worden. Das war der Spielraum, den sie besaß.

»Okay, ich werde nachher zur *policia* und zur *alfandega* gehen.«

»Morgen, Pia«, sagte er ruhig, auch wenn es eine Anweisung war. »Vielleicht auch übermorgen. Kleinjohann wartet auf ein Ersatzteil für seine Windsteueranlage. Wir haben alle Zeit der Welt.« Er stand auf, zwinkerte ihr mit beiden Augen zu. »Mach dich frisch, mach dich nett zurecht und geh shoppen. Wir sehen uns heute Abend.« Er setzte die Flasche ab, formte aus der abgerissenen Etikettecke zwischen Daumen und Zeigefinger das letzte Knibbelchen und warf es in den Aschenbecher. Dann schnippste er mit den Fingern, zwinkerte ihr lächelnd mit beiden Augen zu und trat ab.

Sie hatte sich nur kurz frisch gemacht. Ein nettes Styling lag ihr fern. Der kleine, braunhäutige Junge war gezwungen worden, die Taschen in die dritte Etage zu schleppen. Jeden seiner Schritte hatte sie überwacht. Den Laptop hatte sie nicht aus der Hand gegeben.

Das Zimmer war schmal. Zwischen einer harten Matratze, die auf ein aufgebocktes Sperrholzbrett gelegt war, und dem Schrank kam sie kaum durch. Sie war schlank, vielleicht an den Hüften etwas zu füllig, musste sich aber dennoch querstellen, um ans Fenster zu gelangen. Der Blick fiel auf die *Cidade Alta*. In der Oberstadt herrschte rege Betriebsamkeit. Autos hupten mehr als sie rollten. Streckte sie den Oberkörper weit über das rostige Geländer, konnte sie durch einen Einschnitt zweier Gebäude den Rio Potengi sehen.

Sie streifte ihren Füßen schwarze Stiefel über und ging zum Spiegel. Er stand auf einem kleinen Säulentisch aus patinierter Kiefer. Die Abdeckungen rechts und links waren wieder aus Sperrholz. Ihr fiel ein, dass Brasilien seinen Namen einem heimischen Baum zu verdanken hat. *Pau brasil* hieß er und die alte Welt hatte ihn aufgrund seines sehr strapazierfähigen Holzes millionenfach gerodet.

Pia blickte in die nur noch schwach reflektierende Glasfläche. Ein kleines Muttermal zierte kurz über der Oberlippe ihren Mundwinkel. Etwas höher hatte die anstrengende Reise Spuren hinterlassen. Vielleicht sollte doch etwas Rouge die müden Augenränder überdecken, dachte sie. Vielleicht war es aber auch nur die Wut, die sich in ihrem Gesicht schon immer schnell zeigte. Was bildete sich dieser Kerl eigentlich ein. Das hohe Alter und die reichhaltige Erfahrung waren zu respektieren, doch es gab ihm keinen Freischein, mit Menschen zu jonglieren. Sie hatte zwei Vollstudiengänge nicht nur absolviert, sondern beide auch mit Bravour abgeschlossen. Sie hatte von der Pike auf den Kriminaldienst gelernt, hatte sich freiwillig durch Fortbildungslehrgänge gequält. Harder, das hatte sie schnell rausgefunden, recherchierte dagegen noch wie zu Zeiten ihrer Großmutter. Er kannte nur das persönliche Gespräch und den Telefonhörer. In seinem Bremerhavener Büro hatte sie ihn erwischt, wie er eine Notiz auf einer mechanischen Schreibmaschine tippte.

Schnell griff sie zu einem hellen Abdeckstift, zerstörte die Zeichen von Wut und Müdigkeit ihrer Augen und verließ das *Sossego*. Sie stiefelte die *Duque de Caxias* hinunter, spähte nur kurz in die bunt beleuchteten Bars hinein. Kinder warfen sich halb vor ihre Füße, um ein paar Dollar zu ergattern. Doch sie hielt ihren Kurs stramm bei. An der *Silva Jardim* bog sie links ab. Von der nächsten Kreuzung hatte sie einen ersten Überblick über den *porto*. Er erstreckte sich über 300 Meter entlang der Uferpromenade. Die Stege waren mit Blumen geschmückt. Drei Zweimaster konnte sie aus der Ferne erkennen. Der Takt der Schritte wurde schneller, immer schneller, plötzlich endete er abrupt. Sie ließ sich auf eine Parkbank fallen. *Albatros* und sie trennten nur ein Steg, 20 Meter Wasser, eine Pier und ein schmaler Fußgängerweg. Die deutsche Flagge wehte am Heck. Der Schiffsname war in weißen Lettern auf einem schwarzen Brett vor den Positionslichtern geschrieben, das zwischen den Wanten des vorderen Mastes klemmte. Im Cockpit sah sie zwei Männer. Der eine trug ein dunkelblaues Polo-Shirt mit einem weißen Schriftzug auf der linken Brustseite. Ihn kannte sie sehr gut. Den anderen kannte sie weniger.

Der Rum war mit Wasser verdünnt. Obenauf schwebten kleinere Eiswürfel. Die Männer lachten, prosteten sich zu, kippten die kleinen Gläser sinnlos in den Rachen und schenkten neu ein. Der eine zeigte mit den Fingern an, dass die Rumportionierung ruhig etwas stärker ausfallen könnte. Der andere ließ sich nicht zweimal bitten und drehte für eine Sekunde die Flasche auf den Kopf. Das Eis wartete in einer kleinen Blechschüssel, die an Bord wohl auch als Suppentasse diente. Die Würfel hatte der Gast aus der nächsten Kneipe besorgt. Der Skipper war dankbar gewesen, schließlich sprach er kein Wort der hiesigen Landessprache.

Wieder stießen sie an. Der Wind wehte aus West. Ihr Lachen schallte bis zur Promenade. Dann kippten sie sich wieder das Rum-Wasser-Gemisch in den Schädel. Karl-Maria Kleinjohann schüttelte sich.

»Das ist echt ein Sauzeug«, sagte er, »aber von Wein, Bier und Caipirinha hat man ja irgendwann die Schnauze gestrichen voll.«

Nun schüttelte sich auch sein Gegenüber.

»Unfall?«, fragte er nach Beruhigung der Gesichtsmuskulatur und schaute auf des Skippers Hand. Eine breite Narbe zog sich vom Ansatz des kleinen Fingers bis zum Handgelenk. Ihre hellrosa Farbe und die letzten kleinen Krusten in der Mitte zeugten von Frische.

»Das bleibt auf einem Schiff ja wohl nicht aus«, lachte der Skipper.

Der Mann mit der Mütze krempelte den linken Ärmel des Hemdes hoch. Der breite Riss am Unterarm musste schon länger verheilt sein. Deutlich waren noch die Einstiche für die Nähte erkennbar.

»Trossenunfall auf 'nem Lotsenschiff«, sagte er, »1981 oder '82. Junger Matrose. Ein Klugscheißer, wie er im Bilderbuch steht. Konnte alles. Aber nur mit dem Maul. Im letzten Moment bin ich dazwischen, sonst hätte es ihm beide Arme abgerissen. Na ja, so ist das. Prost!«

Der Admiral grinste übers gesamte Gesicht. Dabei nickte er zunehmend immer heftiger. Schließlich hob er eine Hand und winkte ab.

»Ole«, sagte er, »da kann ich dir ganz andere Geschichten erzählen. Von Supermännern auf Segelschiffen, die nach Wochen nicht mal imstande waren, die richtige Schot dicht zu ziehen.«

»Tja, so eine Crew, die mal so eben um Kap Hoorn segelt«, lachte Harder, »findet sich auch nicht mehr soeben.«

Ganz unauffällig musste der Erste Hauptkommissar schlucken. Eigentlich wollte er sagen, dass so eine Crew schon eine Seltenheit ist. Sein Satz hätte aber auch bedeuten können, dass Kleinjohann sie nicht gefunden hatte. Gott sei Dank war der Admiral nur mit großer Wissensmacht gesegnet. Und nicht mit Intelligenz.

»So einfach war es auch nicht«, kam denn dann auch die schnelle, erlösende Reaktion.

Harder brauchte kein ausgefeiltes, langjähriges Psychologiestudium. Er verließ sich allein auf seinen klaren Menschenverstand. Und der sagte ihm, dass dieser schmächtige Schiffsführer danach schrie, einem seine Geschichte aufzudrängen. Es war nur noch eine Frage der Zeit.

Gestern Abend war er an die Pier gekommen, hatte sich provokativ mit seinem Elbsegler und den für diese Temperaturen viel zu dicken Marine-Caban seitlich des Vorstags gestellt. Der Reverskragen war unter dem rechten Ohrring postiert. Die goldene Kreole blinkte im Schein der schwachen Steglaternen. Schweigend betrachtete er das Schiff.

Es hatte nur Sekunden gedauert, bis der Skipper eine dürftig gekleidete Brasilianerin vom Schoß gestoßen hatte und aufs Vorschiff geeilt war. Harder hatte nicht lange gezögert. Der Adenauer am achteren Fahnenmast wies offensichtlich auf dieselbe Sprache hin. Erst hatte er mit Bewunderung über die Schönheit des Schiffes beginnen wollen, doch dann hatte er nur gefragt: »Kap Hoorn, Beaglekanal oder Magellanstraße?«

Der Admiral hatte nicht geantwortet, nur mit weit aufgerissenen Augen gestutzt.

»Ihre Persenning trägt das Zeichen eines sehr bekannten Segelmachers aus Australien. Dem Wassergraben fehlt Mittschiffs etwas Farbe. Das Salzwasser muss also lange und heftig von achtern gespült haben«, hatte ihn Harder in drei Sätzen aufgeklärt.

»Kap Hoorn«, hatte Karl-Maria Kleinjohann zunächst nur fasziniert gestammelt, hatte sich dann zweimal stolz wiederholt. »Kap Hoorn. Kap Hoorn.«

Schnell war man bei Dosenbier in der Plicht angekommen, das von der etwas untersetzten Brasilianerin in immer kürzer werdenden Abständen gereicht wurde. Harder erzählte von seiner Weltumsegelung durch die Magellanstraße, von seinen 30 Jahren als Lotse auf der Elbe und im Dollard. Er hatte von seiner erzwungenen Frühpensionierung berichtet, da Lotsen heute Softwarewissen brauchen, auf den bewährten Trompetenstek mit Knebel und den Schweinerücken mit Parten aber kein Wert mehr gelegt wird. Dem Admiral schien das Thema willkommen gewesen. Fröhlich hatte er über eine einzigartige Kap-Hoorn-Umsegelung berichtet, die noch in die Geschichte eingehen wird. »Dann wird dem Trompetenstek und dem Schweinerücken auch wieder Beachtung geschenkt«, hatte er prophezeit. Harder war irgendwann aufgestanden und hatte sich verabschiedet: »Mal gucken. Vielleicht komme ich morgen noch mal vorbei.«

Jetzt lehnte er sich auf der Backskiste weit zurück, kratzte sich auffällig am Kinn, schoss dann nach vorn. »Was heißt so einfach war es nicht? Ihr habt Kap Hoorn geschafft, oder?«

»Gott sei Dank«, stimmte der Admiral leise zu. Langsam drehte Harder den Kopf, sodass sein rechtes, besseres Ohr die Worte aufnehmen konnte. »Gott sei Dank«, wiederholte Kleinjohann, »Gott sei Dank hatte ich diesmal richtiges Glück. Eine perfekte Mannschaft. Bunt zusammengewürfelt, aber perfekt. Ich konnte mich voll auf die Navigation konzentrieren. Die machten das nach ein paar Tagen fast alles selbstständig. Gut, es gab zwischendurch mal so ein paar Reibereien. Da hat der eine dem anderen seinen Fruchtkuchen, den gab's immer zur Nachtwache, weggegessen. Aber sonst … nein, ich hatte diesmal richtiges Glück. Ich habe zweimal, manchmal dreimal am Tag mit dem Sextanten die Sonne genommen.« Der Admiral hob einen Zeigefinger, zuckte, als ob er sich angestrengt zu erinnern versuchte. »Ich glaube, es waren vielleicht drei, vier Tage, an denen ich sie nicht schießen konnte. Oder es war keine Kante zu erkennen.«

Harder schaute übers Deck. Die Leinen waren nach Lehrbuch aufgeschossen. Die Brassen ruhten akkurat im rechten Winkel zur Schiffslinie. Sämtliche Instrumente waren zum Schutz vor UV-Strahlen abgedeckt. Unter den Grätings der Plicht war kein Krümel zu erkennen. Die Vorsegel waren ohne Schoten verpackt. Er konnte sich nicht erinnern, ein solch tadelloses Schiff gesehen zu haben.

»Hier«, weckte ihn der Skipper, »ich habe es gefunden. Ein Tag vor Kap Hoorn.« Er suchte auf der aufgeschlagenen Seite einer großen blauen Kladde die entsprechende Zeile. Dann hielt er den Finger drauf und reichte sie Harder. »Das war der 51. Tag unserer Reise.«

Harder griff vielleicht etwas zu schnell nach dem Logbuch. Hinter des Admirals Finger konnte er ›Gestirnennavigation unmöglich; Sonnenunterrand nicht zu erkennen‹ lesen.

»Darf ich?«, fragte er. Karl-Maria Kleinjohann nickte zügig, ließ das Logbuch sofort los. In ordentlicher Handschrift waren Zeiten, Kompasskurse, rechtweisende Kurse, Missweisung, Versetzung Strom und Wind, dann Logstand, Wetter und Bemerkungen im Dreistundenrhythmus eingetragen. Er blätterte eine Seite vor, zwei zurück. Jede Seite umfasste drei Tage. Der unterschiedlichen Handschriften waren vier zu erkennen. Harder konnte keine Unregelmäßigkeiten erkennen. In jeder dritten Zeile wiederholte sich die Schriftart. Nur unter Bemerkungen war sie stets die Gleiche. Was hatte Brackmann geschrieben? Nur der Skipper machte die Positionseintragungen. Sie waren aber einwandfrei. Hinter jeder Ortsbestimmung war deutlich das Zeichen für einen Sextanten, sprich: erfolgreiche Gestirnennavigation. Auf jeder Seite mindestens vier, manchmal sogar sechs Eintragungen. Nirgendwo stand das Kürzel ›GPS‹. Nirgendwo stand das Wort ›Motor‹. Harder blätterte noch ein wenig nach hinten. Nur einige Seiten, dann hatte er genug gesehen. Mit einem Lächeln gab er das Logbuch Kleinjohann zurück.

»Der Rum ist alle«, stellte er fest, »komm, Karl, ich lade dich jetzt mal in eine richtig brasilianische Kneipe ein. Weißt du, mit so allem Drum und Dran.«

Der kurze Zeiger des kleinen, aufklappbaren Weckers, den sie auf das dreibeinige Beistelltischchen gestellt hatte, zeigte nach rechts. Der Längere wollte gerade in die Vertikale. Es musste demnach drei Uhr morgens sein.

Mit einem Satz hatte sie die leichte Wolldecke von sich geschmissen, stand nun senkrecht neben dem Sperrholzgestell und rieb sich mit beiden Händen fest die Augen. Wieder polterte es laut gegen die Tür. Leise trat sie vor.

»Harder«, flüsterte sie.

Es polterte erneut.

Ein kratzendes Geräusch drang durch den schmalen Türspalt am Boden. Mit einem gewaltigen Sprung landete sie auf der anderen Seite des Bettes, ein weiterer eleganter Hüpfer folgte. Lautlos setzten ihre Füße wieder vor der Tür auf. Jetzt hielt sie ein Spray in der Hand, das sie immer in ihrer Hosentasche hatte.

»Harder«, flüsterte sie noch einmal. Doch außer dem Schaben auf den Bodendielen war nichts zu vernehmen.

Sie wartete, bis es wieder klopfte. Im Zimmer verfügte sie über kein Telefon. Sie hätte ihr Handy nutzen können. Doch wen wollte sie jetzt anrufen?

»Pia Maria«, hörte sie nun die singende Stimme eines Betrunkenen. Stinksauer riss sie die Tür auf. Harder kratzte auf dem Boden sitzend am unteren Ansatz des Türrahmens. Sie versetzte ihm einen Tritt und schlug die Tür wieder zu.

Im Bett hörte sie: »Das ist nicht fair.«

»Fair«, schrie sie, »was ist nicht fair?«

»Komm, Pia, du große Psychologin, mach die Tür auf. Lass den alten Harder mal rein.«

Die Kommissarin saß aufgerichtet im Bett und hatte eine Stinkwut im Bauch. Doch ein wenig musste sie auch schmunzeln. Da lag dieser 61-jährige Hauptkommissar vor ihrer Tür, schabte mit den Fingernägeln auf dem Boden und machte einen auf Mitleidstour. Ganz still rückte sie wieder zum Eingang vor, riss erneut die Tür auf, und musste schnell zurückspringen. Harder war mit Kopf und Kragen ins Zimmer gekracht. Er musste sich zwischenzeitlich doch die Tür als Rückenlehne ausgewählt haben.

»Ups«, sagte er nur und lächelte sie vom Boden aus an. Sie trug einen altmodischen, unifarbenen Jogginganzug. Ihre hellblauen Augen wirkten unter der hellblonden, diesmal offenen Frisur feurig. »Schick«, lallte Harder, »ich meine den Jogginganzug. Auch von einer besorgten Schwiegermutter, oder versuchen sich Frau Psychologin gerade in einen frierenden Ersten Offizier reinzuversetzen?«

Dann lachte er plötzlich laut los, klopfte dreimal heftig auf den Boden und robbte in das Zimmer. Mühsam trat er mit den Füßen die Tür zu. Pia Brandt hielt im Rücken immer noch das CS-Gas. Mit den Fingern versuchte sie, den Sprühkopf zu ertasten.

»Was willst du?«, wartete sie gespannt.

»Was ich will?«, lallte der Polizist von unten hinauf, »was ich will? Dir mal ordentlich den Hintern versohlen.« Er kicherte haltlos.

Pia ließ sich auf die Bettkante fallen. Ihre Muskulatur war augenblicklich locker, doch die Spraydose hielt sie weiterhin fest. Harder rülpste. Der Gestank traf sie über eine Distanz von gut zwei Metern. Sie rieb sich erneut das Gesicht.

»Ich war beim Zoll und bei der Polizei«, sagte sie unerwartet.

Harder war mit einem Mal zumindest halbnüchtern.

»Wo warst du?«, fragte er entsetzt nach. Er hoffte, sie missverstanden zu haben.

»Beim Zoll und bei der Polizei. Ich habe für morgen ein Treffen vereinbart. Wir gehen zusammen zum Schiff. Die *Albatros* wird vorerst an die Kette gelegt. Ich musste dem Polizeipräfekten versprechen, dass einer seiner Leute bei dem Verhör dabei sein darf.«

Harder sackte in sich zusammen. Die letzten Sekunden hatte er alle Kraft aufgebracht, um einigermaßen sittsam zu erscheinen. Jetzt allerdings ließ er sich nur noch fallen. Seine Beine endeten ausgestreckt unterm Bett. Sein linker Arm umfasste das vordere Schrankbein. Wieder rülpste er. Diesmal wendete er seinen Kopf jedoch ein wenig ab. Dann krabbelte er auf allen Vieren hinaus in den Flur und verschwand.

Charly Brackmann war ein guter Journalist. Seine Ausdrucksweise war hervorragend, seine Beschreibungen waren äußerst treffend formuliert. Zu diesem Schluss kam der Erste Hauptkommissar der Bremerhavener Wasserschutzpolizei am dritten Morgen seines ersten Südamerikaaufenthaltes. Die Augen noch geschlossen, las er noch einmal schemenhaft die Zeilen, die der Journalist über sein erstes Erwachen in Australien niedergeschrieben hatte. Auch ihm dröhnte nun der Kopf. Auch bei ihm schienen sämtliche motorenangetriebene Boote dieses Erdballs zwischen den Ohren zusammenzustoßen. Der Unterschied bestand lediglich darin, dass er nicht das menschliche Wesen war, das auserkoren schien, gegen diesen Terror anzukämpfen. Auch war es nicht ein ordinärer Pudel, den er als Erstes zu Gesicht bekommen sollte. Es war eine junge Kollegin, die am Fußende seines Bettes saß. In einer Hand hielt sie ein Glas Wasser. Die andere zeigte eine Pille. Harder fragte nicht, nahm beides und schluckte es zusammen runter.

»Kannst du nicht anklopfen, wenn du schon nackte Männer besuchst?«, fragte er. Es war ein Brei aus Gewisper und Gestöhn, das Pia erreichte. Sie musste sich von ihm abwenden. Die morgendliche Fahne provozierte ihren Würgereiz. Sie traute ihm kein bisschen mehr. Vorsichtig hob sie die Bettdecke – und schmiss sie sofort wieder runter. Diesmal hatte er nicht gelogen.

»Du meinst so, wie du heute Nacht bei mir angeklopft hast?«

Harder hob ein wenig den Kopf. Sein Gesicht war schmerzverzerrt. Es schien, als hätte es in den letzten Stunden viele Falten dazu gewonnen.

»Mädel, du bist so doof«, stammelte er und knallte mit dem Kopf zurück ins Kissen. Erst jetzt wurde ihr richtig bewusst, dass sein Zimmer viel größer und komfortabler war. Das Bett war aus Massivholz, die Matratze viel dicker und weicher. Zwischen Schrank und Bett hätte sie Aerobic machen können. Gar zwei Sessel standen an einem Glastisch bereit.

Sie wollte einfach nur noch hysterisch schreien, doch er kam ihr zuvor.

»Dein lieber Freund Charly hat uns alle kräftig verarscht.« Er hielt die Augen geschlossen, sodass sie ihn nicht einmal durch eine hektische Gestik unterbrechen konnte. »Ich habe das Logbuch der *Albatros* gesehen. Ein Dokument, eine Urkunde, falls du das weißt. Ich habe die Eintragungen von über einer Woche gesehen. Die Woche, als sie Kap Hoorn umrundet haben. Da sind keine GPS-Bestimmungen, nur Sextantenbestimmungen. Der Admiral ist glücklich und zufrieden mit seiner Crew gewesen. Und keiner von denen hatte je die Absicht, mit zurückzufahren. Er wartet auf ein Ersatzteil, freut sich des Lebens, wird ein oder zwei neue Crewmitglieder für Hand gegen Koje anheuern. Und das war's. Und …«, jetzt öffnete er die Augen, »und du läufst ohne meine Erlaubnis zur Polizei und zum Zoll und machst wie in Bremerhaven alle verrückt. Du spinnst.«

Damit schlossen sich die Lider wieder.

Zum Frühstück wurde weicher Toast mit Salatblättern, Käse und Tomaten gereicht. Der Kaffee war brasilianisch, stark, heiß und süß. Der Guarana-Saft schien aus einer besonders würzigen Liane des Amazonaswaldes zu stammen. Zumindest hatte er eine besonders belebende Wirkung.

Der kleine Junge, der die Tafel servierte, war der, der die Koffer schleppen musste. Er bediente Harder mit größter Aufmerksamkeit, doch für das Mädchen, das er ankündigen sollte, hatte er nur ein beschämendes Grinsen übrig.

»Harder, ich glaube das nicht.«

»Soll ich dir sagen, was ich glaube? Der Brackmann …«, dabei biss er kräftig in den Toast, sprach mit vollen Mund aber weiter, »… wollte sich rächen. Seine Alte hat ihn verlassen, weil er sie und das Kind im Stich gelassen hat. Für eine absolut bescheuerte Idee. Dann hat er gemerkt, dass er ein Weichei ist, hat nur rumgemäkelt. Sie haben sich alle zufrieden und erfolgreich getrennt. Wahrscheinlich hat er den Film versaut und hat keine Entschuldigung. Und deshalb hat er diesen Schmähbrief geschrieben.«

Diesmal hielt sich Harder beim Aufstoßen die Hand vor den Mund.

»Wenn es Mord und Totschlag gegeben hat, dann ist es Brackmann gewesen. Nachdem sie an Land waren.«

Jetzt fiel ein Stück Käse hinunter. Ein halbe Toastscheibe folgte. Das Brot war wirklich sehr weich.

»Brackmann ist Journalist. Der kann schreiben, der weiß, was Leute lesen wollen. Der weiß, wie man Menschen manipuliert.«

Jetzt fiel auch die Tomate. Harder machte mit dem Stuhl einen Satz zurück und fluchte.

»Hat Brackmann nicht geschrieben, dass sein alter Admiral wie Captain William Bligh an Land ein ganz anderer Mensch sein konnte als auf See? Dieser Bligh, Harder, hatte Zeit seines Lebens darauf beharrt, dass die Meuterei völlig überraschend über ihn gestürzt war. Wie wird er doch gleich zitiert? ›Wären berechtigte oder unberechtigte Beschwerden der Grund dafür gewesen, hätte ich doch irgendwelche Anzeichen von Unzufriedenheit erkennen müssen‹. Kann es nicht sein, dass ...«

»Hast du das Pamphlet auswendig gelernt?«

»Nein, Harder, aber ich habe es wenigstens gewissenhaft studiert. Kann es nicht sein, dass Kleinjohann jetzt in einer ganz anderen Welt lebt?«

»Und was ist mit dem Logbuch?«

»Es ist das Einzige, auf das du dich stützt.«

»Wir«, sagte Harder mampfend, »wir. Nicht ich. Wir.«

Sie lehnte sich zurück und stocherte mit einer Gabel in einer Tomatenscheibe. Vor dem Frühstück hatte sie ihm gebeichtet, dass sie ihn mit Kleinjohann auf dem Schiff gesehen hatte. Wie sie tranken und lachten. Sie hatte ihm auch gebeichtet, dass sie gelogen hatte. Sie war nicht bei der Polizei und auch nicht beim Zoll gewesen. Anschließend hatte sie ihn um eine letzte Chance gebeten.

»Harder, bitte, frag ihn zumindest, wo die anderen ausgestiegen sind, was sie machen wollten. Die sind immerhin verschwunden.«

»Beate Kleinjohann sitzt auch in Australien und weiß nicht, dass ihr Mann seit Monaten mit einer brasilianischen Nutte herumzieht. Der hat ihr sogar einen Flug bezahlt, dass sie aus dem Süden des Landes nachkommen konnte.«

»Harder, bitte.«

Der Hauptkommissar sammelte langsam Krümel für Krümel auf. Die halbe Toastscheibe neben dem Teller ließ er aber liegen. Als seine Finger keine weiteren Brösel mehr packen konnten, schob er sie durch die geschlossenen Lippen. Sekunden kaute er still darauf herum. Dann musste er erneut aufstoßen. Seine Hand war nicht mehr schnell genug nach oben gekommen. Ein scheußlicher Geruch sprengte die morgendliche Süße.

Natal erreichen im September keine 55 Millimeter Niederschlag. Zehn fielen an diesem Tag zur Mittagszeit. Harder hatte sich den Elbsegler tief ins Gesicht gezogen. Zwei Stunden war er durch das *Centro* marschiert, vorbei an der *Camara Cascudo*, wo sich Utensilien der Amazonasindianer stapelten, vorbei an der kleinen Kirche *Nossa Senhora do Rosario*, dann wieder runter zum Rio Potengi. Als er die *Albatros* erblickt hatte, hatte er erneut einen langen Bogen nach Ribeira geschlagen. Plötzlich stand er wieder vor dem *Sossego*. Er begann, die Brandt aufrichtig zu hassen. Erst hatte sie ihm eine Zusage herausgelockt. Dann hatte sie sich ihm wie eine Tochter anvertraut, hatte sämtliche Psycho-Spitzfindigkeiten genutzt, um ihn auszuquetschen. Schließlich hatte er ihr gestanden, dass er den Skipper verstehen konnte: »Einige menschliche Schwächen haben wirklich nichts an Bord verloren. Auch nicht in unserem Alltag.« Und er ärgerte sich, dass es sich fast wie eine Beichte angehört haben musste.

Entschlossen schlurfte er nun zum Ufer. *Albatros*, ein für seine kleine Größe wirklich stattlicher Rahsegler, krängte leicht in den Schauerböen. Vom Steg rief er in den geöffneten Niedergang: »Darf ein alter Kapitän an Bord?«

»Ole«, war die Begeisterung nicht zu verkennen, »wir haben schon auf dich gewartet.«

Der Skipper trug einen graublauen Faserpelz. Das Gesicht wirkte müde. Die Schultern hingen schlaff hinunter. Sein Oberkörper war weit nach hinten gedehnt. Einige Regentropfen sprühten in die Pantry.

»Du kannst doch Skat, oder?«

Harder nickte, ging mittschiffs, setzte den ersten Fuß an Deck. Mit dem zweiten blieb er an einem Jüttbaum hängen. Der Alkoholkonsum der letzten Nacht zeigte Wirkung. Harder konnte die Hand am Want nicht halten und stürzte mit einem lauten Knall aufs Teakdeck. Der Wind stand günstig, sodass er das Gefluche des Skippers wahrnehmen konnte. ›Das alte Arschloch, kann der nicht aufpassen‹, tönte es, doch Harder tat, als hätte er nichts gehört. Vom Cockpit blickte er wieder einem lächelnden Skipper ins fahle Gesicht.

»Was ist, du kannst doch Skat?«

»Na klar«, antwortete Harder und sprang mit vollem Schwung auf die Gräting. Dabei ließ er den Skipper nicht aus den Augen. Deutlich verzog der die Mundwinkel. Er musste sich stark zusammenreißen.

Die Pantry besaß alles, was ein modernes Segelschiff an Komfort und Navigationsinstrumenten benötigte. Neben dem kardanisch aufgehängten Petroleumherd ermöglichte eine breite Anrichte luxuriöse Kochvorbereitungen. In der Ecke befand sich ein tiefer Kompressorkühlschrank. Harder sah förmlich die dünn geschnittenen Salamischeiben vor sich, die Brackmann in ausführlicher Länge beschrieben hatte. Er sah den Australier William Douglas davor auf dem Boden liegend. Er spürte noch seine Angst vor den Wellen.

Der Navi-Bereich strotzte von modernster Technik. Ein Grenzwellenempfänger stand über einem Morsedekoder. Das Radargerät war in eine kleine Bucht gefasst, deren Abschirmung nahtlos in eine Halterung für Zirkel, Kursdreiecke und Stifte überging. Hoch über dem Empfänger schwebte der Barograph. Die Rolle war angehalten worden. Eine Linie war nicht mehr geschrieben. Daneben sichtete Harder das Guckloch für den oberen Hauptkompass. Er schaute kurz hindurch, wartete auf das ›Jetzt, Jetzt, Jetzt‹ des Admirals. Doch was kam, war lediglich ein: »Darf ich vorstellen, Pia Brandt.«

Harder verlor mit dem Herumschnellen fast wieder den Halt. Im letzten Moment konnte er sich an einem kleinen Vorsprung festhalten. Es war eine Art schmaler Rinne, die die gesamte Pantry umkreiste.

»Nicht da!«, schrie der Skipper mit kreischender Stimme.

Harder schaute in die Augen des jungen, blondhaarigen Mädchens, das ihm zuzwinkerte.

»Das bricht leicht ab. Hier«, zeigte der Admiral nun auf eine Ecke, »da fehlt schon ein Stück.«

Sie ließen sich in der Messe nieder. Eine kleine Bibliothek türmte sich auf der Backbordseite auf. Die Blondine stand leicht breitbeinig davor, drehte sich plötzlich um und sagte: »An den Büchern im Regal erkennt man meist den Menschen.«

»Wie wahr«, freute sich der Skipper. Wie ein kleiner Schuljunge nahm er auf der Bank Platz, sprang sofort wieder auf, um Getränke anzubieten. Mit verschiedenen Bestellungen verschwand er in der Pantry. Harders Blicke waren furchterregend.

Sie dagegen hob nur die Schultern und rief: »Aber bitte nicht zu viel von diesem Zuckerrohrschnaps.«

Harder kniff nur die Lider zusammen und zischte. Zu sagen traute er sich keinen Ton. Sie dafür machte eine kurze Verbeugung und flüsterte: »Hast du gehört, wie er ausgerastet ist, als du hingefallen bist?«

Ein vehementes Kopfschütteln strafte sie. Doch Pia genoss den kleinen Triumph. Sie merkte dem Kollegen an, dass sich etwas in ihm verändert hatte. Sie spürte seine plötzlichen Zweifel. Und sie erfreute sich daran.

Karl-Maria Kleinjohann kam mit einem silbrigen Tablett, bediente die Dame zuerst, ließ die restlichen Gläser mehr auf den Tisch fallen.

»Mit Frauen spiele ich gewöhnlich keinen Skat«, erschreckte Harder seine Freunde.

»Ich weiß«, lachte der Admiral laut, »heute Nacht hat er es bewiesen. Da hat er es so einer kleinen Mulattin richtig be …«

»Karl«, schrie Hader auf, grinste dann nur verlegen, »ich glaube nicht, dass Fräulein Brandt das interessiert.«

»Ole, war doch richtig, oder? Ole«, sagte sie, »du kannst ruhig Pia sagen.«

»Ja, so muss das sein«, freute sich der Skipper und mischte wild die Karten.

Pia Brandt hatte lange auf der Promenade gesessen und das Schiff beobachtet. Irgendwann war der Skipper von Bord gegangen und hatte sich einen Drink in der Pier-Bar *fun-store* gegönnt. Sie hatte lange überlegt, ob sie ihm folgen sollte. Doch auch Harder hatte seine Alleingänge unternommen. In der schummerigen Bar spielte schon am späten Vormittag lautstark eine Bossa-Nova-Band. Die Gruppe mit dem bezeichnenden Namen *boa sorte*, was für ›guten Erfolg‹ steht, hatte vor allem von dem Repertoire ihres Gründungs-Komponisten Antonio Carlos Jobim gezehrt. Karl-Marias Hüften hatten schon nach wenigen Caipirinhas zu kreisen begonnen. In seiner kurzen verwaschenen Hose hatten seine im Takt tanzenden Beinchen wie Zahnstocher gewirkt, die jeden Moment zu brechen drohten. Pia hatte ihn nur kurz ansprechen müssen und die Bindung fürs Leben war perfekt gewesen. Zum Grund seines Aufenthaltes in Natal hatte sie ihn nur mit vier Worten befragt. »Was machst du hier«, hatte sie für unverfänglich gehalten. Sie wollte sich Zeit nehmen, um ihren potentiellen Täter in Sicherheit zu wagen.

»18, 20, 2, Null …«, fragte der Admiral.

»Ole, was machst du eigentlich hier?«, fragte Pia.

»Er sucht nach dem Sinn des Lebens«, antwortete der Skipper voreilig. »Pensioniert«, hob er nun wild die Arme. »Das Abenteuer vor Augen«, blieben die Hände oben. »Vielleicht solltest du mit mir ein Stück mitsegeln«, schlug die linke Hand nun auf Harders Schulter.

»Warum nicht«, sagte Pia und schnell hinterher, »ich bin weg.«

Harder verschluckte sich und hustete heftig.

Sie spielten sechs Runden, lachten und tranken viel. Dann fragte Pia: »Karl-Maria, ist das nicht schlimm, immer so allein?«

Der Skipper ließ die Karten fallen. Harders Kopf kippte nach hinten. Sein Mund blieb offen. Schnell riss er sich zusammen und tat hoch konzentriert.

»Karl-Maria?«, fragte Karl-Maria, »wie kommen Sie auf das Maria?«

Pia schluckte viel zu deutlich. Dreimal hatte sie den Brief an die Herren Kapitäne durchgelesen. Jedes kleinste Detail hatte sie sich rausgeschrieben. Und natürlich erinnerte sie sich jetzt daran, dass Kleinjohann seinen zweiten Vornamen hasste. Er hatte ihn auch garantiert nicht hier erwähnt. Eine Kopie seines Passes war auch nicht eingerahmt sichtbar. Jetzt musste sie sich etwas einfallen lassen.

Harder half, so gut er konnte.

»Maria«, lachte er plötzlich. »ich wusste ja gar nicht, dass du Maria heißt.«

Der Admiral blieb jedoch stocksteif, hob nur eine Hand, um weitere verbale Eskapaden Harders zu dämmen.

Doch der gab nicht auf. Er sagte, dass Karl-Maria sich gar nicht schlecht anhöre, erzählte von Freunden, die weitaus grauenvollere Doppelnamen in die Wiege gelegt bekommen hatten. Pia musste denken. Sie musste den Brief durchgehen. Irgendwo steckte da eine Lösung. Sie hoffte, betete.

»Wie kommen Sie auf Karl-Maria?«, fragte der Skipper erneut. Harder war nichts mehr eingefallen.

»Es tut mir Leid«, sagte sie aufrichtig, »ich wollte das eigentlich nicht, aber so ein Schiff ist ja schon interessant. Und da habe ich mich umgeguckt.«

»Wo?«, fragte der Skipper bissig, »wo steht Karl-Maria?«

»Im Logbuch«, antwortete sie schüchtern und entschuldigte sich zugleich. Der Skipper sprang auf, eilte in die Pantry. Vom Salon aus hörte man das Blättern einer dicken Kladde.

Im letzten Moment hatte sie sich an den Eintrag erinnert: ›Was glaubt ihr eigentlich, warum eure vollen Namen, ausgeschrieben, mit Geburtsdatum und Passnummer im Logbuch vorne stehen?‹ »Ganz vorne«, rief sie durch den zweiten Niedergang. Harder schlug sich mit der flachen Hand auf die Stirn.

Es hatte Sinn. Ein Logbuch würde jeder Neugierige von oben öffnen. Es hatte Sinn, das musste auch Kleinjohann einsehen.

Mit einem leichten Kopfschütteln kam er denn auch zurück in die Messe und versprach: »Ich werde demnächst wohl besser aufpassen müssen, was mein gewissenhafter First Mate ins Logbuch einträgt.«

Sie lachten gemeinsam und reizten ihre Blätter aus. Sie tranken Bier, Wein und Caipirinha. Der Skipper bat Harder, noch eine Schüssel Eis zu holen, doch der wehrte sich. Unter keinen Umständen wollte er die beiden allein an Bord lassen. Doch das Drängen nahm kein Ende. Schließlich ging er ohne zu stolpern.

Jetzt war sie erst einmal wieder allein und konnte anknüpfen an das, was den Skipper belasten würde.

»Das ist sicherlich eine große Verantwortung als Skipper bei einer so gefährlichen Reise«, glaubte sie feststellen zu müssen. »Seid ihr denn mal in einen richtigen Sturm gekommen, wo es so richtig brenzlig wurde?«

Sie versuchte es auf die naive Art. Mit ihren Katzenaugen strahlte sie diesen kleinen Gnom bewundernd an. Ihre Wangen waren gefüllt. Sie hasste sich, auf diese niedrigen Reize zu setzen, auf die Männer leider nun mal immer am leichtesten reinfallen.

»Ich meine«, ergänzte sie, »wo das Schiff so ganz unter Wasser ist und dann wieder rausschießt.«

Der Skipper schaute sie verstört an. »Wo haben Sie das denn her?«

»Aus dem Fernseher«, begab sie sich nun auf die unterste Stufe.

Karl lachte laut. »Glaub mir, nicht einer von diesen Hollywood-Typen war jemals in einem Sturm.«

»Nein, nein, kein Spielfilm. Da ist auch ein Segler um Kap Hoorn. Der hat irgendeinen Rekord aufgestellt, weil er irgendwelche Flaschen transportiert hat. Die haben dann so ganz große, alte Segler gezeigt. In Schwarz-Weiß. Und dieser Typ hat das Gleiche mit einem ganz kleinen Boot gemacht.« Sie überlegte scharf, fuhr mit ihren Fingern durch das Haar, das wieder streng geflochten war. »Nein, mir fällt der Name der Sendung nicht mehr ein.« Dann blickte sie auf und erschrak. »Was ist los?«

Der Skipper stand wie versteinert am Fuße des Niedergangs. Er starrte auf das schmale, ungeschminkte Gesicht. Sein Kopf zitterte. Die blauen Äderchen seiner Handrücken schwollen wie die Halsschlagader an. Er drehte um und stieg in die Pantry. Es waren nur drei Stufen. Die zweite knarrte.

»Karl, was ist los?«, fragte sie neugierig. Der Skipper stand stark gebeugt, die geschwollenen Hände auf den Navi-Tisch gestützt, und starrte durch die Steuerbordbugluke des Doghouses.

»Wann war das?«

»Vor ein, zwei Monaten.«

»Kannst du dich erinnern, wer dieser Segler war, was er erzählt hat? Hatte er einen Film von dem Törn?«

»Das weiß ich nicht mehr. Da waren einige Bilder. Aber das meiste hat er erzählt. Unter anderem, dass das Schiff komplett unter Wasser war. Das muss schrecklich gewesen sein. Sie hatten einen dabei, der irgendwie schwer krank war. Genau, da kann ich mich dran erinnern. Und einer muss verrückt geworden sein. Was ist, kennst du den?«

Immer noch starrte der Skipper aus der Luke. Dann beugte er sich tief nach unten und kramte in einem Schränkchen herum. Pia konnte nicht sehen, was er dort trieb. Es dauerte sehr lange. Er musste etwas suchen.

»Und er hat von Meuterei erzählt. Sie haben so Filmausschnitte von der *Bounty* gezeigt. Mit Marlon …«

Sie stockte und stürzte zum ersten Niedergang. Ihre Hände umfassten die Kerbe für das untere Steckschot. Sie wollte hochspringen, hielt jedoch inne und schaute zurück. Sie hatte gesehen, dass der Skipper eine gigantische Pistole, wie sie zum Abschuss von Signalraketen genutzt wird, in den Händen hielt. Jetzt schaute sie genau in die Mündung. Seine Arme waren ausgestreckt. Der rechte Zeigefinger umringte den Abzug. Er grinste, wedelte mit dem blanken Schaft, wies ihr den Weg zurück in die Messe. Unschlüssig tastete sie sich langsam vor. Der Skipper folgte in gebührendem Abstand. Sie verkroch sich in die hinterste Ecke der Bank. Karl-Maria Kleinjohann blieb stehen.

»Was für eine Überraschung«, lächelte er hämisch und griff mit einer Hand in ein Schapp links neben dem Bücherregal. Langsam schob er mehrere Stofftüten zur Seite und holte ein pinkfarbenes Schulheft hervor. Auf einem Vorsprung blätterte er darin herum. Nun wechselten seine Augen schnell zwischen Heft und Bank.

»Ich hätte es mir denken können«, sagte er und las stockend vor, da er sie nicht aus den Augen verlieren wollte. ›Es ist verrückt, aber sie fehlt mir auch nach über 38 Tagen. Keine Freiwache geht zu Ende, in der ich nicht ihr zärtliches Gesicht mit dem kleinen, zierlichen Muttermal geküsst habe, in der ich nicht ihre immer doch viel zu streng gehaltenen langen blonden Haare gestreichelt habe. Ihre leuchtend blauen Augen …‹ Soll ich noch weiterlesen? Was ist mit deinen Titten? Sitzt 75 B immer noch etwas zu eng an der Brust? Du siehst, dein Charly hat dir nicht zu viel versprochen.«

Sie reagierte blitzschnell.

»Was willst du, Admiral, mich umbringen? Oder nur kaputtmachen wie Charly?«

»Charly, der Penner, hat sich selbst kaputt gemacht. Du müsstest doch am besten wissen, was er für ein Sensibelchen ist.«

Er senkte den Lauf der Signalpistole, öffnete den Verschluss und nahm die Patronen raus. Er steckte sie in die Hosentasche, legte die Waffe ab und setzte sich ihr gegenüber.

»Was willst du, Susan? Ist Charly mal wieder zu feige, etwas selbst durchzuziehen?«

»Er will die Kassette.«

»Was für eine Kassette?«

»Du weißt ganz genau, wovon ich spreche.«

»Ich habe keine Kassette.«

Dann ging alles ganz schnell. Es begann mit einem lauten Gepolter, das vom Deck her den gesamten Rumpf vibrieren ließ. Beim Sturz in die Pantry brach mindestens eine Strebe der Gräting.

Sie verkrampfte beide Hände zu Fäusten und fluchte.

Über Natal hing am späten Nachmittag ein sehr würziger Duft. Unverkennbar war das vermischte Odeur der nahe gelegenen Melonenplantagen und des Zuckerrohranbaus. Vor allem jetzt, wo die ›Stadt der Sonne‹ ihrem Namen wieder gerecht wurde. Die Wolken hatten sich verzogen. Durch die engen, noch nassen Gassen am Hafen schwebte zudem die Schärfe von *Feijoada*. Das Nationalgericht Brasiliens, ein deftiger Eintopf aus schwarzen Bohnen und Schweineklein, das schon in den *senzalas*, in den Sklavenhütten zubereitet worden war, gewann gegen sämtliche anderen Gerüche, die eine Stadt mit mehr als 500 000 Einwohnern ausdünstete.

Pia Brandt und Ole Harder marschierten zügigen Schrittes zur Ecke *Silva Jardim*. Dort pflegten gewöhnlich mehrere Taxifahrer einen erholsamen Plausch.

Drei Stunden hatten sie hoch konzentriert gearbeitet. Den größten Anteil hatte die Klärung der Differenzen beansprucht, wie man nun weiter vorgehen wolle. Auch anfangs war schon viel Zeit verstrichen, bis die Wiesbadener Kollegin sich wieder beruhigt hatte. Harder hatte sich den Vorwurf gefallen lassen müssen, wieder einmal ohne Absprache gehandelt zu haben. Sie hatte gar mit einer schriftlichen Beschwerde in Bremen gedroht, falls Ähnliches noch mal geschehen sollte. Harder hatte nur gelacht, hatte sie wieder einmal wie ein kleines Mädchen aussehen lassen. Vor allem nachdem sie ihn beschimpft hatte: »Harder, du bist der größte Lügner und Egozentriker, den ich je gesehen habe.«

»Bei deinem Alter kein Wunder!«, konterte er. Pia tobte.

Pia Brandt hatte erfahren, dass ihr Kollege aus Bremerhaven natürlich schon bei der Polizei gewesen war. Statt einer kurzen offiziellen Anfrage hatte er lieber mit einem Wachvorsteher lange Caipirinha getrunken. Sie hatten sich darauf geeinigt, im Notfall schnell einzugreifen. Diesen Notfall hatte Harder nun kommen gesehen. Als er mit der kleinen Schüssel fürs Eis schon am Niedergang gewesen war, hatte er sich noch einmal schnell umgedreht und einen Blick ins Logbuch geworfen. Die ersten Eintragungen in der Kladde waren über anderthalb Jahre alt. Die ersten Notierungen des Kap Hoorn-Törns begannen dementsprechend nicht ganz vorne, sondern erst auf der 53. Seite. Dort standen auch die Namen der Mitreisenden ausgeschrieben. Nur beim Skipper stand ein ›Karl-M.‹.

Karl-M. hätte alles bedeuten können. Martin, Max, Moritz. Auf Maria zu schließen, war am Unwahrscheinlichsten gewesen. Und die Namen standen auch nicht ganz vorne. Harder hatte sich für ein schnelles Handeln entschieden. Wenn es noch irgendwelche Hinweise an Bord geben würde, mussten sie jetzt gefunden werden. Dem Skipper sollte keine Zeit gelassen werden, Indizien beseitigen zu können. So hatte Harder der *policia* auch nur schnell Bescheid gegeben. Die Caipirinha-Einladungen von vor zwei Tagen waren nicht in Vergessenheit geraten. Der Erste Hauptkommissar hatte keine zehn Minuten später bereits überschwänglich die hervorragende Zusammenarbeit und das fortschrittliche Polizeiprozedere gelobt, als Karl-Maria Kleinjohann kurzerhand in einen Dienstwagen verfrachtet worden war.

»Das läuft hier etwas unkomplizierter«, hatte der brasilianische Kollege stolz zugegeben und den beiden Deutschen das Feld überlassen. »Bis ihr alles gut kontrolliert habt, wird der Schiffsführer bei uns geduldig warten«, hatte der Beamte, der sich Miguel nannte, gesagt.

Während Harder das Logbuch gewissenhaft studiert hatte, hatte Pia ihm schärfste Vorwürfe gemacht. »Ich hatte ihn fast so weit, der hat geredet wie ein Wasserfall.« Zu keinem Zeitpunkt hatte sie ihren Fehler zugegeben. Aber sie hatte es als glücklichen Zufall gewertet. Sie hatte nicht so weit gehen wollen, ihr Missgeschick als beabsichtigte Finte darzustellen.

Dann hatte sie sich über das Heft hergemacht, aus dem der Skipper zitiert hatte. Es umfasste nur wenige Seiten, da die meisten rausgerissen worden waren. Die Handschrift war auf allen Blättern die Gleiche, doch das Schriftbild änderte sich oft. Mal waren die Buchstaben sehr ordentlich und einigermaßen gerade, dann waren sie plötzlich schräg, manchmal absolut hingeschmiert. Anfangs hatte sie immer wieder kleinere Passagen daraus laut vorgelesen. Schließlich hatte sie keine Pausen mehr gemacht. Zu spannend war für sie das Niedergeschriebene gewesen. Zu viele neue Fragen hatten sich ergeben.

›Alles erhält eine andere Bedeutung, eine andere Wertigkeit. Bislang wenig Beachtetes verwandelt sich in ein Allheilmittel. Nichtiges wird wie größter Reichtum gepflegt. Dafür siechen Vermögen und geliebte, kostbare Schätze dahin.

»Auf die Schiffe, ihr Philosophen«, hatte Friedrich Nietzsche gefordert. Nun erhält der Aufruf einen Sinn.

Ich erfreue mich an einer dreckigen, stinkigen Socke, wenn sie beim Wringen nicht tropft. Ich liebe den klammen Schlafsack, weil er mir nach 20 Minuten zumindest etwas Wärme gibt. Die Scheibe des kalorienreichen Fruchtkuchens ist das exzellenteste Mahl, das je meinen Gaumen berührte. Der menschliche Organismus ist das Bewundernswerteste, da die Finger nach immer langerer Taubheit doch immer wieder plötzlich ihren Tastsinn, wenn auch schmerzhaft, zurückerhalten. Und der Albatros hinterm Achterstag ist der treueste Freund. Ich erzähle ihm auf jeder Wache meine Geschichte und er hört aufmerksam zu.

Erik hat sich schon lange von uns verabschiedet. Er ist da, arbeitet, isst, und ist wieder weg. Er ist zuverlässig, ein Gewinn. Er ist pünktlich und ein Helfer bei allen Manövern. Vor Tagen hat er die Sprache verloren. Selten kommen über seine Lippen zweisilbige Wörter. Er kennt nur noch ›Ja‹ und ›Nein‹. Er zieht durch, wie wir alle auf unsere eigene Art durchziehen.

William ist dagegen zum Sozialfall geworden. Seit Ausbruch seiner Krankheit, seitdem sich die Schläge häufen, die Wunde hier nicht mehr heilen kann, ist ihm nicht mehr zu helfen. Machtlos stehen wir vor diesem Todgeweihten. Es ist doch nur noch eine Frage von Tagen. Vielleicht ist es morgen schon so weit. Der neue Skipper nimmt keine Rücksicht auf ihn, schändet ihn weiter. William kontert mit letzter Kraft, indem er sich immer fester an die Kraft seiner Freunde hält.

[...]

Heute Nacht waren drei Wale ums Boot herum. Ansonsten ist der Ozean tot. Auch mein Albatros ist gegangen. Der neue Skipper hat Fröhlichkeit verordnet. Er hat ein Unterhaltungsprogramm aufgestellt, nachdem die sonntägliche Messe und die *Grumbling Corner* für ein Schiff, wie *Albatros* es ist, als unwürdig erklärt worden waren. Nun sind wir beauftragt, Referate zu halten. Schon einmal hatte er den Vorschlag gemacht. Jetzt ist es ein Befehl. Er kündigte an, mit der preußischen Geschichte zu beginnen. William soll gezwungen werden, daran teilzunehmen, obwohl er sein Referat in deutscher Sprache vorzutragen beabsichtigt. Die Vorschläge für meine Schulung lauteten ›das Liebesleben der Ameisen‹ oder ›die Tragkraft eines indischen Elefanten in der Abenddämmerung‹. Der neue Skipper tobte, da ich seine Fröhlichkeitsmaßnahmen wohl nicht ernst nahm. Ich frage mich: Entwickele ich mich auf dieser Fahrt noch. Oder ist jetzt alles abgeschlossen?

[...]

Die Sonne scheint. Die Sonne scheint! Es ist warm. Die Sonne scheint. Wir hängen alles raus. Wir spannen Leinen und unsere Sachen können in einer kaum spürbaren Brise trocknen. Die Sonne scheint. Wie glühend heiß brennt sie. Wie lebensspendend erleuchtet sie unsere Gemüter. William lacht und wir tanzen federleicht auf dem Vordeck. Der neue Skipper schläft. Das Leben hat uns wieder.

[…]

Silvester. Das Pumpernickel wird immer bröseliger. Seit geraumer Zeit befinden wir uns innerhalb der maximalen Treibeisgrenze. Der neue Skipper hat das Radargerät eingeschaltet. Ich bin still geblieben. Als er im Cockpit wieder William geärgert hat, bin ich mit unserem Reisekonzept nach oben gekommen. Ich habe mich vor ihm aufgebaut und jede Seite einzeln zerrissen. Ich habe sie hoch geworfen und den Schnipseln nicht hinterhergeschaut. Sein Kommentar war nur: »Da ist ein kleines Stückchen zwischen die Gräting gefallen. Das ist in spätestens zehn Minuten wieder raus.«

[…]

Meine Nase zeigt den Kurs der letzten fünfeinhalb Wochen. Wir steuerten nur gen Ost. Der rechte Nasenflügel ist braun, der linke ist verbrannt und pellt sich schon. William macht immer noch Fehler, aber immer weniger. Er ist kaum noch auf dem Vordeck. Ich stütze ihn. Ich schütze ihn. Er lebt immer noch. Er hält durch. Er ist ein Wahnsinns-Typ. Ich bewundere ihn. Ich liebe ihn. Er muss Freunde haben. So viel Kraft hat ein Mensch nicht allein.

Da es draußen angenehm ist, hilft der neue Skipper beim Hissen des Groß mit. Er schreit: »Reffbändsel sind los.« Er hatte jedoch eines vergessen. Er sieht, wie ich das letzte löse und brüllt, ich solle mich beeilen. Erik macht das Smeerreep los. Der Skipper keift: »Das ist falsch.« Wenige Minuten später löst er dieselbe Leine. Dann zieht er auch noch versehentlich die zweite Reffleine an, die keiner zu lockern wagt. Das Segel schlägt. William hat Mut. Woher nimmt er den bloß? Er tut das einzig Richtige, nimmt die Leine und fiert sie wieder. Der neue Skipper schlägt brutal zu, merkt dann, dass William seinen Fehler behoben hat. William geht auf die Knie, krümmt sich. Der Skipper schlägt noch einmal zu und schreit: »Was ist, packt ihr mal mit an?«‹

Mit einer Tasche, in der die Schiffsunterlagen, Briefe, Logbuch und das Heft von Brackmann lagen, stiegen sie nun in ein Taxi.

Der Fahrer zog es vor, vorweg eine kleine Stadtrundfahrt zu machen. An dem über einhundert Jahre alten *Potengi Palast*, in dem auch die Staatsregierung von Rio Grande do Norte residiert, sagte Pia: »Und er hätte mir doch alles gesagt, wärest du nicht dazwischengekommen«

Der Taxifahrer bremste scharf, bog die nächste Straße rechts ab und fand erstmals den Anschlag des Gaspedals.

»Er schreibt nichts mehr über sich«, stellte Pia fest. »Er schreibt nur noch über die anderen, aber nichts mehr über sich. Er hält Fakten fest, aber keine Gefühle mehr.«

»Pia, wach auf«, wurde Harder jetzt zornig, »er schreibt über seine Schnecke in Hamburg und über die Göre. Er schreibt, dass er sein Konzept über Bord geworfen hat, dass er plötzlich neue Werte entdeckt hat. Er lässt sich seitenweise über alles und jeden aus. Und du sagst, er schreibt nicht mehr über seine Gefühle.«

»Er hat immer geschrieben, was er auf der Reise fühlte, wie seine Veränderungen waren ...«

»Und jetzt fragt er sich, ob er am Ende seiner Entwicklung ist. Was willst du denn noch? Der Mann hat sich vor dir ausgezogen. Der steht splitternackt vor dir und du willst ihm jetzt auch noch die Haut abziehen. Lass ihn zufrieden!«

Schweigend fuhren sie zum Präsidium, wo sie geradewegs zu Miguel geführt wurden.

»Und«, fragte der Brasilianer, »was habt ihr?«

Miguel war ein stattlicher Mann in dunkler Uniform. Seine Schärpe saß eng. Keine Falte war auf dem Rock zu erkennen. Die Stiefel waren blank gewienert. Aber seinem Gesicht sah Pia an, dass er keineswegs der gemeine, korrekte Beamte war. Um die Augen herum glich er ein wenig Harder. Auch Miguel konnte mit nicht gerade wenig Falten dienen. Doch sein Lächeln war viel frischer als das des Deutschen.

»Ist eine lange Geschichte, Miguel. Lass uns mit dem Idioten sprechen. Ich würde mich freuen, wenn du dabei bist. Du hast doch sicherlich einen Kollegen, der dir so ein bisschen übersetzen kann, oder? Und dann gehen wir einen trinken.« Harder machte kurzen Prozess. Er fragte nicht lange höflich, ob es genehm sei, ob die Botschaft unterrichtet werden müsste. Er bestimmte das weitere Vorgehen und Miguel lachte, klopfte dem Ersten Hauptkommissar freundschaftlich auf die Schulter und verließ das Zimmer.

Pia sagte nichts. Jeder Kommentar wäre jetzt unangebracht gewesen. Sie ging zum Fenster. Sie konnte überm Atlantik den Horizont sehen. Fast glatt erschien er ihr. Zum ersten Mal dachte sie an die vielen Seeleute, die genau zu diesem Zeitpunkt irgendwo da hinterm Horizont um ihr Leben kämpfen. Oder war das alles Garn, das sich Seemänner zu erzählen pflegten? Oft hatte sie sich in den letzten Tagen vorgestellt, mit an Bord zu sein. Sie hatte versucht, sich in die einzelnen Personen hineinzuversetzen. Sie hatte mit Charly Brackmann gelitten, hatte mit Erik Schlaback geschwiegen und geduldet, hatte mit William Douglas an ihre Freunde gedacht. Ob sie ihr in unendlicher Not auch so einen Halt bieten würden? Nur mit dem Skipper konnte sie nicht auf einen Nenner kommen. Sie hasste ihn. Sie hielt ihn für den Teufel in Menschengestalt. Und sie wusste, dass Harder dem Schiffsführer am nächsten stand.

Dann gingen sie los. Am Ende des Flurs stand die Tür offen. Karl-Maria Kleinjohann saß mit zuckenden Wangen auf einem Hocker mitten im Raum. Weiteres Mobiliar war zunächst nicht zu erkennen. Drei Stühle standen in einer Ecke hinter der Tür.

Harder schnappte sich sofort einen und setzte sich mit der Lehne zur Brust direkt neben den Schiffsführer. Pia sorgte für sichereren Abstand und zog die gewöhnliche Sitzstellung vor. Aus der Tasche holte sie einen leeren Zettel im DIN-A4-Format. Mit einem Kugelschreiber notierte sie verschiedene Zahlen.

Sie hatten sich nicht auf eine Verhörstrategie geeinigt. Beide schauten sich nun ratlos an. Keiner wollte den Anfang machen. Der Skipper nahm ihnen die Entscheidung ab.

»Ich will die deutsche Botschaft anrufen und ich will einen Anwalt haben«, zischte er bestimmt.

Der Jüngling mit der Haarpomade flüsterte Miguel die Übersetzung zu. Der lachte laut. »Das sagt der uns schon seit Stunden, ohne dass wir ihn gefragt haben.«

»Was habt ihr denn mit ihm gemacht?« wollte Harder nun auf portugiesisch wissen.

»Nichts«, hob Miguel beide Hände, »gar nichts. Wir wollen doch nichts von ihm. Das ist doch euer Mann.«

Harder erinnert sich an die sehr detailliert beschriebenen Erfahrungen, die Brackmann im Gefängnis von Porto Belo gemacht hatte. Genau untersuchten seine Blicke die sichtbare Haut des Skippers. Verletzungen waren nicht zu erkennen.

»Du kriegst weder ein Telefon, noch einen Botschafter, noch einen Anwalt.« Ganz gemütlich zog Harder seine Pfeife heraus, schaute einmal kurz fragend zu seinem brasilianischen Trinkgenossen, und stopfte dann den Tabak, der schon aufs Anzünden wartete. »Weil du gar keinen brauchst«, sagte er, und kratzte den Schwefelkopf über die Streichholzschachtel. »Du bist hier nicht Beschuldigter. Dann wären wir auch nicht hier so nett beisammen. Du bist als Zeuge hier und wir brauchen deine Hilfe.« Bevor der Skipper reagieren konnte, hob Harder schnell drohend die Pfeife. »Du solltest lieb zu uns sein, denn wir sind es ja auch zu dir. Es ist deine Entscheidung. Wir können einen ganz offiziellen Vorgang daraus machen. Dann ist hier meine Kollegin dafür zuständig.« In diesem Moment hätten weibliche Blicke töten können. »Dann kommt auch die brasilianische Polizei ins Spiel und du weißt ja aus Porto Belo, wie die sein kann.

Karl, ich habe ja nichts gegen dich. Mir hat man über 250 Seiten auf den Schreibtisch geknallt, wo ein gewisser Charly Brackmann dich des Mordes, des Totschlags, der Körperverletzung und der Misshandlung beschuldigt … warte, lass mich ausreden! In den 250 Seiten steht aber auch sehr gut beschrieben, was deine Beweggründe waren. Und glaube mir, ich bin mein Leben lang zur See gefahren. Nicht wie du, mal so eben oder als irgendein drittklassiger Legionär. Ich war bei der Marine ganz oben. Ich weiß ganz genau, welche Spielregeln da gelten. Also, lass uns reden.«

Pia Brandt rückte ein Stück zurück. Auf ihrem Zettel machte sie einen langen Strich. Sie wollte sich über beide Männer Notizen machen. Doch schon bald war sie gezwungen einzugreifen.

»Charlys größtes Problem war, er konnte das Schreiben nicht sein lassen. Kann ich es sehen, was er sich da zusammengedichtet hat?«

»Kein Problem«, sagte Harder.

»Auf keinen Fall«, störte Pia sofort, »nur über meine Leiche.«

Es herrschte Stille. Selbst Kleinjohann traute sich jetzt nicht, einen neuen Anfang zu wagen. Seine Blicke wechselten vom Ersten Hauptkommissar auf die Polizeirätin und zurück. Die würdigten sich keines Blickes, starrten beide nur fesselnd auf den Skipper.

»Vielleicht solltet ihr euch erst einmal einigen«, grinste der nun.

»Nun, Karl, über unterschiedliche Führungsansichten hast du ja wohl in den letzten Monaten genug Erfahrung gemacht.«

Pia wusste, was jetzt folgte. Harder würde aufstehen, sie nach draußen ziehen, ihr die Meinung sagen und sie wahrscheinlich von dem Verhör ausschließen. Aber sie hatten eine Vereinbarung getroffen. In Bremerhaven. Ganz privat, am letzten Abend in der *Freiwache*. Harder hatte zwar die Leitung der Sonderkommission, der nur noch sie und Schröder angehörten, übertragen bekommen. Doch zu ihrer Verblüffung hatte er die Leitung ihr übergeben. Zumindest die offizielle. »Ich will mich frei bewegen können«, hatte er gesagt. So hatte sie ein Dokument, das sie zumindest bei den brasilianischen Behörden als Leiterin auswies. Und notfalls hatte sie noch das Wissen, dass Harder mit einem des Totschlags Verdächtigen in einem brasilianischen Bordell verkehrt hat. »Die Mulattin, der er es besorgt hat«, das hatte sie nicht vergessen.

Sie setzte sich zurecht und wartete ab. Seelenruhig.

»Also, passt mal auf«, lehnte sich Kleinjohann nun etwas zu selbstsicher zurück, »ihr müsst mir schon sagen, was mir vorgeworfen wird. Ihr könnt da nicht irgendwelche Behauptungen in die Welt setzen ...«

»Können wir schon«, griff nun Pia ein. Sie wusste, dass der Moment gut war. Sie wusste, dass sie an dieser Stelle ihre Position vorteilhaft ausspielen konnte. Und sie erkannte an Harders Gesicht, dass er sie für diese spontane Einmischung lobte. »Können wir schon«, wiederholte sie deshalb noch mal, »machen wir aber nicht. Und ich bin Ihnen gegenüber, und ich sage bewusst Ihnen, denn ich möchte nicht, dass Sie mich weiterhin duzen,

zunächst einmal zu gar nichts verpflichtet. Es gibt konkrete Anschuldigungen ...«

»... die aber nicht für eine Anklage ausreichen«, unterbrach
Harder, was Pias Lobesstimmung abrupt zerstörte.

»... die uns aber verpflichten, Sie zu befragen«, führte sie,
ohne eine Pause zuzulassen, fort. »Und sollten Sie uns nicht
brav antworten«, jetzt beugte sie sich weit nach vorne und flüsterte, sodass es Miguels Übersetzungs-Jüngling nicht verstehen
konnte, »dann erwähne ich die Pistole, mit der Sie mich bedroht
haben. Dann sieht das nämlich schon alles wieder ganz anders
aus.«

Harder guckte sie an. Von der Pistole hatte sie ihm nichts
erzählt. Er hatte sie zwar gesehen, aber er hatte sich nichts dabei
gedacht. Die Waffe war nicht geladen gewesen. Er hatte vermutet, dass der Skipper ihr großkotzig die Sicherheitsbestimmun-
gen erklärt hatte.

»Also, Herr Kleinjohann, das Wichtigste vorweg, wo sind
Brackmann, Schlaback und Douglas?«

»Keine Ahnung.«

»Herr Kleinjohann, man kann heute auch ohne Leichen jemanden anklagen.«

»Also bin ich jetzt doch Verdächtiger. Ich dachte, ich wäre
Zeuge.«

Harder spürte deutliche Unruhe im Kreuz. Der Junge musste
Miguel das Wort ›Leiche‹ wohl besonders schmackhaft übersetzt
haben. Schnell drehte er sich um und bat mit einer beruhigen-
den Geste um Geduld. Pia holte nun die Akte heraus, in der auch
die 250 Seiten des Charly Brackmann steckten. Sie blätterte kurz
im Mittelteil, suchte eine bestimmte Stelle.

Harder fasste zusammen: »Ich sag dir jetzt mal kurz, was
wir da so haben. Der Brackmann behauptet, du hättest seinen
Film zerstört, das Konzept, in alter Tradition um Kap Hoorn
zu segeln nicht eingehalten. Lass mich aussprechen! Er sagt, du
hättest strenge Sanktionen auferlegt, du hättest beleidigt und gar
diesen Australier geschlagen, obwohl er doch diese Verletzung
hatte, die durch deine robuste Art entstanden ist. Das kann ich
alles noch verstehen.«

»Bitte«, schrie nun Karl-Maria Kleinjohann. Es war die Art von Gekreische, die Brackmann so vortrefflich beschrieben hatte. Es war ein markerschütternder Ton, der selbst in diesen sicheren Gemäuern Angst einflößte. »Bitte«, schrie er wieder, »dieser alte Sack hat mich getäuscht. Der hat mir erzählt, er ist gesund. Und jetzt soll ich schuld sein, dass der den Bruch hatte. Ich habe, und das könnt ihr nachprüfen, bei Wellington Radio in Neuseeland angefunkt und habe um Hilfe gebeten. Das wird bei diesen Kiwi-Affen ja wohl registriert sein.«

»Was für ein Bruch? Brackmann schreibt von lebensgefährlicher Verletzung? Hat es Douglas bis Porto Deseado geschafft?«, fragte Pia. Gleichzeitig biss sie sich auf die Lippe. Sie hatte ›lebensgefährliche Verletzung‹ gesagt. Kleinjohann konnte also davon ausgehen, dass sie die Art der Verletzung nicht kennt. Schnell wollte sie die Verletzung näher bestimmen. Sie wusste immerhin, dass sie von Tag zu Tag Douglas' Ende bedeuten konnte. Doch Harder griff plötzlich nach ihrer Hand und wies ihr mit den Augen die Tür. Er stand, dem Himmel sei Dank, zuerst auf, sodass sie seinen Wink nicht falsch verstehen konnte. Miguel fragte, ob er mitkommen soll. Harder nickte. Der Jüngling sollte den Aufpasser spielen.

Vor der Tür war es Harder, dem es sichtlich schwer fiel, sich zu erklären. »*Albatros* hat nie Porto Deseado angelaufen«, sagte er jetzt wieder ganz gefasst. »Im Logbuch ist der erste Hafeneintrag ›Montevideo‹. Sie sind also noch gut 840 Seemeilen, also über 1500 Kilometer weitergesegelt. Da waren sie um Kap Hoorn, waren nördlich des 50. Breitengrades. Sie hatten alles geschafft. Und dennoch sind sie weiter.«

»Und das mit einem Schwerverletzten, der jeden Tag um sein Leben zittern musste.«

»Ihr Deutschen seid schon wirklich größenwahnsinnig«, mischte sich Miguel ein.

»Wenn Douglas dann noch an Bord war«, sagte Harder.

Sie gingen gemeinsam zurück in das Zimmer. Kleinjohann hatte das Fenster geöffnet und starrte hinaus in die Leere. Denn viel zu sehen gab es wahrlich nicht. Das Polizeipräsidium grenzte an eine riesige Betonwand. Es war die Rückseite eines großen

Hotels, das beim Bau die Auflage erhalten hatte, keine Fenster auf der östliche Seite zuzulassen. Der Beton war grau, zeigte in den Ritzen einen ersten Ansatz von Moos.

»Warum sind Sie bis Montevideo gesegelt?«, fragte die BKA-Kommissarin. Sie allein musste die Frage stellen, um Glaubwürdigkeit zurückerobern zu können. Doch Karl-Maria Kleinjohann fiel nicht darauf hinein.

»Sie wissen nicht viel«, sagte er plötzlich. »Sie haben nicht alle Fakten der Reise. Sie haben nur einen Bericht von Brackmann. Und den haben Sie auch nur unvollständig. Nicht wahr?«

»Warum sind Sie bis Montevideo gesegelt?«, fragte Pia erneut. Sie hatte schon den Zusatz auf den Lippen, ›obwohl Sie einen Schwerkranken an Bord hatten‹. Doch den verkniff sie sich im letzten Moment. Harder hatte vielleicht Recht mit seiner Vermutung, dass Douglas in Uruguay nicht mehr an Bord gewesen war. Sie erinnerte sich auch an die gemeinsamen Gedanken von Schlaback und Brackmann in der Kneipe an der Allee von Porto Belo. ›Hatte der Australier überlebt?‹

Wäre er angekommen, hätte er doch überlebt.

»Ich will euch etwas sagen. Ich allein, ich ganz allein habe das Schiff um Kap Hoorn gesegelt. Die Crew war ein Totalausfall. Ich stand plötzlich allein da, es war keiner mehr an Bord. Ich musste das Schiff um die Klippen führen. Ich musste durch die Le Maire-Straße segeln, gegen den Strom. Ich hatte die Eisberge im Nacken, diese grässlichen gewaltigen Berge, und den Wind von vorne. Mein lieber Freund Charly, ja, der hat es sich einfach gemacht. Der hat sich zurückgezogen auf seine humane Tour. Der hat plötzlich erkannt, dass Liebe wichtig ist, dass Heimat etwas bedeutet. Der Nächste hat sich durchgeschleimt. Dem war das doch alles scheißegal. Der hätte das Schiff untergehen lassen, wenn er nur irgendwie weitergekommen wäre. Und der dritte? Da sage ich gar nichts zu. Was hat er behauptet? Dass ich ihn über Bord schmeißen wollte? Ja? Hat er das behauptet? Soll ich euch etwas sagen? Ja? Es stimmt. Ich wollte. Ich habe mit diesem Gedanken gespielt. Weil er mich und das ganze Unternehmen getäuscht und verraten hat. Er ist das Sammelsurium aller menschlichen Schwächen, die ich je in meinem Leben gesehen habe. Aber er ist nicht über Bord gegangen. Warum? Weil Charly Brackmann, dieser kleine, verlauste Journalist, der nur seinen Film im Kopf hatte, mich daran gehindert hat? Nein. Weil ich mir einfach zu wertvoll bin.«

Er stand inmitten des Raumes. Nur noch in der Ecke wurde geflüstert. Der Jüngling kam mit seiner Übersetzung nicht nach. Harder hörte, dass auch nur noch stellenweise die richtige Vokabel fiel. Miguel stand wie ein Soldat in der Ecke. Er hörte zu und keine Wimper zuckte. Der Jüngling dagegen sprang von einem Bein aufs andere. Für ihn war der Skipper der wahre Held. Er betonte seine Worte, als würde er sie selbst sprechen. Mit voller Inbrunst. Es vergingen fast zwei Minuten, bis die portugiesische Arie in der Ecke ein Ende fand.

»Hat Brackmann geschrieben, dass ich jemanden umbringen wollte? Hat er das?«, rief der Skipper in den Raum. »Ja? Ich weiß, dass er das geschrieben hat. Ich weiß es. Ich habe es nämlich schwarz auf weiß. Ja, ja, ihr großen Polizisten, wer ihr immer auch seid. Ich habe es schwarz auf weiß. Und ich zeige es euch auch. Aber nur, weil es meine Entlastung ist. Was glaubt ihr eigentlich wie blöd ich bin? Meint ihr wirklich, da schafft so ein kleiner Hobby-Skipper den großen Weltrekord und lässt ihn sich von so einem Schreiberling nehmen?« Er kicherte irre. »Nein, ich zeige euch, dass er derjenige ist, den ihr anklagen könnt. Wetten?«

Wie auf jedem guten Segelschiff gab es auch auf der *Albatros* zwei Uhren. Die eine war im Cockpit. Ihr Zifferblatt zeigte rote und grüne Felder. Die andere befand sich in der Messe. Sie war zur Sicherheit dort angebracht. Der Skipper schwor, in den letzten Monaten immer gegen Mittag die Uhrzeit über eine spezielle Funkfrequenz genommen zu haben. Denn nur mit der genauen Uhrzeit, auf die Sekunde genau, konnte gewissenhaft Gestirnennavigation betrieben werden. Und das war für diese Reise das Entscheidende gewesen. Schließlich wollte Kleinjohann ja als jüngster Kap Hornier in die Riege der Bruderschaft von St. Malo aufgenommen werden.

Der Skipper hatte seine alte Form zurückerobert. Zumindest

ging er sicheren Schrittes durch sein Schiff. Er bot gar freundlich Getränke an, die allgemein abgelehnt wurden. Er dagegen öffnete erst in aller Ruhe den Kühlschrank und nahm eine Flasche vorbereiteten Caipirinha heraus. »Nur mit der Ruhe«, sagte er jetzt auch noch, mit einem unverschämten Unterton. Pia war auf dem Sprung, ihm erneut klar zu machen, in welcher Situation er sich eigentlich befinde. Auch Miguel kämpfte mit seiner Zurückhaltung. Nur Harder beruhigte die Kollegen immer wieder mit einer versteckten, ermahnenden Handbewegung.

Für ihn war der Skipper immer noch kein Verbrecher. Er war vielleicht ein Irrer, der sich auf ein Abenteuer eingelassen hatte, das ihm aus der Hand geglitten war. Aber Verbrecher waren andere. Menschen, die ihren Pudeln zu bestimmten Feiertagen Leckereien gaben und sie schließlich mit der Hand befriedigten, waren Psychopathen, aber keineswegs Kriminelle. Und so schätzte er Kleinjohann auch ein. Dieser Mann wollte seinem Leben einen Sinn geben. Er suchte ihn in der Disziplin, in der Ordnung, in einer strikten Wertegemeinschaft. Alles, was diese zu zerstören versuchte, wollte er zerstören. Aber ohne Leben zu vernichten. Doch sollte es vonnöten sein, so glaubte Harder, wäre der Skipper zum Äußersten bereit. In diesem Punkt hatten Pia Brandt und Charly Brackmann die richtige Diagnose gestellt: Kleinjohann war Bligh. Und Harder fand es nicht schlecht.

»Ich glaube, ich sollte jetzt nicht fragen, ob du Eis holen gehst, weil du doch so gut portugiesisch kannst«, lachte Kleinjohann mit der Caipirinha-Flasche in der Hand und Harder grinste zurück.

Dann ging der Admiral, wie er von Menschen einst genannt wurde, in seine Koje, legte sich lang hin. Wieder wollte Pia aufbrausen, doch wieder bremste Harder sie im richtigen Moment. Der Skipper begann an der Decke über seiner Koje zu fummeln. Dann holte er einen kleinen Schraubenzieher aus einer Ablage, in der sich auch ein *Playboy*-Magazin befand. Fotos von seinem Pudel Rocky klebten über der schmalen Ablage. Es waren grauenvolle Ablichtungen eines geschorenen Köters, der aussah, als hätte er bei jedem Schönheitswettbewerb den Trostpreis erhalten. Der Hund war fett und rund. Er hatte geschwollene Augen und ein viel zu kurzes Fell. Doch die Fotos glichen in ihrer Anordnung der Ahnengalerie eines Schlosses.

Eine Klappe fiel hinunter, deren Spalt man vorher nicht sehen konnte, so exakt war sie eingepasst. Auf einem Brettchen haftete ein Schlüssel unter einem Klebestreifen, den der Skipper nun langsam abknibbelte. Dann nahm er ihn und stieg aus der Koje. Er reichte äußerst selbstsicher Miguel das Kopfkissen, gab Pia den Schlafsack und schmiss den Matratzenbezug auf die Gräting der Pantry. Dann hob er ein weiteres Brett an.

Hader schüttelte anerkennend den Kopf. Er hatte dasselbe Brett keine vier Stunden zuvor geliftet. Darunter befanden sich zwei Hauptbatterien, die Notpinne, ein Elektrokonverter und eine nicht angeschlossene Ersatzbatterie. Gespannt wartete er auf den nächsten Schritt des Schiffsführers. Welche Klappe würde er nun öffnen? Doch der nächste Handgriff folgte an einer Stelle, mit der keiner rechnete. Harder zollte der Erfindungsgabe größten Respekt. Kleinjohann hob die Abdeckung des Konverters an. Sie war nicht einmal festgeschraubt. Dann drückte er eine Zahlenkombination in die Tastatur an der Front ein. Leicht ließ sich eine weitere Metallklappe öffnen. Der komplette Elektrosatz war lediglich eine Attrappe. Eine Schatulle, zu der der Schlüssel passte, kam zum Vorschein. Mehrere Zettel befanden sich in ihr.

Kleinjohan griff nach den obersten, zählte sie ab. Er wusste ganz genau, wie viele er ihnen zu geben hatte. Pia reagierte als Erste. »Nein, Herr Kleinjohann, wir wollen alle«. Der Skipper lächelte sie nur an. Es war das gleiche Lächeln, das Harder auf seinen Lippen zeigte, wenn er ihr ausdrücken wollte, sie sei doch nur ein kleines, unerfahrenes Ding. Umso kräftiger riss sie ihm nun die Papiere aus der Hand. Harder musterte sie streng. Sie verstand. Miguel sollte den Skipper im Cockpit beschäftigen. Beide zogen sich in die Messe zurück und lasen.

Ihre erste gemeinsame Aktion. Sie genoss es. Er erkannte es und rückte weit weg von ihr.

›Zwei Stunden habe ich gesucht. Jeden Winkel im Vorschiff habe ich durchstöbert. Ich habe die Matratze auf die Werkbank gelegt und mit den Fingern hinter der Holzabdeckung gefühlt. Ich kann sie nicht finden.

Es sind zwar nur Socken, aber es waren trockene Socken. Es ist egal, dass sie nicht zueinander passten, aber ich hatte sie in eine kleine Tüte gepackt, diese verknotet und ordentlich zum grünen Jogginganzug gelegt. Ich bin mir ganz sicher. Der eine hatte rote Streifen, der andere blaue Streifen. Den mit den roten hatte ich wie ein Positionssignal für backbord immer links getragen. Ich würde sie sofort wiedererkennen. Ich finde nicht einmal die Plastiktüte.

Wir sind ein gutes Stück vorwärts gekommen, hatten immer westliche Winde mit 7, 8 oder 9 Windstärken. Wir sind allein auf dieser Welt. Vier Männer. Da können keine Socken verloren gehen. Jeder müsste doch wissen, dass ich sie sofort erkenne. Sie waren die letzten, die absolut trocken sind, und ich brauche sie jetzt, weil meine Zehen tot sind. Ich spüre nur noch einen stechenden Schmerz ab dem Mittelfuß. In den Schränken ist nichts mehr von mir, das ich um sie wickeln könnte. Ich bin zu stolz, die anderen um welche zu bitten. Erik und William würden mir sicherlich ihre trockenen Socken, wenn sie noch welche hätten, geben. Aber wie sollte ich ihnen das wieder gutmachen. Und immerhin habe ich noch ein eigenes Paar. Ich weiß es und ich werde gleich weitersuchen.

Nicht, dass ich mein letztes Paar jetzt opfern will. Es steht doch fest, dass irgendwann auch in diesen hohen Breiten die Sonne scheinen muss. Wie oft ist sie gekommen. Wie oft hatten wir alles rausgehängt. Wie oft zog sich nach wenigen Minuten der Himmel wieder schlagartig zu. Es brachte bislang alles nichts. Das Sockentrocknen ist wie die gesamte Reise. Aber ich vertraue darauf, dass die Sonne bald lange scheinen wird. Ich will mein Bestes dafür geben.

Diese Socken mit den Streifen sind anders. Sie sind etwas ganz Besonderes. Sie sind Zeichen für meinen Opportunismus, für meine Selbstaufgabe, für mein Spiel, das ich nicht mehr gewinnen kann. Diese Socken waren klitschnass. Mehrere Freiwachen habe ich versucht, sie am Körper etwas trocknen zu lassen. Dann habe ich, als der neue Skipper wieder einmal unerlaubt den Motor gestartet hatte, sie heimlich auf den Ventildeckel gelegt. Ich habe mich nicht geschämt, die verbotene Wärme des Diesels für mich zu nutzen. Doch seitdem sind sie für mich sehr wertvoll. Sie sind fast so kostbar wie die knallroten Strapse und der BH, die mich hier am Leben halten und zur Rettung zwingen.

Ich will sie zerreißen: die Strapse, den *bra* und die anerzogene Vernunft.

Ich will ihn mit den Socken ersticken: den letzten Funken von Gefühl. Ich war ermahnt worden, menschliche Schwächen zu besiegen. Die Folter, die mir angetan worden war, hat Geduld und Verständnis massakriert. Auch hier ist nur noch ein letzter Splitter an Hoffnung übrig.

So schnell können Opfer zu Tätern werden.

Ich werde es tun. Ich habe keine andere Wahl mehr. Jetzt, wo ich an der Schwelle stehe, jetzt geht es doch um das nackte Überleben. Kann denn die schlimmste Hölle, die mich voraussichtlich an Land erwarten wird, schlimmer sein als der Tod?

Unser neuer Schiffsführer ist die Reinkarnation des Kapitäns, den *Melville* so eindrucksvoll in seinem Werk *Moby Dick* beschrieben hat. Sein Glaubensbekenntnis hieß:»Nur im Uferlosen ist die Wahrheit grenzenlos und unfassbar wie Gott. Lieber untergehen in dröhnender Unendlichkeit als ruhmlos auf den Strand geworfen werden.«

Ich werde frohlocken, wenn ich mich ruhmlos auf die nächste Landmarke stürze und ich werde Erik und William halten. Ich werde nicht zulassen, dass der neue Führer unseren Untergang in dröhnender Unendlichkeit besiegelt.‹

»Valparaiso?«, fragte Pia.

»Chile. In der Höhe von Montevideo. Nur auf der Pazifikseite.«

Sie wartete, bis Harder die letzten Worte gelesen hatte. Dann konnte sie sich nicht mehr zurückhalten. Es sprudelte nur so aus ihr heraus. Es sei das einfühlsamste Werk, das sie seit langem gelesen habe. Harder schaute sie total perplex an.

»Ich verstehe dich wohl falsch. Das sagt doch wohl alles. Der gute Charly Brackmann wollte den Skipper über Bord werfen.«

Harder sprach sehr leise. Er wollte unter allen Umständen vermeiden, dass Kleinjohann etwas von einer Meinungsverschiedenheit mitbekam.

»Hat er aber nicht.«

»Pia, aber er wollte. Das steht da sehr pathetisch begründet schwarz auf weiß.«

»Nein, das steht da nicht. Da steht, dass er mit dem Gedanken spielt. Der Junge ist hin und her gerissen. Seine Verzweiflung ist spürbar. Er hat den Tod vor Augen.«

»Das ist doch absoluter Quatsch«, wurde Harder nun etwas lauter, »wo hat der denn den Tod vor Augen?«

»Er hat die ersten schweren Orkane erlebt. Er hat gesehen, dass das Schiff komplett unter Wasser war. Er weiß, dass William irgendeine schwere, lebensbedrohliche Krankheit hat. Er hat gesehen, dass der Skipper William über Bord werfen wollte. Du erinnerst dich? ›Seit dem Moment, wo du versucht hast, William über Bord gehen zu lassen, kehre auch ich dir nie wieder den Rücken zu.‹ Der Brackmann hat Todesängste. Sein Film ist dahin, sein Glaube an den Freund. Der Motor lief und die Navigation wurde per Computer-Dingsda gemacht. Das Ziel ist verfehlt. Und jetzt musste er auch noch erfahren, dass sein Skipper schlimmere Fehler macht, als William am Anfang der Reise. Harder, mal ehrlich, würdest du da nicht auch alles Erdenkliche durchspielen, um einen sicheren Hafen in Chile anzusteuern?«

Sie sprachen noch lange über die wenigen Zeilen, die über viele Blätter geschmiert worden waren. Dann riefen sie Kleinjohann, Miguel sowie den schönen Jüngling mit dem Seitenscheitel herein. Der Skipper setzte sich sofort an den Tisch. Der massive Holzkasten zur Sicherung des Geschirrs stand in der Ecke neben dem Bücherregal. Der Skipper faltete die Hände und strahlte wie ein Sieger. Dann wurde er plötzlich ernst.

»Ich glaube, das war es. Ihr solltet euch jetzt entschuldigen und nicht weiter Steuergelder verschwenden.«

»Von wann ist das Schreiben?«, fragte Harder und hielt die Zettel in die Höhe.

»Keine Ahnung.«

Pia zeigte ihm hinter vorgehaltener Hand die Stelle, wo

Brackmann die Windrichtung und Stärke beschrieben hatte. Harder winkte schnell ab. Sie wusste nicht warum, stellte aber keine Fragen. Harder kannte das Logbuch. Westliche Winde mit sieben, acht oder neun Beaufort hatten sie über Wochen gehabt. Es musste auf jeden Fall deutlich vor Kap Hoorn geschrieben worden sein. Sonst hätte Charly Brackmann das Anlaufen eines anderen Hafens bevorzugt.

»Was hatte William Douglas für ein Leiden?«

»Keine Ahnung.«

»Warum bist du bis Montevideo und nicht, wie geplant, bis Porto Deseado gesegelt?«

»Weil der Wind günstig war.«

»Karl, das stimmt nicht. Im Logbuch steht, dass ihr im Atlantik meist Wind von vorne hattet. Das stimmt also nicht.«

»Die Crew wollte schnell ins Warme.«

»Was ist auf dieser ominösen Kassette?«

»Keine Ahnung.«

»Keine Ahnung. Keine Ahnung. Keine Ahnung«, fauchte ihn Pia nun an. »Passen Sie mal auf, wer gleich keine Ahnung mehr hat. Sie lügen doch, dass sich die Masten biegen. Was haben Sie mit William Douglas gemacht? Sie haben versucht, ihn über Bord zu schmeißen. Wir haben eine Aussage. Schriftlich.«

Karl-Maria Kleinjohann amüsierte die Pikiertheit der jungen Kommissarin zunehmend. Fast mitleidsvoll schaute er sie an. Schließlich wechselten seine Blicke zu Harder. Sie flehten ihn an, der jungen Kollegin doch mal kräftig unter die Arme zu greifen. Aus dem Hintergrund machte Miguel den Vorschlag, ihn wieder mit ins Präsidium zu nehmen. Dort könne man eventuell auf brasilianische Weise weiterhelfen. Pia machte das einzig Falsche und bat den Jüngling, diesen Wortlaut sofort laut zu übersetzen, damit der Skipper es auch verstand. Harder hatte nicht mehr eingreifen können, schon hatte der Scheitelträger seine Übersetzung pflichtbewusst preisgegeben. Kleinjohann wollte daraufhin nur noch die Dienstmarken, -ausweise und Telefonnummern der Vorgesetzten haben. Pia setzte bereits selbstbewusst einen Stift an, um sie zu notieren. Harder nahm ihn ihr noch selbstbewusster aus der Hand.

»Das bringt doch alles nichts. Karl, was ist auf dieser Reise passiert?«

»Warum schreibt Brackmann plötzlich immer vom neuen Skipper?«, fügte Pia schnell ihre auf Taktik ausgerichtete Frage hinzu, deren Antwort sie schon längst kannte.

»Brackmann ist eine kleine, rote Journalisten-Bazille«, begann er genüsslich, »er hat mich belogen, betrogen und er hat sich übernommen. Der wollte nur seinen Film. Und dann hat er Schiss bekommen. Douglas und Schlaback waren beide super ...«

»Da haben Sie uns vorhin aber noch ganz anderes erzählt«, unterbrach die BKA-Kommissarin.

»Super im weitesten Sinne. Natürlich machten sie auch kleinere Fehler, aber sie taugten auf jeden Fall noch etwas. Ganz im Gegensatz zu Brackmann. Der schrieb nur noch Liebesgedichte und solche salbungsvollen ›Sinn des Lebens‹-Geschichten. Ihr habt ja so ein perfektes Beispiel in Händen. Warum fragt ihr nicht mal: Karl, hat er versucht, dich umzubringen?«

»Karl, hat er versucht, dich umzubringen?«

»Ich glaube schon. Aber er war dann doch immer viel zu feige. Er war ein erbärmlicher Feigling. Nicht mal das hat er sich getraut. Aber er hat es sicherlich versucht. Auf jeden Fall gehört der vors Kriegsge ... vors Gericht.«

Dann wandte er sich sehr dramatisch Pia zu.

»Und zu Ihrer Frage, liebe Frau Brandt, er ist schizophren geworden. Er hat sich irgendwann ganz offiziell von mir verabschiedet.« Jetzt lachte er laut. »Er hat gesagt, auf Wiedersehen. Er hat gesagt, dass es mich nicht mehr geben würde. Ich sei ein neuer Mensch, ein Fremder, den er nicht mehr kennen würde. Er sprach mich zwar noch mit Karl an, nicht mehr mit Admiral, wie er sich sonst immer einschleimte. Und wenn andere dabei waren, sagte er nur noch: der neue Skipper. Und warum? Lesen Sie doch mal diese paar Seiten da. Da schreibt er etwas von ›unerlaubt Motor angemacht‹. Ja, sagen Sie mal, wer ist denn Skipper hier? Brauche ich eine Erlaubnis, meinen Motor auf meinem Schiff anzumachen? Muss ich dafür vor so einem Arschloch auf die Knie gehen und betteln?«

»Sie hatten ein Konzept an eine Menge potenzieller Sponsoren verschickt. Das haben sie mit abgezeichnet. Da steht eindeutig drin, dass Sie auf Motor und GPS verzichten.«

Jetzt blickte er zu Harder, lehnte sich zurück, kreuzte die Arme hinterm Kopf: »Sag du ihr, was im Logbuch steht. Und erklär ihr mal, was Kap Hoorn bedeutet!«

Harder sagte nichts.

Anderthalb Stunden später saßen sie in einer kleinen Bar am nördlichen Ende der Pier. Auf dem glatten Rio Potengi spiegelten sich Millionen von Sternen. Auch die Lichtglocke, die über Natal gestülpt war, konnte den stark funkelnden Himmel nicht irritieren. Miguel holte nach vier spendierten Drinks die erste Runde auf seine Rechnung. Er war aufgestanden und wartete an der Bar. Statt zu zahlen, gab er der Serviererin nur dankend die Hand, bevor er drei Cachaca mit Eis in Empfang nahm. Den Übersetzer hatte er vorsorglich nach Hause geschickt. Er war zu jung, um brasilianische Polizeigepflogenheiten kennen lernen zu dürfen.

Sie stießen an. Die Männer tranken das aus Zuckerrohr destillierte Standardgetränk Brasiliens mit einem Schluck. Pia zierte sich ein wenig. Die ersten Caipirinha spürte sie bereits deutlich. Sie hatte sich an den Schmeicheleien und Lobhudeleien der Männer gelabt, die sich alle erdenkliche Mühe gegeben hatten, sie zu den Drinks zu überreden. Sie trank nur sehr selten Alkohol. Und dann eigentlich nur Wein oder ein Bier. Heute war die Premiere, dass sie mit einem Kollegen trank.

Sie griff unter den Tisch und holte die Aktentasche hervor. Sie stellte sie auf ihre Schenkel und öffnete den Verschluss. Rechts und links erkannte sie ein vehementes Kopfschütteln.

»Doch, das muss jetzt noch einmal sein«, reagierte sie zügig.

Unter begleitendem Stöhnen holte sie die Unterlagen hervor, die Kleinjohann ihnen ausgehändigt hatte. Miguel hatte versprochen, morgen früh Kopien anzufertigen und die Originale wieder aufs Schiff bringen zu lassen. Sobald die Kopien im Hotel waren, sollte Pia die Rückflüge buchen. Die Belege sagten mit Stempel und behördlicher Unterschrift aus, dass alle drei Crewmitglieder einklariert hatten. William Douglas musste in Montevideo von Bord gegangen sein. Backmanns Zertifikat zeichnete eine Eintragung aus Itajai, was 52 Kilometer nördlich von Porto Belo lag. Schlaback musste den Stempeln zufolge sogar noch an Bord sein. Es war gar der Abdruck der Zollbehörde von Natal, das das Dokument schmückte. Datiert war es auf den Montag vor vier Wochen, also drei Wochen, nachdem die *Albatros* hier festgemacht hatte. Miguel hatte nur mit den Schultern ahnungslos gezuckt, als Harder es ihm vorwurfsvoll unter die Nase gehalten hatte. Gestern noch hatte der natalensische Polizist bei der *alfandegas* angerufen und nachgefragt. Weder das Schiff noch eine Personenmeldung waren dort bekannt gewesen.

»Pia, es ist Feierabend. Es ist vorbei. Es ist abgeschlossen. Was willst du noch?«

Harder war genervt. Er hatte viel Geduld mit der neuen Interims-Kollegin gehabt. Er hatte ihr ihre Fehler nie öffentlich auf den Tisch geknallt, hatte ihr die größtmögliche Freiheit gelassen, die er noch so eben akzeptieren konnte.

Trotz ihrer förmlichen Strenge, trotz ihres kleinbürgerlichen Verhaltens, trotz ihrer konservativen Gestaltung wusste sie mit weiblichen Reizen zu agieren. Sie war eine sehr hübsche Frau, die einen interessanten Ausdruck besaß. Es war das, was Männer faszinierte. Pia war verpackt. Jedem, der mit ihr bislang Kontakt hatte, so hatte Harder festgestellt, hatte versucht, sie in Gedanken auszuziehen. Nicht nackt, sondern nur zu entpacken. Sie hatten sich vorgestellt, dass ihr langes blondes Haar offen über die Schultern fällt, dass ihre blauen Katzenaugen sie anlächeln würden. Er hatte es in Bremerhaven schon bei Siegberg und bei Schröder gemerkt. Kleinjohann hatte sie auf der *Albatros* lange gemustert und war in eine Art Trance gefallen. Und auch Miguel hatte nicht mit Komplimenten gespart. Sie aber hatte bislang gnadenlose Konsequenz gezeigt und sämtliche Wünsche unerfüllt gelassen.

»Wir haben eine Aufgabe«, begann die offiziell ranghöhere Kollegin. »Ich bin nicht wie du Polizist. Ich sorge nicht für Ordnung. Und wenn alles in Ordnung ist, dann ist auch alles okay. Vielleicht macht das den Unterschied zwischen uns aus. Was glaubst du eigentlich, warum ich hier bin?«

Geschickt machte sie eine Pause. Sie schaute nur auf Harder. Miguel hatte sich ohnehin von der Diskussion verabschiedet und sich lieber auf ein vertiefendes Gespräch mit der hübschen Bedienung eingelassen. Harder beneidete ihn darum.

»Ich bin Kriminologin«, setzte sie wieder an, »und deswegen hat man mir den Auftrag gegeben. Die Ermittlung von Straftatbeständen und die konsequente Strafverfolgung ist nur die eine Seite. Die andere ist aber die gewissenhafte Untersuchung der Ursachen von Verbrechen. Harder, es war euer Seeamt, das darauf bestanden hat, genaue Hintergründe zu erfahren. Dieses Pamphlet, wie du es nennst, hat einige wachgerüttelt. Gott sei Dank.«

Harder sagte nichts. Sie meinte es wirklich ernst. Sie glaubte, was sie da von sich gegeben hatte. Sie war jung und noch voller Idealismus. Und er glaubte ihr auch sofort, dass für das Seeamt und auch für andere Behörden größtes Interesse an den Hintergründen bestand. Aber dafür war er nicht zuständig. Dafür wollte er nicht zuständig sein.

»Das Schiff auf hoher See ist noch der einzige Ort auf dieser Welt, wo in der völligen Isolation der Absolutismus herrscht. Und trägt das Schiff die Bundesflagge, ist es deutsches Rechtsgebiet. Ein kleiner, mobiler deutscher Flecken, auf dem alle Gewalt unumschränkt in der Hand eines einzigen Machthabers liegt. Und die deutsche Gesetzgebung unterstützt dies auch noch. Harder, nenne mir einen einzigen Fall, nur einen einzigen Fall, wo ein Skipper eines Segelschiffes verurteilt worden ist, nachdem er Schiff und Mannschaft wohlbehalten in den Hafen gebracht hat? Er konnte auf See misshandeln, er konnte demütigen, er konnte verletzten. Und er hatte immer noch die schützende Hand eurer seemännischen Gesetzmäßigkeit über sich. Ihm werden sämtliche Rechtfertigungsgründe blind zugestanden. Niedrige Beweggründe, lieber Harder, sind mit der Person eines Kapitäns von vornherein ausgeschlossen. Das ist ein veralteter Ehrenkodex. Den gibt es nicht mehr.«

»Du willst keine Ruhe geben, nicht wahr?«

»Wir stehen hier auch vor einem juristischen Problem. Haben wir es hier mit versuchtem Mord zu tun? Von wem? Von Brackmann? Von Kleinjohann? Oder von beiden? Ruft in Bremerhaven einer an und meldet, dass da irgendeiner auf irgendeinen geschossen hat, wird sofort ein Einsatzkommando hingeschickt. Hier haben wir zwei handschriftliche Aussagen und wir tun nichts.«

Harder winkte der Bedienung, zeigte ihr vorwurfsvoll das leere Glas. Sofort wollte sie seiner Bitte nachkommen, doch Miguel hielt sie fest. Die Serviererin rief nun eine Kollegin, die schüchtern zum Tisch kam. Waren ihr doch die strafenden Blicke der jungen, blonden Frau nicht entgangen, die neben dem durstigen Seemann jetzt verärgert mit den Fingernägeln auf der Tischplatte spielte. Schnell nahm sie die Bestellung auf, bedankte sich übertrieben und lief fast davon.

»Das ist nicht meine Aufgabe und auch nicht deine«, erklärte Harder nun ruhig. Er schaute dabei Brasilianerinnen nach, die an der Bar vorbei über die Pierpromenade flanierten.

»Interessiert dich denn gar nicht, was auf dieser Kassette ist?«, fragte sie jetzt verzweifelt.

»Nein.«

»Harder, hat William überlebt?«

»Natürlich, alle haben überlebt. Wir haben es doch hier stehen.«

»Warum fragen sich dann beide, Brackmann und Schlaback, das noch Wochen später?«

»Weil Brackmann genauso ein Lügner ist wie der Admiral. Ich habe da keine Lust drauf. Wenn die Welt wahnsinnig wird, werden die Irren nun einmal zu Profis.«

»Was ist mit Schlaback? Wo ist er?«

»Keine Ahnung.«

Die Antwort war ausgesprochen und beide erschraken gleichzeitig. Diese Antwort hatten sie wenige Stunden zuvor ständig zu hören bekommen. Er griff nach dem Glas, das ihm die unsichere Bedienung nun reichte. Statt zu bezahlen, verwies er mit einem ruckartigen, sehr deutlichen Blick auf Miguel. Die Bedienung drehte sich um, lächelte, nickte und verschwand.

»Der Zoll muss vor vier Wochen eine Überprüfung gemacht haben. Da war er noch an Bord.«

Pia kramte in ihren Taschen. Sie holte ein Portemonnaie hervor, aus dem sie einige Dollar zog. Sie legte die Scheine gefächert auf den Tisch, stellte ihr halb volles Glas darauf und stand auf.

»Bezahlt wenigstens meine Getränke und steckt das Geld nicht einfach ein«, sagte sie.

Mit Meuterei war Harder noch nie konfrontiert worden. Er hatte in seinem kleinen, musealen Dachgeschoss-Appartement zwar eine reichhaltige Auswahl von Berichten, die sich mit diesem Thema beschäftigten, aber in seiner Dienstzeit war die schwer wiegende Anschuldigung einer Rebellion an Bord nie aufgetreten. Er war sich im Klaren, dass die übereifrige Kollegin ihn weiterhin wie ein Heißsporn malträtieren würde. Sie hatte im Ansatz Recht und er empfand es lobenswert, dass sich der junge Nachwuchs mit Fleiß und Enthusiasmus an die Arbeit wagte. Doch hier galt es ein Rudiment der Seefahrt zu schützen. Sicherlich war der Vergleich mit einem Krieg, den Kleinjohann immer anführte, zu überspitzt, aber die See erforderte gewiss andere Gesetze als das Land. Das Zusammenleben an Bord musste viel strengeren Gesetzmäßigkeiten unterliegen, die eindeutig auf Hierarchien beruhten. Diskussionen und Demokratie bedeuteten den Untergang eines jeden Schiffes. Meuterei bedeutete in seinen Augen nicht automatisch das Versagen des Schiffsführers, sonder eher das Versagen der Mannschaft. Menschliche Schwächen mussten mit allem Nachdruck bekämpft werden und der Skipper hatte dafür allein die Verantwortung. In Harders Augen war Kleinjohann eine verkommene Kanaille, eine brutale und vor allem dumme Ratte, die sich zunächst wie ein Parasit an die Seelen der Crewmitglieder geheftet hatte, um sie schließlich nach und nach auszusaugen. Aber sein Ziel hatte er erreicht. Und er hatte den Weg dorthin in aller Öffentlichkeit angekündigt. Das Leben auf *Albatros* sollte an die Tradition anknüpfen. Und die war grausam.

Er empfand kein Mitleid. Persönliche Gefühle hatten auf wackeligen Planken nichts zu suchen. Und dennoch beunruhigten ihn die Worte der Brandt. Es waren nicht die Konflikte, die nun einmal zwischen den Generationen bestehen. Vorgestern wurden noch Kinder windelweich geprügelt, gestern durften sie sich zur freien Entfaltung alles erlauben, und heute werden sie wieder strenger gemaßregelt, da sie sonst ihre Grenzen nicht finden. So war auch die Entwicklung auf Schiffen vonstatten gegangen. Nein, das war es nicht. Es war vielleicht die Tatsache, dass Kleinjohann versucht hatte, mit dem Negativen der Vergangenheit die Zukunft zu beherrschen. Er hatte Kap Hoorn geschafft und hatte zugleich die Seelen der alten Kapitäne mit Füßen getreten.

Er blickte auf und sah eine zierliche Gestalt über den Steg schleichen. Zunächst war nur die Silhouette des Körpers zu erkennen. Dann trat sie in den Kegel der schwachen Steglaterne. Es war das Flittchen, das Kleinjohann sich seit Monaten leistete. Stolz hatte er erzählt, dass er ihr gar einen Flug aus dem Süden des Landes finanziert hatte, weil sie sich so unendlich in ihn verliebt hatte, aber noch arbeiten musste. Sie war eine Nutte, das stand für Harder fest. Der Admiral hatte aber geschworen, dass sie in einem Import-Export-Büro in Paranagua tätig gewesen sei. Es sei die reinste Ausbeuterei, die in solchen Läden stattfindet, hatte der Skipper einfühlsam gejammert. Er wollte Cyda, wie die Dame hieß, helfen.

Sie hatte rötliche Haare mit dunkelblonden und braunen Strähnchen. Ihr Gesicht war nicht rein. Als Harder sie für wenige Minuten an Bord gesehen hatte, hatte selbst dicke Schminke ihre Narben nicht gänzlich verdecken können. Sie besaß ein sehr lebensfrohes Lächeln, was angesichts der Luxusflut, in der sie in den letzten Monaten schwamm, auch nicht verwunderte. »Ich bin ein neuer Mensch mit ihr geworden«, hatte der Skipper sich gefreut, »ich mach's ihr seit Monaten jeden Tag. Manchmal sogar zweimal. Sie ist eine richtige Sau und sie liebt mich.« Dass er in Sydney eine wartende Ehefrau hatte, war nicht über seine Lippen gekommen. Nur von einem Rassehund namens Rocky hatte er zwischendurch geschwärmt. Er fehlte ihm sehr und Cyda wusste seinen Schmerz zu lindern.

Die Brasilianerin war eindeutig afrikanischer Abstammung. Ihre platte, breite Nase, die hochgezogenen Wangen und das breite Kinn hätten keinen Anthropologen täuschen können. Das Kleid, das sie jetzt trug, unterstrich ihre gewaltigen Brüste.

Kleinjohann musste es ihr gekauft haben, denn es besaß einen äußerst modernen, europäischen Stil.

Auf dem Steg zog Cyda nun ihre hochhackigen Schlappen aus und stellte sie ordentlich an den Rand. In Höhe des Cockpits sprang sie auf eine Backskiste. Sie ließ sich fallen und schaute plötzlich in alle Richtungen. Dann zog sie vorsichtig das obere Steckschott heraus und kletterte geschwind über das untere in den Rumpf. Licht wurde keines angemacht, obwohl es duster war. Nach fünf Minuten kam ihr leicht gelockter Schopf zum Vorschein. Wieder schaute sie sich ängstlich um. Dann betrat sie mit einer Plastiktüte das Deck, stellte sie behutsam ab und schloss wieder das Schiff.

Harder saß nun geschlagene zwei Stunden auf der Parkbank mit dem Blick zum Fluss. Der Cachaca hatte ihn leicht berauscht, doch nicht genug, um sämtliche quälenden Gedanken zu vertreiben. Jetzt war er wieder einigermaßen frisch. Sollte er die Frau aufhalten, sie zur Rede stellen? Was wollte er beweisen? Dass sie eventuell eine Diebin ist? Das wusste er auch schon länger. Vielleicht nicht so direkt, aber eine Schmarotzerin war sie allemal. Kleinjohann würde es auch erkennen, wenn seine Neurosen ihn nicht so blind gemacht hätten. Das war doch nun wirklich nicht seine Aufgabe. Er drehte den Kopf zur Straße. Doch immer wieder zuckten die Pupillen zurück zum Steg. Cyda war nun auf der Pier, lief schnell gen Süden, direkt auf ihn zu. Er drehte sich weiter um, kehrte ihr nun eindeutig den Rücken zu. Er hörte das schnelle Klacken der Hacken auf dem Asphalt. Sie wurden lauter und schneller. Sie waren direkt neben seinem rechten, besseren Ohr. Sie passierte ihn.

»Cyda«, sagte er plötzlich. Als sie so nervös vor ihm stand, biss er sich auf die Unterlippe. »Cyda«, sagte er dann recht freundlich, »was hast du am Schiff gemacht?«

Sie gaffte ihn an, dann blickte sie sich wieder hektisch um.

Eigentlich hatte er fragen wollen, wie es ihr gehe. Doch zu seiner eigenen Verwunderung war die investigative Frage herausgekommen. Er gab die Schuld dem übermäßigen Alkoholgenuss der letzten Tage und dem miserablen Einfluss eines kleinen Wiesbadener Mädchens.

»Senhor Ole«, lächelte sie nun verlegen. Wieder klebte dicke Schminkmasse auf ihren Wangen. Doch der schwache Schein der Promenadenlaternen reichte aus, um die Narben sichtbar zu machen. Das Kleid war aus grob genähter, fester Baumwolle. Die kontrastierte, breite Musterung war unvorteilhaft. Sie hielt die Tüte am Po, stand mit hinter dem Rücken gestreckten Armen wie ein Schulmädchen vor ihm, das gerade bei einem fehlerhaften Benehmen erwischt worden war.

»*Senhor Ole, boa tarde, como esta?*«, erkundigte sie sich höflich.

»*Bem*«, antwortete Harder, »*bem, e a senhora voce?*«

Sie erzählte unaufgefordert, dass sie etwas sehr Wichtiges auf dem Schiff vergessen hatte. Zuvor hatte sie zur *Albatros* geschaut. Sie hatte erkannt, dass sowohl die Brigantine wie auch der Steg von dieser Position bestens zu erkennen waren. Zunächst hatte sie noch gezögert, da Harder ihr den Rücken zugekehrt hatte. Jetzt sprudelte es aus ihr heraus. Sie begann damit, dass sie mit dem Admiral, also mit dem *almirante*, schön essen war. Der Regen heute Nachmittag hätte viele gefreut. Und der Sternenhimmel sei für Verliebte doch jede Nacht aufs Neue romantisch.

»Hat der *almirante* denn gar nichts über unseren netten Ausflug heute Nachmittag erzählt?«, wollte der Hauptkommissar wissen. Er zeigte dabei mit seiner Pfeife provozierend auf ihren Schoß. Sie erkannte den Affront, wusste, dass Harder auf die Tüte zielte, die in gleicher Höhe hinter ihr pendelte.

»Nein, ein Ausflug, davon hat er nichts erzählt.« Fast hätte es Harder ihr abgenommen, wenn da nicht dieses singende ›Wie nett‹ gefolgt wäre.

Verdammt, lass sie gehen. Wünsche ihr einen schönen Abend und lass sie gehen. Morgen sitzt du im Flugzeug. Übermorgen bist du in der *Freiwache* und kannst mit Geschichten über brasilianische Liebesnächte protzen. Lass sie gehen, dachte er. Er schaute in das matte Gesicht und sah eine glänzende, verzweifelte Visage. Pia ging ihm nicht aus dem Kopf.

»Darf ich?«, fragte er und streckte eine offene Hand aus.

Sie wich gleich zwei Schritte zurück.

»Comissario«, stotterte sie und schüttelte leicht betroffen ihre rötlichen Haare, »noch haben Sie kein Unheil angerichtet. Lassen Sie sie zufrieden. Bitte! Ich bitte Sie von ganzem Herzen.«

Harder wischte mit seinem Ärmel über seine faltige Stirn, legte dann seine grauen Haare wieder zurecht.

»Sie?«, fragte er.

»Bitte.«

Cyda war völlig verzweifelt. Immer wieder drehte sie sich um, schaute nach rechts, nach links, nach vorne, nach hinten.

»Bitte«, flehte sie nun.

Harder hasste Pia Brandt. Wenn er sie das nächste Mal sah, würde er dieser jungen Kollegin so richtig den Hintern versohlen. Das ist die einzige Art, die sie wahrscheinlich verstehen wird. Und dann soll sie sich beschweren. Ihm, dem dienstältesten Beamten der Bremerhavener Wasserschutzpolizei könne man doch gar nichts mehr. Er wartete doch ohnehin auf den verdienten Ruhestand. Jetzt, wo die bisherigen Behörden Polizeipräsidium, Bereitschaftspolizei und das Wasserschutzpolizeiamt zu einer großen Behörde zusammengefasst worden sind, war für ihn ohnehin der Zug abgefahren. Er hatte gehofft, den Posten von Siegberg zu bekommen. Nein, kein Ärger mehr. Und wenn, dann sollte es sich lohnen. Und der Brandt den Hintern zu versohlen, lohnte sich. Es gab ihm Genugtuung.

»Cyda, ich verspreche dir bei der Mutter Gottes«, jetzt hob er zwei Finger in die Höhe, »dass ich dir helfen werde. Nichts werde ich ohne deine Zustimmung machen. Ich verspreche es dir. Und jetzt bitte ich dich. Ich bitte dich, mir zu sagen, was da los ist. Und glaube mir, ich habe schon jahrelang um nichts mehr gebeten.«

Er schämte sich sehr. Nicht weil es wirklich stimmte, sondern er schämte sich, weil er jemanden um etwas gebeten hatte, was ihm plötzlich sehr wichtig war.

Cyda ging aber nur weitere zwei Schritte zurück.

Außerhalb des Laternenlichtkegels sah sie sehr hübsch aus. Ihr Gesicht wirkte auf einmal jung und ihre riesigen Brüste störten kein wenig die Eleganz ihrer Gestalt. Sie war 40 Jahre alt. Das hatte zumindest der Skipper behauptet. Jetzt, wo er sie genau anschaute, konnte sie genauso gut 30 oder 50 sein.

Auf der Promenade herrschte reger Betrieb. Pärchen schlenderten mit gegenseitigen lauten Liebesbekundungen an ihnen vorbei. Ein älterer Herr sang leise ein kleines Lied. Kinder kannten keine Bettzeiten und tobten herum. Keiner zeigte Interesse an dem sitzenden Seebär und der verzweifelten Brasilianerin.

»Was ist in der Tüte?«, fragte er.

Zögernd holte sie den Plastikbeutel vor. Dann ließ sie plötzlich einen Tragegriff los, sodass eine Seite hinunterfiel. Harder beugte sich sehr langsam nach vorn und spähte hinein. Der Inhalt war ein kleiner Karton und eine Flasche. Der Karton trug eine deutsche Aufschrift. Eines der vielen, größer gedruckten Worte war ›Kontaktlinsen‹.

»Kontaktlinsen«, rief er erstaunt. »Kontaktlinsen?«

Dann öffnete sich mit einem Mal der Vorhang der Mathematik. Waren die Zahlen bekannt, ließen sie sich schnell addieren. Er erinnerte sich an den ersten Faktor. Auch er hatte das 250-Seiten-Pamphlet mehrfach durchgelesen, doch zugeben wollte er es nie. Jetzt zahlte sich die Vorbereitung aus. Es war die Stelle, in der Brackmann die Suche nach dem verlorenen Trinkwasser aufgenommen hatte. Da stand die erste Zahl.

Die zweite lag in der Tüte.

Das addierte Ergebnis hatte nur einen Namen.

Der Taxifahrer kannte die Adresse sehr gut. Sie war nicht weit entfernt vom Hafen des Rio Potengi, wo nicht selten auch ausländische Segelschiffe festmachten. Die meisten stammten aus den USA. Europäische Segler waren dagegen eher eine Ausnahme in Natal, da sie meist auf der Barfußroute durch die Karibik den Panamakanal ansteuerten. Mittlerweile kämen aber wieder mehr, sagte er. Die moderne Technik und die drastische Verteuerung der Panamapassage würden dem Hafen gut tun. Es gebe nämlich im Süden Argentiniens eine von Gott geschaffene Straße, die den sicheren Weg zum Pazifik ermögliche.

Der Mann im Fond war eindeutig ein europäischer Seemann. Er hatte graue Haare und einen grauen Bart. Dazu paffte er ständig an seiner Pfeife. Die Frau daneben musste eine dieser billigen Huren sein, die jeden Abend am Pier entlangstolzierten und auf Freier warteten. Der Taxifahrer war sich sicher, denn das Hotel, das er nun ansteuerte, war eines der preiswerteren, die die Zimmer hauptsächlich mit Stundentarifen berechneten. Denn es war dort so schmutzig, dass sich keiner eine ganze Nacht darin aufhalten wollte.

Für ein kurzes menschliches Abenteuer war es aber gut genug. Und der Mann wollte schließlich nicht mehr für das Zimmer bezahlen als für die Frau. Und das Zimmer war verdammt billig.

Der Fahrer sagte nichts, er grinste nur mehrfach durch den Rückspiegel seine Fahrgäste an. Die beiden passen sicherlich gut zusammen, dachte er. Dem Seemann zollte er eine perverse Ader. Er hätte sich auch etwas Jüngeres angeln können.

Am Eingang des Hotels, es war mehr eine desolate, vergitterte Pforte, nannte er seinen Preis. Die Nutte gab ihm die Hälfte. Der Taxifahrer war zufrieden.

»Ich habe dir etwas versprochen«, sagte Harder und nahm sie in den Arm. Sie ließ es zu, wehrte sich nicht, schmiegte sich gar an seine väterliche Schulter. Er hatte das Gefühl, sie gerade von einer schweren Last zu befreien.

»Nur reden«, sagte er, »und dann bin ich verschwunden. Du musst wissen, was du dann machst.«

Vor der Tür mussten sie warten. Lachend und kreischend kamen gerade drei Paare heraus. Der letzte Kerl hatte eine Minderjährige im Schwitzkasten und fasste mit der anderen Hand der vorgehenden Alten an den Po. Sie grölten und husteten. Dann verschwanden sie um die Ecke.

Im Flur meinte Harder eine Kakerlake gesehen zu haben, die schnell in einer Ritze unterm rechten Tresen Zuflucht suchte. Hinter der Theke saß ein dicker, schwitzender Mann. Keine Armeslänge entfernt blies ein Ventilator auf der höchsten Stufe. Die gewaltigen Oberarme des Mannes waren bis zum Ellbogen tätowiert. Auch auf der Innenseite bildeten kurvenreiche Linien, die bedeutungslos endeten, ein Geflecht von Hässlichkeit.

»Stunde, fünf Dollar«, sagte er und prustete etwas heraus. Dann erst blickte er hoch und zog den Schnodder seiner Nase hoch. »Cyda«, freute er sich, »er ist oben und hat schon zweimal nach dir gefragt.«

Sie gingen eine schmale Treppe hinauf. Die Stufen hatten seit der letzten Lackierung vor vielen Jahren kaum eine Reinigung erfahren. Von den Wänden fiel Putz, wenn die Stufen zu hart genommen wurden. Harder setzte sacht jeden Fuß vor den anderen. Er achtete darauf nichts zu berühren. Alles hier war nur einfach schmierig, schleimig, ekelhaft. Er war oft in Bordellen, weil er dort nicht Dank sagen musste. Aber auf Atmosphäre hatte er immer größten Wert gelegt. Das Ausleben des Triebes sollte Freude bereiten und nicht zur unumgänglichen Pflicht verkommen.

In der dritten Etage brannte nur eine einsame Glühbirne am Ende des Ganges. Aus der Fassung ragten Kabel, deren blanke Fasern nur mit aus der Decke kommenden Drähten zusammengedreht waren. Das Kupfer leuchtete im Schein der Birne. Nicht einmal Isolierband war an den Verbindungen verwendet worden.

Eine zweistellige Ziffer war auf die Tür gemalt. Harder konnte nicht eine Zahl identifizieren. Cyda klopfte leicht an und trat ein. Das Zimmer bestand aus einem Bett und einem kleinen Tischchen. Auf dem Boden lagen Socken, eine Jeans, zwei T-Shirts und ein blauer Segleroverall. Auf dem Bett riss ein schwarz gelockter Kerl mit kleinem Schnauzer und unrasiertem Kinn die Augen auf.

»Alles okay«, sagte Cyda in englischer Sprache, »es ist alles okay.«

Der Mann sprang dennoch auf. Zwischen Pritsche und Wand waren gerade einmal 20 Zentimeter Platz. Auf dieser Spur stand er nun.

»Mein Name ist Harder. Keine Sorge, ich will nur mir Ihnen sprechen. Sie haben gar nichts, aber absolut gar nichts zu befürchten. Vielleicht kann ich Ihnen helfen. Aber das müssen Sie entscheiden«, sagte Harder und hob beide Hände nach oben, als wäre er von einer scharfen Waffe bedroht.

Der gelockte Schopf sackte sofort wieder zusammen. Es schien ihn nicht zu beeindrucken, dass da jemand vor ihm stand, der seine Heimatsprache beherrschte. Er rutschte über das verschlissene Laken wieder in die Bettmitte und schaute zu

Cyda. Die lächelte ihn an, nahm ihn dann in den Arm und gab ihm einen schmatzenden Kuss. Schließlich vereinten sich ihre Lippen für mehrere Sekunden.

»Was wollen Sie?«, fragte er. Aus seiner Jeans holte er eine Packung *Marlboro*. Die Zigaretten waren verknickt. Mit den Fingerspitzen glättete er sie, suchte dann nach Feuer. Harder schmiss ihm seine Streichhölzer zu und schloss die Tür. Dazu musste er sich an eine Wand pressen. Er hasste Pia jetzt noch mehr.

»Ich bin Polizist aus Deutschland. Charly Brackmann hat uns einen Brief geschrieben. Er macht sich Sorgen um Sie.«

Mit diesen Worten meinte Harder alles gesagt zu haben, was für den ersten Moment wichtig war. Doch er irrte.

»Mir geht es gut. Danke. Bestens. Weiß der Admiral, dass ich hier bin?«

Cyda verstand kein Wort, schüttelte jedoch sofort den Kopf. Sie hatte nur ›Admiral‹ herausgehört und sich den Rest denken können.

»Nein, Kleinjohann weiß nicht, wo Sie sind, er weiß auch nicht, wo ich bin. Und er wird es von mir auch nicht erfahren.«

Erik Schlaback saß nun mit einer brennenden Zigarette auf dem Bett, hatte die Hände im Schoß gefaltet. Er blickte an die Decke und inhalierte tief. Harder stand in dem schmalen Spalt zwischen Bett und Wand. Seine Füße fanden kaum genug Platz, sich zu bewegen. Die Knie drückten an das Gitter des Bettgestells. Er war hier, sprach mit dem, um den sich Brackmann, Brandt, Siegberg, Schröder und das gesamte Seeamt Sorgen machten. Und der Rostocker nahm jetzt nicht einmal Kenntnis von ihm. Für einen kurzen Moment dachte er an Pia, die ihm jetzt mit psychologischen Ratschlägen wahrscheinlich etwas über Zurückhaltung, Herantasten, Verständnis und Abstandbewahren erzählen würde.

»Passen Sie auf, Herr Schlaback, ich stehe nicht hier in dieser kleinen versifften Kajüte, hole mir hier nicht die Pest von dem Gesocks, was hier die Wände runtertrieft, und Sie meinen, hier den Coolen spielen zu müssen. Was glauben Sie eigentlich, wen Sie vor sich haben?«

Harder änderte die Tonart abrupt. Cyda verstand immer noch nichts, aber warf sich plötzlich schützend auf Erik. Der stieß sie wieder weg und saß wie vorher, an der Zigarette ziehend und auf die Decke starrend.

»Gehen Sie mit mir einen Caipirinha trinken. Ich lade Sie ein«, versuchte es Harder erneut.

Jetzt schaute der Rostocker hoch, schmunzelte, griff in eine schmale Spalte auf der rechten Seite der Pritsche und holte eine Plastikflasche hervor. Die Flüssigkeit war glasig. Harder kannte sie. Nur aus so einer Flasche hatte er noch nie getrunken. Den Hals umringte ein grünlicher Rand. Ein glänzender Film bedeckte das Plastik. Das Etikett war halb zerfetzt. Erik Schlaback nahm einen tiefen Schluck.

»Was hat man mit dir bloß gemacht?«, überkam es Harder. Und plötzlich erinnerte er sich. Fast die gleiche Wortwahl hatte Magdalena gegenüber Brackmann gefunden. Das war ein halbes Jahr her.

Seine Finger umfassten die Gitterverzierung des Bettes. Fest packte er jetzt zu. Seine ganze Wut strömte in die Arme. Gewaltig hob er das Bett für wenige Zentimeter an. Immer wieder ließ er es zu Boden sausen. Immer wieder hob er es für wenige Zentimeter an. Cyda, die mit auf der Matratze saß, kreischte. Doch Erik Schlaback blieb ruhig. Die einzige Reaktion, die er zeigte, war, dass er auf den Zug der Zigarette verzichtete.

Harder schubste Cyda zur Seite und ließ sich auch auf die Matratze am Fußende fallen. Nun starrte auch er stupide gegen die hässliche Wand.

»Was soll ich machen?«, fragte er.

»Nichts«, kam die Antwort sehr schnell, »einfach gar nichts. Da ist nichts mehr zu machen.«

Harder stieß Cyda weiter weg. Dann packte er Schlaback und schüttelte ihn mit beiden Armen. Sein Kopf schoss haltlos hin und her.

»Junge, werde wach, du lebst noch«, schrie er ihn an.

Doch Erik lächelte nur, suchte, nachdem Harder ihn losgelassen hatte, nach seiner verlorenen Zigarette. Er fand sie neben dem Kopfkissen, dessen Futter bläuliche Flecken zierten.

»Ich habe ja nicht auf Charly hören wollen« sagte er plötzlich. »Der gute alte Charly.«

Jetzt herrschte Stille. Nur vom Boden her kamen Geräusche. Es war ein Schaben und ein Piepsen. Es war ein Rascheln und ein Kräken. Nur Harder fiel es auf. Unwillkürlich musste er sich schütteln.

»Es war alles wunderbar. Wir sind gesegelt, haben gelacht, gefeiert, getrunken. Wenn Sie mir wirklich helfen wollen, dann lassen Sie mich zufrieden.«

»Das kann ich nicht«, entgegnete Harder spontan. »Das kann ich nicht.«

»Warum nicht?«, fragte Erik. »Sie haben mich gefunden, mir geht es gut. Ich lebe. Und ich bin volljährig. Ich weiß, was ich tue.«

»Ich lasse Sie zufrieden, wenn Sie mir Antworten geben«.

»Auf was? Ob Charly Brackmann fast zu Tode geprügelt worden ist? Ja. Ob er sich gewehrt hat? Nein. Ob Kap Hoorn ein Erfolg war? Ja. Aber nur für einen. Irgendwie.«

»Wieso?«

»Weil nichts wahr ist. Es gibt keine Wahrheit. Es ist alles erstunken und erlogen. Und Gott hat sich auch von mir abgewendet, aber er wird mich nicht fallen lassen. Ich weiß es. Der Teufel will wieder einmal Gott in Versuchung führen. Und ich bin auserkoren, in Hiobs Fußstapfen zu wandeln.«

»Zu wandeln« echote Harder. Dieses besoffene Stück von Mensch sprach von wandeln? Der war am Ende, der vegetierte auf einem schimmeligen, zerfetzten Bettlaken nur noch vor sich hin. Eine Nutte, die ein zweiseitiges Spiel betrieb, brachte ihm Caipirinha und zahlte seine Miete in einem billigen Stundenhotel. Und der sprach von wandeln?

»Es hat alles mitten auf dem Pazifik angefangen. Gott hat den Teufel herausgefordert. Er hat wie bei Hiob zu ihm gesagt: ›Du kannst ihm alles nehmen, er wird mein Diener bleiben‹. Ich, Herr Polizist, habe aber nicht Herde und Kinder verloren. Ich habe Menschen dahinsiechen sehen. Ich habe das schlimmste Grauen in einer Person erfahren. Ich habe den Teufel in Menschengestalt erlebt. Und dann, lieber Herr Polizist, stellst du mir die Theodizee-Frage. Warum lässt Gott das zu? Warum? In der Bibel kann sie bei Hiob nicht über 42 Kapitel beantwortet werden.«

Jetzt lachte er so laut, dass sogar Cyda von ihm abrückte.

»Sie ist nicht zu beantworten. Nie und nimmer. Warum sind Tausende von Seeleuten, von aufrichtigen, ehrlichen Seemännern an Kap Hoorn gescheitert? Warum haben wir überlebt? Warum? Weil Charly Brackmann ganz plötzlich auf Gott vertraut hat? Weil ich an meinem Glauben festhielt? Ja, genau deswegen. Und deswegen sitze ich jetzt hier in dem ekelerregendsten Loch, was Sie je gesehen haben, und bin still. Denn tagelang saßen auch Freunde bei Hiob ohne zu reden, weil sie keine Worte fassen konnten, für das, was passiert ist. Aber Herr ...«

»Harder«, sagte Harder schnell.

»Aber, Herr Harder, Wissen Sie, wie die Geschichte enden wird? Ich sage es Ihnen. ›Und der Herr gab Hiob doppelt so viel wie er gehabt hatte. Und Hiob lebte danach hundertundvierzig Jahre und sah Kinder und Kindeskinder bis in das vierte Glied. Und Hiob starb alt und lebenssatt.‹«

Harder sagte nichts. Fassungslos blickte er auf diese schmächtige Gestalt, deren Augen während des Aufsagens zu funkeln begonnen hatten. Ihm fehlten Worte. Vorbei war es mit seiner burschikosen Gabe, auf alles reagieren zu können. Er sah einen Segler vor sich, der in der falschen Zeit lebte. Diese Worte hatte er in ähnlicher Art von Seemännern gelesen, die vor mehr als hundert Jahren Kap Hoorn passiert, die aber nicht das Grauen in den Kapitänen der *Milverton*, *Beatrice*, *Greif* oder *L'Ávenir* gesehen hatten, sondern allein in der See.

»Warum sind Sie dann nicht von Bord gegangen?«

Er stellte die Frage so knapp wie möglich. Jetzt bloß kein Kommentar zu den vorhergegangenen Anmerkungen!

»Der Geist ist stark und das Fleisch ist schwach. Es lockten doch jetzt paradiesische, warme Strände. Charly Brackmann ist doch auch noch weiter mitgesegelt, obwohl er damit wirklich alles verloren hat.«

»Warum?«

»Ich weiß es nicht.«

»Und warum hatte nur einer mit Kap Hoorn Erfolg? Wer? Brackmann schreibt, dass der neue Skipper der Einzige ist, der Kap Hoorn nicht geschafft hat. Was ist erstunken und erlogen?«

»Die ganze Geschichte ist eine Lüge. Schauen Sie in das Logbuch! Es ist gefälscht. Komplett ab dem Fünfzigsten.«

Harder schöpfte nach Luft.

»Und zum Erfolg ... den seemännischen Erfolg hat nur einer, der, der es eigentlich als Einziger nicht geschafft hat. Gesiegt haben die drei anderen.«

»Wir werden weitermachen!« Pia Brandt hatte Teller und Tassen zur Seite geschoben. Auf der vollgekrümelten Decke hatte sie dann ihren Laptop geöffnet.

Der Erste Hauptkommissar zog aber seinen Teller wieder heran und schnappte die letzten drei Tomatenscheiben auf einmal mit den Fingern. Blitzschnell stopfte er sie sich in den Mund. Fast wäre das glibberige Innenteil auf der Tastatur gelandet. So triefte es nun am Bart.

»Harder, wir werden jetzt nicht aufhören. Ich sag dir ehrlich, ich habe heute früh eine E-Mail an Siegberg geschickt. Und ich verspreche dir, dass ich auch noch eine an das BKA, an die Staatsanwaltschaft und an das Seeamt schicke, wenn ...«

»Vergiss es, dem Seeamt musst du schon faxen.«

Harder hatte schon vor dem Frühstück gewusst, was ihn erwartete. Als er das kleine Esszimmer im *Sossego* betreten hatte, war sie bereits dabei gewesen, kräftig auf die Tasten ihres Computers einzuhämmern. Sie war noch altmodischer gekleidet als am ersten Tag, wo er sie in der *Freiwache* kennen gelernt hatte. Wieder war der oberste Knopf der blassen Bluse geschlossen. Wieder saß der Kragen dermaßen eng, dass er den Hals schnürte. Wieder haftete ein dicker, hässlicher Dutt am Hinterkopf. Doch jetzt trug sie auch noch eine Weste im gleichen grauen Ton, den auch schon der bieder geschnittene Rock besaß. Ihr Design hatte alles angekündigt.

Harder hatte ihr gegenüber kein Sterbenswörtchen über den nächtlichen Fund fallen lassen. Er hatte nicht erwähnt, dass auch Schlaback Hals über Kopf von der *Albatros* geflüchtet war. Kleinjohann, so hatte ihm der Rostocker erzählt, hätte wie bei Brackmann mit der Polizei gedroht. Wie bei Brackmann wollte er ihn des Diebstahls bezichtigen, wenn er desertieren würde. Wie bei Brackmann, habe Kleinjohann versprochen, würde er die Anzeige aber dann zurückziehen, wenn der Deserteur gewillt sei, die Reise fortzusetzen. Es gibt keine Polizei der Welt, die einem Schiffsführer nicht glaubt, habe der Skipper fröhlich gesagt. Und dass es auf der *Albatros* keine straffreie Desertion gibt.

Schlaback war dennoch geflüchtet, hatte jedoch etwas mehr Zeit gehabt als Brackmann. Er hatte einen Pass, er hatte Geld und er hatte Cyda gehabt, die ihm gestern noch die vergessenen Kontaktlinsen gebracht hatte.

Hilfe hatte Erik Schlaback keine erwartet. Er wollte sich noch etwas ausruhen, wieder zu Kräften kommen. Er hatte sich über die Nachricht gefreut, dass gegen ihn keine Anzeige bei der natalensischen *policia* vorliegt. Diese Befürchtung hatte ihn viele Tage gequält.

»Ich denke nicht, dass es dich brennend interessiert, aber ich habe gestern Abend im Gegensatz zu dir noch gearbeitet.« Pia zog den Laptop wieder zu sich herüber und fummelte mit einem Finger wirr auf dem kleinen *touchpad* herum. Harder beobachtete sie gelassen und glaubte nun zu erkennen, warum die doch relativ hübsche, junge Kollegin auf lange Fingernägel verzichtete.

»Schröder ist anscheinend motivierter«, konnte sie die Stichelei nicht lassen, »er hat mir Informationen über Kleinjohann und über Susan Karnath gemailt.«

Sie rief die Dokumente auf und gab eine sehr kurze Zusammenfassung. Dabei sprach sie schnell und ohne Betonung.

»Karl-Maria Kleinjohann, aufgewachsen in Pfarrkirchen, ein kleines Kaff im letzten Winkel von Niederbayern, spießigste Ecke Deutschlands. War nach der Schule bei der Bundesmarine. Ist dort rausgeflogen, also unehrenhaft entlassen worden. Hatte bei einer Grundausbildung Wehrdienstleistende zusammengeschlagen. Dann fehlt jede Spur. Keine Eintragungen im Register. Das war wohl die Zeit, in der er als Söldner im Ausland gearbeitet hat. Aber da gibt es keine Anhaltspunkte für. Dann ist er irgendwann zurückgekommen, hat eine Beate Saalbach aus Herbertsfelden, das ist ein Nachbarort, noch kleiner als Pfarrkirchen, geheiratet. Dann ordentlich geerbt. Er hat eine Weltumsegelung gemacht. Hat sie ständig alleine gelassen. Dann gibt es nur noch eine Eintragung in Pfarrkirchen. Und das ist die Hundesteuer für den Pudel. Immer pünktlich per Einzugsverfahren. Das war's. Dann sind sie nach Sydney ausgewandert. Von dort gibt es nichts über sie.«

Harder pulte nun mit einem Zahnstocher im hintersten Mundwinkel herum. Dabei steckte er die Finger mit hinein. Pia zog nur einmal, recht angewidert, die Nasenflügel hoch, öffnete dann ein weiteres Dokument.

»Schröder hat mit Susan Karnath gesprochen. Sie hat die Vermisstenanzeige nur wegen ihrer Tochter gestellt. Alina soll irgendwann einmal erfahren, was aus ihrem Vater geworden ist.« Sie machte eine kleine Pause, weil der Text verschoben werden musste. »Susan Karnath hat ausgesagt, dass Brackmann sich das letzte Mal, und vielleicht hörst du jetzt einmal zu, dass Brackmann sich das letzte Mal aus Porto Belo gemeldet hat. Harder, das ist ekelhaft! Hör mir jetzt zu! Also, aus Porto Belo, verstehst du. Und erst bei diesem Telefonat hat sie ihm gesagt, dass sie nicht mehr zusammen sind.«

Harder unterbrach kurz das Stochern. »Siehst du, alles klar«, lallte er unverständlich, weil er während des Sprechens versuchte, ein letztes Stück mit der Zunge aus einer hinteren Zahnlücke zu holen, »er hat sich also aus Liebeskummer umgebracht. Und deswegen ist er verschwunden.«

Pia ging nicht näher darauf ein. »Susan Karnath beschreibt Brackmann als Egoist, der sich nicht binden kann, der für Familie keine Verantwortung übernehmen will, dem alles egal ist, solange er seine Freiheit hat. Schröder schreibt, sie habe nur geschimpft, habe nie von dem Ex-Freund gesprochen, sondern nur von dem Vater ihres Kindes.«

»Und«, ergänzte Harder«, »sie hat Schröder gesagt, dass, falls wir ihn finden, wir ihm ausrichten sollen, dass er seine Tochter sehen kann, sobald das Gericht die Besuchszeiten festgelegt hat.«

Pia zuckte zusammen. Harder warf den Zahnstocher in hohem Bogen neben den Aschenbecher.

»Ich brauche keinen Computer mit Datenbank und Firlefanz. Ich habe heute Morgen mit Schröder telefoniert. Und auch mit Siegberg. Er hat sich sehr über deine Post gefreut. Das wird er dir aber noch selber sagen.«

Dann stand der Hauptkommissar auf. »Ach so, Miguel kommt gleich vorbei. Er bringt uns zum Flughafen. Wir fliegen in ungefähr drei Stunden. Nach Camboriu.«

Die weißen Dünen waren noch als letzte Landmarke lange zu erkennen. Dann war um sie herum nur noch Wasser. Eine endlose Weite. Der Horizont war eine glatte Linie, die das dunklere von dem helleren Blau trennte. Nur bei genauem Hinschauen ließen sich weiße Streifen unter ihnen ausmachen. Es mussten hohe Wellen sein. Doch die See glich einer riesigen, glatten Platte.

Sie hatten sich wieder wie die Kleinsten im Kindergarten gestritten. Es hatte eigentlich nur noch gegenseitiges Ansabbern gefehlt.

Harder hatte plötzlich gesagt: »Schluss, aus, Ende der Diskussion.« Sie hatte ihn sofort mit dem größenwahnsinnigen Kleinjohann verglichen, der auch immer Anfang und Ende eines Gespräches bestimmt hatte. Harder hatte daraufhin nur noch festgestellt, dass jede Situation an Bord mit Situationen im Alltag zu vergleichen sei: »Vielleicht kapierst du dann endlich, dass da nichts Außergewöhnliches passiert ist.«

Einen Höhepunkt ihrer Zusammenarbeit hatte nur einige Minuten später die nächste Auseinandersetzung gebracht. Das Flugzeug hatte soeben den Kontakt zur Startbahn verloren. Die schwache Erschütterung war noch im Rumpf zu spüren gewesen, da hatte Harder begonnen, ihr von Schlaback zu erzählen. In aller Seelenruhe hatte er, ebenfalls in einer sehr gestrafften Zusammenfassung, von dem Besuch im Stundenhotel berichtet. Seine letzten Sätze waren gewesen: »Du hättest Schlaback doch nur weiter belästigt, wärst dann wie eine Furie wieder aufs Schiff gelaufen. Und das hätte nichts gebracht. Übrigens wird Miguel das Ersatzteil beschlagnahmen, zurückhalten, oder wie immer du es nennen willst. Das Teil für die Windfahnensteuerung, auf das Kleinjohann wartet. Das heißt, der wird noch so lange in Natal bleiben müssen, bis wir Miguel anrufen.«

Harder bestellte bei einer sehr alten Stewardess, die ungefähr die gleiche Gabe der kosmetischen Gestaltung wie Cyda besaß, den dritten Drink in Folge. Er hasste Flüge, weil das Pfeiferauchen strikt untersagt war. Pia hing konzentriert über einem frischen, großen Blatt Papier. Drei hatte sie bereits mit Strichen, Kreisen, Dreiecken und verschiedenen Buchstaben gefüllt. Unaufhörlich malte sie Pfeile, die auf eine neue geometrische Figur hinwiesen. Dann strich sie verzweifelt alles durch und begann von vorne. Sie gab den Figuren Namen, listete schließlich bestimmte Attribute auf. Alles zusammen wurde dann mit einem neuen, riesigen Kreis gefangen. Jetzt blätterte sie zurück und tippte mit dem Schreiber auf die erste Zeile.

»Das sind verschiedene Profile von Krisenbewältigung«, sagte sie leise. Es interessierte sie nicht wirklich, ob Harder das wissen wollte, aber das laute Verkünden ihrer Resultate half ihr.

»Alle hatten ihre Grenzen weit überschritten. Jeder war gezwungen, etwas zu tun. Abwarten, Ertragen, Erdulden war nicht mehr möglich. Jeder musste sich entscheiden: autoaggressiv oder fremdaggresiv. Und jetzt zeigte sich, was in ihnen schlummert. Jetzt kam es raus.«

Pia klopfte weiter mit ihrem Schreiber auf die verschiedenen Figuren, dann blätterte sie weit vor, dann wieder etwas zurück. Schließlich startete sie erneut mit dem Klopfen des Schreibers.

»Alle vier fliehen. Jeder baut sich jetzt die Welt, wie er sie braucht. Das ist die Überlebensstrategie. Das heißt, jeder schafft sich seine eigene Gegenwelt, die der zerstörerischen Macht etwas entgegensetzen kann. William flieht zu seinen Freunden. Erik sagt, alles, was mich belastet, interessiert mich einfach nicht. Und er hat Gott. Und dann ist da noch Brackmann, der kämpfen will. Er will die geliebte Freiheit nicht hergeben. Er kämpft für seine Grundrechte. Für das Recht auf Leben und körperliche Unversehrtheit. Für die Freiheit des Glaubens, des Gewissens. Dieser Kampf ist seine Welt und seine Soldaten sind die Familie, die zu Hause wartet, und Gott, an den er sich plötzlich erinnert.«

»Bei den Grundrechten hast du noch das Recht auf freie Entfaltung der Persönlichkeit vergessen«, nutzte Harder eine kleine Pause. Der spöttische Unterton war nicht zu überhören. Er schüttelte verständnislos den Kopf.

»Freie Entfaltung? Auf einem Schiff im Südpazifik?«

Viermal stieß er mit der Spitze seines gekrümmten Zeigefingers gegen die Stirn. Dann trank er wieder.

»Das größte Problem hat aber Kleinjohann«, fuhr sie beharrlich fort, »sein Problem ist: Wenn ich mir diese Welt schaffe, die ich brauche, müssen die anderen auch in dieser Welt die Funktion übernehmen, die ich ihnen zuschreibe. Denn sonst funktioniert diese Welt nicht.«

»Harder verschluckte sich. Tropfen fielen aus Becher und Mund auf das vor ihm aufgeklappte Tischchen. Nieselnde Feuchtigkeit erreichte auch das vierte Blatt der Kollegin.

»Kleinjohann«, sagte sie aber in unverminderter Gelassenheit, »ist schon immer ein Spießer mit urdeutschen Tugenden gewesen. Doch jetzt macht er das, was schon ein Phänomen im Zweiten Weltkrieg und in den Nachkriegsjahren war.«

Jetzt horchte Harder auf.

»Er lässt Disziplin, Hierarchie, Akribie und Unbeweglichkeit zur Neurose ausarten. Das, Harder«, sie hatte erkannt, dass der Kollege ihr nun Aufmerksamkeit schenkte, »kennen wir aus der deutschen Geschichte wirklich bestens. Denn wenn etwas zerstört wird, dann ist Ordnungsliebe das Wichtigste.«

Balneario Camboriu zählt gerade einmal 30 000 Einwohner, doch Hunderte von hässlichen, kleinen Wolkenkratzern säumen das Atlantikufer über mehrere Kilometer. Die Stadt, etwa eine Autostunde nördlich von Porto Belo, gilt als der bekannteste und teuerste Badeort des Bundesstaates Santa Catarina. Fast eine halbe Million Urlauber tummeln sich Sommer für Sommer an dem einen breiten Sandstrand in der hufeisenförmigen Bucht von Camboriu. Jetzt, zu Beginn der Vorsaison, bot die *praia* noch genügend Raum für großflächige Ballspiele. In zwei Monaten, schwärmte der Taxifahrer, muss man lange laufen, um noch einen Platz für das Strandtuch zu finden.

Es war sicherlich ein Umweg, den der Chauffeur nahm. Aber die beiden deutschen Beamten genossen die Frühlingsstimmung der Urlaubsmetropole. Harder konzentrierte sich auf die weiblichen Schönheiten, die auch bei 21 Grad mit brasilianischem String und knapper Brustbedeckung den Strand zum Leben und Lieben weckten. Pia erfreuten die sauberen Gärten, die feinen Beete, in denen es jetzt schon blühte. Und ab und zu schaute sie auch einmal verstohlen einem feschen Brasilianer hinterher. Es waren schon schmucke Burschen, die hier im Süden die Freizeit zu nutzen verstanden.

Die Fahrt nach Porto Belo führte über eine sehr trockene Hochebene. Riesige, braune Sandflächen, breite, vertrocknete Felder durchschnitt die Straße. Doch mit Einöde konnte diese Gegend wahrlich nicht beschrieben werden. Plötzlich befand sich der Wagen inmitten eines Regenwaldes. Dann folgten Arakuarienwälder, schließlich wieder Felder, die diesmal mit sattem Grün überraschten.

Auf der Anhöhe blickten sie herunter ins Tal. Vor ihnen lag die Bucht mit den kleinen Inseln und der weit hineinragenden Landzunge, die Porto Belo teilte. Der Strand war leer, und auch die meisten Restaurants und Bars waren geschlossen. Es herrschte eine unheimliche Stille auf den Straßen. Eigentlich war es nur eine breite asphaltierte Trasse, die Porto Belo durchzog. Rechts und links gingen staubige Sandwege ab. Die rechten waren meist Sackgassen, die am Fuße eines dicht bewachsenen Berges endeten. Hier musste auch das Haus von Catarina Amarados Onkel liegen.

An der Plaza entdeckten sie eine für brasilianische Kleinstädte bombastische Allee, die in der Mitte durch einen Grüngürtel geteilt war. Auch hier hatten die meisten Geschäfte geschlossen. Ein kleines Bistro lud zum Dinner ein. Sonst war die Flaniermeile tot. Harder bat den Fahrer dennoch, wenigstens einmal um das Karree zu fahren. Im ersten Gang stotterte das Taxi durch die Einbahnstraße. Auf der südlichen Seite schauten beide aus dem Fenster, suchten nach der Kneipenterrasse, auf der Brackmann mit Schlaback gesessen hatte. Zwei standen zur Auswahl. Sie ähnelten sich sehr. Beide waren aus Holz, beide hatten eine dicke

Balustrade als Abschluss zum Gehsteig. Pia Brandt entschied sich spontan für die rechte, da sie weiter in der Mitte der Allee lag. Harder schaute längst wieder woanders hin. Für ihn war es eindeutig die linke Kneipe, da deren Terrasse einzig und allein Tischen einen Platz bot, von denen man schnell die Treppe erreichen konnte und in wenigen Sekunden in ein wartendes Fluchtauto hätte springen können.

Der Taxifahrer musste dreimal nach der *esquadra da policia* fragen, bis er eine einigermaßen zuverlässige Antwort erhielt. Harder schaute auf die Uhr. Sie waren etwas früh dran. Erst in einer Stunde hatten sie einen Termin bei diesem Comissario Martinez. Die deutschen Polizisten wussten, dass hier ein anderer Wind wehen würde als in Natal. Der Vorsteher der hiesigen *esquadra* war keineswegs begeistert gewesen, als sie ihren Besuch angekündigt hatten. Am Telefon hatte die Polizeirätin erfahren, dass sehr wohl ein Charly Brackmann und ein Karl Kleinjohann bekannt seien. Die erste Anfrage aus Deutschland vor über einer Woche hätte ein neuer Kollege beantwortet. Jeder in Porto Belo, der eine dunkle Uniform mit weißer Schärpe trage und länger als sechs Monate dabei sei, könnte sich daran erinnern. Dieser Fall hatte viel Staub aufgewirbelt. Ungern wolle sich die *esquadra* zu diesem Thema noch einmal äußern.

Pia und Harder warteten nun in einem sehr langen schmalen Gang. Die Holzpritsche, auf der sie sehr eng zusammensitzen mussten, war hart und uneben. Harder hatte die ersten zehn Minuten gestanden, hatte dann auf sein Alter hingewiesen. Die Kollegin war aber nur ein Stück gerückt. Ihre Oberkörper berührten sich. »Du wirst davon schon nicht sterben«, hatte Pia gesagt und erstmals an diesem Tag gelächelt.

Zweimal war ein kleiner, fettleibiger Kerl mit grauen Haaren und buschigen Koteletten an ihnen vorbeigegangen. Sie hatten die Knie jedes Mal weit zur Seite gedrückt, sodass er sie hatte ungehindert passieren können. Das zweite Mal hatte Pia das Wort ›Comissario‹ schon auf den Lippen gehabt. Doch nach der ersten Silbe hatte der runde Kerl schnell die Hand gehoben. Sie hatte das ›issario‹ nicht mehr ausgesprochen.

»Der muss denen ja hier richtig eingeheizt haben«, sagte Harder. Pia erschrak. Harder hatte portugiesisch gesprochen. Mit weit aufgerissenen Augen starrte sie ihn an. »Die können von Glück reden, dass sie den Brackmann losgeworden sind. Der Kleinjohann hätte nie und nimmer Ruhe gegeben«, fuhr Harder ungerührt fort.

Jetzt sprang Pia auf, setzte drei Schritte zurück. Dabei trat sie jemandem auf die Füße. Der Fette von vorhin blickte beide nun abwechselnd mit grimmigen Schweinsaugen an. »Da haben Sie vollkommen Recht. Wenn Sie mir folgen würden.«

Er führte sie in ein Zimmer, das nur mit einem Schreibtisch möbliert war. Ein grinsender Kollege brachte zwei Holzstühle, die er im Eingang stehen ließ. Harder bedankte sich viel zu höflich, schnappte beide und stellte sie dicht vor die schmierige Platte. Der Dicke hatte schon längst Platz genommen und strich sich nun über seine Haare. Die Pomade glänzte noch lange an seinen Fingern.

»Martinez«, stellte er sich kurz vor. Harder erledigte die Vorstellung für beide genauso kurz. Pia verlängerte den Akt, indem sie nett die Berufsbezeichnungen hinzufügte, wobei sie ihren Titel besonders betonte. Dann gab sie noch schnell die Namen ihrer Behörden preis, bedankte sich für die spontane Zusage und wartete auf einleitende Worte ihres runden Gegenübers.

»Ich kann Ihnen und ich will Ihnen nicht viel dazu sagen. Das hätten wir auch alles am Telefon besprechen können. Haben Sie die Behörde in Florianopolis verständigt?«

»Nein, haben wir nicht, wir dachten …«

»Das ist gut so«, unterbrach der kleine Mann und wischte sich über die aufgedunsenen Wangen, »der Fall hat uns wirklich zu schaffen gemacht. Wir hatten hier einen Journalisten, der das Ministerium über Pressefreiheit aufklären wollte. Wir hatten einen Kapitän, der mit bilateralen Konsequenzen drohte. Und wir hatten eine Edelnutte, die wahrscheinlich ganz Florianopolis zu ihrer Kundschaft zählt. Selbst der Bezirksdirektor hat angerufen und gefragt, was mit dem Kind ist. Es war ein Unfall.«

Er lehnte sich zurück und kämpfte mit den Schweißperlen. Die Poren der Stirn, der Wangen, gar des Doppelkinns leisteten Schwerstarbeit. Der schwabbelige Hals ragte weit über den

Kragen, sodass sogar die Spitzen die Feuchtigkeit aufnehmen mussten.

»Wir wissen zu gut, Senhor Martinez, dass im Übereifer junger Kollegen eine ganze Menge Missgeschicke passieren können. Glauben Sie mir, ich kann davon eine Menge leidvoller Lieder singen.« Harder schaute sie an. Dieses junge Huhn hatte gerade zum ersten Mal ihren Schreibtisch verlassen und log, dass sich die Balken bogen. »Aber«, fuhr sie konsequent fort, »das ist auch nicht unser Anliegen. Wir wollen nur wissen, was aus Charly Brackmann geworden ist.«

»Das kann ich Ihnen nicht sagen«, prustete der Dicke.

»Aber Sie hatten ihn doch in Gewahrsam. Hat der Schiffsführer, der Karl Kleinjohann, die Anzeige zurückgezogen?«

»Nein, hat er nicht, wir haben Brackmann entlassen und Kleinjohann eingelocht. Fast eingelocht.«

»Sie haben ihn entlassen? Obwohl er keine Papiere bei sich hatte? Obwohl er Geld gestohlen hatte?«

Martinez kratzte sich an den buschigen Koteletten und wischte sich dann wieder mit dem schmierigen Ärmel über die Stirn. »Das war schon eine verrückte Sache. So ein Durcheinander.«

Pia und Harder warteten geduldig. Sie wussten, dass er nach neuen Trocknungsversuchen weitersprechen würde. Sie hatten Zeit und der Comissario wollte dem Gespräch so schnell wie möglich ein Ende setzen.

»Die Amarado war an Bord des Schiffes und hat dem Schiffsführer die 2000 Dollar gegeben, die Brackmann gestohlen hat.«

»Was hat sie gemacht?« Die Frage fegte aus zwei Mündern über die schmierige Platte.

»Also, nicht richtig gegeben«, revidierte Martinez sofort seine Auskunft. »Sie hat es ihm aber angeboten. Der Schiffsführer wollte das Geld aber nicht haben.«

Jetzt verstand das ungleiche Duo der deutschen Sonderkommission gar nichts mehr. Sie schauten sich erst gegenseitig an, dann Martinez. Dem schien die Neugier zu gefallen. Er sonnte sich im Glanz des Wissens. Die Schweißperlen spiegelten diesen Glanz. Pia glaubte zu riechen, dass dieser fette Brasilianer noch nie im Leben einen Deodorantstift gesehen hat.

»Die Amarado kam zu uns. Wir entschuldigten uns natürlich in aller Form für den Unfall mit diesem Mädchen. Wie hieß sie noch gleich? M…«

»Magdalena.«

»Magdalena. Ich habe versprochen, dass der junge Polizist dafür ordentlich bluten wird. Sie wissen ja, wie man so etwas sagt, nicht wahr? Und dann hat uns die Amarado das erzählt, dass der Schiffsführer das Geld nicht wollte. Als der am nächsten Morgen hier wieder auftauchte, der war glaube ich zwei-, dreimal am Tag hier, da haben wir ihn gefragt, ob das stimmt. Und dann haben wir den Brackmann laufen lassen. Da hat der so ein Theater angefangen, dass wir ihn fast eingesperrt hätten.«

»Hat Catarina Amarado den Brackmann abgeholt?«

»Das weiß ich nicht.«

»Was ist mit der Kassette?«

»Was für eine Kassette?«

»Sie selbst haben Brackmann immer wieder nach einer Kassette gefragt.«

Plötzlich wechselte die Stimmung des Comissario. Er sprang auf, knallte seine wurstigen Finger auf die Schmierplatte und stierte mit seinen Schweinsaugen die europäischen Kollegen auf der anderen Seite an.

Pia erschrak. Harder grinste.

»Hat sich der Brackmann bei Ihnen beschwert? Ich will Ihnen mal etwas sagen, ich darf eigentlich gar nicht mit Ihnen sprechen. Es gibt da eine Stelle in Florianopolis, die für internationale …«

»Brackmann hat sich nicht beschwert. Es ist alles in Ordnung. Wir suchen Brackmann wegen einer ganz anderen Sache und da ist diese Kassette ein wichtiges Indiz. Das ist alles.«

Harder hatte ruhig und besonnen gesprochen. Es beruhigte den Comissario aber nur wenig. Misstrauisch hockte er sich wieder hin. Es machte ein platschendes Geräusch, als sein ganzer Körper zur Ruhe kam.

»Kassette?«, fragte er in den Raum hinein. »Ja, da war etwas mit einer Kassette«, und sogleich kratzte er sich an den Koteletten. »Der Kapitän hat einen Aufstand gemacht, wollte auch unbedingt diese Kassette haben. Es war ein Film. Aber Brackmann hatte den nicht bei sich. Wir haben Kartons von ihm gefunden. Die haben wir durchwühlt. Ich erinnere mich, dass wir auch noch in einem Haus in der *caminho duquesa* waren, ein Weg ganz im Süden. Da hat der Journalist bei Freunden gewohnt. Die hatten so ein Geschäft mit Jetskis. Da haben wir aber auch nichts gefunden.«

»Haben Sie Namen und Adressen von denen?«

»Das sind Ferienhäuser. Die sind nur im Sommer bewohnt. Und die wechseln auch immer.«

»Gibt es eine Akte über die Anzeige gegen Brackmann?«, fragte Pia Brandt und wollte dann den Comissario entlassen.

»Akte?« Die Schweißperlen spritzten herum. Einige landeten sogar an der äußersten Kante des Schreibtisches. Martinez freute sich wie verrückt. Mit der Mimik seines geschwollenen Gesichtes wirkte er jetzt geradezu unzurechnungsfähig. »Akte? Schauen Sie sich doch mal um! Sehen Sie ein Regal? Wenn ich aus jedem kleinen Diebstahl einen Vorgang machen würde, müssten wir hier anbauen. Nein, Akten, die gibt es bei euch, aber nicht hier.«

Hatten sie am Morgen noch über die äquatoriale Wärme des fünften Breitengrades gestöhnt, kamen sie am Abend in der kühlen, brasilianischen Metropole des 27. Südgrades an. Fast 2500 Kilometer hatten sie damit an diesem Tag in Flugzeug, Taxi und Bus zurückgelegt. Harder hatte laut geflucht, als Pia mit den Tickets in der ersten offenen Bar südlich der Plaza aufgetaucht war. Als sie dann in der achten Reihe des schon älteren Busmodells Platz genommen hatten und die Klimaanlage sich als schwer zu öffnende Schiebefenster erwiesen hatte, keifte der Erste Hauptkommissar nur noch. »Engagement bedeutet nicht Aufopferung«, hatte er die ranghöhere Polizeirätin belehrt. Pia hatte sich zu seinem Entsetzen auch noch geschmeichelt gefühlt.

Florianopolis war die Verbindung einer im Atlantik vorgelagerten, rund 60 Kilometer langen Insel mit dem Festland. Geprägt war es von portugiesischem Flair. Unverkennbar war der Einfluss der Einwanderer von den Azoren. Die blau-weiß gestrichenen Häuser mit Pultdach gaben der Stadt ein romantisches Kolorit. Der Busterminal *Rita Maria* schien dagegen die Kloake der einst stärksten Festung der Südküste zu sein. Auf der Straße und den Gehsteigen stapelte sich der Müll. Kinder kramten in Papierkörben. Nur die älteren Männer, die stumm und still auf den Bänken hockten, gaben dem ersten Bild einen Hauch von Gemütlichkeit.

Der Nachtklub *poema de amor* lag etwas außerhalb von Florianopolis im Stadtteil São José. Es war ein kleines Fischerdorf im Südwesten der Hauptstadt, am nördlichsten Zipfel der *Baia Sul*. Der Taxifahrer schaute nach der Zielangabe zunächst sehr verlegen. Mehrfach tanzten seine Augen vor Harder, immer wieder mit einem kurzen schielenden Abstecher auf die junge Frau neben ihm. Dann schüttelte er ratgebend den Kopf. Harder sagte nichts und erfreute sich an der Unsicherheit des Chauffeurs, die von Kilometer zu Kilometer wuchs.

»Vielleicht sollte ich wirklich besser erst einmal allein reingehen«, schlug er schließlich vor.

»Damit du dich wieder amüsierst«, lachte Pia.

»Wenn die Chefin nicht da ist, kommst du sowieso nicht rein.«

»Harder, dann hast du da drin auch nichts verloren.«

»Danke, Mama«, sagte er und fragte den Taxifahrer nach einem guten Hotel. Der Preis spiele keine Rolle, ergänzte er. Gleichzeitig hielt er den Arm der schon im Ansatz protestierenden Polizeirätin fest. »Das geht auf Kosten meiner Behörde.«

Sie fuhren an vielen kleinen Buchten mit Stränden vorbei. Zwischen den Häusern hingen fast überall kleine, bunte Laternen. Ordentlich wechselten sie sich in blau, gelb und grün ab. Sie leuchteten in den Landesfarben und präsentierten den großen Stolz dieser Nation, die wohl wie keine andere Gegensätze zu vereinen weiß. Das Blau symbolisiert den unendlichen Himmel, das Grün die reine Natur, das Gelb die reichhaltigen Bodenschätze. Gott ist Brasilianer, wird in dem fünftgrößten Land der Erde hochmütig behauptet. Harder konnte diesen Standpunkt vertreten. Pia fragte, ob Elend wohl auch von Gott gewollt ist.

An einer Kreuzung mussten sie warten. Eine kleine Musikkapelle führte eine Prozession tanzender Jugendlicher an. Sie sangen laut, klatschten in die Hände, steppten auf dem Asphalt.

Pärchen küssten sich mitten auf der Straße. Andere tänzelten um die Liebenden anerkennend herum.

»Er muss sie unendlich geliebt haben«, flüsterte sie mit melancholischer Stimme.

»Wer?«, bollerte es durchs Taxi.

»Der Charly seine Susan. Er muss sie unendlich geliebt haben.«

»Hätte er sie geliebt, hätte er die Reise nicht gemacht.«

»Harder, was bist du für ein Mensch. Warst du nie verliebt?« Jetzt rückte sie ein kleines bisschen näher an ihn heran. Harder presste sich gegen die Türverkleidung.

»Damit kannst du nicht umgehen, stimmt's?«

»Oh, jetzt kommt die Psychologin raus«, wetterte er und rutschte brutal auf seinen ursprünglichen Sitz zurück. Unweigerlich musste sie ihm weichen.

»Ich kann mich sehr gut an meine letzte große Liebe erinnern.«

»Kann ja nicht lang her sein.«

»Er war Jurastudent in Bochum. Ein sehr gebildeter, sehr einfühlsamer Mann. Wir waren fünf Jahre zusammen.«

Sie stoppte. Sie starrte ins Leere. Sie sah die tanzenden, sich küssenden Menschen auf der Kreuzung.

»Willst du nicht wissen, warum es nicht klappte?«

Sie hätte die kurze, einsilbige Antwort Harders eigentlich wissen müssen.

»Harder, und ich sage dir, er hat sie geliebt. Und es hat sein Herz zerbrochen, dass sie ihn verlassen hat.«

Das Hotel lag direkt hinterm Dorfeingangsschild. Es war ein dreistöckiger, moderner Kasten, der mehr durch funkelnde Reklame als durch Service zu überzeugen wusste. An der Rezeption saß ein junges Mädchen, das unsicher sofort nach dem Telefonhörer griff. Nach wenigen Sekunden stürzte ein Knabe in Portiersuniform herein. Seine Kappe verdeckte halb die Ohren. Seine Begrüßung fiel in vier Sprachen aus. Deutsch war nicht dabei.

Die Zimmer hatten Telefon mit Direktwahl, Satellitenfernseher und eine Minibar. Auf einer fast posterähnlichen Tafel standen die TV-Kanäle beschrieben. 16 Zeilen warben für Privatvideos, die gesondert in Rechnung gestellt werden.

Pia Brandt brauchte dringend eine Dusche. Doch sie traute sich nicht. Sie wusste, dass Harder, sobald sie verschwunden war, das Hotel verlassen würde. Mit auf ihr Zimmer nehmen wollte sie den alten Haudegen aber auch nicht. Sie entschloss sich für eine Katzenwäsche.

»In zehn Minuten an der Bar.«

Harder wartete keine zwei Minuten. Die Tasche war aufs Bett geschmissen, da schloss er auch schon leise die Tür von außen. Er schlich nicht. Er ging ganz normal über den Flur zur Treppe, hüpfte für sein Alter recht schwunghaft die Stufen hinunter und stieg ins erste Taxi. Es war der Fahrer, der sie hergebracht hatte. Der grinste ihn nun Respekt zollend an. Er brauchte keine Angaben. Er gab einfach Vollgas und ließ dabei die Räder quietschen.

Das Auto hatte noch nicht ganz auf 60 Stundenkilometer beschleunigt, da nahm der Fahrer den Gang raus und ließ es einen kleinen Hang hinunterrollen. An der zweiten Kreuzung schon trat er dann kräftig auf das Bremspedal. Wieder quietschten die Reifen. Allerdings nur ganz kurz und sehr leise. Der Fahrer nannte seinen Preis. Harder gab ihm ein Drittel mit dem Kommentar, der Rest sei Trinkgeld. Der Fahrer bedankte sich oft.

Das *poema de amor* war von außen hell erleuchtet. Die Fensterscheiben waren mit schwarzen Folien beklebt. An der Stirnwand des frei stehenden Gebäudes glitzerte der Name des Clubs in Form von Hunderten kleiner Metallförmchen. Sie spiegelten in unterschiedlichen Farben. Sonst konnte Harder keine Werbung ausmachen. Martinez hatte bestätigt, dass dieser Club zu den bekanntesten und ihre Chefin zu den einflussreichsten in Florianopolis zählte. Eine blau-weiß gestreifte Markise schützte den Weg zwischen Eingangspforte und Straße. Ein roter, sehr sauberer Teppich lag über die gesamte Länge darunter. Alles wirkte ebenso gediegen wie einladend.

Harder hob den schweren Metallgriff und ließ ihn zweimal auf das gusseiserne Plättchen fallen. Er konnte bis drei zählen, dann öffnete sich darüber ein kleines Türchen, das sofort wieder geschlossen wurde.

Die Pforte öffnete schließlich eine Dame mit glattem, langem Haar. Sie trug ein sehr biederes, geschlossenes Kleid, das bis zum Boden reichte. Dieses Gewand hätte ohne weiteres auch Kollegin Pia tragen können, dachte Harder und lächelte.

»War der Herr schon einmal bei uns?«, fragte die Dame mit einem leichten Akzent.

»Nein«, freute sich Harder über die übliche Begrüßung, »aber es wird sicherlich nicht das letzte Mal sein.«

Den ersten kleinen Disput gab es schon fünf Meter weiter. Der Erste Hauptkommissar weigerte sich schlicht seinen Marine-Caban an der Garderobe abzugeben. Die Dame wies ihn in sehr höflicher Form darauf hin, dass bestimmte Reglements eingehalten werden müssen. Harder durchwühlte alle Taschen, steckte drei Streichholzschachteln, zwei Pfeifen und ein Kondom in die Tasche seiner Jeans. Dann schmunzelte er die adrette Türsteherin an.

»Ich bin ein Freund von Charly. Ist er hier?«

»Charly? Welcher Charly?«, fragte sie zuvorkommend.

»Brackmann. Charly Brackmann.«

Jetzt sollte er wenigstens etwas Glück haben.

»Natürlich«, antwortete sie jetzt besonders charmant und ging vor. Sie erreichten einen kleinen Saal. Die eine Hälfte glich einer äußerst noblen Diskothek. In verschiedenen Sitzecken amüsierten sich gut gekleidete Herren mit weniger bekleideten Damen. Die linke Seite beherrschte eine breite Theke, die in verschiedenen Neonfarben angestrahlt wurde. Auf den Hockern warteten gut zwanzig weitere Damen auf ein lukratives Geschäft. Harder war noch nicht ganz an der Theke, da begannen die Ersten automatisch zu lächeln. Schnell winkte die Dame aus dem Eingangsbereich ab. Kein Wunder, hier war er nicht Kunde. Angesichts dieser Aussicht bedauerte er es ein wenig.

»Würden Sie bitte einen Moment warten?«, bat sie und winkte einer kleineren, etwas stämmigeren Blondine zu. Kurz flüsterte sie ihr etwas ins Ohr. Dann verschwand sie.

Die Blonde stellte sich als Paula vor.

»Es ist etwas ungewöhnlich für dieses Etablissement, aber ich darf Ihnen einen Drink auf Kosten des Hauses spendieren.«

Wenn auch Männer bestimmte Formulierungen hassen, Harder war in diesem Moment entzückt.

Das Mädchen schien eine besondere Stellung im Club zu haben. Sie war nicht so dürftig bekleidet wie die anderen an dieser Theke, sie war aber auch nicht so zugeknöpft wie die einlassende Dame. Sie lag irgendwo dazwischen und Harder genoss ihre Anwesenheit.

»Sie sind aus *Alemanha*?«

Sie hatte gerade, gleichmäßig gewachsene, strahlend weiße Zähne. Ihre Haare fielen so locker, dass sie bei jeder kleinsten Bewegung bebten. Harder konnte sich nicht wehren, musste immer wieder auf ihre Brüste schauen. Er versuchte durch das dünne Satin-Top hindurchzublicken. Er war überzeugt, stramme Warzen zu erkennen.

»Aus Alemanha«, stotterte er etwas, weil er glaubte, sie habe seine Blicke deuten können. Aber sie lächelte nur.

Die Wirtin, die genauso gut vor der Theke hätte stehen können, brachte Jack Daniels auf Eis. Paula trank einen Cocktail aus Guave und Passionsfrucht.

»*Goiaba e maracuja*«, strahlte sie und bot ihm einen Schluck an.

Er lehnte dankend ab und erhielt umgehend ein neues Getränk. Diesmal war der Whisky doppelt.

Es muss gut sein, ein Freund von Brackmann zu sein, dachte Harder und schlürfte nicht nur am Glas, sondern ab und zu auch etwas am Hals der netten Paula. Es sollte lediglich ein Zeichen des Dankes sein. Er wusste, wo er war und hatte kein Problem, die Gastfreundschaft in Distanz zu genießen. Nur für wenige Sekunden musste er an Pia denken, die ihm im Auto noch etwas von der großen Liebe und dem herzzerreißenden Drama von Brackmann und der Karnath vorgeschwärmt hatte. Brackmann hatte sich offensichtlich nicht nur gefangen, sondern war auch in ein profitables Wespennest gefallen. Er hoffte, dass dieser Charly nicht zu schnell auftauchen würde.

Klammheimlich glitt seine Hand am Hinterteil seiner Jeans hinunter. Dann umarmte er wieder schwungvoll Paula. Er hatte seine Dienstmarke in der Gesäßtasche gefühlt.

Paula zählte zu dieser Art von Huren, die es in Deutschland schon lange nicht mehr gab. Sie war mit Freude bei der Sache. Sie war jung und hübsch und hatte die Karriere noch vor sich. Sie wird wahrscheinlich etwas spielerisch und unerfahren sein, aber sie wird sich in ihren Kunden hartnäckig verbeißen. Sie war trotz ihrer Position mit die Jüngste. Die Jungen können von den Alten lernen und die Alten sicherlich auch von den Jungen. Dessen war er sich sicher. Er hatte es in den letzten Tagen gemerkt, dass er gar eine kleine Bewunderung für Pia empfunden hatte, die mit Elan und Flexibilität gearbeitet hatte. Sie war in manchen Dingen sogar strikter und sturer als er. Aber sie überraschte auch immer wieder durch ihre Naivität. Erfahrung fehlte ihr. Sie wird sicherlich mal groß Karriere machen.

»Wir sollten gehen«, flüsterte Paula ihm ins linke Ohr. »Ich zeige dir, was das Haus noch zu bieten hat.« Es war das schlechtere Ohr und er zögerte. Doch dann wollte er sehen, was passiert. Er wollte sich einen Überblick verschaffen. Er spürte, dass da etwas faul ist. Zu weit ging ihm die Gastfreundschaft. Er schaute sich noch einmal um. Keiner nahm so richtig Notiz von ihm, obwohl er in dieses Ambiente gar nicht passte. Diese Herren hatten alle dunkle Anzüge an. Selbst in den schwach beleuchteten Nischen fummelten sie in ihren Jacketts herum.

Paula stand auf und ging. Harder folgte ihr instinktiv. Er war jetzt Bulle mit Herz und ohne Verstand.

Das Zimmer am Ende des Flurs der ersten Etage füllte ein riesiges Bett. Es war mit einer farbenfrohen Tagesdecke überzogen. Die Kissen lagen exakt im rechten Winkel angeordnet am Kopfteil. Zwei große Saunahandtücher dekorierten das Fußende.

Das war, was er erkannte.

Und das war auch vorerst das Letzte.

Wach wurde er mit dem Gesicht in einem dieser bestickten, dicken Kissen. Es musste das rechte sein, denn links neben sich sah er ein ähnliches. Langsam drehte er den Kopf zur Seite. Seine Hände konnten ihm dabei nicht helfen. Er spürte, dass sie aneinander gebunden waren. Die Fesseln waren so stramm gezogen, dass sie schmerzten. Sie waren fast so unerträglich wie das Stechen in der Nierengegend.

Er drehte sich auf den Bauch und blickte einem Muskelpaket vor die kolossale Brust. Dieser Mann bestand nur aus Oberarmen und Hals. Der Kopf stand in keinerlei Proportion zum Rest des Körpers. Er trug eines dieser schulterfreien Singlets. In Schwarz. Dazu eine Jogginghose, die trotz ihrer XXL-Größe eng saß.

Erst jetzt erkannte er eine zweite Person im Raum. Sie stand hinter dem Herkules. Noch war sie etwas vernebelt. Doch langsam erhielt sie scharfe Konturen.

Vor Faszination öffnete sich sein Mund. So etwas Schönes hatte er noch nicht gesehen. Sie war Mulattin, hatte trotz seiner Benebelung und des dämmerigen Lichts glimmende, grünblaue Augen. Ihr Körper war perfekt geformt. Sie trug einen sehr luftigen, locker fallenden Wickelrock, den es in Brasilien an jeder Straßenecke zu kaufen gab. Das viel zu große T-Shirt zierte ein Werbe-Logo. Und dennoch stachen die weiblichen Kurven heraus. Obwohl sie nicht gerade elegant gekleidet war, strahlte sie Würde aus.

Das letzte Indiz, was ihm fehlte, waren die lockigen, schwarzen Haare, die ihr als mächtige Mähne die Königsstellung im Raubtierkäfig verliehen. Jetzt war er sicher: Das war Catarina Amarado. Brackmann verstand die Dinge zu beschreiben, wie sie sind.

»Ich heiße Harder, Ole Harder, und bin Kommissar aus Deutschland.«

Er wollte seine Absichten kundtun, doch Catarina kam ihm zuvor.

»Das wissen wir.«

»Das wissen Sie?«

»Es tut uns Leid, aber Sie hätten sich ja auch schon an der Tür ordentlich vorstellen können.«

Jetzt spielte sie mit seiner Polizeimarke zwischen den Fingergliedern. Die matte Plakette wanderte im Flic-Flac-Rhythmus vom kleinen Finger zum Zeigefinger und zurück. Er kniff die Augen fest zusammen. Sie gab ein schlichtes Zeichen. Der Herkules griff grob unter seine Achseln, schmiss ihn brutal wieder auf den Bauch. Er musste den Kopf weit in den Nacken drücken, um auf diesem dicken, weichen Kissen atmen zu können. Jetzt löste das Muskelpaket seine Fesseln.

Lange rieb er sich seine Handgelenke. Tiefe Furchen waren in der weichen Haut. Der stabile Koloss war immer noch dicht neben ihm. Für einen Moment plante er, ihm einen kräftigen Tritt in die Weichteile zu versetzen. Seine Position war äußerst günstig. Doch er entschied sich für besonneneres Verhalten.

»Mein Name ist Ole Harder«, wiederholte er. Und auch das Rasseweib wiederholte ihr Statement. »Das wissen wir.«

Harder stutzte. Die Dienstmarke zierte lediglich ein Wappen. Auf der Rückseite war eine Nummer eingraviert. Einen Namen hatte er noch nie darauf gesehen. Sein Pass war im Hotel. Die Kreditkarte, dachte er, aber er konnte sie in der Hosentasche spüren.

»Ihre Kollegin, Senhora Brandt, war so nett, uns aufzuklären. Sie sollten sich etwas frisch machen«, zeigte sie auf ein kleines Waschbecken, an dem Seife und Handtücher bereitlagen, »und dann wird Lukas oder Paula sie ins Büro begleiten.«

Harder ließ sich Zeit. Zu seiner Verwunderung war Paula wieder an seine Seite getreten, die ihm nun wortlos Handtuch und Hemd reichte. Sie schmiegte gar ihre massiven Brüste an seinen Oberkörper, als sie ihm die Knöpfe zumachte. Sie hatte darauf bestanden. Vielleicht wollte sie etwas gutmachen, weil er ja doch ein netter Kerl in ihren Augen ist. Doch schnell verwarf Harder diesen abstrusen Gedanken. Das war alles ein abgekartetes Spiel.

Er versuchte, Pia eine Rolle zuzuschreiben, aber so richtig konnte er keinen Faden finden, dessen Ende sie festhält oder an dem sie sich entlanghangeln könnte. Er war sich zum allerersten Mal unsicher, wie er sich ihr gegenüber verhalten sollte. Hatte sie ihn gerettet? Vielleicht hatte sie ihm aber auch eine Chance vermasselt. Sie war wahrscheinlich schüchtern an die Eingangspforte der *poema de amor* getreten, hatte leicht den schweren Knauf fallen lassen. Als sich die kleine Luke geöffnet hatte, hatte sie wohl direkt etwas über den Kollegen gesagt, der auf sie wartet. Auf ein Zeichen hat Paula, die ihm nun einen Kamm reichte, ihn weggelockt. Er schaute der Blondhaarigen ins Gesicht. War

Pia jetzt in Gefahr? Alle auf diesem Schiff sind irre geworden. Wer weiß, ob Brackmann nicht doch den Skipper hat ermorden wollen.

Er drängte Paula zurück, strich sich nur kurz über die Haare, sodass sie einigermaßen adrett saßen.

»Wir sollten uns nachher auf jeden Fall noch einmal außerhalb dieses Etablissements treffen«, sagte er selbstsicher und öffnete die Tür.

»Du musst trotzdem auf mich warten, weil du nicht weißt, wo es langgeht«, entgegnete sie mit süffisanter Betonung.

Sie gingen den Flur entlang, dessen Wände mit dem gleichen Teppichbelag wie der Boden ausgestattet waren. Am Ende des Flures drückte sie auf einer kleinen Schaltfläche eine sechsstellige Zahl ein. Dann folgten Stufen, die weiter hinunterführten, als sie hochgegangen waren. Es war ein kahler, runder Turm, in dem einzig eine eiserne Wendeltreppe stand. Unten angekommen, tippte sie die gleiche Zahlenfolge erneut ein. Harder erkannte es an der Melodie, da beim Drücken jeder Taste ein kleiner Ton erschallte. Jetzt waren sie in einem Wohnhaus. Das war eindeutig. Bilder hingen an den Wänden. Es war eine Art kleine Halle, ein Foyer. Paula bat ihn, mit ihr in dem ersten Zimmer rechts zu warten.

»Er hat sich nur umschauen wollen. Mit Paula, einer sehr guten Freundin des Hauses.«

»Hat er das gesagt?«, fragte Pia mit einem Schmunzeln. Die Frau, die ihr mit hochhackigen Stiefeln gegenübersaß, den Rand des Cocktailglases mit einem Finger umkreiste und sie von oben bis unten musterte, war alles andere als eine Nutte. Brackmann hatte sie völlig falsch beschrieben. Sie hatte kein hübsches Gesicht. Es war vielmehr eine interessante Formgebung, an der auch sie sich als Frau nicht satt sehen konnte. Immer wieder fielen ihr kleine Unregelmäßigkeiten auf, die sie aber keineswegs entstellten. Das Gesicht zeugte von viel Arbeit, von viel Liebe, von viel Sehnsucht, von viel Hingabe, aber auch von viel Ehrgeiz, Disziplin und Rückgrat. Die grün-blauen Augen störten fast. In dieser Kleidung hätte sie auch in einem Büro arbeiten können.

Nun, nicht ganz. Der *Coca-Cola*-Schriftzug auf ihrem T-Shirt wäre nicht passend gewesen.

Es war ein gegenseitiges Abtasten, der vorsichtige Versuch, Gemeinsamkeiten zu finden, um sich eventuell nähern zu können.

Auch Catarina musterte die Polizeirätin. Die strenge Frisur, ihre mädchenhaft schüchterne Körperhaltung, die biedere Kleidung konnten sie nicht täuschen. Pia Brandt war ebenfalls eine sehr zielstrebige Person, der es allein an Spontaneität und Mut zu Fehlern mangelte. Wenn die Kommissarin gesprochen hatte, hatte sie zuvor über jedes Wort nachgedacht. Stimmlage, Endbetonung und begleitende Gestik waren perfekt komponiert gewesen. Sie ließ nichts zu, was sie außer Fassung bringen konnte. Gar ein Getränk hatte sie abgelehnt. Allein ein Glas in der Hand hätte sie verunsichert.

»Sie werden mich jetzt fragen, wo Charly Brackmann ist.«

»Nein, das werde ich nicht«, kam Pias Antwort viel zu schnell. Sie hatte mit dieser Frage gerechnet und die Reaktion im Hinterkopf gehabt. »Nein, ich frage mich, ob Sie auf uns gewartet haben?«

»Wissen Sie, Pia, in der Klosterschule meiner Tochter muss irgendetwas falsch gelaufen sein. Sie zieht es vor, unvernünftigen Männern aus Europa mehr zu helfen als hungernden Kindern in Brasilien.«

»Warum macht sie das?«

»Weil sie von ihnen lernen kann. Sagen Sie nichts! Ich finde das auch nicht gut. Aber Magdalena sehnte sich immer nach einem Vater und sie würde nie einen dazu zwingen, diese Rolle zu übernehmen. Sie ist der Meinung, auch sie hat etwas zu bieten und will überzeugen.«

Betroffen schwieg Pia. Nicht dass sie jetzt befürchtete, unüberlegt zu handeln. Es war vielmehr ihre Sprachlosigkeit. Sie wusste aus dem Schreiben, dass Magdalena ein Wunderkind ist. Sie wusste auch, dass Brackmann sie übertrieben dargestellt hatte. Kein Kind auf dieser Welt, sei es noch so intelligent, sei es noch so voll gepumpt mit Wissen, würde so geschwollen und überlegt reden, wie Brackmann ihr die Dialoge zugeschrieben hat. Langsam begriff sie die Zusammenhänge. Der First Mate wollte dem Teenie mit dieser überspitzten Charakterisierung danken.

Spontan entschloss sie sich, ein Stück der Geschichte offen zu legen.

Sie begann, als ihr die 250 Seiten auf den Tisch geknallt wurden. Sie erzählte nicht, dass sie in einem kleinen, lichten Büro hauptsächlich mit Schriftverkehr beschäftigt gewesen war, dass sie die Zeilen mehr wie einen psychologischen Krimi überflogen hatte. Dann berichtete sie von der Entscheidung der Staatsanwaltschaft, ein Ermittlungsverfahren einzuleiten. Es folgte eine kurze Auflistung der Fakten, der offenen Fragen, der potentiellen Anschuldigungen und was sie strafrechtlich für eine Bedeutung haben. Nur in Stichworten wurden die Erlebnisse mit Karl-Maria Kleinjohann, noch kürzer der Zustand von Erik Schlaback erwähnt.

Dann lehnte sie sich in dem hohen Sessel zurück. Sie hatte den Anfang gemacht. Das Spiel war eröffnet. Nun musste Catarina ihr etwas bieten. Sie war in Zugzwang. Doch schnell rückte sie wieder ein wenig nach vorne, nicht um noch deutlicher ihre wartende Haltung zu offenbaren. Vielmehr war sie plötzlich bestürzt über ihre eigene eiskalte Berechnung.

Catarina Amarado war anscheinend das weise Mädchen, das Brackmann beschrieben hatte. Sie verstand Pias Regung im Moment des Vorrückens.

»Im ersten Moment habe ich mich sehr erschrocken. Ich dachte, wie konnte es dazu kommen, dass sie so realitätsfremd ist. Da steht dieses wohl behütete, 14-jährige Mädchen vor dir und bittet dich so einfach mal um 2000 Dollar für einen Kerl, den sie blutverschmiert hinterm Stacheldraht gefunden hatte. Sie hat mir einen Tag seine Geschichte erzählt. Ich war kurz in der *esquadra*. Ich weiß nicht, ob Sie mitbekommen haben, dass meine Tochter brutal niedergeschlagen worden ist? Ich hatte kurz mit Charly gesprochen. Er versprach mir, das Geld bis auf den letzten Cent zurückzugeben, zu arbeiten. Er versprach eigentlich alles. Und Lena meinte, dass der Schlag, den sie erhalten hatte, doch zumindest einen Sinn gehabt haben müsste.«

Catarina stand auf und öffnete eine breite Schranktür. Zum Vorschein kam eine Bar mit kleiner Eismaschine. Pia winkte sofort ab. Noch wollte sie nichts trinken. Die Bordellchefin machte sich einen Cocktail, wobei sie vier verschiedene Flaschen brauchte. Und drei Eiswürfel.

»Es war Lenas Idee, das Geld direkt dem Skipper zu geben. Sie hat mir bis heute nicht gesagt, ob sie es wusste oder zumindest geahnt hat, dass der Kerl das Geld nicht annehmen würde.«

»Er wollte die Kassette, nicht wahr?«

Catarina ging nicht darauf ein. Sie trank und Pia wollte sie nicht drängen. Sie wollte auch nicht nachhaken. Sie wollte ihre Ermittlungen durchführen und am Ende ein klares Ergebnis abliefern, das der Staatsanwaltschaft und ihren Chefs gefallen würde. Das aber vor allem auch ihr gefallen würde.

»Sind Sie ein Paar, Charly und Sie?«

Die Frage ging weit unter die Linie, die sie zu diesem Zeitpunkt festgelegt hatte und nicht bereit war zu unterschreiten. Es war der erste kleine Ausrutscher an diesem späten Abend. Es war der Anfang von dem, was schließlich ihr gesamtes Konzept zerstören sollte.

»Was wollen Sie wissen, ob Charly Brackmann noch hier ist?«

»Catarina«, sagte sie nun fast entsetzt, »das ist kein Verhör. Es gibt nichts, was Brackmann belastet. Er ist derjenige, der sich bislang selbst belastet hat.« Sie spürte, dass sie auf dem richtigen Wege war. Die Linie musste neu gezogen werden. »Keiner will Brackmann verhören, geschweige denn mitnehmen. Nur ich werde mir diese Chance nicht entgehen lassen. Ich habe Psychologie und Kriminologie studiert, bin zur Polizei gegangen, und es gibt keinen geeigneteren Fall, den ich bislang gesehen, gelesen oder gehört habe, der mir menschliches Verhalten in Extremsituationen erklären kann. Meist sind es Straftaten. Aber hier nicht. Hier nicht. Brackmann ist weder Opfer noch Täter. Er ist weder Held noch Versager ...«

»Er ist ein Held.« Catarina sagte es eigentlich mehr zu sich selbst. »Er ist ein Held. Ohne ihn wäre das Schiff nie angekommen. Und zu Ihrer Frage: Charly ist ein sehr guter Vater für

Magdalena. Sie kommt seit einem halben Jahr jedes Wochenende nach Hause. Früher kam sie einmal im Monat. Manchmal auch nur alle zwei Monate. Wir sind eine kleine Familie. Aber verstehen Sie mich nicht falsch, ich habe bis heute nicht mit ihm geschlafen, ich habe ihn bis heute nicht getröstet. Nein, wir sind kein Paar.«

Es klopfte an der Tür. Eine kleinere, etwas füllige Frau mit schönen blonden Haaren trat ein. Sie trug ein enges Top aus Satin. Sie lächelte und sagte nichts, hob nur einmal ganz kurz die dunklen Augenbrauen und schielte zurück.

»Paula«, stellte Catarina die Dame vor.

Pia nickte ihr freundlich zu, wandte sich dann schnell zurück an die Chefin: »Wir sollten dem Kollegen Harder noch etwas Ruhe gönnen.«

Die beiden Brasilianerinnen grinsten erfreut. Paula ging, wie sie gekommen war. Schnell und wortlos.

»Wissen Sie, am Anfang war es schlimm. Sehr schlimm. Er hatte Alpträume. Er schrie nachts oft. Er konnte nicht richtig schlafen. Bei jedem kleinsten Geräusch fuhr er hoch, rastete förmlich aus. Er rannte durchs Haus und suchte irgendetwas. Mittlerweile geht es. Er ist noch angespannt. Leider trinkt er sehr viel.«

Pia dachte an Erik Schlaback, den Harder wie ein vegetierendes Tier im dreckigsten Stundenhotel beschrieben hatte. Sie sah diese ekelige Plastikflasche Caipirinha und das enge, versiffte Zimmer vor ihrem geistigen Auge. Brackmann hatte es wahrlich besser getroffen. Er hatte Glück gehabt, hatte den Moment seiner Flucht besser gewählt.

Sie hatte Harder gehasst für seinen Alleingang und jetzt konnte und wollte sie sich rächen. Rache ist doch nur ein menschlicher Reflex, hatte sie doch kürzlich erst gelernt. Harder, der immer noch den Kapitän verteidigte, wird es sicherlich verstehen.

Verstehen wird sie aber nie, dass Harder Erik allein gelassen halte. Sie hatte immer gehofft, dass der Bremerhavener Kollege ihr etwas vorenthalten würde. Aber mittlerweile war ihr klar, dass er nicht wissen wollte, wie sich der Rostocker gefühlt hatte, wie er sich jetzt fühlt, wie seine Zukunft aussehen wird. Er hatte ihm nicht einmal den Kontakt zur Botschaft angeboten. Er hatte ihn einfach liegen lassen. Er wollte nur einen Bericht abgeben, egal ob vollständig oder nicht, nur so, dass die Staatsanwaltschaft zufrieden war. Für alles andere fehlte ihm das Verständnis. Harder hatte keinen Menschen gesehen. Er hatte ein Crewmitglied gesehen, das nicht funktioniert hatte.

»Er tut uns allen sehr gut«.

Catarina Amarado erzählte und Pia hörte zu. Es schien, als sei die Freundin dankbar, dass sich jemand für das Schicksal des Mannes interessierte, der ihr Leben komplett auf den Kopf gestellt hatte. Sie musste auch viel durchgemacht haben, glaubte Pia zu erkennen. Sie war zur Pflegerin geworden, hatte aber anscheinend auch eine Menge dafür erhalten.

»Er kämpft noch mit sich selbst. Er ist unsicher, ob alles richtig war. Er würde heute vieles anders machen. Er empfindet Hass und Verständnis. Es gibt keinen Menschen, der so offen zwischen vernünftigen und gefühlsmäßigen Reaktionen wechselt. Er ist eigentlich unberechenbar. Aber ein lieber Freund.«

Pia wollte von sich erzählen, wollte mehr von ihren bisherigen Ermittlungen preisgeben. Sie wollte zeigen, dass auch sie offen sprechen kann und wollte weiter das Vertrauen von Catarina gewinnen. Doch ihr fiel nichts ein, das genügend Gewicht haben könnte, um das vorgegebene Vertrauen auszugleichen.

»Sie haben mit uns gerechnet?«, wiederholte sie eine Frage der vergangenen Viertelstunde.

»Nein. Meine Tochter hat es gehofft. Sie hat jeden Abend dafür still und heimlich gebetet.«

Nun taten sich Fragen auf. Die Polizeirätin musste sortieren. Gern hätte sie, wie sie es in den praktischen Seminaren gelernt hatte, jetzt ein Papier vor sich, auf das sie sofort Fragen, Ungereimtheiten, Zweifel, aber auch Fortschritte und Ergebnisse notieren konnte. Der Vorteil war beachtlich. Sie hatte stets einen Überblick, konnte schnell ordnen, was wichtig war. Doch jetzt lächelte sie. Das Verheimlichen von Verlegenheit war nicht ihre Stärke.

»Warum haben Sie dann Harder … ich sag mal … so …«

»Sprechen Sie es ruhig aus! Meine Kollegin hatte nur gesagt, dass da ein Deutscher ist, der Charly sprechen möchte. Herr Harder hat übrigens einen grauenvollen Akzent. Charly kennt aber keinen hier, der Deutscher ist. Meine Kollegin meinte, dass das garantiert ein Kapitän ist, so wie der aussieht. Ich dachte, es ist Kleinjohann.

»Kleinjohann? Hier?«

»Pia, dieser Mensch ist zu allem fähig. Und da ist noch etwas …«, Catarina stockte, »die Geschichte ist noch nicht ganz zu Ende. Immer noch nicht.«

Verdammt, wo ist ein Zettel? Sie musste die Übersicht behalten, durfte aber auch nicht zu schnell vorpreschen. Das Gespräch schlitterte in ein einseitiges Verhör ab. Das musste unter allen Umständen verhindert werden. Andererseits brannten nun auch Fragen auf den Lippen. Und schon war ihr entfallen, was sie sich parat gelegt hatte. Genau, die Tochter hatte gebetet, dass wir kommen. Aber war das jetzt wichtig? Für Catarina sicherlich. Wahrscheinlich schrie sie jetzt nach dieser Frage. Sie überlegte. Wie würde jetzt ein Erfahrener vorgehen? Nicht einer wie Harder. Der würde einfach drauflosplappern, was ihm gerade einfällt, ohne Gespür, ohne Empfindung. Der, der den Kapitän für seinen preußischen Anspruch bewundert, war doch das undiszipilinierteste, das unstrukturierteste, das faulste, was sie im Kollegenkreis bislang kennen gelernt hatte. Seine Ordnung beschränkte sich auf die immer tadellos sitzenden Marine-Klamotten, die er wie einen teuren Schatz behandelte, und auf Bartschnitt und Haarpflege. Obwohl der Schnitt von einer Friseuse stammen musste, die in den 50er-Jahren ihre letzte Prüfung abgelegt hatte.

Es war eindeutig die Kassette, diese ominöse Filmkassette, die den Abschluss der Geschichte verhinderte. Für diese Kassette musste Kleinjohann bereit sein, auch von Natal oder gar von Australien aus zurückzukehren, um sie in Besitz zu nehmen. Was hatte Brackmann aufgenommen?

»Magdalena hat gebetet«, sprach Pia. Catarina war ja auch der ersten Frage nach der Kassette ausgewichen.

»Und darin liegt das große Problem.«

Pia verstand nicht.

»Charly hatte angefangen zu schreiben. Es ging ihm dabei besser. Er war ein anderer Mensch, wenn er schrieb. Doch dann hat er plötzlich aufgehört. Nach 250 Seiten. Es waren Zweifel, ob es gut ist. Nicht der Stil oder die Geschichte. Er hat gezweifelt, ob er überhaupt das alles schreiben sollte. Er wollte abschließen, wollte seine Ruhe, wollte einfach ganz neu anfangen. Es hat ihn belastet. Sie können es an den letzten Seiten erkennen. Er hat wichtige Dinge, so hat er gesagt, einfach ausgelassen. Nicht weil er sie vergessen hat, sondern weil er sie einfach verdrängt hat. Lena hat ihn angefleht. Sie hat stundenlang auf ihn eingeredet. Sie hat mich verrückt gemacht und ich habe es auch versucht. Aber er wollte einfach nicht. Er hat den Computer nicht mehr angerührt. Er hat zu trinken angefangen. Er ist nicht schlimm, wenn er trinkt. Mehr wie so ein kleines Kind. Er ruht sich aus, sagt er. Und er hilft an allen Ecken und Enden. Er sucht nach Beschäftigung, nach einer Aufgabe. Er schmeißt bei uns den ganzen Haushalt. Er hält den Besen, als führe er ein Zepter. Bei uns kann man zu jeder Tageszeit vom Boden essen. Er hat Bügeln gelernt. Alles ist aufgeräumt. Und er erwartet dafür nie Dank. Er macht es einfach. Alles perfekt und komplett durchorganisiert. Bis ins kleinste Detail. Und das für einen großen Haushalt, denn ich lebe nicht allein. Ich wollte ihn schon hier mit ins Geschäft nehmen, aber das will er nicht.«

Sie hatte immer schneller gesprochen. Sie hatte kaum noch Luft geholt. Jetzt ließ sie sich in den Sessel fallen.

Für Pia stand fest, auch Brackmann war in die Ordnungsliebe geflüchtet. Auch sein Leben war zerstört, seine Ideale, seine Ziele. Auch er suchte jetzt in Disziplin, Hierarchie, Akribie und Unbeweglichkeit einen Halt. Er hatte sich diese Welt allerdings mit Erfolg geschaffen, weil die Personen um ihn herum so funktionierten, wie sie funktionieren mussten.

»Und wo ist das Problem?«, wollte Pia wissen.

»Charly weiß nichts davon.«

»Wovon?«

»Dass Sie sein Schreiben haben.«

»Welches Schreiben?«

»Die 250 Seiten.«

Pia traute ihren Ohren nicht. Ungläubig schaute sie Catarina an. Die blickte ganz verlegen auf ihren Cocktail, strich wieder mit einem Finger mehrfach um den Rand.

»Lena hat es Ihnen geschickt. Sie will Charly doch nur helfen.«

Nach der ersten Bestürzung konnte Pia sich nicht mehr zurückhalten.

»Catarina, was ist auf der Kassette?«, bedrängte sie ihre Gastgeberin. »Der ist wichtig für mich, bitte sagen Sie es mir!«

»Sie werden es nie und nimmer glauben. Auch ich habe es anfangs nicht verstanden …«

In diesem Moment flog die Zimmertür auf. Ein lächelnder, graubärtiger Seemann stand mit einer Pfeife in der Hand breitbeinig im Rahmen. Paula schaute in Schulterhöhe entschuldigend an ihm vorbei.

Pia fluchte.

»Ich sehe, dass du meine Mitarbeiterin schon kennen gelernt hast.«

Ein Sessel war noch frei. Auf den ließ er sich nun fallen. Er streckte die Arme aus, räkelte sich ein wenig, dann faltete er die Hände, schlug so auf seine Oberschenkel und blickte erfreut in die Runde. Er erblickte zwei entsetzte Gestalten, die mehrfach versuchten Kontakt aufzunehmen. Es waren Gesten und Mienen, die spielten. Harder war es gleichgültig. Seine Augen erfassten die geöffnete Bar. Er erhob sich langsam, fragte kurz nach, ob er denn dürfe, zögerte dabei aber keineswegs in der Geschwindigkeit. Dann griff er zu einer Flasche.

Paula flüsterte leise: »Lukas?«

Harder hörte es, da er mit dem Rücken zum Raum stand, die Bar an der rechten Wand lag und so sein rechtes, besseres Ohr zur Tür ragte.

»Lukas? Dieser Herkules? Der Junge hätte auf dem Kiez die besten Chancen.« Er füllte das Glas bis zur Hälfte mit Bourbon. »Aber lassen Sie nur, wir haben doch nur ein paar Fragen und dann sind wir auch schon wieder verschwunden.«

Pia bewunderte die Haltung Catarinas. Sie hatte nur kurz

zu ihr geschaut, hatte schnell die Stirn in Falten gelegt, den Kopf leicht gesenkt. Es sagte alles. Seitdem war sie starr sitzen geblieben. Kein bisschen Furcht oder Sorge war ihr anzumerken. Sie ruhte gelassen in ihrem Sessel, strich den Rand ihres Glases, auch als Harder jetzt dicht hinter sie trat.

»Ich glaube, wir müssen hier mal Einiges klarstellen«, begann der Hauptkommissar. Die Kollegin war nur perplex. Woher hatte dieser Mensch dieses Selbstbewusstsein? Er war in einem der anerkanntesten, nobelsten Bordelle von Südbrasilien, hatte vor sich die Chefin, eine einflussreiche Persönlichkeit, die gar über Polizeiwachen in Porto Belo Angst und Schrecken bringen konnte, und Harder trat auf, als sei der ganze Schuppen mit mehreren Einsatzhundertschaften umstellt.

»Er ist einfach ... Soll ich Lukas rufen?«, sprach Paula nun laut.

»Catarina, wir sollten unser Gespräch woanders fortsetzen«, meinte Pia.

Jetzt fiel Harder das Glas fast aus der Hand. Im letzten Moment hatte er aber wieder zugegriffen. Entsetzt schoss sein Blick auf die junge Kollegin.

Das war Anmaßung.

Das war Rebellion.

Das war Meuterei.

Harder fasste sich schnell. Er ging um Catarina herum und griff nach Pias Arm.

»Entschuldige bitte«, sagte er zu Catarina, »Ich darf mal kurz mit meiner Mitarbeiterin unter vier Augen sprechen?«

Schnurstracks ging er durch das Foyer in das Zimmer, in dem er viel zu lange geduldig gewartet hatte. Es mussten weit über 20 Minuten gewesen sein. Einmal war Paula verschwunden gewesen, hatte nachgefragt, ob die Chefin nun Zeit für ihn habe. Dann war sie aber mit einer Flasche Whiskey und einem Sektkübel voller Eiswürfel zurückgekehrt und hatte mitgeteilt, dass sie gerade in einer wichtigen Besprechung sei. »Bei uns findet so etwas leider immer nur abends statt«, hatte sie gesagt, »ist auch verständlich.« Er hatte mehrere Gläser mit ihr getrunken. Sie hatten sich nett unterhalten. Er hatte viel von Florianopolis erfahren. Er hatte sie versucht auszufragen. Aber ein Charly Brackmann war ihr nicht bekannt gewesen.

»Spinnst du?«, raunzte er sie nun an. »Fräulein Brandt«, und dabei betonte er das ›Fräulein‹ mit vollem Genuss, »in unserer Einheit bin ich der Skipper. Ist das klar?«

Sie stand an der Wand gelehnt und beobachtete den Leiter der Sonderkommission in aller Gelassenheit. Sie war sich nicht sicher, ob sie richtig gehandelt hatte, aber sie wollte dafür gerade-stehen. Sie hatte lange die Eskapaden des Chefs, der er eigentlich nicht war, geduldet. Jetzt wollte sie bestimmen, wie es weitergeht. Denn sie war sich sicher, dass er den falschen Weg einschlagen würde. Hier ging es nicht darum, ein elendes Kap an der Süd-spitze irgendeines Kontinentes zu umkurven. Hier ging es um Menschenwürde.

»Harder«, sagte sie so ruhig, dass sie selbst davon überrascht war, »er hat Todesängste. Immer noch. Er hat aufgehört zu schreiben, weil er Angst hat, der Skipper könnte es lesen. Hast du das verstanden, Herr Admiral?«

Harder fasste sie nun kräftig am Arm. Es schmerzte. Doch Pia schwieg. »Wo ist er?«, fragte er streng, »sag mir sofort, wo er ist.«

Levitikus

Jeder hat das Recht auf Leben
und körperliche Unversehrtheit.

GG ART. 1, ABS. 2, S. 1

*V*on *der Spitze bis zum tiefsten Punkt des Tals erreichten die graublauen Berge nicht selten eine Höhe, wie sie ein gewöhnliches, fünfstöckiges Wohnhaus besitzt.*

Immer fängt es ganz harmlos an. Die Luft streicht sanft über die Wasseroberfläche. Die Reibung setzt nur die oberste Schicht in Bewegung. Doch irgendwann ist die Kuppe so hoch, dass nur noch die Luvseite dem Wind ausgesetzt ist. Die Rückseite liegt dann zunehmend im Schatten, der Wind kann hier nicht mehr zupacken. Die unvermeidbare Folge ist, dass diese Leeseite der See immer langsamer wird. Schließlich wird sie fast senkrecht. Es ist der gefährliche Moment gekommen, wo die Wände lebensbedrohlich werden. Die Gipfel, oft mit einer Höhe über drei, vier Meter, stürzen kopfüber. Die Brecher wölben sich aber zunächst nur stark nach vorn. Die Wassermassen wollen nicht einfach zerstören, sie wollen vorher genügend Zeit für Angst geben.

Sehr geehrte Herren des Seeamtes, Sie verstehen sicherlich am besten, dass man sich an diese gewaltige Kraft auch nach dem zehnten starken Sturm in Folge nicht gewöhnen kann. Auch die Angst lässt sich nicht zähmen, obgleich Todesangst schon lange den Alltag an Bord bestimmte. Auch während einer nur leichten Brise und recht flacher Dünung.

Hier will ich wieder ansetzen.

Den Stift habe ich lange aus den Händen gelegt. Die Tastatur des altersschwachen Computers besaß schon einen staubigen Mantel. Dass ich die ersten Buchstaben nun wieder schreibe, dass Sie – eventuell – das schreckliche Ende dieser Geschichte erfahren, ruht nicht auf meiner freien Entscheidung.

Ich bin zu der Vollendung gezwungen worden.

War anfangs mein Bestreben, Sie lediglich um Verurteilung oder Entlastung zu bitten, sehe ich mich nun in die Verteidigung gedrängt. Lange habe ich mit mir gerungen, denn kein Mensch dieser Welt muss sich selbst belasten. Von Ihren Helfern und Helfershelfern werden Sie bald ja auch das Papier in den Händen halten, dass der Skipper mir gestohlen hat. Obwohl ich immer vorsichtiger geworden war, hatte ich meine Niederschriften nicht verheimlichen können. Er hatte mir die Seiten brutal aus den Händen gerissen. Die Seiten, in denen ich zum ersten Mal in meinem Leben über Mord nachgedacht hatte. Ich gestehe, dass ich schon in der ersten Planungsphase meine Verteidigung ausgearbeitet hatte. Ich wollte später in einer Gerichtsverhandlung auf Totschlag plädieren. Ich wusste, wenn es dazu gekommen wäre, hätte die Anklage auf Mord votieren müssen. Denn auf einem Schiff kann die Tötung nur heimtückisch erfolgen. Grausam wird sie allemal, wenn der Über-Bord-Gegangene hoffnungslos mit seinem Leben ringt. Doch meine Tat wäre weder aus Mordlust, aus Habgier noch aus sonst irgendwelchen niedrigen Beweggründen vollzogen worden.

So schreibe ich Ihnen jetzt schnell über das Wichtigste der letzten Wochen, gebe Ihnen den Inhalt der Kassette wieder. Dass drei der vier Seeleute, die mit Albatros Kap Hoorn umsegelt haben, leben, wissen Sie von Ihren Leuten. Mehr kann ich Ihnen auch nicht mitteilen.

Charly Brackmann positionierte den Pfeil auf das Symbol für Speichern und klickte schließlich einmal auf die linke Taste der Maus. Sie lag auf einem Pad, dessen Oberseite sehr bunt und fröhlich für das *poema de amor* warb. Der Schriftzug des Nachtclubs war in 34 Sprachen übersetzt, in 17 verschiedenen Farben und 23 verschiedenen Schriftarten gedruckt. Die deutsche Übersetzung ›Liebesgedicht‹ stand halb rechts ganz oben. Zwischen finnisch und arabisch.

Langsam griff der Hamburger zu einer halb vollen Flasche Caipirinha, die er morgens zubereitet hatte. Dann drehte er sich noch langsamer um.

Er hatte schon vor Minuten bemerkt, dass sie hinter ihm stand. Er hatte gespürt, wie sie seine Zeilen las und unzufrieden war. Jeden Satz, jedes Wort hatte er mehrfach gelöscht, es wieder neu geschrieben, dann an eine andere Stelle gesetzt. Schließlich hat er den ganzen Absatz neu formuliert. Die letzten Zeilen hatte er nur runtergehackt.

»Charly, was soll das?«, fragte sie nun.

Sie griff nach seiner Flasche, doch schnell zog er sie weg. Sie hatte ihn beobachtet, wie er nervös in seinen persönlichen Aufzeichnungen geblättert hatte, wie er Seiten beschmiert, sie schließlich zerrissen hatte. Jetzt trat sie sehr nah an ihn heran, legte beide Hände auf seine stabilen Schultern. Auf seinem kahlen Kopf glänzte Schweiß. Es waren klitzekleine Perlen, die zwischen den ganz wenigen, dünnen, kurzen Haarstoppeln Stress signalisierten. Charly Brackmann war ein kräftiger Kerl. Sein Brustumfang spannte gar T-Shirts der Größe XXL. Dieses Volumen ließ seinen Bauchansatz nicht zu dick erscheinen, auch wenn der ordentlich über den Bund der kurzen Hose fiel.

»Was meinst du?«

Pia schaute ihn mit einem Zwinkern an. Dann ermattete ihre Freundlichkeit augenblicklich.

»Das stimmt doch nicht. Es hat dich keiner zum Schreiben gezwungen.«

»Doch. Du.«

»Charly, du hast so schön angefangen. Und jetzt? Was soll das? Ich schreibe Ihnen jetzt das Wichtigste in Kürze, sag Ihnen noch, was auf der Kassette ist. Das ist schon okay, aber das geht so nicht. Das mit der Kassette will doch gar keiner wissen. Es versteht ja sowieso keiner, wenn du die Vorgeschichte nicht erzählst. Keiner glaubt dir, dass jemand deswegen einen Menschen umbringen will. Was du mir erzählt hast, ist doch viel entscheidender. Was jetzt noch geschrieben werden muss, erklärt doch viel besser deine Einstellung zu dem Ganzen. Auch deine Reaktion. Und das, was du gemacht hast.«

Sie hatte tagelang auf ihn eingeredet. Sie hatte es mit allen Methoden versucht, die ihr im Studium beigebracht worden waren. Und das waren nicht wenige. Als Erstes hatte sie auf die psychologische Schiene gesetzt, hatte es mit Sensibilität und Forderungen versucht. Sie hatte sich über Umwege an ihn herangepirscht und durch geduldiges Zuhören sein Vertrauen gewonnen. Sie hatte schlimmste Beleidigungen über sich ergehen lassen und dann an seine Verpflichtung als Journalist appelliert. Er sei Sklave der Wahrheit und der Veröffentlichung, hatte sie gesagt. Doch ohne Erfolg. Dann hatte sie mehr dahin tendiert, was in der Kriminologie als Verhörstrategie ausgezeichnet worden war. Er hatte sich aber sofort distanziert, war sogar für einen Tag verschwunden gewesen. Catarina hatte sie beruhigt. Die Nachtclubchefin kannte Brackmann wie einen langjährigen Lebenspartner. Sie wusste, dass er ohne Ankündigung plötzlich flüchtete.

»Charly, so nicht«, sagte sie jetzt, »keine Fakten. Das ist nicht der Sinn. Fakten haben wir genug. Darum geht es nicht. Es geht um das, was Kleinjohann bekämpfen wollte. Zeig in deinen Worten, beschreibe mit deinen Gefühlen, dass diese menschlichen Schwächen, die Kleinjohann zerstören wollte, im Endeffekt die wertvollsten Stärken sind. Mit diesem Brief kannst du zeigen, dass Fürsorge, Geduld, Sensibilität und Verständnis die Attribute für Helden sind.«

Jetzt trat sie noch näher an ihn heran. Sie wollte ihn freundschaftlich in die Arme schließen, doch er stieß sie weg.

»Das stimmt aber nicht. Frag doch mal Harder, was der über Helden denkt.«

Er sprang auf und kniete vor ihr nieder. Dann bückte er sich tief hinunter und sammelte mit den Fingerspitzen einige Krümel auf, die ihn zwischen den gescheckten Teppichmaschen störten. Er legte sie ordentlich in eine Hand und brachte sie wie ein Geschenk zum Papierkorb.

»Für mich bist du ein Held. Für Magdalena und für Catarina auch. Diesen Menschen sollst du das schreiben. Nicht für die Harders oder Kleinjohanns.«

Brackmann schlich zum großen Terrassenfenster. Er hatte es am Morgen noch gründlich abgeledert. Die Streifen hatten ihn schon vor der ersten Berührung der Computertastatur gestört. Das Hinterhaus lag direkt an der Baia Sul. Einige kleinere Segelschiffe kreuzten in schwachem Wind gen Süden auf. In der Ferne, über der Insel auf der östliche Seite der Bucht, konnte er ein startendes Flugzeug ausmachen. Zwischen Carianos und Tapera lag der internationale Flughafen Hercilio Luz. Harder war schon zweimal dort gewesen und hatte sich um Flüge gekümmert. Den ersten, den er vorgeschlagen hatte, hatte Pia noch mit gutem Grund ablehnen können. Mit der zweiten Offerte war er gestern gekommen. Pia hatten die Argumente gefehlt. Catarina war blitzschnell eingesprungen und hatte fürs nächste Wochenende eine Grillparty mit vielen Freunden vorgeschlagen. Harder war sehr schnell überzeugt gewesen. Heute Morgen war er schon sehr früh mit Paula zum Markt gefahren. Der Erste Hauptkommissar hatte sehr selbstlos seine Hilfe angeboten.

Brackmann drehte sich schnell um. Der Knall hatte ihn aus den Gedanken gerissen. Pia hatte einen kleinen Stapel von Papieren auf den Tisch fallen lassen, der direkt neben dem Computer stand.

»Das sind die ersten 250 Seiten. Ausgedruckt. Lies dir nur das Ende durch, dann bist du schnell wieder drin. Und glaube mir, dann kannst du schreiben. Denn du wirst ganz schön frustriert sein, wenn du das liest. Ich weiß es. Du hast schon am Ende dieser 250 Seiten viel, viel vergessen. Das kannst du nie und nimmer einfach so stehen lassen.«

* * *

Das Barometer sackte und sackte. Die Nadel des Barographen zeigte eine stark abfallende Kurve. Vor acht Stunden hatten sich die Linien noch in der Höhe bei 1002 Hektopascal gekreuzt. Jetzt kam sie so ganz langsam bei 994 zur Ruhe. Der Wind blies kräftig aus WNW mit sieben bis acht Beaufort. Die Windfahnensteuerung war schon lange ausgefallen. Das Rad ließ sich aber wesentlich leichter drehen, nachdem uns unter bitterlichen Beleidigungen erneut erlaubt worden war, die Steuerkette schmieren zu dürfen.

Erik schaute auf die Uhr. Gestern hatten wir sie und die übrigen an Bord um eine Stunde auf Ortszeit 105° West vorgestellt. Jetzt zeigte sie kurz nach halb sechs. Die Sonne war schon lange aufgegangen, doch unterhalb der dichten Wolkendecke war ihr Stand nicht festzustellen. Seit Tagen konnte ein Horizont nicht ausgemacht werden. Ohne Abgrenzung ging das Dunkelgrau der See in das helle Grau des Himmels über.

Ich hatte mich noch etwas zu dem Rostocker Kameraden gesellt, mehr zum Dank. Es war zur Gewohnheit geworden, dass Erik mir wenige Millimeter seiner Marlboro überließ. Kurz bevor er sie über Bord werfen wollte, flehte ich ihn mit Blicken um einen oder sogar zwei Züge an. Wenn er gut gelaunt war, konnte ich sogar drei Nikotineinheiten daraus ziehen. Heute waren es nur zwei.

Wir schrieben den 42. Tag auf See, den 5. Januar. Es war der Tag, an dem wir in die *furious fifties* eintauchen sollten. Nur noch wenige Seemeilen trennten uns von dem magischen Breitengrad. Hielten wir den Kurs so bei, würde es bei 101° und 30 Minuten westlicher Länge passieren. Dann waren wir im Rennen.

Das Log zeigte 5183 Seemeilen an. 9600 Kilometer hatten wir seit Sydney zurückgelegt. Das ergab ein durchschnittliches Etmal von 123 Seemeilen. In gut neun, zehn Tagen könnten wir die kleine, vorgelagerte Insel an der Spitze Südamerikas passieren. Wenn alles gut geht.

Ich schaute durch die müden Augen immer wieder zu Erik. Ich konnte mich besten Willens nicht erinnern, wann der Rostocker das letzte mal mehr als zwei Sätze hintereinander gesprochen hatte. Doch allein sein Anblick schenkte Mut. Dieser gottesfürchtige Artist auf Vorschiff und Rahen strahlte Hoffnung aus. Er war sich dessen nicht bewusst. Und mit Bestätigungen, Lob und Komplimenten wusste er nicht umzugehen. Er verstand es jederzeit zu genießen. Kühlte der Wind den Körper in wenigen Minuten bis zur Schmerzgrenze ab, fand Erik noch irgendwo einen kleinen, warmen Fleck, an dem er sich für den Rest der drei Stunden erfreuen konnte. War die Wache zu Ende, verschwand er schnell in die Koje, um nach sechs Stunden wieder fröhlich ans Ruder zu treten. Zwischenzeitlich war er nur auf dem Weg zur Toilette oder zum Fressnapf zu sehen.

So wenig er sprach, so ausdauernd konnte er zuhören. Auch jetzt, wo der Skipper an Deck gekommen war, sich breitbeinig auf die Backskiste fallen gelassen hatte und an der Pfeife saugend über Gott und die Welt philosophierte. Fragen stellte er keine, denn auch er wusste, dass eine Antwort nicht kommen würde. Er provozierte lieber den sympathisch-ruhigen Genießer, indem er die Kirche als größten Kriegsverbrecher aller Zeiten beschrieb. Er begann mit einem kurzen Abriss über Kreuzzüge, wechselte schließlich ohne Übergang zur Inquisition. Erik steuerte jede Welle gefühlvoll aus, schaute immer wieder zum Fähnchen, das unter der Saling die Windrichtung zeigte. Karl-Maria Kleinjohann erfreute es. Abschließend befahl er, dass auch Erik sich binnen der nächsten 24 Stunden für ein Referatsthema entscheiden sollte.

Ich hangelte mich in Richtung Vorschiff. 42 Tage auf See, davon 20 Tage auf und zwischen Wellen, die durch mehr als acht Windstärken in Bewegung gesetzt worden waren, hatten den Gleichgewichtssinn und die Motorik sensibilisiert. Musste anfangs jeder Schritt mit präziser Abwägung geplant werden, war es jetzt ein unbedachtes Fortschreiten. Jeder Handgriff saß, jeder Gewichtsausgleich funktionierte wie automatisiert. Vom ersten Niedergang waren es zwei Schritte bis zum Abstieg in die Messe. Hob sich die Steuerbordseite, lehnte sich der Körper fast selbstständig Richtung Herd, während der linke Fuß sich an der Kante unterhalb der Skipperkoje platzierte. Die rechte Hand griff nun im Fall nach dem Griff des Navigationstisches. Mit der nächsten rollenden Schiffsbewegung wurde der rechte Fuß auf den zweiten Niedergang gesetzt. Von hier war die erste Deckenschlaufe in der Messe zu fassen. Jetzt musste man warten, denn erst wenn die Backbordseite sich wieder senkte, konnten die zwei Meter zur nächsten Schlaufe zurückgelegt werden.

Einmal im schmalen Gang zwischen Messe und Vorschiff angekommen, konnte nichts mehr passieren. Es sei denn, die Toilettenschiebetür oder der Eingang zu Williams Suite waren offen. Wie jetzt. Ich kam mir fast wie ein Spion vor, als ich den Kopf so langsam um den Rahmen schob. Der Australier lag mit schmerzverzerrtem Gesicht auf seiner Doppelkoje, stützte sich mit beiden Händen an der Verkleidung und am Leesegel ab. Auch seine Beine waren weit gegrätscht. Der Trottel hatte es immer noch nicht verstanden, sich einigermaßen stabil einzurollen.

»Du solltest dich wenigstens quer legen«, sagte ich voller Hohn und grinste. Den Fuß schon wieder ein Stück weiter gesetzt, sah ich nun sein fahles Gesicht. Die Augen waren glasig. Das Weiß der Augäpfel war übersät mit feinen knallroten Fäden. Ein breiter, dunkler Rahmen trennte die Lider.

Der alte Mann musste geweint haben.

»Was ist mit deinen Freunden? Haben sie dich im Stich gelassen?«, fragte ich abfällig und schüttelte den Kopf. Ich hatte kein Verständnis für diese billige Art von Flucht. Hatte ich sie vorgestern noch akzeptiert, war ich heute wieder ganz anderer Ansicht. Ich ließ mich auf seine Koje fallen. William schrie auf.

Ich erschrak. Williams Hände zitterten. Seine Zähne waren fest aufeinander gepresst. Die Kiefermuskulatur war dermaßen angespannt, dass sich gar eine kleine Wölbung unterhalb der Wangen abzeichnete.

Ich griff nach seiner verkrampften Hand.

»Hat er dich wieder geschlagen?«

Der Australier sagte nichts.

»William, was ist los?«

War jetzt der Zeitpunkt gekommen, den wir vorhergesagt hatten? War der schüchterne Kerl jetzt so weit, dass er gleich mit Mordinstrumenten auf uns losstürmen würde? Oder würde er nackt auf den Klüverbaum springen?

»Sprich, du alter, störrischer Kerl!«, schrie ich ihn nun an.

Aber er sah mir nicht einmal in die Augen.

Von der Messe her kamen dumpfe, unrhythmische Laute. Sekunden später klemmte sich der hagere Körper des Schiffsführers im Türrahmen fest. Er blickte abwechselnd in die Gesichter seiner Crewmitglieder.

»Bericht, First Mate«, waren seine einzigen Worte.

»Ich weiß nicht«, stotterte ich nur, »kleine Krise, ist schon okay. Haben wir doch alle, oder nicht?«

Der Admiral holte tief Luft. Dann fauchte er los: »Zum Kuscheln habt ihr später Zeit, ihr schwule Bande. Los hoch, ich will halsen.«

William schüttelte den Kopf. Der Skipper erstarrte zur Salzsäule. Langsam zog der Australier den Pullover hoch. Sein behaarter Bauch zeigte kleine rote Flecken. Ich neigte den Kopf, um irgendetwas erkennen zu können. Dann zog William mit einem lauten Stöhnen die Hose herunter. Dazu musste er den Hintern heben. Es geschah mit einem Zittern des gesamten Körpers. Ich blickte auf seinen Unterleib. Auf der linken Seite zwischen Bauchnabel und Penisansatz wucherte ein faustdicker Berg. Die Haut war gespannt. William strich vorsichtig mit den Fingerspitzen über die hohe Wölbung.

»Du gehst hoch und löst Erik ab. Der soll runterkommen, sofort«, schnauzte der Admiral. Ich wollte wissen, was das ist, was da aus dem Unterleib so rausquoll. Doch schon hatte mich der Admiral am Kragen gepackt. Ich sprang auf und hörte nur noch: »Der soll aber erst seine nassen Ölsachen hinten ausziehen!«

Es vergingen 20 Minuten, bis ich wieder jemanden sah. Dann jedoch hockte der Admiral grinsend auf der obersten Stufe des Niedergangs. Er legte den Kopf weit in den Nacken und ließ sich den kräftigen Wind ins Gesicht wehen. Er genoss die erfrischende Gischt, die dem Rudergänger so schnell zu schaffen machte.

»Was ist?«, brüllte ich.

Des Admirals Mundwinkel schossen in die Breite. Seine Augen funkelten. Dann verschwand er.

Es vergingen weitere 20 Minuten, bis Erik wieder im Ölzeug das Cockpit betrat. Er versetzte mir einen freundschaftlichen Schubser und übernahm sofort das Steuer.

»Er hat einen schweren Leistenbruch«, begann er, »sieht sehr übel aus.«

»Erik, lass dir nicht wieder alles aus der Nase ziehen. Was hat er?«

»Einen Leistenbruch. Dieser Huckel ist der Darm. Es ist ein äußerer Bruch im Gewebe. In unserem Medizinbuch steht, dass es durch körperliche Anstrengungen auftreten kann. Karl hat über Funk Wellington in Neuseeland benachrichtigt. Die haben einen Arzt ans Mikrofon geholt.«

»Die wollten mir erst nicht glauben«, lachte plötzlich der Skipper von unten. Seine Augen blitzten voller Stolz. «Die wollten mir nicht glauben. Die haben zweimal nach meiner Position gefragt. Ich habe gesagt, ja, das stimmt. Die Position ist richtig.«

Wie ein Kind, das nach wochenlanger Mühe plötzlich unerwartet ein kleines Bonbon als Zeichen der Anerkennung heimlich in die Hand gesteckt bekommen hatte, freute er sich in der Pantry. Er tanzte von einem Bein aufs andere.

»Der Arzt sagte, dass wir den Darm vorsichtig zurückdrücken müssen. Es ist die einzige Chance. Er muss schnell operiert werden«, erklärte Erik.

»Und das geht nicht«, fiel der Skipper dem Rostocker ins Wort, »weil …«, und jetzt begann er mit den Händen zu fuchteln, seine Arme malten einen großen Kreis, »es gibt keine Chance. Versorgungsschiffe für die Antarktis sind zurzeit keine in der Nähe registriert. Hubschrauber haben die Reichweite nicht.« Jetzt klatschte er abschließend einmal in die Hände. »Wir sind ganz allein. Das ist Schicksal.«

Erik störten die von Enthusiasmus geprägten Ausführungen des Skippers wenig. Er ließ sich nichts anmerken. Ich wusste nicht, ob es Gleichgültigkeit oder Schutz war. Zumindest konzentrierte er sich allein auf das Fähnchen unterhalb der Saling und auf die von hinten heranrollenden Wellen, die zu keinem Moment außer Acht gelassen werden durften. Er hatte ja Recht. Sie bedeuteten für uns die direkte Gefahr. Nicht der Leistenbruch des Australiers.

»Wir werden ihn immer zurückdrücken müssen. Und wir werden beten müssen«, sagte Erik jetzt ganz nüchtern.

»Beten«, lachte der Admiral.

»Ja, beten«, wiederholte der Rostocker ohne jegliche Betonung, »denn wenn der Darm sich in der Wunde verklemmt und nicht mehr arbeiten kann, ist es vorbei mit William.«

»Und warum sollen wir dann beten? Soll er ihn ordentlich zurückdrücken, dann ist doch alles in Ordnung.«

Mit einem Mal verschwand das Euphorische in seinem Gesicht. Tiefe Sorgenfalten machten sich nun über der Stirn breit. Konzentriert drehte er an den Haaren, die aus seiner Nase ragten. Er blickte zum Fähnchen, dann auf Erik und mich. »Jetzt, in dieser Stunde müssen wir zusammenstehen«, erklärte er feierlich, »jetzt zeigt es sich, ob die Mannschaft zusammenhält. Es wird schwierig, Männer, aber wir schaffen das.«

Wir verstanden seine Worte nicht. Sie konnten alles und nichts bedeuten. Sicher war nur, dass der Skipper sich zu einem Entschluss durchgerungen hatte, den er nicht bereit war, uns mitzuteilen. Er streckte jetzt die Arme hoch und schrie wirre Kommandos für die Halse. Erik und ich manövrierten in wenigen Minuten ohne uns groß um seine Anweisungen zu kümmern. *Albatros* segelte unter Groß und den beiden Rahsegeln. Die Leinen waren noch nicht fertig aufgeschossen, da hatte der Admiral auch schon seinen Platz am Steuer wieder verlassen. Über Stunden war er danach am Navitisch zu beobachten, ohne dass er auch nur einen Bleistift, einen Zirkel oder ein Kursdreieck in die Hand nahm.

Der Wecker über meiner Koje schlug um 20 Minuten vor elf Alarm. 20 Minuten: Länger benötigte ich nie, um mich auf die Wache vorzubereiten. Heute musste ich jedoch besonders pünktlich und mit besonders guter Laune zum Cockpit schreiten. Ich verzichtete darauf, die seit langem schmerzende rechte Hüfte ein wenig zu massieren. Auch das Eincremen der Hände vergaß ich. Seit Tagen schmierte ich die kaputten Finger, auf denen kaum noch feste Haut war, dick mit Vaseline ein, bevor ich sie wieder in die nassen Handschuhe steckte.

Ich griff nach meiner Pissflasche, die ich gewöhnlich nur noch alle zwei Tage über Bord leerte. Ich hatte mich lange gefragt, wo der Körper die Flüssigkeit lässt. Doch mit dem Zweilitergefäß kam ich gut 48 Stunden aus. Gut, wir tranken jeder am Tag vielleicht gerade einmal drei, vier Tassen Tee. Morgens kam noch ein Becher löslicher Kaffee für den hinzu, der die Morgenwache hatte. Insgesamt wurden vier Thermoskannen Wasser aufgesetzt. Das musste reichen. Mehr gab es auch nicht, denn der Admiral hatte um den 33. Tag herum plötzlich verboten, dass jemand seinen Petroleumkocher benutzt. Er fühlte sich allein für das Wasser verantwortlich. Er allein besaß die Genehmigung, Wasser zum Kochen zu bringen. Dreimal hatte er es in der vergangenen Woche vergessen. Keiner hatte sich getraut, ihn darauf aufmerksam zu machen.

Williams Tür war geschlossen. Erst wollte ich sie einen Spalt öffnen, dann entschied ich mich aber dafür, den kranken Mann in Ruhe zu lassen. Nachdem Wellington Radio erklärt hatte, dass eine Darmverklemmung früher oder später nicht zu verhindern ist, hatten wir uns schon in Gedanken auf die Zukunft eingestellt. Als Erstes hatten wir darüber gestritten, wer nach Williams Ableben seinen Überlebensanzug bekommt. Die Entscheidung fiel auf Erik. Ich hatte ja zumindest einen Schwerwetteranzug und der Admiral plante nicht, nun ständig eine Wache zu übernehmen. Zu zweit ist das auch gut machbar, hatte er erklärt. Erik und ich freuten uns darauf.

Ich hangelte mich nach achtern. Schon am zweiten Niedergang erkannte ich in der Skipperkoje ein weit aufgeschlagenes *Playboy*-Magazin. Der Admiral bewunderte in voller Länge das Playmate des Monats. Er hatte schon laut darüber nachgedacht, ob er eine Seite neben seinen Hundebildern aufhängen sollte. Dann hatte er jedoch gesagt, dass Rocky ihm das verübeln würde. Das Antlitz des Pudels sei ihm Befriedigung genug. Rocky war ohnehin der einzige Grund, so hatte er plausibel erklärt, dass er noch verheiratet sei. Wer sollte sonst auf den Liebling aufpassen, wenn er auf Reisen muss.

Ich schaute schnell ins Cockpit hinauf. William saß dick eingepackt am Steuer. Sein Oberkörper glich jede Schiffsbewegung aus. Anders war auf der breiten Sitzfläche kein Halt möglich. Bei jeder Welle verzog er sein Gesicht.

»Karl, wieso bist du nicht draußen? Du wolltest doch wenigstens heute seine Wache übernehmen. Wieso ist er draußen? Was ist mit dem Leistenbruch?«, fragte ich verstört.

»Was soll damit sein?«

»Ich dachte, er kann jetzt nicht sofort nach draußen.«

»Dachte ich auch, aber er wollte unbedingt. Da habe ich ihn gelassen.«

Ich sprang schnell in meine Gummistiefel, wartete kurz die nächste Welle ab, huschte dann raus, leerte die Pissflasche und ließ mich wieder in die Pantry fallen.

William hatte nur gegrinst. Er hatte weder auf die Uhr geschaut, noch hatte er irgendwelche Anstalten gemacht, dass ich mich beeilen musste. Ich versuchte dennoch, alles so schnell wie möglich zu erledigen. Zähneputzen fand ohnehin nur noch jeden dritten Tag statt. Das reichte allemal. Geschwind war ich in den Anzug gestiegen, den Lifebelt nur über die Schulter geworfen.

Im Cockpit begann ich, ihn zu sortieren.

»Was macht deine Hernie?«, fragte ich den Australier.

Der lächelte nur weiter.

»William, geht es besser?«

Jetzt schüttelte er den Kopf.

»Warum um alles in der Welt ruhst du dich nicht erst einmal aus? Das sind acht Windstärken. Es regnet nicht. Wir können ohne weiteres erst einmal auf dich verzichten.«

Wieder schüttelte der Australier den Kopf. Diesmal kräftiger.

Ganz leise flüsterte er: »Das sind nun einmal die Regeln der Deutschen. Nur der, der etwas leistet, bekommt seinen Lohn.«

Ich verstand nicht. Zwar hatte ich die Wörter deutlich wahrgenommen, da ich mich schnell zu ihm rübergebeugt hatte, doch der Inhalt war mir nicht ganz klar.

»Was hat er dir gesagt?«, fragte ich in einem Anflug von Ahnung.

»Dass an Bord nur der Essen und Trinken bekommt, der auch arbeitet. Essen sei ohnehin nicht gut für mich, hat er gemeint, das stopfe nur den Darm unnötig.«

Ich gab ihm zur vorzeitigen Ablösung einen freundschaftlichen Schlag auf die Schulter. Es war mehr ein Streicheln. Er war noch nicht ganz im Rumpf verschwunden, da war auch schon der Admiral im Niedergang.

»Schön den Wind von hinten, hast du verstanden?«, waren seine begrüßenden Worte. »Vielleicht kannst du mir mit deiner juristischen Vorbildung auch gleich noch helfen.«

Dann war er wieder weg.

Hundert Möglichkeiten schossen mir gleichzeitig durch den Schädel. Seit einer Woche hatten wir kaum noch miteinander gesprochen. Das Zitieren aus meinem Tagebuch war nie mehr Gesprächsthema gewesen. Diskussionen zum Thema Meuterei und Rebellion an Bord waren ohnehin per Erlass verboten worden. Zu Auseinandersetzungen war es nicht mehr gekommen. Auch nicht, als der Admiral auf irgendeiner dubiosen Frequenz ein anderes Schiff angefunkt und den Schiffsführer um Hilfe gebeten hatte. Lautstark, sodass es durch den ganzen Rumpf gedröhnt hatte, hatte er ihn gebeten, folgenden Eintrag in sein Logbuch zu notieren: »Mein Name ist Kleinjohann vom deutschen Segelschiff *Albatros*. Der First Mate hat mir gedroht. Bitte geben Sie das an die nächste Funkstelle weiter.« Dann hatte er noch angegeben, dass sowohl die Behörden in Australien, Neuseeland, Chile und Argentinien davon zu unterrichten seien. Ich wusste bis heute nicht, ob er wieder nur sinnlos in den Hörer gebrüllt oder ob er die Nachricht wirklich abgesetzt hatte. Die Reaktion des Empfängers konnte ich nicht verstehen, da der Lautsprecher auf geringste Stärke gestellt gewesen war.

»Wir werden Valdivia anlaufen«, sagte er jetzt, als er mit seiner Pfeife wieder erschienen war. Mit ausgebreiteten Armen hockte er auf der Backskiste, kontrollierte kurz Kurs und Windrichtung. Seine Jacke und seine Hose waren trocken. Seine Finger waren heil und sein Gesicht war rosa und gesund.

»Chile?«, fragte ich skeptisch.

»Charly, in neun, eventuell zehn Tagen können wir dort sein. Dann hat William noch eine Chance. Ich glaube zwar nicht, dass er so lange durchhält, aber wir müssen es versuchen.«

Er erzählte, dass er gerade wieder bei ihm gewesen war. Wieder sei der Darm herausgequollen gewesen. Wieder hatte Erik ihn vorsichtig reingedrückt. Die Stelle sei noch härter als am Morgen gewesen. Er sprach sehr sachlich, sehr ausgewogen, sehr überzeugend. Er sprach plötzlich von Zielen, die er nie und nimmer aufgeben würde, die er in der Vergangenheit auch sicherlich zu übertrieben verfolgt hätte. Er sprach von Enttäuschung und von Verantwortung.

Ich hatte die Wetterfaxe der letzten Tage im Kopf. Ein Tiefdruckgebiet jagte vor Kap Hoorn das nächste. Auf einigen Blättern waren die Isobaren so eng aneinander gezeichnet, dass keine Linien mehr zu erkennen waren. Mal war es an der südlichen, mal an der östlichen Kante des Tiefdruckgebietes, wo das Papier nur einen dicken, breiten, schwarzen Fleck geziert hatte. Diese Gebiete hätten wir nie überlebt. Noch vorgestern hatte der Skipper gezeigt, dass er völlig durch den Wind ist. Er hatte beim

Reffen einen Fehler nach dem anderen gemacht, hatte jedem seiner Crewmitglieder die Schuld dafür gegeben. Erik und ich mussten nun nicht nur auf William aufpassen, sondern auch auf die wirren Handgriffe des Skippers achten, der immer noch an seiner Unfehlbarkeit festhielt.

Ich überlegte. »Wenn es dir ernst ist, lass uns jetzt sofort den Kurs ändern. Dann sprechen wir darüber.«

»Ich will dir etwas sagen, mein Freund«, begann Karl-Maria nun mit einem zu freundlichen Gesicht. »Du kennst mich gut. Sehr gut. Natürlich werden wir nicht Valdivia anlaufen. Eventuell Ushuaia im Beagle-Kanal. Aber ich will Eines. Dass du begreifst, dass nicht ich den Törn vermasselt habe. Es ist allein William, der uns getäuscht hat. Allein er.«

Er sprach wirr und ich konnte ihm nicht folgen. Für ihn war plötzlich die Diskussion abgeschlossen. Er wechselte die Themen, wie sie ihm gerade durch den Kopf strömten. Er wollte nichts mehr von einer Kursänderung wissen. Er kam von Hölzchen auf Stöckchen, landete schließlich auf einem Ast, von dem er sich ins Bodenlose fallen ließ. Dann stieg er auf einer ganz anderen Seite wieder hoch. Er wollte wissen, wie weit der Film sei, was noch fehlte. Er fragte nach Alina und erzählte, dass Rocky noch vor drei Monaten von vielen lebensbedrohlichen Zecken befreit werden musste. Und dann auf einmal war er wieder der, den ich kannte.

»William hat uns alle getäuscht und deswegen wird er bezahlen.«

»Wo hat William uns getäuscht?«, fragte ich. Mich interessierte seine Ansicht recht wenig, doch ich genoss sein konfuses Gelaber, denn es brachte Abwechslung in die eintönige Wache. Mittlerweile hatte der Instinkt die Bewegungen des Schiffes aufgenommen. Es dauerte immer gut eine halbe Stunde bis der Rhythmus der Wellen und die Unregelmäßigkeiten der See im Nervensystem aufgenommen wurden. Dann kostete es nur noch Energie, das Rad zu drehen, die Bewegung auszugleichen und die schmerzhafte Kälte zu verdrängen.

Dem Admiral war es jetzt nach zehn Minuten an Deck schon zu kalt geworden. Er verkroch sich nun wie gewöhnlich in die wärmere, da windgeschütztere Pantry, um sich von dort weiter zu unterhalten.

»Er hat mir versichert, dass er gesund ist. Das war er offensichtlich nicht. Damit hat er das ganze Unternehmen gefährdet.«

An der Kerbe des Steckschotts schlug er seine verloschenen Tabakreste aus. Immer wieder haute er die Öffnung der Pfeife gegen das Holz, obwohl Asche und Tabak schon längst weggeflogen waren. Es war das sicherste Zeichen für seine zunehmende Unzurechnungsfähigkeit. Der, der sonst jeden Krümel an Deck als Beschädigung des gesamten Schiffes bezeichnete, klopfte nun wirr auf teures, mehrfach lackiertes Naturmaterial. Dann tauchte er ab, um sich wieder seinen Hundefotos zu widmen.

»Schafft er es?«, will ich zwei Stunden später eine Einschätzung von Erik haben. Von Beruf war er zwar nur ein schlichter Gerüstbauer, doch privat war er medizinisch vorbelastet. Als Ersthelfer in seinem Betrieb und als Trainer einer drittklassigen Hockeymannschaft in Mecklenburg-Vorpommern hatte er schon die kompliziertesten Fälle gesehen, die durch Überanstrengungen plötzlich aufgetreten waren. Vor dem Abflug, das hatte mir zumindest seine Ex-Freundin erzählt, hatte er sogar mehrfach einen befreundeten Arzt in der Krankenhaus-Ambulanz besucht. Er hatte sich Knochenbrüche und offene Wunden zeigen lassen. Mit dem Besteck, Nadel und Faden konnte er umgehen, behauptete er. Von Leistenbrüchen habe er aber nur gehört. Für den Admiral war er jedoch der einzige Fachmann an Bord.

»Ich bin mir nicht sicher. Ich habe Angst um ihn. Kennst du russisches Roulette?«

Ich nickte.

»Das kannst du mit einem Leistenbruch vergleichen. Jeder Tag ein Abzug. Nur mit dem Unterschied, dass du nicht sofort krepierst. Du schiebst das Ding zurück, drückst es zwar vorsichtig rein. Immer gerade. Von beiden Seiten. Aber du weißt nie, ob der Darm sich irgendwie verklemmt hat.«

Ich staunte. Der Rostocker hatte zusammenhängend mehrere Sätze vorgetragen, hatte gar mit verschiedenen Gesten seine

Ausführungen untermalt. Er war nicht nervös. Ihn interessierten keine Probleme. Aber er hatte zum ersten Mal das Bedürfnis, etwas mitzuteilen. Ich wollte ihn anschreien, was er mir damit sagen will. Ich wollte ihn fragen, ob er mit mir zusammen das Schiff nach Chile segeln würde. Doch ich konnte nicht. Es fehlte noch der letzte Hauch, der den strammen Baum aus den Wurzeln reißt. Es fehlte der letzte Tropfen, der das Wasserglas zum Überlaufen bringt. Es fehlte die letzte Tat, die die Meuterei auslösen sollte.

* * *

»Ist Harder schon zurück?«, fragte Catarina. Ihr Gesicht war nicht geschminkt. Trotzdem glänzten ihre Wangen in einer lebensfrohen Farbe. Sie hatte sich von hinten herangeschlichen und plötzlich die Arme um ihre Hüften gelegt. Pia hatte sich erschrocken, fasste sich nun mit einer Hand an die Brust.

»Der ist gut beschäftigt, warum?«

»Ich wollte euch eigentlich eine kleine Intrigantin vorstellen, die euch hierher gebracht hat«, lächelte sie. Pia konnte ihr ansehen, dass die berühmte Clubchefin es gar nicht abwarten konnte, ihr Kind vorzustellen. Auch die Polizeirätin war auf das Mädchen gespannt, das nicht nur das Bremerhavener Seeamt in Aufregung versetzt hatte, sondern sich auch bei Charly Brackmann anscheinend alles erlauben konnte.

Es war genau viereinhalb Tage her, dass Catarina sie allein ins benachbarte Wohnhaus gebracht hatte. Erst später hatte die tüchtige Nachtclub-Chefin ihr gebeichtet, dass bestimmte Räume im Geschäftsbereich mit Videoüberwachung und Abhöreinheiten ausgestattet sind. Die Zimmer der Damen, wie die Chefin voller ehrlicher Hochachtung ihr weibliches Personal nannte, seien ebenfalls mit dieser Technik ausgestattet. Es obliege allerdings allein der Dame, ob sie die Technik aktiviere oder nicht. Zumindest hatte Catarina Amarado den Streit zwischen der Polizeirätin und dem Ersten Hauptkommissar verfolgt. Zum Schluss des Streites hatte sie sich spontan entschlossen, allein Pia Brandt zu vertrauen.

Als sie die Verandatür geöffnet hatten, war ihnen schon ein stattlich beleibter Kerl entgegengesprungen. Fest hatte er Catarina umarmt. Hatte sie mehrfach auf die Wangen geküsst. Dann hatte er von einem Bild geschwärmt, das er in den letzten zwei Tagen gemalt hatte. Höflich hatte er Pia die Hand gegeben, doch bevor Catarina sie hatte vorstellen können, hatte er die brasilianische Freundin schon auf den Arm genommen. »Verehrte Frau«, hatte er in englischer Sprache betont, da er des Portugiesischen immer noch nicht mächtig war, »ich werde mich auch Ihnen gleich widmen.« Seine Artikulation war übermäßig höflich, doch sie hatte sofort den zynischen Unterton bemerkt. Dann hatte er die mädchenhaft kichernde Clubchefin – Pia hätte sich dieses Gehabe nie bei ihr vorstellen können – in den Nebenraum getragen. Dort hatte ein Bild in Aquarellfarben gewartet, das Spaziergänger vor einem Schiff darstellte. Die Leute waren nur schemenhaft gezeichnet. Es waren Strichmännchen, die Kleidung, einen Schirm, einige eine Tasche trugen. Aber allen hatte etwas gefehlt.

Catarina hatte gelobt. Pia hatte sich vorgestellt.

»Es ist traumhaft«, hatte sie gesagt, »nur warum vergisst ein Mann wie Sie die Gesichter?« Vor Schreck hatte Charly Brackmann ein Farbtöpfchen zu Boden geworfen, da sie die Frage in deutscher Sprache gestellt und er sofort einen Sprung nach hinten gemacht hatte. Gottlob war Catarina Amarado stehen geblieben und hatte auch nach diesem kleinen Missgeschick noch gelächelt. Sie hatte zwar kein Wort verstanden, aber sie hatte herausgehört, dass es nur eine harmlose Annäherung gewesen war.

Charly Brackmann hatte sofort den Farbkleks weggewischt. Er hatte ihr nicht richtig zugehört. Er hatte nur gesagt, dass Flecken auch in PVC-Belag einziehen würde.

Jetzt schaute sie die Frau an, die ihm vor viereinhalb Tagen den Lappen aus der Hand genommen hatte.

»Wo ist sie?«, fragte Pia.

»Wo schon. Drüben bei Charly natürlich.«

Die Polizeirätin konnte es nicht abwarten. Am meisten war sie gespannt, ob Brackmanns Beschreibungen einigermaßen auf das Kind zutrafen. Sie wollte losgehen, doch Catarina hielt sie zurück.

»Moment. Moment. Ich komme mit. Das will ich mir nicht entgehen lassen«, sagte die rassige Brasilianerin und schüttelte kräftig ihre Mähne durch. »Ach so, und das ist vorhin angekommen.«

Sie reichte Pia ein Fax. Den Kopf zierte ein großes Wappen. Policia Porto Belo stand in geschwungener Schrift auf einem angedeuteten Banner darunter.

Sie las den kurzen Text, der handschriftlich gekritzelt war, zweimal. Geschrieben stand lediglich:

Habe Nachricht und Adresse übergeben. Er ist von Bord.

Das Mädchen war in ein hellblaues Kostüm gekleidet. Es hätte in eine Puppenstube der 60er-Jahre gepasst. Ihre langen rötlichen Haare wurden durch eine schmale Spange gehalten. Sie waren gefärbt. Nicht, dass man es ihnen ansah. Doch die Polizeirätin kannte die Beschreibung vom Zustand vor über einem halben Jahr. Geblieben waren die braunen Augen. Und das Lächeln eines Wunderkindes.

Dennoch, eine 15-Jährige, die sie jetzt war, sah anders aus.

An ihren Füßen trug sie schwarze Lackschuhe. Weißen Söckchen mit Spitzen folgte das hellblaue Kostüm. Dann wieder runter auf die Lackschuhe, hoch zum Schopf und der Spange. Pia schaute sie von oben nach unten und von unten nach oben an, bis es ihr peinlich wurde. Schnell wollte sie sich noch auf die Hände konzentrieren. Das hatte sie nicht vergessen. Doch Brackmanns Beschreibung, dass die Hände kindlich und zierlich waren, konnte sie in keiner Weise nachvollziehen. Hatte er seine Alina skizziert oder eine Mischung? Zumindest war Magdalena eine Schönheit, ein umsorgtes Kind, das von allen Schrecken der Welt versteckt gehalten worden war. Auch Brackmann nahm sie nun wieder kräftig in die Arme. Sie schmiegte sich eng an ihn. Pia kannte kein Kind, das dies freiwillig in diesem Alter tun würde.

»Ich möchte Ihnen danken.«

Der Teenager, sie war wirklich kein Kind, hatte sich aus der Umarmung gelöst, war hervorgetreten und hatte einen kurzen aber perfekt angedeuteten Knicks gemacht. Jetzt streckte sie ihre Hand heraus. Pia war beeindruckt.

»Solche Frauen wie Sie findet man in Brasilien nicht«, bemerkte Magdalena beiläufig. Pia Brandt traute ihren Ohren nicht. Sie konnte und wollte nicht entscheiden, ob es eine Floskel, ein Kompliment oder eine anerkennende Tatsache war.

Mit dem gescheiten Wunderkind hatte Brackmann wohl doch Recht gehabt. Denn jetzt fügte sie plötzlich hinzu: »Sie sollten nur Ihren Kollegen in Zaum halten. Es ist nicht gut, dass er von Bord ist.«

Pia verstand. Magdalena hatte das Fax gelesen. Und Magdalena kannte die Bedeutung der Worte, aber sie hatte anscheinend Charly Brackmann nicht gewarnt. Denn der Deutsche schaute sie nun skeptisch an. Er hatte nichts verstanden.

Pia musterte Magdalena weiter und konnte ihre Absichten in den braunen Augen lesen. Sie wollte die Konfrontation. Sie war kein kleines Mädchen. Sie war ein berechnendes Biest in Kleidern einer Porzellanpuppe. Und wie sie sie jetzt anschaute, war sie sich dessen bewusst.

* * *

Sicher ist, dass diese Reise ein Erfolg ist. Zumindest für mich. Ich weiß es. Es ist eine Lehre. Eine Erfahrung. Eine Erkenntnis. Ich werde Dinge anders sehen, werde andere Entscheidungen zukünftig treffen. Ich werde alles, was jetzt kommt, mit Susan und Alina anders erleben. Ich werde mich anders verhalten. Sie werden mein größtes Abenteuer sein, das ich mit Geduld und Liebe meistern werde. Es wird ein Abenteuer sein, für das es sich lohnt zu darben, zu verzichten. Für Kap Hoorn? Nein, das war es nicht wert. Aber Begonnenes muss zu Ende geführt werden. Doch kann ich es noch, wenn ich doch weiß, dass der Erfolg schon in den Tiefen des Pazifiks versunken ist?

Ich schmiss das Tagebuch zur Seite. Ich schrieb wieder mit gutem Gewissen. Ich hatte ein zweites Heft angefangen. Ich hatte Zeilen an den Skipper geschrieben. Und ich hatte Zeilen für mich notiert, die ich nun in einem sicheren Versteck aufbewahrte. Der Raum für den Ankervorlauf war als Brotkasten genutzt worden. Erik hatte in Sydney ein Geflecht konstruiert, damit die Laibe nicht in den Kettenkasten fielen. Hier fielen nun meine

Notizen hinein. Der Kasten war nur durch eine kleine Klappe von der Seite zugänglich. Niemand hätte einen Grund gehabt, diese Klappe zu öffnen. Ich war mir sicher und durfte, nein, ich konnte endlich wieder schreiben.

Schnell sortierte ich alles. Karl hatte von achtern gebrüllt. Der Wind hatte wieder aufgefrischt. Es musste an Deck gearbeitet werden. Ich musste nur aus dem Leesegel raus, dann taumelte ich nach hinten. In der Pantry schlüpfte ich in den Anzug, stieg in die Gummistiefel. Ich hatte nur kurz auf die Uhr gesehen. Wieder keine Stunde geschlafen. Es war der achte Tag in Folge. Ich robbte auf dem Zahnfleisch.

Der Skipper hatte an seinem Prinzip festgehalten, das er mir schon kurz nach dem Auslaufen in Sydney Harbour mitgeteilt hatte. Ich musste bei jedem kleinsten Manöver dabei sein. Die anderen konnten sich erholen, konnten den Schlaf der Gerechten und Privilegierten schlafen. Denn First Mate war gleichbedeutend mit Verantwortung. Diese hatte ich übernommen. Was hatte ich vor wenigen Minuten noch geschrieben? Es wird mir eine Lehre sein.

Ich sprang raus ins Freie, pickte mich sofort mit dem Lifebelt fest. Ein kleinerer Brecher stürzte ins Cockpit. Wir standen bis zu den Knien im Wasser. Nichts Außergewöhnliches. Der Admiral brüllte los, er wollte die Breitfock gerefft haben.

Ich schaute mich um. Ich war allein im Cockpit. Ich wollte es nicht glauben.

Der Admiral zeigte nach vorne. Die Augen mussten sich noch an die Dunkelheit gewöhnen. Langsam konnte ich eine Figur auf dem Vorschiff erkennen. Es war um Neumond herum. Ich stieg übers Cockpitsüll und krauchte auf der Brust das Seitendeck lang. Erst am vorderen Mast erhielt die Figur ein Gesicht. Ich erschrak.

»Was«, stammelte ich, »was machst du hier?«

»Ich hab es mir nicht gewünscht«, antwortete William, »ich bin seit einer halben Stunde hier. Er wollte, dass ich die Leinen kontrolliere. Alle. Ich habe es heute ja noch nicht gemacht.«

Der Wind erreichte Windstärke neun. Die schmale Mondsichel war noch nicht aufgegangen. Oder untergegangen. Ich wusste es nicht. Ich hatte jegliche Orientierung verloren. Ich konnte kaum die Hand vor Augen sehen. Kein Stern, kein Planet war am Himmel, der etwas Licht in die Dunkelheit brachte. Ich war mit William allein auf dem Vorschiff und hörte deutlich, da der Wind von hinten den Schall trug, das Gebrüll des Skippers.

Es war mir egal. Ich wollte erst wissen, wie das Spiel lautete, welche Spielregeln ich nun beachten musste.

»Was hat er dir gesagt?«, musste ich William ins Ohr brüllen. Umarmt saßen wir an der Nagelbank. Es war nicht unsere gegenseitige Zuneigung. Es verlieh uns nur ein wenig mehr Halt, denn *Albatros* tanzte nun auf den Wellen, die immer weiter von der Seite auf uns drückten. Es war das sichere Zeichen dafür, dass der Skipper wieder den Kurs verlassen hatte, um uns das Arbeiten schier unmöglich zu machen.

»Ich musste hoch in die Rahen, um alle Leinen zu kontrollieren. Ich musste zum Klüverbaum. Ich musste an die Fallen und auf den Baum.«

William musste nicht weitersprechen. Ich wusste, dass er völlig fertig war. In ihm herrschte nur noch die Angst, während seines Untergangs leiden zu müssen. Er fasste nach meiner Hand. Das hatte er noch nie getan. Er drückte sie fest. Aber er sagte keinen Ton. Zu keinem Zeitpunkt fasste er sich an die Stelle seines Bruches. Es gab keinen Moment, wo er stöhnte. Er wollte der Cello-Spieler sein, der auf der *Titanic* bis zum Untergang die Saiten zupfte. Doch ich entriss ihm das Instrument.

»Du bleibst hier sitzen. Ich mache das allein«, schrie ich ihn an. Das laute Getöse der Wellen zwang mich, direkt in sein Ohr zu plärren. Arme und Beine weit von mir gestreckt, kroch ich nun zur Bordwand. Langsam löste ich die Schot der Fock, schon killte das Segel. Die Leine schoss hin und her. Der Admiral brüllte. Ich musste die Schot wieder anziehen.

Langsam robbte ich zurück ins Cockpit.

»Ich muss Erik wecken«, schrie ich.

Die Antwort kam prompt.

»Willst du dich schon wieder Befehlen widersetzen? Du bist First Mate. Also verhalte dich auch entsprechend und mach jetzt verdammt noch mal deine Arbeit.«

»William kann nicht ...«

»Das ist mir scheißegal. Der frisst hier, also hat er auch zu arbeiten.«

Immer kräftiger prallten die Wellen gegen den Rumpf. Immer mehr Wassermassen strömten übers Vorschiff. Karl-Maria Kleinjohann hatte den Grad getroffen, wo *Albatros* noch Druck in den Segeln verspürte, ohne dass die Segel backschlugen. Der Wind kam jetzt aus Nordwest. *Albatros* steuerte demnach fast Süd bis Südsüdwest. Das brachte uns näher an Neuseeland als an Kap Hoorn. Der Steuermann musste also alles auf eine Karte setzen. Er nahm lieber das plötzliche Querschlagen des Schiffes in Kauf, allein um uns eine deftige Lektion zu erteilen. Wieder rutschte ich nach achtern. Doch ich war noch nicht ganz am Cockpit, da hörte ich schon: »Mach sofort, dass du nach vorne kommst. Aber sofort.«

Der Admiral stand mit einer Drohgebärde am Steuer. Er hielt etwas in der erhobenen Hand. Ich konnte nicht erkennen, was es war. Ich brauchte über drei Minuten zurück bis zum Vormast. Immer wieder pressten mich die überkommenden Wassermassen gegen Wanten, Gestänge und Halterungen. Einmal fand nur noch der Kopf Halt am Stockanker, der zwischen den Masten fest verzurrt war. Ich schrie nach William. Ich konnte ihn nicht mehr sehen.

Der Australier hing an der achteren Aufhängung des Klüverbaums. Eine Welle musste ihn voll gepackt haben. Fast leblos lag sein Körper über der Ankerwinsch. Ich schlug ihm mehrfach ins Gesicht. Meine flache Hand brachte ihn zur Besinnung.

»William, du musst nur die Schot lösen, nur die Schot lösen, nur die Schot lösen.«

»Ich kann nicht«, schrie er.

Ich schlug mit der flachen Hand wieder in sein Gesicht.

»William, du musst, verstehst du, du musst.«

»Ich kann nicht.«

Die Füße im Spagat gestreckt, mit dem Lifebelt langsam an der Sicherungsleine vorrobbend, näherte ich mich wieder dem Großmast. Es war das sechste Mal, dass ich diesen Weg zurückgelegt hatte, ohne dass auch nur eine Leine, ein Reff oder ein

Fall betätigt worden war. Über die Kante des Doghouses ließ ich mich fallen. Die nächste Welle traf. Der Druck im Geschirr tat weh, so kräftig schlug der Brecher zu. Für Sekunden hörte ich das Backschlagen der Rahen. Dann hatte der Skipper noch abfallen können. Er war bereit sein Rigg, seinen Mast, sein Schiff zu opfern. Nur uns wollte er keine Chance lassen.

Mit einem heftigen Knall stürzte ich zum vierten Mal ins Cockpit. Ich blickte in die Mündung einer Signalpistole. Dahinter flimmerten die Augen des Teufels.

»Nach vorne. Er kann es. Du kannst es. Zwei reichen völlig aus. Und wenn nicht, dann hole ich Erik, aber erst, wenn du allein bist. Also los!«

* * *

Sehr geehrte Herren des Seeamtes. *Erinnern Sie sich noch an das Spektakel, als drei erwachsene Männer bei ruhiger See versuchten, ein Reff in eine Breitfock zu ziehen? Erinnern Sie sich noch an dieses selbst entworfene System? Erinnern Sie sich noch daran, dass drei erwachsene Männer nicht imstande waren, einen einzigen Knoten zu machen? Vier Hände waren zur Stabilisation eines einzigen Mannes notwendig, damit der bei Windstärke zweieinhalb die gereffte Breitfock perfekt machte. Jetzt herrschten neun Windstärken. Ich war allein mit einem Behinderten, der sich kaum bewegen konnte. Ich bewunderte den alten Knaben, da nicht ein einziger Ton des Leidens über seine Lippen gekommen war. Er hatte sich mehrfach von mir losgerissen, um selbstständig vorzupreschen. Im letzten Moment hatte ich ihn immer noch zurückhalten können. Jetzt war es nicht mehr möglich.*

* * *

Ich hatte nur für wenige Sekunden woanders hingeschaut. Jetzt stand er plötzlich auf der Steuerbordseite zwischen den Wanten des Großmastes. Er stand aufrecht und steif. Er lachte laut. Dann bückte er sich zur Schot der Breitfock. Ich sah den Brecher. Er beugte sich weit über die Bordwand. Sein stürzender Gipfel war schon über dem Kopf des Australiers. Ich schaute zum Cockpit. Wild drehte der Admiral am Rad. Mit dieser Welle hatte auch er nicht gerechnet. Dann wurde es dunkel. Meine Beine flatterten im Freien. Ich war über die Bordwand geschmissen worden. Nur noch der Lifebelt hielt Kontakt zum Schiff. Die Gurte schnitten in die Schultern. Ich hatte kurz vorher noch instinktiv tief Luft geholt. Ich traute mich nicht, jetzt auszuatmen. Meine Arme waren noch an Deck, aber die Hände konnten nichts fassen. Da war nichts. Nur Deck. Nur flaches Deck. Ich spürte die Fußreling an meiner Brust. Ich musste jetzt nach hinten fassen. Ich musste die Reling greifen. Irgendwo war sie. Dann kam die Leeseite der Welle, die mich in hohem Bogen zurückwarf. Mit dem Rücken landete ich auf der Ankerwinsch. Dann kehrte Ruhe ein.

Nichts an meinem Körper war mehr trocken. Der Anzug war schwer, vollgesogen mit Wasser. Die Finger griffen nicht mehr zu. Ich musste größere Gegenstände finden, die ich mit den Armen umringen konnte. Da saß noch etwas Kraft drin. Mit den Armen konnte ich noch Halt finden. Die Ellbogen bildeten die Haken, die Menschen retten konnten. Ich klemmte mich an der Ankerwinsch ein und suchte nach Bug und Heck der *Albatros*. Ich sah wenig. Eigentlich sah ich nichts.

* * *

»Wir müssen sprechen. Und zwar dringend!«

Diese Situation erforderte viel Einfühlungsvermögen. Jetzt nur kein Anzeichen von Schwäche. Jetzt nur kein Anzeichen von Aufgabe. Jetzt musste Souveränität präsentiert werden. Einschüchterungen, gleich auf welche Art, durften jetzt nicht siegen. Gleiche Partnerschaft musste jetzt signalisiert werden. Auch wenn die Polizeirätin es als beschämend empfand, sich auf die Stufe mit einem Teenager in Puppenkleidern zu gesellen.

Pia lächelte nur kurz Catarina zu. Dann schnappte sie sich Magdalena. Sie umarmte sie. Sie hielt sie nicht fest. Sie gab ihr lediglich in netter Art zu verstehen, dass sie ihr folgen sollte. Es war aber mehr ein Schieben. Magdalena befreite sich schnell.

»Das glaube ich auch«, sagte sie mit einem kindlichen, neugierigen Lächeln. »Ich bin schon gespannt auf das, was Sie zu erzählen haben.« Dann blickte sie liebevoll zu Brackmann, zwinkerte ihm zu: »Charly, schreib bitte so weiter. Es ist toll.«

Sie gingen durch den Hof in den hinteren Garten. Pausenlos

redete Magdalena über die schlimmen Gefahren, denen Charly ausgesetzt gewesen war. Sie sprach von einem Freund und einem Vater. Sie erzählte von ihrer tollkühnen Tat, die ersten 250 Seiten seines Berichts ausgedruckt nach Deutschland geschickt zu haben. Sie entschuldigte sich, dass sie Brackmann hintergangen hatte. Als sie nun mit Blick auf den kleinen Sandstrand auf einer Bank Platz genommen hatten, fiel Pia ihr ins Wort.

»Du musst dich nicht bei mir entschuldigen, dass du ihn hintergangen hast. Es war auch richtig, dass du uns das geschickt hast. Aber du hintergehst ihn doch jetzt schon wieder.«

Magdalena lächelte unaufhörlich. Sie konnte nicht anders. Ihre Mundwinkel waren weit nach oben gedehnt, auch jetzt, wo sie den Kopf schüttelte.

»Hintergehen? Ich? Was soll ich denn machen? Soll ich ihm sagen, dass Ihr lieber Partner dem brutalsten Menschen, den es gibt, unsere Adresse gegeben hat? Wissen Sie, was er dann macht? Er ist sofort weg. Er rennt immer davon. Das müssen Sie verhindern.«

»Ich hatte den Eindruck, du freust dich auf das Wiedersehen der beiden.«

Pia hatte in wenigen Minuten überlegt, dass sie auf umständliche Annäherung verzichten wollte. Das Mädchen war so vorbelastet, dass sie kleinste Taktiken sofort witterte. Sie fiel auf Finten nur rein, wenn sie es zuließ. Magdalena hatte es faustdick hinter den Ohren. Ihre kindliche Kleidung war eine perfekte Fassade, die sie schützte. Sie war hochintelligent und zugleich sensibel.

»Was ich immer noch nicht verstanden habe«, sagte sie – plötzlich sehr einfühlsam –, »warum hast du dich vom ersten Moment an so um Charly Brackmann gekümmert?«

»Warum kümmern Sie sich so übertrieben um ihn?«

Pia wurde langsam sauer.

»Übertrieben? Du hast uns doch die Seiten geschickt. Du wolltest doch, dass wir kommen, dass wir uns darum kümmern. Jetzt geschieht fast alles in deinem Sinne und du fragst, warum wir uns übermäßig um ihn kümmern.«

»Wieso wir? Sie machen es doch allein. Herr Harder hat doch kein Interesse.«

»Ach, das meinst du entscheiden zu können. Und ob er Interesse hat. Warum hat er denn dafür gesorgt, dass Kleinjohann wahrscheinlich jeden Moment hier auftauchen wird?«

»Weil er Charly fertig machen will.«

»Das stimmt nicht«, wurde Pia nun laut. Sie wusste, dass die Kleine Recht hatte. Das war der einzige Grund, warum sie Harder gestern hatte auch so schnell überzeugen können, noch hier zu warten. Aber das war wohl nicht die Angelegenheit dieses Mädchens.

»Die Geschichte ist nicht ganz richtig«, sagte es plötzlich.

»Welche Geschichte? Magdalena, welche?«

»Charly hat manche Dinge etwas verdreht. Er hat nicht gelogen. Er wusste es einfach nicht besser. Ich habe schon darauf gedrängt, dass wir ihm helfen. Und es stimmt auch, dass Mama sich erst geweigert hat. Aber es ist falsch, dass ich sie so darum bitten musste.«

»Magdalena«, Pia rückte nun ein Stückchen näher an sie heran, beugte sich nach vorn um sie direkter fordern zu können, »hör bitte auf, in Rätseln zu sprechen.«

»Mama kannte ihn.«

»Ich weiß. Aus dieser Diskothek.«

»Ja, sie war an diesem Abend in Tijucas. Charly hat ihr an diesem Abend alles erzählt. Er hat ihr mehrere Getränke ausgegeben und ihr unaufhörlich seine Geschichte erzählt. Er glaubte, sie verstehe kein Wort. Er hat von seiner Frau und seiner Tochter erzählt. Von der Reise und dem Skipper. Und von seiner Flucht. Dann war er irgendwann sehr betrunken.«

Sie machte eine kleine Pause und schaute auf die Bucht. Es herrschte Windstille. Einige Fischerboote waren draußen und zogen ihre Bahnen.

»Sie hat die Geschichte am Morgen Paula erzählt. Sie war kurz vorbeigekommen. Ich hatte mitgehört. Und später ist er dann an unserem Haus vorbeigeschlichen. Sein Gesicht war überall voll von Blut. Aber sie hat ihn sofort erkannt. Sie wollte ihm helfen, aber sie hat sich wegen mir nicht getraut. Ich habe es dann eigentlich nur für sie gemacht. Zuerst. Aber dann habe ich ihn ganz schnell sehr lieb gewonnen.«

Pia glaubte dem Mädchen. Sie sprach jetzt ganz anders. Magdalena bat mit jedem Wort, das sie aussprach, um Verzeihung. Sie erzählte, dass Catarina am meisten an die kleine Alina gedacht hatte, die in Deutschland auf ihren Vater wartete.

»Mama hat gesagt, dass sie noch nie einen Mann getroffen hat, der so von seiner Tochter schwärmen konnte. Aber ich«, sagte sie nun voller Stolz, »habe sie dazu gebracht, dass sie die 2000 Dollar vorstrecken wollte. Wir haben ihn aus dem Gefängnis geholt. Dann haben wir Charly in einen Videoladen gebracht. Von dort hat er seine Freundin und seine Tochter angerufen. Ich bin mit ihm reingegangen.«

Sie stockte nun. Pia wusste, was jetzt folgte. Es musste der Moment gewesen sein, wo Susan Karnath ihm gesagt hatte, dass Schluss ist.

»Er hat ihr nichts erzählt von seiner Flucht. Er hat ihr nichts vom Gefängnis gesagt. Er hat eigentlich nur zugehört. Sehr lange. Dann hat er aufgelegt und geweint. Sehr lange. Er weint manchmal heute noch.«

Beide drehten sich gleichzeitig um. Hinter ihnen hatte es laut geknackt. Sie erblickten Harder, der über den Schotterweg schnell auf sie zustürzte. In seinen Händen hielt er mehrere Zettel. Mit diesen winkte er von weitem. Es war dünnes, glänzendes Papier. Es mussten weitere Faxe sein. Pia drückte Magdalenas Hand. Das Mädchen verstand sofort. Sie sollte still bleiben und ihr den Auftritt überlassen.

Harder begann jedoch schon fünf Meter vor ihnen zu sprechen. Keine Begrüßung. Keine Aufmerksamkeit schenkte er dem Mädchen.

»Weißt du, was wir hier haben?«, sprudelte es aus ihm heraus, ohne das Mädchen neben Pia weiter zu beachten. »Das haben wir aus Montevideo bekommen.«

Aus dem Handgelenk schmiss er Pia die Seiten in den Schoß.

»Das sind die Einklarierungspapiere vom Douglas aus Uruguay. Er ist zusammen mit den drei anderen Irren in Montevideo eingelaufen.«

»Harder, das wissen wir doch«, bremste sie ihn.

»Moment. Das Formular ist aber von Kleinjohann unterschrieben worden. Der hatte dem Zoll nur den Pass von Douglas vorgelegt.«

Die Polizeirätin wollte wieder unterbrechen, doch Harder gab ihr keine Chance.

»Das ist üblich auf Schiffen, dass nicht die ganze Mannschaft mitgeht. Das hat Kleinjohann ja auch so mit Brackmanns Pass in Porto Belo gemacht.«

»Das heißt«, kam sie jetzt endlich dazwischen, »dass jeder, dessen Pass vorgelegt wird, auch offiziell lebend das Land erreicht und ordnungsgemäß das Schiff verlassen hat, wenn er gleichzeitig von der Crewliste ausgetragen worden ist.«

Harder nickte anerkennend, griff ihr in den Schoß und blätterte in den Seiten. Den vierten Zettel zog er raus und warf ihn obenauf. Pia konnte ihn noch soeben festhalten.

»Und das haben die beiden gemacht. Sie haben ihn einklariert und von der Crewliste gestrichen.«

Harder schlug mit dem Mundstück seiner Pfeife mehrfach auf das Blatt. Pia zog es weg.

»Wieso beide?«

»Weil Brackmann mit beim Zoll war. Brackmann hat nämlich seine Einklarierung selbst unterschrieben. Und jetzt kommt's. Douglas hat bis heute nicht ausklariert. Das heißt, der ist seit Monaten illegal im Land, denn ohne Visum darf er in Uruguay nur drei Monate bleiben. Was heißt das?«

Pia sagte nichts.

»Und jetzt will ich, dass wir beide zu dem Kerl hingehen. Und wenn ich aus ihm die Wahrheit herausprügele. Ich habe die Schnauze voll. Der weiß ganz genau, was mit Douglas passiert ist. Der hatte irgendeine schlimme Krankheit oder Verletzung. Der musste sofort zum Arzt. Und nie und nimmer war der noch in Montevideo an Bord.«

* * *

Ich rang nach Luft. Ich konnte nicht mehr atmen. Die Brust war eingequetscht, konnte sich nicht mehr füllen. Ich spuckte, versuchte herauszuwürgen, was den Rachen verstopfte. Der grässliche Geschmack des Salzwassers half bestens. Der gesamte

Gaumen war wie betäubt. Ich würgte, steckte den Zeigefinger, den ein dicker, vollgesogener Handschuh kleidete, tief in den Mund. Ich wollte kotzen, aber es kam nichts. Jetzt schluckte ich. Dann war plötzlich die Barriere überwunden. Tief holte ich Luft, atmete heftig ein und aus. Dann musste ich noch einmal würgen.

Um mich herum türmte sich die See auf. Ich versuchte die Luvseite des Schiffes im Blick zu halten. Erkannte ich dort deutlich die schäumenden, weißen Gipfel, schmiss ich mich flach aufs Teakdeck und hielt den Atem an. Der Skipper war mit *Albatros* immer noch nicht abgefallen. Immer noch krachten die gigantischen Wassermassen von der Seite gegen den Rumpf. Gefährlich legte sich die Brigantine weit auf die Seite. Die Krängung betrug nicht selten 60 Grad. Ich hatte gesehen, dass die Nock der unteren Rah gar in den Kamm einer Welle eingetaucht war. Das war der absolute Wahnsinn. Ich schlug mit aller Gewalt den kleinen Schäkel meines Lifebelts auf den Metallstreifen des Wassergrabens. Erik musste doch irgendwann kapieren, dass da etwas nicht in Ordnung war. Diese Schiffsbewegung war so untypisch für unseren Kurs in diesen Breiten. Jeder Schlag des Schäkels musste doch durch den Rumpf zu hören sein. Ich wusste, dass jeder, der nach seiner Wache erschöpft in die Koje gefallen war, sehr schnell sehr tief versank, hatte er einmal die Kälte und Nässe des Schlafsacks überwunden. Ich wusste auch, dass Erik nichts bewegte, wenn er nicht klare Befehle hatte. Aber das Klopfen musste doch auch dieser Kerl verstehen.

Von William war nichts zu sehen. Mir blieb nichts anderes übrig, als genau in dieser Stellung auszuharren. An den Seiten bot nur die Fußreling Halt, über dem Unterleib war der Klüverbaum. Er verhinderte, dass ich mit dem Wasser aufschwamm. Er sorgte aber auch dafür, dass ich regelmäßig komplett untertauchte.

Ich wusste nicht, wie lange ich so lag. Ich wusste nicht, wie oft ich Salzwasser geschluckt hatte. Irgendwann war es vorbei. Irgendwann blieben die Wassermassen aus. Die See rollte wieder von achtern. Ich befreite mich und rutschte ganz vorsichtig zum vorderen Mast, zwängte mich zwischen die Halterung der Nagelbank. Es war eigentlich unnötig, doch ich quetschte mich, so gut es ging, in die schmale Lücke.

Ich musste Kräfte sammeln, um nach hinten zu kommen. Doch erst musste ich überlegen, ob ich überhaupt dahin wollte. Wäre es nicht besser abzuwarten, bis der Rostocker zu seiner Wache kam? Ich dachte an die wartende Signalpistole. Diesen Menschen im Cockpit, der sie drohend in der Hand hielt, diesen Menschen kannte ich nicht. Ich wusste nicht, zu was er fähig war. Drückt er ab? Wagt er es, mit der Leuchtmunition ein großes, brennendes Loch in einen lebendigen Körper zu schießen? Ja. Die Antwort lautete ja. Er war dazu fähig. Mit diesem Halbwind-Kurs hatte er nichts anderes gemacht. Er war irre geworden. Er wollte uns umbringen.

Jeglicher Gedanke rückte in den Hintergrund, als ich plötzlich meinen Namen hörte. Die Laute kamen vom Großmast. Ich presste eine Wange auf das Deck, versuchte durch die Anker hindurch etwas zu erkennen. Ich sah roten Stoff. Das konnte nur der Australier sein! Unglaublich. Das war nicht nachzuvollziehen. Ich besaß kaum noch Energie. Ich war zu Bewegungen nur noch bedingt fähig, wenn ich die Zähne zusammenbiss. Und ich trug keine die Eingeweide zusammenhaltende Bandage um den Unterleib. Augenblicklich befreite ich mich aus der Zange und rollte hinüber. Ich hielt seinen Kopf in den Armen. Sein Körper war unterm Stockanker verkeilt. Der massive Schaft drückte genau auf die Stelle, die gebrochen war. Er grinste mich an.

»Wir müssen an die Breitfock«, stammelte er. Ich schüttelte den Kopf.

»Nein, wir müssen gar nichts mehr, William.«

Sein Körper zitterte. Aus seinen Ärmeln und Beinen tropfte Wasser. Bei jeder Bewegung schrie er leise auf. Er biss sich auf die Lippen, um es zu verhindern. Doch der Schmerz musste raus.

Ich öffnete sein Geschirr, legte die Sicherungsleine zur Seite, zog den mit Salz verkrusteten Reißverschluss seines Anzugs auf. Er wehrte sich, zeigte auf die Breitfock.

Fast eine halbe Stunde lagen wir so. Arm in Arm. Sein Kopf ruhte auf meiner Brust. Einmal ertappte ich mich dabei, wie meine Hand über seinen Kopf rutschte. Ich hatte diesen alten

Mann gestreichelt. Ich erschrak, doch er merkte es nicht. Er lag mit geschlossenen Augen dort. Ich fühlte jetzt oft seinen Hals. Es gab Momente, wo ich glaubte, er sei von uns gegangen.

Dann sammelten wir die Kräfte. William signalisierte, dass er zu jedem Schritt bereit sei, solange ich den ersten vor ihm tätigen würde. Vorsichtig zog ich ihn aus der Verklemmung heraus. Langsam rutschten wir zurück ins Cockpit. Am Steuerrad hockte der Admiral, der keinen Ton von sich gab. Eine Signalpistole konnte ich nicht erkennen. Die Breitfock war immer noch nicht gerefft, aber es schien ihn nicht zu stören. Sein Gesicht war nass wie seine Jacke und Hose. Doch er beschwerte sich nicht. Geduldig drehte er am Rad, schaute auf das kleine Fähnchen unterhalb der Saling und mied jeden Augenkontakt mit seinen Crewmitgliedern.

William hatte ich in seine Suite begleitet. In der Messe hatte ich nur kurz überlegt, ob ich Erik mit einem kräftigen Schlag wecken sollte. Doch ich verzichtete darauf. Jetzt öffnete ich in der Pantry das kleine Schapp unterhalb des Navigationstisches. Die Pistole lag im ersten Fach obenauf. Das Metall war feucht. Am Griff hafteten noch einige Tropfen. Ich nahm sie heraus, untersuchte den Schaft. Hülsen waren keine drin. Ich legte sie wieder rein.

»Du wolltest uns wirklich umbringen, nicht wahr?«

Der Admiral sagte nichts. Er steuerte stur vor sich hin. Er trug nur ein für diese Breiten viel zu dünnes Daunenjäckchen und eine Jogginghose. Seine Lippen waren bläulich, seine Hände verkrampft. Aber er zitterte nicht.

»Bereust du es wenigstens?«, fragte ich ihn angesichts seiner Stille.

»Reue ist etwas für kleine Kinder«, sagte er jetzt.

Ich erstarrte und ballte schließlich die Fäuste. Es war nur noch die pure Wut, die in meinen Adern pochte. »Reue ist etwas für kleine Kinder«, hatte er gesagt. Ich konnte es nicht missverstanden haben. Es waren die gleichen Worte, die ich schon einmal gehört hatte. Und sie fielen mir sofort wieder ein, da sie mich schon damals hart getroffen hatten. Sie waren gefallen in einem Gerichtsprozess, den das israelische Volk dem Leiter des

Judenreferates gemacht hatte. Auch Adolf Eichmann, der mit der so genannten Endlösung der Judenfrage beauftragt gewesen war, hatte so geantwortet: »Reue ist etwas für kleine Kinder.« Und diesen Spruch hatte ich hier südlich des magischen 50. Breitengrades nun ebenfalls gehört. Aus dem Mund eines selbst ernannten Admirals, der für ihn wertlose Subjekte und Schuldige einfach über Bord werfen wollte.

Ich lief davon. Ich kroch in meine Koje. Erst hier öffnete ich wieder die Faust.

Wir waren nun in den Fünfzigern, den *furious fifties*, den stürmischen, wilden, wütenden Fünfzigern. Wir waren im Rennen um die Ehre der Kap Horniers. Wir waren nun in der Verpflichtung, an die Seelen der Albatrosse zu erinnern. Jetzt galt es, die Notwendigkeit traditioneller Seemannschaft eindrucksvoll unter Beweis zu stellen und zu dokumentieren.

Wir taten es gemeinsam voller Freude, weil es befohlen war.

Aus der hintersten Ecke des Regals hatte der Admiral eine kleine Liederfibel herausgekramt. Er zeigte jedem die Seite mit dem Lied der großen Frachtrahsegler, das die Mannschaft zur Freude des Kapitäns hatte lautstark singen müssen. Es beschrieb die Menschen und ihre Ziele. Es charakterisierte die Wellen, die von hinten die Schiffe zum Rollen brachten. Jeder war jetzt beauftragt, während seiner Freiwache den Text gewissenhaft zu lernen. Schon am Nachmittag sollte es angestimmt werden. Erst danach war der Skipper bereit, sich dem Kochen zu widmen.

Wir lernten. Wir wollten bestens gelaunt das erste Weizenrennen nach über 50 Jahren bestreiten, auch wenn unsere Fracht nur Sherry aus Südaustralien war. Wir wollten die Fahrt mit Bravour meistern, damit alle Albatrosse und Mollymawks vor Neid erblassten. Und wir wollten es mit einem Lied herausgrölen.

Es war schließlich befohlen worden.

Call all hands to man the capstan,
see the cable run down clear.
Heave away, and with a will, boys.
For old England we will steer.

And we'll sing in joyfull chorus
in the watches of the night
and we'll sight the shores of England,
when the gray dawn brings the light.

In einer großartigen Rede hatte der Skipper noch einmal an die letzte Fahrt der *Passat* erinnert. Mit einem Becher Tee, in den er zur Verfeinerung wenige Tropfen Rum gefüllt hatte, stand er im Niedergang, da es draußen nieselte, zudem die feinen Perlen der Gischt immer wieder etwas in das Cockpit wehten und er nicht wieder nass werden wollte. Er sprach einen Toast auf den Kapitän, der als letzter 1949 von Port Victoria in 110 Tagen ums Hoorn nach Falmouth gesegelt war. Er sagte, dass er auch für ihn dies alles tue und dass *Albatros* schon bald in einem Atemzug mit den Schiffsnamen der großen Flying P-Liner genannt werde. Von den Deckshänden sprach er nicht. Sie waren für ihn Werkzeug, wie die Leinen und die Segel.

Up aloft amid the rigging.
Blow the loud exulting gale,
like a bird's wide out-stretched pinions
spreads on high each swelling sail;
and the wild waves cleft behind us
seem to murmur as they flow,
there are loving hearts, that wait you
in the land to which you go.

Um die traditionell hervorragende Stimmung an Bord, aber auch das sorgenvolle Gesicht des Skippers festzuhalten, ordnete er an, den Gesang und seinen Blick ins Logbuch auf Film zu bannen. Ich war beauftragt, gar erstmals das Stativ aufzubauen. Sein unmissverständlicher Vorschlag lautete, den Gesang der Mannschaft unter die Bilder zu legen, die bewiesen, wie er ins Logbuch die Position eintrug. Er verlangte dazu einen langsamen Schwenk über die brodelnde See, über den kaum erkennbaren Horizont. Wenn es etwas ruhiger und trockener wird, so sagte er, wolle er auch noch die Aufnahme mit seinem Sextanten.

Er hatte sich bei seinem First Mate am Anfang der Reise über die Möglichkeiten digitaler Schnitttechniken erkundigt. Jetzt wollte er dieses Wissen für sein Drehbuch nutzen. Jetzt, da es draußen so ungemütlich war, wollte er sich auf die Eintragung beschränken.

Ins Logbuch notierte er die Position 51°11′Süd, 098°21′West. Dahinter setzte er das Zeichen ›%‹, das einen Sextanten symbolisiert und weltweit für Astronavigation steht. Keiner der Sänger reklamierte den Eintrag, obgleich jeder wusste, dass er die Position vom GPS abgeschrieben hatte.

Many thousand miles behind us,
many thousand miles before,
ancient ocean heave to waft us
to the well remembered shore.
Cheer up, Jack, bright smiles await you,
from the fairest of the fair,
and her loving eyes will greet you
with kind welcomes everywhere.

Nachdem die Kehlen brav geplärrt hatten, kehrte die Ruhe ein, die schon den ganzen Tag über herrschte. Es war die Stille Erik Schlabacks, die er schon seit Wochen pflegte. Ihm schlossen William und ich uns an. Nach der nächtlichen Aktion, von der Erik absolut nichts mitbekommen hatte, hatte sogar der Admiral für Stunden geschwiegen. Er hatte sich in seine Koje verkrochen. Ich hatte ihn dabei beobachtet, wie er einzeln die Bilder seines Hundes abgenommen hatte, sie lange bestaunt hatte, sie dann wieder einzeln angeklebt hatte. In der gleichen Reihenfolge. In der gleichen Höhe. Im gleichen Abstand. Nur einmal hatte ich das mir selbst aufgetragene Schweigegelübde gebrochen. Ich hatte William gefragt, ob er die Signalpistole schon einmal gesehen habe. Ich wollte wissen, ob er während des stürmischen Chaos auf dem Vorschiff die Bedrohung mitbekommen hatte. Aber er hatte nur heftig den Kopf geschüttelt und gelächelt. Ich war mir nicht sicher, ob er die Wahrheit gesagt hatte.

Zum Abendessen gab es eine deftige Suppe aus vier Dosen.

Wir aßen die mit Wasser verdünnte Erbsensuppe seit langem zum ersten Mal wieder gemeinsam. Auch der Admiral, da Wind und Welle nachgegeben hatten, gar die Sonne aus einigen Lücken sich heraustraute, saß im Cockpit.

Wir steuerten südöstlich. *Albatros* rollte nach Hause.

> *Rolling home, rolling home,*
> *rolling home across the sea.*
> *Rolling home to dear old England.*
> *Rolling home ... sweetheart to thee.*

Ich hatte viel notiert. Ich hatte viele Seiten gefüllt. Ich hatte Briefe geschrieben und Skizzen gemacht. Vor allem über meine Träume. Ich wollte jetzt die einzige Chance, die ich noch hatte, nicht loslassen. Ich musste aus diesem Törn, aus diesen Momenten meine Gewinne ziehen. Ich musste meine Gedanken festhalten. Und ich freute mich darauf, in einigen Jahren, wenn ich vielleicht weiten Abstand von diesen Erlebnissen bekommen habe, sie noch einmal zu lesen. Es war die einzige Freude, die mir jetzt noch blieb.

Die Gewalttaten der vergangenen Nacht bildeten nur einen zarten Anfang. Sie würden von jetzt an unaufhörlich an Brutalität zunehmen. Dessen war ich mir bewusst.

Unter meiner Thermounterwäsche, die in nunmehr 14 Tagen zu einer zweiten Haut gewachsen war, blühten die ersten Furunkeln. Es waren rotbraune Gebilde mit Fühlern, die sich gleich eines Kraken Beine nach außen dehnten. Einige Flecken hatten die Größe eines Daumennagels erreicht. Andere wagten eine erste Verbindung. Nur zum Pinkeln hatte ich in den letzten zwei Wochen die Hose etwas heruntergezogen, sonst klebte die Wäsche stramm am Körper. Hier konnte sie im Schutz des nassen Schlafsackes zumindest auf der inneren Seite durch die Körperwärme noch etwas trocknen.

Der Bart war gewachsen. Am Kinn hatten die Haare die Länge der inzwischen fast hautlosen Finger erreicht. William war der einzige, der trotz des pausenlosen Geschaukels wöchentlich mit einer kleinen Schere versuchte, seinen Bartwuchs im Zaum zu halten. Erik entwickelte sich gar zum Hygienefetischisten. Er hatte sich kurz vor Weihnachten, es musste so um den 29. Tag unserer Reise gewesen sein, nackt auf Deck mehrere Eimer eiskaltes Pazifikwasser über den Kopf geschüttet. Jetzt, am 43. Tag, überlegte er schon wieder, ob eine Dusche nicht angebracht sei. Es war zu spüren, dass er sich nach dieser Wäsche sehnte.

»Wie geht es William?«, fragte ich leise.

Erik war ins Vorschiff gekommen, setzte sich nun auf die Koje. Ich rückte etwas zur Bordwand, sodass er Platz fand. Jetzt legte er sich neben mich. Es wärmte ein bisschen.

»Er ist wieder am Ruder. Er geht seine Wachen. Er drückt sich das Ding jetzt immer selbst wieder rein.«

»Er schafft es, nicht wahr?«

»Ich weiß es nicht. Er tut so, als sei er kerngesund. Karl hat ihm vorhin …«

Bislang starrten wir beide stur auf die Unterseite der oberen Koje. Jetzt schnellte mein Kopf plötzlich seitwärts.

»Keine Sorge, er schläft«, sagte Erik sofort, »Karl hat ihm vorhin versprochen, dass er mit in die Karibik segeln darf, wenn … na, du weißt schon.«

Ich wischte mir mit beiden Händen übers verkrustete Gesicht. Das Salz hatte auch am Schädel seine Spuren hinterlassen. Der dicke Woll-Balaclava hatte während der Wachen die Funktion einer Neoprenhaube übernommen. Die nasse Wolle konnte nur noch wärmen, wenn der Kopf etwas Temperatur abgegeben hatte.

»Er hat heute Nacht versucht, William über Bord zu schicken. Ich wäre fast mit drauf gegangen.«

Neben mir blieb eine Reaktion aus. Seine Augen waren weit geöffnet, doch sie hielten unbeweglich an der Unterseite der oberen Koje fest. Die Hände lagen gefaltet auf seinem Schoß. Er lag wie aufgebahrt. Ich schrie innerlich, Erik sprich mit mir.

»Er hat mich mit der Signalpistole bedroht«, flüsterte ich.

»Du hast ihm nicht gehorcht«, wisperte er plötzlich noch leiser. »Du bist First Mate.«

Ich erschrak und hob mit einem Schwung den Oberkörper. Rücken und Arme schmerzten. Ich beugte mich weit über ihn, sodass er meinen Augen nicht entfliehen konnte. Erik weigerte sich zwar vehement, blickte zunächst bis zur Werkbank, dann gab er aber zögernd nach.

»Du hast es mitbekommen?«, fragte ich.

Unsere Köpfe trennten nur wenige Millimeter.

Erik schüttelte leicht das Haupt.

»Nein, ich habe es nicht mitbekommen.«

»Du wirst es auch nicht mitbekommen, stimmt's?«

Er sagte nichts. Er griff nur nach der feuchten Daunendecke, die einst mein kuscheliger Schlafsack war, und legte sie über uns. Augenblicklich sammelte sich die Wärme von zwei Körpern. Sie staute sich unter der Decke. An beiden Seiten klemmten wir schnell die Enden ein, sodass sie nicht entweichen konnte. Erik schloss die Augen. Ich folgte ihm. Irgendwo im Vorschiff schlug ein kleines loses Teil. Es war ein unrhythmisches Klimpern.

»Du gibst mir die Schuld, nicht wahr?«

»Du kanntest ihn. Du bist mit ihm schon lange gesegelt.«

»In der Südsee. Zwischen Stränden, Palmen, kaltem Bier und heißen Bräuten.«

»Und selbst da sind Einige von Bord geflohen.«

»Habe ich dir das erzählt?«

»Ja.«

»Wann?«

»Ich weiß es nicht mehr.«

»Ich habe nie etwas über Fliehen erzählt.«

Ich legte Wert auf diese Feststellung, wusste zugleich aber nicht, warum ich immer noch auf meine Loyalität zum Skipper pochte. Natürlich waren sie geflohen. Der Zahnarzt, der Theologe, der Geschäftsmann. Selbst der First Mate, der mich auf Galapagos vor den Launen des Skippers gewarnt hatte, war geflüchtet, als der Admiral in einem kleinen, schmutzigen Bordell seinen sexuellen Lastern nachgegangen war. Keiner von ihnen hatte auf Wiedersehen gesagt. Viele hatten auf ihr Hab und Gut verzichtet. Dieser verdammte Ostdeutsche, der so ruhig und gelassen die schlimmsten Vorwürfe machte, hatte Recht. Ich hätte es wissen müssen. Wie ein Kleinkind hatte ich mich auf telefonische Absprachen verlassen.

»Vielleicht ist Vertrauen und Geduld wirklich eine Schwäche«, sagte ich nun.

Ich spürte, dass der Rostocker etwas von mir verlangte. Ich war nur nicht sicher, was es war. Er war schon ein paarmal zu mir nach vorne gekommen. Dann hatten wir aber nur so dagelegen, hatten kaum miteinander gesprochen. Jetzt hatte er geschickt das Gespräch auf das gelenkt, was mich langsam aber sicher zur Verzweiflung trieb. Erst jetzt, obwohl er es schon seit Wochen geahnt oder gewusst hatte.

Was wollte er?

Wir segelten tiefer in die Fünfziger hinein. Unser Kurs war rechtweisend Südost. Schon bald würde uns ein Sturmtief packen, wie wir es bislang noch nicht erlebt hatten. Der Schiffsführer war irre, tat keinen Handschlag außer am Kochtopf. Wenn er dann mal an Deck auftauchte, machte er Fehler und hielt an seinem Ziel fest, das da lautete: Kap Hoorn. Er fälschte das Logbuch und griff zu sämtlichen Waffen, um seinen Sieg nicht zu gefährden.

Ich war First Mate. Das hatte er mir oft bestätigt. Und jetzt verlangte er von mir die Entscheidung.

»Du bist First Mate«, sagte Erik und stand auf, ließ mich allein.

»Du machst es dir einfach, mein Freund«, zischte ich ihn leise an. »Du bist genauso verantwortlich wie ich. Wenn du einen Vorschlag hast, spreche ihn aus. Aber hör auf mit diesen Andeutungen.«

Dann sagte ich noch, dass ich auf ein klares Wort von ihm warte. Und ich sagte, dass ich zu allem bereit bin. Das musste gereicht haben. Das musste er verstanden haben. Ich war gespannt.

Ich durchschritt die Messe. An der mittleren Halteschlaufe musste ich zweimal nachgreifen. Ich spürte, dass *Albatros* nicht mehr über die Schiffslänge rollte. Irgendetwas stimmte nicht. Ich wollte nach William schauen. Kurz überlegte ich, ob ich Erik von der Toilette holen sollte. Doch ich stieg allein den zweiten Niedergang hoch.

Ich war dicht an der Skipperkoje, als ich plötzlich das Messer sah. Nur für den Bruchteil einer Sekunde. Es war mehr ein Reflex, der mich zur Seite katapultierte. Ich verlor den Halt und schlug mit dem Kopf hart auf die Kante des Herdes.

Blitzschnell hatte der Admiral es unter der Decke hervorgehoben. Vom Boden aus sah ich nun, wie er das scharfe Teil wieder unter seinen Schlafsack legte. Dicht an seinen Oberschenkel.

»Ich bin vorbereitet«, sagte er nur. »Ich bin jederzeit vorbereitet.« Provokativ schloss er beide Augen. Aber sein zuckendes Grinsen verriet, dass er angespannt war.

Ich schaute kurz ins Cockpit. William steuerte. Er sah zum Fähnchen und steuerte. Er blickte nicht einmal um sich. Er steuerte nur. Ich ging zurück ins Vorschiff.

»Du bist First Mate«, hörte ich es aus dem dünnen Spalt. Die Toilettenschiebetür war nicht ganz geschlossen.

Ich begann zu schreiben. Ich öffnete ein neues Heft. Und ich schrieb an die Adresse des Skippers. Ich redete ihn direkt an. Ich wusste, dass er es früher oder später, bei meiner nächsten oder übernächsten Wache lesen wird. Und ich warnte ihn. Auch er solle mir nie wieder den Rücken zukehren.

*　*　*

SEHR GEEHRTE HERREN DES SEEAMTES, *ich hatte viele beschriebene, bekritzelte, bemalte Zettel, die ich nicht mehr in der Lage war zu ordnen. Ich hatte sie in verschiedenen Schapps, in verschiedenen Spalten und auch in der kleinen seitlichen Ablage am Ankerkasten versteckt. Ich notierte alle Gedanken. Ich verstrickte mich in Kleinigkeiten, die plötzlich eine riesige Bedeutung erhielten. So beispielsweise auch in die Sorge um das letzte Paar Socken, das noch trocken war, das ich irgendwo hingelegt hatte und nicht mehr finden konnte.*

Hier beginnt übrigens der Part, sehr geehrte Herren des Seeamtes, den Ihnen Ihre Mitarbeiter Brandt und Harder vorlegen werden. Es sind die Seiten, die der Skipper in Natal freiwillig ausgehändigt hat, um mich zu belasten. Sie erkennen, sehr geehrte Herren des Seeamtes, dass Ihre Polizeirätin offen über alles mit mir gesprochen hat. Sie hat mir kein Detail ihrer bisherigen Ermittlungen verschwiegen. Das ist auch der Grund, warum ich mich nun wieder mit dem Schreiben quäle. Ich habe noch einmal auf das Vertrauen in einen Menschen gesetzt.

Ich erinnere mich genau an diese Seiten. Der Skipper hatte sie mir wenige Stunden, nachdem sie gefüllt worden waren, aus den Händen gerissen. Ich war mir so sicher gewesen, dass ich das Wichtigste gut verborgen halten konnte. Ich hatte gewusst, dass dieser Führer zu allem fähig war. Ich hatte aber nicht damit gerechnet, dass er mir das Heft, während ich schrieb, aus den Händen reißen würde. Ich hatte wieder dazugelernt.

Diese Seiten, sehr geehrte Herren des Seeamtes, hatten eine besondere Bedeutung.

Erstmals hatte ich eine Entscheidung formuliert: Ich werde es tun.

Ich wiederhole hier bewusst die Kapitänsworte aus Moby Dick: »Nur im Uferlosen ist die Wahrheit grenzenlos und unfassbar wie Gott. Lieber untergehen in dröhnender Unendlichkeit als ruhmlos auf den Strand geworfen werden.«

Ich hatte eine Entscheidung getroffen: ohne mich!

Mit diesen Seiten hatte mir der Admiral die wichtigste Notiz aus den Händen gerissen. Doch die Entscheidung, die behielt ich. Sie konnte er nicht aus mir reißen. Sie konnte nur mit mir über Bord gehen.

* * *

Es war beim Abendessen, der einzigen warmen Mahlzeit des Tages. William hockte gekrümmt auf der Backbordseite. Er hielt das Schälchen wie den heiligen Gral. Erik löffelte, als habe er sich von einem Büfett bedient, das 24 Stunden in der Messe auf hungrige Mäuler warte, das lediglich zur Auffrischung der körperlichen Energie diene. Ich dagegen schlang das Corned Beef-Gemisch mit Bohnen und Dosenspaghetti in mich hinein. Erst als ich das letzte Bröckelchen herausgefischt hatte, stand ich feierlich auf. Der Admiral saß im Eingang, kontrollierte scharf, ob Erik Essen und Steuern miteinander verbinden konnte. Er aß wieder einmal nicht. Er hatte sich schon während des Kochens satt gegessen.

Jetzt blickte er mich an. Sofort war der Blick drohend. Er mahnte zur Erinnerung, dass er jederzeit bereit sei.

Ich winkte nur ab.

»Ich gebe dir den Posten des First Mate zurück. Ich bin Crew. Ich mache meinen Job, wie du es befiehlst. Doch solltest du mir oder irgendjemandem hier an Bord noch ein Haar krümmen, dann lernst du mich kennen.«

Ich hasste Erik. Und ich hasste William. Kein Zeichen der Anerkennung, der Wertschätzung oder der Bestätigung war ihnen zu entnehmen. Erik löffelte stur weiter. Und der Skipper blieb ruhig.

»Ich kenne dich nicht mehr. Du bist ein ganz neuer Mensch. Ich werde dich von heute an als neuen Menschen und neuen Skipper betrachten. Einen, den ich nicht kenne, der mir völlig fremd ist.«

Langsam erhob sich der neue Skipper. Sehr langsam. Er wollte jetzt anscheinend keine heftige Bewegung machen, die provozieren konnte. Er stand auf, stellte sich vor mich. Dann schlug er blitzschnell William in die Magengrube, gottlob weit von der Wunde entfernt. Der Australier ließ seinen Topf fallen und winselte um Gnade. Er krümmte sich und stöhnte. Aber nur ganz leise. Dann hob sich sein Oberkörper. Er rutschte augenblicklich auf die Knie und sammelte wortlos Schale, Löffel und einige Spaghetti auf. Er blickte fragend auf die Steuerbordbackskiste, auf der Erik nun auch zu löffeln aufgehört hatte. In dieser Kiste ruhte der Eimer, der auch Wasser zum Deckschrubben fasste.

»Ich würde dich gerne kennen lernen«, hauchte der neue Skipper. »Was ist?«

Ich schaute zu William, der auf allen Vieren weiterhin Spaghetti sammelte. Ich schaute zu Erik, der in dem Moment, wo unsere Blicke sich trafen, wegschaute. War das das Signal, dass ich alleine bin? Oder war das der Rat, Ruhe zu bewahren.

Jetzt schnappte er sich den Kragen des Australiers und hob in langsam hoch. William hielt schützend einen Arm vors Gesicht. Der andere deckte die Leistengegend. Der neue Skipper lächelte nur. Er ließ ihn los.

»Du machst das hier sauber. Das ist ein Befehl«, sagte er mir, dann ging er und stand minutenlang an seinem Navitisch und starrte auf die Karte.

Als ich den letzten Eimer Wasser über die Cockpitgräting gekippt hatte, tauchte er noch einmal auf.

»Du warst für mich noch nie First Mate«, sagte er so betont, wie er meine Ansprache vernommen hatte.

Dann war er weg.

»Pitcairn«, sagte Erik. Ich hatte ihn nicht kommen hören. Er saß schon auf der Vorschiffskoje. Ich hatte geschlafen. Ich hob einen Teil meines Schlafsacks einladend hoch, doch der Rostocker schüttelte den Kopf.

»Pitcairn?«, fragte ich.

»Pitcairn«, wiederholte er.

Ich verstand.

Es war der Name der Insel am Südlichen Wendekreis, südöstlich des Tuamotu-Archipels. An Land wehte die britische Flagge, seit die Meuterer der *Bounty* vor ungefähr 200 Jahren dort Zuflucht gefunden hatten, allen voran Fletcher Christian. Der Name stand für Flucht in die Isolation. Er bedeutete paradiesische Freiheit unter der Voraussetzung, nie wieder ein normales Leben führen zu können.

Ich blickte nach oben und sah gleichmäßig pendelnde, rote Damenunterwäskljaaa.

* * *

Er hatte vor Schreck die Hände auf die Tastatur fallen lassen. Tief versunken hatte er seine Erinnerungen in den Computer getippt. Er hatte die Worte und Gesten, die Schläge und die Schmerzen wieder dicht vor Augen gehabt. Er hatte mitgefühlt und mitgelitten. Jetzt starrte er fassungslos aus dem Fenster in den Garten. Magdalena saß mit weit geöffnetem Mund auf der Kante der Bank und schaute fassungslos zu, wie sich zwei deutsche Polizisten lautstark stritten.

Charly konnte kein Wort verstehen, lediglich einzelne Laute drangen durch die geschlossene Scheibe. Er beobachtete, wie sie ihn nun am Ärmel fasste, er versuchte, sich kräftig loszureißen. Immer wieder lief sie ihm nach. Sie hielt in einer Hand mehrere Zettel. Harder beachtete sie nicht. Er schritt stur auf das Haus zu. Kurz hatte er auch zu ihm geschaut. Seine Augen zeigten keinen freundlichen Gruß.

»Bleib hier, verdammt noch mal, bleib stehen! Harder!«, kreischte sie nun, da er sich wieder losgerissen hatte. Dann sprintete sie vor zur Eingangstür, verstellte dem Ersten Hauptkommissar den Weg.

»Harder, nur sprechen, bitte, nicht einfach losstürmen.«

»Was ist das?«, fragte er überzogen, »was machen wir hier eigentlich?«

»Ich habe ihn dazu gekriegt, wieder zu schreiben. Ich habe es wirklich geschafft. Das war nicht einfach.« Sie war völlig außer Atem. Sie japste, rang nach Luft. »Und er schreibt wieder. Harder, bitte, ich will den Brief an euer Seeamt zu Ende lesen. Gib ihm, gib mir Zeit. Dann können wir immer noch offene Fragen klären.«

Harder trat einen kleinen Schritt zurück. Nicht weil er nachgeben wollte, sondern weil er ihr viel zu nah auf die Pelle gerückt war. Er riss ihr die Seiten aus der Hand und blätterte. Er roch nach Alkohol.

»Ich will wissen, wo Douglas ist. Ich will wissen, was der Junge hatte. Und ich will wissen, ob er angekommen ist. Und dann verschwinden wir hier.«

Sie gab den Weg nicht frei.

»Harder, natürlich ist er angekommen.«

»Und woher will Frau Polizeirätin das wissen?«

»Das Logbuch«, sagte sie.

»Was soll damit sein? Schlaback hat doch gesagt, dass es gefälscht ist.«

»Aber du hattest doch gesagt, dass die Daten, diese Windrichtungen und Luftdrücke und Kurse, dass die immer mit vier verschiedenen Handschriften notiert worden sind. Da hat sich doch keiner hingesetzt und …«

Sie unterbrach abrupt. Der Erste Hauptkommissar hatte sich von ihr abgewendet. Sie erinnerte sich augenblicklich an die Situation, als Harder ihr von seinem ersten, nicht abgesprochenen Besuch auf *Albatros* in Natal berichtet hatte, als er sie überzeugen wollte, dass Brackmann nur ein Märchen geschrieben hatte.

»Harder«, ging die Betonung jetzt mahnend auf der zweiten Silbe des Namens in die Höhe.

»Das habe ich über die Eintragungen für die Tage vor und nach Kap Hoorn gesagt. Nach der Le Maire-Straße hat Kleinjohann alleine eingetragen.«

Sie sagte nichts. Sie tippte mit ihren Fingern gegen den Türrahmen und beobachtete Magdalena, die sich langsam von der Gartenbank entfernte, dann immer schnelleren Schrittes hinter einer Balustrade verschwand. Sie überlegte, welchen Weg das Kind zurücklegen musste, um schnell zu Brackmann zu kommen. In die Geschäftsräume des Nachtclubs durfte sie nicht. Sie musste also den langen Weg um das Gebäude herum wählen. Die Einfahrt lag gut 50 Meter entfernt. Das gab ihr etwas Zeit.

»Hast du das wieder einmal absichtlich vergessen, mir mitzuteilen?«, fragte sie.

»Was soll das denn jetzt schon wieder?«

»Könnte ja passieren. Genauso, wie du wohl vergessen hast, dass du Miguel beauftragt hast, Kleinjohann diese Adresse zu geben.«

Harder entfernte sich von ihr. Er schlurfte nun gemächlich zurück auf das Rasenstück, das Schotterweg und Strand trennte. Er spielte mit kleinen Steinchen Fußball und verschränkte die Arme auf dem Rücken. Dann nahm er den Elbsegler ab und kratzte die Kopfhaut.

Plötzlich drehte er sich um und stürzte auf sie los. Kurz vor ihr bremste er ab. Den alkoholisierten Atem roch sie nun stärker.

»Meinst du wirklich, ein einziges Schiff auf dieser Welt würde im Hafen sicher ankommen, wenn der Kapitän auf sämtliche Mimositäten seiner Crew Rücksicht nehmen würde? Du stellst dich hierhin und hast doch deine Schuldigen schon längst gefunden. Der arme Charly Brackmann. Der konnte seinen Film nicht machen. Den er ja nur machen wollte, weil er Frau und Kinder zu Hause ernähren muss. Und der bekam plötzlich etwas von Disziplin und Verantwortung zu hören. Der durfte seine Kamera nicht herausholen, weil das Segelmanöver wichtiger war.«

»Das war der Sinn dieser Reise, vergiss das nicht, sonst hätte er nie ...«

»Unsinn«, unterbrach er forsch und hob lehrerhaft den

Zeigefinger, »jetzt versteh ich auch, warum alle Wert darauf legten, dass nicht solche Landsäcke aus Wiesbaden das allein untersuchen. Brackmann war selbst lange Skipper. Er war kein Unerfahrener wie der Douglas, der wohl nicht einmal imstande war, einen Knoten richtig zu machen. Der war erfahren. Der Brackmann wusste, auf was er sich da einlässt. Kein Skipper der Welt, der etwas verantwortungsbewusst ist, würde das erlauben. Ich lass doch nicht einen filmen, wenn ich mit vier Mann an Bord eine Schonerbrigg manövrieren muss. Zumal noch einer ein Totalausfall ist.«

Er hatte sich wieder etwas von ihr entfernt. Er hatte ihr den Rücken zugekehrt und weitergesprochen. Er fuchtelte währenddessen kräftig mit einer Hand. Er wollte vermeiden, dass sie ihn wieder berührte.

»Kein Skipper der Welt, der etwas verantwortungsbewusst ist, wäre mit so einer Crew ausgelaufen«, sagte sie, obwohl sie sich nicht anmaßen wollte, Ahnung von der Segelei zu haben. Aber so viel hatte auch sie schon begriffen.

»Ich habe in meiner Berufszeit so viele kennen gelernt, die mir immer wieder absolut fassungslos erzählt haben, dass sie den Partner, den Freund, den Ehemann nicht wiedererkennen, sobald das Segelschiff abgelegt hat. Das ist nicht nur die Unsicherheit vom Skipper. Das ist die Verantwortung. Auf diesen Menschen lastet eine riesige Verantwortung, mit der sie nicht klarkommen. Nicht, weil sie so einen kleinen Kahn durch meist mickrige Wellen schippern. Nein, weil sie Verantwortung für Menschen haben. Und das in einer Situation, die sie nie einschätzen können, die oft genug nicht vorhersehbar ist. Ich kann heute noch in die spiegelglatte Nordsee auslaufen, in zwei Stunden habe ich da die Hölle. Das ist die Verantwortung des Skippers, Leute ins Ungewisse zu führen. Und deshalb muss jeder Handgriff selbst bei Flaute sitzen.«

Harder hob nun den Stein an der Gartenlaterne auf. Es war ein glatter Kieselstein. Er war leicht marmoriert. Kleine, schwarze Fasern durchtrennten das hellere Grau.

Er drehte sich um und warf ihr den Stein zu. Sie schnappte mit beiden Händen nach ihm und fing ihn sicher.

»Ich wollte nicht, dass du es versuchst. Ich wollte, dass du ihn fängst. Das ist der Unterschied. Und sie wussten alle, worauf sie sich eingelassen haben. Sie wussten, dass wenn sie es nur versuchen und es nicht klappt, dass sie alle untergehen würden.«

Pia staunte. Sie hielt den Stein und spielte damit in ihren Händen. Ganz plötzlich warf sie ihn zurück. Harder hatte aber ihre Absicht schon im Ansatz erkannt und streckte sich, so weit seine alten Knochen es erlaubten. Doch er konnte ihn nicht fangen. Die Polizeirätin hatte ihn viel zu weit nach rechts und viel zu hoch geworfen. Er schaute sie grimmig an.

»Aber wenn du einem keine Chance gibst, es richtig zu machen, wenn du es fälschlicherweise voraussetzt, dass er es kann, wird es immer beim Versuch bleiben.«

Sie kehrte um und schritt zum Haus zurück. Jetzt waren seine Schritte schneller, und er holte sie ein.

»Ich habe Kleinjohann den Hinweis gegeben, dass wir uns alle hier treffen«, gestand er freimütig. »Er soll zumindest die Chance haben, sich zu erklären. Und das ist ein Geschenk an dich. Und verstehe es auch bitte als solches. Denn du wolltest die emotionale Psycho-Seite unbedingt haben. Aber dann beziehe auch die Position des Skippers mit ein. Die hast du nämlich bislang völlig vergessen. Frage ihn einmal, was er denkt, was er gefühlt hat. Pass mal auf! Du wirst dich noch wundern, wenn sie alle zusammen sind.«

»Wieso alle?«, fragte Pia.

»Schlaback wird auch kommen. Da bin ich mir sicher. Miguel hat ihm nur eine Notiz zukommen lassen, wo Brackmann ist. Glaube mir, er wird kommen.«

* * *

Nichts konnte mehr richtig in die Finger genommen werden. Sie schmerzten unaufhörlich. Die Haut war verschwunden. Klebestreifen zierten die dritten Glieder da, wo man noch packen musste. Waren sie verrutscht, musste neues Band her, denn ein Abziehen der alten Streifen war schier unmöglich. Es hätte das lose Fleisch komplett zerfetzt.

Der Breitengrad, den *Albatros* nun überschritt, war an den

Büchern im Regal abzulesen. Die Feuchtigkeit bildete den Wert. Selbst die Seiten, die in den Kladden gepresst eng aneinander standen, waren klamm. Tropfen fielen von der Decke. Der Schaumstoff, der in die Lücken aller Schapps zur Sicherung gesteckt worden war, konnte ausgewrungen werden. Die schönsten Kapitel der Playboy-Magazine hafteten aneinander. Das Playmate Julee Denise hatte gar einen Teil ihrer platinblonden Haare verloren. Ebenso wie die Zehen der Crew an Gefühl.

Und dennoch herrschte Freude auf *Albatros*. Ausgelassene Freude.

Denn Karl-Maria Kleinjohann hatte kräftig greifende Finger mit Schwielen. Er konnte gar die kleinsten Zehen an beiden Füßen spüren. Er hatte trockene Kleidung, die er pflegte. Und er bemühte sich täglich um etwas Essen, das ihn als Erstes sättigte und seine Crew später ebenfalls.

Sieben Tage waren vergangen, in denen kein Schrei, kein Gebrüll, kein Gekreische übers Deck geflogen war. Der neue Skipper hatte sich darauf beschränkt, die Position, wie gewöhnlich, mit GPS zu ermitteln. Gewissenhaft hatte er sie in die Karte und weniger gewissenhaft ins Logbuch als Gestirnenermittlung eingetragen. Doch das spielte keine Rolle.

Was wichtig war: Er hielt sich aus dem alltäglichen Geschäft heraus. Er war Betriebsleiter der *Albatros* geworden, der die Verantwortung besaß, der aber nicht mehr eingriff, der nur noch beobachtete, ob seine Mannschaft erfolgreich war. Tagsüber stand er stundenlang am Bullauge und starrte aufs Wasser. William hatte ihn einmal gefragt, ob er etwas befürchte. »Eisberge«, hatte er gesagt, »es ist wichtig, dass die Eisberge gesichtet werden. Denn Eisberge sind das gefährlichste in dieser Region.«

Befehle gab er auch weiterhin. Er wies an, die Breitfock und das Groß zu reffen. Er wollte das Toppsegel niedergeholt haben und den Kurs um fünf Strich Steuerbord sehen. Es hatte bislang alles tadellos funktioniert, auch bei Windstärken deutlich über neun Beaufort, denn er war lange nicht mehr an Deck gewesen. Er suchte die Wärme, den Schutz und seine Karten. Er suchte die Bilder seines Hundes und erfreute sich daran. Vor drei Tagen, als ich zur Mitternachtswache ins Cockpit geklettert war, hatte ich beobachtet, wie er ein Foto des hässlichen Pudels in Händen gehalten hatte. Er hatte es unaufhörlich gestreichelt. Er hatte keine Notiz von mir genommen. Ich hatte nur schwer einen gehässigen Kommentar unterdrücken können.

Williams Leistenbruch bereitete jedem außer dem Hundenarr große Sorge. Der Australier berichtete jeden Morgen, jeden Mittag und jeden Abend über das, was er zuvor am Leib entdeckt hatte. Mal war der Darm weit, mal besonders hoch, mal etwas weicher herausgequollen. Aber er hatte ihn bislang immer zurückschieben können. Es war ein Wunder. Nur schwer ließ sich der Australier von Erik und mir vorschreiben, doch kürzer zu treten. William besaß zwar die unglaubliche Fähigkeit, größte psychische und physische Schmerzen verheimlichen zu können. Er stöhnte nie. Er verrichtete seine Arbeit wie immer mit den kleinen Fehlern. Aber wir spürten seine Angst und sein Leid. Und wir fieberten und zitterten mit. Genauso heimlich, wie der Australier es tat.

Die Manöver klappten immer besser. Nur Kleinigkeiten konnten bemängelt werden. Der Ton an Bord hatte sich geändert, seit der neue Skipper im Rumpf verharrte. Immer noch gab er seinem einstigen First Mate die Befehle. Dieser saß mal geruhsam am Steuerrad, während der Kranke und der Artist das Toppsegel bargen. Mal war er aber auch an der Seite des Australiers, um mit ihm Hand in Hand den Klüver runterzuholen. Dann gab es auch mal etwas lautere Anweisungen. Einmal hatte er ihm sogar kräftig auf die Schulter geschlagen, um ihn zur Konzentration zur ermahnen. Aber letztendlich trafen sich drei Freunde im Cockpit, die ein Manöver hinter sich gebracht hatten. Mit Erfolg. Und sie beglückwünschten sich für die Zeit, in der sie es geschafft hatten.

Gibt es doch einen Gott, der einen begleitet? Ist etwas wahr an der Sage, dass die Seelen der Kapitäne in den Albatrossen weiterleben? Seit Tagen begleiteten uns die gigantischen Vögel wieder. Sie schwebten ums Achterstag und unter dem Klüverbaum her, als wollten sie mit uns feiern. Es waren wenige Albatrosse, dafür mehr Mollymawks, die kleinere Art der Königsvögel, die der Sage nach die Seelen der niederen Dienstgrade verkörpern.

Die Crew glaubte zu erkennen, dass sie gar den Takt des Liedes begleiteten, denn seit Tagen traf man sich für mehrere Minuten zu gemeinsamen Gesprächen und Gesängen in der Plicht. Es hatte keine Anweisung gegeben. Weitere Strophen der heimkehrenden Rahsegler waren mit Freude freiwillig gelernt worden. Und die Kehlen schmetterten immer häufiger in grässlichster Tonart. Dafür besonders laut. Denn schon bald sollte das Ziel erreicht sein. Wir konnten es kaum erwarten.

Pitcairn war seit Tagen kein Thema mehr. Pitcairn hatten wir verdrängt. Der neue Skipper hatte uns mit seinem Rückzug den Wind aus den Segeln genommen und wir waren ihm dankbar dafür. Erik hatte mir unmissverständlich erklärt, dass er zu allem bereit war. Wir hatten keine Details besprochen. Wir hatten uns nur darauf verständigt, ein weiteres Attentat spontan zu verhindern. Beim nächsten Wutausbruch wollten wir gemeinsam einschreiten. Fest stand, dass auf jeden Fall ein Aussetzen, wie Fletcher Christian es William Bligh erlaubt hatte, nicht infrage kam. Er sollte über Bord gehen. Das kleine Beiboot, das *Albatros* führte, sollte aber wie die Rettungsinsel am Schiff bleiben. Es war die Angst vor der Zukunft, die uns zu diesem Schritt geraten hatte. Einen Unfall auf See hätten die Behörden ohne weiteres akzeptiert.

Kleinjohann hatte es mitbekommen. Er war zwar irre, aber er hatte Augen. Er hatte zähneknirschend festgestellt, dass seine Crew nach der Amtsniederlage des First Mates eine Einheit bildete. Sie war nicht homogen, aber sie beruhte auf gegenseitigem Verständnis. Die ungeschriebene Satzung verpflichtete zur Rücksichtnahme und zur Hilfsbereitschaft. Und Kleinjohann spürte, dass er nun allein war.

Er hatte seine eigenen Methoden entwickelt, sich zu rächen. Er wusste, wo Gewalt jetzt ansetzen musste. Das Essen wurde immer schlechter. Die Mahlzeit am späten Nachmittag war über Tage nur lauwarm serviert worden. Sinnlose Segelmanöver ergänzten die Strapazen. Er hatte ein System ausgearbeitet. Es war so geschickt konzipiert, dass keiner an Bord länger als anderthalb Stunden durchschlafen konnte. Einmal war er gar von William erwischt worden, dass er sich einen Wecker gestellt hatte. Kurz nach dem Klingeln hatte er zum Bergen des Toppsegels gerufen. Anderthalb Stunden später war dasselbe Segel wieder gehisst worden. Doch die Arbeiten waren immer ohne Murren ausgeführt worden, was den neuen Schiffsführer zunehmend störte. Gestern war das Großstagsegel gleich dreimal hintereinander gehisst, geborgen, gehisst, geborgen worden. Selbst während der sechsten absurden Anweisung hatte er nett lächelnde Gesichter gesehen. Es war das erste Mal gewesen, dass er sich nicht mehr hatte beherrschen können: »Ihr werdet euch noch alle wundern«, hatte er gekeift, nachdem das Stagsegel sauber eingepackt und die Crew zurück im Cockpit gewesen war.

Die neue Karte mit der Spitze Südamerikas lag seit zwei Tagen auf dem Navigationstisch. Sie zeigte das Ungeheuer Kap Hoorn deutlich. Es war nicht die vorgelagerte Insel, auf der chilenische Soldaten sich langweilten, die uns Sorgen bereitete. Es war vielmehr der weit davor liegende Kontinentalschelf. Auf einer Distanz von weniger als zwei Kilometern steigt auf der westlichen Seite der Drake-Passage die Meerestiefe von 4000 Meter auf 200 Meter an. Wir durften wieder beten. Wir beobachteten täglich die Wetterfaxe, wenn sie der neue Skipper nicht vergessen hatte wegzuschließen. Er behielt mittlerweile alle Informationen für sich. Selbst das Logbuch hatte er für einen halben Tag eingeschlossen. Wir hatten unsere Angaben auf einem Zettel notieren müssen. Erst nach der Kontrolle hatten wir ins Logbuch schreiben dürfen. Keiner hatte diese Maßnahme verstanden. Es hatte auch keiner gefragt.

Zu dieser Zeit, an diesem 49. Tag, waren wir glücklich, noch nicht den Festlandsockel erreicht zu haben. Zu dieser Zeit, an diesem 12. Januar, herrschten westliche Winde von über 140 Stundenkilometern an der Kontinentalkante. Die Wellen, gepaart mit der steilen Grundsee, hätte das Schiff nicht ausgehalten.

Es war um 15 Uhr und 53 Minuten lokaler Zeit. Ich sah auf den Wecker, den nun drei Gummibänder an die obere Koje drückten. Es war der Zeitpunkt, als erstmals südlich des 50. Breitengrades ein dröhnender Radau den Rumpf malträtierte. Der Motor war angeschmissen worden. Die Hübe des Diesels vibrierten durch den Schiffskörper. Ich sprang auf und hangelte mich Griff für

Griff in die Pantry. Kleinjohann stand in trockener Unterwäsche am Niedergang und brüllte ins Cockpit hoch.

»Einkuppeln, aber langsam.«

»William, nein«, schrie ich im letzten Moment. Der Australier hatte schon eine Hand am Gashebel gehabt. Gebückt konnte er nicht lange bleiben. Es schmerzte ihn zu sehr. Er wartete nun dennoch in dieser Stellung. Dann ließ er den Hebel los und richtete sich auf.

»Einkuppeln habe ich gesagt. Oder wollt ihr jetzt auch diese Anordnungen boykottieren?«

»Karl, egal was passiert ist, wir sind noch im Rennen. Du kriegst die Aufnahme. Du wirst Skipper der Bruderschaft. Aber wenn du jetzt ...«

Ich legte eine Hand auf seine Schulter.

Er wertete es als Angriff und schnellte herum. Drohend holte er mit der Faust weit aus. Ich hob augenblicklich beide Hände. Er ließ den Arm fallen. Ganz langsam.

»Das werde ich auch so. Ich werde noch etwas ganz anderes, wenn wir ankommen.« Dann wandte er sich wieder dem Australier zu, der nur mich mit großen Augen anstarrte: »Einkuppeln.«

Der Wind wehte mit acht Windstärken aus Westnordwest. *Albatros* machte mächtig Fahrt. Die hohen Wellen drückten sie kräftig. Es bestand kein Grund, den Motor laufen zu lassen. Ich sprang zurück und schaute auf die Armaturen. Die Batterien waren noch voll. Die Starterbatterie war ohnehin separat. Sie konnte keine Ladung verloren haben.

William bückte sich wieder.

»Warte«, rief ich nun, »William, nicht!«

Doch der Australier schob den Knauf nach vorne. Er hakte ein. Die Schraube drehte sich. Südlich des 50. Breitengrades. Wir hatten verloren. 49 Tage für nichts. Alles umsonst.

Mir war auch lange später nicht klar, warum ich noch einmal auf die Umsetzung des Konzeptes gepocht hatte. Das Satellitennavigationsgerät war bislang jeden Tag aktiv gewesen. Das Logbuch war gefälscht. Rohmaterial für einen ordentlichen Film hatte ich kaum. Dafür weit andere Sorgen. Es war vielleicht der

Versuch gewesen, diesem Unternehmen noch einen allerletzten Sinn abgewinnen zu können. Doch der war mit einer halben Schlüsselumdrehung und einer achtel Hebelbewegung zerstört.

Ich rutschte aus.

Ein Brecher hatte *Albatros* kurz hinterm Heck erwischt. Ich landete auf der Skipperkoje. Ich griff nach hinten, um mich wieder umzudrehen. Mein rechter Arm suchte nach einem Halt. Ich fand ihn in der Hand des neuen Skippers.

Mit einem kräftigen Satz war er rübergesprungen, drehte nun meinen Arm weit hinter den Rücken, zog kräftig an. Gleichzeitig drückte er mein Gesicht mit voller Kraft in sein Kopfkissen. Mit dem Unterarm schlug er in den Nacken. Dann hielt er inne und drückte, so fest er konnte.

Ich hatte nicht einmal mehr die Energie zu schreien.

»Du wolltest dich wieder meinen Anweisungen widersetzen. Hattest du das vor?«, fragte er. Er flüsterte es mir zischend ins Ohr. Ich spürte seinen Atem.

»Hattest du das vor?«, fragte er wieder und zog noch kräftiger den Arm in die Höhe. »Ich höre nichts«, sagte er jetzt, »ich höre nichts. Du musst schon etwas lauter sprechen.«

William konnte vom Cockpit nichts sehen. Das Getöse der See überschallte gar den Dieselmotor. Erik ruhte in seiner Mittelkoje, die direkt neben dem Motor lag. Er ratterte konstant bei 1200 Umdrehungen.

Ich antwortete, doch es kam kein Ton über die Lippen. Zu stark war das Gesicht ins Kopfkissen gepresst. Der Druck nahm jetzt noch zu. Ich versuchte dagegenzuhalten, doch der Unterarm im Nacken gab mir keine Chance.

»Ich höre immer noch nichts«, hauchte es in mein Ohr.

Ich biss die Zähne zusammen.

Er schlug nun auf meinen Kopf ein. Er hämmerte wie ein Wahnsinniger drauf. Ich spürte die Schläge rechts und links. Nur meinen Arm ließ er nicht los. Ich war absolut wehrlos. Mein Gehör versagte. Die Schläge mit der flachen Hand waren gezielt. Dann folgten wieder die Fäuste.

»Ich habe mir das lange genug mit angesehen. Ab heute weht

wieder ein anderer Wind. Bist du jetzt wieder ein braver First Mate? Ja, willst du das jetzt wieder sein?«

Er verkrallte sich mit den Fingern in meiner Kopfhaut und zog den Schädel etwas nach oben. Erst musste ich nach Luft schnappen. Das Kissen hatte mir den Atem geraubt. Ich füllte meine Lungen, dass sich der Oberkörper dehnte. Ich wollte schreien. Ich wollte Erik rufen. Doch in dem aufgeblähten Brustkorb erkannte Kleinjohann sofort die Gefahr. Er stieß den Kopf zurück nach unten und prügelte weiter. Jetzt boxte er immer nur auf die rechte Gesichtshälfte. Dann packten die Krallen wieder zu.

»Willst du jetzt ein braver First Mate sein?«

»Ja«, stöhnte ich, »ja, ja.«

»Wirst du dich bei deinen Freunden beschweren?«

»Nein.«

»Ein bisschen lauter bitte.«

»Nein, ich werde nichts sagen.«

Er ließ Arm und Kopf los. Ich blieb so liegen. Ich wartete. Ganz langsam zog ich den Arm nach vorne, legte ihn hoch neben dem Kopf ab. Vorsichtig drehte ich mich um. Ich sah Karl-Maria Kleinjohann, wie er mit hochrotem Kopf auf der Kojenkante hockte. Alles an ihm zitterte. Die Hände. Die Arme. Der Kopf. Hektisch atmete er ein und aus. Auch seine Knie zitterten jetzt. Er rieb seine Augen, zog mit den Fingern durchs Gesicht. Helle Furchen bildeten sich dort, wo die Fingerspitzen endeten.

Jetzt schüttelte er kräftig den Kopf.

»Zweifelst du noch einmal meine Befehle an, bringe ich dich um.«

Er sprach ganz langsam und ganz leise. Er sprach eigentlich mehr zu sich. Seine Lippen waren blutig. Er musste auf sie gebissen haben, als er geprügelt hatte. Mit den Zähnen versuchte er, sie nun zu säubern.

»Und glaube mir, Unfälle geschehen viel schneller, als man denken mag.«

Ich traute mich immer noch nicht, die schützende Stellung aufzugeben. Ich wollte bedacht vorgehen. Ich wollte erst einmal eine Position wählen, in der ich mich wehren konnte. Ich war diesem schmächtigen Kerl körperlich weit überlegen. Es war nicht die Feigheit, die mich daran hinderte, ihn nun zu attackieren. Es war auch nicht die Angst vor der Zukunft. Es war nicht die Angst vor dem Gewissen, was mich plagen würde. Es war der Stolz und das Gefühl, ihm überlegen zu sein, wenn ich nicht zuschlage. Doch der Hauptgrund für die Zurückhaltung lag allein in der Tatsache, dass ich gegenüber Kleinjohann keine Chance besaß. Mir fehlte das, was ihn zur gefährlichen Bestie machte. Mir fehlte der grenzenlose Hass, der ihm die Kraft gab, schnell in grenzenlose Ekstase zu geraten und ziellos draufzuprügeln. Ich konnte noch nicht dermaßen austicken, nicht sämtliche Fasson verlieren. Ich würde viel zu überlegt Schläge abgeben.

»Du wirst ab sofort jeden Befehl ohne Kommentar ausführen. Du wirst mir Freude bereiten, nicht wahr?«

Jetzt schaute er mich erstmals an. Ich wich ein Stück zurück. Ich fühlte unter der Decke das Messer, das er dort seit Wochen versteckt hielt.

»Nicht wahr?«, fragte er nochmals ganz ruhig.

Ich nickte. Ich tastete mich mit den Fingern langsam zur Bordwand vor. Jetzt konnte ich mit einer Hand unter die Decke kommen. Ich zögerte. Ich wartete. Immer noch ruhte sein Blick auf mir, dann wandte er sich wieder ab und sprach weiter.

»Wir werden wie in alten Zeiten segeln. Und, Charly, ich verzeihe dir. Ich verzeihe dir noch einmal. Aber es ist wirklich das letzte Mal.«

Ich hatte das Metall gespürt. Ich hatte es langsam der Länge nach abgetastet. Doch ich konnte es nicht herausziehen. Mit dem oberen Ansatz des Schenkels lag ich auf dem Griff. Ich musste mich erheben, doch dafür war es noch viel zu früh.

»Ich denke, du solltest mir gleich beweisen, dass du wieder ein verantwortungsvoller First Mate bist. Was meinst du, wie du das machen kannst, hast du eine Idee?«

Mein Arm schmerzte sehr. Ich hätte ihm jetzt höchstens für den Bruchteil einer Sekunde an die Gurgel springen können. Meine Ohren waren noch immer halb taub. Die Wangen, der Nacken und die Nieren taten weh. Ich hielt mit den Fingerspitzen immer noch das scharfe Metall. Ich musste warten. Die See würde mir helfen. Irgendwann würde der nächste Brecher seitlich das Heck treffen. William war kein Meister im Aussteuern der Wellen. So musste es bald geschehen. Dann würde ich unweigerlich zur Seite rollen, der Skipper sich nach vorne beugen müssen, um den Halt nicht zu verlieren. Dann könnte ich den Griff des Messers erreichen.

»Ich denke, du solltest zeigen, dass wir neu anfangen.«

Er war geisteskrank, verrückt, wahnsinnig. Er saß mit heruntergefallenen Schultern auf der Kante und redete in aller Ruhe. Dabei zitterten alle Muskeln, auch der Nacken und die Partie zu den Schultern zuckten nun unaufhörlich.

»Ich hab's«, freute er sich plötzlich richtig. Jetzt drehte er sich um, lehnte sich weit zu mir rüber. Seine Augen strahlten. Und er lächelte. »Du wirst deine Briefe, deine Tagebücher und alles, was du geschrieben hast, zusammen mit dem roten Gefledder deiner Freundin über Bord werfen. Was meinst du? Das ist doch wirklich ein wahres Zeichen für einen Neuanfang.«

Da war sie. Da war die Welle. Das Getöse der überstürzenden Krone dröhnte in die Plicht. *Albatros* hob sich achtern empor, legte sich dann sehr schnell weit auf die Seite. Der neue Skipper beugte sich nach hinten, dann nach vorne. Ich rollte ein wenig auf ihn zu. Blitzartig packten die Finger den Griff. Genauso schnell zog ich das Messer weit nach oben. Ich ließ es los und präsentierte meine freie Hand. Langsam schob ich sie wieder zur Seite.

»Ich brauche dich«, sagte er nun und stand auf. Ich streckte den Oberkörper, bewegte den lädierten Arm, strich über Wangen und Ohren. Gleichzeitig positionierte ich das Messer neu. Der Kerl war verrückt. Er kehrte mir den Rücken zu. Absolut sorglos kramte er nun im Navigationstisch herum, zog schließlich einige Blätter heraus.

Er schmiss sie mir zu, sagte noch während ich die Seiten auffing: »Du bist zu schwach, Charly, und du bist viel zu feige. Du würdest nie zustechen.«

Ich ließ sofort das Messer los, sagte nichts, untersuchte die Zettel. Es waren die letzten empfangenen Wetterfaxe. Ich versuchte mich zu orientieren. Ein kleiner, roter Punkt zeigte unsere Position. Überall drum herum waren sehr eng aneinander liegende schwarze Linien.

»Es wäre auch dumm von dir, schau dir das an. Hinter uns ist ein Tiefdruckgebiet, das östlich zieht. Es wird uns kurz vor Kap Hoorn erreichen. Der Wind wird ungefähr 220 Stundenkilometer haben. Das ist doppelt so viel wie ein satter Zwölfer.«

Er war sich seiner Sache wieder einmal verdammt sicher. Für einen kurzen Moment vergaß ich die Schmerzen. Nur einmal strich ich vorsichtig mit den Fingern über die geschwollenen Wangen. Der Ringfinger zeigte blutige Spuren. Aber es war nicht viel. Ich untersuchte das Fax. Ich maß grob die Distanzen aus, verglich die Meldungen miteinander. Das drohende Tief war noch nicht ausgereift. Es vertiefte sich im Kern immer noch. Es zog mit gut 35 Knoten in östliche Richtung. Es verfolgte uns. Und es war schneller als wir.

»Was schlägst du vor?«, fragte Kleinjohann. Er zitterte immer noch, hatte aber eine sehr lässige Haltung eingenommen.

»Du fragst mich, was ich vorschlage?«

»Ich habe dir doch versprochen, dass ich einen Neuanfang mache. Also bitte, was schlägst du vor?«

»Du kannst mich nicht halb totschlagen und dann glauben, dass …«

»Ich habe dich nicht halb totgeschlagen. Wenn ich das gewollt hätte, wärst du nicht mehr hier. Manchmal sind Schläge einfach das Beste. Ich habe von meinem Vater auch welche bekommen und ich bin ihm heute dankbar dafür.«

»Die letzte Woche war für uns alle eine Erholung. Wir hatten plötzlich wieder Spaß. Wir …«

»Charly, treib es nicht auf die Spitze.«

Er hatte sämtliches Gefühl für Relationen verloren. Er mahnte mich doch wirklich, es nicht auf die Spitze zu treiben. Er, der wie ein Besessener auf mich eingehauen hatte. Das war keine fünf Minuten her! Jetzt glaubte er, alles wieder im Griff zu haben. Und er mahnte mich.

Ich sagte nichts. Ich griff nach dem Messer. Kleinjohann erschrak. Er wollte schon einen großen Satz nach vorne machen, aber er zögerte. Wie ein Torwart vor dem Absprung stand er nun mit angewinkelten Beinen und leicht ausgestreckten Armen vorm Herd. Ich nahm die zweite Hand, drehte das Messer um, griff es mit der Spitze und streckte meinen Arm aus. Den Griff hätte er jetzt ohne weiteres fassen können, doch immer noch hielt er inne. Dann schnappte er zu.

»Ich würde nach Süden gehen, so weit wie möglich nach Süden. Da dürften wir dann zwar ordentlich an Meilen verlieren. Wahrscheinlich müssen wir sogar ein ordentliches Stück zurück, aber wir kriegen weniger Wind.«

»Aber immer noch Orkanstärke satt.«

»Aber wesentlich weniger. Keine 220 Stundenkilometer.«

Es war das allererste Mal auf dieser Reise, dass er mich nach meiner Meinung gefragt hatte. Es war das allererste Mal seit Sydney, dass er ernsthaft über einen Vorschlag von mir nachdachte.

»Bist du wieder First Mate?«, fragte er nochmals.

»Du hast mir die Antwort doch schon rausgeschlagen.«

»Darüber reden wir nach Kap Hoorn.«

»Und vorher?«

»Bis Kap Hoorn, sagen wir, bis hinter der Le Maire-Straße tust du das, was ich sage. Ohne wenn und aber. Und wenn ich William den Darm durch den Arsch rausziehe. Bis zur Le Maire-Straße. Wenn du dazu bereit bist, Charly, dann segeln wir dem Tief davon.«

»Was hast du vor?«

»Wir werden Vollzeug setzen. Wenn wir Glück haben, viel Glück haben, schaffen wir es. Wir werden versuchen, vorher ums Kap zu kommen.«

Ich blickte auf die Wetterkarte. Es war ein riskantes Spiel. Wir mussten vor dem Orkan auf dem Schelf sein, vor dem Orkan in die Landabdeckung von Kap Hoorn kommen.

Jetzt begriff ich seine Sicherheit. Sie war zwar durchweg von einer immensen Geistesgestörtheit geprägt, aber sie basierte auf der schlichten Tatsache, dass er sich jetzt wieder alles erlauben konnte. Es war gefährlich, aber wir würden uns alle darauf einlassen müssen. Jetzt brauchten wir einander. Er allein konnte abschätzen, was *Albatros* verträgt. Er hatte die Schonerbrigg gebaut. Mit einer eigenwilligen Crew konnte er es jedoch nicht schaffen. Und wir nicht ohne einen erfahrenen Nautiker, der er nun einmal war.

Die Wangen brannten, und der Arm war im Bereich der Schulter taub. Im rechten Ohr vernahm ich einen Dauerton. Ich schwor, meine Rache nie zu vergessen. Ich schwor, mich genau daran nach der Le Maire-Straße zu erinnern.

Sollten wir es wagen? Hatten wir überhaupt eine Chance, das Rennen gegen ein unberechenbares Tiefdruckgebiet zu gewinnen? Zu viele Faktoren sprachen dagegen. Es war eine Frage von Stunden. Kap Hoorn lag zweieinhalb, drei Tage voraus. Wir hatte acht bis neun Windstärken. Würde *Albatros* das aushalten? Würden die Masten Klüver, Groß und zwei Rahsegel halten? Was ist, wenn auch nur ein Manöver schief lief? William tanzte immer noch leicht ratlos um die Nagelbank herum. Der neue Skipper hatte seit einer Woche keine Leine mehr angefasst. Zuvor hatte er einen Fehler nach dem anderen gemacht. Und was war mit seiner Geduld? Jetzt war er der sachliche, die Gefahren abwägende Schiffsführer. Ich wusste, dass er sich an Deck keine Sekunde besonnen verhalten würde. Was ist, wenn das Tiefdruckgebiet plötzlich schneller zieht, uns direkt vor dem Festlandsockel in voller Kraft erwischt?

Ich wischte all diese Gedanken beiseite. Jetzt durften keine Querelen stören.

»Ich werde dich anzeigen. Und ich verspreche dir, ich werde dir alles nehmen, was dir lieb ist«, sagte ich. Er nickte. Er dankte für die Zustimmung und ich ging.

Erik schnarchte laut in seiner Koje. Er übertönte sogar den Diesel.

Meine Aufzeichnungen und die roten Strapse gab ich dem Skipper nicht. Er hatte seinen Wunsch auch nicht wiederholt. Ich ging ins Vorschiff und zog mich an. Drei lange Unterhosen. Vier Sweat-Shirts. Die nassesten nach außen. Ich hatte das zweite gerade übergezogen, da verstummte der Diesel. Also hatte auch das Starten des Motors zu den weckenden Schlägen gehört. Ich setzte es nur in Gedanken als Punkt auf meine Liste.

* * *

»Ist Douglas in Montevideo ausgestiegen?«

Es war gegen alle Absprachen. Sie hatten sich darauf verständigt, mit Sensibilität vorzugehen. Sie hatte ihm die Konfrontation von Brackmann mit dem Skipper gestattet. Sie wollte das Aufeinandertreffen wortlos verfolgen, wenn die letzte Zeile geschrieben worden war. Harder hatte allem zugestimmt, jetzt stellte er aber seine Frage ohne Einleitung, ohne vorherige Begrüßung, ohne Pia auch nur eines Blickes zu würdigen.

Brackmann drehte sich langsam um. Er war keineswegs von dem Besuch überrascht. Er hatte damit gerechnet, als sie plötzlich aus seinem Blickfeld verschwunden waren. Lange hatte er beide beobachtet. Einmal war die Polizeirätin ihm hinterhergelaufen, dann hatten sie sich getrennt. Er hatte gewartet, sie ihn überholt. Es war schon spannend, was die beiden sich da im Garten geliefert hatten. Brackmann brauchte kein einziges Wort zu verstehen. Ihre Bewegungen sagten alles. Lediglich den vergeblichen Sprung des Ersten Hauptkommissars nach einem kleinen Steinchen hatte er nicht einordnen können. Er hatte es eher als belustigende Einlage gewertet, was die beiden Polizisten da aufgeführt hatten.

Furcht hatte er aber keine. Die Polizeirätin hatte ihm zu viel anvertraut, sodass er ihrer Unterstützung sicher sein konnte.

»Ist Douglas in Montevideo ausgestiegen? Herr Brackmann, ich lass Sie in Ruhe, wenn Sie mir antworten. Ich will wissen, ob Douglas es bis Montevideo geschafft hat. Und ich will endlich wissen, was auf dieser Kassette ist.«

Harder trat nun nah an ihn heran. Erst schaute er den Journalisten wütend an, dann konzentrierte er sich auf den Bildschirm. Die letzten Worte, die er getippt hatte, lauteten ›Ich setzte es nur in Gedanken als Punkt auf meine Liste‹.

Brackmann griff schnell zur Maus und schloss das Dokument. Jetzt zeigte der Monitor einen Himmel, dessen helles Blau wenige Cirruswolken störten.

»Charly, wir haben da ein Problem, das wir nicht ohne weiteres verdrängen können. Wir müssen dem jetzt leider sofort nachgehen. Da hat der Kollege Harder Recht.«

Pia hatte sich geschickt vorgedrängt. Sie hockte sich nun in die Knie, um mit ihm auf Augenhöhe zu sein. Sie wollte nicht von oben auf ihn herabsprechen. Das wäre unklug gewesen. Der zweite Vorteil ihrer Position bestand darin, dass Harder sie nun nicht wegdrängen konnte, da sie auf sehr wackeligen Zehenspitzen vor ihm hockte. Sie bildete zwischen den beiden somit eine perfekte Barriere. Der dritte Vorteil war, dass sie jetzt Harders entsetztes Gesicht nicht wahrzunehmen brauchte. Ihm missfiel das Wörtchen ›leider‹, das die Polizeirätin zu deutlich betont hatte. Sie konnte es in ihrem Nacken an seinem stockenden Ausatmen fühlen.

»Dann erkläre mir bitte, warum ihr jetzt aus polizeilicher Sicht dringend wissen müsst, was auf der Kassette ist?«

Brackmann wusste genau, dass es dafür keinen Grund gab. Es war allein Harders Neugierde, da sich immer mehr der Inhalt dieses Filmbandes als ein Schlüssel seiner Geschichte entpuppte. Die Frage bestätigte ihm aber das Vertrauen zur Polizeirätin. Sie wusste doch, was er mit dieser Kassette bezweckte. Und sie hatte es wohl bislang wirklich für sich behalten.

»Sie stehen unter dem dringenden Verdacht, ein Tötungsdelikt begangen zu haben«, sagte Harder nun sehr formell. Es war nicht seine Art, aber er wollte gewisse Vorwürfe nicht salopp ausposaunen. Er glaubte, mit dieser fachlich einwandfreien Formulierung der Bedeutung angemessen zu sprechen.

Pia hatte sich geirrt. Harder ging einen weiteren Schritt nach vorne, schubste sie mit dem Schienbein leicht an, sodass sie sich mit den Händen am Boden abfangen musste.

Es folgte keine Entschuldigung, vielmehr ein Monolog, der Brackmann in die Enge treiben sollte.

»Sie haben sich mit Kleinjohann abgesprochen. Ich glaube mittlerweile sogar, dass das alles ein abgekartetes Spiel ist, dass Sie uns hier vorführen. Sie stecken nämlich mit Kleinjohann unter einer Decke. Ich glaube gar nicht, dass Sie sich so feindlich sind. Sie meinen, wir würden das alles so einfach schlucken und Sie könnten uns von den eigentlichen Dingen ablenken. Sie haben doch mit dem Skipper zusammen in Montevideo einklariert. Wie die besten Freunde sind sie da beim Handelsgesandten aufgetaucht. Das haben wir alles schwarz auf weiß. Gemeinsam haben sie Douglas von der Crewliste ausgetragen. Er ist seitdem aber nicht mehr aufgetaucht.«

Er fasste nun an die Rückenlehne des Bürostuhls und drehte sich den Journalisten zurecht.

»Was ist mit Douglas? Was hatte er für ein Leiden? Ist er daran gestorben oder haben Sie ihn lebend über Bord geschmissen? Sie haben doch den Druck des Skippers nicht ausgehalten. Also haben Sie mit angepackt. Ich weiß das. Und Sie wissen das auch. Herr Brackmann, Sie sind doch Jurist.«

Jetzt stockte Harder ein wenig. Er musste sich einmal räuspern. Es war mehr ein Akt, sich selbst schnell zu disziplinieren. Diesen verkappten Schriftsteller mit seinem verschluderten Grundstudium als Jurist zu bezeichnen war schon nah der Grenze, was er sich selbst zumuten wollte. Er erinnerte sich an diese dümmlichen Formulierungen in dem Pamphlet, wo Brackmann versucht hatte, juristisch fundierte Diagnosen aufzustellen. Zwar waren sie alle korrekt eingefädelt, doch die Verhältnismäßigkeit stimmte vorne und hinten nicht.

»Sie sind schuldunfähig. Sie wissen, was das heißt.« Es war eine Anbiederung erster Güte, auf die sich Harder jetzt versteifte. Er hasste sich dafür und man sah es ihm an. So gut konnte er sich nicht verstellen. »Sie können dafür nicht bestraft werden. Aber wir brauchen etwas in Händen, das wir gegen den Skipper verwenden können. Und zwar jetzt. Der ist auf dem Weg in die Karibik. Den kriegen wir so schnell nicht wieder.«

Brackmann versuchte Pia zu erreichen, doch geschickt versperrte Harder die Sicht. Jetzt zeigte er mit dem Mundstück seiner Pfeife auf sich.

»Hier spielt jetzt die Musik, Herr Brackmann. Sie müssen uns das sagen. In Brasilien können wir noch etwas unternehmen. In den anderen Ländern wird das nicht mehr so einfach. Er hat Sie doch gezwungen, nicht wahr? Ich verstehe das. Er hat Sie gedemütigt. Er hat Sie mit den Tagebüchern vorgeführt. Er hat Ihnen den Film versaut. Und er hat ja wohl den kranken Douglas geschlagen. Sie sind doch erpresst worden. Sie mussten ihn doch mit über Bord gehen lassen.«

Brackmann grinste. Er konnte es nicht verhindern. Harder

erkannte es sofort. Das war kein zwanghaft vermindertes Aus-lachen, das war mehr Mitleid, das sich auf Brackmanns Lippen abzeichnete. Harder war erfahren genug, um augenblicklich zu kapieren, dass er auf dem komplett falschen Weg war. Jetzt blick-te er erstmals Hilfe suchend zur Kollegin. Die war aufgestanden und hatte sich etwas zurückgezogen. Leicht schüttelte sie den Kopf. Das war Harders Inszenierung. Sie konnte, durfte und sie wollte sich da nicht einmischen.

Harder stand auf und schlurfte zum Fenster. Er sah das Mäd-chen, das vorhin noch auf der Bank gesessen hatte. Sie trug ein Kleidchen, als sei sie auf dem Weg zur Erstkommunion. Für ihr Alter war sie nicht gerade groß. Ihre schmächtige Figur hatte wohl Brackmann dazu inspiriert, sie jünger zu beschreiben.

Auch Pia erkannte jetzt Magdalena. Sie war von der südlichen Seite wieder in den Garten gekommen. Sie tanzte ein wenig den Schotterweg entlang. Sie war also doch kurz bei Brackmann gewesen. Sie fragte sich, ob sie ihm von Harders Absicht erzählt hatte. Sie fragte sich, ob Brackmann ganz genau wusste, dass Kleinjohann hierher unterwegs war. Doch sie zweifelte. Dafür wirkte der Journalist zu gelassen.

»Er hat William über Bord gehen lassen.«

Polizeirätin und Erster Hauptkommissar glotzten ihn an.

Er saß auf seinem Drehstuhl, wippte ein wenig hin und her und schaute auf die Eröffnungsseite seines Bildschirms.

»Was haben Sie gesagt?«, fragte Harder nach, obwohl er die Aussage klar gehört hatte.

Pia schwieg. Sie wollte es nicht glauben. Hatte Brackmann sie nur benutzt? Für was? Er hatte ihr versichert, dass alles in Ord-nung sei, dass sie sich keine Sorgen über Mord und Totschlag machen müsse. Er hatte es ihr versprochen, die Wahrheit zu sa-gen und nichts als die Wahrheit. Er hatte ihr die Hand gegeben und sie kräftig und dankbar gedrückt.

»Karl-Maria Kleinjohann hat William über Bord gehen las-sen«, wiederholte er. Dann schaute er Harder an. Pia schenkte er keine Beachtung.

»Wann, Charly, wann hat er ihn über Bord geworfen?« Die Wiesbadener Polizeirätin konnte sich nicht zügeln. Sie schritt nah an ihn heran. Sie schaute ihm direkt in die Augen. Er hatte einen kleinen Silberblick. Seine Pupillen tanzten hektisch. »Warum hast du mir das nicht gesagt?«

»Weil wir an dieser Stelle noch nicht angekommen sind.«

»Charly«, schnaufte sie entsetzt, »wir leben hier nicht in einem Roman. Das ist keine Geschichte. Hier geht es um Mord.«

* * *

War mein Abgang als First Mate schon sehr theatralisch gestaltet gewesen, glich diese Rehabilitation einer Ordensverleihung. Der Skipper, dem ich gestattet hatte, für eine geraume Zeit wieder Admiral der *Albatros* zu sein, stand breitbeinig in der Plicht. Er hatte mich aufgefordert, ebenfalls zu stehen. Erik und William mussten hinterm Steuerrad Platz nehmen, um wie Zuschauer in der ersten Reihe das Spektakel besonders würdigen zu können.

Der Rostocker hatte das Steuer freiwillig übernommen. Er wollte William, dessen Wache gerade zehn Minuten alt war, von dem schweren Aussteuern der hohen Wellen ein wenig entlasten. Die Beule in der Leistengegend des Australiers war zuletzt besonders hart gewesen. Doch Erik konnte sich mir gegenüber nicht mehr verstellen. Ich wusste, dass er nicht nur den kranken Kamerad für kurze Zeit befreien wollte, er wollte seiner Anwesenheit einen Sinn geben. Nicht dass er wusste, was nun folgen würde, aber er konnte sich an den Fingern ausrechnen, dass es eine Darbietung würde, die ihn kein bisschen interessierte. So hatte er die unausgesprochene Erlaubnis, zwischenzeitlich immer wieder länger auf das Fähnchen unterhalb der Saling blicken zu dürfen. Es flatterte im Sturm der Windstärke acht, zeigte mit der Spitze gerade zum Bug.

Karl-Maria Kleinjohann begann mit seinem Vortrag nicht bei den Geschehnissen vor einer Woche. Er nahm auch nicht den Anfang der Reise zum Einstieg. Er zog es vor, noch weiter zurück zu blicken und Mitte des 18. Jahrhunderts zu beginnen. In seinen einleitenden Worten beschrieb er das Schicksal der 15 Männer, die 1758 auf der britischen *Namur* gemeutert hatten. Sie alle waren vors Kriegsgericht gestellt und zum Tode durch den Strang verurteilt worden.

»Im allerletzten Augenblick, die Männer standen schon zur Hinrichtung bereit«, plärrte der Skipper in den Wind, »ließ der gütige König Gnade vor Recht walten. Und das will ich auch tun.«

* * *

SEHR GEEHRTE HERREN DES SEEAMTES, *in diesem Moment schämte ich mich, wie noch nie zuvor. Ich kam mir vor wie ein Judas. Ich hatte noch keine Zeit gehabt, meinen Kameraden die Beweggründe für meine Entscheidung mitzuteilen. Ich hoffte, dass sie die roten Flecken, die vielen roten Kratzer auf meiner Wange und die geschwollene Wunde kurz vor dem linken Ohrläppchen richtig deuten würden. Ich schaute dennoch voller Scham auf die Gräting. Der Skipper wertete es als Ausdruck der puren Reue, die doch nur kleine Kinder empfinden.*

* * *

»Charly Brackmann hat sich bei mir entschuldigt. Er hat eingesehen, dass er falsch und aus niederen Beweggründen gehandelt hat. Ich habe ihm verziehen.«

Jetzt schloss ich die Augen. Ich biss auf die Unterlippe. Ich durfte es jetzt zu keinem neuen Eklat kommen lassen. Ich hatte aus dem Augenwinkel erkannt, dass Erik sich nun doch für das Schauspiel interessierte. Er hatte sich gar leicht gebückt, um mich ansehen zu können. Gottlob erreichte die Ehrung und Reinkarnation zum neuen First Mate ein sehr abruptes Ende.

»Bericht, First Mate«, waren die Worte des Admirals, der sich nun stolz auf die Backskiste fallen ließ. Er war wirklich irre.

Mein Blick wechselte von Erik auf William, dann wieder zurück zu Erik. Ich hob die Brauen und schielte mit den Pupillen in die obere linke Ecke. Sie mussten das Zeichen einfach begreifen. Anschließend strich ich noch ganz schnell mit meinen Fingern über die Wunden im Gesicht. Der Admiral nickte nur zufrieden.

Kurz erklärte ich, was auf uns zukommen wird. Ich schmückte das Tief, das hinter uns her eilte und uns bald erreichen würde, keineswegs aus. Ich beschrieb es anhand der aufgezeichneten Isobaren sachlich. Ich erklärte vor allem William, wie wichtig es jetzt sei, dass alles perfekt klappen muss. Ich erwähnte das Risiko, das wir als Einzige mindern konnten.

Auf der Anziege des Schlepplogs konnten 6248 Seemeilen abgelesen werden. Bis zum Hoorn waren es noch 250 Seemeilen. Doch wir mussten auch noch herum ums Kap, um in die sichere Landabdeckung zu gelangen.

»Karl hat das Schiff gebaut. Er weiß, was *Albatros* verträgt«, sagte ich mit anerkennender Geste zum Skipper gerichtet. Ich hoffte, dass es stimmte. »Wir werden jetzt zwei, drei volle Tage permanent die Besegelung ändern. Wir werden immer am Limit segeln, immer an der Grenze, was die Masten aushalten.«

Ich will mich jetzt kurz fassen, will nicht alle Schläge und Demütigungen erneut schildern. Nur so viel: Karl-Maria nahm keine Rücksicht. Auf niemanden.

Nach zwei Tagen harten Segelns hatte das Tief laut meteorologischem Bericht weiter aufgeholt. Der Wind war für unser Gebiet mit weiteren sechs Windstärken angegeben. Wir brauchten aber jetzt viel mehr Kraft, sonst kamen wir viel zu langsam vorwärts. Wenn wenigstens der Wind etwas drehen würde, dass wir die zwei restlichen Segel noch hochziehen können.

William ist nur noch zu Manövern oben. Und zu seinen Wachen. Er ist ein Meister im Verdrängen. Noch nie in meinem Leben hatte ich einen Menschen gesehen, der mit so viel Stärke und Stolz sein Schicksal ertragen hatte. Er steckte die Prügel und Demütigungen des Skippers weg. Er machte alles, so gut er konnte. Er war sich trotz seines Leidens für nichts zu schade. Er drängte sich auf. Und er verließ jede Stunde mit aufrechtem Gang die Plicht, um dann in seiner Koje zusammenzubrechen. Erst in seiner Suite fühlte er den Bruch, drückte den Darm unter starken Schmerzen wieder hinein. Und dann sackte er auch in sich. Erst dann gab er auf. Ich hatte es einmal durch Zufall gesehen.

Kurz darauf war alles zu spät. Es war da. Es hatte uns erreicht.

Wir spürten das drohende Unheil mit seinen Vorboten gleichzeitig im Nacken. Plötzlich frischte der Wind auf. Es waren die ersten Anzeichen eines Tiefdruckgebietes, das sich bald mit 220 Stundenkilometern Wind beweisen wollte.

Erik übernahm augenblicklich das Steuer. Der Wind nahm weiter zu. Die See wurde schnell steiler.

»Reffen?«, rief ich in die wärmere Pantry hinein, in der der Skipper mit einer heißen Tasse Tee breitbeinig vor seiner Lieblingsluke stand.

Er gab keine Antwort. Er drehte sich nicht einmal zum Niedergang um. Er suchte in der Ferne weiter nach Eisbergen. Ich schloss den Ausgang. Ich wusste, dass er die Frage verstanden hatte.

Er wollte es darauf ankommen lassen.

Zwei Fingerglieder trennten noch das letzte Kreuz vor dem in der Karte aufgedruckten Rand des Schelfs.

Windstärke acht.

Immer noch waren die Segel ungerefft oben. *Albatros* schoss die Wellentäler hinunter. Immer wieder geriet sie ins Surfen. Stage und Wanten jammerten. Der Gesang des Riggs eröffnete das Requiem. Die Masten hielten den Ton lang. Der Rumpf bot einen stattlichen Resonanzkörper.

Windstärke neun.

»Großsegel, zweites Reff«, schrie der Skipper.

Wir pickten unsere Sicherheitsleinen nicht ein. Wir hechteten zum Großmast, nahmen die Dirk aus der Klampe und zogen sie an. Das Fall war augenblicklich gelöst, das Smeerreep dichtgeholt. Erik und ich zogen zusammen. Keiner war bei William in der Plicht gewesen. Vergessen waren die Sorgen um den Australier. Jetzt musste er einfach die Schläge des Admirals ertragen. Jetzt musste schnell gerefft werden. Es durfte keine Zeit verloren gehen.

Wir gaben uns die Leinen an. Wir zogen gemeinsam am selben Strang. Der Skipper hatte stark angeluvt, die Schot aber nur etwas dicht geholt, um den Druck aus dem Groß zu nehmen. Der Bullenstander lag lose. Der Admiral schrie, brüllte, keifte. Er hatte Angst, dass der Schäkel sein Teakdeck verletzte.

Die See stürzte übers Deck. Die Brecher fassten Erik, der oberhalb des Baums in der Mulde des Tuches landete.

William stürzte nach vorne. Erik fiel hinunter. Ich stürzte mich auf den Rostocker, um ihn zu halten. Der nächste Brecher hatte angesetzt. Ich sah wie William die Hände an den Großbaum klammerte. Jetzt wollte er nach dem Schäkel greifen, doch er konnte ihn nicht erreichen.

»Geh zurück«, schrie ich ihn an, »geh zurück.«

Verdammt, dieser Schäkel war doch scheißegal. Die Macke im Teakdeck würde man später mit bloßem Auge nicht sehen.

»Geh zurück!«, schrie nun auch Erik. Doch der Australier blickte nur zum Admiral. Und wieder versuchte er, den aufs Teakdeck knallenden Schäkel zu packen.

Wir wollten das alles nicht glauben. Wir hatten um jede Sekunde gekämpft. Wir hatten gezittert. Wir hatten für Wind gebetet. Jeder auf seine Art. Jeder hat seinem Gott oder seinen Freunden Botschaften geschickt. Und jetzt kämpfte ein Kerl, der sich nicht richtig bewegen konnte, der angeschlagen und ohne Kraft war, mit einem Bullenstander und dessen Schäkel. Für die Schönheit eines Teakdecks. Das durfte alles nicht wahr sein.

Ich riss an Eriks Haaren. Ich wollte, dass er den Kopf hob. Ich fasste so kräftig zu, dass er ins Cockpit sehen musste. Auch er sah jetzt, wie der Skipper nach der Großschot griff. Würde er sie jetzt lösen, würde der Baum ausbrechen und den Australier mitnehmen. Er würde unweigerlich über Bord gehen.

Der Skipper hob die Schot.

Wir schrien zusammen.

Der Brecher stürzte über. Ich ließ die Haare los, schlug Eriks Kopf aufs Doghouse. Auch ich musste den überkommenden Wassermassen die Angriffsfläche nehmen.

Sie schossen weit übers Deck. *Albatros* legte sich quer. Der Baum rauschte aus.

Der Skipper hatte die Schot gelöst.

Jetzt war sie zurück auf Kurs. *Albatros* erhielt den Wind von hinten.

Ich sah nur noch Eriks Hand.

Mit gespreizten Fingern drückte sie fest in mein Gesicht, stieß mich brutal weg von ihm. Ich rollte zur Seite, fasste im letzten Moment den Handlauf am Doghouse. Jetzt war auch Erik fast verschwunden. Ich sah nur noch seine Beine, dann seine Unterschenkel, die weit in die Höhe ragten. Dann waren nur noch seine Füße über dem Aufbau. Jetzt war ich allein.

Ich schleppte mich zurück zum Mast. Jetzt konnte ich wieder Füße sehen.

Erik lag nur noch halb auf dem Seitendeck. Mit der rechten Körperhälfte war er außenbords. Er war nicht angeleint. Er hielt sich nur mit einer Hand am achteren Want fest. Seine Kniekehle hielt ihn an dem Poller, an dem Breitfockschot und Bullenstander belegt waren. Ich rutschte höher. Erik schrie. Ich erkannte einen Lifebelt. Es war der von William. Er hatte sich Gott sei Dank festgemacht. Nur noch ein Arm und ein Bein waren von ihm auf Deck. Der Rest des Australiers lag jetzt allein in der Hand Gottes und in der Hand seines Rostocker Jüngers.

Der nächste Brecher rollte an.

* * *

Magdalena hatte es sich zur Aufgabe gemacht, den Ersten Hauptkommissar zu beschäftigen. Sie hatte ihn mit kindlichen Spielen gelockt und mit Fragen über Seefahrt und Bremerhaven malträtiert. Sie hatte in seiner langen Polizeikarriere nach spannenden Erlebnissen gebohrt. Gefruchtet hatte bislang nichts von ihren Beschäftigungstherapien, doch hatte sich das Kind einmal in eine Aufgabe verbissen, arbeitete es hart und kreativ.

Einem verschaffte es zumindest genügend Raum.

Charly Brackmann schrieb und schrieb.

Er schrieb sich die Fingerspitzen wund. Sein Arbeitsplatz glich einem möblierten Bombentrichter. Überall lagen Skizzen und Aufzeichnungen. Mehrere Gläser säumten seinen Schreibtisch. In den meisten hatte sich schon eine schimmelige Schicht gebildet. Er hatte es ausdrücklich verboten, seinen Arbeitsbereich auch nur zu berühren. Er hatte sich die Umgebung geschaffen, die er jetzt zum Schreiben brauchte. Und die beschränkte sich auf eine weiß laminierte Sperrholzplatte, die auf zwei Werkstattböcken ruhte.

Dennoch pflegte er seine übertriebene Ordnungsliebe weiterhin akribisch. Sobald auch nur ein kleiner Krümel, ein Papierfetzen oder eine Faser seines Drehtabaks zu Boden gefallen war, sprang er auf und entfernte ihn. In dem Zimmer, das Catarina ihm zur Verfügung gestellt hatte und das eine wunderbare Aussicht auf den Garten, den Strand, die Bucht und den südlichen Rand von Florianopolis bot, war bis auf die Arbeitsplatte alles rein.

Brackmann schrieb und schrieb.

Er schaute auf den Bildschirm und kontrollierte die letzten Zeilen. Gleich acht Tippfehler konnte er auf Anhieb erkennen. Er war wieder betrunken. Fast zwei Flaschen Cachaca, mit gepressten Limonen und mit viel Zucker versüßt, hatte er an diesem Tag schon getrunken. Dreimal hatte er das Dokument schon geschlossen gehabt. Dann hatte er es aber wieder geöffnet. Der Brief an das Seeamt war so weit fortgeschritten, dass er sich nach dem Ende sehnte. Er war beunruhigt. Er wollte nichts vergessen, aber auch nicht mehr so ins Detail einsteigen. Die Situation an Bord, die er in Stürmen erlebt hatte, musste nicht noch einmal über mehrere Seiten beschrieben werden. Es hatte sich ja nichts geändert. Er wollte nur noch das Wesentliche erwähnen, nur das ausführlicher beschreiben, was die Herren des Seeamtes für eine Urteilsfindung benötigten. Er hatte sie nicht mehr mit ›Herren des Seeamtsgerichts‹ tituliert, seit Harder ihm in unverständlicher Form um die Ohren geknallt hatte, dass es kein Gericht gäbe. Korrekt sei allerhöchstens ›Seeamtsverhandlung‹.

Brackmann schrieb weiter. Es war für ihn nur eine Geschichte. Es war kein Mord, wie man es ihm einzutrichtern versucht hatte. Es war eine Geschichte, die er erlebt hatte. Und die wollte er endgültig abschließen. Er stand kurz davor. Nur noch wenige Kapitel sollte sein Werk erhalten. Die aber sollten den ganzen Wahnsinn brutal ans Tageslicht bringen.

Pia klopfte leise an und wartete. Sie hatte keinen Ton vernommen, dennoch öffnete sie langsam die Tür und steckte zunächst nur ihren Kopf durch den Spalt.

»Darf ich reinkommen?«

Sie sagte nichts und trat ein. Sie trug ihre Haare offen. Die katzenförmigen Augen waren dezent geschminkt. Der Lidstrich war sorgfältig nachgezogen. Das bunte T-Shirt mit tiefem Ausschnitt erlaubte einen Blick auf ihren Brustansatz. Das Shirt saß eng. Es betonte ihre weiblichen Rundungen perfekt.

Brackmann hatte sie noch nie so gesehen. Er musterte sie fassungslos, schließlich mit Begeisterung.

»Beherrsch dich«, mahnte sie ihn, da sie sich in dieser kosmetisch wertvollen Maskerade noch reichlich unwohl fühlte. Er hatte ein Lid hängen. Das war das sicherste Zeichen dafür, dass sich in diesem Raum die zweite Caipirinhaflasche des Tages langsam zu Ende neigte.

»Wer?«, fragte er und bot ihr gleichzeitig einen Schluck an.

»Paula«, strahlte sie und präsentierte zugleich unwohle Züge, »Paula hat in ihre Trickkiste gegriffen.«

»Willst du hier auch bald arbeiten?«, feixte er.

Sie gab ihm einen kleinen, schwachen Schlag mit der flachen Hand auf den Hinterkopf. Der Schädel flog nach vorne. Fast bis auf die Tastatur. Dann lachte auch sie. Sie hatte ihn kaum berührt.

»Was ist mit Harder?«

»Nichts. Ich habe ihn nur gerade mit Lena beobachtet. Sie haben sich wohl gestritten.«

Sie schaute raus in den Garten. Nur wenige Lämpchen zierten den Streifen, wo Garten in Sandstrand überging. Auf der Bank konnte sie nichts erkennen.

»Darf ich etwas lesen?«

»Du versuchst es ständig wieder.«

»Du willst mir ja auch immer deinen Fusel andrehen. Also gut, ich trinke einen Schluck, aber aus einem Glas, aus einem sauberen Glas, und du lässt mich lesen.«

»Ein Glas, eine Seite?«

»Du spinnst wohl.«

Sie war nah an ihn herangetreten. Ihre Schenkel berührten nun seine. Für sie war es nur eine Annäherung an den Computerbildschirm. Für ihn war es mehr. Sie spürte es sofort und trat einen großen Schritt zurück.

* * *

Ich bin der Albatros, der am Ende der Welt wartet.
Ich bin die vergessene Seele der toten Seefahrer,
die über die Weltmeere kamen, das Kap Hoorn zu umschiffen.
Aber sie starben nicht in den tosenden Wellen.
Sie fliegen heute auf meinen Schwingen der Ewigkeit entgegen
mit dem letzten Aufbrausen der antarktischen Winde.

Dies ist die Inschrift auf einem Gedenkstein. Er erinnert daran, dass die Seelen der gescheiterten Seeleute unsterblich geworden sind. Der Stein steht auf einem kahlen Hügel unmittelbar vor einem wundervollen Metallmonument. Wird dieses von einer nördlichen Position betrachtet, bilden die ausgeschnittenen Teile den Umriss eines gigantischen, schwingenspreizenden Albatrosses.

Nicht weit entfernt steht eine kleine Kapelle. Sie trägt den Namen Stella Maris. Auch sie ist allen Seeleuten gewidmet, die es nicht geschafft haben.

Monument und Kapelle fallen auf. Denn gemeinsam mit einer hässlichen Militärbaracke sind sie fast die einzigen Bauwerke auf dieser kleinen Insel.

Gerade einmal sechs Kilometer ist sie lang. 2000 Meter beträgt ihre Breite. Sie ist mit ihrem 100 Millionen Jahre alten Granitgestein das letzte Glied der riesigen Andenkette, die in der Karibik ihren Anfang findet. Dieses Glied zählt zum chilenischen Hoheitsgebiet und heißt Cabo de Hornos.

Heute beobachten die Soldaten der chilenischen Militärstation Cabo de Hornos nur noch sehr wenige Schiffe, die die Drake-Passage unter Segel durchqueren. Die meisten motoren als Cargo-Liner oder sind Kreuzfahrtschiffe.

Am frühen Morgen eines 15. Januar, die Sonne war noch nicht aufgegangen, doch die Dämmerung hatte schon eingesetzt, sichteten die wachhabenden Soldaten wieder einmal ein Segelschiff. Es war ein ganz kleiner Rahsegler, der bei neun Windstärken mit gehisstem Groß- und Toppsegel, mit Breitfock und Klüver gen Osten zog. Die Brigantine trug viel zu viel Segelfläche. Das konnten sie sehen. Sie war aber zu weit entfernt, als dass sie die

Nationenflagge erkennen konnten. Das Schiff zog zwölf Seemeilen südlich an der steilen Bergschulter vorbei, die das Kap darstellt. Die Soldaten unternahmen nichts. Sie konnten nicht ahnen, dass auch an Bord dieses Schiffes sich schon Seelen auf den Weg gemacht hatten, in den Albatrossen Ewigkeit zu erfahren.

Doch noch war es nicht so weit. Noch kämpfte die Crew.

Albatros war im letzten Moment vor Eintreffen des Orkans über die Kontinentalkante geschossen. Es hatte eine weitere Stunde gedauert, bis sich das Bild der Wellen deutlich verändert hatte. Die graublauen Berge hatten an Höhe verloren, waren dafür etwas steiler geworden. Jetzt brachen sie schon bei einer Höhe von fünf Metern.

Von dem großen Ziel Kap Hoorn, für das sich die Crew 51 Tage und Nächte gequält hatte, für das der Skipper 51 Tage und Nächte gekocht, geschlagen und gebrüllt hatte, war zunächst nichts zu sehen gewesen. Gegen vier Uhr am 52. Tag ihrer Reise war es dermaßen diesig gewesen, dass allein die Positionsangabe auf dem GPS-Bildschirm mitteilte, dass sie das Kap gemeistert hatten. Jetzt, gegen halb sechs morgens, wurde die Sicht endlich klarer. Der First Mate holte seine Kamera heraus. Der Zoom brachte ihm die Isla Hornos nahe. Da war sie, die Insel. Da war es, das Kap. Da war das Ziel, zum Greifen nah.

Doch Freude kam nicht auf. Es erschallte kein Jubel, kein Toast, kein Siegesschrei. Keiner gratulierte seinem Kameraden. Keiner klopfte dankend auf das Teakholz der Schonerbrigg. Es herrschte nur Stille.

Ich dachte an die vergangenen Monate. Ich dachte an William. Der gute, alte William. Ich dachte an die vielen gestorbenen Seeleute. Ich dachte daran, dass wir noch leben. Erik, ich und der Schiffsführer waren mehr oder weniger gesund. Ich sah noch einmal die Worte vor Augen, die der Kap Hornier Hermann Piening für seine erste Kap Hoorn-Umrundung 1905 gefunden hatte:

»Ich war noch froh, wenn ich, schon halb erstickt, den Kopf über das gurgelnde Wasser bekam und das salzige Zeug aus Mund und Nase spucken konnte. Und immer diese Kälte! Taube Finger, tropfendes Ölzeug, beide Handgelenke und der Nacken aufgeschürft von dem dauernden Reiben des harten Ölzeugs, die Fingergelenke mit blutigen Schrunden aufgerissen. Unfälle und Knochenbrüche waren an der Tagesordnung.«

Wir hatten das beste Ölzeug, die sichersten Leinen, wir hatten Gummistiefel und Thermounterwäsche. Doch auch auf *Albatros* waren 30 Finger verletzt, schmerzten Knochen und Muskeln von drei Körpern. Für einen Moment glaubte ich, dass die Schmerzen unserer Seelen einmalig in der Kap Hoorn-Geschichte sein könnten.

Ich dachte an den Kap Hornier Alan Villiers, den größten Kap Hoorn-Experten aller Zeiten, der mit der *Priwall* die Rekordumrundung in 6 Tagen geschafft hatte:

»Es war schlicht und einfach gutes Segeln in einer großen Tradition – ein Kapitän, der den besten Weg erkannte, um die ungewöhnlich günstigen Windbedingungen zu nutzen, und genau damit zum Erfolg kam.«

Jetzt war ich hier. Jetzt war ich an der Stelle, wo Atlantik und Pazifik aufeinander trafen. Jetzt war ich dort, wo alle großen Seemänner gewesen waren. Jetzt war ich Magellan und Loayasa, gar Kapitän Francisco de Hoces voraus. Letzterer hatte als allererstes das Ende der Welt erblickt, hatte es Anfang des 16. Jahrhunderts aber nie erreicht.

Und jetzt erschrak ich. Für einen Moment setzte ich die Kamera ab. Ich hatte nicht das Recht, diese Namen auszusprechen. Ich hatte nicht das Recht, an sie zu denken. Ich hatte gar das Recht verloren, über die Traditionsseglerei zu sprechen.

Ich schaute erneut durch den Sucher. Ich blickte nach achtern. Steil türmten sich die Wellen auf. Noch waren wir nicht in Sicherheit. Noch saß uns das Tiefdruckgebiet im Nacken. Jede Sekunde konnte es mit zwölf Windstärken zuschlagen. Die 220 Stundenkilometer würden wir zwar hier nicht mehr erfahren. Die Landspitze Südamerikas würde den Kern verdrängen. Aber jetzt galt es so schnell wie möglich einen nordöstlichen Kurs anzulegen. Es war der erste nördliche Kurs seit siebeneinhalb Wochen, der freiwillig gesteuert würde.

»Leg die Kamera weg«, brüllte der Admiral, »es reicht. Wir müssen brassen.«

Ich wollte noch einen Zoom, noch einen Schwenk, noch ein perfektes Bild. *Albatros* schaukelte kräftig, legte sich immer wieder mächtig auf die Seite. Entweder waren bislang Cockpitsüll oder Wellen im Weg gewesen. Verdammt, wenigstens eine vernünftige Sequenz musste doch möglich sein! Ich stützte mich am Decksaufbau ab und tastete nach den Einstellknöpfen. Der Schlag traf nicht mich, sondern die Kamera hart. Fast wäre sie mir aus der Hand gefallen.

Am Steuer saß ein Freund, der schon lange nichts mehr sagte. Er hatte auch diese Brutalität des Schiffsführers beobachtet, aber er schwieg. Er schwieg seit über einem Tag, seit er vergeblich versucht hatte, einen Kameraden zu retten. Seitdem schwieg er.

Erik löste die Brasse auf der Backbordseite und fierte vorsichtig. Ich zog sie auf Steuerbord dicht. Langsam drehte sich die untere Rah. Nun galt es die obere parallel zu stellen. Das war nicht einfach, denn Erik musste gleichzeitig die Wellen aussteuern. Der Skipper wollte nicht helfen. Er traute sich nicht mehr an Deck. Er wusste, dass es ab sofort keinen Grund mehr gab, ihn mit Schmeicheleien und Komplimenten zu pflegen, ihm zu huldigen. Er wusste, dass jeder an Bord seine Absicht erkannt hatte, als er die Großschot gelöst hatte. Er hatte sich bislang nicht entschuldigt. Er hatte nur einen einzigen Kommentar abgegeben: »Ich habe euch immer gesagt, ihr sollt euch ordentlich festhalten. Eine Hand fürs Schiff, eine Hand für sich selbst.« Er wusste, dass er Zeit verstreichen lassen musste, bis sich die Gemüter an Bord erholt hatten.

Wir waren schnell im Windschatten der Isla Hornos und der Isla Deceit. Die Freycinet-Insel konnten wir schon nicht mehr sehen. Gut 90 Seemeilen waren es bis zum nächsten Hindernis. Es war die Le Maire-Straße zwischen dem Festland Feuerlands, der Tierra del Fuego, und der Isla de los Estados.

»Los, jetzt müssen wir noch einmal richtig Gas geben. Wenn wir die Strömung gegen uns haben, kommen wir da ja nie durch. Das sind da bis zu sieben Knoten Strom. Setz das Großstagsegel. Das kannst du auch allein«, befahl der Admiral. Noch wollte ich ihm den Titel zusprechen. Nördlich der Straße, nördlich des Kap San Diegos, des westlichsten Zipfels von Feuerland, wollte ich dann aber Backschaft machen, wie das Säubern von schmutzigem Geschirr auf Schiffen genannt wird.

Und ich hatte auch schon einen Plan.

Nach dem Manöver ging ich sofort ins Vorschiff. Ich durchschritt die Messe, schaute kurz in die Suite hinein. William lag breitbeinig in der Koje. Seine Augen waren geschlossen. Die breite Bandage an der Leiste schaute unterm Sweatshirt vor. Sein Gesicht war verkrustet und bleich. Die Finger waren steif und bläulich.

Ich setzte mich auf den Kojenrand und griff nach seiner Hand. Ich drückte sie fest.

»William«, flüsterte ich. Doch eine Antwort blieb aus. Der Australier zuckte nicht einmal.

»William«, wurde ich nun lauter.

Er machte ganz langsam die Augen auf. Dann lächelte er mich an.

»Ist alles okay?«, fragte ich. Er lächelte nur und nickte. Dann schloss er wieder die Augen und kehrte zurück in den Kreis seiner Freunde, die in den letzten 24 Stunden sein Leben gerettet hatten. Davon war der alte Knabe überzeugt. Und wir wollten ihn in dem Glauben lassen.

Erik hatte es nicht geschafft. Er hatte William nicht zu fassen gekriegt. Er hatte ihn nicht retten können. Über zehn Minuten hatte er versucht, ihn hochzuziehen. Ich hatte mich an das eine Bein des Rostockers geklammert, das noch um den Poller herum geknickt war. Ich hatte nicht mit zupacken können. Allein hatte Erik es auch nicht geschafft. Zehn Minuten hatte er um das Leben des Kameraden gekämpft, der oft den Abwasch für uns mit gemacht hatte, der immer pünktlich zur Wache gekommen war, der zwar nie die Leinen richtig gelernt hatte, aber immer hilfsbereit dabei gewesen war. Zehn Minuten hatte Erik die Hand ausgestreckt gehalten, zehn Minuten hatte er geschrien und mit dem eigenen Halt zu kämpfen gehabt. Oft war er unter Wasser gedrückt worden. Dann war es ihm, der ohne Sicherheitsleine agiert hatte, nicht mehr möglich gewesen.

* * *

* * *

Erik hatte sich kraftlos zurück aufs Deck gerollt, und er hatte in letzter Verzweiflung laut geschrien: »Gott, warum?«

Dann war er zusammengesackt, lag ermattet auf den Armen. Ich hatte nicht sehen können, ob er geweint hatte.

Es war die übernächste Welle: Sie war so steil gewesen, dass Erik und ich zusammen fast auch über Bord gespült worden wären. Doch sie war am Gipfel nicht gebrochen. Sie war dermaßen schnell unter dem Rumpf durchgesaust, dass die behäbige *Albatros* sich nicht so schnell wehren konnte. Die Brigantine war gekrängt, aber mit einer deutlichen Verzögerung.

Das Resultat war, dass der Rücken der Welle William zurück an Bord gedrückt hatte. Nicht ganz. Nur so viel, dass seine Hände die Fußreling packen konnten. Wir waren blitzschnell zur Stelle gewesen und hatten ihn ohne Rücksicht auf sein Leiden an Bord gewuchtet.

Der Skipper hatte nicht einmal ein Wort des Lobes gefunden.

Ich ließ den alten Kameraden allein. Er brauchte jetzt noch viel Ruhe.

Ich legte mich hin. Ich wollte schreiben, aber meine Finger konnten keinen Stift mehr halten. Sie waren völlig dahin. Die Arme, die Beine schmerzten. Die Zehen waren tot. Auch der rechte Mittelfuß war taub. Nur Tausende von Stichen kamen durch. Ich versank schnell in meinem Phantasiegebilde, das aus Liebesspielen mit Susan und Mordplänen gegen den Skipper bestand. In sechs, vielleicht sieben, im ungünstigsten Fall acht Tagen würde ich die Geliebte am Telefon haben. Bis Porto Deseado waren es 600 Seemeilen. Mit fünf Knoten Durchschnitt konnte gerechnet werden. Hinzu mussten die Umwege durch eventuell herrschende nördliche Winde gezählt werden. Eine Woche, dann konnte ich ihr sagen, wie sehr ich sie vermisst habe, wie schön ich mir eine Zukunft mit ihr vorstelle, und wie schnell ich sie und Alina wieder in den Armen halten würde.

Eine Stunde Schlaf hatte man mir gegönnt.

Jetzt wurde ich grob aus den Träumen gerissen. William hockte auf meiner Koje und schüttelte kräftig an meiner Schulter. Ich schaute in sein fahles Gesicht. Er blickte nur zum Schott.

Der Admiral stand an der Werkbank gelehnt. Seine Arme hielt er verschränkt vor der Brust. Ich setzte mich auf.

»Ich wollte dir nur sagen, dass ich es bis zum nächsten Hafen durchhalten werde. Es ist viel besser geworden. Und das mit dem Leistenbruch ist halb so schlimm. Es schmerzt nicht mehr so und ich kann ihn ja immer zurückdrücken. Hat ja auch in den letzten Wochen geklappt.«

Ich sagte nichts. Meine Augen waren noch verquollen. Ich starrte die beiden Figuren im Vorschiff nur abwechselnd an.

Der Admiral hatte sich auf die Ablage der Werkbank gesetzt. Er grinste und nickte. William fasste meine Schulter erneut.

»Und ich kann auch wieder Wache gehen.«

»Was ist das jetzt wieder für ein Scheiß? Was hat er gesagt? Hat er dir gedroht?«

»Du solltest mit deiner Wortwahl aufpassen, First Mate«, hechelte es von der anderen Seite herüber. Seine Augen waren klein. Sein Blick war drohend. Er rieb sich die Hände. Offensichtlicher hätte er nicht signalisieren können, was er im Schilde führte.

»Es war allein meine Schuld, dass ich über Bord gegangen bin«, flüsterte nun William.

»Ein bisschen lauter«, kam der Befehl von gegenüber.

Der Australier wiederholte seinen Satz brav und fragte, ob er gehen könne.

Da er nichts hörte, stand er schwermütig auf und dackelte ab. Auch der Skipper wollte zurück in die Messe. Schnell war ich aufgesprungen und versperrte ihm den Weg. Das hieß, wir beide befanden uns gleichzeitig im Eingang, sodass keiner für einen Moment vor oder zurück konnte.

»Was willst du?«, hauchte er mich an. Sein Atem war feucht. Ich spürte seine Spucke auf meinen Wangen.

Ich presste mich vor und setzte mich provokativ in die Messe. William war wieder in seiner Suite verschwunden und hatte die Tür geschlossen.

»Womit hast du ihm gedroht?«, wollte ich wissen.

Der Admiral hob beide Arme und schüttelte den Kopf. Erst lächelte er beschämt, dann wurde er plötzlich wütend.

»Ich drohe nicht. Ich heiße nicht Charly Brackmann.«

»Karl, er braucht dringend einen Arzt.«

»Er hat es mir sogar schriftlich gegeben.«

»Was?«

»Dass er sich ungeschickt angestellt hat, dass er bis jetzt die Leinen noch nicht kennt, dass er die ganze Zeit ein Risiko fürs Schiff und für die Mannschaft darstellte, dass er allein die Verantwortung dafür trägt, dass er über Bord gegangen ist. Willst du noch mehr hören?«

Ich verkrampfte beide Hände. Ich krallte die Finger ins Sitzpolster, sodass sie wieder schmerzten. Ich war erstaunt über so viel Gefühl in den Gliedern. Ich hätte es den Fingern nicht zugetraut.

Ich wollte aufspringen und dem Kerl an die Gurgel gehen. Jetzt war ich so weit. Jetzt verspürte ich den Hass, der mich in eine Ekstase treiben konnte, die auch den Skipper zum hoffnungslosen Gegner gemacht hätte.

»Damit du es nur weißt«, sagte er selbstsicher, »falls du auch nur mit einem Wort das Gegenteil behauptest, mache ich dich fertig.«

Jetzt lehnte er sich weit zurück. Er hielt seine Hände gefaltet hinterm Kopf, starrte auf die Decke. Es interessierte ihn nicht, dass ich kurz vorm Ausbruch stand. Plötzlich erhob er sich, drehte mir den Rücken zu. Während er die Messe verließ, sagte er seelenruhig: »Einer von euch wird noch dran glauben müssen, bevor wir in Montevideo sind.«

Meine Hände entkrampften sich augenblicklich. Beim Sprung von der Bank stieß ich mir kräftig das Knie. Ich humpelte ihm hinterher. Er lag schon wieder in seiner Koje und hielt ein Hundeporträt in Händen. Es war eines der Fotos, die er nicht aufgehängt hatte. Ich wusste, dass er irgendwo eine Privatschatulle besaß, in der noch mehrere Abbilder des hässlichen Köters ruhten. Ich hatte bislang aber nicht einmal einen Hinweis über den Ort seines Safes aus ihm herauslocken können.

»Montevideo?«

»Ja, du kannst William fragen. Der Idiot möchte unbedingt nach Montevideo.« Ich war fassungslos.

Ich hatte die Schnauze gestrichen voll. Ich stürmte zurück in den Bug, kriegte noch so eben die Kurve. Ich riss die Schiebetür zur Suite auf. William saß wie ein Grundschüler mit eng aneinander gepressten Knien auf der Koje. Sein Oberkörper war steif. Er hatte auf mich gewartet.

»Montevideo? Du willst doch gar nicht nach Montevideo!«, schrie ich ihn an.

Er sagte nichts. Er schaute mich mit seinen großen, treuen Augen an und schwieg. Dann rollten die ersten Tränen über seine Wangen.

Ich umarmte ihn.

»Was hat er dir gesagt?«

»Nichts.«

»William, du brauchst dringend einen Arzt. Denk an deine Freunde. Die brauchen dich noch. Du bist ein medizinisches Wunder. Das kann nicht sein, dass du noch lebst.«

Ich hatte den Skipper mehrfach aufgefordert, die Küstenwache anzufunken. Schon hinter dem Kontinentalschelf hätte ein Schiff oder ein Hubschrauber den Kranken bergen können. Das erste Mal hatte der Admiral mir auch noch zugehört. Das zweite Mal hatte er mich nur gewarnt. Die anderen Male hatte er mich dumm stehen lassen oder mich im Ansatz direkt mit einem wütenden Zischen unterbrochen.

»William, das schaffst du nicht.«

Es war hoffnungslos. Ich hatte vor seiner Koje gekniet, hatte ihn in den Arm genommen. Ich hatte ihn zärtlich gedrückt und auf die Schulter geschlagen. Ich hatte ihm gedroht, aber er hatte mir nicht die Wahrheit gesagt. Er hatte nur immer erwähnt, dass er aus freien Stücken nach Montevideo wolle, dass er aus freien Stücken das Papier geschrieben und unterzeichnet hatte.

Ich war da, wo ich schon vor Wochen war. Ich hatte einen hörigen Australier und einen schweigenden Rostocker. Dazu einen brutalen Skipper, der nun mich allein auf dem Kieker haben konnte.

Montevideo. – Das waren noch 1500 Seemeilen. Luftlinie. Ohne Aufkreuzen, womit zwischen Patagonischem Schelf und Argentinien jederzeit zu rechnen war. Erik hatte nur noch sechs Zigaretten. Mein Pfeifentabak neigte sich dem Ende. Der Skipper hätte in Porto Deseado alle Annehmlichkeiten eines Kap Horniers erfahren können. Hier erwartete der Präsident der Deutschen Industrie- und Handelskammer in Südamerika auch seine Sherryflaschen. Ich hatte dem Admiral angeboten, auf sämtliche Berichterstattung zu verzichten, wenn er William sofort an Land absetze. Seine Reaktion war erschütternd: »Darauf wirst du sowieso verzichten.«

Wir erreichten die Le Maire-Straße am Nachmittag. Über uns drohten tiefe, schwarze Wolken. Doch backbord und steuerbord stahl sich die Sonne ab und zu durch, ließ für wenige Augenblicke die hohen Berge der Peninsula Mitre und die fast menschenleere Wildnis von Staten-Island in geheimnisvollem Glanz erscheinen. Es sah bedrohlich aus und zugleich signalisierte uns der Himmel Land, das keine Stunde von uns entfernt lag, aber nicht auf uns wartete, da hier weder Häfen noch sichere Buchten existierten.

Das Land präsentierte sich wild und unberührt. Genauso hatten es auch die Kapitäne Willem Schouten und der Sohn des Amsterdamer Kaufmanns Isaac Le Maire, sein Name war Jacob, im Jahre 1616 gesehen, als sie diese damals noch namenlose Straße durchsegelt hatten. Nur wenige Tage später war es Willem gewesen, der als erster Kap Hoorn südlich passiert hatte.

Wenn es wahr war, dass die Seelen der gestorbenen Seeleute

in den Albatrossen Ewigkeit erhalten, müssten die Königsvögel jetzt zu Tausenden mit aller Gewalt gemeinschaftlich diese Brigantine attackieren. Sie müssten sie von oben voll scheißen, bis sie untergeht. Allein um sich dafür zu rächen, was in Erinnerung an sie an Bord alles geschah. Allein um zu verhindern, dass der Admiral in wenigen Wochen große Medienauftritte haben würde, in denen er nur sich und das Schiff rühmen, sich als Nachfolger von Schouten, Le Maire, Piening und Villiers präsentieren würde.

Wir waren nur mit GPS gesegelt. Wir hatten motort und die Schraube hatte sich auch südlich des 50° Breitengrades lange gedreht. Auf *Albatros* lagen die neuesten Seekarten. Mit einem Gezeitenatlas und einer Strömungskarte konnte die Schiffsversetzung durch Strom auf die Sekunde genau berechnet werden. Als Schouten und Le Maire an genau dieser Stelle gewesen waren, wo *Albatros* jetzt von einem kranken, willenlosen Australier gesteuert wurde, hatten sie nicht gewusst, was sie erwartet. Keiner von ihnen kannte Kap Hoorn. Viele an Bord hatten noch geglaubt, es sei der Zipfel des unbekannten Kontinents im Süden. Sie hatten mit einer Umsegelung der terra australis gerechnet. Und damit, dass ihr Schiff jederzeit in der kochenden See untergehen wird.

Nördlich der Le Maire-Straße erreichten uns die ersten Sonnenstrahlen. Sie prallten aufs Vorschiff. Sie wärmten das Teakdeck. Der Wind nahm bis auf fünf Beaufort ab. Kaum ein Spritzer erreichte bei einem Kurs zwischen Raumschot und Halbwind das Freibord der Luvseite. Der wärmende Schein verstand es, direkt in die Gemüter der Crew vorzudringen. Erik riss seine Öljacke runter, schmiss in hohem Bogen das durchnässte Sweatshirt auf die Gräting. William hüpfte nervös von einem Bein aufs andere, holte aus einem Versteck unter seiner Koje eine Tafel Schokolade hervor. Er brach die Stücke nicht ab. Er hielt die Tafel wie ein kostbares Brot und biss kräftig hinein. Ich öffnete die Vorluke und lüftete mein stinkendes, feuchtes Vorschiff. Nur der Admiral stand in der Pantry an seiner geliebten Steuerbordluke und hielt konzentriert nach Eisbergen Ausschau.

»Du willst wirklich bis Montevideo. Warum?«

»Weil ich weiß, dass du in Porto Deseado aussteigen wirst.«

»Und wenn ich dir verspreche, nicht auszusteigen? Wenn ich dir verspreche, weiter zu segeln, wenn du William zu einem Krankenhaus bringst. Oder lass ihn zumindest bergen.«

Der Admiral starrte aus der Luke. Er sprach, schaute mich aber nicht an. Er hatte wirklich Sorge vor Eisbergen. Auf der Karte war zwar die Zone eingezeichnet, in der sie irgendwann einmal gesichtet worden waren. Doch eine Gefahr bestand überhaupt nicht. Ich verstand weder seine Worte, seine Pläne, noch sein Handeln.

»Du kannst mir nichts mehr versprechen. Du hast mich so dermaßen enttäuscht. So enttäuscht hat mich noch niemand. Wir segeln bis Montevideo und da wirst du dann das Schiff verlassen.«

»Du schmeißt mich runter?«

»Ich kann dich nicht mehr sehen. Ich kann deine Lügen nicht mehr ertragen. William und Erik haben mir beide gesagt, dass sie weiter mitfahren, wenn du von Bord bist. Dein Geld und deinen Film kannst du übrigens abschreiben.«

Bis darauf, dass er mich nicht mehr sehen und ertragen konnte, war jedes Wort gelogen. Er wusste, dass er in Porto Deseado keine neue Crew bekommen würde. Er wusste, dass er billigste, arbeitslose Argentinier anheuern musste, um weiterzukommen. In Montevideo war er so weit nördlich, dass er bessere Chancen hatte. Von Uruguay aus war das Segeln auch viel angenehmer. Mit Stürmen zu dieser Jahreszeit musste er nicht rechnen. Er hätte jede Straßendirne mitnehmen können, wenn die Sailomat wieder einsatzbereit sein würde. Doch erst musste er noch weiter nach Norden. Die Mündung des Rio de la Plata, die die Grenze zwischen Argentinien und Uruguay darstellt, war das letzte Hindernis, dass er sich nicht traute, allein zu meistern.

»Womit hat er dir gedroht? Oder hat er dir etwas Großartiges versprochen?«

Erik verstand die leicht überheblich betonte Frage sehr wohl, doch noch hielt er sich konsequent an sein Schweigegelübde. Er lag gestreckt auf seiner Koje und deckte ruckartig den Zipfel seines klammen Schlafsackes über den Kopf. Es war die einzige Decke, die zurzeit nicht zum Trocknen an Deck hing und nicht in wärmenden Sonnenstrahlen und leichtem Wind erste Frische aufsog.

Ich riss den Zipfel zurück. Erik ballte eine Faust und hob sie drohend hervor.

»Was ist los? Was habe ich dir getan?«

Er antwortete nicht. Er hielt die Faust geballt, griff mit der anderen Hand nach dem Zipfel und zog ihn wieder zurück. Seine Fingerspitzen waren noch zu sehen. Sie umfassten den Rand des Schlafsacks. Die Knöchel waren weiß. Kein Blut durchströmte mehr diese Haut.

»Erik, bitte, sag mir doch, was los ist. Ich verstehe es einfach nicht.«

Ich hatte meinen Kopf nah an seinen gelegt und hatte vorsichtig über den Rand des Schlafsacks hinweg geflüstert.

»Weißt du, wenn man ein *Warum* zum Leben hat, erträgt man fast jedes *Wie*«, drang es von der anderen Seite durch den Stoff.

Ich zog mit einem Finger leicht die Decke nach vorne.

»Was?«

»Nietzsche.«

»Du?« Ich war völlig perplex. »Du kennst Nietzsche«.

»Ist in Ostdeutschland geboren und in Ostdeutschland gestorben.«

Ich wollte es nicht wahrhaben. Mein Freund, mit dem ich nun 53 Tage auf See unterwegs war, mit dem ich samt Vorschiff so oft unter Wasser gewesen war, der mich und den ich so oft gestützt, gehalten und gerettet hatte, dieser stille Genießer, dieser an allem desinteressierte Gerüstbauer war nicht nur zu hundert Prozent bibelfest, sondern zitierte jetzt auch noch Nietzsche.

Augenblicklich wurde mir klar, dass ich ihn eigentlich gar nicht kannte.

Ich hatte ihn unterschätzt. Auch William hatte ich unterschätzt. Die beiden waren viel stärker und hatten ihre Entscheidung längst getroffen. Die Gründe sollten mir vorenthalten bleiben. Sie wussten, dass sie mich auf ihrer Seite haben würden. Doch sie waren nicht bereit, sich jetzt noch gegen die Absichten des Admirals zu stellen. So war auch für mich der Moment einer Entscheidung gekommen. Ich würde auf diesem Schiff nicht mehr meutern, nie und nimmer. Sollte ich denn allein aufbrausen und den Skipper zwingen, einen Hafen anzulaufen? Weswegen? Für wen? Sollte ich mich mit aller Gewalt für William einsetzen, wo er sich selbst nicht traute? Er hatte doch erklärt, dass er für sich selbst verantwortlich ist. Ich kann ihn doch nicht entmündigen. Soll ich dem alten Australier Unfähigkeit bescheinigen und mich selbst in Gefahr bringen? Nur um ihn schnell in eine Klinik zu bringen?

Ich verdrängte die Tatsache, dass Erik noch heute Morgen für das Zurückdrücken des Darms sehr lange benötigt hatte, weil die Enden über den Bruch hinausragten, weil William für eine Pflege seines Leidens gar nicht in der Lage war. Ich suchte auch nicht nach Antworten. Ich wollte ebenso keine weiteren Fragen stellen. Mir blieb es absolut schleierhaft, was der Admiral mit Erik gemacht hatte, wie er ihn hatte beeinflussen können. Ich wusste nur, dass ich keine Probleme hatte, bis Montevideo zu segeln.

Wir schrieben den 54. Tag unserer Reise. Es war der 17. Januar, der auch auf einer Südbreite von 51° einen wunderschönen Sommertag bescherte. *Albatros* segelte bei einer leichten Brise unter Halbwind-Besegelung nördlich. Die beiden Masten verbanden drei zusätzliche Leinen, an denen Socken, Unterhosen und Hemden hingen. William hatte einige dieser Kleidungsstücke mit Salzwasserseife gewaschen. Jeder wusste, dass diese Teile nie richtig trocknen würden. Aber jeder hatte ihm einige Sachen gegeben. Der Australier hatte sich auf das Doghouse gesetzt und in einem Eimer kräftig die Stoffe aneinander gerieben. Erik saß am Steuer und langweilte sich sichtlich. Ich hatte meine Kamera ausgepackt und einige Bewegungen meiner Kameraden aufgenommen. Ich kletterte auf den Klüverbaum, den ich noch betreten durfte, solange ich das Netz darunter nicht mit meinem Gewicht malträtierte. Ich machte Aufnahmen von dem schneidigen Bug, der das Wasser brutal spaltete. Ich beobachtete, wie der Admiral plötzlich mit dem Sextanten herauskam. Er wollte gar einen kleinen Kommentar ins Mikrofon sprechen. Plötzlich lachten alle. Plötzlich war die Stimmung umgeschlagen. Plötzlich ergaben sich gar noch Anekdoten und Witze, die noch nicht ausgetauscht worden waren. Jetzt schlugen wir uns erstmals gegenseitig auf die Schultern, lobten uns, gratulierten uns, bedankten uns. Vergessen waren die Strapazen, die Leiden, die Brutalitäten. Vergessen war das Lösen der Großschot durch die Skipperhand. Fantasie und Wirklichkeit trennte nur ein Funke. Er zündete erbarmungslos, als der Admiral dem Australier freudestrahlend auf den Rücken schlug. Es war nur ein leichter Hieb gewesen. Der Skipper hatte auch sein schwächstes Crewmitglied anerkennend loben wollen. Doch wie seine Hand locker auf den Rücken des Kranken fiel, verstummten sämtliche Laute. Auch Karl-Maria Kleinjohann verstand die abrupte Stille sofort und schlich schnell in die Pantry, um weiterhin durch das Bullauge nach Eisbergen zu suchen.

Die Erinnerungen hatten uns alle eingeholt und überholt.

Es verging über eine Stunde, bis das nächste Wort geäußert wurde.

»Sie brauchen noch etwas Zeit, bis sie wieder die Alten sind. Ich meine, ich habe mich ja auch ganz schön geändert.«

Der Admiral schaute mich mit großen Augen an. Erst waren sie noch etwas klein und misstrauisch gewesen, doch dann hatten sie sich weit geöffnet, als ob sie darauf gewartet hätten. Jetzt strahlte er geradezu über sein komplettes, eingefallenes Gesicht. Er wies auf die Bank in der Ecke, was eine klare Einladung zum Plausch bedeutete, die nicht abzulehnen war. Ich nickte brav, mehr dankend, und schob mich zwischen Tisch und Sitz in die hintere Ecke.

»Ich nehme an, dass du dich wieder einmal entschuldigen willst«, sagte er und hielt eine Flasche Rum hoch. Er benötigte keine Antwort, sondern jubelte sofort leise: »Darauf sollten wir einen trinken.«

Seiner äußeren Erscheinung war zu entnehmen, dass er noch wirr und nervös war. Seine Motorik hatte sich im Laufe der Wochen geändert. Doch zu erkennen war auch, dass eine Last von ihm gefallen war, als *Albatros* den nördlichen Ausgang der Le Maire-Straße bezwungen hatte. Seine Augen hatten lange wie ein kleines Kind gelitten, das nach bravourösester Leistung keines Lobes bedacht worden war. Er war aber zu stolz, um seine Umgebung zur Anerkennung zu zwingen. »Ich habe es allein geschafft«, hatte er zwar mehrfach betont. Doch er zog es lieber vor, den Rest der Mannschaft als Abschaum zu werten, als dass er sie um Ehrung gebeten hätte.

Jetzt nahm er zwei kleine Gläser und füllte sie mit braunem Rum zu gleichen Teilen. Eines schob er über die Tischplatte, das andere hob er hoch. So hielt er inne und wartete. Er wartete geduldig. Ich zögerte, griff aber nach dem Glas.

»Was hättest du gemacht, wenn ich dich angegriffen hätte? Du weißt, als du mich mit der Pistole bedroht hast«, fragte ich.

»Ich hätte abgedrückt«, antwortete er ehrlich und lachte mit mir gemeinsam.

Ich ließ die Ereignisse der letzten Wochen peu à peu Revue passieren. Ich berichtete ihm über meine Gefühle, meine Prinzipien, meine Panik, meine Ziele. Ich machte den Wandel immer mit Beispielen klar, sodass er schnell reagieren konnte. Wir sprachen offen und ehrlich. Ich hörte eine perfekte Zusammenfassung seiner Sichtweisen, die ich sehr detailliert in den letzten Wochen gehört hatte.

Dann lenkte ich das Thema geschickt auf Susan und Alina, die auf mich warteten. Nachdem er sich lang und breit über den Pudel ausgelassen hatte, bat ich ihn schließlich, an Bord bleiben zu dürfen. Ich wollte nicht, dass Montevideo meine Endstation ist. Ich wollte jetzt die Wärme und das Vergnügen erleben, das in Südamerika und der Karibik einmalig sein soll. Ich gelobte, der beste First Mate für den Rest der Reise zu sein, den er je an Bord eines Schiffes gesehen hatte.

»Du musst mir diese Chance geben. Nicht damit ich nur das Schöne hier an der Küste genießen kann, sondern du musst mir die Chance geben, das wieder gutzumachen, was ich so versaubeutelt habe.«

Ich begann mit der Suche nach Rechtfertigungsgründen, »warum ich so völlig daneben gewesen war«. Ich erwähnte den Australier, der keineswegs den Anforderungen entsprochen hatte, den Verzicht auf die Suite, die Kälte und die lebensbedrohlichen Stürme. Ich sprach an, dass William die Leinen immer noch nicht beherrsche, Erik kein Englisch verstanden hatte, dass die Verbindung zu Bern Radio und meinem Hamburger Radiosender nie geklappt hatte, dass das Filmmaterial bis heute nichts wert war und dass die gigantischen Wellen einem Unerfahrenen wie mir den Kopf verdreht hatten. Ich stieß auf Verständnis, ich stieß auf Zustimmung und ich stieß auf Erklärungen, die ich gerne aufnahm. Dann erweiterte ich meine Eingeständnisse, indem ich die Vorkommnisse an Deck, im Cockpit, in der Pantry ansprach. Ich erinnerte mich an die Schusswaffe, an die Würgemale an meinem Hals und an die plötzlich geöffnete Großschot. Ich gestand, dass ich als Skipper Gleiches getan hätte, um zu mahnen, um zu bestrafen, um die Kameraden zur Räson zu bringen. Auch hier erhielt ich alle Bestätigungen, aber auch die notwendigen Erklärungen, die ich ebenfalls dankend aufnahm.

»Würdest du ihn jetzt noch aus dem Wasser holen, wenn er über Bord gehen würde?«, fragte der Admiral mit einem verständnisvollen Nicken für meine Situation.

»Ich weiß es nicht«, antwortete ich langsam, schüttelte dann verzweifelt den Kopf, »ich weiß es wirklich nicht.«

»Charly, warum?«, setzte er nun fast väterlich an. »Er frisst uns nur noch etwas weg. Er taugt nichts. Er ist ein Parasit, der uns nur Scherereien bringen wird.«

»Würdest du ihn wirklich noch einmal über Bord gehen lassen«, fragte ich leise, aber sehr betont. Ich hatte bewusst nicht das Wort ›schmeißen‹ gewählt. Dafür hatte ich ebenso verständnisvoll genickt, wie es auch der Skipper gepflegt hatte.

»Ich hätte da keine Skrupel. Glaube mir, der taugt nichts«, kam die ehrliche Antwort schnell.

»Karl, ich würde ihn zurückholen. Aber ich würde mich nicht mehr deinen Anweisungen widersetzen. Wir sind hier, und das allein wegen dir.«

Wir hatten noch ein sehr langes Gespräch. Ein sehr gutes Gespräch. Ich hatte es noch einmal auf unsere Vergangenheit gelenkt. Ich hatte uns noch einmal in die Abenteuer der Südsee entführt. Und ich habe noch einmal über Susan und Alina gesprochen, dann die Geschichte von Rocky erwähnt. Denn zum

Pudel brauchte ich noch einige Antworten. Ich wollte noch einmal die schöne, aufregende Story hören, die er mir allein als bestem Freund anvertraut hatte. Wenn er sie erzählen würde, konnte ich mir sicher sein, dass er mir verziehen hatte. Es dauerte lange, bis wir auf das heikle Thema zu sprechen kamen. Er zögerte auch kräftig. Doch schließlich schallten die wichtigsten Fakten durch die Messe. Er war irre. Dieser Fauxpas wäre ihm vor Kap Hoorn nie passiert. Nie und nimmer hätte er sich so schnell auf das eingelassen, was ich von ihm hören wollte.

Um 1752 Uhr *local time* war es so weit.

Ich war am Ziel.

Mich überwältigte ein Hustenanfall, nachdem ich einen kleinen Schluck getrunken hatte. Er war lang anhaltend und laut. Oft zuckte ich nach vorne. Ich zuckte so oft nach vorne und hustete so laut und so lange, dass er nicht bemerkte, dass ich auf die Fernbedienung meiner Digitalkamera drückte, die in meiner Tasche wartete. Ich hustete so lange, so laut, dass ich sicher sein konnte, dass das Band in der Kamera, die am Kopfkissen von Eriks Koje lag, auch wirklich gestoppt hatte.

* * *

»Es war sein allererster Fall und für mich war es der letzte.«

»Wovon sprichst du?«

»Von dem Jurastudenten, mit dem ich fünf Jahre zusammen war. Es war sein allererster Fall. Er arbeitete damals ganz frisch in einer Kanzlei. Er hat viele Nächte durchgearbeitet. Er sollte die Verteidigung für einen Mann vorbereiten, der seine 17-jährige Freundin misshandelt hatte. Der Kerl hatte sie gefoltert und in den Wahnsinn getrieben, weil er sie erziehen wollte. Mein damaliger Freund hat nur die Gesetzestexte gesehen. Er wusste, dass der Kerl schuldig war, aber er hat alles daran gesetzt, um ihn frei zu kriegen. Nur für seinen ersten Erfolg.«

»Das ist die Pflicht eines guten Verteidigers.«

»Das Mädchen hat sich ein halbes Jahr später umgebracht.«

»Und der Kerl?«

»Ich weiß es nicht.«

Pia schlürfte an ihrem Tee. Sie trug ihre Haare wieder offen.

Die Augen waren etwas kräftiger geschminkt. Die Wangen zierte heute erstmals gar ein wenig Rouge.

»Du kennst sicherlich auch das Gefühl«, wollte sie wissen.

»Ich weiß nicht, was du meinst.«

Harder hatte kein Interesse an tiefsinnigen Gesprächen. Vor allem nicht mit Kollegen. Er hatte sich noch nie um Privates im Arbeitsbereich gekümmert. So hatte er sich auch immer vor Halbfreundschaften im Kollegenkreis erfolgreich geschützt. Während die anderen sich nach Feierabend in Sportgemeinschaften, Kegelklubs und Polizeigewerkschaften tummelten, suchte er den Frieden in der *Freiwache*. Es war vor 17 Jahren gewesen, dass ihn dort zwei Kollegen überrascht hatten. Der Aufstand, den Harder am Tresen fabriziert hatte, war bis heute eine der ersten Geschichten, die zugleich auch als Rat allen Neuen und Anfängern in Bremerhaven mit auf den Weg gegeben wurde. Die *Freiwache* war seitdem inoffiziell polizeifreie Zone. Man hätte dort jederzeit mit Harder rechnen müssen.

Beide gingen zum Speisesaal. Doch plötzlich hatte Harder abrupt gestoppt. Pia Brandt wäre fast über ihn gestolpert. Sie hing knapp vor seinem Rücken, konnte nicht sehen, dass der Erste Hauptkommissar zur Eingangstür schielte. Eine Frau mit gewaltigen Brüsten saß auf einer kleinen, hölzernen Bank, die er bislang eher als Dekoration der Eingangshalle bewertet hatte. Sie schaute in einen Kosmetikspiegel und kontrollierte die fett aufgetragene Schminke rund um ihre platte, breite Nase.

»Geh schon mal vor«, beeilte sich Harder zu kommandieren, »ich habe noch etwas vergessen.«

Dann drehte er auf dem Absatz um und lief zum Treppenaufgang. Die Polizeirätin kannte ihn mittlerweile zu gut, um nicht einen erneut angestrebten Alleingang des Kollegen zu wittern. Harder nutzte gewöhnlich selbst für eine Etage den Aufzug. Jetzt stand er an der untersten Stufe und lächelte noch einmal zurück.

Sie hatte nur brav genickt und dann ihren Gang in den Speisesaal fortgesetzt. Dabei hatten ihre Blicke unauffällig die Umgebung abgetastet. Kurz vor dem Portal zum Büfett drehte sie schnell ab und wartete in einem kleinen Flur, der zur Damentoilette führte. Es dauerte keine dreißig Sekunden, bis Harder mit gewaltigen Schritten auf die Hoteleingangstür zusteuerte. Pia beobachtete, wie der Kollege eine Frau mittleren Alters mit rötlichen Haaren begrüßte und sie anschließend sofort vor sich nach draußen schob.

Sie war sich unsicher. Harder hatte auch im *poema de amor* mehrfach versucht, Bestätigung im Austausch von Zärtlichkeiten mit Angestellten zu erlangen. Meist dann, wenn er leicht dun war, wie die Norddeutschen gerne den Zustand zwischen Nüchternheit und totalem Verlust des Realitätssinns nennen. Doch irgendetwas hinderte Pia an der Vorstellung, die Frau sei eine Gespielin, die Harder in den letzten Tagen kennen gelernt hatte. Sie verkörperte zwar den Typ, den sie dem Kollegen ohne Zweifel zuschreiben würde. Ihre Statur war nicht püppchenhaft, sondern eher robust. Allein die wenigen Schritte, die sie sie hatte beobachten können, zeugten von einer selbstbewussten Persönlichkeit. Und dennoch war die Brasilianerin nervös gewesen.

Harder zog die Frau zu einem Taxi und suchte dabei fast ängstlich den Hoteleingang nach Pia ab. Schließlich konnte sich Cyda nicht mehr länger zügeln.

»Du wirst ihm nichts sagen, nicht wahr«, preschte es aus ihr heraus. »Du wirst ihm nichts von mir und Erik sagen, versprichst du mir das.«

»Wird Schlaback auch kommen?«

»Versprich mir, dass du ihm nichts sagen wirst.«

»Ja, ja, ist ja gut«, beruhigte Harder die Nutte aus Paranagua, die angeblich in einem Import-Export-Büro ausgebeutet worden war. »Kommt Schlaback auch?«

»Ich weiß es nicht«, stammelte sie, »Erik weiß nur, dass der Admiral hier ist.«

Sie war völlig durcheinander. Sie war nervös und unsicher, hektisch und unbeherrscht. Immer wieder griff sie nach der alten Seemannshand, drückte sie fest, um sie schließlich wegzuschieben. Dann lächelte sie und biss sich auf die Unterlippe. Diese Anzeichen von Anspannung und Unrast waren anscheinend kontinental übergreifend. Harder störte nur das Knicken der langen Fingernägel.

»Ich muss wieder rein«, sagte er und gab dem Taxifahrer einen Geldschein. »In zwanzig, sagen wir dreißig Minuten treffen wir uns dort drüben an der Ecke.«

Er zeigte auf eine Kreuzung, an der ein Gemüseladen seine Ware auf Holzbrettern anbot. Dann sprang er heraus und schlenderte gelassen zurück ins Hotel. Pia saß ungeduldig am Tisch, hatte einen unberührten Teller mit Fisch, süßen Kartoffeln und einem bunten Gemüsemix vor sich aufgebaut. Die Zacken der Gabel und die abgerundete Spitze des Messers waren steil nach oben gerichtet. Harder lächelte charmant. Ein sichereres Anzeichen für ein neues Geheimnis konnte er in diesem Moment nicht abliefern. Doch das war dem alten Haudegen der Bremerhavener Wasserschutzpolizei keineswegs bewusst.

Er aß nicht, er schlang seine Polenta hinunter, holte sich nicht wie üblich die doppelte Portion noch einmal als Nachschlag, sondern beschwerte sich vielmehr über Übelkeit, die er schon seit gestern Abend verspürte. Dann gab er Pia einen konkreten Auftrag, was sie umso mehr verwunderte. Er wollte, dass sie noch einmal mit Brackmann wegen der Kassette spricht. Er begründete seine Annahme damit, dass auf diesem Filmmaterial die wichtigsten Beweise sein müssten. Er verlangte von ihr diplomatisches Vorgehen und ehrliche Berichterstattung. Dann schleppte er sich mehr vom Stuhl, denn dass er aufstand. Harder war der miserabelste Schauspieler, den sie je gesehen hatte. Wenn er sich gab, wie er war, war er ein professioneller Stratege. Doch auf Offenheit und maskuline Härte wollte er wohl gegenüber einer studierten Psychologin nicht setzen.

An der Straße, die den nördlichen Teil des Fischerdörfchens São José mit der Hauptstadt Florianopolis verband, wartete er über zehn Minuten. Dann rollte eine kleine Limousine vor, deren Dach kein Taxischild schmückte. Auf dem Soziussitz des Nissan erkannte er sofort die überaus hektisch winkende Paranaguanerin. Sie freute sich, als hätte sie einen guten Freund nach vielen Jahren zum ersten Mal wiederentdeckt. Erst nachdem Harder sich gebückt hatte, erkannte er im Fond Karl-Maria Kleinjohann. Auch er feierte das Wiedersehen mit fröhlichen Gesten.

Die hintere Tür wurde von innen geöffnet. Harder stieg ein. »Ich habe gewusst, dass du mich nicht im Stich lässt«, grölte der Admiral ihn zur Begrüßung an. Er wollte dem Nachbarn gar einen freundschaftlichen Klatsch verpassen, doch Harders abwehrende Haltung störte ihn bei der Vollendung seines Begrüßungsaktes.

»Ich wäre mir da nicht so sicher, Karl«, sagte der Hauptkommissar ruhig und wollte wissen, in welchem Hotel die Gäste aus Natal Unterschlupf gefunden hatten.

»Fahren wir nicht direkt zu dem Drecksack?«, wunderte sich der Skipper.

»Wir werden vorher noch ein gründliches Gespräch führen müssen.«

Kleinjohann nickte zustimmend. Sein Gesicht verriet unverminderte Freude. Während der Fahrt quasselte er glücklich vor sich hin.

»Wir beide«, sagte der Admiral, »wir haben zu viel gemeinsam. Ich habe sofort gewusst, dass du ein Seemann alter Schule bist. Die sterben ja leider aus. Brackmann ist so ein typisches Beispiel für einen, der gerne einer sein möchte wie wir, dem es aber an allen Ecken und Enden dafür fehlt. Rückgrat, sage ich nur. Rückgrat.«

Das Hotel lag ebenfalls direkt an der Bucht. Es war um Klassen besser ausgestattet als das dreistöckige Haus, in dem das ungleiche deutsche Polizeipärchen seit Tagen untergebracht war. Schon an der Drehtür begrüßte ein Pförtner die kleine Gruppe. Das Foyer schmückten viele Palmen unterschiedlicher Größe. Jede Pflanze war mittels eines farbigen Scheinwerfers von der Hinterseite beleuchtet. Brasilianer stehen auf buntes und kitschiges Ambiente. Kleinjohann winkte einer schlanken, adretten Dame in Hoteluniform hinter der Rezeption zu, führte die kurze Polonäse an, indem er direkt auf die Terrasse zusteuerte. Der Tisch mit Blick auf die Bucht lag nur wenige Meter von der Theke entfernt. Hinterm Tresen zelebrierte ein in komplett weißer Montur gekleideter Barmann mit akrobatischen Würfen brasilianische Cocktailzubereitung. Einige Damen, die auf Hockern vor der Theke auf Kundschaft hofften, suchten schnell den

Blickkontakt zu Harder. Ein Kellner, ebenfalls in weißem Hemd und weißer Hose, brachte auf einem Tablett unaufgefordert eine große Karaffe Caipirinha, aber nur zwei Gläser. Kleinjohann schenkte ein und schob das Glas über die Platte zu Harder. Cyda erhielt einen Cocktail in blutoranger Farbe.

»Was hat Brackmann vor?«, fragte der Admiral nun und hob das Glas. Er wollte freundschaftlich anstoßen.

Doch Harder lehnte sich zurück.

»So geht das nicht, Karl. Erst einmal will ich Einiges wissen.«

»Kein Problem, kein Problem«, freute sich der Admiral und schwenkte sein Glas, »aber trinken können wir trotzdem einen Schluck, oder spricht da was gegen?«

Nach dem sechsten Glas hatte er in Kurzform alles gesagt. Er hatte von Brackmanns Intrigen erzählt. Er hatte Williams Unfähigkeit beschrieben. Er hatte von Eriks Gleichgültigkeit und Schludrigkeit gesprochen. Er hatte Brackmann der Befehlsverweigerung, der Anstiftung zur Meuterei, des Betruges beschuldigt. Er hatte seine eigenen Reaktionen darauf nicht heroisch, aber äußerst konsequent geschildert. Offen hatte er die Situation dargestellt, in der er in einer äußerst heiklen Situation sogar seinem First Mate mit einer Waffe gedroht hatte, die aber nie geladen gewesen war. Es musste sein, hatte er seine Handlung begründet, da für Diskussionen keine Zeit bestanden hatte.

»Ich habe mir so oft gewünscht, dass das alles anders laufen würde. Es hätte so friedlich sein können. Sie hatten wirklich nicht viel zu tun. Du musst dir mal vorstellen, jeder hatte sechs Stunden Freiwache. Sechs Stunden, in denen sie sich von drei, von gerade einmal drei Stunden Steuern erholen konnten. Da hätten andere von geträumt. Ich habe ihnen von Piening erzählt, der sich noch die Haut an harten, in Öl getränkten Mänteln aufgerissen hatte. Ich habe ihnen immer versucht klar zu machen, wie gut sie es haben, aber diese Weicheier in Überlebensanzügen und Handschuhen und dicken Socken und was sie nicht alles hatten, die haben nur gemault, nur gejammert, haben nicht ein Manöver richtig hingekriegt. Weißt du, ich bin mir vorgekommen wie ein Psychodoktor, der sich plötzlich Liebeskummer und Phantastereien von irgendwelchen imaginären Freunden hat anhören müssen. Ich frage mich, auf welchem Schiff ein Kapitän noch jeden Tag für seine Mannschaft Frühstück macht, sich Stunden vor den Herd stellt, damit die was Warmes im Bauch haben. Sag mir ein Schiff, auf dem eine Crew so einen Luxus hat. Du hast *Albatros* gesehen. Ich sage dir eines, ich habe mich oft verdammt zügeln müssen. Aber irgendwo hat man ja dann doch immer wieder Verständnis für die Jungs. Selbst für William, der nichts, aber auch gar nichts auf die Reihe gekriegt hat.«

Er griff nach der leeren Karaffe, hob sie weit hoch. Es verging keine Minute, bis eine neue, bis zum Rand gefüllte auf silbernem Tablett geliefert wurde.

»Brackmann hat dir wahrscheinlich erzählt, dass ich ihn angegriffen habe.« Kleinjohann hatte bislang die Polizeirätin nicht erwähnt. Er war schlicht davon ausgegangen, dass Harder allein die Ermittlungen führte, dass die Polizeirätin die Funktion einer kleinen Praktikantin habe, die ohnehin von Verhältnissen an Bord keinen blassen Schimmer besaß. Er hatte sofort gemerkt, dass er damit bei Harder auf die richtige Strategie gesetzt hatte und wollte sie auch konsequent weiterverfolgen.

»Er hat Recht. Ich habe ihn angegriffen. Ich habe ihm sogar einmal eine geknallt. Und das war im richtigen Moment. Und das war gut so.«

Kleinjohann ging davon aus, dass Harder den Inhalt der Kassette bereits kannte. Er wusste genau, welche Informationen auf dem Band waren und auf was er eingehen musste. Harder hielt sich geschickt zurück. In den vergangenen zehn Minuten hatte er gar dreimal selbst zum Glas gegriffen und ein Anschlagen der Gläser provoziert.

»Danach war alles klar. Danach herrschte die beste Stimmung an Bord. Brackmann hat sich hinterher bei mir bedankt, dass ihm mal einer den Kopf gewaschen hatte. Er hat sich entschuldigt und hat sich bedankt. Ich meine, dafür hat man ja auch Freunde.«

Plötzlich fielen seine Wangen ein. Sie waren als Ausdruck einer Berichterstattung voller Enthusiasmus immer weit gehoben gewesen. Jetzt hingen sie schlaff herunter. Kleinjohann kippte den Caipirinha in den Rachen, schluckte zweimal, knallte das

Glas auf die Platte, dass die Damen an der Theke augenblicklich zu ihrem Tisch sahen.

»Ich verstehe es einfach nicht«, sprach er zu Harder, schaute aber ins Leere, »er hat sich so oft entschuldigt, weil ich es von ihm verlangt habe. Einmal habe ich ihn mit einem kleinen Glas Rum geködert. Dieser Idiot. Er ist darauf eingegangen. Ich hätte mich nie entschuldigt. Ich hätte ihm das Glas ins Gesicht geschmissen. Brackmann ist ein elender Feigling.«

Kleinjohann stoppte. Er merkte, dass er sich hatte gehen lassen. Er merkte, dass er von seinem Kurs gewichen war, dass er zu kentern drohte. Schnell wechselte er das Thema, schwärmte von den Südmeeren, den riesigen Wellen, die sie majestätisch begleitet hatten. Er lobte die kontinuierlich starken Winde aus West, verehrte die Albatrosse, die sich für ihre Fahrt immer wieder bedankt hatten. Er pries *Albatros*, an der er nicht einen Moment gezweifelt hatte.

»Was ist mit Douglas?«

Es war die erste konkrete Frage, die Harder an diesem Abend gestellt hatte.

»Was soll mit ihm sein? Er hat noch beim Anlegen in Montevideo einen einfachen Kreuzschlag auf einer Belegklampe falsch gemacht. Das muss man sich einmal vor Augen halten. Den habe ich um Kap Hoorn gebracht. Einen, der keine Klampe richtig belegen kann.«

»Brackmann sagt, du hättest ihn über Bord gehen lassen.«

Jetzt schnaufte er tief. Seine Nase war verstopft. Der Admiral öffnete aber nicht den Mund. Er zischte nur. Er ballte beide Hände zu Fäusten. Mit der einen schlug er nun zweimal kräftig auf die Tischplatte. Cyda, die sich schon lange allein der Schönheit der Bucht gewidmet hatte, schrak zusammen. Sie wich zurück. Sie musste ähnliche Ausbrüche kennen.

»Das ist eine Lüge«, schrie Kleinjohann jetzt, »das ist eine infame Lüge. Ihr habt doch die Papiere. Douglas ist in Montevideo von Bord. Was wollt ihr mir noch alles anhängen?«

»Du hast ihn mit Brackmann zusammen einklariert und mit ihm gemeinsam von der Crewliste gestrichen. Douglas war nicht mit beim Zoll.«

»Ja, aber das ist doch gang und gäbe. Das weißt du doch. Du bist doch selbst lang genug gefahren!«

»Am Ende hat er auch nicht mehr ins Logbuch geschrieben.«

»Keiner von denen hat am Ende mehr Eintragungen gemacht. Sie haben es auf Zetteln notiert und ich habe es allein eingetragen.«

»Warum?«

»Das ist eine lange Geschichte.«

»Wir haben Zeit.«

»Brackmann wollte die Geschichte der Reise, seine Geschichte vermarkten. Er wollte über die Reise berichten. Ich war dagegen. Ich wollte nicht, dass diese Hänflinge mit ihrer Feigheit und Inkompetenz sich auch noch rühmen. Ich habe bei einer üblichen Kontrolle an Bord ein Heft erwischt, in dem Brackmann alle Eintragungen des Logbuchs notiert hatte.«

»Du hast also in seinen privaten Sachen geschnüffelt!«

»Ich habe nicht geschnüffelt! Ich habe nie geschnüffelt! Jeder hat seine Privatsphäre an Bord gehabt! Aber ich darf mich ja wohl noch erkundigen, ob irgendjemand wieder eine Meuterei anzetteln will oder nicht. Das ist doch verständlich. Also, ich wollte verhindern, dass Brackmann die Daten noch einmal abschreibt und für seinen Bericht nutzt. Also habe ich das Logbuch weggeschlossen.«

Kleinjohann lehnte sich nun weit nach vorne. Er schwitzte und schnaufte. Sein Kopf war schräg gestellt. Durch seine Stellung musste er nach oben schauen, um Harders Blick zu begegnen.

»Kannst du das denn nicht verstehen? Der Kerl hat nur Probleme bereitet und jetzt wollte der auch noch schreiben. Der wollte mich fertig machen, weil er fertig war. Er und seine Schlappschwänze. Verstehst du? Ich bringe sie um Kap Hoorn, reiße mir den Arsch für sie auf, erhalte keinen Dank dafür, sondern nur Ärger. Und dann will er auch noch die Lorbeeren dafür ernten. Das konnte ich nicht zulassen. Und Douglas, Harder, Douglas ist in Montevideo von Bord gegangen.«

* * *

Es sollte eine kleine, aber außergewöhnliche Party werden, an der alle teilnehmen durften. Eine hydraulische Hubstange ermöglichte es. Sie war mit einem Flansch am Holm des Ruderschaftes verbunden. Der Autopilot war auf rechtweisend 005° eingestellt worden.

Albatros lief am 20. Januar um 0948 Uhr *local time*, am 57. Tag nach dem Start in Sydney, mithilfe des Autopiloten und unter Motorkraft über den Breitengrad, auf dem auch die südliche Hafenansteuerung von Porto Deseado lag.

Mit abstehenden, harten, verklebten Haaren hockte der Admiral zu dieser Zeit auf dem Cockpitsüll und forderte seinen Tribut. Der First Mate der *Albatros* war beauftragt die Laudatio zu halten und er folgte dem Befehl seines Vorgesetzten, wie es sich für einen Ersten Offizier gebührte.

»Ich habe die Ehre eigentlich nicht verdient«, begann er laut in den Wind zu plärren, »nach über 50 Jahren wieder den ersten wahren Kap Hornier zu küren.« Mit markanten Worten bedankte er sich im Namen der Crew für den jederzeit sicheren Trip, für das größte Abenteuer, das alle unbeschadet meistern konnten, für die persönliche Sicherheit und die große Verantwortung, die dem Skipper zu keiner Zeit hatte jemand abnehmen wollen. In oft schwierigen Situationen habe er es verstanden, seine Crew zu motivieren. »Du hast keine Nacht geschlafen. Wir haben es alle gesehen und bewundert. Wir werden nicht vergessen, dass du über viele Stunden aufmerksam die See, die Wellen, den Himmel, die Wolken beobachtet hast, um letztendlich die für uns alle richtige Entscheidung zu treffen. Dir kann nur eines bescheinigt werden: beste Seemannschaft. Du bist ein würdiger Nachfolger von Willem Schouten.«

Der First Mate sprach laut und betont. Er hatte lange an dem Konzept gearbeitet. So konnte er es fließend vortragen, ohne sich dabei übergeben zu müssen. Seine Kameraden bewunderten und verachteten ihn zugleich dafür. Sie kannten nicht den Grund für diese Art der Laudatio. Sie kannten auch nicht den Grund für das Verhalten ihres First Mate in den letzten Tagen. Sie kannten auch nicht den Grund dafür, dass sie seit Tagen ihre Logbucheintragungen auf einen kleinen Zettel schmieren mussten. Sie hatten auch nicht gefragt. Sie hatten sich nicht mehr gewundert. Auf diesem Schiff war Irres schon lange zur Normalität gewachsen.

»Das Wichtigste aber ist, dass wir dir jederzeit vertrauen konnten.«

Was folgte, war eine Aufzählung der entscheidenden Faktoren, die gute Seemannschaft, perfekte Schiffs- und Crewführung ausmachen. Es war ein Resümee aus vergangenen Geschehnissen, die in ein neues, rechtes Licht gerückt wurden. Es war die Sicht des Skippers, die der First Mate bis ins Detail kannte.

»Zu bestimmten Zeiten dürfen bestimmte Schwächen nicht siegen. Da sind dann die Starken gefordert. Du hast für uns alle Stärke bewiesen.«

Die Laudatio dauerte über zehn Minuten. Kein Satz erwähnte den eigenwilligen Motoreneinsatz südlich des 50., den GPS-Einsatz seit Australien. Die Wahrheit, dass er als Einziger an Bord Kap Hoorn nicht geschafft hatte, ertönte mit keiner Silbe. Am Ende verlieh der Erste Offizier Karl-Maria Kleinjohann die Würde eines Kap Horniers. Er erlaubte ihm nun offiziell, wie es in der Geschichte dieser großen Kapitäne üblich war, ab sofort gegen den Wind zu pinkeln, die Füße jederzeit auf den Tisch zu legen und einen Toast auf die Königin von England zu sprechen.

Der Skipper war gerührt.

Ich hatte meine Pflicht getan.

* * *

»Kommst du voran?«, fragte Pia. Sie hatte ihre Hände auf seine Schultern gelegt und massierte seinen Nacken mit den Daumen.

»Du lässt aber auch wirklich nichts aus, um ein paar Zeilen zu lesen«, bemerkte Charly Brackmann zynisch und rückte zur Seite, damit sie sich nicht nach dem Bildschirm recken musste.

Pia griff vorsichtig nach der Maus. Dazu musste sie sich etwas nach vorne beugen. Brackmann erkannte ihr neues Outfit und zwinkerte ihr anerkennend zu. Geschickt nutzte sie die Situation aus und scrollte den Text nach oben. Erst klickte sie die Maustaste einmal kurz an. Dann hielt sie sie gedrückt, sodass mehrere Zeilen wechselten. Plötzlich ließ sie sie los und drehte ihn zurecht. Der Bürostuhl quietschte leise.

»Du lässt mich lesen«, war sie schier fassungslos.

»Ich muss mich beeilen«, antwortete er völlig gelassen. »Der neue Skipper ist in einem Hotel im Süden von São José und Harder ist bei ihm.«

Pia glotzte ihn an.

»Woher ...«

»Ich weiß es schon lange. Magdalena hat es mir gesagt. Catarina hat es mir gesagt. Und Erik hat mich aus Natal angerufen. Harder hat durch irgendeinen Bullen auch ihm eine Nachricht zukommen lassen.«

Sie ließ sich die Adresse des Hotels geben und bat ihn, zügig weiterzuschreiben.

»Ich verspreche dir, er wird dich nicht stören. Ich verspreche es dir. Du wirst deine Ruhe haben und du entscheidest, ob du ihn sehen willst oder nicht.«

»Ich weiß«, sagte Brackmann.

Er vertraute ihr und wusste zugleich, dass sie Harders Pläne nicht verhindern konnte.

* * *

Die Fahrt entlang der argentinischen Küste hatte wesentlich länger gedauert, wesentlich mehr Kräfte und Nerven beansprucht, als wir geplant hatten. Zwei kurze Nordstürme hatten uns mächtig aufgehalten. Einer hatte uns gar etwas zurückgeworfen. An einem Tag, so glaubte ich, hatte *Albatros* seine wertvolle Fracht Sherryflaschen nicht mehr als 25 Seemeilen Richtung Nord gebracht. Ich konnte es nur schätzen. Seitdem der Admiral meine Abschrift des Logbuches entdeckt hatte, die ich in einem Extra-Heft säuberlich gepflegt hatte, hielt er das Schiffsdokument in einem kleinen Schapp am Kopfende seiner Koje unter Verschluss. Anschließend hatte er mich zu einer Unterschrift zwingen wollen, in der ich bestätigen sollte, auf jede Berichterstattung zu verzichten. Ich hatte mich geweigert, hatte ich mich doch nach Tagen der Lüge und Lobhudelei in einer vorteilhafteren Position gesehen. Doch ich hatte mich geirrt.

Die Weigerung gipfelte in den Morgenstunden des 26. Januars in einer handfesten Auseinandersetzung.

Meine Wache war erholsam. Die frische ablandige Brise bereitete keine Schwierigkeiten. Die Schonerbrigg segelte fast selbstständig. Nur ganz kleine Ruderausschläge waren von Nöten, um sie im Kurs zu halten. Für Halbwind war der kurze Rahsegler gebaut. Auf diesem Kurs machten sich winzigste Trimmveränderungen an den Segeln schnell bemerkbar. *Albatros* änderte schon durch das Fieren der Schoten um wenige Millimeter den Kurs. Diese Frühwache am 63. Tag hatte Spaß gemacht, zumal ich über drei Stunden den Sonnenaufgang für mich allein hatte.

Wie in den vergangenen Tagen verzichtete ich auf ein persönliches Gespräch und zog den Schutz meiner Koje, meines mittlerweile einigermaßen getrockneten Schlafsackes vor. Ich hatte mir die Klamotten, die sich in den Ritzen stapelten, zurechtgelegt. Dann griff ich unter die Matratze der oberen Koje. Die Finger fühlten den Rand ab, glitten tiefer unter den Schaumstoff. Sie ertasteten die gesamte Breite, die von der unteren Koje zu erreichen war. Plötzlich sprang ich auf, hob Segelsäcke und Unterlage hoch. Blitzschnell riss ich mein Schapp auf und hechtete schließlich mit einem Sprung über die Notwasserkanister zum Ankerkasten. Dann schmiss ich Kugelschreiber, Kameraakkus, Mützen, Ladegerät, Mikrofontasche und verschiedene Kleinteile aus dem Schränkchen, das über der Nähmaschine an der achteren Wand befestigt war.

Während des Falls zurück auf den Schlafsack schlug ich derbe mit dem Kopf gegen die obere Kojenabdeckung. Nicht der Aufschrei, sondern meine panikartige Suche musste durch den gesamten Rumpf geschallt sein. Der Admiral ließ nicht lange auf sich warten.

»Komm, mein Junge, schlag ruhig zu«, lachte er hämisch, »oder bist du wieder zu feige?«

Ich konnte es nicht fassen. Zweieinhalb, drei, maximal vier Tage trennten uns von Uruguay. Das waren noch 60, maximal 96 Stunden. Das waren sieben, maximal elf Wachen für mich. Und das Kaleidoskop der Aggressionen, Enttäuschungen, des Hasses und der Brutalität hatte sich so weit gedreht, dass die Teile erneut ein Gebilde darstellten, das vor Wochen schon einmal existiert hatte.

»Nimmt das denn nie ein Ende?«, fragte ich müde und ließ die Fäuste fallen. Ich hatte sie in Boxermanier vors Gesicht gehalten, die Bizepse beider Oberarme stark angespannt.

»Das Ende bestimme ich, mein guter First Mate. Du kannst es ja noch einmal mit einer Meuterei versuchen.«

»Was willst du?«

»Ich gebe dir deine Aufzeichnungen und Filmkassetten zurück, sobald wir in der Karibik sind. Und noch etwas! Solltest du dich in Montevideo nicht benehmen, werde ich alles vernichten.«

»Das wirst du doch sowieso tun.«

Jetzt sprang er vor und fasste brutal meinen erschlafften Oberarm. Ich wehrte mich nicht, sondern biss die Zähne zusammen. Seine Finger krallten sich tief im Fleisch fest. Doch ich zuckte nicht mit der Wimper. Nur so war er verletzbar.

»Ich habe euch um Kap Hoorn gebracht. Ich habe euch sicher nach Montevideo gebracht. Ich habe mein Wort gehalten. Du bist doch der Lügner, der Versager, der Schreiberling.«

Augenblicklich ließ er los.

»Ich sage es noch einmal, du bekommst alles zurück, alle Aufzeichnungen, alle Kassetten. Benimm dich. Bis Trinidad.«

Am Schott drehte er sich noch einmal um.

»Oder wehre dich, du Feigling. Aber ich würde es nicht drauf ankommen lassen«, war sein abschließender Rat.

Gegen Abend fand ich direkt unterhalb der roten Strapse ein geöffnetes Büchlein. Es war das Miniformat einer Bibel. Auf der zweiten Umschlagseite standen der Name und die Adresse des Rostockers. Aufgeschlagen war das Lehrbuch der Psalter. Mit einem Stift waren die ersten Verse des 13. Psalms markiert.

Herr, wie lange willst du mich so ganz vergessen?
Wie lange verbirgst du dein Antlitz vor mir?
Wie lange soll ich sorgen in meiner Seele
und mich ängsten in meinem Herzen täglich?
Wie lange soll sich mein Feind über mich erheben?

Ich schlug das Buch der Bücher zu und sprang auf. Vom Gang kurz hinter der Toilettentür schmiss ich es auf die Koje, in der Erik schlummerte. Das Buch traf ihn am linken Ohr.

»Den Scheiß kannst du für dich behalten. Warte ab, du wirst auch parieren«, waren die einzigen Worte, die ich für ihn übrig hatte.

Die folgenden Tage nutzte ich für die systematische Suche nach einem Versteck, in dem der neue Skipper, der er jetzt wieder war, da ich nichts mehr gegen ihn in der Hand hatte, meine Aufzeichnungen und Kassetten aufbewahren konnte. Bei jedem Gang ins Achterschiff, bei jedem Besuch der Messe, während jeder Mahlzeit im Cockpit tastete ich Planken, Abdeckungen und Verschläge ab. Eine gewissenhafte, konzentrierte Suche war aber nicht möglich, da Kleinjohann einfach permanent anwesend war. War er an Deck, musste auch ich das Manöver begleiten. Es war unmöglich, in die hinteren Backskisten zu schauen, ohne Aufsehen zu erregen. Sollte er tatsächlich diesen stummen Zweikampf zwischen uns gewinnen? Ich gewöhnte mich an den Gedanken, dass er alles über Bord geschmissen hatte. Doch ich wehrte mich dagegen. Nein, es konnte nicht sein. Dafür war der neue Schiffsführer auch viel zu neugierig.

* * *

SEHR GEEHRTE HERREN DES SEEAMTES, *Sie glauben sicherlich an den unterschiedlichen, manchmal sogar sehr überraschend wechselnden Formulierungen ›alter‹ und ›neuer Skipper‹ zu erkennen, dass meine Erzählung zusammenhanglos und von Launen geprägt ist. Da stimme ich Ihnen zu. Aber würde es nicht eine subjektive Berichterstattung fälschen, wenn ich wie ein perfekter Schriftsteller ans Werk gegangen wäre? Kann ich Ihnen nicht zumuten, auch zwischen den Zeilen zu lesen und zu ermitteln? Dort sind doch die Stimmungswechsel, die Ängste, die Hoffnungen, die Freude und die Enttäuschungen bestens beschrieben.*

Pia Brandt ist gerade auf dem Weg zu ihrem Kollegen. Ich weiß nicht, wann sie mit ihm, eventuell gar mit Kleinjohann im Schlepptau hier auftauchen wird. Mir bleibt nicht mehr viel Zeit. Denn ich werde diesem Tyrannen nicht Aug in Aug gegenübertre-

ten. Es ist nicht die Flucht, die ich wieder ergreifen werde. Es ist die Angst zu versagen. Zu lange habe ich mich dagegen gewehrt, ihn mit seinen Mitteln zu schlagen. Jetzt will ich nicht im letzten Moment schwach werden. Ich würde es, träte er mir noch einmal entgegen.

Ich habe Pia Brandt die Kassette überlassen. Sie weiß davon noch nichts. Sie wird sie bald finden. Es ist aber nur eine Kopie. Das Original verwahre ich. Es ist meine letzte Absicherung.

Wenn Sie das Band abspielen, werden Sie sich wahrscheinlich genauso wie Ihre Polizeirätin wundern. Es ist das Ende, das entscheidend ist. Das Ende wird Kleinjohann zerstören.

Ich habe versprochen, ihn da zu treffen, wo es ihm wehtun wird. Und ich werde davon Gebrauch machen, wenn Sie nicht urteilen.

Ich verlange keine Rehabilitation von Ihnen. Ich verlange nur, dass Sie Ihre Pflicht tun.

Urteilen Sie!

Um Ihnen die allerletzten Zusammenhänge noch verständlich zu machen, darf ich nicht die schönen Seiten verschweigen.

* * *

Nach einer sehr mühevollen Überquerung der Plata-Mündung stiegen in der Abenddämmerung des 29. Januar plötzlich die Dächer der Hochhäuser von Montevideo aus dem Horizont hervor. Erst waren es nur kleine Striche, die das Wasser säumten. Schließlich entpuppten sich die Klötze als wahre Giganten moderner Architektur.

Der Hafen war einer Hauptstadt würdig. Von weitem schon konnten wir die hell beleuchtete Promenade bewundern. Die Stege schmückten Blumenkisten. Aus verschiedenen Gebäuden flutete Musik über das geräumige Hafenbecken. Gegen 2346 Uhr lokaler Zeit wurde am 66. Tag einer einmaligen Reise der Anker geworfen. Beim ersten Versuch gruben sich die Flunken brav in uruguayischen Boden ein. Wir hatten zwei Tage für die Vorbereitungen gebraucht. Das zugeschäumte Kettenrohr musste mit einem scharfen Messer gereinigt werden. Das Ankergeschirr war angeschäkelt worden. Den Notmast hatte Erik bereits am Vorabend über Bord geworfen.

Vier Stunden betrug die erste Ankerwache, die ich in dieser Nacht zu absolvieren hatte. Ich leerte meine letzte Flasche Rum im Cockpit, ergötzte mich an dem fröhlichen Treiben an Land. Gegen drei Uhr in der Früh kam ein kleines Dinghi mit Außenborder und Neugierigen vorbei. Ich überlegte nur kurz, sie heranzuwinken, einzusteigen und die deutsche Botschaft aufzusuchen. Doch dann wären meine Aufzeichnungen und mein Filmmaterial, für das ich so lange gearbeitet hatte, fort. Ich hatte zu lange durchgehalten, zu lange gekämpft. Ich wollte jetzt das Landleben genießen, so gut ich es vermochte, und ich wollte den Moment abwarten, bis Kleinjohann einen Fehler machte. Schließlich konnte er nicht ständig an Bord sein.

Sieben Stunden nach Sonnenaufgang betrat ich mit dem rechten Fuß Land. Es war ein großer Schritt für mich und ein absolut unwesentlicher für die Menschheit. Ein stattliches Beiboot des hiesigen Yachtclubs hatte uns die Überfahrt ermöglicht. Mit Pässen und Einklarierungspapieren, die der neue Skipper unbemerkt irgendwo herausgekramt hatte, waren wir auf dem Weg zur Einklarierungsbehörde. Wir trugen William Douglas sofort von der Bordliste aus. Kein Beamter fragte, wie die Fahrt gewesen sei. Auch als Kleinjohann überschwänglich von den Grauen der Südmeere berichtete, schauten sie nicht auf. Für die Uniformierten des Zollamtes in Montevideo stellten wir nichts Besonderes dar. Ich erinnerte mich an die Airline-Dame am Frankfurter Flughafen. Auch sie hatte keine Fragen gestellt. Kein Warum. Kein Kommentar.

Dreieinhalb Wochen blieben wir in der Hauptstadt. Auf einem Empfang der deutschen Handelskammer wurden Karl-Maria Kleinjohann und seine beiden Crewmitglieder nach erfolgreicher Übergabe der Sherryflaschen geehrt. Das Zimmern der einzelnen Holzkisten hatte Stunden beansprucht. Die Übergabezeremonie dauerte keine zehn Minuten, da waren die Flaschen verteilt. 30 Minuten später standen bereits zwei geleerte Sherryflaschen auf einem Tisch in der hintersten Reihe. Die Herren und Damen hatten sich das australische Getränk ohne Andacht einfach eingeflößt. Als Erik auf dem Weg zur Toilette ihren Tisch passierte, hatten sie nicht einmal nett gelächelt.

Zahllose Einladungen schlossen sich an. Die reichsten einhundert Deutschen in Uruguay stritten sich geradezu, um uns Grillabende, Weinproben und Sektempfänge aufzudrängen. Sie nutzten unsere Anwesenheit und den Weltrekord, den allein Kleinjohann bestätigte, um ihrem langweiligen Treiben einen Höhepunkt zu verleihen. Partys mit über zweihundert Personen als Gäste waren keine Seltenheit. Dafür war es eine Rarität, dass sich jemand ernsthaft für unsere Reise interessierte.

Einundzwanzigmal hatte ich in den dreieinhalb Wochen Susan angerufen. Elfmal hatte ich ihr meine Situation beschrieben. Zehnmal hatte ich meine Position verteidigen müssen, warum ich beabsichtigte, weiter auf *Albatros* mitzusegeln.

Ich hatte über Stunden am Telefon geheult, hatte über Stunden in Billigbordells meinen Frust ertränkt, um anschließend sternhagelvoll erneut eine Verbindung nach Deutschland zu bekommen. Susan hatte immer für alles Verständnis gehabt. Sie hatte mich immer alles machen lassen, hatte mich nie eingeschränkt, hatte immer zurückgesteckt, hatte mir immer jegliche Freiheiten gelassen. Doch jetzt war ihr großes Verständnis ausgereizt gewesen. Sie hatte mir mit Trennung gedroht, falls ich für ein paar Seiten voll geschmiertes Papier und einige Filmkassetten weiterfahren würde. Auch meine Liebeserklärungen und der Fakt, dass allein sie und Alina mich zum Durchhalten ermuntert hatten, hatten sie nicht umgestimmt.

Ich hatte es ihr nicht geglaubt.

In Porto Belo sollte sie mir ihre Standhaftigkeit beweisen.

Es war einige Tage, nachdem der neue Skipper mich wieder gewürgt, geschlagen, mit Waffen bedroht hatte, nachdem Erik wieder weggeschaut hatte, nachdem ich das Versteck für meine Papiere und die Filmkassette im Batteriekasten gefunden hatte.

* * *

Die fallende Karaffe, die auf dem Marmorboden in tausend Splitter zersprang, lenkte die Aufmerksamkeit der Gäste auf die Bar. Der Kellner suchte nach Entschuldigungen, dabei wusste er genau, dass diese blonde Frau ihn von hinten kräftig angerempelt hatte. Sie bat nicht einmal um Entschuldigung, sondern stürmte ungehalten auf die Terrasse, auf der zwei Deutsche ihre Gläser gerade zu einem erneuten Prosit hochhielten. Sie hatten angesetzt, als Pia wutentbrannt die Tür aufgeschlagen hatte. Jetzt stand sie breitbeinig wie ein Bauarbeiter vor dem Tisch. Ihre Knie spannten den Rock. Die katzenförmigen Augen hatten sich in schmale Schlitze verwandelt. Kleinjohann grinste sie nur an. Dann lachte er laut los.

»Sie kommen zu spät, meine Liebe«, johlte er und zog Cyda mit einem gewaltigen Griff an seine Brust, um die Positionen klarzustellen.

Pia Brandt stützte sich auf die Tischplatte, beugte sich dann weit nach vorne und flüsterte mit einem breiten Grinsen Harder etwas ins Ohr. Es war zwar das linke, das schlechtere, aber der Erste Hauptkommissar ließ augenblicklich das Glas Caipirinha fallen und sprang auf. Mit einer entschuldigenden Geste in Richtung Kleinjohann zwängte er sich aus der Bank hervor. Pia war vorgegangen. Er lief hinterher, so schnell er konnte. Als er sie im Foyer zu packen bekam, riss sie sich sofort los. Ihr Zeigefinger war gestreckt und fuchtelte drohend vor Harders Augen. Die waren leicht glasig. Doch der Schock saß tief. Seit einigen Sekunden war er stocknüchtern.

»Was habt ihr da ausgeklüngelt?«, fragte sie. Sie war nicht das kleine, unerfahrene Mädchen, das sich in der weiten Welt die ersten Sporen verdienen wollte. Sie stand selbstbewusst, aber keineswegs arrogant vor dem alten Seebär, hatte nun die Hände auf ihre weiblichen Hüften gelegt und starrte ihn an. Sie verlangte Antworten und war zu keinem Kompromiss mehr bereit. Harder kapierte es sofort. Er machte den ersten Ansatz, das Thema zu wechseln, denn das, was sie ihm ins schlechte Ohr geflüstert hatte, war die unverschämteste Erpressung gewesen, die er in seiner Laufbahn erfahren hatte. Doch sie ließ sich nicht darauf ein.

»Was habt ihr da ausgemacht?«, fragte sie wieder und schritt nun noch näher an ihn heran.

»Ich hätte es dir schon vorher gesagt«, versicherte Harder, doch er zog sich sofort einen weiteren Schritt zurück. Er selbst hätte sich diese Aussage nie und nimmer abgenommen.

»Wir haben uns über die Kassette unterhalten«, wagte er einen neuen Anlauf. »Kleinjohann ist bereit, uns einen kompletten Bericht zu geben. Wir überlassen ihm die Kassette ... Moment, jetzt warte doch einmal, wir überlassen ihm die Kassette, so lange nichts Belastendes drauf ist.«

»In Deutschland Belastendes«, ergänzte sie und schüttelte den Kopf. »Nicht mit mir.«

»Komisch, darauf hat Kleinjohann auch Wert gelegt. Da gibt es also etwas, das ihn nur außerhalb von Deutschland belastet. Woher weißt du das? Hat Brackmann dir den Film gezeigt?«

Sie griff sich mit beiden Händen in die Haare. Die Finger waren weit gespreizt. Sie strich sie nach hinten und zog an den Enden. Er versuchte nach einer Hand zu greifen. Doch blitzschnell hatte sie sich abgedreht. Harder blieb ruhig. Genau genommen hatte er eigentlich auch keine große Wahl. Seine Kollegin hatte ihn auf seine Vergangenheit angesprochen. »Du kommst sofort mit oder ich erzähle deine Meuterei-Geschichten vor Norwegen«, hatte sie ihm ins Ohr gesäuselt. Er konnte es nicht begreifen. Kaum einer wusste davon. Er war in den ersten Sekunden fast gelähmt, dann hatte er mehr instinktiv reagiert.

»Brackmann hat mir den Film schon vor Tagen gezeigt«, bekannte sie ehrlich.

»Wer hat dir das mit der *Northshore* erzählt?«, fragte er.

Sie nahm ihn bei der Hand und führte ihn zu einer Ledersitzecke im Foyer. Diese stand weit genug entfernt von der Terrasse, sodass Kleinjohann und seine Gespielin nichts von ihrem Verhalten mitkriegen würden. Andererseits war sie aber nah genug, um die Terrasse samt Gästen im Auge behalten zu können.

»Harder, alle wissen es. Andererseits war sie das Erste, was man mir in Bremerhaven über dich erzählte, und es war das Letzte, was man mir in Wiesbaden mit auf den Weg gegeben hat.«

»Es stimmt aber nicht«, berichtigte er sofort, ohne zu wissen, was ihr eigentlich zugetragen worden war.

»Harder, sie wissen es alle. Und als du den Auftrag bekommen hast und nur einmal das Thema Meuterei aufgekommen ist, haben alle gesagt, dass du der Crew keine Chance geben wirst.«

»Das hat damit nichts zu tun. Die *Northshore* war ein für alle Wetter gewappnetes Frachtschiff …«

»… das du gegen den Willen der Mannschaft nach Norwegen geführt hast.«

Harder suchte nervös nach seiner Pfeife. Er konnte sich nicht vorstellen, dass eine solch alte Geschichte jetzt noch in der Bremerhavener Behörde herumgeisterte. Es war weit vor seiner Polizeikarriere gewesen. Er war jüngster Kapitän für mittlere Fahrt gewesen, als sie beim Auslaufen aus Hamburg eine Sturmwarnung erreicht hatte. Harder hatte den Kurs abgesteckt und befohlen, ihn konsequent einzuhalten. Die Mannschaft hatte kurz hinter der deutsch-dänischen Grenze, nördlich von Sylt, bei Windstärke 11, auf einem anderen Kurs bestanden. Harder hatte den kürzesten Weg gewählt. Es war eine seiner ersten Terminfrachten gewesen. Er hatte sie pünktlich liefern wollen. Der Erste Offizier an Bord, fast zwanzig Jahre älter als Harder, hatte Panik bekommen, da die *Northshore* zu nah an Land gefahren war. Er hatte befürchtet, dass der Kahn in Legerwall geriet und unweigerlich auf Land stranden würde. Als er selbstständig den Kurs geändert hatte, hatte ihn Harder einsperren lassen. Das Seeamt in Hamburg hatte sich mit dem Fall beschäftigt, da der Offizier den Kapitän angezeigt und Harder in seinem Bericht eine Meuterei erwähnt hatte. Letztendlich hatte Harder Recht bekommen. Zwei Jahre später hatte er sich zur Polizei gemeldet.

»Du weißt auch, dass es genausogut hätte schief gehen können.«

»Was weißt du denn schon davon?«, wurde er nun großkotzig, »was weißt du über Seemannschaft?«

»Zumindest weiß ich, dass nicht nur das Ausrechnen von Kursen dazugehört. Was glaubst du, warum man mich an deine Seite gestellt hat? Was glaubst du, warum man mir schon in Wiesbaden deine Meuterei-Geschichte aufgetischt hat? Was glaubst du, warum ich die ganze Zeit deine Alleingänge billige? Meinst du, ich bin so blöd? Ich habe nicht studiert, um mir von so einem alten, konservativen, störrischen Hauptkommissar etwas vorschreiben zu lassen. Harder, ich mag dich, aber vergiss, was du vorhast. Siegberg hat dir nicht umsonst die Leitung gegeben. Der wartet nur darauf, dass er meinen Bericht liest.« Jetzt zeigte sie auf sich. »Von mir wird er keinen kriegen.«

»Warst du auf mich angesetzt?«

»Harder, der Block, den du mir in deiner Wohnung gezeigt hast, ja, dieser Block wird auf keinem Schiff mehr eingesetzt. Auf keinem Schiff der Welt existiert mehr Skorbutgefahr. Es müssen keine Brotfrüchte mehr über die Ozeane nach England geschifft werden. Und die Peitsche hat lange ausgedient. Es ist gut, dass Kleinjohann und Brackmann an die Notwendigkeit eurer traditionellen Seemannschaft erinnern wollten. Es ist auch notwendig. Aber die Zeiten sind vorbei, dass Schiffe gesetzlose Räume darstellen. Auf *Albatros* gilt das gleiche Gesetz wie in Bremerhaven oder in Bochum oder in Wiesbaden.«

Harder hatte endlich seine Pfeife gefunden. Ruhig stopfte er die letzten Krümel Tabak hinein. Mit dem verkürzten Finger stopfte er nach. Dann verabschiedete er sich von seiner leeren Tabakdose. In hohem Bogen flog sie in den Eimer, der rechts neben der Couch wartete.

»Kleinjohann sagt, Douglas hat Montevideo erreicht.«

»Brackmann hat nie etwas anderes behauptet. Er hat nur gesagt, dass Kleinjohann ihn hat über Bord gehen lassen. Er hat nie behauptet, dass er dabei ertrunken ist.«

Harder blickte nicht auf. Er hatte kapiert, dass die Polizeirätin in der neuen Welt aufgewachsen war, in der neuen Welt lebte, und sich den Methoden der neuen Welt bedient hatte. Es war nicht seine Welt. Siegberg hätte es einfacher haben können, um ihm dies zu zeigen.

Sie verließen gemeinsam das Hotel, gingen weit auseinander zum nächsten Taxistand, der nur zwei Kreuzungen entfernt lag. Sie trafen auf eine Gruppe tanzender Jugendlicher. Kleinjohann schnatterte die ganze Zeit. Weder Brandt noch Harder hörten ihm zu. Sie fuhren ohne Umweg zum *poema de amor*. Die Polizeirätin erwähnte nur zweimal, dass sie allein vorgehe, dass sie allein mit Brackmann spreche, dass er allein entscheide, ob ein Treffen mit Kleinjohann stattfinden würde.

Das Taxi hielt am Nebenhaus. Auf den Stufen saß ein weinendes Mädchen in hellrosa Kleid mit schmutzigen Turnschuhen.

Kleinjohann sprang als Erster aus dem Wagen und eilte zum Haupteingang. Harder ließ ihn laufen. Er sagte nicht, dass er den falschen Weg gewählt hatte. Pia hockte sich nieder. Sie nahm Magdalena in die Arme und küsste sie auf die Wange. Sie wusste sofort, warum das Mädchen bitterlich weinte. Ihre Tränen tropften auf die Stufen. Sie schluchzte und sie drückte sich an die Brust der deutschen Freundin.

Dann blickte sie auf.

Während die Tränen über die kindlichen Wangen flossen, lächelte sie.

Denn sie wusste, dass es gut war.

Numeri

Jeder Mensch
hat in voller Gleichberechtigung Anspruch auf
ein der Billigkeit entsprechendes und öffentliches Verfahren
vor einem unabhängigen und unparteiischen Gericht,
das über seine Rechte und Verpflichtungen [...]
zu entscheiden hat.

ALLGEMEINE ERKLÄRUNG DER MENSCHENRECHTE
DER VEREINTEN NATIONEN, ART. 10

GENESIS ist der Ursprung. Es ist der Anfang. EXODUS bedeutet der Auszug. Der Staat hat seine Leute entsendet. LEVITIKUS steht für die Bestimmung von Opfern und es steht für die Reinigung. Es steht für Klarheit. NUMERI ist auch im vierten Buch Moses die Aufzählung. Es ist ein herrschendes Symbol für die Erfassung von Unbekanntem.

Magdalena hatte sehr schnell der Polizeirätin Pia Brandt einen Umschlag gegeben. In ihm steckten ein Brief, eine Diskette und ein VHS-Videoband.

Dann war sie zu Harder gegangen, der sich zum allerersten Mal vor ihr in die Hocke gewagt hatte. Der Erste Hauptkommissar hatte nicht einmal gezuckt, als das Kind ihm plötzlich einen Kuss oberhalb des grauen Bartes gegeben hatte. Lange hatte sie mit ihren Händen an seinem Nacken gehangen. Schließlich war Magdalena wortlos ins Haus gegangen. Karl-Maria Kleinjohann hatte sie keines Blickes gewürdigt.

Sie waren mit dem Taxi, das vor dem Haupteingang des *poema de amor* gewartet hatte, ins Hotel gefahren. Catarina Amarado hatte nicht zugelassen, dass der Schiffsführer der *Albatros* ihre Räumlichkeiten betritt.

In einem kleinen Zimmer, das als Besprechungsraum diente, wurde kein Wort gesprochen, als Pia zunächst die Kassette in ein älteres Abspielgerät einlegte. Das handbeschriftete Label auf der

Oberseite der Kassette verriet, dass es sich bei dem Band lediglich um eine Kopie handelte.

Karl-Maria Kleinjohann suchte derweil verzweifelt den Blickkontakt zu Harder. Er hatte damit aber keinen Erfolg. In wenigen Worten wies der Erste Hauptkommissar aus Bremerhaven darauf hin, dass die Polizeirätin des BKA aus Wiesbaden allein die Leitung der Sonderkommission besitze.

Das Licht musste ausgeschaltet werden, da die Bildqualität sehr schlecht war. In der Dunkelheit waren nur die Konturen zweier Menschen zu sehen. Auch die Lautstärke musste stark erhöht werden, da der Ton ebenfalls miserabel war. Dennoch konnten sowohl im Bild als auch im Ton die Personen eindeutig als Karl-Maria Kleinjohann und Charly Brackmann identifiziert werden. Sie saßen in der Messe der deutschen Schonerbrigg *Albatros*. In den Händen hielten sie kleinere Gläser, an denen sie öfter kurz nippten.

Der deutsche Journalist Charly Brackmann dankte dem deutschen Schiffsführer Karl-Maria Kleinjohann für dessen Härte während der Reise von Australien nach Argentinien. Dann lachte der Mann, der sich als First Mate titulierte, lange über sich selbst. Er bestätigte, dass er sich oft hatte aufgeben wollen.

»Dieses Arschloch«, waren die einzigen Worte des Skippers, die immer wieder durch den kleinen Besprechungsraum schallten. Karl-Maria Kleinjohann musste mit ansehen, wie Charly Brackmann auf dem Bildschirm von seinen Qualen berichtete. Dabei ließ er in Nebensätzen immer wieder Daten einfließen, die eindeutig diese Reise identifizierten. Brackmann beichtete sogar, dass auch er den Australier William Douglas geschlagen hatte. Er zählte langsam alle Taten auf, die er in seinen Augen verbrochen hatte. Und er ergänzte sie mit von Reue gekennzeichneten Fragen. Aber auch mit Neugier.

»Was hättest du gemacht, wenn ich dich angegriffen hätte? Du weißt, als du mich mit der Pistole bedroht hast«, klang die Frage scheppernd aus den schlechten Fernsehlautsprechern.

»Ich hätte abgedrückt«, lautete die lapidare Antwort des Schiffsführers. Sie war leiser als die Frage zu hören, aber dennoch deutlich genug, um sie eindeutig zu verstehen.

Ein Gespräch über Prinzipien an Bord, über Seemannschaft und Menschenführung schloss sich an. Erinnerungen wurden ausgetauscht. Charly Brackmann beschrieb exakt die Einsätze von Schusswaffen, die der Skipper zur Drohung benutzt hatte. Er erinnerte an Würgemale an seinem Hals und an eine vom Schiffsführer absichtlich geöffnete Großschot, wodurch der Australier William Douglas über Bord gefallen sei. Brackmann gestand, dass er als Skipper Gleiches getan hätte, um zu mahnen, um zu bestrafen, um die Kameraden zur Räson zu bringen. Auch in diesen Punkten erhielt er alle Bestätigungen und Erklärungen von Kleinjohann.

Das Bild wurde schlechter, doch der Dialog war weiterhin verständlich.

»Würdest du ihn jetzt noch aus dem Wasser holen, wenn er über Bord gehen würde?«

»Ich weiß es nicht, ich weiß es wirklich nicht.«

»Charly, warum? Er frisst uns nur noch etwas weg. Er taugt nichts. Er ist ein Parasit, der uns nur Scherereien bringen wird.«

»Würdest du ihn wirklich noch einmal über Bord gehen lassen?«

»Ich hätte da keine Skrupel. Glaube mir, der taugt nichts.«

Schließlich landeten die beiden Protagonisten des Films bei Geschichten aus der Heimat. Der Journalist erzählte von seiner Liebe zu Susan und Alina, die die gleiche Position in seinem Leben einnahmen, wie ein gewisser Pudel mit Namen Rocky beim Schiffsführer. Ein kleiner Streit über die Unterschiede schloss sich an, wobei der Skipper stolz erzählte, dass Pudel Rocky schon in Deutschland nie eine Leine gesehen hatte. Dieser Freund, hechelte Kleinjohann über die Mattscheibe, habe ihn noch nie verlassen. Er sei das einzige Lebewesen, auf das er sich hundertprozentig verlassen könne. Charly Brackmann wollte wissen, wie das mit dem Brechen des Pudels gewesen sei, das der Skipper ihm doch auf dieser Reise erklärt hatte. Karl-Maria Kleinjohann zeigte sich froh, über die ersten Jahre des Pudels in Deutschland berichten zu dürfen. Er ging sehr ins Detail. Er endete mit der Aussage, dass bis zum heutigen Tag Rocky ihm nur Freude bereitet habe.

»Dieses Arschloch«, hallte es erneut durch das Besprechungs-
zimmer.

Auf dem Bildschirm war nur noch Schnee zu sehen.

Harder schaute ratlos zu seiner Kollegin. Er verstand einige
Zusammenhänge nicht. Was war das Verbrechen des Karl-Maria
Kleinjohann, das in Deutschland nicht geahndet werden kann?
Wovor hatte der Skipper solche panische Angst?

Wiederum wortlos reichte Pia Brandt ihm einen Brief. Sie
hatte ihn bereits gelesen.

* * *

*Mein Bericht ist nun vollständig. Ein Ausdruck wird euch in
Deutschland erwarten. Auf der Diskette ist eine Kopie.*

*Auch wenn Harder immer nur von einem Pamphlet gesprochen
hat, ist es doch ein Zeugnis von menschlicher und daher auch von
seemännischer Unfähigkeit.*

*Ich fordere daher, dass Karl-Maria Kleinjohann sämtliche Befä-
higungen zum Führen eines Schiffes entzogen werden.*

Ich fordere es im Namen aller Seeleute.

Ich fordere es in Gedenken an die Kap Horniers.

Denn Albatrosse morden nicht.

*Ebenso fordere ich die gewissenhafte Prüfung, ob er wegen ver-
suchten Totschlags, Körperverletzung, Misshandlung, Verletzung
der Menschenrechte etc. angeklagt werden kann.*

Ihr seid es nicht mir schuldig. Aber allen aufrechten Seeleuten.

*Die Filmkassette werde ich übrigens noch nicht abschicken.
Denn Rache ist kein menschlicher Reflex. Doch sollte mir etwas
passieren, sollte ich noch einmal mit ihm Kontakt haben, wird sie
in hundertfacher Kopie an die australische Justiz und Presse gehen. Die Filmkassette ist meine einzige Lebensversicherung. Denn
Karl-Maria Kleinjohann ist zu allem fähig. Nur seine wahnsinnige
Liebe zu diesem kleinen, hässlichen Pudel wird ihn zu einem be-
sonnenen Handeln zwingen.*

Gewinnen werde ich ohnehin. Gewonnen habe ich schon.

*Mein lieber Freund Erik Schlaback, zu dem ich nun unterwegs
bin, da er meine Hilfe braucht, hat mir den Weg schwarz auf weiß
gezeigt. Und daran will ich glauben. Ihr könnt es beim Prediger
Salomo nachlesen:*

›Und über dem allen, mein Sohn, lass dich warnen; denn des vielen Büchermachens ist kein Ende, und viel Studieren macht den Leib müde.

Lasst uns die Hauptsumme aller Lehren hören: Fürchte Gott und halte seine Gebote; denn das gilt für alle Menschen. Denn Gott wird alle Werke vor Gericht bringen, alles, was verborgen ist, es sei gut oder böse.‹

In diesem Sinne wünsche ich euch nur Gutes.

Charly Brackmann

* * *

Harder reichte den Zettel zurück.

Pia schob ihn in den Umschlag, schaute lange in die Augen ihres Kollegens. Dann stand sie auf und wandte sich an Kleinjohann.

»Sie haben den Pudel damals nach Australien geschmuggelt, obwohl Sie wussten, dass selbst das Mitbringen eines einzigen Apfels unter Strafe steht. Die Australier haben gute Gründe, warum sie diese strengen Gesetze erlassen haben. Eine Frucht, ein Tier, eine Pflanze kann für den Kontinent verheerende Folgen haben. Aber ob es nun Crewmitglieder oder Millionen von Menschen sind, sie sind in Ihren Augen ja alle nichts wert. Brackmann hat Sie jetzt an der einzigen Stelle getroffen, die Ihnen wirklich wehtun wird. Ich würde seine Drohung ernst nehmen.«

Dann entnahm sie die Kassette dem Abspielgerät und packte ihre Sachen. Sie flüsterte Harder etwas in sein besser hörendes Ohr. Der nickte zustimmend.

Gemeinsam gingen sie zur Tür. Dort drehte sich Pia Brandt noch einmal um.

»Sie sollten Brackmann, Schlaback und Douglas danken«, flüsterte sie. »Es waren schon drei sehr starke Typen nötig, um Ihre menschlichen Schwächen auszugleichen. Es ist gut zu wissen, dass nur diese drei Seelen in Albatrossen weiterleben werden.«

Deuteronomium

Es war an einem der ersten wärmenden Frühlingstage, als sie sich wieder sahen. Sie fielen sich nicht um den Hals, aber sie begrüßten sich wie alte Freunde. Sie hatten sich in einer kleinen, recht unbekannten Kneipe in einer schmalen Gasse am Ende des vierten Docks verabredet. Sie saßen eng beieinander an einer gehobelten, mehrfach lackierten Fläche, in der in unterschiedlichen Abständen tiefe Rillen eingefräst waren, damit übergeschwappte Bierlachen abfließen konnten. Moses, wie sich der greise Wirt aufgrund seiner Vergangenheit als Schiffsjunge nannte, schlug gerade sieben Glasen. Die Polizeirätin Pia Brandt blickte sofort auf die Kopie einer Original-Wachtafel von der *Priwall*, die hinterm Tresen hing. Sie suchte die Zeile der ersten Abendwache. Es musste demnach genau 15 Uhr 30 sein.

Ole Harder, Erster Hauptkommissar im Ruhestand, setzte zum vierten Gedeck an. Drei Korn und drei Bier hatte er schon geschluckt. Mit seinem rechten Mittelfinger, dem das Endglied fehlte, wischte er sich gemächlich den Schaum aus dem hellgrauen Vollbart. Dann hob er seinen Elbsegler etwas an, wischte sich über die Stirn. Immer noch war sein Haar dicht und lang. Es war nur heller geworden.

Auch wenn Harder sich ernsthaft bemühte, er konnte sich letztendlich nicht wehren. Immer wieder musste er zu seiner ehemaligen Kollegin hinüberschielen, die es zwar bemerkte, es aber zu ignorieren vorgab und stur nach vorne starrte. Ihre blonden Haare reichten nun weit unter die Schulterblätter. Sie trug die glatten Haare offen. Ihre Bluse war zwar wieder eng zugeknöpft, so wie er sie vor dreieinhalb Jahren erstmals gesehen hatte. Doch ihr Gesicht war äußerst vorteilhaft geschminkt. Es zeugte von erotischer Weiblichkeit und äußerstem Selbstbewusstsein.

Am Anfang hatten sie noch wöchentlich miteinander telefoniert. Doch dann war der Kontakt plötzlich eingeschlafen. Der Staatsanwalt hatte trotz mehrfachen massiven Einspruchs der Wiesbadener Kriminologin den Fall ›Albatros‹ ad acta gelegt. Die lebende Ikone der Bremerhavener Wasserschutzpolizei hatte sich kurz darauf freiwillig pensionieren lassen und lebte nun während der Sommermonate als Ausbilder auf verschiedenen Großseglern. Während der kalten Jahreszeit genoss er die Wärme der *Freiwache* und seines Dachappartements am Dedesdorfer Ufer, in dem er Vorträge über ›Traditionelle Seemannschaft‹ ausarbeitete.

Pia Brandt hatte er vor fünf Tagen angerufen und sie nach Bremerhaven eingeladen. Er hätte eine große Überraschung für sie, hatte er am Telefon gesagt. Doch noch zierte er sich, das Geschenk herauszurücken. Die Polizeirätin hatte sämtliche Register der Erpressung, der Bestechung, der weiblichen Raffinessen gezogen, um einen Hinweis auf die für einen Ole Harder außergewöhnliche Einladung zu bekommen. Doch der Ex-Kommissar war stur geblieben. Auch jetzt übergoss er sie mit Floskeln, Schmeicheleien und Fragen zum beruflichen Alltag, die ihn keineswegs interessierten.

Besondere Neuigkeiten von den Personen, die sie gemeinsam kannten, konnten es nicht sein. Die waren ihr eigentlich alle bekannt.

Charly Brackmann war drei Monate nach seinem plötzlichen Verschwinden wieder in Florianopolis aufgetaucht, war vor zwei Jahren dann nach Hamburg zurückgekehrt und hatte bei seinem alten Lokalradiosender gearbeitet. Er hatte der Polizeirätin in seiner ersten Arbeitswoche eine E-Mail geschickt. Sie hatte sie als Fax an Harder weitergeleitet, da der Bremerhavener sich in seinem verdienten Ruhestand vehement weigerte, eine Computertastatur auch nur zu berühren. Brackmann hatte geschrieben, dass Susan ihm keine Chance mehr gegeben habe. Alina dürfe er einmal im Monat für ein paar Stunden sehen. Treffpunkt sei immer ein Spielplatz oder die Straße vor der Haustür. Er hatte geschrieben, dass er müde sei. Vor einem Dreivierteljahr war der Moderator der Hamburger Morning-Show plötzlich wieder verschwunden. Der Radiosender hatte ihn als vermisst gemeldet, da er von einem auf den anderen Tag nicht mehr zur Arbeit erschienen war. Doch Pia machte sich um den Journalisten keine Sorgen.

Erik Schlaback lebte wieder in Rostock. Er hatte zwei Entziehungskuren hinter sich gebracht und arbeitete als Gelegenheitsjobber bei einer Zeitarbeitsfirma.

Von William Douglas gab es bislang nur eine einzige Spur. Es lag eine Bestätigung vor, dass er in Montevideo operiert worden war. Die Ärzte hatten seine Geschichte nicht geglaubt, konnten nicht verstehen, dass er mit einem Leistenbruch über zwei Monate um Kap Hoorn gesegelt, sogar mit dem Leiden mehrfach über Bord gegangen war. Eine Kopie der Auslandskrankenversicherung aus Australien hatte Pia neun Monate nach ihrer Rückkehr erhalten.

Und Kleinjohann? Der Admiral war mit *Albatros* und stets wechselnder Crew nach Sydney zurückgekehrt. Kurz nach seiner Ankunft in der Sydneysider Neutral Bay hatte er einen Anwalt in Deutschland beauftragt, die Ermittlungsunterlagen zu beschaffen. Da es jedoch zu keiner Anklage gekommen war, war Brandts und Harders gemeinsamer Bericht unter Verschluss geblieben. Mehr durch Zufall hatte sie später im Internet eine homepage entdeckt, auf der der Yachtclub in Sydney Middle Harbour das Mitglied Karl-Maria Kleinjohann als jüngsten Kap Hornier ehrte. Im Anschluss an die *Vita of the Admiral* wurde kurz erwähnt, dass der Deutsche aus Mosman eine neue Crew für einen neuen Törn suche. Die Voraussetzungen für die Reise rund um Neuseeland seien Sportlichkeit, ein Alter zwischen 25 und 40 Jahren, ein lebensfrohes Wesen, Kenntnisse über Windfahnen- und Radsteuerung.

»Ich habe jemandem die Geschichte der *Albatros*, die Geschichte von Brackmann, Schlaback, Douglas und Kleinjohann und auch unsere Geschichte erzählt«, sagte Harder plötzlich. Er winkte Moses kurz zu. Der verstand sofort die Bitte nach einem neuen Gedeck.

»Es ist ein Autor, den ich bei einem meiner Vorträge über traditionelle Seemannschaft kennen gelernt habe«, fuhr er fort, dann schluckte er den Korn in einem Zug hinunter und spülte mit kleineren Schlucken Bier nach. »Ich habe mich einige Wochen mit ihm zusammen hingesetzt. Ich habe ihm den kompletten Ausdruck von Brackmanns Pamphlet gegeben. Auch von dem Teil, den er bei Catarina Amarado geschrieben hat.«

Pia Brandt schüttelte kräftig den Kopf. Sie wollte einwenden, dass das verboten sei. Doch Harder hob die Hand und legte den Zeigefinger vor seine Lippen. Ein Schluck Bier folgte, dann griff er nach ihren Händen.

»Ich habe ihm auch unsere Geschichte erzählt. Du hast mal gesagt, dass die Reise einen Sinn haben musste.«

Nun packte er kräftig zu. Doch es war ein Griff, der sie um Entschuldigung bat. Sie spürte es deutlich.

»Du hast Brackmann mal gesagt, was er aufzeigen soll. Und ich habe erkannt, dass du Recht hattest.«

Er ließ die Hände los, stieg langsam vom Barhocker und ging hinter die Theke. Moses grinste über seine faltigen Wangen und schaute auf die Uhr. Bis zum nächsten Glasen hatte er noch Zeit. Aus einem breiten Schapp neben dem Kühlschrank holte Harder einen Karton heraus und legte ihn ganz vorsichtig auf die Bar. Dann öffnete er die Schachtel. Zum Vorschein kam ein hoher Stapel loser Papiere.

»Das letzte Kapitel über den heutigen Tag wird er noch schreiben müssen.«

Die Polizeirätin drehte sich blitzschnell um.

Sie hatte verstanden.

Sie suchte.

Unter einer Platting-Galerie, die an einer achterlichen Wand der *Freiwache* etwas im Dunkeln lag, erschien langsam ein ihr sehr bekanntes Gesicht.

...weitere Thriller

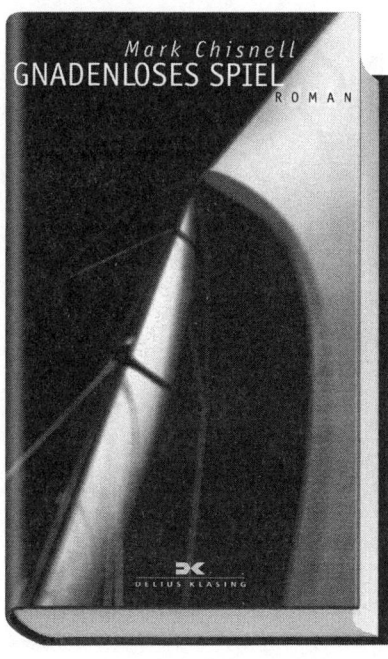

MARK CHISNELL
Gnadenloses Spiel
272 Seiten,
Format 12,5 x 21 cm,
gebunden mit
Schutzumschlag
ISBN 3-7688-1315-0

Atemberaubender maritimer Thriller vor der faszinierenden Kulisse
des Indischen Ozeans: Der junge Engländer Martin gerät an den
skrupellosen Janac, einen Drogenschmuggler großen Stils, der weder
Erpressung noch Mord scheut. Martin läßt sich auf einen Handel
mit Janac ein, versucht ihn zu betrügen und fliegt auf.
Mithilfe einer Regattaseglerin und deren schnellem Racer kann
Martin sich zunächst Janacs Verfolgung entziehen ...

Erhältlich im Buch- und Fachhandel oder beim Delius Klasing Verlag, Postfach 10 16 71, 33516 Bielefeld.

DELIUS KLASING

aus dem Seglermilieu...